**Nadia Hashimi** vit avec sa famille dans la banlieue de Washington, où elle exerce le métier de pédiatre. Ses parents ont quitté l'Afghanistan dans les années 1970, avant l'invasion soviétique. Ils sont retournés dans leur pays d'origine pour la première fois en 2002 avec leur fille. Un voyage marquant qui lui permet de découvrir sous un nouveau jour l'histoire et la culture afghanes dont ses romans sont imprégnés.

Du même auteur, chez Milady :

*La Perle et la Coquille*
*Si la lune éclaire nos pas*

Ce livre est également disponible
au format numérique

www.milady.fr

# Nadia Hashimi

# *La Perle et la Coquille*

Traduit de l'anglais (États-Unis) par Emmanuelle Ghez

Milady

Milady est un label des éditions Bragelonne

Titre original : *The Pearl That Broke Its Shell*

Copyright © 2014 by Nadia Hashimi
Tous droits réservés.

© Bragelonne 2015, pour la présente traduction

ISBN : 978-2-8112-1726-6

Bragelonne-Milady
60-62, rue d'Hauteville – 75010 Paris

E-mail : info@milady.fr
Site Internet : www.milady.fr

*À ma précieuse fille, Zayla. À nos précieuses filles.*

# Remerciements

Merci à mes parents, qui m'ont fourni de quoi écrire l'histoire d'une fille qui mérite le meilleur. Je vous suis dévouée, à jamais.

À Zoran et Zayla, vous avez donné à ce roman toute son envergure – je vous aime.

Merci à mon mari, pour ses idées, nos discussions, et sa foi en moi. Amin, tu as exaucé mes rêves.

À mon frère débrouillard et blagueur, Fawod, mon tout premier fan, merci pour ta confiance absolue.

Fahima, ma muse, l'étincelle qui a enflammé cette histoire et ma première lectrice, merci mille fois pour ton soutien !

Je suis reconnaissante à mon héritage culturel, à la créativité et aux traditions de mes grands-parents et arrière-grands-parents, et espère leur rendre hommage à travers cette histoire.

Toute ma reconnaissance va à mon agent, Helen Heller, qui a pris mon brouillon et s'est enfuie avec. Merci pour ta confiance et tes idées qui m'ont guidée au cours de ce projet.

Je remercie tout particulièrement mon éditrice, Rachel Kahan, d'avoir accepté cette histoire et de ne jamais l'avoir lâchée ! Ta contribution et tes impressions ont été inestimables et je suis ravie de notre collaboration.

Merci également à l'équipe de William Morrow – marketing, design, édition, publicité, tout le monde ! – pour avoir fait d'un brouillon un véritable livre !

Aucune liste de remerciements ne serait complète sans reconnaître l'influence que les professeurs et les cafés ont sur la réalisation des rêves.

Ma gratitude va également à Tahera Shairzay, qui m'a offert un aperçu inestimable et de première main des travaux du Parlement afghan et pour sa contribution au progrès à Kaboul.

Je remercie Louis et Nancy Dupree pour leur documentation sur la culture et l'histoire de l'Afghanistan. Leurs travaux ont été une précieuse ressource.

Cette histoire est librement inspirée de personnages historiques de l'Afghanistan ainsi que de citoyens contemporains. *La Perle et La Coquille* est une œuvre de fiction et j'ai pris de grandes libertés, mais ce livre contient sans doute plus de faits réels que nous ne le voudrions. C'est pourquoi je tiens à adresser des remerciements tout particuliers aux filles, aux sœurs, aux mères, aux tantes, mais aussi aux enseignants afghans, et à ces individus et ces groupes qui œuvrent sans relâche pour améliorer notre monde.

Aux filles d'Afghanistan, que le soleil réchauffe vos visages sur les chemins que vous vous tracerez.

*L'eau de mer supplie la perle de briser sa coquille.*

Extrait du poème extatique « Un baiser que l'on désire »
de Jalal ad-Din Muhammad Rumi,
poète persan du XIII$^e$ siècle

# Chapitre 1

## Rahima

Shahla nous attendait, postée devant la porte de notre maison, dont le métal vert vif rouillait sur les bords. Elle tendait le cou. Au tournant, Parwin et moi décelâmes le soulagement dans ses yeux. Nous n'avions pas intérêt à être en retard une fois de plus.

Parwin me lança un regard et nous pressâmes le pas. Nous fîmes de notre mieux pour ne pas courir. Nos semelles de caoutchouc claquaient contre la route, soulevant des nuages de poussière. L'ourlet de nos jupes battait contre nos chevilles. Mon foulard collait à mon front où perlait la sueur. Il en était sûrement de même pour celui de Parwin, vu qu'il ne s'était pas encore envolé.

Maudits garçons. C'était leur faute! Avec leurs sourires effrontés et leurs pantalons déchirés! Ce n'était pas la première fois qu'ils nous mettaient en retard.

Nous dépassâmes à toute vitesse les portes des maisons: bleue, violet, bordeaux. Des taches de couleur sur une toile d'argile.

Shahla nous fit signe de la rejoindre.

—Dépêchez-vous! chuchota-t-elle fiévreusement.

Haletantes, nous la suivîmes à l'intérieur. La porte se referma dans un fracas métallique.

— Parwin ! Pourquoi as-tu fait ça ?
— Désolée, désolée ! Je ne savais pas que ça ferait autant de bruit.

Shahla leva les yeux au ciel, tout comme moi. Parwin laissait toujours la porte se claquer derrière elle.

— Que faisiez-vous, tout ce temps ? Vous n'avez pas pris le raccourci derrière la boulangerie ?
— On ne pouvait pas, Shahla ! Il était là-bas !

Nous avions contourné la place du marché, évitant la boulangerie autour de laquelle traînaient les garçons, épaules voûtées, regards scrutateurs balayant la jungle kaki qu'était notre village.

Après les matchs de football improvisés dans la rue, c'était le sport préféré des garçons en âge d'aller à l'école – regarder les filles. Ils rôdaient, attendaient que nous sortions de nos salles de classe. Dès qu'on s'éloignait de l'établissement, il arrivait qu'un garçon se faufile entre voitures et piétons pour suivre la fille innocente qui lui avait tapé dans l'œil. En la pistant, il revendiquait son droit sur elle. *C'est ma copine*, se vantait-il alors auprès de ses camarades, *la place est prise*. Ce jour-là, ma sœur de douze ans, Shahla, s'était trouvée malgré elle dans la ligne de mire.

Pour le garçon, ce petit jeu était censé flatter la fille. Mais celle-ci prenait peur avant tout, car les gens préféraient croire qu'elle avait volontairement attiré les regards sur elle. En fait, les garçons n'avaient que peu de distractions.

— Shahla, où est Rohila ? murmurai-je, le cœur battant la chamade tandis que nous traversions la maison sur la pointe des pieds.

— Elle est allée porter de la nourriture aux voisins. Madar-*jan* leur a préparé des aubergines. Je crois que quelqu'un est mort là-bas.

*Mort ?* Mon estomac se noua et j'emboîtai le pas à Shahla.

— Où est Madar-*jan* ? chuchota nerveusement Parwin.

— Elle est allée coucher le bébé, répondit Shahla en se tournant vers nous. Alors vous avez intérêt à ne pas faire trop de bruit, sinon elle saura que vous venez à peine de rentrer.

Parwin et moi nous figeâmes soudain. En voyant nos yeux écarquillés, Shahla se décomposa. Elle se retourna brusquement et tomba nez à nez avec Madar-*jan*. Celle-ci venait d'ouvrir la porte de service et se tenait dans la petite cour pavée située à l'arrière de la maison.

— Votre mère a parfaitement conscience de l'heure à laquelle vous êtes rentrées et aussi du genre d'exemple que votre grande sœur vous donne.

Ses bras croisés étaient aussi crispés que le ton de sa voix.

Shahla, honteuse, baissa la tête. Parwin et moi essayâmes d'éviter le regard foudroyant de Madar-*jan*.

— Où étiez-vous passées ?

Comme j'aurais aimé lui dire la vérité !

Un garçon, qui avait la chance de posséder une bicyclette, avait suivi Shahla, nous avait doublées avant de décrire des cercles devant nous. Shahla ne lui prêtait pas attention. Quand je murmurai à son oreille qu'il la regardait, elle me fit taire, comme si le seul fait d'en parler rendait cela plus réel. À la troisième boucle, il s'approcha dangereusement.

Il fit demi-tour puis revint vers nous. Il descendit la rue à toute allure, avant de ralentir en nous rejoignant. Shahla détournait le regard en prenant un air énervé.

— Parwin, attention !

Avant que je puisse écarter ma sœur, la roue avant du cycliste harceleur roula sur une boîte de conserve, vacilla de gauche à droite, puis fit une embardée pour éviter un chien errant. La bicyclette fonça alors sur nous. Sourcils dressés, bouche bée, le garçon luttait pour ne pas perdre l'équilibre.

Il effleura Parwin avant de dégringoler sur le perron d'un marchand d'épices.

— Oh, mon Dieu! s'exclama Parwin tout étourdie. Regarde-le! Les quatre fers en l'air!

— Tu crois qu'il est blessé? demanda Shahla la main sur la bouche, à croire qu'elle n'avait jamais rien vu d'aussi tragique.

— Parwin, ta jupe!

Mes yeux étaient passés du visage inquiet de Shahla à l'ourlet déchiré de la jupe de Parwin. Les câbles dentelés reliant les rayons du vélo s'y étaient accrochés.

C'était son uniforme d'école tout neuf et Parwin se mit instantanément à pleurer. Nous savions que si Madar-*jan* le répétait à notre père, il nous confinerait à la maison et nous priverait d'école. C'était déjà arrivé par le passé.

— Vous êtes bien silencieuses dès que je vous pose une question! Vous n'avez donc rien à dire pour votre défense? Non seulement vous rentrez tard, mais en plus vous avez l'air d'avoir pourchassé des chiens errants!

Shahla, lasse de parler pour nous, avait l'air excédée. Parwin, en véritable paquet de nerfs, s'agitait en tous sens. J'entendis le son de ma voix avant de comprendre le sens de mes propos.

— Madar-*jan*, ce n'était pas notre faute! Il y avait ce garçon à vélo et nous l'avons ignoré mais il n'arrêtait pas de revenir vers nous et je lui ai même crié dessus. Je lui ai dit que c'était un idiot s'il ne connaissait même pas le chemin pour rentrer chez lui.

Parwin lâcha un gloussement involontaire. Madar-*jan* la foudroya du regard.

— S'est-il approché de vous? demanda-t-elle en se tournant vers Shahla.

— Non, Madar-*jan*. Je veux dire, il était à quelques mètres derrière nous. Il ne disait rien.

Madar-*jan* soupira et se massa les tempes.

— Bon. Entrez et faites vos devoirs. Nous verrons bien ce que votre père dira de tout ça.

— Tu vas lui raconter ? m'écriai-je.

— Bien sûr que je vais le lui raconter, répondit-elle en me donnant une tape dans le derrière quand je passai devant elle. Nous n'avons pas l'habitude de faire des cachotteries à votre père !

Tout en grattant nos cahiers de la pointe de nos crayons, nous tentâmes, à voix basse, de deviner ce que Padar-*jan* allait dire en rentrant. Parwin s'était fait sa petite idée là-dessus.

— À mon avis, on devrait dire à Padar que nos professeurs sont au courant pour ces garçons et qu'ils les ont déjà réprimandés et qu'on ne devrait plus être embêtées, suggéra-t-elle avec enthousiasme.

— Non, Parwin, ça ne marchera pas. Qu'est-ce que tu vas dire quand Madar posera des questions à Khanum Behduri à ce sujet ? dit Shahla, la voix de la raison.

— Dans ce cas, on pourrait dire que le garçon s'est excusé et qu'il a promis de ne pas recommencer. Ou bien qu'on va trouver un autre moyen de nous rendre à l'école.

— D'accord, Parwin, tu n'as qu'à le lui dire. J'en ai assez de parler pour vous de toute façon.

— Parwin ne va rien dire. Elle n'ouvre la bouche que lorsqu'il n'y a personne pour l'écouter, me moquai-je.

— Très drôle, Rahima. Tu te crois tellement plus courageuse, hein ? On verra à quel point tu l'es quand Padar-*jan* sera rentré, répliqua Parwin en faisant la moue.

En effet, quand vint le moment d'affronter notre père, la petite fille de neuf ans que j'étais alors ne fit pas la fière.

Lèvres scellées, je gardai mes pensées pour moi. Au bout du compte, Padar-*jan* décida une fois de plus de nous retirer de l'école.

Nous le suppliâmes de changer d'avis. Une des professeurs de Parwin, une amie d'enfance de Madar-*jan*, vint même à la maison pour raisonner mes parents. Padar-*jan* avait déjà fléchi par le passé mais cette fois-ci, c'était différent. Il aurait préféré que nous soyons scolarisées mais ne voyait pas comment faire pour que cela se passe sans encombre. Que penseraient les gens en voyant ses filles pourchassées par des garçons du village ? Des choses affreuses, pour sûr.

— Si j'avais eu un fils, ce genre de choses n'arriverait pas ! Bon sang ! Fallait-il que nous ayons une maison pleine de filles ? Pas une, pas deux, mais cinq ! s'énervait-il.

Pendant ce temps, Madar-*jan* s'occupait des tâches domestiques, le dos courbé sous le poids de la déception.

Les humeurs de notre père avaient empiré ces derniers temps. Madar-*jan* nous conseillait de nous taire et de nous montrer respectueuses. Elle nous expliqua qu'une accumulation de malheurs s'était abattue sur Padar-*jan*, d'où ses colères répétées. Si nous nous comportions bien, nous dit-elle, il reviendrait bientôt à son état normal. Pourtant, nous avions de plus en plus de mal à nous souvenir d'un temps où Padar-*jan* n'était pas furieux et ne criait pas.

Comme nous étions à la maison, je reçus pour mission de m'occuper des courses. Mes sœurs aînées étaient mises en quarantaine puisqu'elles étaient plus âgées et attiraient donc davantage l'attention. Quant à moi, encore parfaitement transparente aux yeux des garçons, je ne risquais rien.

Tous les deux jours, Madar-*jan* me donnait quelques billets que je fourrais dans une bourse qu'elle avait cousue dans la poche de ma robe ; il m'était ainsi impossible de les perdre. Pendant trente minutes, je parcourais alors les rues étroites et sinueuses du village avant d'atteindre le marché que j'adorais. Les boutiques grouillaient d'activité. L'allure des femmes avait changé depuis quelques années. Certaines portaient de longues burqas bleues, d'autres de longues jupes et de pudiques foulards. Les hommes étaient tous vêtus comme mon père : tuniques longues et pantalons bouffants, dont les teintes étaient aussi ternes que celles de notre paysage. Les petits garçons portaient quant à eux des coiffes décorées de petits miroirs ronds et de volutes dorées. Lorsque j'arrivais à destination, mes chaussures étaient déjà recouvertes de saletés et je me servais de mon foulard pour me protéger des nuages noirs que les centaines de voitures laissaient sur leur sillage. On aurait dit que le paysage kaki se dissolvait dans l'atmosphère de notre village.

Nous avions quitté l'école depuis deux semaines, et les marchands commençaient à me connaître. Les fillettes de neuf ans écumant les boutiques d'un pas décidé n'étaient pas légion. De plus, ayant vu mes parents marchander, je pensai pouvoir faire de même. Je me disputai avec le boulanger lorsqu'il essaya de me facturer le double de ce qu'il faisait payer à ma mère. Je me chamaillai avec l'épicier quand il voulut me faire croire que la farine que je demandais était d'importation et donc sujette à un supplément. Je lui fis remarquer que je pouvais tout aussi bien me procurer le même produit d'exception chez Agha Mirwais au bout de la rue et me moquais des prix qu'il affichait. Il grinça des dents et mit la farine dans le sac avec les autres denrées, marmonnant dans sa barbe des mots qui ne devraient jamais atteindre des oreilles d'enfant.

Madar-*jan* était ravie de l'aide que je lui apportais en faisant le marché. Sitara, qui faisait ses premiers pas, exigeait d'elle beaucoup d'attention. Parwin était chargée de s'occuper du bébé pendant que Shahla et ma mère assuraient le reste des corvées : faire la poussière, passer le balai, préparer le dîner. L'après-midi, Madar-*jan* nous faisait asseoir avec nos livres et nos cahiers et finir les devoirs qu'elle nous assignait.

Pour Shahla, ces journées de confinement étaient pénibles à vivre. Ses amis lui manquaient, ainsi que ses échanges avec ses professeurs. L'intuition et l'intelligence étaient ses plus grandes qualités. Elle n'était pas la première de sa classe, mais savait suffisamment charmer ses professeurs pour intégrer le cercle très fermé des élèves privilégiés. Elle était moyennement jolie mais apportait un soin tout particulier à son apparence. Le soir, elle passait au moins cinq minutes à se brosser les cheveux, ayant entendu dire que cela les ferait pousser plus vite. Le visage de Shahla était de ceux qu'on dit agréables, il n'était ni beau ni mémorable. Toutefois, sa personnalité faisait d'elle une fille radieuse. En la voyant, les gens ne pouvaient s'empêcher de sourire. Polie et bien élevée, elle était très aimée à l'école. Elle avait une façon de vous regarder qui vous donnait l'impression d'être important. Devant la famille et les amis, Shahla faisait la fierté de Madar-*jan*, car elle s'exprimait comme une adulte, demandait des nouvelles à chacun.

—Comment va Farzana-*jan* ? Ça fait tellement longtemps que je ne l'ai pas vue ! S'il vous plaît, dites-lui que j'ai demandé de ses nouvelles, insistait-elle.

Les grands-mères hochaient la tête en signe d'approbation, louant Madar-*jan* qui avait élevé une jeune fille si respectueuse.

Quant à Parwin, c'était une tout autre affaire. Elle était d'une beauté saisissante. Ses yeux n'étaient pas du même brun boueux que les nôtres. Leur teinte était un mélange de gris et de noisette qui vous faisait oublier ce que vous alliez dire. De longs cheveux ondulés, naturellement brillants, encadraient son visage. Elle était, sans conteste, la plus jolie fille de toute la famille.

Cependant, elle manquait cruellement d'aisance en société. Si les amies de Madar-*jan* nous rendaient visite, Parwin se recroquevillait dans un coin et s'occupait par exemple à plier et replier une nappe. Si elle pouvait s'enfuir avant même que les visiteurs entrent dans la pièce, c'était encore mieux. Rien ne la soulageait plus que d'éviter les trois bises traditionnelles. Elle offrait des réponses brèves, tout en lorgnant la sortie de secours la plus proche.

— Parwin, s'il te plaît! Khala Lailoma te pose une question. Pourrais-tu te retourner? Ces plantes peuvent attendre pour être arrosées!

Ses lacunes sociales, Parwin les compensait largement par son talent artistique. C'était une virtuose du crayon à papier. Entre ses doigts, le graphite se transformait en énergie visuelle. Des visages ridés, un chien blessé, une maison délabrée laissée à l'abandon. Elle avait un don, une aptitude particulière pour vous donner à voir ce qui vous avait échappé, alors que vos yeux s'étaient posés sur le même objet que les siens. Elle vous griffonnait un chef-d'œuvre en deux temps trois mouvements, tandis que faire la vaisselle pouvait lui prendre des heures.

— Parwin vit dans un autre monde, disait Madar-*jan*. Elle est différente des autres filles.

— Et qu'est-ce qu'elle va en retirer? C'est ici-bas qu'il lui faudra survivre et se débrouiller, lui rétorquait Padar-*jan*.

Pourtant, lui aussi adorait ses dessins, dont il gardait une pile sur sa table de chevet, pour y jeter un coup d'œil de temps en temps.

Parwin souffrait d'un autre problème: elle était née avec une hanche déficiente. Quelqu'un avait dit à Madar-*jan* qu'elle avait dû rester allongée trop souvent sur le côté pendant sa grossesse. Lorsque Parwin commença à se déplacer à quatre pattes, il était évident que quelque chose n'allait pas. Elle apprit très tardivement à marcher, et à ce jour, elle boitait toujours. Padar-*jan* l'avait emmenée consulter un médecin lorsqu'elle avait cinq ou six ans mais c'était déjà trop tard, lui avait-on dit.

Et puis, il y avait moi. Le fait d'arrêter l'école ne me dérangeait pas autant que mes sœurs. Sans doute parce que cela me donnait l'occasion de m'aventurer seule dans les rues, sans mes deux aînées pour me réprimander ou m'obliger à leur tenir la main. J'étais enfin libre – plus libre que mes sœurs !

Madar-*jan* avait besoin d'aide pour les courses et il lui était impossible de compter sur Padar-*jan* pour quoi que ce soit. Si elle lui demandait de passer au marché sur le chemin du retour, il oubliait systématiquement de le faire, mais ne manquait pas de l'injurier en trouvant les placards vides. Et si elle se rendait toute seule au bazar, il entrait dans une colère plus noire encore. Madar-*jan* demandait parfois aux voisins de lui prendre un ou deux articles mais elle évitait de le faire trop souvent, sachant que ceux-ci échangeaient déjà des messes basses sur la façon étrange dont son mari déambulait dans notre petite rue, en agitant frénétiquement les bras comme s'il parlait aux oiseaux. Mes sœurs et moi aussi nous interrogions sur son comportement, mais Madar-*jan* nous expliqua que notre père prenait un médicament qui le conduisait parfois à agir bizarrement.

À la maison, je ne résistais pas au plaisir de raconter mes escapades dans le monde extérieur. Ces récits agaçaient Shahla davantage que Parwin, qui trouvait son bonheur dans ses crayons et son papier.

— Demain, j'irai sûrement acheter des pois chiches grillés au marché. Il me reste un peu de sous. Si tu veux, je peux t'en prendre, Shahla.

Cette dernière soupira et fit passer Sitara d'une hanche à l'autre. Elle avait l'air d'une jeune maman exaspérée.

— Laisse tomber. Je n'en veux pas. Va plutôt finir les corvées, Rahima. Je parie que tu traînes exprès là-bas. Tu ne te presses pas pour rentrer à la maison, j'en suis sûre.

— Je ne *traîne* pas. Je vais faire les courses que Madar-*jan* me *demande* de faire. Mais peu importe. On se voit plus tard.

Je ne tenais pas vraiment à rendre mes sœurs jalouses. Je voulais avant tout célébrer mes nouveaux privilèges, ma liberté d'aller et de venir, de déambuler dans les magasins sans chaperon. Si j'avais eu davantage de tact, j'aurais trouvé une autre façon de m'exprimer. Mais je crois que ce fut ma tendance au bavardage qui attira l'attention de Khala Shaima. Mon insensibilité me destinait peut-être à une cause plus noble.

Khala Shaima était la sœur de ma mère – son aînée. Madar-*jan* était plus proche d'elle que de n'importe quel autre membre de sa famille et nous la voyions souvent. Si nous n'avions pas grandi auprès d'elle, son apparence nous aurait sans doute effrayées. Khala Shaima était née avec une colonne vertébrale déformée, qui ondulait dans son dos comme un serpent. Bien que nos grands-parents aient tenté de lui trouver un prétendant avant que son handicap ne devienne trop visible, elle ne connut que l'indifférence. Les familles venaient pour se renseigner sur ma mère ou sur Khala Zeba, la benjamine, mais personne ne voulait de Khala Shaima, avec son dos voûté et son épaule de travers.

Elle comprit bien vite qu'elle n'attirerait jamais les regards et décida donc de ne plus se préoccuper de son apparence. Elle laissa pousser ses sourcils, ne rasa pas les quelques poils de son menton et opta quotidiennement pour la même tenue terne.

À la place, elle concentra toute son énergie sur ses nièces et neveux et à s'occuper de nos grands-parents vieillissants. Khala Shaima supervisait tout ; elle s'assurait que nous travaillions bien à l'école, que nous ayons des vêtements chauds en hiver et que les poux n'aient pas envahi nos têtes. Elle nous servait de filet de sécurité chaque fois que nos parents étaient en difficulté avec nous et c'était l'une des rares personnes qui supportaient de se trouver à proximité de Padar-*jan*.

Mais il fallait connaître Khala Shaima pour la *cerner*. Je veux dire pour vraiment la *cerner*. Si vous ne saviez pas qu'elle était animée des meilleures intentions du monde, vous pouviez être rebuté par la dureté de son langage, par ses remarques acerbes, ou par sa façon méfiante de plisser les yeux quand vous lui parliez. En revanche, si vous étiez au courant des critiques qui lui avaient été infligées depuis son enfance par des étrangers et des membres de sa famille, tout s'éclairait.

Elle était gentille avec nous et arrivait toujours les poches pleines de sucreries. Padar-*jan* faisait remarquer d'un air narquois qu'il n'y avait rien de doux chez Khala Shaima hormis le contenu de ses poches. Mes sœurs et moi feignions la patience, attendant le froissement du papier d'emballage. Quand elle arriva ce jour-là, je venais de rentrer du marché, juste à temps pour recevoir mes bonbons.

— Shaima, Dieu du ciel, tu gâtes trop ces enfants ! Qui peut acheter ce genre de chocolats par les temps qui courent ? Ils doivent être hors de prix !

— On n'arrête pas un âne qui n'est pas à soi, décocha-t-elle.

Voilà autre chose sur Khala Shaima. Tout le monde utilisait ces vieux proverbes afghans de temps à autre, mais notre tante, elle, était incapable de s'en passer pour exprimer ses idées. Les conversations avec elle devenaient alors aussi sinueuses que son dos.

— Reste en dehors de ça et laissons les filles retourner à leurs devoirs.

— Nous avons fini nos devoirs, Khala Shaima-*jan*, dit Shahla. Nous avons travaillé toute la matinée.

— Toute la matinée ? Vous n'êtes pas allées à l'école aujourd'hui ? demanda-t-elle en fronçant les sourcils.

— Non, Khala Shaima. Nous n'allons plus à l'école, expliqua Shahla en détournant le regard, parfaitement consciente qu'elle jetait Madar-*jan* dans la fosse aux lions.

— Qu'est-ce que ça veut dire ? Raisa ! Pourquoi les filles ne vont-elles pas à l'école ?

Madar-*jan* leva les yeux de sa théière, à contrecœur.

— Nous avons dû les en retirer, une fois de plus.

— Au nom du ciel, quelle excuse ridicule avez-vous trouvé cette fois-ci pour les éloigner de leurs études ? Est-ce qu'un chien leur a aboyé dessus dans la rue ?

— Non, Shaima. Tu ne crois pas que j'aimerais mieux les faire aller à l'école ? C'est juste qu'elles sont victimes de la bêtise des garçons dans la rue. Tu sais comment ils sont. Et puis, leur père n'aime pas les savoir dehors au milieu des garçons. Je ne lui en veux pas. Tu sais, cela fait à peine un an que les filles sont autorisées à se promener dans la rue. C'est peut-être trop tôt, tout simplement.

— Trop tôt ? Trop tard, tu veux dire ! Elles auraient dû aller à l'école bien plus tôt mais elles ne l'ont pas fait. Imagine le retard qu'elles ont dû accumuler ; et maintenant qu'elles peuvent le rattraper, tu préfères les garder à la maison pour lessiver le sol ? Il y aura toujours des idiots dans la rue pour dire n'importe quoi et les déshabiller du regard. Tu peux me croire. Mais si c'est pour ces raisons que tu retiens tes filles cloîtrées, tu ne vaux pas mieux que les Talibans qui ont fermé les écoles.

Shahla et Parwin échangèrent des regards.

—Alors que suis-je supposée faire ? Haseeb, le cousin d'Arif, lui a dit que…

—Haseeb ? Ce crétin encore plus bête qu'un tank russe ? Tu décides de l'avenir de tes enfants d'après les propos de Haseeb ? Ma sœur, je te croyais plus intelligente que ça.

Madar-*jan* poussa un soupir de frustration et se frotta les tempes.

—Dans ce cas, tu n'as qu'à rester jusqu'au retour d'Arif et lui dire toi-même quelle est la meilleure solution !

—Qui a dit que j'allais partir ? rétorqua froidement Khala Shaima.

Elle cala un coussin derrière son dos tordu et s'appuya contre le mur. Nous nous préparâmes au pire. Padar-*jan* détestait les intrusions de notre tante et se montrait aussi direct qu'elle.

—Tu es un imbécile si tu crois que tes filles sont mieux dans cette maison en train de moisir au lieu de s'instruire à l'école.

—Toi qui n'es jamais allée à l'école, regarde comme tu as bien tourné, s'amusa Padar-*jan*.

—J'ai beaucoup plus de sens commun que toi, monsieur l'ingénieur.

C'était un coup bas. Padar-*jan* avait voulu s'inscrire dans une école d'ingénieurs après le lycée, mais ses notes n'avaient pas été assez bonnes. Il avait donc opté pour l'enseignement général pendant un semestre avant d'abandonner pour commencer à travailler. Il était à présent propriétaire d'un magasin où il réparait de vieux appareils électroniques. Bien que doué dans son travail, il était encore plein d'amertume, car le titre d'ingénieur était extrêmement prestigieux pour les Afghans.

— Va au diable, Shaima! Sors de chez moi! Ce sont mes filles et je n'ai pas besoin des conseils d'une infirme pour savoir comment les élever!

— Eh bien, cette infirme a une idée qui pourrait résoudre tes problèmes – tu pourrais permettre aux filles de retourner à l'école sans perdre la face.

— Laisse tomber. Sors d'ici, hors de ma vue. Raisa! Où est mon dîner, bon sang?

— Quelle est ton idée, Shaima? demanda brusquement Madar-*jan*, curieuse.

Elle respectait sa sœur, en fin de compte. La plupart du temps, Shaima avait raison. Notre mère se hâta de préparer une assiette et de la porter à Padar-*jan*, qui regardait par la fenêtre, l'air absent.

— Raisa, tu te souviens de l'histoire que notre grand-mère nous racontait? Tu te souviens de Bibi Shekiba?

— Oh, elle! Oui, mais quel rapport avec les filles?

— Elle est devenue ce dont la famille avait besoin. Ce dont le roi avait besoin.

— Le roi! railla Padar-*jan*. Tes histoires sont plus absurdes chaque fois que tu ouvres ta vilaine bouche.

Khala Shaima ne prêta pas attention à cette remarque. Elle avait entendu bien pire.

— Tu crois vraiment que ça fonctionnerait pour nous?

— Les filles ont besoin d'un frère.

Madar-*jan* détourna les yeux et poussa un soupir de déception. Son échec à porter un garçon était un point sensible depuis la naissance de Shahla. Elle n'avait pas prévu que l'on remette cela sur le tapis ce soir-là. Elle évita le regard de Padar-*jan*.

— C'est ça, que tu es venue me dire ! Qu'on a besoin d'un garçon ? Tu ne crois pas que je le savais déjà ? Si ta sœur était une meilleure épouse, alors peut-être que j'en aurais un !

— Arrête de jacasser et laisse-moi finir.

En réalité, elle ne finit pas. Elle ne fit que commencer. Cette nuit-là, Khala Shaima se mit à nous raconter l'histoire de mon arrière-arrière-grand-mère, Shekiba, une histoire que mes sœurs et moi n'avions jamais entendue auparavant. Une histoire qui me transforma.

# Chapitre 2

## SHEKIBA

Shekiba.
*Ton nom signifie « cadeau », ma fille. Tu es un cadeau d'Allah.*

Qui aurait cru que Shekiba deviendrait précisément ce que son prénom désignait, un cadeau passant de main en main ? Shekiba naquit au début du XX$^e$ siècle, dans un Afghanistan convoité par la Russie et l'Angleterre, qui promirent l'une et l'autre de protéger le pays qu'elles venaient d'envahir, tel un pédophile prétendant aimer sa victime.

Les frontières entre l'Afghanistan et l'Inde furent redessinées à plusieurs reprises, comme si elles n'avaient été qu'un simple trait de crayon. Les gens appartenaient à un pays puis à l'autre, les nationalités changeaient aussi souvent que la direction du vent. L'Afghanistan fut le terrain du « Grand jeu » opposant la Grande-Bretagne à l'Union soviétique, de leur course au pouvoir pour obtenir le contrôle de l'Asie centrale. Mais peu à peu, la rébellion féroce des Afghans contre une domination étrangère eut raison de ce jeu. Les torses se gonflaient d'orgueil lorsqu'ils parlaient de leur résistance.

Des morceaux du pays furent toutefois grignotés, progressivement, jusqu'à ce que ses frontières rétrécissent comme un pull en laine oublié sous la pluie. Des zones du nord telles que Samarcande et Boukhara revinrent à l'Empire russe. Des parties du sud furent découpées et le front occidental fut repoussé au fil des ans.

En ce sens, Shekiba était un miroir de son pays. Dès l'enfance, les tragédies et la malveillance l'entamèrent, ne laissant d'elle que des miettes. Si seulement Shekiba avait été plus jolie, ou du moins agréable à l'œil. Alors peut-être son père aurait-il pu espérer lui arranger un beau mariage une fois son heure venue. Les gens l'auraient peut-être regardée avec une once de bienveillance.

Mais le village de Shekiba était impitoyable. Pour se rendre à Kaboul, une journée de cheval était nécessaire, il fallait traverser une rivière et trois montagnes. La plupart des gens passaient leur vie entière sans sortir du village, dans les champs verdoyants cernés de montagnes, et parcouraient à pied les chemins de terre reliant un domaine à un autre. Leur village était niché au creux d'une vallée, c'était une terre sombre nourrie par la rivière proche et entourée de grandes cimes donnant une sensation de clôture, d'intimité. Il y avait quelques dizaines de clans, de grandes familles qui se connaissaient depuis des générations. La plupart des habitants avaient un lien de parenté, et les commérages comptaient parmi leurs occupations favorites.

Les parents de Shekiba étaient cousins au deuxième degré, leur mariage avait été arrangé par sa grand-mère paternelle. Leur famille, comme beaucoup d'autres, vivait de l'agriculture. À chaque génération, la terre familiale fut fractionnée, permettant aux familles de bâtir leurs propres foyers lorsqu'elles décidaient de quitter la demeure principale du clan. Le père de Shekiba, Ismail Bardari, était le benjamin de sa famille. Ses frères aînés s'étaient mariés avant lui et avaient peuplé le domaine de leurs femmes et de leurs enfants.

Voyant qu'il n'y avait pas de place pour lui et sa jeune épouse, Shafiqa, Ismail s'empara de son burin et se mit au travail. Heureusement pour lui, son père lui avait légué un lopin de terre si fertile que sa part de culture était garantie. C'était le plus travailleur de la fratrie, et son père avait voulu s'assurer que le potentiel du terrain serait exploité. Il y avait de nombreuses bouches affamées à nourrir et une bonne récolte pouvait apporter du village un revenu supplémentaire. Les frères d'Ismail n'avaient pas son instinct. Lui avait un don. Il connaissait la bonne température pour planter, la fréquence à laquelle labourer la terre, et la quantité exacte d'eau pour faire pousser les récoltes. Ses frères lui en voulaient d'être le favori de leur père. Ils prétendirent préférer vivre dans la maison principale. Au bout du compte, il érigea autour de sa maison un mur de terre et de pierre pour protéger son foyer des regards indiscrets, ainsi qu'il était d'usage dans le pays.

Ismail amena sa jeune épouse nerveuse dans leur nouveau foyer, qu'entourait un petit champ contigu à celui de son frère. Dehors, elle pouvait voir ses belles-sœurs aller et venir, leurs burqas formant des taches bleues dans le paysage kaki. Quand les femmes se dirigeaient vers elle, Shafiqa se précipitait à l'intérieur pour se couvrir, gênée par son ventre arrondi. Mais sa belle-famille la trouvait ennuyeuse et timide, et s'intéressa de moins en moins à elle et à ses enfants au fil du temps. Ses belles-sœurs poussaient de bruyants soupirs lorsqu'elles conversaient avec elle, et murmuraient aux oreilles de leurs maris lorsqu'elle était loin. Si le père de Shekiba avait été comme les autres hommes, il aurait fait taire ces médisances en changeant de femme. Mais Ismail

Bardari était différent ; il resta avec la femme qu'il avait épousée, n'en déplaise à sa mère et ses sœurs.

Les frères de Shekiba, Tariq et Munis, étaient leur seul lien véritable avec le clan. Shafiqa veillait sur Shekiba et sa petite sœur Aqela, surnommée « Bulbul » à cause de sa voix fluette et mélodieuse qui rappelait à Ismail l'oiseau local. Les deux garçons faisaient des allers et retours entre la maison de leur père et celle de leur grand-père, portant vêtements, légumes et nouvelles. Ils étaient appréciés de leurs grands-parents, estimés pour leur statut d'héritiers mâles. La mère d'Ismail, Bobo Shahgul, disait souvent que ses deux petits-fils étaient les seules bonnes choses jamais engendrées par Shafiqa. Les frères surprirent de nombreux commentaires haineux mais se gardèrent de les répéter. Shekiba et Aqela ne se rendaient pas compte du peu d'intérêt que leur portait la famille de leur père, car elles passaient le plus clair de leur temps aux côtés de leur mère. Trop près d'elle, parfois.

Ce fut une Shekiba maladroite, qui, à l'âge de deux ans, fit basculer son destin en un clin d'œil. Se réveillant d'une sieste matinale, elle alla chercher sa mère. Entendant le bruit familier de l'épluchage des légumes, elle entra en trébuchant dans la cuisine. Son petit pied se prit dans l'ourlet de sa robe et son bras s'agita en l'air, pour venir frapper une casserole d'huile bouillante posée sur le feu, que sa mère n'eut pas le temps de rattraper. L'huile vola dans les airs et retomba sur le côté gauche du visage angélique de Shekiba, le réduisant en lambeaux de chair brûlée.

Shafiqa hurla et inonda le visage de sa fille d'eau froide mais c'était trop tard. Il lui fallut des mois pour cicatriser, des mois au cours desquels la jeune femme nettoya soigneusement le visage de l'enfant avec une mixture que le pharmacien local leur avait préparée. La douleur s'accentuait à mesure que la peau cicatrisait. Les démangeaisons faillirent rendre folle la fillette et sa mère fut obligée de lui enrouler les mains dans un linge, pour l'empêcher de gratter la peau noire et décomposée. Vinrent les accès de fièvre, si violents que le petit corps de l'enfant tremblait et convulsait. Shafiqa se trouvait dans l'impuissance totale, son seul recours fut la prière ; elle se balançait d'avant en arrière aux côtés de sa fille, implorant la miséricorde d'Allah.

Bobo Shahgul vint voir Shekiba quand elle entendit parler de l'accident. Shafiqa espérait ardemment recevoir les conseils avisés de sa belle-mère, mais cette dernière n'en eut aucun. Avant de partir, elle suggéra à sa bru de mieux surveiller ses enfants et remercia le Ciel à voix basse que ce malheur ne fût pas arrivé à l'un des garçons.

La survie de Shekiba fut un véritable miracle, un autre cadeau d'Allah. Son visage guérit mais elle n'était plus la même. À partir de ce moment, Shekiba fut coupée en deux. Quand elle souriait, seule la moitié de son visage souriait. Quand elle pleurait, seule la moitié de son visage pleurait. Toutefois, le pire changement s'opéra dans l'expression des gens. Ceux qui voyaient son profil droit commençaient à sourire mais lorsque leur regard glissait de l'autre côté, leurs propres visages se transformaient. Chaque réaction rappelait à Shekiba à quel point elle était laide, repoussante. Certaines personnes faisaient un pas en arrière et plaquaient une main contre leur bouche. D'autres osaient s'attarder, les yeux plissés, pour mieux l'examiner. De l'autre côté de la route, les gens s'arrêtaient sur leur chemin et pointaient l'index vers elle.

« Là. Tu l'as vue ? C'est là que vit la fille au demi-visage. Alors, je ne t'avais pas dit qu'elle était terrifiante ? Dieu seul sait ce qu'ils ont fait pour mériter ça. »

Même ses tantes et oncles secouaient la tête et faisaient claquer leur langue chaque fois qu'ils la voyaient, comme si la déception et le choc étaient nouveaux pour eux. Ses cousins lui trouvèrent des surnoms. « Face de *Shola* », car sa peau rappelait le riz gluant. « *Babaloo* », ou monstre. C'était celui qu'elle détestait le plus, car elle aussi avait peur du *babaloo*, la créature qui terrorisait tous les enfants afghans la nuit.

Shafiqa tenta de la préserver des commentaires, des moqueries, des regards, mais il était trop tard pour sauver l'amour-propre de Shekiba, une qualité à laquelle les gens, de toute façon, accordaient peu de prix. Elle couvrait sa fille d'une burqa lorsqu'elle voyait des gens approcher de leur maison, ou lors des rares occasions où la famille s'aventurait dans le village.

*Souviens-toi, « Shekiba » signifie « cadeau ». Tu es notre cadeau, ma fille. Ignore les regards imbéciles.*

Shekiba savait qu'elle était affreusement défigurée et s'estimait même chanceuse d'être acceptée par sa famille immédiate. L'été, sa burqa lui donnait chaud et l'étouffait, mais elle se sentait en sécurité sous l'étoffe, protégée. Elle n'était pas vraiment heureuse, mais contente de rester dans la maison, à l'abri des regards. Les insultes lui étaient épargnées de cette façon. Ses parents s'éloignèrent encore du clan, et le ressentiment à l'égard de la timide Shafiqa s'intensifia.

Tariq et Munis débordaient d'énergie, et n'ayant qu'un an d'écart, passaient souvent pour des jumeaux. Lorsqu'ils eurent huit et neuf ans, ils commencèrent à aider leur père aux travaux des champs et à faire les courses au village. La plupart du temps, ils ne prêtaient pas attention aux commentaires moqueurs sur leur « sœur damnée », mais Tariq se risquait parfois à riposter. Un jour, Munis rentra à la maison couvert de bleus et d'une humeur massacrante. Il en avait plus qu'assez des garçons du quartier le harcelant à propos de sa sœur au demi-visage. Padar-*jan* s'était rendu dans la maison du garçon en question pour s'excuser auprès de ses parents mais il ne réprimanda jamais Tariq ni Munis pour avoir défendu leur sœur.

Aqela, toujours souriante, chantait des berceuses de sa douce voix de *bulbul* et remontait le moral de Shekiba et de sa mère pendant qu'elles s'adonnaient aux corvées. Ils étaient heureux entre eux. Ils ne possédaient pas grand-chose, mais ne manquaient de rien et ne se sentaient jamais seuls.

En 1903, une vague de choléra décima l'Afghanistan. Les enfants se flétrissaient en quelques heures et succombaient dans les bras faibles de leur mère. La famille de Shekiba n'eut d'autre choix que de consommer l'eau empoisonnée qui circulait dans le village. D'abord Munis, puis les autres. La maladie frappa vite et fort. L'odeur était insoutenable. Shekiba en fut sidérée. Elle vit les visages de ses frères et sœur pâlir et se creuser en quelques jours. Aqela était calme, ses chansons réduites à un doux gémissement. Shafiqa s'affolait, tandis qu'Ismail secouait la tête avec résignation. Ils apprirent que deux des enfants du clan étaient morts, les fils des oncles de Shekiba.

Shekiba et ses parents s'attendaient à ressentir eux aussi des crampes dans le ventre. Ils s'occupèrent nerveusement des autres, s'observant mutuellement, se demandant qui serait le prochain. Shekiba vit son père enlacer les épaules de sa femme tandis qu'elle priait en se balançant. La peau d'Aqela devenait grise, les yeux de Tariq se creusaient. Munis demeurait immobile et silencieux.

Shekiba avait treize ans lorsqu'elle aida ses parents à laver puis envelopper Tariq, Munis et Aqela, l'oiseau chanteur, dans le linceul dont on recouvrait traditionnellement les défunts. Shekiba reniflait en silence, sachant qu'elle serait hantée par le souvenir de ce moment où elle creusa avec son père les tombes de ses frères adolescents et de la délicate Aqela, qui venait d'avoir dix ans. Shekiba et ses parents faisaient partie des survivants.

Pour la première fois depuis des années, le clan fit son apparition. Shekiba vit ses oncles et leurs épouses entrer et sortir de la maison, présenter leurs condoléances avant de passer au foyer endeuillé des voisins. Il allait sans dire qu'ils plaignaient les parents de Shekiba, pas tant pour la perte de leurs trois enfants, mais par déception qu'Allah ait épargné leur monstre de fille plutôt qu'un des garçons. Par chance, Shekiba, en état de choc, ne ressentait plus rien.

Des milliers de personnes perdirent la vie cette année-là. Les disparitions de sa famille représentaient quelques crans de plus dans la ceinture de l'épidémie.

Une semaine après l'enterrement de ses trois enfants, Shafiqa commença à murmurer toute seule quand personne ne la regardait. Elle demandait à Tariq de l'aider à porter les seaux d'eau. Elle conseillait à Munis de finir son repas pour devenir aussi grand que son frère. Elle faisait glisser ses doigts dans les franges de la couverture comme si elle peignait les cheveux d'Aqela.

Ensuite, Shafiqa passa son temps assise, à s'arracher les cheveux un à un jusqu'à se rendre chauve ; disparurent ensuite ses cils et sourcils. N'ayant plus rien à arracher, elle s'attaqua aux poils de ses bras et de ses jambes. Elle se nourrissait, mais s'étouffait avec des morceaux qu'elle avait oublié de mâcher. Ses murmures devinrent plus audibles et Shekiba et son père firent semblant de ne pas les entendre. Parfois, elle tendait l'oreille puis se mettait à glousser avec une légèreté étrangère à leur foyer. Lentement, Shekiba devint la mère de sa mère, s'assurant qu'elle faisait sa toilette et lui rappelant d'aller au lit le soir.

Un an plus tard, au même lugubre mois de Qows[1], la mère déclinante de Shekiba décida de ne pas se réveiller. Ce ne fut pas une surprise.

Ismail prit les mains de sa femme et se dit que tous les tourments qu'elle avait endurés avaient dû les vider de leurs forces. Shekiba colla sa joue à celle de sa mère et remarqua que ses yeux avaient perdu leur aspect vitreux et désespéré.

*Madar-jan a dû mourir en regardant le visage de Dieu*, songea sa fille.

Rien d'autre n'aurait pu apporter si vite une telle paix dans son regard.

La maison soupira de soulagement. Shekiba baigna sa mère une dernière fois, en prenant soin de laver son crâne chauve, et constata qu'elle avait même arraché les poils de ses parties intimes. Délesté du poids du chagrin, son corps était incroyablement léger.

Le jour suivant, Shekiba et son père revinrent donc dans le champ pour ouvrir la terre une fois de plus. Ils ne prirent pas la peine d'en aviser le reste de la famille. Son père lut une prière au-dessus du monticule de terre et ils se regardèrent, se demandant en silence lequel des deux rejoindrait les autres en premier.

Shekiba se retrouva seule avec son père. Un cousin passa pour les informer d'un mariage à venir et repartit annoncer au reste du clan qu'il y avait un nouveau veuf. Les vautours descendirent sur la maison en quelques jours, présentant leurs condoléances, mais seulement après avoir rappelé au père de Shekiba qu'il pouvait désormais se trouver une autre femme. Ils mentionnèrent quelques familles du village ayant des filles à marier, la plupart à peine plus âgées que Shekiba,

---

[1]. Décembre

mais son père était si malheureux et si exténué que sa famille échoua à arranger une nouvelle union pour lui.

Shekiba grandit avec son père pour seule compagnie, avec ses mots rares, ses yeux pleins de solitude. Elle travailla à ses côtés jour et nuit. Plus elle en faisait, plus il était facile à cet homme d'oublier que son enfant était une fille. Il se mit à la voir comme un fils, se trompant même parfois et l'appelant par le prénom d'un de ses frères. Dans le village, les bavardages allaient bon train. Comment un père et sa fille pouvaient-ils vivre seuls ? La compassion céda la place à la critique et Ismail et Shekiba s'isolèrent encore plus du monde extérieur. Le clan ne voulait plus être associé à eux et le village ne s'intéressa plus à ce vieil homme abîmé et à sa fille-garçon plus abîmée encore.

Au fil des ans, Ismail s'apaisa en imaginant qu'il avait toujours vécu sans femme et qu'il n'avait eu qu'un seul enfant. Il y parvint en faisant fi de tout. Il était le seul à ne pas voir le visage ravagé de Shekiba et ne remarquait pas que, en tant que jeune femme, elle aurait pu avoir besoin d'une figure féminine pour l'aiguiller. Lorsqu'elle se mit à saigner tous les mois, il fit semblant de ne pas sentir les linges souillés qu'elle cachait derrière un tas de bûches dans leur petite maison. Et quand il l'entendit verser des larmes, il haussa les épaules et mit ses reniflements sur le compte d'un mauvais rhume.

Il emmena sa fille aux allures de garçon dans les champs pour cultiver leur modeste lopin de terre. Elle bina, abattit et coupa à la hache comme tout fils robuste l'aurait fait pour son père. Grâce à elle, Ismail put continuer de croire qu'il n'avait jamais rien connu d'autre que cette relation père-fils. Shekiba s'avéra habile, et son père fut ainsi persuadé de sa capacité à gérer la ferme. Les bras et les épaules de sa fille se musclèrent.

Les années passèrent. Les traits de Shekiba se durcirent, ses paumes et plantes de pieds s'épaissirent, devinrent calleuses. Chaque jour, le dos d'Ismail se courbait davantage, ses yeux perdaient de leur acuité et ses besoins grandissaient. Certains jours, Shekiba devait s'occuper seule de la ferme et de la maison.

N'importe quelle autre fille aurait trouvé pesante cette vie de recluse, mais Shekiba n'était pas comme les autres. Les enfants des environs pointaient sans cesse le doigt vers elle, la taquinaient, tout comme leurs parents. Son apparence était choquante partout, excepté à la maison.

Les personnes qui sont frappées par la tragédie plus d'une fois, peuvent être certaines que le sort va s'acharner et qu'elles pleureront de nouveau. Le destin trouve plus facile de revenir sur ses pas. Le père de Shekiba s'affaiblit, sa voix devint plus rauque, sa respiration plus courte. Un jour, tandis que la jeune fille l'observait depuis le mur de pierre et de boue, il plaqua une main contre sa poitrine, fit deux pas en avant et s'effondra au sol en serrant sa faucille.

Shekiba n'avait que dix-huit ans mais elle sut quoi faire. Elle tira le corps de son père dans la maison en le faisant glisser sur un grand linceul, s'arrêtant de temps à autre pour ajuster sa prise et essuyer les larmes qui coulaient le long de sa joue droite. Le côté gauche de son visage restait stoïque.

Elle étendit le corps dans le salon et s'assit à ses côtés, répétant jusqu'au lever du soleil les quatre ou cinq versets coraniques que ses parents lui avaient appris. Au matin, elle commença la cérémonie qu'elle avait déjà trop souvent exécutée dans sa courte vie. Elle dévêtit son père, en faisant attention à garder ses parties intimes cachées derrière un chiffon. Le bain rituel aurait dû être pris en charge par un homme, mais Shekiba n'avait personne à appeler. Mieux valait risquer la colère d'Allah que se tourner vers ces ignobles individus.

Elle le lava, détournant la tête au moment de verser de l'eau sur son entrejambe, puis enveloppa à l'aveugle son corps raide dans un linge, comme sa mère et elle l'avaient fait pour sa sœur. Elle le tira de nouveau dehors et ouvrit la terre une dernière fois pour achever l'inhumation familiale. Shekiba se mordit la lèvre et se demanda si elle devait creuser une tombe supplémentaire pour elle, se disant qu'il n'y aurait plus personne pour le faire lorsque son tour viendrait. Trop épuisée pour fournir le moindre effort supplémentaire, Shekiba récita quelques prières et regarda son père disparaître sous des mottes de terre, comme sa sœur, ses frères et sa mère avant lui.

Elle retourna dans la maison vide et s'assit en silence. Sous son calme apparent, la colère et la peur faisaient rage.

Shekiba était seule.

# Chapitre 3

## Rahima

—Nous ne serions pas les premiers. D'autres l'ont fait avant nous.

—Tu écoutes encore cette cinglée de Shaima avec son histoire sur votre grand-mère adorée.

—Ce n'était pas ma grand-mère. C'était…

—Je m'en moque. Tout ce que je sais, c'est que ta sœur me donne la migraine.

—Arif-*jan*, je crois qu'il serait sage d'envisager cette solution. Pour le bien de tous.

—Et à quoi ça va nous servir ? Tu as vu ceux qui sont passés par là ? Ils sont tous revenus à la case départ après quelques années. Ça n'a rien changé.

—Mais Arif-*jan*, elle serait en mesure de nous aider. Elle pourrait aller à l'épicerie. Elle pourrait accompagner ses sœurs à l'école.

—Fais ce que tu veux. Je sors.

J'écoutai attentivement depuis le couloir, à quelques mètres de la chambre que nous partagions mes sœurs et moi. La cuisine était située derrière le salon, elle ne comportait que quelques casseroles et un brûleur. Le domaine familial était spacieux, construit à une époque où la famille de mon grand-père était plus aisée. À présent, ses murs étaient nus et craquelés et ressemblaient davantage à ceux de nos voisins.

Quand j'entendis Padar-*jan* se lever laborieusement, je m'éclipsai en vitesse sur la pointe des pieds, le tapis étouffant mes pas. Une fois certaine qu'il était parti, je revins vers le salon où je trouvai ma mère plongée dans ses pensées.

— Madar-*jan* ?

— Hein ? Oh. Oui, *bachem*. Qu'y a-t-il ?

— De quoi parlez-vous, Padar-*jan* et toi ?

Elle me regarda et se mordit la lèvre.

— Assieds-toi, dit-elle.

Je m'assis en tailleur devant elle, en m'assurant que l'ourlet de ma jupe descende sur mes genoux et couvre mes mollets.

— Tu te souviens de l'histoire que ta *khala* Shaima nous a racontée l'autre soir ?

— Celle sur notre arrière-arrière-arrière-arrière…

— Tu es pire que ton père, parfois. Oui, celle-ci. Je crois qu'il est temps que nous changions quelque chose chez toi. Il vaut peut-être mieux que nous te laissions être un fils pour ton père.

— Un fils ?

— C'est très simple et cela se fait tout le temps, Rahima-*jan*. Imagine comme ça le rendra heureux ! Et toi, tu pourras faire des tas de choses que tes sœurs ne sont pas autorisées à faire.

Elle savait comment piquer mon intérêt. J'inclinai la tête, curieuse d'entendre la suite.

— On changera ta garde-robe, et on te donnera un nouveau prénom. Tu pourras aller à l'épicerie chaque fois qu'on aura besoin de quelque chose. Tu pourras aller à l'école sans avoir peur d'être embêtée par les garçons. Tu pourras jouer à des jeux. Qu'est-ce que tu en dis ?

C'était le paradis, voilà ce que j'en disais ! Je songeai alors aux fils des voisins. Jameel. Faheem. Bashir. J'écarquillai les yeux à l'idée de pouvoir frapper dans un ballon avec eux en pleine rue.

Madar-*jan*, elle, ne pensait pas aux garçons de la rue. Elle pensait à notre garde-manger vide. Elle pensait à Padar-*jan* et au fait qu'il ait tant changé. Nous pouvions nous estimer heureuses qu'il ramène encore un peu d'argent à la maison, grâce à tel ou tel travail douteux. De temps en temps, il parvenait à se concentrer suffisamment pour bricoler un vieil appareil et le ramener à la vie. Ses faibles revenus servaient à payer à peu près ses médicaments, nos vêtements et notre nourriture. Plus Madar-*jan* y pensait, plus elle prenait conscience du tour désespéré que prenait notre situation.

— Viens avec moi. Inutile de perdre du temps. Ton père prend de plus en plus de... médicaments ces jours-ci. Ta *khala* Shaima a raison. Nous devons agir, sans quoi nous allons vraiment finir par nous retrouver dans le pétrin.

Mes sœurs et moi avions peur de tomber malades. Nous craignions, si cela arrivait, de devoir prendre les mêmes médicaments que Padar-*jan*. Ils lui faisaient faire de drôles de choses, se comporter d'une drôle de façon. En général, il voulait simplement s'allonger et dormir. Mais parfois, il prononçait des phrases qui n'avaient aucun sens. Et il ne se rappelait jamais rien de ce que nous lui disions. C'était encore pire lorsqu'il ne prenait pas ses médicaments.

Dans la maison, il avait cassé à peu près tout ce qui pouvait l'être. Les assiettes et les verres avaient été épargnés, mais uniquement parce qu'il n'avait pas assez d'énergie pour les sortir du buffet. Il avait déjà jeté contre un mur et réduit en miettes tout ce qu'il avait trouvé à portée de main. Une urne en céramique. Un plat en verre que Madar-*jan* avait reçu en cadeau. Autant de victimes de la guerre qui faisait rage dans la tête de Padar-*jan*.

Notre père avait combattu auprès des moudjahidines pendant des années, tiré sur les troupes russes qui bombardaient notre ville de roquettes. Lorsque les Soviétiques se retirèrent enfin pour aller retrouver leur pays en déliquescence, Padar-*jan* rentra chez lui et pria pour que la vie redevienne normale, même si peu de gens se souvenaient d'une telle époque. C'était en 1989.

Ses parents reconnurent à peine le jeune homme de dix-sept ans qui avait quitté la maison arme à l'épaule, au nom de Dieu et de son pays. Sa mère et son père se hâtèrent de lui arranger un mariage. À vingt-quatre ans, il était très en retard et ils pensèrent qu'une femme et des enfants le remettraient sur le chemin de la normalité, mais Padar-*jan*, tout comme le reste du pays, avait oublié le sens de ce mot.

Madar-*jan* avait tout juste dix-huit ans le jour de son mariage. Je l'imagine aussi terrifiée à l'approche de sa nuit de noces que je le fus moi-même. Je me demande parfois pourquoi elle ne m'a pas prévenue, mais ce sont sans doute des choses dont les femmes ne parlent pas.

Tandis que le pays se préparait à un nouveau départ, mes parents en faisaient autant. Ma sœur Shahla arriva en premier, suivie par Parwin et moi. Vinrent ensuite Rohila et Sitara. Nous sommes toutes nées à un an d'intervalle, de sorte que seule ma mère put nous différencier quand nous fûmes toutes capables de marcher. En ne mettant au monde que des filles, Madar-*jan* se révéla une déception pour Padar-*jan*. Ma grand-mère se montra plus amère encore, elle qui avait, comme il se doit, engendré cinq fils et une seule fille.

La situation se délita à la maison, comme dans le pays après le départ des Russes. Pendant que les guerriers afghans retournaient leurs armes et leurs roquettes les uns contre les autres, Padar-*jan* tentait de s'adapter à la vie familiale. Il s'essaya au métier de charpentier aux côtés de son père, mais un homme auquel on n'avait appris qu'à détruire eut du mal à construire. Les bruits stridents lui étaient insupportables. La colère s'empara de lui et il se tourna de nouveau vers Abdul Khaliq, le seigneur de guerre sous les ordres duquel il avait combattu.

Les seigneurs de guerre représentaient la nouvelle aristocratie en Afghanistan. L'allégeance à un homme jouissant d'une influence locale promettait une vie meilleure. Cela signifiait un revenu là où, autrement, il n'y aurait rien eu. Padar-*jan* eut tôt fait d'huiler sa mitrailleuse, de la balancer par-dessus son épaule et de repartir au combat, cette fois-ci au nom d'Abdul Khaliq. Il rentrait à la maison de temps à autre. La première fois, ce fut pour découvrir que Madar-*jan* avait donné naissance à une nouvelle fille, moi en l'occurrence ; il repartit alors rejoindre les champs de bataille, animé d'une colère neuve.

Madar-*jan* se retrouva abandonnée dans un foyer plein de filles, avec seulement une belle-famille amère vers qui se tourner. Nous vivions dans une petite maison à deux pièces, qui faisait partie de l'enceinte familiale. La guerre avait réuni les familles. Deux de mes oncles furent tués dans les combats. Une de mes tantes mourut en donnant naissance à son sixième enfant. En attendant que mon oncle puisse se remarier deux mois plus tard, ma mère et ses belles-sœurs s'en occupèrent. Nous aurions dû avoir le sentiment de former une grande famille unie. Nous aurions dû être bons les uns envers les autres. Mais il y avait du ressentiment. Il y avait de la colère. Il y avait de la jalousie. Chez nous, comme bientôt dans le reste du pays, la guerre civile faisait rage.

La famille de Madar-*jan* vivait à quelques kilomètres, mais ils auraient pu tout aussi bien habiter de l'autre côté des montagnes de l'Hindu Kush. Ils avaient donné notre mère à Padar-*jan* et ne voulaient pas s'immiscer dans les relations de leur fille avec sa nouvelle famille. La sœur difforme de Madar-*jan*, Shaima, n'était pas du même avis.

Les difformités ne suscitaient aucune pitié, alors Khala Shaima se constitua une carapace pour se protéger des insultes, des humiliations, des railleries. Plus âgée que Madar-*jan* de presque dix ans, notre tante nous disait des choses que personne d'autre n'aurait osé formuler en notre présence. Elle nous parlait de la guerre, des seigneurs de guerre qui contrôlaient tout et menaient leurs conquêtes sans merci, s'en prenant même aux femmes de la façon la plus honteuse qui soit. La plupart du temps, Madar-*jan* suppliait d'un regard sa grande sœur de se taire. Nous étions jeunes, après tout, et ce n'était pas à Khala Shaima que revenait la tâche d'apaiser nos terreurs nocturnes. Notre tante oubliait parfois que nous étions des enfants et nous livrait des détails qui nous laissaient sidérées, nous faisant craindre notre propre père.

Quand Padar-*jan* rentrait à la maison, nous nous faisions toutes petites. L'éventail de ses humeurs allait de la jubilation à la colère noire, mais on ne pouvait jamais prédire dans quel état d'esprit il serait ni à quel moment il allait réapparaître. Madar-*jan* se sentait seule et était ravie de recevoir les visites de sa sœur, même si sa belle-mère les voyait d'un mauvais œil. Cette dernière s'assurait de rapporter à son fils le nombre exact de fois où ma tante était venue en son absence ; elle faisait claquer sa langue pour exprimer sa désapprobation et provoquait la fureur de notre père. C'était sa façon de montrer à Madar-*jan* qu'elle contrôlait notre foyer, même s'il était situé à cent cinquante mètres de la maison principale.

Tout le monde désirait le pouvoir mais il était difficile de l'obtenir. Le seul qui semblait en détenir un peu était Abdul Khaliq Khan, le seigneur de guerre. Lui et sa milice gagnèrent le contrôle de notre ville et des villes voisines, une fois leurs rivaux repoussés. Nous vivions au nord de Kaboul et n'avions pas assisté à des combats depuis environ quatre ans, mais les rumeurs disaient Kaboul assiégée. Les habitants de notre ville secouaient la tête de consternation en entendant les nouvelles, mais nos foyers étaient déjà criblés de balles et en ruine. Il était temps pour les privilégiés de la capitale de comprendre à quoi nous avions survécu.

Ce furent des moments épouvantables. J'ose à peine imaginer ce à quoi mon père a assisté dans son adolescence. Comme tant d'autres, il se rendait insensible à l'horreur avec les « médicaments » auxquels Madar-*jan* faisait allusion. Il s'embrumait l'esprit à l'aide de l'opium qu'Abdul Khaliq tenait à disposition de ses hommes, un élément aussi indispensable à leur capacité à mener la guerre que l'artillerie qu'ils trimballaient sur leur dos.

Madar-*jan* était de plus en plus excédée par notre père mais n'avait d'autre choix que de s'occuper de ses filles. Khala Shaima lui apporta une mixture qu'elle but pour ne plus avoir d'enfants après moi. J'ignore ce que contenait ce mélange, mais il s'avéra efficace durant six ans. Quand Madar-*jan* sentit de nouveau son ventre gonfler, elle pria sans relâche et suivit à la lettre les instructions de notre tante. Rien n'y fit. Déçue, morte de peur, elle nomma notre plus jeune sœur Sitara et redouta le jour où Padar-*jan* rentrerait à la maison pour découvrir que son foyer avait accueilli une nouvelle fille.

Vinrent ensuite les Talibans. Ils n'étaient qu'une faction de plus engagée dans la guerre civile mais ils gagnèrent en puissance et leur régime se propagea dans tout le pays.

Nous en sentîmes peu les conséquences, jusqu'à ce qu'on nous retire de l'école, que nos fenêtres soient obscurcies et la musique interdite. Madar-*jan* soupirait mais tenait bon, sa routine quotidienne se trouvant à peine modifiée par les nouvelles règles.

Lorsqu'il apprit que notre ville était tombée entre les mains des Talibans, Abdul Khaliq rassembla ses hommes pour répliquer – et pour défendre son honneur de seigneur de guerre. S'ensuivirent plusieurs semaines d'explosions, de larmes, d'enterrements, et les hommes, victorieux, purent retrouver leurs foyers. Notre ville était de nouveau à nous.

Padar-*jan* resta à la maison pendant quelques mois. Il passa du temps avec ses frères, tenta d'aider son père à récupérer son affaire et certains de nos voisins à reconstruire leurs maisons. Tout se passait bien jusqu'au jour où un jeune garçon vint frapper à notre porte avec un message pour Padar-*jan*. Le lendemain matin, notre père graissa sa mitrailleuse, se coiffa de son *pakol* et repartit au combat.

Il rentrait de temps à autre mais ses sautes d'humeur étaient de plus en plus menaçantes. Nous ne le voyions que deux ou trois jours d'affilée et nous étions trop jeunes pour comprendre la rage qui l'animait lorsqu'il était de retour à la maison. Ce n'était plus le même. Même Bibi-*jan*, ma grand-mère, pleurait après ses visites, affirmant qu'elle avait perdu un fils de plus à la guerre.

Ce fut mon cousin Siddiq qui nous porta la nouvelle. Il l'avait appris de notre grand-père.

— Amrika. Voilà qui c'est. Ils sont venus et ils bombardent les Talibans. Ils ont les plus grosses mitraillettes, les plus grosses roquettes! Et leurs soldats sont très forts!

— Pourquoi Amrika n'est pas venu avant? avait demandé Shahla.

À presque douze ans, elle était assez intelligente pour poser des questions qui nous laissaient béates d'admiration.

Siddiq avait dix ans mais l'assurance d'un jeune homme. Son père avait été tué des années auparavant et notre grand-père l'avait pris sous son aile. C'était l'homme de la maison.

— Parce que les Talibans ont bombardé Amrika. Maintenant, ils sont en colère et ils les bombardent en retour.

Notre grand-père entra dans la cour et surprit notre conversation.

— Siddiq-*jan*, qu'est-ce que tu racontes à tes cousines ?

— Je leur parlais d'Amrika, Bobo-*jan*. Je leur disais qu'ils envoient des roquettes sur les Talibans !

— Padar-*jan*, demanda timidement Shahla. Est-ce que les Talibans ont détruit beaucoup de foyers à Amrika ?

— Non, *bachem*. Quelqu'un a attaqué un immeuble en Amrika. Maintenant, ils sont en colère et viennent s'en prendre à lui et à son peuple.

— Seulement un immeuble ?

— Oui.

Nous restâmes silencieuses. Ces nouvelles semblaient plutôt bonnes. Un grand et puissant pays était venu à notre secours ! Notre peuple avait un allié dans la guerre contre les Talibans !

Mais Bobo-*jan* put voir dans les yeux de Shahla que quelque chose la tourmentait et il savait exactement de quoi il s'agissait. Pourquoi est-ce qu'Amrika se mettait dans tous ses états après l'attaque d'un seul bâtiment ? La moitié de notre pays s'était effondré sous le règne des Talibans. Nous pensions tous la même chose.

Si seulement Amrika avait pu se mettre en colère pour cela également.

# Chapitre 4

## SHEKIBA

Shekiba poursuivit son dur labeur dans les champs comme si son père était encore à ses côtés. Elle nourrit les poules et l'âne, répara la charrue dont l'essieu s'était brisé en heurtant une pierre. La maison était sombre et silencieuse. Le silence lui pesait parfois, elle tentait alors de l'annuler par le bruit des corvées, ou en parlant aux oiseaux perchés sur le mur. Certains jours, elle ressentait de la satisfaction, et presque du bonheur, à vivre en autarcie. Elle espérait que sa mère appréciait les petites fleurs qu'elle avait plantées tout en écoutant le bulbul chanter au-dessus de la tombe d'Aqela.

Certaines choses étaient difficiles. Sans son père, Shekiba n'avait aucun lien avec le village et ses ressources. Elle utilisait l'huile de cuisson avec parcimonie et faisait attention à la quantité de légumes qu'elle récoltait dans le champ de sorte à pourvoir à ses besoins. Elle creusa une petite tranchée entre la maison et le mur, où elle enterra quelques pommes de terre pour se confectionner une réserve en prévision de l'hiver. Elle cueillit les haricots et en mangea quelques-uns, laissant le reste sécher pour plus tard.

Il lui sembla, dans sa conception déformée du temps, que la mort de son père avait précipité l'arrivée de l'hiver. Shekiba n'avait aucune raison de se soucier du calendrier. Le soleil se levait, se couchait, et elle accomplissait sans relâche ses corvées, se demandant à l'occasion ce qu'il adviendrait d'elle. Combien de temps cette existence allait-elle encore durer ? Elle songea plus d'une fois à y mettre fin. Un jour, elle se pinça le nez et ferma la bouche. Elle sentit sa poitrine se serrer et se serrer encore, puis finit par expirer, continuant à vivre, et maudissant sa faiblesse.

Elle envisagea une nouvelle fois de creuser sa propre tombe, à côté de celle de son père, et de s'y allonger. Peut-être que l'ange Gabriel l'apercevrait et lui permettrait de rejoindre les siens. Shekiba se demanda si elle reverrait sa mère. Si tel était le cas, elle pria pour que ce soit la femme qui chantait en cuisinant, et non la créature chauve aux yeux vitreux qu'elle avait enterrée.

L'hiver arriva et Shekiba continua de travailler la terre tant bien que mal, subsistant grâce aux stocks qu'elle avait constitués à l'automne. Chaque fois qu'elle prenait la peine de se déshabiller pour se laver, elle remarquait que ses côtes saillaient davantage. Elle utilisa les vêtements de ses frères et sœur comme rembourrage pour protéger ses os fragiles du sol dur. Elle s'affaiblit, ses cheveux devinrent cassants, se clairsemèrent. Ses gencives se mirent à saigner quand elle mâchait, mais elle sentait à peine le goût du sang dans sa bouche.

Le printemps arriva et Shekiba se languit de la chaleur du soleil et du travail qui allait avec. Mais avec le printemps surgit un visiteur, et pour Shekiba, le premier signe que son existence allait bientôt basculer malgré elle.

Elle nourrissait les poules lorsqu'elle aperçut au loin un jeune garçon qui se dirigeait vers sa maison en provenance de celle de son grand-père. Elle ne le reconnut pas mais se précipita à l'intérieur pour revêtir sa burqa. Elle fit les cent pas, jetant de temps en temps un coup d'œil dans l'embrasure de la porte pour confirmer que le garçon avançait toujours vers elle. C'était le cas, et tandis qu'il approchait, Shekiba constata qu'il n'avait pas plus de sept ou huit ans. Elle s'émerveilla de son apparence saine et robuste et se demanda ce que ses cousins mangeaient dans la maison principale. Une fois de plus, Shekiba remercia le Ciel d'avoir son voile bleu pour se dissimuler.

—*Salaaaaaam*! cria l'enfant quand il fut assez proche. Je suis Hameed! Cher oncle, je voudrais te parler!

Hameed? Qui était Hameed? Shekiba ne fut pas surprise de ne pas l'avoir reconnu. De nombreux cousins avaient dû naître depuis qu'elle avait perdu le contact avec le clan. Shekiba ne sut comment réagir. Devait-elle répondre ou garder le silence? Quelle attitude susciterait le moins d'interrogations?

—*Salaaaaaam*! Je suis Hameed! Cher...

Shekiba l'interrompit.

—Ton oncle n'est pas là. Il ne peut pas te parler pour le moment.

D'abord, il n'y eut pas de réponse. Elle se demanda si Hameed avait été prévenu de son existence. Elle imaginait très bien la conversation.

*Mais fais attention. Ton oncle a une fille, un vrai monstre. Elle est affreuse à regarder, alors n'aie pas peur. Elle est folle et a tendance à délirer.*

Shekiba colla une oreille au mur, pour savoir si Hameed était toujours là ou s'il s'éloignait.

—Qui es-tu?

Shekiba ne sut que répondre.

—J'ai dit: qui es-tu?

—Je suis... Je suis...

—Tu es la fille de mon oncle? Tu es Shekiba?

—Oui.

— Où est mon oncle ? On m'a chargé de lui porter un message.

— Il n'est pas là.

— Alors où est-il ?

*Au bord du champ. N'as-tu pas vu l'arbre ? Celui qui devrait donner des pommes mais ne donne plus rien ? Voilà où il est. Tu es passé devant lui, et aussi devant ma mère, ma sœur et mes deux frères. Si tu as quelque chose à lui dire, tu n'as qu'à le faire sur le chemin du retour, chargé de nourriture.*

Mais Shekiba ne dit pas ce qu'elle pensait. Il lui restait encore un peu de bon sens.

— J'ai dit : où est-il ?

— Il est sorti.

— Quand va-t-il rentrer alors ?

— Je ne sais pas.

— Eh bien, dis-lui que Bobo Shahgul veut le voir. Elle veut qu'il vienne à la maison.

Bobo Shahgul était la grand-mère paternelle de Shekiba. La dernière fois que la jeune fille l'avait vue, c'était avant que le choléra n'emporte sa famille. Bobo Shahgul était venue parler à son fils d'une fille du village, la fille d'un ami. Elle voulait qu'Ismail la prenne pour seconde épouse, et même, éventuellement, qu'il revienne vivre dans le domaine familial avec elle et laisse sa première femme dans sa maison. Shekiba se rappelait avoir vu sa mère écouter la conversation, tête baissée, en silence.

— Dis à Bobo Shahgul que… qu'il n'est pas là pour le moment.

Elle esquivait la vérité.

— Tu transmettras le message à mon oncle ?

— Je le ferai.

Elle entendit ses pas s'éloigner mais attendit encore une heure avant d'émerger de sa cachette, au cas où. Ce n'était pas la fille la plus intelligente au monde, mais elle savait que sa grand-mère enverrait un autre message tôt ou tard.

Trois mois passèrent.

Shekiba était en train d'attacher le harnais à l'âne pour commencer à labourer la terre quand elle vit deux hommes marcher vers sa maison. Elle courut se réfugier à l'intérieur et saisit sa burqa dans un mouvement de panique. Son cœur battait la chamade. Elle plaqua l'oreille contre le mur, à l'affût de leurs pas.

— Ismail! Sors et viens nous parler! Tes frères sont là!

Les frères de son père? Bobo Shahgul devait avoir quelque affaire en tête. Shekiba essaya désespérément de trouver quelque chose de sensé à dire.

— Mon père n'est pas à la maison!

— Ça suffit, les mensonges, Ismail! On sait que tu es ici! Tu es bien trop lâche pour quitter ta maison! Sors, ou alors on entre de force pour te faire entendre raison!

— Je vous en prie, mon père n'est pas à la maison!

Elle entendit sa propre voix se fêler. Allaient-ils forcer la porte? Ce ne serait pas bien difficile. Un simple effleurement la ferait céder.

— Va au diable, Ismail! Arrête de te cacher derrière ta fille! Éloigne-toi, petite, on entre!

# Chapitre 5

## Rahima

Madar-*jan* me conduisit derrière la maison, armée des ciseaux et du rasoir de Padar-*jan*. Je me tins assise, nerveuse, pendant que mes sœurs regardaient. Elle tira mes longs cheveux en queue-de-cheval, murmura une prière et commença lentement à couper. Shahla avait l'air stupéfaite. Rohila semblait s'amuser du spectacle. Quant à Parwin, elle n'y assista qu'un bref instant avant de courir dans la maison prendre ses crayons et son papier. Elle griffonna furieusement en me tournant le dos.

Madar-*jan* coupa et tailla, écartant mon oreille pour s'attaquer à ses contours. Elle raccourcit ma frange. Je baissai les yeux et vis le sol jonché de cheveux. Elle balaya les mèches tombées sur mes épaules, souffla sur mon cou et épousseta mon dos. Ma nuque me semblait nue, exposée. En proie à une excitation nerveuse, je me mis à glousser. Seule Shahla remarqua la larme unique coulant sur la joue de Madar-*jan*.

L'étape suivante concernait mes vêtements. Madar-*jan* demanda à la femme de mon oncle une chemise et un pantalon qui n'allait plus à mon cousin. Il avait grandi, tout comme son frère aîné et mon autre cousin avant lui. Elle m'envoya m'habiller à l'intérieur pendant que mes sœurs et elle balayaient mes cheveux de fille pour les faire disparaître de la cour.

Je glissai une jambe puis l'autre. Le vêtement était plus serré et plus lourd que les pantalons bouffants que je portais d'ordinaire sous ma robe. Je tirai les ficelles de la ceinture et les nouai. Je passai la tunique par-dessus la tête et me rendis compte que je n'avais plus de queue-de-cheval à faire sortir du col. Je passai une main sur ma nuque, sentis les pointes courtes.

Je baissai les yeux et vis mes genoux cagneux saillir à travers le tissu. Je croisai les bras sur ma poitrine et penchai la tête, une posture qu'adoptait souvent mon cousin Siddiq. Je balançai le pied en avant, faisant semblant de frapper dans un ballon. Qu'est-ce que cela voulait dire ? Étais-je déjà un garçon ?

Je pensai alors à Khala Shaima. Je me demandai ce qu'elle dirait en me voyant ainsi. Sourirait-elle ? Était-elle sérieuse lorsqu'elle avait suggéré cette transformation ? Elle nous raconta que notre arrière-arrière-grand-mère avait travaillé à la ferme comme un homme, qu'elle avait été un fils pour son père. J'étais suspendue à ses lèvres, impatiente d'entendre le récit de la métamorphose de notre arrière-arrière-grand-mère en garçon. Khala Shaima promit de revenir pour nous raconter la suite. Je détestais devoir attendre.

Je lissai ma chemise et ressortis pour voir ce qu'en penserait ma mère.

— Eh bien ! Si ce n'est pas un joli petit garçon ! dit Madar-*jan*.

Je décelai une pointe d'incertitude dans sa voix.

— Tu es sûre, Madar-*jan* ? Je n'ai pas l'air bizarre ?

Shahla plaqua une main sur sa bouche en me découvrant.

— Oh mon Dieu ! Tu as l'air d'un vrai petit garçon ! Madar-*jan*, on la reconnaît à peine !

Notre mère hocha la tête.

— Tu n'auras plus à te faire démêler les cheveux, dit Rohila avec envie.

Se faire démêler les cheveux était pour nous la douloureuse routine du matin. La chevelure de Rohila formait un fouillis de minuscules nids d'oiseaux que Madar-*jan* luttait pour défaire pendant que ma sœur grimaçait en gigotant.

— *Bachem*, à partir de maintenant, nous allons t'appeler Rahim au lieu de Rahima, me dit avec tendresse Madar-*jan*.

Son regard semblait lourd de fatigue, bien trop pour une femme de trente ans.

— Rahim ! Nous allons devoir l'appeler Rahim ?

— Oui, maintenant, c'est votre frère, Rahim. Vous oublierez votre sœur Rahima et accueillerez votre frère. Vous pouvez faire cela, les filles ? Il est très important que vous ne parliez que de votre frère Rahim et ne mentionniez jamais l'existence d'une autre sœur.

— Au cas où on oublierait à quoi elle ressemblait, Parwin a dessiné ce portrait de Rahima.

Rohila tendit à Madar-*jan* le dessin que Parwin avait exécuté pendant ma coupe de cheveux. C'était un portrait incroyablement ressemblant de l'ancienne version de moi-même, celle aux cheveux longs et aux yeux naïfs. Madar-*jan* observa le dessin et murmura quelque chose d'indéchiffrable. Elle plia la feuille en deux et la posa sur la table.

— Alors c'est tout ? Il ne faut rien d'autre pour en faire un garçon ? s'enquit Shahla d'un air sceptique.

— Il ne faut rien d'autre, confirma Madar-*jan* d'une voix calme. C'est comme ça qu'on fait. Les gens comprendront. Tu verras.

Elle savait que mes sœurs seraient les plus difficiles à convaincre. Tous les autres – professeurs, tantes, oncles, voisins – accepteraient sans réserve le fils de ma mère. Je n'étais pas la première *bacha posh*. C'était une tradition ordinaire pour les familles en manque de garçon. Ce que Madar-*jan* redoutait déjà, c'était le jour où il faudrait me changer de nouveau en fille. Mais ce ne serait pas avant que je commence à devenir femme. J'avais encore quelques années devant moi.

— Waouh, commenta Parwin en revenant dans la cour pour voir ce qui se passait.

— Voilà, c'est tout ce qu'il fallait. Maintenant, c'est un garçon.

— Non, pas encore, dit calmement Parwin. Elle n'est pas encore un garçon.

— Qu'est-ce que tu veux dire ? demanda Rohila.

— Il faut qu'elle marche sous un arc-en-ciel.

— Un arc-en-ciel ?

— Qu'est-ce que tu racontes ?

— Mon Dieu, Parwin, dit Madar-*jan* avec un doux sourire. Je n'ai pas souvenir de t'avoir récité ce poème. Comment en as-tu entendu parler ?

Parwin haussa les épaules. Nous n'étions pas surprises. Parwin ne se rappelait pas si elle avait pris un petit déjeuner mais connaissait une quantité de choses totalement insolites.

— De quoi parle-t-elle, Madar-*jan* ? demandai-je.

J'étais curieuse de savoir si Parwin disait vrai ou si son imagination avait eu raison d'elle ce jour-là.

— Elle fait référence à un vieux poème. Je ne me souviens pas très bien de l'histoire, mais ça parle de ce qui arrive lorsqu'on passe sous un arc-en-ciel.

— Qu'est-ce qui arrive si on passe sous un arc-en-ciel ? demanda Rohila.

— Une légende raconte que le fait de marcher sous un arc-en-ciel change les filles en garçons et les garçons en filles.

— Quoi ? C'est vrai ? Ça peut vraiment arriver ?

Cela me laissa perplexe. Je n'avais pas marché sous un arc-en-ciel. Je n'en avais même jamais vu de ma vie. Comment un tel changement pouvait-il s'opérer ?

— Récite-nous ce poème, Madar-*jan*. Je sais que tu t'en souviens. *Imprégnés des essences...*, débuta Parwin.

Madar-*jan* soupira et se dirigea vers le salon. Nous la suivîmes. Elle s'assit, dos au mur, et leva les yeux au plafond, essayant de se rappeler les mots justes. Son tchador glissa sur ses épaules. Nous nous assîmes autour d'elle, impatientes.

— *Afsaanah, see-saanah...*, commença-t-elle.

Une histoire, trente histoires. Puis elle chanta le poème.

*Imprégnés des essences, nous jouions dans les champs*
*Épris*
*D'indigo, de turquoise, de safran*
*Il y avait du brouillard dans l'espace*
*Qui me séparait d'eux*
*Les couleurs montent au ciel, touchent Dieu*
*J'envie l'arc, qui s'étire, large et puissant*
*Tandis que se mêlent les pigments*
*Les couleurs font la révérence pour accueillir un frère*
*Nous, humbles serviteurs, passons timidement dessous*
*L'arc de Rostam change la fille en garçon, fait de l'un son*
    *contraire*
*Puis l'air devient sec et se lasse du leurre*
*Et la brume ouvrant les bras, reprend les couleurs*

# Chapitre 6

## SHEKIBA

Shekiba était assise, le dos contre le mur froid. Il faisait nuit et la maison était plongée dans le silence. Des ronflements lui parvenaient de partout, certains plus bruyants que d'autres. La faible lueur de la lune éclairait les bouilloires et les casseroles qu'elle avait lavées et rangées dans un coin pour avoir une place où étendre sa couverture. Comme presque toutes les nuits, ses yeux étaient grands ouverts quand ceux des autres étaient clos. À cette heure avancée, elle se demandait ce qu'elle aurait pu faire différemment.

Ses oncles avaient fait irruption dans la maison ce jour-là, refusant d'être congédiés. À présent que sa grand-mère avait rétabli le contact avec elle, elle ne pouvait guère leur en vouloir d'avoir tant insisté. Personne ne voulait décevoir Bobo Shahgul. Elle était déjà suffisamment méchante lorsqu'elle obtenait ce qu'elle voulait.

Les oncles de Shekiba avaient rapidement compris que quelque chose était arrivé à son père. La maison sentait la pourriture et la solitude. Shekiba avait cessé de balayer le sol et laissé les pelures de pommes de terre s'amonceler dans un coin, ne voyant aucune raison de les sortir. Au bout d'un certain temps, elle ne fit plus attention à l'odeur. Mais il n'y avait pas que la maison. Shekiba était devenue apathique. Elle ne prenait plus la peine de laver sa robe, et avait passé presque tout l'hiver pelotonnée sous une couverture, sans se soucier de sa propre puanteur. La lumière du jour et la chaleur l'avaient finalement incitée à faire sa toilette, mais il lui aurait fallu plusieurs bains d'affilée pour qu'elle recouvre son apparence normale. Ses cheveux étaient un entrelacs de nids infestés de poux, impossibles à démêler depuis des mois.

Shekiba était pâle et squelettique. Pendant un instant, ses oncles crurent être tombés sur un *djinn*, un esprit. Comment un être de chair, un être vivant pouvait-il avoir cette apparence ?

Ils demandèrent à voir son père, scrutant la pièce et se rendant compte immédiatement de son absence. Shekiba, tremblante, se tourna de côté, voulant se cacher mais s'assurant en même temps qu'ils ne s'approcheraient pas d'elle. Ils ne pouvaient pas la voir, mais ils pouvaient sentir la peur, la sueur et le sang. Ils l'appelèrent encore, d'une voix plus forte, plus énervée.

Ce fut à ce moment-là que Shekiba quitta son corps. Elle entendit un cri et vit un fantôme bleu foncer vers le mur qui l'avait abritée du regard des autres – le mur que son père avait construit pour protéger sa famille. Un autre cri, et tandis qu'elle s'écroulait, des mains empoignèrent le fantôme, des doigts se refermèrent sur ses os avec une odieuse facilité. Le fantôme voulut répliquer, prendre ses jambes à son cou et fuir, mais les hommes avaient de la viande sur leurs os. Ils serrèrent leur prise et elle s'abandonna, les laissant la rouler dans sa couverture et la porter vers le domaine familial de la même façon qu'elle avait porté son père vers sa tombe.

Lorsqu'elle passa devant l'arbre au pied duquel reposait sa famille, Shekiba gémit et les appela. Elle tenta de lever la tête pour voir les monticules de terre.

*Madar. Padar. Tariq. Munis. Bulbul.*

Elle ne vit pas les regards que ses oncles échangèrent en comprenant soudain que toute la famille était morte, même leur frère Ismail. Shekiba ne les vit pas serrer les dents, retenir leurs larmes et marmonner qu'ils auraient dû être là pour laver le corps de leur frère et jeter de la terre sur sa tombe. Shekiba était la seule survivante – celle qui n'aurait pas dû survivre. Ils se demandèrent depuis combien de temps cette fille vivait seule et secouèrent la tête de honte. Une fille livrée à elle-même ! Quel déshonneur cela risquait de jeter sur la famille si quiconque au village venait à l'apprendre !

Ils l'étendirent dans la cour et allèrent avertir Bobo Shahgul. Quelques minutes plus tard, la vieille dame alerte se dressait déjà au-dessus de Shekiba, la scrutant à travers le voile de sa cataracte, tentant d'examiner au mieux la petite-fille dont elle aurait pu se passer.

— Dites à vos femmes de la laver. Prévenez-les que son visage va leur soulever le cœur. Et dites-leur de la nourrir. Nous devons nous occuper de cette créature à présent si nous voulons sauver notre réputation au village. Que Dieu la punisse d'avoir maintenu son père loin de nous, *mon fils* ! Nous n'avons même pas été prévenus qu'il avait quitté ce monde ! Elle paiera pour ça.

Bobo Shahgul s'avéra une femme de parole. Depuis la mort de son mari deux ans auparavant, elle avait accepté volontiers le rôle de matriarche de la famille. Elle présidait son assemblée de belles-filles armée de sa canne, même si ses jambes fonctionnaient parfaitement. Elle avait acquis le droit de marcher la tête haute puisqu'elle avait donné à son mari six fils et deux filles. À présent, c'était à son tour de faire la loi, en usant de la même main de fer que celle à laquelle elle avait survécu.

Shekiba se laissa dévêtir et laver. Elle trouva beaucoup plus facile de céder que de résister. Les épouses les plus jeunes se virent assigner la redoutable tâche de rendre une apparence humaine à la bête que Shekiba était devenue. On apporta des seaux d'eau. On lui coupa les cheveux, impossibles à sauver à ce stade. Elles la maudirent pour l'odeur nauséabonde que dégageait chaque parcelle de son corps, une puanteur qui leur brûlait les narines. Elles lui mirent de la nourriture dans la bouche ; quelqu'un se chargea de faire bouger sa mâchoire, pour lui rappeler qu'il fallait mâcher.

En quelques jours, l'esprit de Shekiba rejoignit son corps. Elle se mit à entendre ce que les gens disaient, à remarquer que la faim ne lui tordait plus le ventre. Elle porta les doigts à sa tête et sentit un foulard couvrant les pointes irrégulières de ses cheveux coupés.

*Je dois ressembler à l'un de mes cousins*, se dit-elle.

Sa peau était à vif, rougie par les bains agressifs qu'on lui avait donnés. Pour ôter la couche de crasse qui recouvrait son corps, ses tantes l'avaient frottée à l'aide d'un linge trop rugueux pour sa peau fragile. Elle avait quelques croûtes, tandis que d'autres zones étaient encore enflammées, tardant à cicatriser à cause de la malnutrition dont elle avait souffert. La nuit, elle dormait sur une couverture dans l'étroite cuisine, se cognant souvent les pieds contre une casserole, ce qui la réveillait en sursaut. Le matin, on la déplaçait dans une des nombreuses pièces où elle serait à l'abri des regards, pendant que les femmes préparaient le petit déjeuner.

— J'en ai assez de la soulever. Demande à Hamida de t'aider. Mon dos me fait mal.

— Tu dis la même chose tous les jours ! Ton dos, ton dos. Ce n'est sûrement pas à cause de ce que tu fais ici. Qu'est-ce que ton mari t'a fait ? Dis-lui d'y aller doucement.

Des rires.

— Ferme-la et prends-lui les bras. Beurk. Comme si je n'étais pas assez barbouillée aujourd'hui. Je ne peux plus supporter de la regarder.

— D'accord, mais on va la mettre dans ta chambre. La mienne est encore imprégnée de son odeur d'hier, c'est irrespirable.

Shekiba se laissa déplacer de pièce en pièce et insulter. Au moins, on ne lui demandait pas de prendre part à cette existence. Mais cela ne devait pas durer. Bobo Shahgul avait d'autres projets pour elle.

La maison familiale comportait une petite cuisine où les femmes préparaient ensemble les repas. Il y avait une pièce commune où tout le monde s'asseyait dans la journée, où les enfants jouaient et les repas étaient pris. Autour de ces deux pièces principales se trouvaient quatre ou cinq autres pièces, pour chacun des fils de Bobo Shahgul. Chaque famille se partageait une de ces chambres. Seule Bobo Shahgul avait sa propre chambre.

Shekiba était couchée sur le côté, dans la chambre de son oncle, quand elle sentit vaguement la canne de Bobo Shahgul lui cogner la cuisse.

— Debout, petite insolente ! Ça suffit, les sottises. Ça fait plus d'une semaine que tu dors. Tu ne vas pas t'en sortir avec ce genre de comportement dans cette maison. Dieu seul sait quelles folies ta mère a permises.

Shekiba grimaça. Un des inconvénients de son rétablissement était qu'à présent, son corps avait assez d'énergie pour sentir la douleur. Au deuxième coup de canne, elle roula sur le côté et tenta de s'écarter, de s'éloigner de sa grand-mère. Sa tête était lourde après un si long sommeil.

— Insolente et paresseuse par-dessus le marché ! Comme sa mère !

Il était impossible de fuir cette femme. Shekiba se mit en position assise et parvint à poser les yeux sur sa grand-mère.

— Eh bien ? Tu n'as rien à dire ? Irrespectueuse et ingrate. Nous t'avons lavée et nourrie et tu ne trouves rien d'autre à faire que rester assise là avec un regard idiot ?

— *Salaam…*, commença faiblement Shekiba.

— Redresse-toi et fais attention à tes jambes. Tu ne le sais peut-être pas, mais tu es une fille et tu dois te tenir comme telle.

Bobo Shahgul lui assena un coup de canne sur le bras. Shekiba tressaillit et fit de son mieux pour redresser le dos. Sa grand-mère se pencha vers elle, laissant voir ses rides profondes, le jaune de ses yeux.

— Je veux que tu me dises ce qui est arrivé à mon fils.

Chaque syllabe fut ponctuée par un postillon.

*Ton fils ? Ton fils ?* pensa Shekiba, l'esprit soudain clair et lucide. *Ton fils était mon père. Quand l'as-tu vu pour la dernière fois ? À quand remonte la dernière fois où tu as pris la peine de lui envoyer de la nourriture, de l'huile ? Tu pouvais le voir dans le champ. Tu pouvais voir la douleur dans ses gestes. As-tu seulement songé à lui envoyer quoi que ce soit alors ? Tout ce à quoi tu pensais, c'était lui trouver une autre femme, à perpétuer le nom de la famille.*

— C'était mon père, dit Shekiba, taisant le reste.

— Ton père ? Et regarde ce que ça lui a apporté de bon ! Il aurait pu avoir une vie décente. Il aurait pu avoir une épouse pour s'occuper de lui, pour lui donner des fils qui auraient agrandi notre clan et travaillé sur notre terre. Mais tu as tout fait pour le garder reclus, piégé avec la créature sauvage que tu es, pour que personne ne vous approche, ni toi ni lui ! D'abord ta mère, et ensuite toi ! Tu as tué mon fils !

Sa canne vint frapper le sternum de Shekiba.

— Où est-il ? Qu'as-tu fait de lui ?

— Il est avec ma mère. Il est avec mes frères et ma sœur. Ils sont tous ensemble et m'attendent.

Bobo Shahgul fulmina devant le détachement de Shekiba. Comme elle l'avait soupçonné, son fils avait été enterré à son insu. Les yeux exorbités, elle enrageait.

— Ils t'attendent, hein ? Eh bien, peut-être que Dieu estimera que ton heure est pour bientôt, siffla-t-elle.

*Si seulement*, songea Shekiba.

— Zarmina ! Viens emmener cette fille ! Elle va vous aider aux corvées. Il est temps qu'elle se rende utile. Elle a causé assez de chagrin à la famille, il faut qu'elle se rachète maintenant.

Zarmina était mariée au plus âgé des oncles de Shekiba. Elle avait la force d'une mule – le visage également. Shekiba devina que c'était elle qui lui avait frotté la peau jusqu'au sang. La femme entra dans la pièce, essuyant ses mains dans un chiffon.

— Ah, on peut enfin arrêter d'être aux petits soins pour cette fille ! Il était temps. Dieu n'a que faire des traîne-savates. Lève-toi et viens dans la cuisine. Tu commenceras par éplucher les pommes de terre. On a du pain sur la planche.

Ce fut le début d'une nouvelle phase dans la vie de Shekiba. Le dur labeur ne lui était pas étranger, elle était habituée à soulever des charges lourdes, à éplucher, à frotter, à transporter. On lui assigna les tâches les plus ingrates de la maison, qu'elle accepta sans rechigner. Bobo Shahgul voulait qu'elle paie pour la mort de son père. Elle le lui rappela tous les jours, criant parfois le nom de son fils et faisant claquer sa langue.

Il lui arrivait même de gémir et de pleurer à grands cris sa disparition tragique.

— Il est parti si jeune. Comment a-t-il pu laisser sa mère dans un tel chagrin ? Comment une telle chose a-t-elle pu arriver à notre famille? N'avons-nous pas suffisamment prié? N'avons-nous pas obéi à Dieu? Oh, mon fils adoré! Comment une telle chose a-t-elle pu t'arriver?

Ses belles-filles restaient assises à ses côtés, lui demandant d'être forte et lui disant qu'Allah prendrait soin de lui puisque sa propre famille ne l'avait pas fait. Elles l'éventaient et lui disaient qu'elle allait se rendre malade avec tout ce chagrin. Cependant, les sanglots de Bobo Shahgul étaient dénués de larmes et s'arrêtaient aussi brusquement qu'ils s'étaient déclenchés. Shekiba poursuivait le brossage du tapis. Elle ne prenait pas la peine de lever les yeux.

«Qu'est-ce qui t'est arrivé? Il paraît qu'on t'appelle face de *shola*. Tu as mis du *shola* sur ton visage?»

Ses cousins lui posaient inlassablement la même question. Shekiba ne leur prêtait pas attention la plupart du temps. Parfois, on répondait à sa place.

«Elle n'a pas écouté sa mère, voilà ce qui lui est arrivé. Tu as compris ce que j'ai dit? Tu as intérêt à retenir ce que je te dis, sinon ta figure deviendra aussi hideuse que la sienne!»

Shekiba devint un instrument de discipline fort utile dans la maison.

«Regarde ce que tu as fait! Nettoie-moi ça, sinon tu iras dormir avec Shekiba cette nuit!»

Cela ne finissait jamais.

«Dieu a puni Shekiba. C'est pour ça qu'elle n'a ni père ni mère. Allez, va te laver avant la prière, sinon Dieu te fera subir le même sort.»

# Chapitre 7

# Rahima

Madar-*jan* me garda quelques semaines à la maison, le temps que je me fasse à l'idée d'être un garçon, avant de m'envoyer tâter le terrain hors de nos murs. Elle corrigea mes sœurs lorsqu'elles m'appelèrent Rahima et en fit autant avec mes jeunes cousins qui n'avaient jamais vu de *bacha posh* auparavant. Ils coururent chez eux rapporter la nouvelle à leurs mères, qui réagirent d'un sourire suffisant. Chacune avait donné à son mari au moins deux fils pour perpétuer le nom de la famille. Elles n'avaient pas besoin de transformer leurs filles en *bacha posh*.

Madar-*jan* ne prêta pas attention à leurs regards, vaquant à ses occupations comme si de rien n'était. Bibi-*jan* détestait l'idée qu'on ait recours, dans sa propre famille, à la tradition des *bacha posh*.

— Nous avions besoin d'un fils dans la maison, Khala-*jan*.

— Hum. Si tu avais pu en avoir un vrai, comme les autres, les choses auraient été plus simples.

Madar-*jan* rongea son frein pour la millième fois.

Padar-*jan* sembla à peine remarquer le changement. Après une absence de quelques jours, il rentra exténué. Il s'assit dans le salon et ouvrit une enveloppe contenant de petites pilules. Il les pressa entre ses doigts et répandit la poudre dans du papier à cigarette. Il alluma une extrémité et aspira profondément. Une fumée épaisse et suave serpenta autour de son visage et enveloppa sa tête. Mes sœurs et moi le trouvâmes ainsi en revenant de la cour. Nous nous arrêtâmes net et le saluâmes, têtes baissées.

Il nous regarda et tira une bouffée. Il plissa les yeux à travers la fumée, soudain conscient que quelque chose avait changé dans l'image de ses trois filles.

—Alors, elle l'a fait finalement.

Ce fut son seul commentaire à ce sujet.

Khala Shaima fut la voix rassurante dont Madar-*jan* avait besoin.

—Raisa, que voulais-tu faire d'autre? Ton mari délire la plupart du temps et ne t'est d'aucune utilité. Tu ne peux pas envoyer les filles à l'école ni même au marché car tu as peur de ce qui pourrait leur arriver. Ta belle-famille est trop occupée à médire sur les uns et les autres pour t'aider. C'était ta seule option. En plus, ce sera mieux pour elle, tu verras. Que peut faire une fille dans ce monde, de toute façon? Rahim te sera reconnaissant de ce que tu as fait pour lui.

—Mais ma belle-famille, je…

—Oublie-les! Celui qui n'apprécie pas la pomme n'apprécie pas le verger. Tu ne leur plairas jamais. Plus vite tu comprendras cela, mieux tu te porteras.

Ma première course en tant que garçon fut une expérience grisante. On m'envoya au marché pour acheter de l'huile et de la farine. Madar-*jan* me tendit quelques billets et me regarda descendre la rue. Mes sœurs, postées derrière elle, se penchèrent de chaque côté de sa jupe pour jeter un coup d'œil elles aussi. Je me retournai à plusieurs reprises pour observer ma mère et lui faire de joyeux signes, tentant de la convaincre que je pouvais y arriver – et de m'en convaincre par la même occasion.

Les rues étaient bordées de boutiques. Casseroles en cuivre. Vêtements pour bébés. Sacs de riz et de haricots secs. Des drapeaux colorés étaient suspendus au-dessus des portes d'entrée. Les magasins se dressaient sur deux niveaux, avec des balcons au deuxième étage où les hommes s'asseyaient et observaient les allées et venues de leurs voisins. Aucun des hommes ne marchait avec empressement. Les femmes, en revanche, s'affairaient avec énergie et concentration.

J'entrai dans le premier magasin que je reconnus, surmonté d'une grande enseigne annonçant un nouvel arrivage.

— *Agha-sahib*, combien pour un kilo de farine ? demandai-je, n'oubliant pas de garder les épaules droites.

Ne pouvant me résoudre à regarder l'homme dans les yeux, je balayai du regard les boîtes de conserve empilées sur l'étagère derrière lui.

— Quinze mille afghanis, répondit-il en levant à peine la tête.

Il n'y avait pas si longtemps, un kilo de farine coûtait 40 afghanis. Mais l'argent n'avait plus de valeur à présent que les gens en possédaient des sacs pleins.

Je me mordis la lèvre. C'était deux fois la somme que je l'avais vu demander à ma mère, et elle s'en était déjà plainte. Je ne fus pas surprise. J'étais venue chez ce même vendeur à deux reprises lorsque ma mère m'avait envoyée à contrecœur au marché et j'avais réussi à marchander pour qu'il divise son prix de moitié.

— C'est trop cher, *agha-sahib*. Même un roi ne pourrait pas payer autant. Si je vous en donnais 6 000 afghanis ?

— Tu me prends pour un idiot, petit ?

— Non, monsieur.

Ma poitrine se gonfla quand je l'entendis m'appeler « petit ».

— Mais je sais qu'Agha Kareem vend aussi de la farine et en demande beaucoup moins. Je ne voulais pas faire tout le chemin jusqu'à son magasin, mais…

— Dix mille afghanis. Pas moins.

— *Agha-sahib*, je ne vous demande qu'un kilo. Huit mille afghanis, c'est tout ce que je paierai.

— Petit ! Tu me fais perdre mon temps, aboya-t-il.

Je savais parfaitement qu'il n'avait rien d'autre à faire. Au moment où j'étais entrée dans sa boutique, il était en train de se curer les ongles.

— Alors je te paierai 12 000 afghanis mais il me faudra un kilo de farine et un litre d'huile en plus.

— Et un litre d'huile ? Est-ce que…

— Je ne suis pas bête, *agha-sahib*, dis-je.

Je me forçai alors à le regarder dans les yeux, comme un garçon l'aurait fait. Il s'arrêta net et pinça les lèvres. Les yeux plissés, il me regarda attentivement. Je me sentis rapetisser. Peut-être étais-je allée trop loin.

Soudain, il éclata de rire.

— Tu es un petit malin, toi, hein ? dit-il avec un sourire narquois. De qui es-tu le fils, à propos ?

Mes épaules se relâchèrent. Il avait démasqué la *bacha posh* mais c'était exactement comme Madar-*jan* l'avait promis : les gens comprenaient.

— Je suis le fils d'Arif. De l'autre côté du champ, après la rivière.

— Bien joué, mon garçon. Tiens, voici ton huile et ta farine, et déguerpis avant que je recouvre mes esprits.

Je comptai rapidement les billets, pris mon butin et me dépêchai de rentrer à la maison pour le montrer à Madar-*jan*. Ma marche se transforma en petites foulées quand je me rendis compte que je n'avais pas besoin d'être pudique et bien élevée. Je testai un vieil homme qui passait par là. Je plantai mes yeux dans les siens, et constatai qu'il ne réagit pas à mon audace. Électrisée, je me mis à courir plus vite. Personne ne me regarda de travers. Mes jambes étaient libérées, je courais dans les rues sans que mes genoux ne frottent contre ma jupe et sans me soucier des regards réprobateurs. J'étais un jeune homme et c'était dans ma nature de courir dans les rues.

Madar-*jan* sourit en me voyant haletante et aux anges. Je déposai les courses devant elle et lui montrai fièrement combien d'argent il me restait.

— Eh bien. On dirait que mon fils sait mieux marchander que sa mère ! dit-elle.

Je commençai à comprendre pourquoi Madar-*jan* avait besoin d'un fils à la maison. Certaines des tâches qu'elle laissait à mon père n'étaient plus assurées depuis des mois. À présent, elle pouvait compter sur moi.

Quand les chaussures de mes sœurs s'abîmèrent, que leurs semelles se mirent à pendouiller comme une gueule ouverte, je les portai au vieil homme au bas de la rue. Avec seulement trois doigts à la main droite, il pouvait réparer n'importe quelle paire, quel que soit son état. J'apportai du pain de la boulangerie et chassai le chien errant de la rue. Mon père rentra à la maison, les yeux rouges et étrécis, et rit en me voyant.

— *Bachem*, demande à ta sœur de m'apporter une tasse de thé. Et dis-lui de me préparer quelque chose à manger aussi, dit-il.

Il m'ébouriffa les cheveux et se dirigea mollement vers un coin du salon où il s'étendit au sol, laissant tomber sa tête contre le coussin.

L'espace d'un instant, je restai perplexe. Pourquoi ne pas m'avoir demandé directement de lui apporter du thé et à manger ? Tandis que je me dirigeais vers la cuisine, la réalité me sauta au visage. J'y trouvai Rohila.

— Ah, Rohila. Padar-*jan* veut du thé et à manger. Il est dans le salon.

— Et alors ? Tu n'as qu'à lui préparer une assiette. Tu sais très bien qu'il reste du *korma-katchaloo* dans la marmite.

— Ce n'est pas à *moi* qu'il l'a demandé. Il m'a demandé de le dire à ma *sœur*. C'est-à-dire *toi*. De toute façon, je sors. Et ne prends pas la journée. Il a l'air d'avoir faim, ajoutai-je d'un air jovial.

Rohila me transperça de ses yeux noisette, tout en chauffant un bol de ragoût de pommes de terre pour notre père. Elle était en colère et j'avais conscience de m'être comportée en sale gosse mais tout ce que je vivais était nouveau et je voulais en profiter. Je laissai ma culpabilité de côté et sortis voir si le chien errant était revenu jouer.

Un mois plus tard, c'était la rentrée scolaire et la nervosité s'empara de nouveau de moi. Madar-*jan* me coupa les cheveux et me parla en pesant ses mots.

— Tu seras dans la classe des garçons cette année. Écoute bien ton professeur et sois sérieux dans tes études, me conseilla-t-elle en essayant de donner une tonalité ordinaire à cette conversation. Souviens-toi que ton cousin Muneer sera dans la même classe. Personne, ni le professeur ni les élèves, ne te demandera quoi que ce soit… sur quoi que ce soit. Souviens-toi seulement que ton père a décidé de t'envoyer à l'école cette année. Tu es un garçon et… et… écoute bien ton professeur.

Je compris que les choses allaient changer. Le plan de Khala Shaima avait bien fonctionné au sein de notre cercle familial et même dans mes excursions au bazar. Toutefois, l'école allait mettre cette mascarade à l'épreuve et je devinais l'inquiétude de ma mère. Mes sœurs étaient furieuses.

Padar-*jan* avait décidé qu'elles resteraient à la maison même si je pouvais leur servir d'escorte jusqu'à l'école.

Muneer et moi fîmes le chemin ensemble. Ce n'était pas le plus brillant de mes cousins, et je le voyais rarement, sa mère tenant sa progéniture à distance de notre famille. Cela agit probablement en ma faveur. Il n'eut besoin d'entendre qu'une seule fois que j'étais son cousin Rahim et ce depuis toujours, et dans son esprit, il n'y avait jamais eu de Rahima. Je poussai un soupir de soulagement en comprenant que je n'avais pas à craindre de lui qu'il me trahisse.

—*Salaam, Moallim-sahib*, dis-je lorsque nous arrivâmes à l'école.

Le professeur grogna une réponse, hochant la tête à chaque enfant qui entrait dans la classe. J'essuyai mes paumes moites sur mon pantalon.

Je sentis le regard curieux du professeur dans mon dos mais je me faisais peut-être des idées. Je balayai la pièce des yeux et restai derrière Muneer, remarquant qu'un des garçons semblait déboussolé par ma personne. Je gardai la tête baissée et nous nous dirigeâmes vers le fond de la classe, où Muneer et moi partageâmes un long banc avec trois autres garçons.

—*Moallim-sahib* est très sévère. L'année dernière, il a mis des mauvaises notes à quatre garçons parce qu'ils avaient les ongles sales.

—Ah ouais ? murmura l'autre garçon. Alors tu ferais mieux de garder tes doigts loin de ton nez cette fois-ci !

—Les garçons ! Redressez-vous et écoutez, ordonna le maître.

C'était un homme rond, dont le crâne chauve et brillant était cerclé de quelques cheveux poivre et sel. Sa moustache soigneusement taillée était de la même couleur.

— Vous commencerez par écrire vos noms. Ensuite, nous verrons ce que vous avez appris en classe l'année dernière – et si vous y avez appris quelque chose.

Je me rendis vite compte que les maîtres étaient tout aussi stricts que les maîtresses. La classe non plus n'était pas très différente, sauf qu'il y avait davantage de chuchotements et de regards à la dérobée que je n'en avais constatés dans les groupes de filles. J'écrivis mon nom avec application et vis du coin de l'œil que Muneer était en difficulté. Ses lettres étaient reliées d'une étrange façon et un point superflu avait changé « Muneer » en « Muteer ». J'hésitai à le corriger mais le maître regarda dans ma direction avant que je puisse lui venir en aide. Il déambula dans la classe et examina les noms de chacun, secouant la tête devant certains et marmonnant devant d'autres. Très peu semblèrent répondre à ses critères.

Il regarda par-dessus mon épaule et je pus entendre l'air siffler à travers ses narines, tandis que son ventre projetait une ombre au-dessus de ma page. Mon nom ne provoqua aucune réaction, ce qui, à mon sens, devait signifier que je ne l'avais pas profondément déçu. Le cahier de Muneer, en revanche, le fit grogner.

— Quel est ton nom ? demanda-t-il.

— M-m-muneer.

Il leva la tête vers le professeur mais se hâta de baisser les yeux.

— Muneer, répéta le maître d'un ton théâtral. Si tu reviens dans cette classe demain et fais la moindre erreur à ton nom, je te renvoie chez toi réviser le programme de l'année dernière. C'est compris ?

— Oui, *Moallim-sahib*, murmura mon cousin.

Je sentis l'embrasement de ses joues.

Finalement, les garçons n'apprenaient pas grand-chose de plus que les filles.

Après la classe, les garçons n'eurent qu'une hâte : courir dehors et jouer au ballon, plutôt que m'interroger sur mon identité ou mon origine. Muneer et moi fîmes le chemin du retour en compagnie de deux garçons prénommés Ashraf et Abdullah. C'étaient nos voisins, ils vivaient à cinq cents mètres de chez nous. Je les rencontrais pour la première fois mais ils connaissaient Muneer et mes autres cousins.

— Comment tu t'appelles, déjà ? demanda Ashraf.

C'était le plus petit des deux, il avait les cheveux châtain et les yeux ronds. Il était suffisamment mignon pour que je me demande si, comme moi, ce n'était pas une fille déguisée.

— Je m'appelle Rahim.

— Ouais, son nom est Rahim. C'est mon cousin, ajouta Muneer.

Les menaces du maître l'avaient ébranlé, mais à présent qu'il était dehors, il respirait plus facilement.

— Abdullah, tu avais déjà rencontré Rahim avant ?

Abdullah secoua la tête. Il était brun, mince, et plus calme que son acolyte.

— Non, tu es bon au foot, Rahim ?

Je regardai de côté et haussai les épaules.

— Oh, il est super fort au foot, dit Muneer avec emphase, me prenant au dépourvu. Je parie qu'il pourrait te battre.

Je tournai la tête vers Muneer, me demandant s'il essayait de me piéger.

— Ah ouais ? répliqua Abdullah avec un grand sourire. Eh bien, il n'a pas besoin de me battre, mais ça m'arrangerait bien qu'il nous aide à battre Said Jawad et ses copains. Ils sont sûrement déjà dans la rue en train de jouer, on y va si vous voulez.

— Ouais, allons-y ! s'écria Muneer en accélérant le pas.

Il s'engagea dans la petite rue qui menait au terrain de foot improvisé et nous éloignait de la maison. C'était une ruelle abandonnée, trop étroite pour laisser passer une voiture. Les garçons avaient l'habitude de s'y retrouver pour jouer.

— Muneer, tu ne crois pas qu'on devrait…

— Allez, Rahim. Juste un moment! Ce sera marrant, dit Abdullah en me donnant un petit coup à l'épaule.

Je suppose que j'aurais pu être plus mauvaise. La seule chose que je savais faire, c'était courir. Par chance, je me débrouillai suffisamment bien pour que les garçons ne se rendent pas compte que mon pied ne touchait jamais la balle et que je ne la réclamais jamais. Je courus dans la ruelle, raclant le mur de glaise avec mes épaules. Je m'attendais à tout moment à ce que ma mère ou mon père apparaissent, furibonds, pour me ramener de force à la maison.

J'aimais sentir la brise sur mon visage. J'aimais sentir mes jambes se tendre, essayer de rattraper les autres, de les doubler. Mes bras se balançaient de part et d'autre de mon corps, libres.

— Ici! Fais-moi une passe!

— Ne le laisse pas passer! Attrape-le!

Je m'approchai du ballon. Trois paires de pieds s'y attaquaient déjà, essayant de se l'approprier. Je collai mon pied dans la mêlée. Je sentis le cuir contre ma semelle. Je frappai le ballon, l'envoyant voler dans la direction d'Abdullah. Il l'arrêta du talon et le fit rouler vers le but adverse. En courant.

Je sentis un frisson d'excitation en m'élançant derrière lui. J'aimais faire partie de l'équipe. J'aimais fouler la poussière.

J'aimais être un garçon.

# Chapitre 8

## Shekiba

Rapidement, la majeure partie du travail domestique revint à Shekiba. Une fois la jeune fille rétablie, les épouses de ses oncles découvrirent qu'elle était d'une efficacité redoutable, et capable d'assurer à elle seule des corvées exigeant d'ordinaire les forces associées de deux femmes. Elle pouvait porter trois seaux d'eau au lieu de deux sans perdre l'équilibre. Elle pouvait soulever le bois pour le jeter dans le poêle. Les femmes s'adressaient des murmures satisfaits lorsque Bobo Shahgul était loin, ne voulant pas paraître paresseuses devant la matriarche.

« Elle a la force d'un homme, mais elle assume les corvées d'une femme. Tu aurais pu imaginer une meilleure aide dans la maison ? Maintenant, on sait ce que ça fait, de vivre comme Bobo Shahgul ! »

Shekiba entendait leurs commentaires mais c'était dans sa nature de travailler. Elle découvrit que la nuit tombait plus vite lorsqu'elle s'occupait, et peu lui importait que sa tâche soit pénible ou non. Son dos la faisait souffrir en fin de journée, mais elle n'en laissa rien paraître. Elle ne leur donnerait pas la satisfaction de l'avoir exténuée. Elle ne prendrait pas non plus le risque d'être battue pour incompétence. Dans cette maison, personne n'hésitait à brandir le bâton pour lui apprendre que la paresse n'était pas tolérée.

Khala Zarmina, l'épouse de Kaka Freidun, était la pire de toutes. Ses grosses mains descendaient sur Shekiba avec une force surprenante, même si elle se prétendait trop âgée et fatiguée pour assurer les tâches les plus lourdes de la maison. D'un tempérament colérique, elle semblait s'exercer dans l'optique de prendre la place de Bobo Shahgul, le jour où Allah se déciderait enfin à rappeler la vieille acariâtre. Bobo Shahgul le savait et n'était pas dupe de ses flagorneries mais elle tolérait la situation, et se montrait toujours prompte à réprimander Zarmina devant les autres.

Khala Samina était de loin la plus inoffensive. Elle avait épousé le plus jeune fils de Bobo Shahgul, Kaka Zelmai. Il fallut environ une semaine à Shekiba pour se rendre compte que Samina ne la grondait ou frappait qu'en présence des autres belles-filles. Quand elle levait la main, Shekiba se préparait à recevoir ses coups. C'était pourtant inutile. Samina n'y mettait pas plus de force qu'elle ne l'aurait fait pour chasser une mouche.

*Elle ne veut pas paraître faible*, pensa Shekiba. *Mais maintenant, je sais qu'elle l'est.*

Shekiba se taisait, exécutait le travail qu'on lui assignait et tentait d'éviter de croiser les regards. Elle ne fit jamais rien pour engager la conversation, même si elle fournissait un bon sujet de discussion dans la maison. L'été approchait à grands pas quand Bobo Shahgul l'interrompit pendant qu'elle récurait le sol. Kaka Freidun se tenait derrière sa mère, bras croisés.

Shekiba tira instinctivement son foulard sur son visage et tourna les épaules pour faire face au mur.

— Shekiba, quand tu auras fini de laver le sol, tu iras dans le champ pour aider ton oncle à la récolte. Je suis sûre que tu seras contente de pouvoir prendre l'air, et il semble que tu aies l'habitude de ce genre de labeur.

— Mais il me reste à préparer le…

— Alors prépare-le vite et sors. Il est temps que tu aides à faire pousser la nourriture qui t'engraisse.

Kaka Freidun appuya les paroles de sa mère d'un sourire satisfait. L'idée venait de lui. Il avait vu Ismail faire fructifier sa terre d'une façon que tous pensaient inimaginable, étant donné les pluies désastreuses de la saison précédente. Il lui vint à l'esprit que la fille-garçon de son frère avait peut-être hérité de l'instinct agricole de ce dernier. Pourquoi ne pas en profiter ? Après tout, la famille comptait assez de femmes pour s'occuper des tâches domestiques. Bobo Shahgul avait volontiers donné son accord. Le clan avait besoin d'une bonne récolte. Il y avait beaucoup de bouches à nourrir et pour la première fois depuis des années, leurs dettes croissaient.

Shekiba hocha la tête, sachant que ces nouvelles corvées ne la soulageraient pas des présentes. Ses journées seraient simplement plus longues. Khala Zarmina fut particulièrement furieuse de ce nouvel arrangement, mais n'osa pas contredire Bobo Shahgul.

— Il y a plus à faire ici, dans la maison ! Bobo Shahgul a oublié ce que c'est que de s'occuper de la cuisine et du ménage. J'ai laissé une pile de vêtements qui ont besoin d'être cousus et reprisés pour Shekiba-*e-shola* mais je suppose que tout cela devra attendre si elle part travailler au champ toute la journée. Elle ferait mieux de se lever tôt, parce qu'il y a aussi le déjeuner à préparer.

La famille avait rapidement adopté son surnom. En Afghanistan, les infirmités définissaient les gens. De nombreux habitants du village s'étaient vus affublés de tels sobriquets. Mariam-*e-lang*, qui boitait depuis l'enfance.

Saboor-*e-yek dista*, qui était né avec une seule main. « Et si tu n'écoutes pas ton père, ta main tombera comme la sienne », disaient les mères pour mettre en garde leurs fils. Jowshan-*e-siyaa*, ou le noir, pour sa peau sombre. Bashir-*e-koor*, l'aveugle, avait presque entièrement perdu la vue à trente ans et méprisait les enfants qui se moquaient de sa démarche trébuchante. Il n'ignorait pas que leurs parents se joignaient à ces railleries.

Shekiba essuya le sol en vitesse et resserra son foulard sous son menton. Elle sortit et vit que ses oncles faisaient une pause, adossés au mur extérieur et buvant du thé que son cousin, Hameed, leur avait porté. Shekiba se tourna vers le champ pour évaluer l'avancée de leur travail.

De ce côté-là de la maison, elle pouvait voir sa ferme. Elle lui parut petite comparée à la demeure du clan.

*Alors voilà ce que ça fait de nous observer.*

Elle remarqua qu'il y avait de nouveaux équipements dans le champ de ses oncles et que les outils de son père y avaient été transférés. Ils avaient vidé la ferme. Une pile de leurs affaires reposait derrière le mur que son père avait construit.

*Ils prennent ma maison. Ils voulaient notre terre.*

Soudain, Shekiba comprit pourquoi Bobo Shahgul avait fait appeler son plus jeune fils après tout ce temps. Son père labourait la terre la plus fertile que la famille possédait et ils la convoitaient. La part de récoltes qu'Ismail leur envoyait de temps en temps ne leur suffisait pas. Ils voulaient la totalité. À présent, plus personne ne leur barrait la route. Ils prenaient sa maison.

Shekiba s'était imaginé qu'elle ne sentirait rien, mais elle se mit à bouillonner intérieurement. Personne n'avait eu la moindre pensée pour elle lorsque le contenu de sa maison avait été jeté dehors pour rejoindre les ordures. Les quelques objets restants qui avaient appartenu à sa mère, son père, ses frères et sa sœur avaient tous été mis au rebut pour faire place nette. Est-ce que quelqu'un s'apprêtait à habiter sa maison ? Shekiba se rendit compte qu'une partie d'elle-même nourrissait l'espoir d'y retourner, d'y vivre en toute indépendance comme par le passé. Mais bien sûr, cela n'arriverait jamais.

Shekiba s'empara d'une bassine et parcourut le champ. Il y avait beaucoup à récolter. Les plants d'oignons présentaient de longues feuilles jaunes et avaient probablement séché depuis trois semaines, vu leur aspect.

*Pourquoi n'ont-ils pas cueilli ces oignons ?* se demanda-t-elle en se penchant pour les examiner de près.

— Eh, Freidun ! Regarde ce qu'elle est en train de faire ! Dis-lui de ne pas toucher à ces oignons ! Ils ne sont pas encore prêts ! Cette idiote va gâcher toute la récolte !

C'était Kaka Sheeragha, le plus chétif et le plus paresseux du groupe.

Les feuilles étaient cassantes entre ses doigts. Elle s'empara de la base et commença à tirer les bulbes hors de terre.

*Juste à temps. Ils n'allaient pas tarder à pourrir. Pas étonnant que notre nourriture ait ce goût. Va savoir ce qu'ils font avec le reste des récoltes.*

Kaka Freidun s'avança et regarda les trois oignons qu'elle avait déjà déterrés. Shekiba ne se tourna pas vers lui. Il marmonna quelque chose puis s'éloigna.

— Tu ne lui as rien dit ? cria Sheeragha.

— Ça suffit, répondit Freidun. Ils sont prêts.

Sheeragha regarda son frère aîné et rongea son frein. Les hommes retournèrent au champ et se donnèrent des instructions mutuelles en grognant. Ils se tinrent à distance de Shekiba mais la surveillèrent du coin de l'œil. Elle se déplaçait avec agilité à travers les rangées de légumes, glissant ses doigts calleux entre les tiges et tirant, en y mettant la juste force nécessaire pour amener le bulbe à la surface. Elle ne s'arrêta que pour rajuster son foulard.

Lorsqu'elle eut achevé la récolte sur un premier lopin, le soleil commençait à décliner ; il était temps d'aller préparer le dîner. Shekiba reprit son poste à la cuisine et fut consternée, mais nullement surprise, de découvrir que rien n'avait été fait pour le repas du soir. Elle se hâta d'allumer le feu et de mettre l'eau à bouillir. Khala Zarmina passa devant elle et scruta la pièce obscure.

— Ah, te voilà ! J'allais justement faire cuire du riz pour le dîner, mais je vois que tu es là maintenant. Je te laisse faire, alors. N'oublie pas de te laver les mains – elles sont dégoûtantes.

Shekiba attendit que Zarmina soit partie pour pousser un long soupir. Comme elle regrettait de ne pas être morte sur le sol froid de sa maison, avant que ses oncles ne la trouvent.

Les prières du *Jumaa* venaient de s'achever. Ses oncles rentraient du petit *masjid* local.

— Les enfants, allez dehors. Nous devons parler à votre grand-mère, lança sèchement Kaka Freidun.

Shekiba vit ses cousins déguerpir du salon. Kaka Sheeragha la regarda, l'air pensif. Il suivit ses frères dans le salon.

Shekiba fit mine de retourner dans la cuisine, chargée des vêtements qu'elle avait récupérés sur la corde à linge. En réalité, elle s'arrêta à mi-chemin et s'assit par terre pour les plier. De là, elle put entendre une partie de la conversation de ses oncles.

— Nous devons absolument régler cette dette. Azizullah perd patience. Il affirme avoir assez attendu.

— Hum. Quelles sont ses exigences ?

— J'ai parlé avec lui au village il y a deux semaines et il m'a dit être à la recherche d'une femme pour son fils. Il veut une des filles de notre famille.

— C'est ce qu'il a dit ?

— Eh bien, il a répété qu'il y avait une dette à régler. Et qu'il y pensait beaucoup ces temps-ci parce qu'il veut trouver une femme à son fils.

— Je vois.

La voix de Bobo Shahgul était sèche, dénuée d'émotion.

— Quel âge a son fils ? demanda-t-elle.

— Dix ans.

— Il a encore le temps.

— Oui, mais il veut régler l'affaire maintenant.

Shekiba entendait la canne de Bobo Shahgul frapper le sol pour ponctuer sa réflexion.

— Alors nous devons trouver un arrangement avec lui.

— Zalmai, tes filles ont le bon âge. Peut-être une d'entre elles. La plus âgée. Elle a huit ans, n'est-ce pas ?

La voix de Kaka Freidun était reconnaissable entre toutes.

— La fille de Sheeragha a le même âge. Et ta fille a le même âge que le fils d'Azizullah. Elle aussi ferait un bon parti et ça nous permettrait de régler nos dettes.

— C'est Freidun qui a le plus de filles. Ce serait logique de donner une des siennes…

— Je ne crois pas qu'il soit nécessaire de lui donner une des filles.

Un silence s'installa ; les fils de Bobo Shahgul attendaient qu'elle s'explique.

— Nous n'avons qu'à offrir Shekiba.

*Je ne suis pas l'une des filles.*

— Shekiba-*e-shola* ? Tu plaisantes ? Dès qu'il l'apercevra, il exigera le double de ce qu'on lui doit ! Lui offrir Shekiba serait une offense, c'est certain !

Shekiba ferma les yeux et appuya la tête contre le mur.

*Ton nom signifie « cadeau », ma fille. Tu es un cadeau d'Allah.*

— Zalmai, je veux que tu ailles parler à Azizullah et lui dises que son fils est encore jeune. Si Dieu le veut, son père et lui ont une longue vie devant eux et beaucoup de temps pour arranger un mariage convenable. Dis-lui qu'il serait plus intéressant pour lui d'avoir de l'aide à la maison. Dis-lui qu'une épouse heureuse porte davantage de fils. Ensuite, tu pourras lui proposer Shekiba.

— Et s'il refuse ?

— C'est impossible. N'oublie pas de lui dire qu'elle est très compétente. Qu'elle a la carrure d'un jeune homme et qu'elle est capable de faire tourner une maison. C'est une cuisinière convenable et elle sait se taire, maintenant qu'elle a été domptée. Dis-lui que c'est un acte honorable d'accueillir une orpheline et qu'Allah le récompensera pour cela. Elle sera comme une seconde épouse mais sans la dot à payer.

— Et le travail qu'elle fait ici ? Qui s'en chargera ?

— Les mêmes fainéantes qui le faisaient avant l'arrivée de Shekiba ! lança Bobo Shahgul d'un ton brusque. Vos femmes ont été trop gâtées. Elles ont pris l'habitude de traînasser, de boire du thé et de me fatiguer les oreilles avec leurs bavardages incessants. Ça leur fera du bien de lever un peu leurs derrières de leurs chaises. C'est une maison ici, pas le palais royal.

Les frères se mirent à marmonner. Azizullah allait-il vraiment accepter cette offre ? Mieux valait tenter le coup que de se disputer pour savoir laquelle de leurs filles serait donnée en mariage.

— Ne dites rien à vos femmes pour le moment. Inutile d'exciter le poulailler. Discutons d'abord avec Azizullah.

Shekiba se leva et rejoignit la cuisine à la hâte, avant que ses oncles la surprennent. Elle ne put s'empêcher de remercier le Ciel que ses parents ne fussent plus de ce monde pour entendre une telle conversation. Elle sentit une larme se former dans son œil droit.

*C'est le problème avec les cadeaux, Madar-jan. Ils passent de main en main à mesure qu'on les offre.*

# Chapitre 9

## SHEKIBA

Azizullah accepta le marché.
Shekiba-*e-shola* emballa ses deux robes.
— Tu n'as pas intérêt à faire honte à la famille.
Les adieux de sa grand-mère se déroulèrent sans cérémonie.
Shekiba fit quelque chose qu'elle n'aurait jamais pensé faire. Elle souleva sa burqa et cracha devant les pieds flétris de la vieille dame. Un filet de salive atterrit sur sa canne.
— Mon père a eu raison de vous fuir.
Bobo Shahgul s'en trouva bouche bée tandis que Shekiba tourna les talons pour se diriger vers son oncle, qui devait l'escorter jusqu'à la maison d'Azizullah.
Elle savait ce qui l'attendait mais s'en moquait.
Elle savait aussi que Khala Zarmina observait la scène. Avec le sourire.
La canne s'écrasa deux fois sur ses épaules avant que Kaka Zalmai lève une main pour arrêter la vengeance de sa mère.
— Ça suffit, Madar-*jan*, je ne peux pas emmener la bête chez Azizullah infirme. Son visage est suffisamment ravagé. S'il la voit boitiller, il va sûrement se rétracter. Laissons Allah la punir pour son insolence.

Shekiba garda les épaules hautes et ne flancha pas. Elle ignorait ce que l'avenir lui réservait, mais savait qu'elle ne pourrait jamais revenir dans cette maison. Elle décida de fermer cette porte, définitivement.

— Misérable créature ! Allah dans toute sa sagesse a marqué ton visage pour mettre tout le monde en garde ! Il y a un monstre en toi ! Ingrate, tout comme ta méprisable mère ! T'es-tu déjà demandé pourquoi toute ta famille avait disparu, pourquoi ils reposaient tous sous terre ? À cause de toi ! Tu es maudite !

Shekiba sentit quelque chose monter en elle. Elle se tourna lentement et leva de nouveau sa burqa.

— Oui, c'est vrai ! lança-t-elle avec un sourire satisfait et en pointant le doigt vers sa grand-mère. Et qu'Allah m'en soit témoin, je te maudis, grand-mère ! Que les démons hantent tes nuits, que tes os se brisent quand tu marches et que tes derniers souffles soient douloureux et sanglants !

Bobo Shahgul en fut abasourdie. Shekiba vit la peur dans les yeux de la vieille dame. Cette dernière regarda fixement le visage solennel de sa petite-fille et recula d'un pas.

Kaka Zalmai la gifla violemment du revers de la main. Même les nerfs endormis de sa joue gauche tressaillirent sous le coup.

*Malin*, songea-t-elle en tentant de recouvrer l'équilibre. *Ça ne laissera pas de trace de ce côté-ci.*

Il lui saisit fermement le bras et la tira hors de la maison.

— Nous partons, Madar-*jan*, je reviens dès que je me serai débarrassé de ce monstre. Samina, aide ma mère à rentrer !

Shekiba n'eut aucun mal à suivre la cadence de son oncle. Elle marcha deux pas derrière lui et rejoua inlassablement la scène dans sa tête. Avait-elle vraiment fait cela ? Avait-elle vraiment proféré ces paroles ?

Elle esquissa un sourire asymétrique sous sa burqa.

Ils parcoururent les quatre kilomètres les séparant de la maison d'Azizullah en silence. Kaka Zalmai se retournait de temps à autre et marmonnait des mots indéchiffrables. Ils traversèrent le village que Shekiba n'avait pas vu depuis sa petite enfance. Les boutiques avaient à peu près le même aspect et quelques rares habitants déambulaient dans les rues, des burqas bleues suivant des hommes vêtus de pantalons larges et fluides et de longues tuniques.

Tandis qu'ils s'éloignaient des terres familiales, Shekiba se demanda si elle n'avait pas eu tort d'agir ainsi. Et si elle se retrouvait de nouveau seule ? Que ferait-elle ? En réalité, elle le savait très bien. Elle ferait ce qu'elle avait eu l'intention de faire des mois auparavant.

*Je retournerai chez moi et m'enterrerai avec ma famille*, décida Shekiba.

La maison d'Azizullah était grande comparée à celle de Bobo Shahgul. Lorsqu'elle découvrit que seul Azizullah, son épouse et leurs quatre enfants y habitaient, elle fut étonnée. Azizullah avait hérité sa demeure de son père, un homme relativement riche par rapport au reste du village. À présent, Azizullah vivait du commerce. Il achetait et vendait tout ce qui pouvait avoir de la valeur. Il faisait des marchés et prêtait de l'argent en cas de besoin. Il connaissait tout le monde au village et, plus important encore, tout le monde le connaissait. Sa famille avait des relations avec deux frères engagés dans l'armée.

Ce fut le maître de maison en personne qui leur ouvrit le portail. Les deux hommes échangèrent une poignée de main et des civilités. Shekiba se tint derrière son oncle, avec le sentiment d'être invisible.

Azizullah était un homme de forte carrure, visiblement âgé d'une trentaine d'années. Une toque de fourrure brune ondulée était enfoncée sur sa tête. Ses yeux étaient noirs et il portait une barbe épaisse mais soigneusement taillée. Ses vêtements et ses mains semblaient propres.

*Il n'a pas l'apparence d'un travailleur*, se dit Shekiba.

— Entre, je t'en prie, Zalmai-*jan*. Viens prendre une tasse de thé.

Kaka Zalmai accepta l'invitation et suivit Azizullah dans la cour. Shekiba se tint en retrait, ne sachant que faire, jusqu'à ce que son oncle lui lance un regard. Elle fit un pas vers son nouveau foyer. Les hommes se rendirent au salon, mais Shekiba trouva plus judicieux d'attendre dehors. Elle resta dos au mur, ses épaules commençant à lui faire mal là où la canne de Bobo Shahgul l'avait frappée avant son départ. Nouveau sourire sous sa burqa. Une vingtaine de minutes s'écoulèrent, puis elle fut convoquée au salon par son oncle.

— Voici Shekiba, Azizullah-*jan*. Tu verras, comme nous te l'avons dit, que c'est une excellente travailleuse et qu'elle te sera très utile à la maison. Je suis sûr que ta femme sera contente d'elle.

— Zalmai-*jan*, nous vivons dans ce village depuis de nombreuses années et l'existence de Shekiba-*e-shola* n'est pas un secret pour nous. J'ai entendu parler de ses cicatrices avant que ton frère n'y fasse allusion. Maintenant, je veux voir exactement ce que j'accueille dans ma maison. Demande à ta nièce de dévoiler son visage.

Kaka Zalmai se tourna vers Shekiba et lui fit un signe de tête. D'un regard, il lui défendit de désobéir. Shekiba prit une profonde inspiration, souleva sa burqa et se prépara.

La réaction de l'homme se fit lente. D'abord, il ne vit que le côté droit de son visage. Sa pommette haute. La peau délicate et blanche comme une coquille d'œuf. Son iris noir et son sourcil naturellement arqué prirent Azizullah par surprise. Le monstre infâme était à moitié beau.

Mais quand Shekiba se tourna, son côté gauche devint visible. Elle bougea lentement, délibérément – anticipant le choc. Il lui vint soudain à l'esprit qu'Azizullah pouvait être révulsé au point de la renvoyer chez sa grand-mère. Elle retint sa respiration, ne sachant ce qu'elle préférait.

Azizullah fronça les sourcils.

— Impressionnant. Bon, peu importe. Pour ce qui nous intéresse, son visage est insignifiant.

*Insignifiant ?*

— Elle n'a pas d'autre maladie ? Sait-elle parler ?

— Non, Azizullah-*jan*. Hormis son visage, elle est en bonne santé. Elle parle, mais pas assez pour importuner. Sa présence dans ton foyer ne devrait pas se faire sentir.

Azizullah se caressa la barbe. Il prit un instant pour réfléchir avant d'annoncer sa décision.

— Elle fera l'affaire.

— Je suis très heureux que tu prennes les choses de cette façon, Azizullah-*jan*. Tu es vraiment un homme ouvert d'esprit, que Dieu te prête une longue vie.

— À toi également, mon ami.

— Dans ce cas, je vais te laisser. J'espère que cela règle la dette de ma famille envers toi. Et transmets également à ton épouse les salutations chaleureuses de ma mère.

Kaka Zalmai se montrait si courtois, Shekiba eut du mal à croire que c'était un membre de sa famille.

— Nos dettes sont réglées, tant que cette fille travaille aussi dur que tu l'as promis.

Et elle le fit. En grande partie par peur d'être renvoyée chez Bobo Shahgul. Shekiba ne tarda pas à se rendre compte qu'elle était bien mieux lotie chez Azizullah de toute façon.

Après le départ de Zalmai, son nouveau maître appela son épouse, Marjan, dans le salon.

— Voici Shekiba. Tu vas l'informer des corvées domestiques pour qu'elle puisse se mettre au travail. Sa famille a loué ses capacités à tenir une maison propre et à accomplir des tâches pénibles. Voyons donc ce dont elle est capable.

Marjan l'examina soigneusement, tressaillant en découvrant son visage. Elle avait bon cœur, et eut immédiatement pitié de Shekiba.

— Allah, ma pauvre petite ! C'est terrible ! s'exclama-t-elle en essuyant ses mains farineuses sur sa jupe avant de se remettre rapidement de ses émotions. Bon, laisse-moi te faire visiter. J'étais en train de pétrir la pâte, mais c'est fait maintenant. Suis-moi.

Marjan devait avoir un peu moins de trente ans. Shekiba fit un calcul et conclut qu'elle avait dû mettre au monde son premier enfant à son âge.

— Voici notre chambre. Et voici la cuisine, dit-elle en pointant le doigt vers une porte sur la gauche.

Shekiba avança et regarda autour d'elle.

— Oh pour l'amour de Dieu, regarde-moi ces hanches ! Comment vas-tu faire passer un bébé par là ?

Marjan était d'une corpulence généreuse, son tour de taille ayant probablement gagné quelques centimètres à chaque nouvelle naissance.

Mais la remarque de Marjan prit Shekiba par surprise. Personne n'avait jamais évoqué la possibilité qu'elle porte un jour un enfant – pas même pour se moquer. Elle sentit une vague de chaleur monter dans la partie droite de son visage et baissa la tête.

— Oh, tu es gênée ! C'est adorable ! Bon, poursuivons. Pendant qu'on reste là à bavarder, il y a beaucoup à faire.

Marjan dressa la liste des corvées, mais elle s'adressait à elle sans le mépris amer qu'adoptait la famille de Shekiba. Même si elle avait été amenée ici en tant que domestique, la jeune fille comprit que le foyer d'Azizullah représenterait pour elle un sursis. Elle réprima un sourire.

Azizullah et Marjan avaient quatre enfants. Shekiba fit d'abord la connaissance du plus jeune – Maneeja, une petite fille de deux ans aux joues roses encadrées de boucles brunes. Un épais trait de khôl soulignait ses yeux, faisant ressortir l'éclat du blanc. Maneeja s'accrochait à sa mère, lui agrippant la jupe de ses minuscules doigts, tout en scrutant le nouveau visage avec méfiance. Shekiba se rappela qu'Aqela et elle faisaient la même chose avec Madar-*jan*. Marjan et Shekiba finirent de rouler la pâte en longs et fins boudins. Ils seraient portés plus tard chez le boulanger, de sorte à avoir du pain tout chaud.

L'aîné, Fareen, avait dix ans. Il fit irruption dans la cuisine et saisit un morceau de pâte avant que Marjan puisse le réprimander. Et avant de prendre conscience du visage de Shekiba. Cette dernière tenta d'imaginer laquelle de ses cousines aurait pu lui être offerte comme future épouse si ses services n'avaient pas été proposés à la place. C'était difficile à dire.

Arrivèrent ensuite Haris, âgé de huit ans, et Jawad, d'un an son cadet. Ils ne pensaient qu'à rivaliser avec leur grand frère et remarquèrent à peine que leur mère avait une nouvelle aide dans la cuisine. Ces garçons pleins d'énergie s'immobilisaient en présence de leur père. Mais quand Azizullah n'était pas dans les parages, ils se chamaillaient, se bagarraient, faisant équipe contre leur grand frère plus costaud.

Les enfants avaient visiblement hérité de l'attitude de leurs parents devant les personnes défigurées. Passé la surprise initiale et quelques questions audacieuses, ils ne semblèrent plus y faire attention.

Au bout de deux semaines, la jeune fille se sentit tout à fait chez elle dans la famille d'Azizullah. Les garçons lui rappelaient ses propres frères, Tariq et Munis. Maneeja avait les boucles brunes d'Aqela. Ces ressemblances apportaient à Shekiba plus de joie que de chagrin. Elle avait un peu le sentiment de vivre avec ses frères et sœur réincarnés.

*Tu m'as rendu service, grand-mère. C'est la seule chose convenable que tu aies jamais faite pour moi.*

Comme chez Bobo Shahgul, Shekiba finit par assurer la plupart des tâches domestiques à elle seule. Elle passait son temps à laver le linge, frotter les sols, tirer l'eau du puits, cuisiner les repas – exactement comme avant. Toutefois, son travail était grandement facilité dans cette maison, puisqu'elle ne comptait que six personnes. Marjan semblait ravie de cette aide, plus qu'elle n'osait l'avouer. Azizullah ne prêtait aucune attention à Shekiba, tant que sa femme n'avait pas à se plaindre de sa nouvelle domestique.

Pourtant, lorsque les membres de la famille allaient se coucher et que la maison s'endormait, Shekiba restait éveillée, comme l'étrangère qu'elle serait toujours. Elle avait connu bien des bouleversements, et chaque fois, elle s'était adaptée. À présent, elle s'était faite à l'idée qu'elle n'aurait jamais de véritable place dans aucun foyer, dans aucune famille. Elle serait abritée entre ces murs tant qu'elle les frotterait jusqu'à ce que ses mains saignent.

Car c'était Shekiba, le cadeau qu'on offrait aussi facilement qu'on l'avait accepté.

# Chapitre 10

## Rahima

Khala Shaima nous raconta comment Bibi Shekiba s'adapta aux changements de sa vie. À présent, c'était à moi de m'adapter aux bouleversements de la mienne. Je devais apprendre à m'entendre avec les garçons. Jouer au foot avec eux, courir à leurs côtés et leur donner des coups de coude ou d'épaule, c'était une chose, mais discuter avec eux en rentrant de l'école était une tout autre affaire. Abdullah et Ashraf me tapaient dans le dos, passaient même parfois un bras autour de mon cou de façon amicale. Je souriais, docilement, en tentant de masquer ma gêne. Mon instinct me dictait de reculer d'un bond, de prendre mes jambes à mon cou et de ne plus jamais les regarder dans les yeux.

Ma mère haussait les sourcils si je rentrais avant Muneer.

—Pourquoi es-tu rentrée si tôt? disait-elle en essuyant ses mains humides dans un chiffon.

—Parce que, répondais-je vaguement avant d'arracher un morceau de pain.

—Rahim!

—Désolée, j'ai faim!

Madar-*jan* se tut et se remit à couper les pommes de terre en fines rondelles, un léger sourire aux lèvres.

— Écoute, Rahim-*jan*. Tu devrais être dehors avec les garçons, en train de jouer. C'est ce que font les *garçons* – tu comprends ce que je dis?

Madar-*jan* s'exprimait encore en sous-entendus dès qu'il était question de ma métamorphose. Sans doute avait-elle peur de ne plus croire à cette mascarade si elle en parlait de façon directe.

— Oui, Madar-*jan*, mais parfois je n'ai pas envie. Ils... ils me poussent sans arrêt.

— Alors pousse-les en retour.

Son conseil me surprit, mais l'expression de son visage m'indiquait qu'elle parlait sérieusement. Voilà que ma mère me demandait l'exact contraire de ce qu'elle avait toujours affirmé. Je n'avais plus qu'à m'endurcir, décidai-je alors.

Padar-*jan* était à la maison depuis trois jours et tout le monde était sur les nerfs. Le moindre son, la moindre odeur, lui était insupportable, et déclenchait chez lui un chapelet de grossièretés, sans compter quelques gifles lorsqu'il en faisait l'effort. Il passait le plus clair de son temps assis dans le salon à fumer des cigarettes. Les effluves nous donnaient le tournis et Madar-*jan* nous envoyait jouer dans la cour plus souvent que de coutume. Elle enveloppait Sitara dans une couverture et la passait à Shahla le temps de s'occuper du repas. Parfois, mes oncles s'asseyaient avec notre père, fumaient et parlaient de la guerre, des voisins et des Talibans mais aucun d'entre eux ne s'intoxiquait autant que Padar-*jan*.

— Ce serait comment, à ton avis, si Kaka Jamaal était notre père? demanda Rohila un jour.

Shahla et elle décrochaient le linge de la corde. Shahla s'arrêta net.

— Rohila!

— Quoi?

— Comment peux-tu dire une chose pareille?

J'écoutais mais restais concentrée sur les billes en face de moi. J'en poussai une d'une chiquenaude et la regardai en projeter une autre, trop loin sur la gauche. Je soufflai d'agacement. Ashraf visait bien mieux que moi.

« Concentre-toi sur l'endroit où tu veux qu'elle aille », m'avait dit Abdullah. « Toi, tu ne regardes que la bille qui est en face de toi. C'est la cible que tu dois regarder. »

Mon sang s'était figé lorsqu'il m'avait pris la main et montré comment positionner mes doigts, en repliant l'auriculaire pour qu'il ne fasse pas obstacle. Qu'aurait dit ma mère si elle nous avait surpris ainsi? Était-ce acceptable, ça aussi?

Abdullah avait raison. Dès que je me mis à regarder dans la direction où je voulais que la bille se dirige, mes tirs furent meilleurs. Les billes se percutèrent l'une l'autre et sortirent du cercle. J'aurais gagné contre Abdullah ce jour-là. Enfin, peut-être pas contre Abdullah mais certainement contre Ashraf. Je visais de mieux en mieux.

— C'est seulement une question, Shahla. Inutile de te mettre dans tous tes états!

Shahla lança un regard de réprimande à Rohila.

— Ce n'est pas *seulement* une question. Si c'était *seulement* une question, j'aimerais te voir aller la poser directement à Padar-*jan*. De toute façon, Kaka Jamaal a toujours l'air furieux. Même quand il rit. Tu as remarqué la façon dont bougent ses sourcils?

Elle inclina la tête de côté et fronça les sourcils en se penchant vers Rohila, qui éclata de rire.

— On ne peut pas changer de père, intervint Parwin.

Rohila cessa de glousser et se tourna vers Parwin pour écouter ses explications.

— Ça bouleverserait tout.

Je me redressai. Le côté gauche de mon corps s'était engourdi à force de rester penché dans la même position.

— De quoi parles-tu, Parwin? demandai-je.

— On ne peut pas avoir Kaka Jamaal pour père sans subir plein d'autres changements. Ça voudrait dire que Khala Rohgul deviendrait notre mère, et puis que Saboor et Muneer deviendraient nos frères.

Parwin était la préférée de Padar-*jan* — s'il avait dû en choisir une, du moins. Peut-être qu'il avait déjà eu son lot de déceptions avant sa venue au monde, et que la naissance d'une deuxième fille ne l'avait pas affecté autant que celle de la première. Mais surtout, il y avait quelque chose dans son caractère et dans ses dessins qui l'apaisait. Peut-être était-ce pour cette raison qu'elle lui pardonnait davantage ses excès. Ou alors c'était l'inverse.

— Quoi qu'il en soit, tu ferais mieux d'arrêter avant que quelqu'un t'entende, prévint Shahla.

Sitara commençait à pleurnicher et à se tortiller dans sa couverture. Shahla la fit passer sur son épaule d'un geste expert. Elle était sur le point d'entrer dans l'adolescence, et son corps n'avait plus son allure androgyne. Rohila, étrangement, semblait avoir un temps d'avance sur elle. Madar-*jan* lui faisait porter un soutien-gorge depuis un an et demi, car ses seins s'étaient mis à pointer sous sa robe de façon impertinente.

Un jour, je voulus essayer son soutien-gorge. Simplement par curiosité. Rohila l'avait oublié dans la buanderie une fois de plus. Madar-*jan* l'avait déjà giflée pour cette impudeur. Elle avait malgré tout récidivé. Je le tendis devant moi et tentai de comprendre son fonctionnement. Je passai mes bras dans les bretelles et essayai de l'attacher dans le dos, cherchant à l'aveugle, maladroitement, le crochet. Au bout de quelques minutes, j'abandonnai l'affaire et baissai les yeux sur les deux bonnets en tissu pendouillant contre mon buste plat.

Je bombai alors la poitrine, pour voir si je pouvais remplir les minuscules coupes et me rendis compte que je n'en avais pas envie. Alors je m'assis en tailleur sur le sol, à mon aise, pendant que mes sœurs devenaient des femmes.

Plus tard ce même soir, j'allai ouvrir quand on frappa à la porte. Padar-*jan* était étendu au salon, et ses ronflements sonores soulevaient son torse. Parfois, il respirait si fort que Rohila se mettait à glousser, et Shahla plaquait alors instinctivement la main sur la bouche de notre petite sœur pour étouffer ses rires. Parwin secouait la tête, affligée par le comportement de Rohila. Madar-*jan* lançait un regard sévère aux deux filles, et Shahla écarquillait des yeux innocents.

Il y avait un homme à la porte. Un ami de mon père. Il avait l'air bougon et son grain de peau rappelait la texture de nos murs en plâtre.

—*Salaam*, Kaka-*jan*.

—Va chercher ton père, dit-il simplement.

Je hochai la tête et courus dans la maison, prenant une profonde inspiration avant de secouer l'épaule de Padar-*jan*. Je l'appelai, de plus en plus fort, jusqu'à ce que ses ronflements s'interrompent et qu'il se mette à frotter maladroitement ses yeux injectés de sang.

—Qu'est-ce qui te prend, je peux savoir ?

—Excuse-moi, Padar-*jan*. Kaka-*jan* est à la porte.

Ses yeux firent la mise au point. Il se redressa et se gratta le nez.

—Bien, *bachem*. Va me chercher mes sandales.

J'étais son fils et j'étais donc autorisé à le réveiller pour des affaires importantes. Je vis Shahla hausser les sourcils. Elle aussi remarquait la différence de traitement.

J'allai dans la cour écouter leur conversation. Je m'assis loin de la porte, à l'abri de leur regard.

— Abdul Khaliq a appelé tout le monde. Nous nous réunirons le matin et ensuite nous prendrons la route. Ils bombardent une zone au nord d'ici et on dirait bien qu'ils vont gagner du terrain si on ne les repousse pas. On parle beaucoup de cette zone. Il paraît que les Américains vont nous envoyer des armes ou je ne sais quoi.

— Les Américains ? Comment le sais-tu ? demanda Padar-*jan*, adossé à la porte.

Son visiteur, invité à entrer, avait préféré rester dehors.

— Abdul Khaliq a rencontré un de leurs hommes la semaine dernière. Ils veulent chasser ces gens de la zone. Ils cherchent toujours cet Arabe. Quelle qu'en soit la raison, au moins, nous aurons leur aide.

— Quand partons-nous ?

— Au lever du soleil. Rendez-vous au gros rocher sur la route de l'est.

Padar-*jan* partit deux mois cette fois-ci, mais je vécus cette absence différemment. J'étais fière de savoir que mon père combattait aux côtés d'un géant comme l'Amérique. Mon grand-père, quant à lui, n'était pas convaincu que c'était une si bonne idée. Il semblait méfiant à l'égard de ces Américains et je ne comprenais pas pourquoi.

En rentrant à la maison cet après-midi-là, je trouvai Khala Shaima assise dans notre salon. Depuis ma transformation, je ne l'avais vue qu'une seule fois avant la rentrée scolaire.

— Te voilà ! Ça fait des lustres que je t'attends, *Rahim-jan*, dit-elle en articulant à l'excès les syllabes de mon nouveau prénom.

— *Salaam*, Khala Shaima !

J'étais heureuse de la voir mais appréhendais ses commentaires sur la façon dont j'avais évolué.

— Assieds-toi donc à côté de moi et raconte-moi tout ce que tu fais maintenant. Ta mère, de toute évidence, a échoué à mettre tes sœurs à l'école, malgré le fait que nous ayons trouvé un stratagème pour satisfaire tout le monde, même ton drogué de père.

Elle lança un regard à Madar-*jan* du coin de l'œil. Celle-ci soupira et positionna Sitara devant son sein droit pour l'allaiter. Elle semblait déjà lasse de cette conversation.

— Je vais à l'école et *Moallim-sahib* me met de bonnes notes, n'est-ce pas, Madar-*jan*?

Je désirais l'approbation de Khala Shaima, d'autant plus qu'elle était à l'origine de ma nouvelle liberté.

— Oui, il travaille bien.

Petit sourire. Shahla et Parwin étaient assises dans le salon, où elles tamisaient des lentilles de leurs doigts habiles pour en retirer les cailloux. Shahla en avait fait deux fois plus que Parwin, qui avait rangé les siennes en piles de tailles différentes. Rohila, qui avait un rhume, dormait dans la pièce à côté.

— Eh bien, je suis désolée de ne pas être venue plus tôt pour prendre de vos nouvelles à toutes. Ma santé n'a pas été très bonne. Cela m'empêche de faire ce que je veux et je déteste ça.

— Tu te portes mieux maintenant, Khala-*jan*? demanda poliment Shahla.

— Oui, *bachem*, mais pour combien de temps? Mes os sont fatigués et me font souffrir. Le mois dernier, il y avait tant de poussière que chaque inspiration me provoquait des quintes de toux, parfois très violentes. J'avais l'impression que j'allais cracher mes intestins!

C'était la façon qu'avait Khala Shaima d'expliquer les choses.

— Mais bon, assez parlé des vieilles personnes. Tu sais, Rahim, tes sœurs ne sont pas aussi chanceuses que toi.

— Shaima! Je te l'ai dit, dès que les choses se seront apaisées, je remettrai les filles à l'école.

— Apaisées? Apaisées où? Dans cette maison ou dans le pays tout entier? Et quand penses-tu que cela arrivera? Parce que, pour autant que je me souvienne, ces enfants ont vécu sous les feux des roquettes toute leur vie! Pour l'amour de Dieu, je ne me rappelle même pas un seul jour où ce pays n'a pas été en guerre.

— Je sais tout cela, Shaima-*jan*, mais je ne crois pas que tu comprennes ma situation. Si leur père leur interdit de…

— Leur père peut aller se faire foutre.

— Shaima!

Shahla et Parwin se figèrent sur place. Une telle réaction était inattendue, même de la part de Khala Shaima.

— Tu es tellement susceptible quand on parle de lui! Ouvre les yeux, Raisa! Tu ne vois donc pas ce qu'il est?

— Ce qu'il est, c'est mon mari! hurla Madar-*jan*, haussant le ton d'une façon inhabituelle. Et tu dois comprendre ça, voilà tout! Tu ne crois pas que je sais mieux que personne ce qu'il est ou n'est pas? Que puis-je y faire?

— Ton mari est un crétin. C'est pour ça que j'ai peur pour tes filles. Assieds-toi donc, joins-toi au club. Tire une bouffée, et c'est fichu pour toi.

— Shaima, s'il te plaît!

Khala Shaima soupira et céda.

— Bon. D'accord, Raisa. Mais c'est la raison pour laquelle je continue de venir vous voir, encore et encore, et vous rebats les oreilles à propos des filles. Il faut que quelqu'un s'oppose à lui.

—Et qui mieux que...

—Exactement, dit Khala Shaima avec satisfaction.

Elle se tourna de nouveau vers moi. Shahla et Parwin reprirent leur travail à une cadence plus lente, décontenancées par les cris de Madar-*jan*.

—Alors, raconte-moi. Est-ce que tu t'es bien adaptée ? Tu n'as pas de problèmes avec les garçons ?

—Non, pas de problèmes, Khala-*jan*. Je joue au football et je suis meilleure que mon cousin Muneer, je crois.

—Et personne ne t'a fait de remarque ?

—Non, Khala-*jan*.

—Bien. Et quel genre de choses fais-tu pour aider ta mère ?

—Rahim va au marché. Les vendeurs lui font de meilleurs prix qu'à moi.

—Et n'oublie pas, Madar-*jan*. Je travaille aussi avec Agha Barakzai et il me donne un peu d'argent !

—J'allais en parler, Rahim. Tu sais qu'Agha Barakzai tient cette petite boutique dans le village. Eh bien, il avait besoin d'aide pour des courses alors j'ai demandé à Rahim de passer là-bas et de voir s'il pouvait trouver un petit travail. Agha Barakzai n'y voit presque plus avec ses yeux abîmés.

—Tu es un petit travailleur ! Ah, en voilà des nouvelles ! s'exclama Khala Shaima en tapant des mains.

—Ouais, je vais partout en ville et personne ne m'embête. Je peux tout faire ! J'ai même vu l'ami de Padar, Abdul Khaliq, hier.

Madar-*jan* se raidit et me regarda.

—Qui as-tu vu ?

—Abdul Khaliq, répétai-je d'une voix plus calme.

Khala Shaima avait l'air aussi contrariée que ma mère. Je me demandai si j'avais fait quelque chose de mal.

—Est-ce qu'il t'a dit quelque chose ?

—Pas grand-chose. Il m'a acheté un en-cas et m'a dit que j'étais un bon garçon.

Madar-*jan* jeta un nouveau regard à ma tante qui secoua la tête.

—Raisa, tes enfants ne devraient pas traîner avec ce genre d'individu. Pas même Rahim !

—Tu ne t'approches plus de cet homme, Rahim, me prévint Madar-*jan* en ouvrant de grands yeux sévères. Tu as bien compris ?

Je hochai la tête. Dans le silence qui s'ensuivit, mes sœurs commencèrent à s'agiter.

—Khala Shaima, tu peux nous en dire plus sur Bibi Shekiba ? demanda Parwin.

—Bibi Shekiba ? Ah, vous voulez en savoir plus ? Eh bien, voyons, où m'étais-je arrêtée…

Au moment même où Khala Shaima se penchait en arrière et fermait les yeux pour poursuivre son histoire, nous entendîmes la porte s'ouvrir. Ma grand-mère venait rarement nous rendre visite, mais Padar-*jan* était parti depuis deux mois et elle se sentait obligée de vérifier que tout se passait bien, surtout lorsqu'elle voyait Khala Shaima passer la porte d'entrée en boitillant. Khala Shaima témoignait du respect à ma grand-mère, mais de façon mesurée et sans aucune chaleur humaine. Ma grand-mère, en revanche, se dispensait sans problème des civilités avec ma tante.

—*Salaam*, cria-t-elle en entrant.

Ma mère bondit sur ses pieds, faisant sursauter Sitara qui s'était presque endormie. Elle arrangea le haut de sa robe et se dirigea vers la porte pour accueillir sa belle-mère.

Khala Shaima prit son temps mais finit par se lever pour la saluer à son tour.

—*Salaam*, Khala-*jan*. Comment te portes-tu ? Bien, je l'espère.

Elle avait presque l'air sincère. Mes sœurs et moi embrassâmes les mains de notre grand-mère. Elle s'assit en face de ma mère et Shahla lui apporta une tasse de thé de la cuisine.

—Oh, te revoilà, Shaima-*jan*! Comme c'est gentil de ta part de déjà repasser.

Derrière les mots de ma grand-mère, je déchiffrai : « Tu viens trop souvent. » Khala Shaima ne répondit pas.

—Arif-*jan* ne t'a rien dit ? Tu ne sais pas quand ils vont rentrer ?

Madar-*jan* secoua la tête.

—Non, Khala-*jan*. Rien du tout. Je prie pour qu'ils rentrent vite.

—En attendant, j'ai parlé avec Mursal-*jan* et sa famille a accepté de donner leur fille en mariage pour Obaid.

Obaid était le frère de mon père. La nouvelle nous surprit.

—Obaid-*jan* ? Oh, je ne m'étais pas rendu compte...

—Oui. Alors nous allons devoir préparer son arrivée. Nous célébrerons leur *nikkah* dans deux mois, *inshallah*. Ce sera une bénédiction pour notre famille. Une deuxième femme lui donnera d'autres enfants et nous permettra d'agrandir la famille.

—Ils ont déjà cinq enfants, *nam-e-Khoda*, dit Madar-*jan* d'une voix douce.

—Oui, mais seulement deux garçons. Les garçons sont une bénédiction et Obaid en veut davantage. Il vaut mieux faire plus d'enfants, plutôt que de transformer ceux qu'on a déjà. Quoi qu'il en soit, te voilà au courant. Fatima passera sûrement te voir pour que tu l'aides à préparer l'arrivée de cette seconde épouse. Ce sont d'heureuses nouvelles et nous allons tous y participer.

—Bien sûr, Khala-*jan*. Ce sont d'excellentes nouvelles.

Madar-*jan* parlait d'une voix douce. Khala Shaima observait cet échange avec des yeux méfiants.

— Espérons qu'il y en aura d'autres à l'avenir, dit-elle en hochant la tête.

Ma grand-mère se leva et se dirigea vers la porte.

— Bon, c'est tout pour aujourd'hui. Shaima-*jan*, passe le bonjour à la famille, tu veux bien ? Je suppose que tu es sur le départ, vu l'heure tardive.

— Tu es trop bonne, Khala-*jan*. Je me sens tellement la bienvenue ici grâce à toi que j'ai du mal à partir.

Je vis les épaules de ma grand-mère se raidir et la façon dont Madar-*jan* et Khala Shaima se regardèrent. Khala Shaima secoua la tête. Visiblement, ces nouvelles n'étaient pas bonnes pour notre foyer.

— Venez, les filles, laissez-moi vous raconter la suite de l'histoire de Shekiba. Vous allez voir comme les femmes passent facilement d'un lieu à un autre, d'un foyer à un autre. Ce qui arrive une fois, se produit une deuxième fois, puis une troisième…

# Chapitre 11

## SHEKIBA

Azizullah était assis dans le salon avec son frère, Hafizullah. Il y avait également deux autres hommes, dont Shekiba ne connaissait pas les noms et qu'elle n'avait jamais vus auparavant. Ils étaient coiffés de turbans blancs et portaient des tuniques et des pantalons bleu ciel. Hafizullah portait un gilet marron par-dessus sa tunique, et son chapelet pendait de sa poche.

— Shekiba, Padar-*jan* veut que le repas soit prêt dans vingt minutes, annonça Haris. Il dit qu'ils vont bientôt partir, alors il ne faudrait pas que ça prenne trop longtemps.

Shekiba hocha la tête nerveusement, sachant que le riz serait en légère sous-cuisson. Elle ajouta de l'huile dans la casserole, espérant ainsi attendrir les grains.

Haris se pencha par-dessus son épaule et tenta de dérober un morceau de viande dans le bol. Elle tendit instinctivement le bras droit pour lui saisir le poignet.

— À ta place, j'éviterais, Haris. Attends qu'ils aient mangé.

Le ton de sa voix était doux mais ferme. Haris était de loin son préféré de la fratrie. Parfois, il s'asseyait à côté d'elle lorsqu'il s'était lassé de ses frères et sœurs. Sa compagnie ne la dérangeait pas. Au contraire, elle appréciait son bavardage et les histoires qu'il lui racontait sur son professeur.

—Juste un morceau! supplia-t-il.

—Si tu manges un morceau, alors tes frères en voudront aussi quand ils te verront lécher la sauce sur tes doigts.

—Non, je le promets! Je ne leur dirai pas! Je me lécherai les doigts avant de retourner dehors! insista Haris, en négociateur hors pair.

—Bon, d'accord. Mais juste un...

Il s'était emparé du plus gros morceau avant que Shekiba n'ait pu finir sa phrase.

—Haris!

Il se fendit d'un grand sourire, les joues bombées par l'agneau. Quelle chance elle avait de vivre dans un foyer qui pouvait s'offrir de l'agneau! Shekiba soupira et fit semblant d'être agacée.

—De quoi parlent-ils là-bas, au fait? demanda-t-elle.

—Tu ne sais pas? Le roi va venir!

—Le roi? répéta Shekiba. Quel roi?

—Quel roi? Mais le roi Habibullah, bien sûr!

—Oh.

Shekiba n'avait jamais entendu parler de ce roi. Cela faisait des années que son père n'avait plus montré d'intérêt pour quoi que ce soit se déroulant à l'extérieur de leurs murs.

—Il va venir ici?

—Ici? Tu es folle, Shekiba? Il ira dans la maison de Hafizullah.

Le frère d'Azizullah s'était assuré une position de choix au pays, celle d'ami de la monarchie. Il servait de surveillant régional et faisait des rapports aux autorités de Kaboul, la capitale. Fidèle délégué depuis plusieurs années, il se rendait fréquemment au palais pour rencontrer les conseillers du roi. Il se battait pour obtenir l'attention du monarque, dans l'espoir de devenir un jour *hakim* de sa province. Un tel titre donnait un grand pouvoir, ainsi Hafizullah offrait souvent de copieux repas et couvrait de flatteries toute personne un tant soit peu influente.

Azizullah n'avait que faire de ces relations prestigieuses, mais il appréciait tout de même les avantages secondaires que lui apportait la position stratégique de son frère. Les habitants du village se montraient pleins d'égards envers lui, espérant s'attirer ainsi les bonnes grâces de Hafizullah. Voilà comment circulait l'influence, depuis les hautes sphères de la monarchie, jusqu'au plus insignifiant des foyers ruraux.

Tandis que Shekiba n'avait aucune connaissance de ces affaires diplomatiques, elle aussi se trouva enchantée par la perspective d'une visite royale. Elle s'imagina des chevaux et des vêtements somptueux, des gardes entourant le monarque.

Elle rajusta son foulard et remplit de nouvelles tasses de thé, cherchant à détourner les hommes de leur appétit quelques minutes de plus. Elle porta le plateau au salon en gardant la tête baissée, se montrant la plus discrète possible.

—C'est un immense honneur. Exactement l'occasion que j'attendais. Qu'Allah soit loué, j'ai mis tous ceux qui me doivent une faveur à contribution pour garantir un délicieux festin. Nous ferons du *qurbani*; et une chèvre sera sacrifiée au nom du roi. Je ne regarde pas à la dépense.

—Comment vas-tu payer tout ça? Combien de gens l'accompagneront? Je parie qu'il y aura une bonne dizaine de bouches prétentieuses à nourrir!

—Peu importe si cela doit me coûter une fortune, je ne peux pas passer à côté de cette occasion. Sharifullah est *hakim* de cette province depuis trop longtemps. C'est une chance qu'il ait dû se rendre à l'autre bout du pays pour l'enterrement de son cousin.

— Une chance pour toi! s'amusa Azizullah. Mais pas pour son cousin!

— Oublie son cousin, cher frère. Le plus important, c'est que notre famille tient l'occasion de s'élever au niveau supérieur. C'est ce que notre père aurait voulu voir, qu'Allah lui accorde le pardon et le fasse reposer en paix. Si je suis nommé *hakim*, nous contrôlerons la province tout entière! Imagine la vie que nous aurons!

— Tu ferais un excellent *hakim*, c'est certain. Et d'après ce que j'ai entendu, beaucoup de villageois n'approuvent pas les décisions de Sharifullah.

— Cet homme est veule. Le royaume n'aurait que faire de notre province, sans les récoltes que produit notre terre à chaque saison. Sharifullah n'a rien fait pour nous! Quand Agha Sobrani et Agha Hamidi se sont disputé cette terre près de la rivière, il a eu l'idée stupide de la partager en deux.

Shekiba écoutait tout en débarrassant les tasses vides et en rapprochant des hôtes le plat de noix.

— Maintenant, ni Sobrani ni Hamidi ne le respectent. Ils sont tout autant mécontents. Il aurait dû donner la terre à Hamidi. Sa demande était acceptable et sa famille a plus d'influence que Sobrani. Il vaut mieux avoir le soutien total de Hamidi et provoquer la colère du seul Sobrani!

Une logique implacable. Shekiba s'éclipsa en silence. Elle s'était habituée aux discours animés de Hafizullah et le trouvait plutôt divertissant. En même temps, elle remerciait Allah de ne pas l'avoir placée sous sa garde, car elle était persuadée que c'était une brute dans sa maison.

Dès qu'elle quitta la pièce, elle entendit le ton de Hafizullah changer. Elle s'arrêta, et tendit l'oreille vers le salon.

— Et comment se passent les choses avec ta nouvelle domestique ? Shekiba-*e-shola* donne satisfaction dans la maison ?

— Absolument, répondit Azizullah. Marjan n'a pas beaucoup à se plaindre d'elle.

— Hum. Sa famille doit être si soulagée de s'être débarrassée de ce fardeau. D'après ce qu'on m'a dit, Bobo Shahgul est dévastée par la mort de son fils. Elle ne pouvait pas supporter d'avoir sa fille dans sa maison car elle lui rappelait sans cesse le disparu.

— Tu en sais plus que moi. La fille ne parle jamais de sa famille. En fait, elle ne parle quasiment pas. C'est te dire son bon sens.

— Au moins, ta femme n'a pas à craindre que tu la prennes pour seconde épouse ! plaisanta Hafizullah en se frappant bruyamment la cuisse.

— Non, elle n'est pas à marier. Elle est habile et fournit le travail d'un homme. Parfois, nous oublions même que c'est une fille. Sa force m'émerveille. Il y a quelques jours à peine, je l'ai vue porter trois seaux d'eau sans courber le dos, comme si elle ne sentait pas l'effort. Ses oncles m'ont dit qu'elle tenait la ferme avec son père.

— Plus utile qu'une mule. Parfait, dit Hafizullah. Qu'est-il arrivé à son père, au juste ? Je me souviens être tombé sur lui juste après la vague de choléra qui a emporté ses enfants. Il avait une mine affreuse. Trop sensible, cet homme.

— D'après ce que m'a dit son frère, il se sentait décliner depuis quelques mois. Agha Freidun m'a raconté avoir discuté avec lui ; il lui aurait dit qu'il savait que son heure allait venir. Il s'est arrangé pour que sa fille aille vivre chez Bobo Shahgul et a distribué sa terre, ses outils et ses animaux à ses frères.

Shekiba écarquilla les yeux.

*Mensonge! Mon père n'a jamais eu cette conversation!*

Ismail n'avait plus jamais vu ses frères après la mort de son épouse. Elle se demanda si cette histoire était une invention de Kaka Freidun ou de Bobo Shahgul. Les membres de sa famille fondaient comme des vautours pour ramasser les moindres miettes laissées par son père.

*Cette terre devrait être à moi. Mon grand-père l'a léguée à mon père. Mon père avait complètement coupé les ponts avec sa famille. C'est à moi que devrait revenir cette terre.*

Shekiba se demanda où se trouvait l'acte notarié. C'était un simple document signé par son grand-père, son père, quelques parents éloignés et un ancien du village pour confirmer la transaction. Ses oncles avaient dû le chercher le jour où ils avaient jeté le contenu de la maison dehors.

— Shekiba? Que fais-tu?

Les tasses à thé s'entrechoquèrent dans ses mains lorsqu'elle sursauta. Marjan était arrivée derrière une Shekiba fort distraite. Elle semblait surprise de la trouver immobile à quelques mètres du salon.

— J'étais juste…, bredouilla-t-elle.

Puis elle se dirigea droit vers la cuisine, la tête baissée pour cacher son regard blessé.

Le parfum du cumin et de l'ail emplissait la pièce. Azizullah et son frère mangèrent ensemble, arrachant des morceaux de pain plat et prenant de grosses bouchées de viande et de riz. Shekiba craignit qu'il ne reste plus rien pour les autres membres de la famille. Il était difficile de se procurer de la viande, même dans cette maison, et elle avait l'impression que les deux hommes allaient finir les réserves de la semaine en un seul repas.

Son esprit se mit à vagabonder pendant qu'elle essuyait les casseroles. Qu'arriverait-il si elle venait à revendiquer cette terre ? La pensée la fit presque rire. Imaginez un peu. Une jeune femme essayant de réclamer le terrain de son père, l'arrachant aux griffes avides de ses oncles. Elle s'imagina amener l'acte au juge local. Que dirait-il ? Il la jetterait dehors, très probablement. La traiterait de folle. La renverrait peut-être même à sa famille.

Et s'il ne faisait rien de tout cela ? Et s'il l'écoutait ? Lui donnait raison ? Peut-être penserait-il que c'était son droit d'avoir la terre de son père.

Marjan était dans la cuisine avec elle. Elle tamisait le riz pour en ôter les éventuels petits cailloux.

—Khanum Marjan ? dit-elle timidement.
—Oui ? fit Marjan.

Elle s'arrêta et leva les yeux. Shekiba parlait si rarement, cela méritait d'être attentif.

—Qu'arrive-t-il à une fille quand son père... Si son père possède une terre... s'il n'est pas...

Marjan pinça les lèvres et pencha la tête. Elle comprenait la question enfouie sous les propos décousus de Shekiba.

—Shekiba-*jan*, ta question n'a pas de sens. La terre de ton père ira à ta famille, puisque tes frères sont morts, qu'ils reposent en paix.

La réponse de Marjan était brusque mais c'était la réalité — en dépit de ce que la loi pouvait affirmer. Sa franchise incita Shekiba à parler ouvertement.

—Mais qu'advient-il de moi ? Ne suis-je pas moi aussi l'héritière de cette terre ? Je suis sa fille !

—Oui, tu es sa fille. Pas son fils. La loi veut que les filles héritent d'une portion de ce que le fils aurait dû recevoir, mais dans les faits, les femmes ne revendiquent pas les terres. Tes oncles, les frères de ton père, se sont certainement approprié le bien.

Shekiba lâcha un soupir de frustration.

— Ma petite, tu te montes la tête de façon ridicule. Que ferais-tu d'un lopin de terre ? Premièrement, tu vis ici désormais. C'est ta maison. Deuxièmement, tu n'es pas mariée et aucune femme ne peut décemment vivre seule sur un terrain ! C'est tout simplement absurde.

*J'ai vécu seule dans cette maison pendant des mois. Cela n'avait rien d'absurde. C'était chez moi.*

Mais Marjan ne savait rien de cette période. Shekiba n'osa pas en partager les détails avec elle, sachant qu'une telle vie lui aurait paru inqualifiable. Inutile de donner au village plus de matière à commérages.

— Et si j'étais un garçon ? demanda-t-elle, refusant de lâcher totalement l'affaire.

— Si tu étais un garçon, la terre te reviendrait. Mais tu n'es pas un garçon et tu ne peux pas le devenir. Ta vie est maintenant ici, dans ce foyer. Tu poses des questions qui ne susciteront que de la colère, rien d'autre. Ça suffit !

Il fallait que Marjan mette un terme à cette discussion. Son mari désapprouverait, cela ne faisait aucun doute. Si c'était là le genre de pensées qui lui traversaient l'esprit, alors Marjan était contente que Shekiba ne parle pas plus souvent.

*Mais j'ai toujours été la fille-garçon de mon père. Mon père avait à peine conscience que j'étais une fille. J'ai toujours fait le travail qu'aurait fait un garçon. On ne me verra jamais comme une possible épouse, alors quelle différence ça fait ? Qu'est-ce qui fait de moi une fille ?*

Shekiba serra les dents.

*J'ai déjà vécu seule. Je n'ai besoin de personne.*

La famille d'Azizullah s'était montrée plutôt gentille avec elle, mais Shekiba était en ébullition. Sa propre famille lui parut encore plus détestable qu'avant.

*Je ne peux pas continuer comme ça éternellement. Je dois trouver un moyen de reprendre les rênes de ma vie.*

# Chapitre 12

# Rahima

Les enseignements que j'aurais dû tirer de l'histoire de Shekiba m'échappèrent trop souvent. Elle était décidée à vivre sa propre vie, tandis que je semblais déterminée à défaire celle que j'avais.

Je me demande combien de temps j'aurais pu encore tenir en garçon si Madar-*jan* ne nous avait pas surpris ce jour-là. La plupart des enfants qu'on avait transformés en *bacha posh* redevenaient filles dès les premiers saignements, mais Madar-*jan* m'avait laissée continuer, réglée mais avec l'apparence d'un garçon. Ma grand-mère l'avait prévenue que c'était mal. « Le mois prochain », avait promis ma mère. En réalité, la situation était trop avantageuse pour elle, pour mes sœurs, pour toute la famille. Elle ne pouvait se résoudre à renoncer à une aide que mon père était incapable de lui fournir. De plus, j'étais heureuse de continuer à jouer au football et à pratiquer le taekwondo avec Abdullah et les garçons.

Nous n'avions plus de piments forts et Padar-*jan* aimait manger épicé. Ces piments changèrent tout pour moi.

Abdullah, Ashraf, Muneer et moi descendions notre petite rue. Les garçons firent le chemin avec nous puis dévièrent pour rentrer dans leurs maisons, plus petites que la nôtre mais dans un état tout aussi déplorable. Les habitants de notre quartier ne mouraient pas de faim mais nous réfléchissions tous à deux fois avant de jeter des restes à un chien errant. Cette situation durait depuis plusieurs années. Certains jours, nous marchions paresseusement. D'autres jours, nous étions plus turbulents et faisions la course jusqu'à la boîte de conserve, la vieille dame, ou la maison à la porte bleue.

Abdullah et moi restions tout près l'un de l'autre. Dans notre cercle d'amis, nous avions quelque chose de différent. Un petit plus. Son bras sur mon épaule, il se penchait au-dessus de moi et taquinait Ashraf. J'étais une *bacha posh* mais cela durait depuis trop longtemps, comme un invité trop à son aise et qui s'éterniserait.

C'était Ashraf qui avait commencé. Il avait balancé sa jambe en l'air, mais pas aussi haut qu'il pensait l'avoir fait. Selon nous, il pouvait à peine nous toucher à la taille, mais lui était certain d'avoir effleuré nos visages avec son pied. Muneer secoua la tête. Il en avait assez qu'Ashraf s'entraîne sur lui.

Nous étions férus d'arts martiaux. Nous avions feuilleté des magazines montrant des champions dans différentes positions, le pied plus haut que la tête, un bras tendu en avant. Nous voulions leur ressembler, et tournions les pages en imitant leurs poses.

Nous nous étions déjà battus de cette façon auparavant. Tous. Seulement pour jouer, de façon innocente. Depuis quelque temps, je bandais mes seins naissants d'un linge serré. Je ne voulais pas que les garçons les remarquent ou émettent le moindre commentaire à ce sujet. Avoir toujours la même voix alors que la leur avait mué était déjà assez gênant. Parfois, je me retrouvais avec des bleus. Un jour, je me tordis la cheville en esquivant un coup de pied d'Ashraf.

Pendant une semaine, je marchai en boitant entre la maison et l'école. Je dis à Madar-*jan* que j'avais trébuché sur une pierre, sachant que je ne pouvais lui avouer la vérité.

Mais le jeu en valait la chandelle. Pour ces moments où, inévitablement, Abdullah me faisait une prise qui m'immobilisait, ou me tordait le bras pour le coincer dans mon dos, ces moments où je pouvais sentir son souffle dans mon cou. Quelque part au fond de moi, je frémissais d'être aussi près de lui. Je ne voulais pas qu'il me lâche, même si je sentais mon bras se désarticuler. De ma main libre, je lui saisissais l'autre bras, sentais ses muscles adolescents se tendre sous mes doigts. Une fois suffisamment proche pour humer son odeur, la sueur de sa nuque, je me sentais dangereuse et vivante. C'est pourquoi j'étais souvent à l'initiative de ces bagarres. J'aimais ces limites où elles me conduisaient.

C'était précisément ce que nous étions en train de faire lorsque Madar-*jan* sortit de la maison voisine, une poignée de piments rouges dans la main droite et le coin de son tchador dans la gauche. Cela n'aurait pas pu être pire. Elle nous repéra au moment précis où il me faisait un croche-pied. Je perdis l'équilibre et tombai au sol. Levant les yeux, je vis le grand et beau sourire d'Abdullah qui, vainqueur une fois de plus, se trouvait à califourchon au-dessus de moi et riait aux éclats.

— Rahim !

J'entendis la voix de ma mère, dure et horrifiée. Du coin de l'œil, j'aperçus sa robe bordeaux élimée. Mon estomac se retourna.

Abdullah avait dû voir mon expression. Il bondit sur ses pieds et regarda ma mère. Le visage de celle-ci vint confirmer le fait que nous étions allés trop loin. Il me tendit la main pour m'aider à me lever.

— Ça ira, bredouillai-je en me mettant debout, époussetant mon pantalon tout en évitant le regard accusateur de ma mère.

— *Salaam*, Khala-*jan*, cria Abdullah.

Ashraf et Muneer se rappelèrent alors les bonnes manières et firent de même. Elle pivota brusquement et franchit le portail de notre maison.

— Qu'est-ce qui s'est passé ? Ta mère a l'air contrariée.

— Ah, ce n'est rien. Elle me reproche tout le temps de rentrer avec des vêtements sales. Ça lui fait plus de lessive, c'est tout.

Abdullah semblait sceptique. Il savait reconnaître la colère d'une mère et devinait qu'il y avait autre chose.

Je n'avais aucune envie de rentrer à la maison. Je savais que Madar-*jan* était furieuse, mais si je tardais à l'affronter, la situation ne ferait qu'empirer.

J'étais soudain incapable de regarder Abdullah dans les yeux, me sentant déjà rougir. Ma mère n'avait pas vu la même chose que les autres. Elle avait vu sa fille coincée sous un garçon au beau milieu de la rue. Le spectacle le plus honteux qui soit.

Je sentis un craquement sous mes pieds et vis les piments rouges, écrasés par ma sandale, devant notre porte. Là où Madar-*jan* les avait lâchés. Je ramassai ceux qui pouvaient être sauvés et entrai.

— Madar-*jan*, je vais me laver avant le dîner, m'écriai-je.

Je la voyais dans la cuisine et voulais tâter le terrain, sans croiser son regard.

Elle ne me répondit pas, ce que j'interprétais comme un mauvais signe évident.

Mes mains se mirent à trembler. J'aurais dû faire attention. Même habillée en garçon, je n'aurais pas dû laisser les choses aller si loin. Mes oncles et tantes auraient pu me voir. Il était possible qu'ils aient assisté à la scène. Je les aurais à peine remarqués, coincée par Abdullah.

Allait-elle rapporter l'incident à Padar-*jan*? Cela signerait mon arrêt de mort. Chacune de ces hypothèses me donna le tournis et me mit dans une panique folle. J'abandonnai les piments écrasés sur la table du salon et allai me laver comme je l'avais dit. J'essayai de trouver un plan pour me tirer d'affaire. Je me rendis ensuite à la cuisine, le visage encore humide.

— Madar-*jan*?
— Hum.
— Madar-*jan*, qu'est-ce que tu fais? demandai-je d'une petite voix mal assurée.
— Je prépare le dîner. Va faire tes devoirs, maintenant que tu as fini de te donner en spectacle dans la rue.

Et voilà. J'étais un peu soulagée de l'entendre le dire. Je pouvais commencer à me défendre.

— Madar-*jan*, on jouait, c'est tout…

Madar-*jan* leva la tête de sa casserole. Yeux plissés, lèvres serrées.

— Rahim, je te croyais plus prudent. Cette situation n'a que trop duré.
— Madar-*jan*, je…
— Je ne veux plus entendre un seul mot de ta bouche. Je te parlerai plus tard. Pour l'instant, je dois préparer le dîner de ton père, sous peine d'avoir une deuxième crise à gérer.

Je me retirai dans l'autre pièce et m'attelai à mes devoirs un moment, puis décidai d'aller voir si Agha Barakzai avait besoin d'aide pour l'après-midi. Je préférais ne pas être dans les parages pendant que ma mère était en colère. Il me tint occupé jusqu'au soir et je rentrai enfin, découvrant que Madar-*jan* ne m'avait rien gardé à manger.

Elle me vit regarder dans les casseroles vides.

—Il reste un peu de soupe. Tu peux la prendre avec du pain.

—Mais, Madar-*jan*, il n'y a que des oignons et de l'eau dans cette soupe. Il n'y a plus de viande ?

—Nous l'avons finie. Peut-être que la prochaine fois, il y en aura pour toi.

Tandis que mon estomac grondait, la colère s'empara soudain de moi.

—Tu aurais pu me laisser quelque chose ! C'est comme ça que tu me traites ? Tu veux que je meure de faim ?

—Je ne suis pas sûre de savoir de quoi tu as faim exactement ! murmura-t-elle d'un ton tranchant.

Padar-*jan* entra à ce moment précis. Il se frottait les yeux.

—Pourquoi ces cris ? demanda-t-il. Que se passe-t-il, *bachem* ?

Je jetai un regard à ma mère et me mis à parler sans réfléchir.

—Elle ne m'a pas gardé un seul morceau de viande. Elle veut que je mange du bouillon à l'oignon et du pain ! J'ai passé l'après-midi à travailler dans le magasin d'Agha Barakzai et je ne trouve pas de repas quand je rentre !

Pour couronner le tout, je jetai ma paie sur la table. Les billets volèrent dans les airs et atterrirent en vrac, de façon théâtrale.

—Raisa ? C'est vrai, ça ? Il n'y a rien à manger pour mon fils ?

—Ton fils… ton fils…, marmonna Madar-*jan*.

Elle cherchait une explication acceptable à la punition qu'elle m'avait infligée. Mais Madar-*jan* ne fut pas assez rapide ni assez rusée pour inventer spontanément une version alternative. De plus, elle avait beau être en colère, elle ne pouvait se résoudre à me jeter dans les flammes.

Je vis la suite venir et regrettai immédiatement de ne pouvoir retirer mes propos. Je vis le visage de mon père rougir de colère. Je vis sa tête s'incliner et ses épaules se lever. Ses bras s'agitèrent en tous sens.

— Mon fils a faim! Regarde l'argent qu'il a ramené à la maison! Et même avec ça, tu ne peux pas trouver un peu de nourriture à lui donner? Quel genre de mère es-tu?

Un claquement retentit quand le dos de sa main s'écrasa contre la joue de Madar-*jan*. Elle recula sous la violence du coup. Mon estomac se serra.

— Padar!

— Trouve-lui quelque chose à manger ou c'est toi qui vas crier famine pendant un mois! aboya-t-il.

Il frappa de nouveau. Un filet de sang coula de la lèvre de ma mère. Elle se couvrit le visage des mains et se tourna. Je tremblai quand il me regarda. Du coin de l'œil, j'aperçus Shahla et Rohila qui observaient la scène depuis le couloir.

— Va, *bachem*. Va voir ta grand-mère et demande-lui de te préparer quelque chose à manger. Et dis-lui bien ce que ta mère a fait. Même si ça ne va pas la surprendre.

Je hochai la tête et regardai ma mère à la dérobée, soulagée qu'elle ne lève pas les yeux vers moi.

Cette nuit-là, je pensai à Bibi Shekiba. J'aimais me comparer à elle, me sentir aussi audacieuse, aussi forte et digne qu'elle, mais dans mes moments de grande lucidité, je savais que je ne l'étais pas.

# Chapitre 13

## SHEKIBA

L'idée mijota quelque temps en elle avant que Shekiba n'envisage pour de bon de tenter sa chance. La conversation qu'elle avait eue avec Marjan aurait dû la décourager mais il n'en fut rien. De cet échange, elle avait glané une information capitale : elle avait le droit de réclamer au moins une parcelle de la terre de son père.

Nuit après nuit, elle ne put fermer l'œil, obsédée par l'acte de propriété. Un simple bout de papier portant quelques signatures, mais d'une valeur inestimable. Où son père avait-il bien pu le ranger ? Shekiba ferma les yeux et s'imagina chez elle. Elle entendit le claquement du portail contre le loquet, le grincement du métal rouillé. Elle visualisa le coin où son père avait coutume de se tenir, ses couvertures étalées en vue des nuits froides à venir. Elle vit le tabouret de sa mère dans la cuisine, et les pulls de ses frères, pliés et empilés sur une étagère.

*Il doit se trouver dans ses livres*, songea Shekiba.

Ayant longtemps été seule pour tenir la maison, elle en connaissait le moindre recoin. Elle pensa à l'étagère et au fait qu'elle avait renoncé à la dépoussiérer après la mort de sa mère. Padar avait accumulé trois ou quatre livres au fil des ans, et c'était là qu'il les rangeait.

Lorsque Shekiba tira cette conclusion, elle faillit se frapper devant une telle évidence.

« — Mais comment le savons-nous, Padar-*jan* ?

— Toutes les réponses se trouvent dans le Coran, *bachem*. »

Leur père leur avait appris à lire, d'abord avec le Coran, puis avec les livres qu'il possédait. Elle suivait la lecture tandis qu'il faisait glisser sur les mots son doigt calleux. De temps à autre, ses frères rapportaient un journal de leurs expéditions au village et les enfants se relayaient alors pour plonger entre ses pages et s'exercer à déchiffrer les mots et les phrases. La tâche était ardue, mais Padar-*jan*, patient, les laissait commettre des erreurs, jetant un coup d'œil par-dessus leurs épaules quand ils hésitaient et comblant les blancs.

*C'est dans le Coran*, comprit-elle.

Quelle était la probabilité pour que ses oncles n'aient pas encore mis la main dessus ? Faible – mais il n'était pas impossible que ces brutes ne se soient même pas donné la peine de le chercher. Ils ne soupçonnaient certainement pas Shekiba de songer, ne serait-ce qu'un instant, à réclamer son dû.

La jeune fille, par conséquent, dut envisager de repasser chez elle – ce qui n'était pas une mince affaire.

Et si elle trouvait l'acte, qu'en ferait-elle ? Elle ne pouvait pas espérer le montrer à ses oncles et avoir une discussion raisonnable avec eux. Non, il fallait qu'elle le montre à un fonctionnaire, le juge local, et plaide sa cause.

C'était exactement le sujet de l'échange entre Azizullah et son frère. Un désaccord de cet ordre devait être arbitré par un représentant de justice, ce qui signifiait que le plan de Shekiba se compliquait encore. Comment allait-elle trouver cette personne ?

De plus, comment s'y prendre pour se rendre dans tous ces endroits ? Il faudrait qu'elle s'absente pendant une journée. Shekiba se demanda si Marjan la laisserait s'aventurer dehors toute seule. Après leur conversation, elle avait du mal à imaginer sa maîtresse la soutenir dans cette entreprise. Shekiba devait donc trouver un stratagème.

Deux jours plus tard, elle alla voir Marjan qui tricotait un pull pour Haris. Elle se répéta sa question en pensée avant de s'éclaircir la gorge.

— *Salaam*, Khanum Marjan, commença-t-elle en essayant d'adopter une voix assurée.

— *Salaam*, Shekiba, répondit Marjan, levant à peine les yeux de son ouvrage – croisant, décroisant puis recroisant les aiguilles entre ses doigts.

— Khanum Marjan, je voulais vous poser une question.

— Je t'écoute, Shekiba ?

— Je me demandais si je pouvais prendre une journée pour aller voir ma famille. Je ne les ai pas vus depuis plusieurs mois et j'aurais voulu leur rendre visite. La semaine prochaine, c'est l'Aïd et je sais qu'on aura beaucoup de travail ici, alors peut-être cette semaine ?

Shekiba croisa les doigts dans son dos pour cesser de les tortiller.

Marjan s'arrêta de tricoter et posa les aiguilles sur ses genoux. Elle semblait perplexe.

— Ta famille ? Ma chère petite, depuis ton arrivée, tu n'en as pas parlé une seule fois. Je commençais à croire que tu étais froide au point de n'avoir aucune affection pour eux ! Comment se fait-il que tu aies soudain envie de les voir ?

— Oh, ils me manquent terriblement, dit-elle en s'efforçant de paraître sincère. Mais durant mes premiers jours ici, je pensais qu'il n'était pas approprié de faire une telle demande.

— Et maintenant ?

— Eh bien, maintenant, je suis là depuis plusieurs mois, et avec les vacances qui approchent… Je voulais rendre visite à ma grand-mère, pour lui témoigner mon respect.

Shekiba se demanda si elle ne donnait pas là à l'omniscient Allah une bonne occasion de rire ou si, au contraire, ses mensonges la conduiraient droit en enfer.

— Ta grand-mère.

Marjan poussa un profond soupir et se massa les tempes. Shekiba se prépara à sa réponse.

— Nous avons du pain sur la planche avant les vacances. Il faut préparer les gâteaux, et aussi de nombreux plats, la maison devra être rutilante…, dit-elle, faisant l'inventaire des corvées. Mais je suppose que c'est normal que tu rendes visite à Bobo Shahgul. C'est ta grand-mère, après tout. Je parlerai à Azizullah de ta demande.

Shekiba se retint de sourire. Elle inclina la tête en signe de gratitude.

— Merci, Khanum Marjan, dit-elle. Je vous en serais très reconnaissante.

De temps à autre, Shekiba prenait conscience de la cruelle naïveté dont elle souffrait. Le lendemain, elle en fit justement l'expérience.

Marjan entra dans la cuisine où la jeune fille était assise par terre, un tas de pommes de terre devant elle. Elle s'arrêta d'éplucher en entendant son prénom.

— Shekiba, Azizullah est d'accord… Eh, petite ! Qu'est-ce qui ne va pas chez toi ?

Marjan jeta un regard à Shekiba et s'immobilisa. Les mains sur les hanches, elle la toisait d'un air sévère.

— Hein ? Comment ça, Khanum Marjan ?

Shekiba baissa les yeux sur la pile devant elle, se demandant ce qui avait pu offenser de la sorte la maîtresse de maison.

— Est-ce une façon de s'asseoir pour une fille ? dit cette dernière en désignant les jambes de Shekiba.

La jeune fille s'examina. Elle était appuyée contre le mur, pieds croisés et calés sous les cuisses, et le tas de pommes de terre reposait dans la vallée que formait sa jupe entre ses jambes.

— Au nom du ciel, un peu de décence ! Arrange-toi avant que les enfants te voient ! On ne t'a donc jamais appris à t'asseoir correctement ?

Shekiba se redressa et arrangea sa jupe en repliant ses jambes en dessous puis leva les yeux vers Khanum Marjan pour obtenir son approbation.

— C'est mieux. J'ai entendu dire que tu étais devenue le fils de ton père, mais je ne pensais pas que les choses étaient allées si loin.

— Oui, Khanum Marjan, dit Shekiba en rougissant à demi.

— Bon, où en étais-je ? Ah, oui. Azizullah est d'accord pour que tu ailles saluer ta grand-mère pendant les vacances. Tu l'accompagneras ce vendredi quand il ira au village pour les prières du *Jumaa*.

Azizullah allait l'y conduire ?

— Khanum Marjan, merci mille fois, mais je ne veux pas déranger votre mari. Je peux y aller toute seule pour lui épargner ce détour.

Marjan lui lança un regard incrédule. Cette fille ne cessait de la surprendre. Elle était très habile et d'une grande efficacité dans la maison, mais en matière de bon sens, elle avait de sérieuses lacunes.

— Tu crois pouvoir te promener seule dans le village ? Tu as perdu la tête ?

Shekiba garda le silence. Son esprit bouillonnait.

— Il t'emmènera, pour répondre à ta demande, et se joindra à toi pour rendre visite à ta famille, même si d'habitude, ce sont tes oncles qui passent nous voir pendant les vacances. Azizullah te ramènera ensuite à la maison. Tu ne peux tout de même pas vagabonder dans le village comme un chien errant !

Shekiba avait fait tellement de choses toute seule lorsqu'elle vivait avec son père et avant que ses oncles la trouvent. La nécessité d'un chaperon ne lui avait pas traversé l'esprit. Sa poitrine se serra de panique. Elle n'avait pas anticipé cette condition.

— Je... Je ne voulais pas déranger...

— Eh bien, si tu ne voulais pas le déranger, tu n'aurais pas dû soulever cette question.

Marjan sortit de la pièce, exaspérée. Les questions bizarres de Shekiba l'irritaient au plus haut point.

Shekiba réfléchit. Elle pouvait dire à Marjan qu'elle avait changé d'avis. Cela semblerait étrange mais pourrait marcher. Ou bien, une fois sur place, elle pourrait demander la permission d'aller récupérer quelques affaires dans la maison de son père. Mais comment faire pour porter l'acte au *hakim*, le représentant local ?

Peut-être un autre jour. Mais en admettant qu'elle se voie accorder un autre jour, il lui faudrait une fois de plus une escorte. De plus, elle ignorait totalement où trouver le *hakim*.

Voilà un problème de plus à résoudre.

*Chaque chose en son temps*, songea-t-elle.

Le *Jumaa* arriva et Shekiba dut se préparer à cette nouvelle épreuve. La plus grande détermination lui serait nécessaire pour affronter de nouveau sa famille, en particulier sa grand-mère. Mais c'était là son seul espoir de mettre la main sur l'acte.

Marjan lui avait donné l'ordre d'être prête dès le matin, car Azizullah ne l'attendrait pas. Il hocha la tête quand il la vit attendre devant la porte, vêtue de sa burqa et la tête baissée.

— *Salaam*, dit-elle d'une petite voix.

— Allons-y, lança-t-il avant d'ouvrir la porte et de précéder la jeune fille.

Ils se rendirent au *masjid* sans dire un mot. Shekiba marchait quelques pas derrière en examinant attentivement la route. Elle tenta de mémoriser chaque détail. La route était large et poussiéreuse, mais bordée de grands arbres. Il y avait quelques maisons éparpillées de chaque côté, espacées de plusieurs centaines de mètres. Chacune était entourée de murs de vingt mètres de haut en argile. Shekiba aperçut des rangées de plantations dans les jardins et reconnut, même à distance, les plants de patates, de carottes et d'oignons. Le temps était sec et les récoltes en pâtissaient, ce qui signifiait que les familles souffraient elles aussi.

Un *masjid*, trois boutiques et un boulanger constituaient le cœur du village. Les devantures étaient modestes, les vitrines ternes, les enseignes écrites à la main. Le boulanger n'avait pas vraiment de boutique. Il était assis contre le mur d'un autre magasin et tirait des pains dorés, ronds et chauds de son *tandoor*, enterré dans le sol. L'odeur du pain chaud s'élevant du cercle ouvert fit saliver Shekiba. Deux femmes attendaient que leur *naan* soit cuit. Shekiba se souvint d'être passée par là le jour où son oncle l'avait emmenée chez Azizullah pour s'acquitter de sa dette.

*Shekiba, le cadeau*, pensa-t-elle tristement.

Ils dépassèrent le *masjid* pour se diriger vers une petite maison située environ deux cent cinquante mètres plus loin. Azizullah frappa à la porte.

— *Salaam*, Faizullah-*jan*, dit-il la main sur le cœur.

— Agha Azizullah, comme c'est bon de te voir ! Tu vas aux prières du *Jumaa* ?

— Absolument. Mais j'ai un service à te demander. C'est ma domestique. Je dois l'emmener chez sa famille après les prières et je me demandais si ta femme pouvait la surveiller en attendant. Je ne peux pas la laisser seule dans la rue.

— Oh, mais bien sûr ! J'ai entendu dire que tu avais engagé la petite-fille de Bobo Shahgul, celle au demi-visage. Qu'elle reste dans la cour. Ce n'est pas une bonne idée de laisser une gamine traîner sur la place du marché.

Shekiba fut conduite vers un tabouret avec vue sur les latrines. Elle appuya la tête contre le mur. L'odeur des sanitaires était forte, mais elle n'osa changer de place, de peur de contrarier son hôtesse invisible.

Elle ne croisa à aucun moment la maîtresse de maison ni ses enfants mais put les entendre. Crier. Rire. Courir.

Les bruits d'une famille.

*Je pourrais partir maintenant*, pensa-t-elle. *Et si j'ouvrais la porte et prenais la fuite ? Je peux trouver ma maison d'ici. Je pourrais aller chercher l'acte et serais peut-être rentrée avant la fin des prières.*

Mais Azizullah serait probablement revenu avant elle. Ou alors, la maîtresse de maison remarquerait que la burqa avait disparu de la cour et le lui signalerait. Et après ? Shekiba craignait d'éveiller la colère d'Azizullah principalement par peur d'être renvoyée chez Bobo Shahgul. Rien ne pourrait être pire. Du moins, rien qu'elle puisse imaginer.

Azizullah revint et remercia son ami d'avoir gardé Shekiba chez lui. Il adressa un signe de tête à la jeune fille et ils se remirent en route, cette fois-ci vers la maison de Bobo Shahgul. Quand ils arrivèrent, Hameed vint leur ouvrir.

— *Salaam* ! cria-t-il.

—*Salaam*, *bachem*. Où est ton père ? Et tes oncles ? Je ne les ai pas vus aux prières du *Jumaa*. Ils n'y sont pas allés ?

—Non, *sahib*. Non, et Bobo-*jan* les a traités de tire-au-flanc, tu n'imagines même pas sa colère.

Hameed était une vraie commère.

Azizullah ne put réprimer un petit éclat de rire.

—Eh bien, que Dieu leur pardonne si ta Bobo-*jan* ne le fait pas. Dis-leur que ton *kaka* Azizullah et ta cousine sont là.

Hameed les conduisit dans la cour et courut à l'intérieur annoncer leur arrivée, avec un volume sonore digne de l'*azaan* du *mullah*, l'appel à la prière.

—Bobo-*jaaaaaaan*! Bobaaaaaaa! Kaka Azizullah a ramené Shekibaaaa!

Shekiba paniqua davantage et se tourna vers Azizullah pour sonder son visage. L'avait-il vraiment amenée là en visite ou la rendait-il à sa famille ? Peut-être que Marjan s'était plainte d'elle. De sa façon de s'asseoir. De ses questions bizarres. Ses mains devinrent moites. Elle suffoquait sous sa burqa.

L'attention d'Azizullah s'était tournée vers un buisson fleuri. Il en examinait les pétales et ne semblait pas avoir relevé l'annonce de Hameed.

Kaka Freidun apparut à la porte. Il semblait perturbé.

—Agha Azizullah! Sois le bienvenu! Comme c'est bon de te voir…

Kaka Freidun tendit les bras vers son visiteur. Les deux hommes se firent une accolade et une bise rapide sur la joue, comme le veut l'usage.

—Comment vas-tu ? Comment va ta famille ?

—Tout le monde va bien, merci. Et toi ? Bobo Shahgul est en bonne santé, j'espère ?

— Ah, les douleurs de l'âge et celles que lui causent les enfants indisciplinés, plaisanta-t-il en me lançant un regard noir.

*Il pense que j'ai fait quelque chose de mal. Il aimerait déjà me punir.*

— C'est une bénédiction pour ta famille de l'avoir encore à cet âge. Je pleure encore ma mère. Que son âme repose en paix, cela fait déjà deux ans qu'elle nous a quittés.

— Qu'Allah lui accorde son pardon et que le paradis soit sa dernière demeure, poursuivit Freidun. Entre, je t'en prie. Viens prendre une tasse de thé.

Ils se dirigèrent vers la maison et Shekiba se tint en retrait quelques mètres derrière. Elle se sentait de trop et piétinait nerveusement. Elle avait beau se trouver dans la cour de sa famille, elle garda sa burqa. Elle préférait conserver cette protection pour le moment.

— Azizullah-*jan*, cela fait un moment que nous ne nous sommes pas vus. J'espère que tout va bien chez toi.

La question de Freidun n'était pas anodine. Il cherchait à déceler les motivations cachées de cette visite.

— Oui, oui, tout va bien. Et chez toi ? Comment va la famille ? Et la ferme ? Tes récoltes sont-elles bonnes cette année ?

— Aussi bonnes qu'on peut l'espérer avec cette sécheresse. Ce ciel sec ne nous aide pas, mais nous espérons récolter assez pour vivre.

— J'ai entendu des plaintes semblables dans la ville. Et où est Bobo Shahgul ? Elle se repose ?

— Elle est allée s'allonger après ses prières, répondit Freidun. Voulais-tu lui parler ?

Une fois de plus, il semblait inquiet.

Kaka Zalmai et Kaka Sheeragha entrèrent dans la cour, avec la même expression que celle de leur frère. Azizullah et les deux hommes se saluèrent d'une accolade et échangèrent des civilités.

Les oncles de Shekiba firent mine de ne pas la remarquer, comme d'habitude. La jeune fille savait qu'elle aurait dû franchir la porte d'entrée et aller trouver les femmes de la famille, mais cela ne l'intéressait guère.

— Shekiba voulait rendre visite à la famille, vu que l'Aïd arrive la semaine prochaine. Tout le monde lui manquait beaucoup et elle voulait vous dire un petit bonjour, en particulier à Bobo Shahgul.

Ses oncles ne purent cacher leur surprise. Au bout d'un moment, Kaka Freidun hocha la tête d'un air suffisant.

— Ah, je vois. Je ne suis pas étonné. Bobo Shahgul est très appréciée de ses petits-enfants.

*Il pense que je regrette la façon dont je suis partie. Il est encore plus bête que sa femme.*

— Elle ne devrait pas tarder à se réveiller, elle sera sûrement surprise de la voir, dit Freidun.

Shekiba pinça les lèvres d'agacement.

— Eh bien, vous avez parcouru un long chemin. Allons à l'intérieur et partageons un thé, cher ami. Bobo Shahgul sera ravie de passer du temps avec sa petite-fille adorée ! s'exclama Freidun avec désinvolture.

Zalmai et Sheeragha échangèrent un sourire satisfait.

Shekiba eut la désagréable impression d'être une marionnette, dont les bras et les jambes étaient contrôlés par son oncle. Que pouvait-elle faire d'autre ? Chacun de ses pas contrarierait son désir profond de rester en dehors de cette maison. Si Azizullah la trouvait insolente, elle risquait d'être rendue à sa famille.

Ses jambes obéirent donc et elle passa lentement la porte de service. Elle croisa le fils de Khala Samina, Ashraf, qui portait un plateau garni de tasses fumantes, de bols de raisins secs et de noix. Les tasses s'entrechoquaient au rythme de ses mouvements nerveux et instables.

Shekiba traversa le couloir et marqua un temps d'arrêt. Devait-elle vraiment aller voir sa grand-mère ? Viendraient-ils le vérifier ? Elle souleva sa burqa et la laissa glisser sur ses épaules.

Khala Samina apparut. Elle était frêle, plus menue que ses belles-sœurs.

— *Salaam*, Shekiba, dit-elle calmement. Elle sait que tu es ici. Elle t'attend.

— *Salaam*, répondit Shekiba.

— Shekiba…

Elle se retourna pour regarder sa tante, qui se grattait le front. Celle-ci fit quelques pas vers la jeune fille et lui parla à voix basse.

— Évite de… C'est une vieille dame méchante. Ne lui donne pas de raisons de le montrer. Elle ne connaît pas d'autres moyens de se distraire.

Shekiba hocha la tête, la gorge nouée. Samina lui avait parlé avec douceur, un ton qui lui était rarement réservé. Elle sentit soudain un trou béant là où sa mère aurait dû se trouver.

— Merci, Khala Samina.

Samina cligna des yeux et lui fit un signe de tête avant de repartir en cuisine poursuivre ses corvées.

Shekiba parcourut les derniers mètres la séparant de la chambre de Bobo Shahgul. À travers le fin rideau, elle aperçut sa grand-mère, assise dans son fauteuil, le poing serré sur le pommeau de sa canne. Son menton reposait sur sa main.

*Elle sait que je suis ici. Je n'ai plus le choix maintenant.*

Shekiba poussa le rideau et croisa le regard glacial de la vieille dame.

— Tiens, tiens. Voyez donc qui a décidé de venir troubler notre quiétude une fois de plus.

— *Salaam*.

Shekiba décida de suivre le conseil de Samina et d'éviter de contrarier sa grand-mère.

— *Salaaaaam*, répéta Bobo Shahgul sur un ton moqueur. Espèce d'idiote. Comment oses-tu revenir ici ? Comment oses-tu remettre les pieds dans cette maison ?

Shekiba se réfugia sous sa carapace. Elle avait connu pire. Tout ce qu'elle avait à faire, c'était résister à la tentation de répliquer.

*Il faut que j'aille chez moi pour récupérer l'acte de propriété. N'oublie pas pourquoi tu es ici. Ne laisse pas la vieille te détourner de ton but.*

— Aïd *Mubarak*, Bobo-*jan*.

— Comme si j'avais besoin de voir ce visage, dit-elle, se détournant avec dégoût. Il n'y a pas d'Aïd pour une créature insolente comme toi. Tu as osé manquer de respect à la grand-mère qui t'a recueillie alors même que tu m'avais privé de mon fils.

Mue par la rage, elle se dressa sur ses pieds vacillants.

— Mon père était un homme sage qui prenait ses décisions tout seul.

Shekiba vit venir l'attaque mais tressaillit à peine.

La canne de Bobo Shahgul s'écrasa sur son épaule.

*Elle est plus faible qu'il y a quelques mois*, constata Shekiba.

— Bobo-*jan*, comment te portes-tu ? Tu as l'air un peu fragile. Que Dieu te protège.

Deuxième coup. Elle y mit plus de force.

— Sale bête. Sors de ma maison !

— Comme tu voudras, dit Shekiba.

Elle tourna les talons et sortit la tête haute. Elle n'avait rien dit. Et rien n'aurait pu rendre Bobo Shahgul plus furieuse.

Shekiba s'arrêta à la cuisine. Elle se demanda si Khala Samina avait entendu la conversation.

— Ma chère petite, il y a quelque chose chez toi qui rend cette vieille dame complètement folle.

Elle avait entendu.

— Khala Samina, j'aimerais récupérer quelques affaires dans la maison de mon père. Je ne serai pas longue.

Shekiba regarda en direction du salon. Elle entendit les hommes rire.

Samina secoua la tête.

— Fais comme tu veux, tu n'es plus une enfant. Mais sache qu'il y a beaucoup de gens ici qui veulent te rendre la vie dure. C'est à toi de trouver un moyen de te simplifier la vie.

Shekiba hocha la tête, se demandant qui, de sa tante ou d'elle, était la plus naïve.

— Je ne serai pas longue, répéta-t-elle en rajustant sa burqa et en se dirigeant vers la porte.

Elle traversa les champs en vitesse, regardant par-dessus son épaule toutes les trente secondes pour voir si quelqu'un la suivait. Au bout de vingt mètres, elle se mit à courir, en espérant ne pas attirer l'attention. La maison de son père lui parut plus petite que dans son souvenir. Elle sentit les battements de son cœur s'accélérer en approchant du portail rouillé.

L'espace d'une seconde, elle aperçut son père, debout au milieu du champ, le visage tourné vers le ciel et s'épongeant le front du dos de la main. Elle entendit sa mère appeler ses frères. Elle vit le visage d'Aqela, l'oiseau chanteur, à la fenêtre, observant leur père qui travaillait la terre.

Il aurait fallu inventer un mot pour décrire ce qu'elle ressentit, la façon dont son estomac fit un bond dans son ventre, cette joie de retrouver un lieu qui lui manquait tant, d'être auprès de gens à qui elle manquait autant qu'ils lui manquaient. Ce sentiment commença dans la douceur et se finit dans l'amertume, lorsqu'elle prit conscience qu'elle posait les pieds sur les cendres de ce temps béni, aussi bref eût-il été.

Personne ne s'était encore approprié la ferme, mais on aurait dit que des réparations étaient en cours. Les fissures du mur avaient été comblées à l'argile. Sur la table fendue du jardin, on avait cloué une planche neuve. À l'intérieur, les deux fauteuils massifs avaient disparu ainsi que les quelques couvertures qu'elle avait laissées sur le sol pour donner l'illusion que ses parents et frères et sœur dormaient encore dans la maison avec elle.

Shekiba se demanda quel vautour lorgnait la maison, mais préféra laisser cette question de côté pour le moment.

Il fallait qu'elle trouve le Coran. Les livres de son père n'avaient pas été touchés. Ils se trouvaient toujours sur l'étagère penchée au-dessous de laquelle dormait autrefois Padar-*jan*. Elle regarda par la fenêtre, s'attendant presque à entendre les voix enragées de ses oncles.

Elle cligna des yeux pour retenir ses larmes et s'aida d'un escabeau pour atteindre l'étagère du haut. Elle en toucha le rebord du bout des doigts et tâtonna à l'aveugle.

*Le voilà.*

Elle tira le coin en tissu et le livre glissa vers elle. Elle le réceptionna des deux mains et descendit de son escabeau. Le Coran était enveloppé d'un fin tissu vert émeraude orné de broderies argentées. L'étoffe avait fait partie du *dismol* de sa mère, son linge de mariage. Shekiba dépoussiéra le livre saint et y déposa un baiser, avant de l'effleurer de son œil gauche puis du droit, comme ses parents le lui avaient appris.

« — Pourquoi rangeons-nous le Coran aussi haut, Madar-*jan* ? Il est trop difficile à atteindre !

— Parce qu'il n'y a rien au-dessus du Coran. C'est comme ça que nous exprimons notre respect envers la parole d'Allah. »

Shekiba déplia le tissu et ouvrit l'ouvrage à la première page.

*Tariq. Munis. Shekiba. Aqela.*

À côté de chaque prénom, Padar-*jan* avait inscrit au crayon le mois et l'année de naissance de l'enfant.

Shekiba feuilleta rapidement les pages cornées. Le livre s'ouvrit spontanément au deuxième *Surah*. Elle reconnut le passage que son père citait souvent. Elle traça du doigt la calligraphie et entendit sa voix.

« Cela veut dire que nous chérissons beaucoup de choses dans ce monde, mais que bien plus nous attend au paradis. »

Le document glissa dans ses mains. Un parchemin jauni avec deux colonnes de signatures compliquées. Elle reconnut le nom de son grand-père. C'était l'acte !

À présent qu'elle avait trouvé ce qu'elle cherchait, ses sens étaient en alerte. Elle regarda rapidement autour d'elle et remit l'acte entre les pages du Coran. Il était temps de retourner à la maison avant que son escapade ne suscite de grognements. Elle renveloppa le Coran dans le *dismol* de sa mère et le glissa impudemment sous sa blouse.

*Que Dieu me pardonne*, se dit-elle.

En passant la porte rouillée, elle aperçut Kaka Sheeragha devant la maison familiale.

*Paresseux*, pensa-t-elle en regardant son oncle. *Les autres seraient venus me chercher eux-mêmes.*

Sheeragha la croisa à la porte.

— Que faisais-tu dans cette maison ? lui demanda-t-il.
— Je priais.

Shekiba passa nonchalamment devant lui et se rendit dans le salon, en espérant qu'Azizullah était prêt à partir.

— Où étais-tu ? Bobo Shahgul a dit qu'elle avait eu un échange agréable mais court avec toi.

Azizullah sirota une dernière gorgée de thé.

— Nous devrions partir, ajouta-t-il. Nous avons suffisamment abusé de votre temps.

— Le temps passé avec toi n'est jamais du temps perdu, lança courtoisement Zalmai tout en jetant un regard suspicieux à Shekiba.

Sheeragha approuva d'un hochement de tête. Il n'était pas aussi doué que son frère pour les flagorneries.

— Vous êtes très aimables. Présentez mes respects au reste de la famille. Je vous verrai sûrement au *masjid* pour les prières de l'Aïd la semaine prochaine.

— Bien entendu.
— Absolument.

Shekiba suivit Azizullah dans la cour puis dans la rue. Ses oncles marmonnèrent en les regardant s'éloigner.

*Ils jouent bien la comédie*, pensa-t-elle, devinant qu'ils s'interrogeaient sur la raison de son retour dans la demeure familiale.

# Chapitre 14

## Rahima

— Évidemment qu'il l'a encore frappée ! Tu ne pouvais pas tenir ta langue ? Tu sais bien comment il est !

Shahla pliait le linge dans la cour, en jetant de temps à autre un regard à Sitara, qui dessinait des cercles dans la terre avec un caillou.

— Je ne voulais pas que ça arrive. J'étais juste… Je voulais juste…

— Eh bien, tu ferais mieux de tourner sept fois ta langue dans ta bouche avant de parler. Elle ne pouvait même pas lever le bras ce matin. Va savoir ce qu'il lui a fait.

Je me tus. J'étais allée voir ma grand-mère comme mon père me l'avait ordonné. J'avais espéré qu'il laisserait Madar-*jan* tranquille, mais non. Rien ne pouvait apaiser sa colère tant qu'il n'avait pas pris ses médicaments. Je voulais que Shahla cesse de me dire combien il s'était montré odieux avec notre mère. Mais il fallait que je l'entende. Il fallait que je sache ce qui était arrivé.

— Tu as tout gâché, pour tout le monde. Tu ne réfléchis pas. Tu es tellement occupée à être un garçon que tu as oublié ce qui peut arriver à une fille. Maintenant, nous devons toutes payer pour tes bêtises égoïstes.

— Cela n'avait rien à voir avec toi. Il était en colère contre Madar-*jan*, alors arrête de t'inquiéter pour toi.

Shahla réprimait des larmes.

— Tu crois qu'il ne s'agissait que de Madar-*jan*? Tu crois vraiment que les choses vont s'arrêter là? Eh bien non. Ce que tu fais nous affecte toutes.

— De quoi parles-tu?

— Tu sais ce que nous sommes? Des *dokhtar-ha-jawan*. Nous sommes des jeunes femmes. Moi, Parwin. Même toi, *Rahim*. Même toi.

Elle était en colère. Je n'avais jamais vu Shahla aussi bouleversée. Sitara leva la tête, percevant la tension.

— Il l'a encore frappée. Parwin et moi, nous avions peur de regarder, mais nous avons entendu. Il n'arrêtait pas de crier. Comme si elle ne l'avait pas assez déçu en tant qu'épouse, il fallait aussi qu'elle le déçoive en tant que mère, voilà ce qu'il hurlait.

Je me souvins de l'expression de ma mère à ce moment-là, de la façon dont elle tremblait devant lui. Le visage de mon père était écarlate, ses yeux sortaient de leurs orbites.

— Elle a dû tomber. Ses épaules lui font très mal. Je ne sais pas. Elle a essayé de le calmer, mais il était… bon, tu sais comment il est. Et ensuite, elle lui a dit quelque chose qui l'a fait arrêter.

— Qu'est-ce qu'elle lui a dit? demandai-je d'une petite voix.

— Elle a dit qu'elle s'occupait de nous toutes, que c'était une maison pleine de *dokhtar-ha-jawan* et que ce n'était pas facile. Et tout d'un coup, il s'est calmé. Ensuite, il s'est mis à faire les cent pas, en disant que sa maison était pleine de jeunes femmes et que ce n'était pas bien.

— Qu'est-ce qui n'est pas bien?

—Tu ne sais pas ce que les gens disent ? Ils disent que ce n'est pas bien de garder des *dokhtar-e-jawan* dans sa maison.

—Qu'est-ce qu'on est censé faire d'elles, alors ?

Je redoutais le tour désagréable que prenait cette discussion.

—À ton avis ? On est censé les marier. Voilà ce qu'il a en tête maintenant. Et tout ça parce que tu ne tiens pas en place. Tu crois que personne ne se préoccupe de toi sous prétexte que tu portes des pantalons et aplatis ta poitrine avec un linge tous les matins ? Mais tu n'es plus une gamine. Bientôt, les gens ne vont plus faire semblant. Tu n'es pas différente de moi ni de Parwin.

—Tu crois qu'il veut nous marier ?

—Je ne sais pas ce qu'il a derrière la tête. Il a quitté la maison après sa crise et n'est pas rentré depuis. Dieu seul sait où il est allé.

Parwin sortit de la maison chargée du second tas de linge et commença à étendre les draps sur la corde. Ayant quelque difficulté à l'atteindre, elle jeta les draps par-dessus puis en tira les coins par en dessous. Shahla sembla sur le point de l'aider, mais se ravisa au dernier moment. Quand Parwin eut fini, elle leva les yeux au ciel, la main en visière, et marmonna quelque chose à voix basse.

Je songeai alors à une conversation que j'avais surprise un jour. Khala Shaima et ma mère nous croyaient toutes endormies mais je n'arrivais pas à fermer l'œil.

—C'est pour ça qu'il est important que tes filles aillent à l'école, Raisa. Autrement, il ne leur restera rien. Fais bien attention. Regarde-moi, et pense à ce qui pourrait arriver à Parwin.

—Je sais, je sais. Je me fais plus de souci pour elle que pour les autres.

— Et tu as raison. On m'a laissée de côté malgré les efforts de Madar-*jan*. Toutes les amies à qui elle a parlé, toutes les prières spéciales qu'elle a dites. Et regarde-moi maintenant, flétrie et seule. Sans enfants. Parfois, je me dis que j'ai quand même de la chance que ton mari – cet idiot – soit si souvent absent. Au moins, je peux venir passer du temps avec tes filles.

— Elles adorent ta compagnie, Shaima. Elles dévorent tes histoires. Tu es la meilleure famille qu'elles aient.

— Ce sont de gentilles filles. Mais sois réaliste. Avant même de t'en apercevoir, tu devras sérieusement envisager les prétendants. Sauf pour Parwin. Tu auras de la chance si quelqu'un se présente pour elle.

— C'est une très jolie fille.

— Bah. Le dos du bébé hérisson est comme du velours pour sa mère lorsqu'elle le frotte. Tu es sa mère. Parwin-*e-lang*. Voilà ce qu'elle est. Qu'Allah m'en soit témoin, je l'adore autant que toi, mais c'est ainsi que les gens la nomment et tu ne dois pas te mentir à toi-même. Tout comme je suis Shaima-*e-koop*. J'ai toujours été Shaima la bossue. Tant qu'elle ira à l'école, elle aura au moins quelque chose. Au moins, elle sera capable de prendre un livre et de lire. Au moins, elle aura une chance de connaître autre chose que ces quatre murs et l'odeur d'opium de son père.

— Elle ferait une bonne épouse. Et une bonne mère. C'est une jeune fille unique en son genre. Quand elle dessine, on dirait que Dieu guide sa main. Parfois, je me dis qu'elle parle encore aux anges, comme lorsqu'elle était bébé.

— Les hommes n'ont pas besoin de filles *spéciales*. Tu devrais le savoir.

Je ne pouvais m'imaginer Parwin mariée, pas plus que je ne pouvais nous imaginer mariées, mes autres sœurs et moi. Je m'endormis après cela. Je rêvai de filles sous des voiles verts, des centaines de jeunes filles, gravissant la montagne vers le nord de la ville. Un courant émeraude glissant vers le sommet, où, une par une, elles tombaient de l'autre côté, les bras ouverts comme des ailes mais n'ayant jamais appris à voler.

Dans une maison comportant trois pièces, il m'était impossible d'éviter ma mère bien longtemps. Je vis sa lèvre enflée, son visage triste, et espérai qu'elle lisait le remords dans mes yeux.

— Madar-*jan*… Je… Je suis désolée, Madar-*jan*.

— Ce n'est pas grave, *bachem*. C'est autant ma faute que la tienne. Regarde ce que j'ai fait de toi. J'aurais dû mettre un terme à tout cela depuis longtemps.

— Mais je ne veux pas que tu…

— Les choses vont bientôt changer, j'en suis sûre. J'ai bien peur que plus rien ne soit entre mes mains à présent. Nous verrons quel *naseeb*, quel destin Dieu te réserve. Ton père agit de façon inconsidérée et ta grand-mère n'aide pas beaucoup en lui murmurant toutes ces choses à l'oreille.

— Que va-t-il faire, à ton avis? demandai-je nerveusement.

J'étais soulagée de savoir que ma mère n'était pas en colère contre moi. Elle était allongée en chien de fusil, ma petite sœur à côté d'elle. Je résistai à l'envie de me pelotonner contre elles.

— Les hommes sont des créatures imprévisibles, dit-elle d'une voix lasse et vaincue. Dieu seul sait ce qu'il va faire.

# Chapitre 15

## SHEKIBA

Shekiba faisait face à un nouveau dilemme. Elle voulait apporter l'acte au *hakim* local mais ne savait si Azizullah lui permettrait une telle démarche. Peut-être que oui. Après tout, les hommes étaient des créatures imprévisibles.

Elle décida de ne pas demander la permission à son maître. Elle allait donc devoir se rendre chez le *hakim* par ses propres moyens. Elle avait déjà entendu son nom dans des conversations entre Azizullah et son frère, Hafizullah, mais ignorait totalement où trouver cet homme. Ensuite, il fallait s'y rendre. Quelle excuse inventerait-elle cette fois-ci ?

— Comment s'est passée ta visite à ta famille ? demanda Marjan.

— Agréablement, répondit Shekiba.

Les bras plongés jusqu'aux coudes dans une eau chaude et mousseuse, elle lavait les vêtements des enfants.

— Et comment va Bobo Shahgul ? Est-elle en bonne santé ?

— Oui, dit Shekiba.

*Malheureusement*, pensa-t-elle.

— Et le reste de la famille ? As-tu vu tout le monde ? Tous tes oncles ?

— J'ai vu Kaka Zalmai, Sheeragha et Freidun. Mes deux autres oncles sont encore à l'armée.

Marjan se tint devant elle, un doigt sur les lèvres comme si elle réfléchissait à quelque chose. Shekiba évitait son regard.

— Tu sais, je suis tombée sur Zarmina-*jan*, la femme de ton oncle, au hammam, la semaine dernière. Elle m'a dit qu'elle était surprise que tu aies eu envie de rendre visite à ta famille pour l'Aïd.

La nuque de Shekiba se raidit.

— Elle a dit que tu ne t'étais pas bien adaptée chez Bobo Shahgul après la mort de ton père.

*Khala Zarmina. Que mijotes-tu donc?*

— Étais-tu fâchée d'être envoyée ici?

Shekiba secoua la tête.

— Eh bien, j'espère que non. Tout le monde s'était mis d'accord sur cet arrangement alors j'espère que tu n'as pas l'intention de reproduire ce genre de comportement dans cette maison.

Shekiba sentit un feu embraser son ventre.

— C'est un endroit différent, dit-elle d'une voix amère.

— Bien. Mais sache que nous ne tolérons pas l'insolence. Je refuse que mes enfants apprennent… de telles choses!

Shekiba acquiesça d'un hochement de tête.

Le malaise de Marjan ne sembla pas pour autant dissipé. Peut-être que Khala Zarmina lui en avait dit davantage.

Shekiba prépara le dîner de la famille et mangea en silence dans la cuisine. Elle aimait écouter les chamailleries des enfants. Au milieu du tumulte, elle entendit Marjan dire à Azizullah qu'elle devait avoir une discussion avec lui plus tard.

Shekiba savait quel en serait le sujet.

Dans la nuit, elle entendit les petits gémissements de Marjan et sut qu'Azizullah était en train de prendre sa femme. C'était une chose qu'elle avait apprise dans la maison de sa grand-mère. De là où elle dormait, dans la cuisine, elle percevait les mêmes grognements et halètements à travers la cloison, puis elle voyait un Kaka Zalmai revigoré émerger de sa chambre, tandis que Samina allait s'occuper des enfants pour éviter le regard de Shekiba. Les femmes plaisantaient souvent à ce sujet lorsque les petits étaient loin mais se moquaient bien que Shekiba les entende.

— Cela fait une semaine que tu travailles sur ce pull, Zarmina ! Ça va durer encore longtemps ?

— On dirait ce que je t'entends dire à ton mari la nuit, Nargis !

Des éclats de rire et une tape dans le dos. Shekiba écoutait attentivement, intriguée par les rares moments de camaraderie que partageaient ces femmes.

Nargis gloussa et répliqua sans hésitation.

— Mahtub-*gul* ne comprend rien à ce qui se passe en dessous, avec ces énormes seins qui lui bouchent la vue.

Encore des rires. Samina tourna le regard vers Shekiba et sembla gênée par sa présence. Zarmina le remarqua et leva sa tasse de thé.

— Je ne m'inquiéterais pas pour elle, à ta place, chère Samina. Souviens-toi, c'était le fils de son père, alors elle a tout intérêt à apprendre les choses de la vie de la bouche des femmes. Imagine un peu, si tu n'as aucune idée de ce que ta nuit de noces te réserve ! Autant qu'elle soit prévenue !

Samina fit claquer sa langue.

— Le savoir ne fait qu'empirer les choses.

Shekiba avait souvent songé à cette remarque. Qu'y avait-il de pire dans le fait d'être au courant ? À en juger par les commentaires de ses tantes, cet acte, quel qu'il soit, semblait déplaisant mais tolérable. Elles en riaient, après tout.

Les soupirs et les gémissements de Marjan ne furent pas une surprise. C'était ce qui arrivait entre un mari et sa femme et c'était ainsi que les femmes tombaient enceintes. Ceci, Shekiba l'avait compris.

Au bout de quelques instants, les grognements cessèrent et Shekiba perçut les bruits d'une conversation. Elle colla son oreille au mur.

— Et Zarmina t'a dit qu'elle avait fait ça ?

— Oui, c'est exactement ce qu'elle a dit. Et maintenant, je sais pourquoi Bobo Shahgul tenait tant à cet arrangement. Elle ne voulait plus de cette fille dans sa maison.

— Je n'ai jamais fait confiance à ces garçons. En particulier Freidun. Ils se donnent beaucoup d'importance mais aucun d'eux n'a le quart de la valeur de leur père. Leur mère a raison de garder un œil sur eux.

— Mais qu'allons-nous faire de Shekiba-*e-shola* ? C'est vrai qu'elle fait du très bon travail dans la maison, mais j'ai peur qu'elle se retourne contre nous comme elle l'a fait chez sa grand-mère. Et si elle nous menaçait de nous jeter un sort, à nous aussi ?

*Jeter un sort à la famille d'Azizullah ?*

— Hum. Intéressant.

— Zarmina prétend qu'elle travaille comme un homme, mais que son esprit est celui d'une femme sauvage. La dernière chose dont nous avons besoin dans cette maison, c'est le scandale.

— Et à ton avis, que devons-nous faire ?

— Je crois qu'on devrait la renvoyer chez elle.

— La renvoyer ?

— Oui ! Pour le bien de tous dans cette maison. Ramène-la et dis à ses oncles qu'ils devront régler leur dette par un autre moyen. Nous ne pouvons pas la garder.

— Je vois.

Marjan avait été bien avisée de soulever la question à ce moment-là, quand son mari était las et détendu.

—Mais il ne faut pas leur dire pourquoi nous la leur rendons. Zarmina m'a bien spécifié de garder tout cela pour moi.

—Voilà qui ne m'étonne pas.

Un silence s'ensuivit. Shekiba se sentit d'abord trahie puis se demanda pourquoi les accusations de sa tante la surprenaient.

*Que veut-elle ? Zarmina souhaite-t-elle mon retour ? Mais pourquoi ?*

—Ce serait vraiment dommage de perdre son aide, mais j'ai un mauvais pressentiment au sujet de cette fille. Les mots de Zarmina n'arrêtent pas de me trotter dans la tête.

Shekiba pensa au comportement nerveux de Marjan ces derniers jours et faillit éclater de rire.

L'espace d'un instant, elle savoura l'idée de représenter une si grande menace.

—Si je la ramène, cela creusera un fossé entre nos deux familles et ce n'est pas dans notre intérêt. Vu l'état de leurs terres, je suis persuadé qu'ils ne vont pas tarder à revenir frapper à notre porte pour nous emprunter de l'argent. Ils sont incapables de faire pousser quoi que ce soit. Mais j'ai une autre idée, dit Azizullah.

—Quoi donc ?

—Occupe-toi des enfants et de la maison. Je t'ai promis de régler ce problème, non ?

Marjan était en train de perdre la main. L'impatience d'Azizullah reprenait le dessus.

—Laisse-moi en parler à Hafizullah. Il y a peut-être un moyen de se débarrasser de cette fille si elle te gêne tant que ça. Cela pourrait même être l'occasion de renforcer notre position dans la communauté. Des changements s'annoncent et Hafizullah nourrit de grandes ambitions.

Les jours suivants, Shekiba garda les yeux et les oreilles grands ouverts, à l'affût du moindre indice susceptible de l'éclairer sur les intentions d'Azizullah. Il était absent la plupart du temps, sans aucun doute en compagnie de Hafizullah pour mettre au point son mystérieux plan. L'appréhension de Shekiba ne fit que s'accroître.

Les femmes qui causaient du scandale ou de l'agitation dans un foyer n'étaient pas tolérées. Même une jeune fille naïve comme Shekiba savait cela. Elle commença à craindre pour sa vie.

Elle tenta d'évaluer la situation auprès de Marjan.

— Khanum Marjan, l'aborda-t-elle d'une voix timide.

Marjan était en train de repriser des chaussettes. La voix de Shekiba la fit sursauter.

— Je... excusez-moi ! Je ne voulais pas vous faire peur ! Je venais préparer le dîner.

— Oh, Shekiba !

Marjan porta une main à son cœur et secoua la tête.

— Pourquoi faut-il que tu entres aussi furtivement ? Mais vas-y, va donc préparer le repas. Azizullah va rentrer affamé.

Shekiba, fébrile, hésita devant elle un instant avant de se lancer.

— Khanum Marjan ? Puis-je vous poser une question ?

Marjan leva les yeux avec impatience.

— Quand vous... quand vous avez parlé avec Khala Zarmina... Que vous a-t-elle dit ? Je veux dire, sur moi ?

Marjan retourna à ses chaussettes et regarda Shekiba du coin de l'œil.

— Qu'est-ce que ça peut faire ?

— J'aimerais savoir.

— Elle a dit que tu te disputais.
— Que je me disputais ? Avec qui ?
— Tu ne le sais pas ?
— Je ne me suis jamais disputée avec personne là-bas. Je faisais tout ce qu'ils me demandaient.
— Eh bien, on dirait bien que tu te disputes en ce moment, non ?
— Non, répliqua-t-elle d'un ton catégorique, cherchant à tout prix à se défendre. Je ne me dispute pas ! Mais quoi qu'elle ait pu dire sur moi, c'est faux !
— Shekiba ! Parle moins fort ! Oublie ce qu'ils ont dit. Occupe-toi de tes corvées.

Shekiba se sentait impuissante. Elle se retrancha dans la cuisine pour préparer le dîner, en colère, frustrée, et forcée de cacher ses sentiments.

Deux jours plus tard, Azizullah rentra à la maison avec son frère. Ils s'assirent dans le salon et partagèrent un plat à base de riz et d'aubergines. Shekiba chercha frénétiquement des excuses pour traîner près de la porte du salon, voulant coûte que coûte entendre leur conversation.

— Ils voyageront avec près de trente personnes. J'ai demandé à ce que la maison soit prête. Nous ne regarderons pas à la dépense.
— Ta maison va bien leur convenir, mon frère. Mieux que la nôtre qui est trop simple. Tu as assez de nourriture pour la soirée ?
— Oui, j'ai appelé tous ceux qui me sont redevables en ville et nous aurons un festin dont même le roi parlera ! Cela va me coûter plus cher que prévu, mais je pense que c'est une opportunité exceptionnelle. Pour toi comme pour moi, ne l'oublie pas.

Hafizullah débordait de confiance mielleuse.

— Je serai là, et si nous pouvons faire quoi que ce soit, nous le ferons, proposa Azizullah. Mais il y a quelque chose que j'aimerais offrir au roi.

— Oh ? Et qu'est-ce donc ? dit Hafizullah la bouche pleine.

— J'aimerais lui offrir une domestique.

Le cœur de Shekiba se mit à tambouriner dans sa poitrine.

— Une domestique ? Quelle domestique ?

— Je n'en ai pas tant que ça, s'amusa Azizullah.

— Tu veux dire Shekiba-*e-shola* ?

— Oui, celle-là même.

— Oh, je ne sais pas. Mon frère, crois-tu vraiment qu'il serait sage de faire un cadeau aussi tiède au roi ? Tu pourrais susciter sa colère, tu sais.

— C'est une bonne travailleuse, elle sera utile au palais. N'est-ce pas l'occasion d'en faire un geste noble ?

*Shekiba, le geste. Shekiba, le cadeau.*

Elle se sentit insignifiante et jetable, décrite ainsi. Une fois de plus.

— Bon, laisse-moi y réfléchir. C'est possible, je suppose. Je veux dire, ce n'est pas comme s'il avait besoin de voir son visage... Après tout, il pourrait en faire bon usage au palais. Maintenant que j'y pense : je viens d'avoir une conversation avec un général. Le général Homayoon, tu le connais ?

— Oui, ce rapace doublé d'un bon à rien. Que faisais-tu avec lui ?

— Ce rapace doublé d'un bon à rien est sur le point d'être promu, alors fais attention à ce que tu dis sur lui. Tout idiot qu'il soit, mieux vaut t'en faire un ami qu'un ennemi. Il m'a dit qu'il avait été chargé de recruter des soldats pour veiller sur le harem du roi Habibullah. Le roi ne fait pas confiance aux hommes pour surveiller ses femmes, alors il a constitué un groupe de femmes déguisées en hommes. De cette façon, il n'a pas à craindre que ses gardes profitent de ces dames.

—Ah, quelle idée brillante ! Crois-moi, mon frère, cette fille est la candidate parfaite pour ce rôle. D'après ma femme, elle marche et respire comme un homme.

—Alors nous arrangerons l'affaire, déclara Hafizullah. J'en parlerai au général et nous mettrons l'entourage au courant de ce cadeau avant que tu ne la présentes au roi. C'est une visite historique pour notre ville et cela te permettra de marquer des points. Il y aura des retombées positives, à mon avis, tout ça joue en ta faveur.

Shekiba en avait assez entendu. Elle retourna à la cuisine, les jambes tremblantes. La tête lui tournait.

*Le roi ? Le palais ?*

Des mots étrangers pour elle.

Shekiba, le demi-visage. La fille-garçon qui marchait comme un homme.

En fait, Shekiba n'était rien d'entier.

# Chapitre 16

## Rahima

Khala Shaima aimait nous tenir en haleine. J'étais curieuse de savoir ce qui allait arriver à Bibi Shekiba, presque autant que je m'interrogeais sur mon propre sort et celui de mes sœurs. Dans les deux cas, il semblait que nous étions sur le point de quitter nos foyers.

Padar-*jan* s'absenta pour une plus longue période dans les semaines qui suivirent. À son retour, il était renfrogné, aboyant ses ordres avec plus de virulence. Même le chant délicat de Parwin, que d'ordinaire il appréciait secrètement, l'agaçait. Madar-*jan* tenta de l'apaiser avec de bons repas et une maison calme, mais il trouvait toujours une raison d'exploser.

Je passais plus de temps au magasin d'Agha Barakzai. De cette façon, j'évitais les garçons sans avoir à me justifier. J'avais peur que ma mère me fasse revenir à mon état de fille et je me demandais comment Abdullah et Ashraf réagiraient en découvrant la vérité. Je détestais être loin d'eux, en particulier d'Abdullah, mais craignais tout autant de les côtoyer.

Je ne dormais plus, passais mes nuits à penser à mon camarade de classe et au jour où Madar-*jan* nous avait surpris en train de nous bagarrer. Jusqu'à l'instant fatal où elle avait crié mon nom, je m'étais sentie électrisée. Je frissonnais en songeant au visage d'Abdullah au-dessus du mien, à ses longues jambes emprisonnant mes hanches, à ses mains saisissant mes poignets. Et à son sourire. Je rougissais dans le noir.

Je voulus racheter ma faute auprès de Madar-*jan*. Je tentai ainsi de distraire mon père pour qu'il ne l'approche pas, au risque de m'attirer ses foudres. Même si j'avais été dispensée des tâches domestiques en devenant *bacha posh*, je lui proposais mon aide lorsque je la voyais éplucher les pommes de terre, faire la lessive ou secouer les tapis.

Shahla m'adressait à peine la parole. Elle était encore contrariée et sentait, à travers l'humeur de notre mère, qu'un bouleversement se préparait. Elle restait silencieuse devant Padar-*jan*, lui servait son thé et ses repas, puis quittait rapidement la pièce avant qu'il ne prenne conscience qu'elle était une de ces jeunes femmes qu'il gardait à la maison depuis trop longtemps.

Ma grand-mère passait plus souvent qu'à l'accoutumée. Intriguée par la nouvelle vague de discorde qui agitait notre foyer, elle voulait constater la situation de ses propres yeux. Madar-*jan* s'efforçait d'être aussi polie que possible.

—Dis à mon fils que je veux lui parler. Qu'il vienne me voir dès qu'il rentre.

—Très bien. De quoi voulez-vous lui parler ?

—Ça ne te regarde pas. Dis-lui seulement que j'ai demandé à le voir.

Madar-*jan* savait très bien de quel sujet elle désirait s'entretenir avec lui. Peut-être que cette fois, son mari se montrerait plus enclin à faire venir une seconde épouse à la maison.

Lorsque Padar-*jan* alla voir sa mère, je me débrouillai pour épier leur conversation. Je fis semblant de jouer dans la cour, poussant lentement mon ballon, de plus en plus loin, jusqu'à me trouver devant le salon de ma grand-mère. Là, j'entendais parfaitement sa voix stridente. Les marmonnements sporadiques de mon père étaient plus difficiles à déchiffrer.

— *Bachem*, il est grand temps. Tu lui as offert de nombreuses occasions de te donner un fils et elle a échoué. À présent, faisons venir une seconde épouse, pour que tu puisses enfin agrandir la famille.

— Et où vais-je la mettre? Nous n'avons qu'une pièce pour toutes les filles. Je n'ai pas d'argent pour construire une annexe derrière la maison ni pour acheter un autre logement. Trouver une femme est facile. Le problème, c'est le manque d'espace et d'argent.

— Et Abdul Khaliq? N'a-t-il pas promis de t'aider en cas de besoin?

Padar-*jan* secoua la tête.

— Ses hommes manquent d'armes, de matériel. Leurs ressources sont limitées.

— Pfft. Limitées, mon œil. Je sais très bien comment il vit. En ville, tout le monde parle de ses chevaux, de ses femmes, de ses enfants. Il est plein aux as!

— Madar! Fais attention à ce que tu dis! C'est un homme puissant, tu ne dois surtout pas prendre part aux médisances. C'est bien compris?

— Ce n'est pas moi qui ai commencé. Ça jase déjà beaucoup à son propos. C'est tout ce que je voulais dire, se défendit-elle, contrariée de se voir ainsi rabrouée par son fils.

— De toute façon, je vais bientôt opérer quelques changements à la maison et mes finances s'en porteront mieux. Il est temps que je me libère de quelques-unes de ces filles.

— Et comment comptes-tu t'y prendre?

— Contente-toi de surveiller Raisa en mon absence et je m'occupe du reste.

Shahla et Madar-*jan* avaient raison. Padar-*jan* était sur le point de bouleverser notre foyer.

Onze jours plus tard, Abdul Khaliq se présenta chez nous, accompagné de sept hommes. Ils garèrent leurs deux grosses voitures noires dans notre rue en soulevant des nuages de poussière. Abdullah vit les véhicules et sut immédiatement à qui ils appartenaient. La plupart des habitants de notre ville se déplaçaient à pied.

Ce fut mon cousin Muneer qui leur ouvrit le portail et leur désigna notre maison. Même notre père ne l'attendait pas. Hébété, Muneer regarda Abdul Khaliq et son entourage défiler. Deux des hommes portaient des pistolets noirs à l'épaule. Abdul Khaliq était un homme massif d'une quarantaine d'années, à en juger par les rides entourant ses yeux et par sa barbe grisonnante. Il portait un turban blanc et une tunique beige sur un pantalon large. Une antenne dépassait de la poche de son gilet gris, un autre signe indiquant qu'il n'était pas n'importe qui. C'était le premier habitant de notre ville à posséder un téléphone portable. La plupart des gens n'avaient même pas de ligne fixe.

D'habitude, nous envoyions un des hommes de la maison au portail pour accueillir les visiteurs. Les gens ne faisaient pas irruption de cette manière, car il arrivait que les femmes de la famille se promènent dans la cour tête nue. Mais à cause de la stupidité de Muneer, ou de la présence d'Abdul Khaliq, la routine habituelle fut modifiée. Le chef de guerre et ses hommes se tenaient donc dans la cour, examinant les lieux d'un œil critique. Je les aperçus et reconnus Abdul Khaliq du bazar. Je me précipitai à l'intérieur pour prévenir ma mère et envoyer mon père accueillir son ami.

— Padar-*jan*, Abdul Khaliq est ici – avec tout un tas de gens.

Mon père se redressa d'un coup et reposa son journal.

— De quoi parles-tu? Où ça?

— Dehors. Dans la cour. Il y a sept hommes avec lui. Ils ont des revolvers.

Mon père fronça les sourcils. Il se leva avec une vivacité inhabituelle.

— Dis à ta mère de préparer quelque chose pour nos invités, m'ordonna-t-il avant de sortir accueillir le seigneur de guerre.

Madar-*jan* nous entendit depuis la cuisine et eut l'air troublée pendant un moment. Elle jeta un regard à la porte de notre chambre où Shahla et Rohila étaient en train de bercer Sitara. Parwin épluchait des oignons, assise par terre aux pieds de notre mère. C'était la seule à pouvoir le faire sans picotements ni larmes.

— Il va vouloir davantage que du thé, prédit Parwin sans lever la tête de sa tâche.

Madar-*jan* regarda sa fille comme si celle-ci venait d'émettre une prophétie. Sans faire de commentaire, elle sortit quelques tasses.

— Apporte-leur ça, Rahim-*jan*, me pria-t-elle nerveusement.

Je pris le plateau et m'efforçai de maîtriser le tremblement de mes mains. Dès que j'entrai dans la pièce, je sentis leurs regards me sonder et leur conversation s'interrompit brusquement. Les hommes s'étaient dispersés; Abdul Khaliq, assis sur un coussin en face de mon père, faisait glisser ses doigts sur un chapelet tout en se penchant en arrière. De part et d'autre du chef étaient installés des hommes plus âgés, dont les barbes contenaient plus de gris que de noir. Les individus armés se tenaient près de la porte. J'évitai de regarder leurs visages et plus encore de poser les yeux sur leurs armes. À genoux, je posai une tasse devant chacun et sortis de la pièce aussi rapidement que possible pour écouter depuis le couloir. Madar-*jan* faisait la même chose.

—Arif-*jan*, je suis venu ici pour m'entretenir d'un sujet important et honorable avec toi. Pour cette raison, j'ai amené avec moi mes aînés, ainsi que quelques membres de ma famille que tu as déjà rencontrés. Je suis sûr que tu reconnais les fils de mes oncles, mon père, et mon oncle. Tu as combattu à mes côtés pendant des années et je te respecte pour cela. Parlons d'homme à homme : nous savons tous deux qu'il y a des traditions dans notre culture.

—Ta visite est un honneur, *sahib*, et je suis fier d'avoir combattu sous tes ordres. Nous avons fait de grandes choses pour notre peuple grâce à toi.

Je n'avais jamais entendu Padar-*jan* parler de cette façon à quiconque. Abdul Khaliq le mettait mal à l'aise.

—Et c'est un honneur de recevoir ta famille dans mon humble demeure, ajouta-t-il. Très chers oncles, je vous suis reconnaissant d'avoir fait ce long voyage pour être nos hôtes.

Les hommes hochèrent la tête, approuvant les platitudes de mon père. Le père d'Abdul Khaliq s'éclaircit la gorge et commença à parler. Sa voix était rauque, avec un léger zézaiement.

—Mon fils ne tarit pas d'éloges à ton propos, et bien sûr, ta famille est très respectée dans la ville. Je connais ton père depuis de nombreuses années, Arif-*jan*. C'est un homme bon. C'est pourquoi je suis sûr que nous serons du même avis sur cette affaire. Comme tu le sais, mon fils remplit avec fierté ses devoirs de musulman. Et un des devoirs qu'Allah a définis pour nous est de fonder des familles et de subvenir aux besoins de nos femmes et de nos enfants.

Mon cœur se mit à marteler ma poitrine. Madar-*jan* se tenait derrière moi, une main sur mon épaule et l'autre plaquée contre sa bouche, comme pour s'empêcher de pousser un cri.

— Bien sûr, cher oncle…

La voix de Padar-*jan* était traînante, comme s'il ne savait pas vraiment quoi dire. Abdul Khaliq commença à parler.

— Et tu es venu vers moi récemment pour me faire part de tes inquiétudes. Pour me dire que tu avais des jeunes femmes à la maison et pas assez d'argent pour subvenir à leurs besoins. J'ai réfléchi à ta situation et je suis ici pour te proposer une solution.

Le père d'Abdul Khaliq regarda son fils. *Laisse-moi parler*, disaient ses yeux.

— Nous devons toujours penser à ce qui est dans l'intérêt de tous. Dans ce cas précis, tu as une jeune femme que mon fils aimerait épouser. Notre famille est grande et estimée, comme tu le sais. Ta fille gagnerait à la rejoindre et une union entre nous serait l'occasion d'une célébration. Bien sûr, en conséquence, tu aurais plus de moyens pour entretenir les tiens.

— Ma fille ?

— Oui. Si tu y réfléchis, tu verras que c'est le choix le plus sage, j'en suis sûr.

— Mais mon aînée est…

— Nous ne sommes pas ici pour l'aînée, Arif-*jan*. Je te parle de celle du milieu. La *bacha posh*. Mon fils a manifesté de l'intérêt pour elle.

— La *bacha posh*…

— Oui. Et ne sois pas surpris. Tu l'as maintenue ainsi plus longtemps qu'il n'est acceptable. Tu as transgressé la tradition.

Le visage blême, je me tournai vers ma mère. Padar était silencieux. Je savais qu'il se demandait comment Abdul Khaliq était au courant de ma transformation, mais les rumeurs circulaient à leur façon. Je me souvins du jour où nous nous étions croisés au bazar, de la façon dont il m'avait regardée puis avait souri et hoché la tête quand son acolyte s'était penché vers lui pour lui murmurer quelque chose à l'oreille.

Ma mère m'entoura de ses bras et ses doigts se contractèrent. Elle secouait la tête, attendant que son mari oppose un refus à cet homme et priant pour qu'il trouve un moyen de le faire sans offenser son hôte ni ses gardes armés.

—Avec tout le respect que je vous dois, monsieur... c'est juste que... eh bien, oui, c'est une *bacha posh*... mais j'ai deux autres filles plus âgées qu'elle. Et comme vous l'avez dit, nous sommes des gens de tradition et d'ordinaire les filles les plus jeunes ne sont pas données en mariage avant leurs aînées... Je ne crois pas que...

Il y eut une longue pause, puis le père d'Abdul Khaliq reprit la parole, lentement et calmement.

—Tu as raison. Il serait inapproprié d'offrir la main de ta troisième fille sans marier les deux autres.

Pendant une seconde, je pus respirer. Mais cela ne dura qu'une seconde.

—Toutefois, cela peut facilement s'arranger. Mes cousins, Abdul Sharif et son frère Abdul Haidar, sont ici. Eux aussi cherchent des épouses. Nous pouvons faire en sorte que chacun d'entre eux prenne une de tes filles. Ce sont des hommes forts et solides, tes filles ne manqueront de rien avec eux. Ce sont des jeunes femmes à présent, elles ne devraient pas être gardées oisives à la maison. Laisse ces hommes apporter l'honneur dans ta famille et soulager tes ennuis.

—Abdul Khaliq, chers oncles, vous savez que j'ai la plus grande estime pour vous, mais… mais c'est un sujet… Voyez-vous, la tradition me dicte de consulter ma famille, comme vous l'avez fait. Je ne peux pas prendre une telle décision sans la présence de mon père et des doyens de ma famille.

Le père d'Abdul Khaliq hocha la tête en signe d'approbation.

—Cela va de soi. Je n'y vois aucun inconvénient. Nous reviendrons dans une semaine. Je te serais reconnaissant d'arranger une rencontre avec ton père et tes aînés.

Cela ressemblait peut-être à une demande mais Padar-*jan* savait qu'il s'agissait davantage d'un ordre. Ils ne souffriraient aucun refus.

Dès que le dernier homme eut passé la porte, Madar-*jan* se précipita vers mon père.

—Arif, que vas-tu faire ? Les filles sont si jeunes !

—Ça ne te regarde pas ! Ce sont mes filles et je ferai ce qui est bon pour elles. Ce n'est pas comme si tu étais capable de faire quoi que ce soit.

—Arif, s'il te plaît, Rahim n'a que treize ans…

—Il a raison ! Elle ne devrait plus être une *bacha posh* ! C'est une jeune femme et il est scandaleux de la laisser traîner dans la rue et travailler avec Agha Barakzai à cet âge. Tu ne penses donc pas à sa dignité, hein ? Sais-tu de quoi ça a l'air pour l'honneur de ma famille ?

Madar-*jan* s'abstint de répliquer. Si seulement mon père savait…

—Tu crois pouvoir trouver un meilleur plan pour cette famille ? Il n'y a pas d'argent, Raisa ! Tu ne penses qu'à toi. Et tu as vu ce qui arrive aux filles qui restent trop longtemps chez leur père. Ça provoque des rumeurs. Du scandale. Ou pire ! Que feras-tu si des bandits débarquent et prennent tes filles de force ? Cet homme, cette famille, ils peuvent subvenir aux besoins de tes filles ! Ils peuvent apporter à tes filles une vie respectable !

Madar-*jan* chercha un moyen de le contredire. Mais la plupart des affirmations de son mari étaient vraies. Elle était à peine capable de nous nourrir avec ce qu'il gagnait. Les frères de Padar-*jan* n'étaient pas mieux lotis, sans parler des deux veuves avec leurs enfants.

— Peut-être que je peux demander à ma sœur, Shaima, d'être là quand ils reviendront. Elle pourrait les raisonner.

— *Khanum*, si ton insolente de sœur ose poser un pied dans cette maison ce jour-là, je te jure que je lui tranche la langue et l'envoie dévaler la rue, elle et son dos bossu !

Madar-*jan* frissonna en l'entendant parler ainsi de Khala Shaima.

— Abdul Khaliq est un homme puissant et il est en position d'améliorer le destin de notre famille. C'est un sujet dont je discuterai avec mon père. Ne t'occupe de rien d'autre que de réparer ce que tu as fait. Il est temps de défaire Rahim.

Ma mère ne pouvait rien lui dire de plus. Abdul Khaliq l'avait intimidé, et d'après ce que nous avions entendu, il semblait que c'était mon père lui-même qui avait mis cette idée dans la tête de cet homme. Je repensai à ce que Shahla m'avait révélé de la dispute de nos parents.

*C'est bien ça qu'il veut*, me rendis-je compte. *Mon père veut nous marier de force.*

Un frisson d'effroi parcourut ma colonne à cette idée. Je compris ce que ma mère savait déjà. Les hommes pouvaient faire ce qu'ils voulaient des femmes. Il serait impossible d'arrêter la machine que Padar avait mise en branle.

# Chapitre 17

## SHEKIBA

Le roi Habibullah avait pris le trône en 1901, alors que Shekiba venait d'avoir onze ans. C'était deux ans avant l'épidémie de choléra qui emporta sa famille et la moitié de son village. Voilà tout ce qu'elle savait de cet homme. Fille d'une petite bourgade, elle ne savait rien du palais ni de la vie dans la capitale, Kaboul.

Depuis qu'elle avait surpris les propos de Hafizullah exposant ses brillants projets la concernant, Shekiba vivait dans la terreur. Elle n'avait aucune raison de croire que la vie au palais serait plus douce pour elle. Plus les gens détenaient de pouvoir, plus grande était la souffrance qu'ils pouvaient lui infliger. Elle passa ses nuits assise, à se mordiller la lèvre, vérifiant des doigts l'existence de l'acte, caché sous sa couverture.

*Il faut que j'aille voir le* hakim. *C'est ma seule chance.*

Shekiba ignorait à quelle date était fixée la visite du monarque mais la savait imminente. Elle n'avait rien à perdre. Elle avait un plan.

La jeune fille glissa l'acte sous sa robe et, aux premières lueurs du jour, quitta sa chambre à pas de loup. L'*azaan* retentit, appelant la ville à la prière. Elle avait mémorisé l'itinéraire depuis la maison d'Azizullah jusqu'au centre du village. Il s'y trouvait quelques boutiques, il y aurait donc sûrement quelqu'un pour la diriger vers le *hakim*.

Elle entendit les ronflements de son maître et passa devant la chambre du couple en silence. Heureusement, il se réveillait rarement pour les prières du matin, affirmant qu'il s'en acquitterait plus tard dans l'après-midi. Les enfants dormaient toujours.

Elle se couvrit la tête de sa burqa et poussa lentement la lourde porte. Une fois dans la cour, elle s'arrêta un instant, à l'affût de bruits de pas derrière elle. N'entendant rien, elle inspira profondément, récita une rapide prière et s'engagea dans la petite route de terre. Shekiba marcha vite, en évitant de regarder derrière elle pour ne pas attirer les soupçons. Mais personne n'était encore sorti, et les deux ânes qu'elle croisa n'émirent pas le moindre braiment en la voyant.

Agha Sharifullah, le *hakim*. Shekiba espérait trouver en ville une personne capable de l'aiguiller, et surtout disposée à le faire. Elle répéta en pensée sa demande pour la centième fois. Elle se demanda ce que sa mère aurait pensé de son plan.

Le ciel était clair lorsqu'elle atteignit le centre du village. Elle croisa une famille de cinq personnes, mère et enfants marchant derrière le père, probablement en route pour rendre visite à des parents. Ils la regardèrent bizarrement depuis l'autre côté de la route mais ne dirent rien. Shekiba poussa un soupir de soulagement quand ils se furent éloignés.

Quelques instants plus tard, deux hommes sortirent d'une maison et se mirent à marcher devant elle. Ils se retournèrent pour lui lancer un regard, puis échangèrent quelques mots. Shekiba baissa la tête et ralentit sa cadence, les laissant s'éloigner davantage. Le plus jeune des deux pointa un doigt vers elle et secoua la tête. Le plus âgé hocha la tête et tâta les perles de son *tasbeh*.

— *Khanum*, qui êtes-vous ? cria-t-il.

Shekiba garda la tête baissée et ralentit davantage.

—*Khanum*, où allez-vous toute seule ? Qui êtes-vous ?

Shekiba hésita alors à demander à ces hommes s'ils connaissaient Hakim-*sahib*. Elle s'arrêta, par peur de s'approcher davantage.

—*Khanum*, ça ne va pas du tout ! Qui que vous soyez, vous ne devriez pas vous promener comme ça toute seule, la réprimanda-t-il. De quelle famille venez-vous ?

Shekiba desserra les dents.

—Je viens de chez Agha Azizullah, dit-elle d'une voix tremblante.

—Agha Azizullah ? Mais vous n'êtes pas Khanum Marjan. Qui êtes-vous ? cria l'homme plus âgé.

—Khanum Marjan est souffrante, mentit-elle. On m'a envoyée lui chercher des médicaments.

—Des médicaments ? Voilà qui est absurde, dit le plus jeune en se tournant vers son acolyte. C'est un bon ami à moi, mais je ne comprends pas à quoi il joue. C'est vraiment bizarre, ajouta-t-il en secouant la tête.

Il prit alors une décision.

—Suivez-nous en ville. Je parlerai à Azizullah plus tard.

Shekiba acquiesça d'un signe de tête et reprit sa marche, environ cinq mètres derrière eux. Son affolement redoublait à présent. À cette heure-là, Marjan avait dû découvrir son absence et en faire part à son mari. Se lanceraient-ils à sa recherche ? Même si cet homme semblait croire à son histoire, il en ferait sûrement un compte-rendu à Azizullah. Et même si ce dernier avait déjà des projets pour se débarrasser d'elle, il pourrait faire bien pire si Shekiba venait à le mettre en colère et à l'humilier.

Ils la conduisirent chez le marchand d'épices, qui faisait également office d'apothicaire local. Elle entra sur les pas de l'homme plus âgé.

— *Salaam*, Faizullah-*jan*.

— *Wa-alaikum al-salaam*, Muneer-*jan*. Comment vas-tu ?

*C'est donc ce Muneer qui fera son rapport à Azizullah.*

Ils échangèrent des civilités, puis l'homme aborda la présence de Shekiba.

— Azizullah a envoyé cette fille pour acheter des médicaments pour sa femme. Je l'ai trouvée marchant toute seule dans la rue. Peux-tu l'imaginer ? Je crois que notre ami a perdu la tête.

Faizullah secoua la tête.

— C'est sûrement la visite du roi Habibullah qui le distrait. Il arrive dans deux jours et je suis sûr qu'il ne doit plus tenir en place à cause de son frère.

*Dans deux jours ?*

— De quoi souffre-t-elle ?

Shekiba fit « oui » ou « non » de la tête de façon arbitraire pendant que le marchand débitait quelques symptômes. Elle quitta la boutique avec une petite fiole d'herbes mêlées dont Faizullah nota l'achat dans son registre.

*Azizullah va me tuer.*

Elle prit soudain conscience des risques qu'elle prenait. Elle était allée trop loin.

— Excusez-moi, *sahib*, dit-elle une fois dehors. (Plus rien ne l'arrêtait à présent.) Je dois apporter un document à Hakim-*sahib*.

— Comment ça ? Quel genre de document ?

— On m'a ordonné de n'en parler qu'avec Hakim-*sahib*.

Le plus jeune des deux hommes prit un air outré.

— Padar, voilà qui est ridicule ! s'écria-t-il.

— En effet ! confirma son père.

Shekiba attendit nerveusement.

Ils lui indiquèrent malgré tout la maison du *hakim*, qui, comme Shekiba l'avait espéré, se trouvait au centre du village. Ils en avaient assez de cette fille et décidèrent de la laisser trouver son chemin toute seule. Azizullah n'avait qu'à réparer lui-même ses erreurs.

Un petit garçon lui ouvrit la porte et Shekiba demanda à parler au *hakim*. L'enfant lui lança un drôle de regard avant de retraverser la cour en vitesse. Un instant plus tard, un homme à la barbe grise, l'air perplexe, apparut derrière la porte entrouverte. Il jeta un coup d'œil dans l'embrasure.

— S'il vous plaît, estimé Hakim-*sahib*, je viens à vous avec une demande très sérieuse.

— Toute seule ? Qui êtes-vous et que faites-vous ici ? Il n'y a personne avec vous ?

— Non, *sahib*. Mais je suis en possession d'un document que j'aimerais vous montrer.

— Qui êtes-vous ? Qui est votre mari ?

— Je n'ai pas de mari.

— Qui est votre père ?

Il n'avait toujours pas ouvert entièrement la porte, rechignant à laisser entrer dans sa cour cette fille étrange.

— *Sahib*, ce papier vient de mon père. Son nom est Ismail Bardari.

— Ismail ? Ismail Bardari ?

— Oui, monsieur.

— Vous êtes sa fille ? Vous êtes celle qui…

— Oui, c'est moi. Je vous en prie, *sahib*, j'ai l'acte de propriété de la terre de mon père.

Elle lâcha tout dans un seul souffle. Puis elle entendit son nom.

— Shekiba !

Elle reconnut difficilement Azizullah. Elle pivota et le vit, avançant d'un pas rapide vers la maison du *hakim*.

Ce dernier ouvrit grand la porte. Shekiba se retourna alors vers lui et parla à toute vitesse. Azizullah n'était plus qu'à une centaine de mètres. Les mots se bousculèrent hors de sa bouche à un rythme infernal.

— Je vous en prie, *sahib*, j'ai ici l'acte de propriété de la terre de mon père et je suis la dernière de ses enfants à être encore en vie. Je veux réclamer mon héritage. Cette terre devrait me revenir, mais mes oncles sont en train de s'en emparer alors qu'ils n'en ont pas le droit.

Le *hakim* écarquilla les yeux.

— Vous voulez quoi ? Azizullah-*jan*, qu'Allah te prête une longue vie, cria-t-il.

Le ton exaspéré du *hakim* ne donnait guère d'espoirs à Shekiba. Elle tira le document de sous sa burqa.

— C'est ma terre et c'est mon droit. Je vous en prie, *sahib*, regardez l'acte et vous verrez…

Hakim-*sahib* lui prit la feuille des mains et l'examina. Ses yeux se levèrent ensuite vers Azizullah qui approchait dangereusement.

— Je vous en prie, Hakim-*sahib*, je n'ai rien d'autre. Vous êtes mon seul recours. Cette terre est mon seul…

Un coup sur la tête. Shekiba chancela.

— Maudite fille !

Un deuxième coup la mit à terre.

Elle gisait sur le sol, recroquevillée sur le côté. Elle leva instinctivement les mains pour couvrir son visage avec sa burqa. Elle regarda le *hakim*. Il secouait la tête d'un air affligé.

— Azizullah-*jan*, que se passe-t-il avec cette fille ?

— Hakim-*sahib*, ces fichus frères Bardari m'ont donné ça en guise de remboursement de leur dette et jamais de ma vie je n'ai été escroqué de la sorte ! hurla-t-il en pointant l'index vers Shekiba. Nous l'avons nourrie et logée, et voilà comment elle nous traite!

Un coup de pied dans les côtes. Shekiba gémit.

— Que fais-tu là? Quel genre de fille sort en douce de la maison? Tu n'as donc pas honte?

— Qu'est-ce donc que cette histoire d'acte? demanda le *hakim*.

— Quel acte?

— Cette fille est ici pour revendiquer la terre de son père, expliqua le *hakim*.

— Pour revendiquer quoi? La bêtise de cette fille est donc sans limites?

Il se tourna vers Shekiba et la frappa de plus belle.

La douleur la mit en rage.

— Je suis seulement ici pour réclamer ce qui me revient de droit! Je suis la fille de mon père et cette terre devrait m'appartenir! Mon père n'aurait jamais fait passer ses frères avant moi! Il ne l'a jamais fait de son vivant!

— Quelle bande d'imbéciles! cria Azizullah.

Il leva les bras en l'air, exaspéré.

Le *hakim* lâcha un long soupir et fit claquer sa langue.

— Petite, tu ne connais rien à la tradition, dit-il.

Puis il déchira l'acte en morceaux.

# Chapitre 18

## Rahima

Le poids de la tradition ne s'était pas allégé entre l'époque de Bibi Shekiba et le temps présent.

La tension régna dans notre maison toute la semaine. Les mains de Madar-*jan* tremblaient. Inquiète, l'esprit ailleurs, elle lâchait fourchettes et couteaux. Je la surpris en train de nous observer, mes sœurs et moi. Shahla secoua la tête et Parwin émit des commentaires qui firent éclater notre mère en sanglots.

— Les pigeons ont l'air tristes aujourd'hui. Comme si leurs amis s'étaient tous envolés et qu'ils n'avaient plus personne à qui parler.

Elle leva les yeux de sa feuille. Elle avait esquissé cinq oiseaux, chacun prenant son envol dans une direction différente.

Ma mère jeta un seul regard au dessin, se couvrit la bouche d'une main et alla parler à Padar-*jan*. Nous entendîmes alors des cris et un fracas de vaisselle. Elle revint vers nous, la lèvre tremblotante et une pelle remplie d'éclats de verre entre les mains.

Mon père discuta avec notre grand-père et fit venir nos oncles à la maison. Kaka Haseeb, Jamaal et Fareed se présentèrent chez nous, accompagnés de Boba-*jan*.

Ils arboraient un air solennel. Je me demandai ce que Padar-*jan* leur avait raconté.

Comme promis, la famille d'Abdul Khaliq refit son apparition dans l'après-midi. Mes sœurs et moi chargeâmes Sitara de regarder par la fenêtre et de nous dire ce qu'elle voyait.

— Des tas de gens, dit-elle.

Madar-*jan* nous rejoignit dans la chambre, laissant débattre les patriarches de la famille. Elle se tint sur le pas de la porte et tendit le cou pour écouter. Elle avait tenté à plusieurs reprises de raisonner notre père, mais en vain. L'opinion de son épouse ne l'intéressait pas.

— Je te remercie, *agha-sahib*, d'être venu aujourd'hui auprès de tes fils pour participer à cette importante discussion. Notre famille prend ces sujets très au sérieux et nous venons à vous avec les meilleures intentions. C'est une question d'honneur et de famille. Nous nous connaissons depuis de nombreuses années. Nos pères sont nés sur la même terre et y sont tous deux enterrés. Nous sommes presque parents, commença le père d'Abdul Khaliq.

— J'ai un profond respect pour ta famille et ce depuis toujours, dit simplement Boba-*jan*, laissant les prétendants développer leurs arguments.

— Et c'est pour cette raison que nous nous sommes tournés vers cette famille. Nous pensons que ta petite-fille ferait un excellent parti pour mon fils, Abdul Khaliq, que ce village aime et respecte pour avoir défendu notre peuple et nos foyers pendant des années.

— Notre peuple lui doit beaucoup. Il a fait preuve d'un grand courage.

— Alors tu admettras qu'il ferait un mari honorable pour ta petite-fille.

— Eh bien, dit lentement Boba-*jan*.

Padar-*jan* avait les yeux rivés sur son père, espérant qu'il s'en tiendrait à ce qu'ils avaient répété.

— Avec tout le respect que je te dois, Agha Khaliq... Nous avons quelque inquiétude, dont, je crois, mon fils Arif t'a fait part la semaine dernière. Je sais que tu fais allusion à Rahim. Nous admettons qu'il... qu'elle a été maintenue en *bacha posh* trop longtemps et qu'elle doit reprendre la forme dans laquelle Allah l'a créée. Mais tout de même, elle a deux sœurs aînées et la tradition veut que...

— Nous le savons et avons déjà discuté de tes deux autres petites-filles. Mes neveux, Abdul Sharif et Abdul Haidar, sont ici pour cette raison. Chacun d'entre eux serait honoré de prendre une des filles pour épouse. Ce sera l'occasion de renforcer les liens entre nos deux familles.

— Hum, fit Boba-*jan*, réfléchissant à la proposition.

Mon père s'éclaircit alors la gorge.

— Ma deuxième fille, dit-il, vous ne le savez sans doute pas, mais elle est née avec une jambe déficiente. Elle boite...

— Peu importe. Ce ne sera pas une première épouse de toute façon. J'ai déjà vu des boiteuses enfanter. Tu devrais te réjouir. Tu avais peu de chances de lui trouver un mari.

— Oui, peu de chances...

Trois filles mariées d'un seul coup. Voilà qui lèverait un énorme fardeau des épaules d'incapable de mon père. Pendant qu'il caressait cette idée, mon oncle Fareed prit la parole.

— Abdul Khaliq Khan, *sahib*, tes offres nous honorent mais... mais ma famille aussi a des traditions. Je ne voudrais surtout pas t'offenser, cependant il y a une chose qui se transmet d'une génération à l'autre...

— Je suis prêt à respecter la tradition. De quoi s'agit-il ?

Je perçus l'agacement dans sa voix. Il perdait patience avec notre famille, d'autant plus qu'il faisait le voyage pour la seconde fois. Il avait acquis sa dernière épouse avec moins d'histoires.

— Eh bien, ma famille demande traditionnellement une dot élevée pour ses filles et je suis gêné de soulever des questions d'argent avec un homme tel que toi mais c'est un aspect que je ne peux pas passer sous silence. Cela remonte à plusieurs générations et briser ce que nos ancêtres…

Je devinai la nervosité de mon père. La dot représentait le point critique dont ses frères et lui avaient débattu.

Je compris à l'expression de ma mère que mon oncle mentait. Elle tendit l'oreille, de l'autre côté du mur, pour savoir si Abdul Khaliq avalait cette histoire.

— Combien ?
— Pardon ?
— À combien s'élève cette dot ?
— Elle est, comme je l'ai dit, je suis gêné d'aborder ce sujet, mais elle est assez élevée. Elle est de… un million d'afghanis, annonça-t-il finalement.

Ma mère et moi faillîmes nous étouffer. Nous n'avions jamais entendu parler d'un montant aussi élevé !

— Un million d'afghanis ? Je vois, commenta-t-il avant de se tourner vers l'un des hommes portant une arme à l'épaule. Bahram, fit-il simplement.

Nous entendîmes la porte s'ouvrir puis se fermer. La pièce resta plongée dans le silence jusqu'au retour de Bahram. Abdul Khaliq en avait assez des flatteries.

Un bruit sourd retentit. Le seigneur de guerre reprit alors la parole.

— Cela devrait suffire, dit-il simplement. Tu trouveras ici de quoi couvrir les dots de tes trois filles réunies. Bien sûr, en tant que membres de la famille, nous partagerons avec toi certains produits de notre terre de la région nord. Cela t'intéressera peut-être.

J'imaginai mon père écarquiller les yeux devant la promesse d'opium. Ma mère secoua la tête.

— Maintenant, il ne nous reste plus qu'à fixer une date de *nikkah* pour ces trois unions. Vous êtes d'accord ?

— Je… je suppose… Abdul Khaliq, *sahib*, et le mariage ? La fête ?

D'ordinaire, on organisait des festivités avec des convives, de la nourriture, de la musique.

— Je ne crois pas que cela soit nécessaire. Mes cousins et moi sommes tous déjà mariés. Le plus important, c'est que l'union soit prononcée en bonne et due forme par un *mullah*. Pour cela, je ferai venir mon ami, Haji-*sahib*. À présent que ce point est réglé, je suis sûr que vous admettrez que le *nikkah* est la partie la plus importante.

Mon père, mon grand-père et mes oncles restaient silencieux. Ma mère et moi avions la gorge nouée, sachant qu'ils seraient incapables de résister aux propositions d'Abdul Khaliq – plus d'argent que notre famille n'en avait jamais vu et la promesse d'un approvisionnement régulier en opium. Je me couvris le visage des mains et appuyai la tête contre le mur.

Je me libérai des doigts crispés de Madar-*jan* et la laissai là, l'air abasourdie. Trois filles. Me transformer en garçon ne m'avait nullement protégée. En réalité, cela m'avait mise sous les yeux de ce seigneur de guerre, qui à présent exigeait ma main. Pas même adolescente, j'étais sur le point d'être unie à ce combattant aux cheveux gris qui avait des sacs de billets et des hommes armés à ses ordres.

Mes sœurs me regardaient, déjà en larmes. Shahla tremblait.

— Shahla, c'est terrible! sanglotai-je. Je suis tellement désolée, je suis tellement désolée! C'est vraiment horrible!

— Alors c'est vrai, ils ont pris leur décision?

— C'est... C'est exactement comme tu l'avais prédit... Il y a trop de... Ils donnent à Padar tellement d'argent...

Je ne pouvais me résoudre à prononcer les mots. Shahla comprit de toute façon. Je vis ses yeux se remplir de larmes et sa lèvre se crisper avant qu'elle me tourne le dos. Elle était en colère.

— Que Dieu nous aide, dit-elle.

J'aurais voulu être dehors avec Abdullah. J'aurais aimé pouvoir encore chasser les chiens errants avec lui ou jouer au football dans la rue. Comment réagirait-il en apprenant qu'on allait me marier?

Cette nuit-là, je rêvai d'Abdul Khaliq. Il venait me chercher. Il se dressa devant moi, un bâton à la main, riant aux éclats. Il me tira par le bras. Il était fort et je ne pus me libérer. Les rues étaient désertes mais quand je passai devant les maisons, les portes s'ouvrirent une à une. Ma mère. Khala Shaima. Shahla. Bibi Shekiba. Abdullah. Chacun se tenait sur le seuil et me regardait passer; tous secouaient la tête.

Je regardai leurs visages. Ils étaient tristes.

— Vous devez m'aider! criai-je. Vous ne voyez pas ce qui se passe? Je vous en supplie, faites quelque chose! Madar-*jan*! Khala Shaima! Bibi-*jan*! Je suis désolée! Shahla, je suis désolée!

— C'est le *naseeb* qu'Allah a choisi pour toi, me cria chacun à son tour. C'est ton *naseeb*, Rahima.

# Chapitre 19

# Rahima

Abdul Khaliq Khan était un homme intelligent. Un homme intelligent et lourdement armé. Il connaissait les points faibles des gens. Mon père n'avait jamais vu autant d'argent ; entre l'opium et un bon repas, il aurait choisi sa drogue, même s'il avait été à jeun depuis plusieurs jours. À quoi lui servaient ses filles de toute façon ?

Nous étions jeunes, mais pas tant que ça. Shahla avait quinze ans, Parwin quatorze et moi treize. Nous étions des bourgeons à peine éclos. Le temps était venu d'être emmenées dans nos nouveaux foyers, exactement comme Bibi Shekiba avant nous.

Mon père était passé dans notre chambre pour ordonner à ma mère de préparer un *shirnee*, quelque chose de sucré qu'il pourrait présenter à ses invités afin de leur prouver que notre famille acceptait l'arrangement. Nous n'avions pas grand-chose, alors Madar-*jan* lui donna un petit bol de sucre, mouillé de larmes, qu'il prit et posa devant le père d'Abdul Khaliq. Les hommes se firent une accolade pour se féliciter. Mes sœurs et moi nous blottîmes contre notre mère, cherchant mutuellement du réconfort.

Les arrangements se firent rapidement. Abdul Sharif était un homme d'apparence fruste d'une trentaine d'années et son frère, Abdul Haidar, semblait un peu plus âgé. Abdul Sharif avait déjà une épouse à la maison mais était ravi d'en accueillir une seconde, d'autant plus que la dot avait été prise en charge par son cousin. Abdul Haidar avait déjà deux femmes. Parwin serait sa troisième.

— Revenez dans deux semaines pour le *nikkah*, avait dit Padar-*jan* à ses hôtes, tout en lançant des regards furtifs au sac noir posé sur le sol.

Shahla était si furieuse qu'elle ne m'adressa pas la parole pendant quatre jours.

Je tentai de lui parler mais elle refusait de me regarder.

— Pourquoi fallait-il que tu mettes Padar autant en colère ? Je ne veux pas partir avec cet homme ! Parwin ne le veut pas non plus ! Nous étions bien ! Laisse-moi tranquille. Va retrouver ton Abdullah !

J'étais sidérée. Pourtant, ma sœur avait raison. J'avais provoqué cette situation malgré moi sans penser aux conséquences que cela aurait sur les autres. Je voulais continuer à pouvoir me bagarrer avec Abdullah, à faire le chemin de l'école avec lui et à sentir son bras autour de mon épaule. Tout cela était mon œuvre.

— Je suis tellement désolée, Shahla. Sincèrement. Je ne voulais rien de tout ça ! Crois-moi, je t'en supplie !

Shahla sécha ses larmes et se moucha.

Parwin nous observait avec une moue crispée.

— L'un après l'autre, les oiseaux se sont envolés…, dit-elle calmement.

Je la regardai, la jambe gauche repliée sous elle et la droite allongée devant elle. Je me demandai comment son mari allait traiter une épouse avec une jambe boiteuse. Je lus dans les yeux de Shahla qu'elle pensait la même chose.

Shahla me tenait pour responsable. Si je n'avais pas provoqué notre père ce jour-là, Madar-*jan* et lui n'auraient pas eu cette dispute. Et nous n'aurions pas été fiancées à la famille d'Abdul Khaliq.

Je me demandai en quoi les choses auraient été différentes. Est-ce qu'un seul petit changement dans la suite des événements aurait réellement modifié le cours de nos vies ? Si je n'avais pas laissé Abdullah, le doux et fort Abdullah, me plaquer au sol dans la rue sous les yeux de ma mère, je n'aurais pas été réprimandée. J'aurais dîné avec ma famille. Mon père serait allé puiser dans son stock dérisoire d'opium et n'aurait pas eu l'idée de se plaindre à Abdul Khaliq de ses filles à marier.

Peut-être aurais-je pu rester un garçon, courant en compagnie d'Abdullah, faisant des grimaces dans le dos de *Moallim-sahib* et me faisant ébouriffer les cheveux par mon père quand je passais devant lui, comme s'il voulait de moi dans les parages.

Mais tel n'était pas mon *naseeb*.

— Tout est entre les mains d'Allah, mes filles. Dieu a un projet pour vous. Ce qui est écrit dans votre *naseeb* se produira, nous avait dit notre mère dans un sanglot.

Je me demandais si Allah n'avait pas voulu que nous choisissions nous-mêmes notre *naseeb*.

Sous la surveillance étroite de mon père, ma mère prépara, la mort dans l'âme, trois paniers de *shirnee*. Elle couvrit un bloc de sucre conique et quelques bonbons en vrac de la boutique d'Agha Barakzai d'un voile de tulle qu'elle avait acheté avec l'argent de la dot. Elle coupa des morceaux de sa plus belle robe et cousit sur les bords une bande de dentelle qu'elle avait reçue en cadeau. Trois grands carrés, un pour chaque panier. C'étaient nos *dismols*, aussi importants que les sucreries. Mon père hocha la tête en signe d'approbation. Ma mère évita son regard. En les observant, je me demandai si les choses se passeraient ainsi pour chacune d'entre nous avec nos maris. Ou si, au contraire, ils se comporteraient davantage comme Kaka Jameel, qui ne semblait jamais hausser la voix et dont l'épouse était la plus souriante de toutes les femmes de notre famille.

Je me demandai pourquoi ils étaient si différents.

Padar se rendit à peine compte de ce qui se passait à la maison. Il ne remarqua même pas que Madar-*jan* dormait dans notre chambre et plus à ses côtés. Il était trop occupé à compter ses billets et à fumer son opium, au moins deux fois par jour. Abdul Khaliq avait tenu sa promesse et mon père profitait pleinement de sa part du marché.

— J'ai apporté un poulet, Raisa ! Assure-toi d'en envoyer à ma mère, et pas seulement les os, attention ! Et si la viande est sèche et coriace comme la dernière fois, tu vas m'entendre.

Ma mère n'avait presque rien avalé depuis le départ des futurs époux et ses yeux étaient cernés. Elle était polie avec mon père, craignant d'attiser sa colère et de perdre également ses filles les plus jeunes.

En attendant, Madar-*jan* dut défaire ce qu'elle avait fait de moi. Elle me donna une des robes de Parwin et un tchador pour cacher mes cheveux courts. Elle offrit mes pantalons et tuniques à la femme de mon oncle pour ses fils.

— Tu es Rahima. Tu es une fille et tu ne dois pas oublier de te comporter comme telle. Fais attention à ta façon de marcher et de t'asseoir. Ne regarde pas les gens dans les yeux, surtout les hommes, et parle à voix basse.

Elle eut l'air de vouloir ajouter quelque chose mais s'arrêta net, la voix brisée.

Mon père me regarda comme s'il découvrait une nouvelle personne. N'étant plus son fils, j'étais un être négligeable. Après tout, je ne serais plus à lui pour très longtemps.

J'étais particulièrement attentive à Shahla, lui apportant à manger et l'aidant dans ses corvées domestiques. Je regrettais la tournure des événements et voulais qu'elle sache à quel point j'étais désolée de l'avoir poussée dans la maison d'Abdul Sharif. Je lui dis toutes ces choses pendant qu'elle regardait dans le vide. Mais Shahla était trop gentille pour rester en colère longtemps. Et nous n'avions pas beaucoup de temps.

— Peut-être qu'on pourra se voir. Je veux dire, ils font tous partie de la même famille. Si c'est comme dans cette maison, on pourra se voir tous les jours. Toi, moi et Parwin.

— Je l'espère, Shahla.

Les yeux ronds de ma sœur semblaient pensifs. Soudain, je me rendis compte de sa ressemblance avec notre mère et éprouvai un besoin impérieux de me blottir contre elle. Je me sentis mieux avec son épaule contre la mienne.

— Shahla ?

— Hum ?

— Tu crois… tu crois que ce sera si terrible ? chuchotai-je pour éviter que Madar-*jan* et Parwin m'entendent.

Shahla me regarda, puis baissa les yeux. Elle ne répondit pas.

Khala Shaima passa nous voir. Elle avait entendu des rumeurs en ville selon lesquelles Abdul Khaliq et son clan nous avaient rendu visite à deux reprises. Elle en déduisit que mon père mijotait quelque chose. Elle serra les poings quand Madar-*jan* l'informa, en sanglotant, du mariage de ses trois filles aînées, programmé la semaine suivante.

— Alors, il l'a vraiment fait. Cet imbécile a dû faire une bonne affaire, je parie.

— Qu'étais-je censée faire, Shaima, avec tous ces hommes aux cheveux gris dans ma maison ? Et puis... c'est leur père. Comment aurais-je pu empêcher quoi que ce soit ?

— Tout homme est roi de sa propre barbe, dit-elle en secouant la tête. As-tu essayé de lui parler ?

Madar-*jan* se contenta de regarder sa sœur. Khala Shaima hocha la tête pour lui signifier qu'elle comprenait.

— Une assemblée de crétins. Voilà ce que tu as accueilli dans ta maison. Regarde donc ces filles !

— Shaima ! Que suis-je censée faire ? De toute évidence, c'est le *naseeb* qu'Allah a choisi pour elles...

— Au diable le *naseeb* ! Le *naseeb* est l'excuse que donnent les gens pour tout ce qu'ils ne sont pas capables d'arranger.

Je me demandai si Khala Shaima avait raison.

— Puisque tu es si intelligente, dis-moi ce que tu aurais fait, toi ! cria Madar-*jan*, exaspérée.

— J'aurais insisté pour être présente. Et j'aurais dit à la famille d'Abdul Khaliq que les filles ne sont pas encore en âge de se marier !

— Comme si cela aurait changé quelque chose. Tu sais bien à qui nous avons affaire. Ce ne sont pas de simples paysans. C'est Abdul Khaliq, le seigneur de guerre. Ses gardes du corps étaient assis dans notre salon, armés jusqu'aux dents. Et Arif approuve l'arrangement. Crois-tu sincèrement qu'ils m'auraient écoutée ?

— Tu es leur mère.

— C'est bien tout ce que je suis, dit Madar-*jan* d'une voix triste.

Elle se mit alors à chuchoter, croyant que ses filles ne l'entendraient pas.

— Je n'ai eu qu'une seule idée.

— Quoi donc ?

Madar-*jan* baissa les yeux, et parla plus doucement encore.

— Un décès dans la famille interdirait tout mariage pendant au moins un an.

— Un décès ? Raisa, de quoi diable parles-tu ?

— Cela arrive tout le temps, Shaima. Toi et moi avons déjà entendu de pareilles histoires. Souviens-toi de Manizha de l'autre côté du village.

— Raisa, as-tu perdu la tête ? Pense un peu à ce que tu dis ! Tu crois que t'immoler par le feu résoudra vos problèmes ? Tu crois que des orphelines seraient plus heureuses que des femmes mariées ? Et que fais-tu des petites ? Que deviendront-elles sans leur mère ? Pour l'amour de Dieu, regarde donc ta belle-famille ! Elle compte deux veuves et tes beaux-frères les convoitent déjà.

Mon cœur battait si fort que j'étais sûre qu'elles pouvaient l'entendre.

— Je ne sais pas quoi faire d'autre, c'est tout, Shaima !

— Tu dois trouver un moyen de les éconduire, d'amener Arif à les éconduire.

— Plus facile à dire qu'à faire, Shaima ! Pourquoi ne viendrais-tu pas pour le *nikkah* ! Amène ta grande gueule et nous verrons bien ce que tu feras.

— Je serai là, Raisa, tu peux me croire.

Madar-*jan* avait l'air exténuée. Elle appuya la tête contre le mur et ferma les yeux. Ses cernes s'étaient encore assombris depuis la veille.

Nous nous réunîmes autour de Khala Shaima.

— Mes petites, laissez-moi vous en dire plus sur votre Bibi Shekiba. Même si je déteste cette idée, son histoire est votre histoire, soupira-t-elle en secouant la tête. Je suppose que nous portons tous en nous le destin de nos ancêtres. Où nous étions-nous arrêtées ?

# Chapitre 20

## SHEKIBA

Deux jours s'écoulèrent avant que Shekiba puisse de nouveau se tenir debout. Sa lèvre était gonflée et entaillée, ses jambes et son dos portaient de multiples bleus et chacune de ses respirations lui tirait les côtes dans des directions différentes.

Ce n'était pas son *naseeb* de revendiquer la terre de son père. Sans lui laisser la moindre chance de le faire, Azizullah l'avait traînée jusqu'à la maison puis battue pendant une heure. Par moments, il ralentissait le rythme de ses coups pour hurler et se plaindre de l'humiliation qu'elle lui avait infligée. Il reprenait ensuite sa cadence et la balançait de gauche à droite.

Marjan avait observé la scène depuis le pas de la porte, en secouant la tête, une main devant les yeux. N'y tenant plus, elle avait ensuite tourné le dos et s'était éloignée. Shekiba n'avait pas fait attention à elle. Son esprit était parti à la dérive depuis longtemps.

Marjan vint la voir trois fois par jour pour lui apporter à boire et à manger. Elle la redressa et fit couler du thé dans sa bouche avec de petits morceaux de pain humides. Elle lui frotta une pommade sur le dos et hydrata sa lèvre blessée.

— Petite idiote. Je t'avais prévenue des dangers que l'on court en soulevant de pareilles questions. Maintenant, regarde dans quel état tu t'es mise, marmonnait-elle inlassablement.

Shekiba aurait préféré qu'Azizullah la tue. Elle se demanda pourquoi il ne l'avait pas fait.

Elle ne le voyait pas, mais pouvait entendre sa voix. Il était d'humeur revêche et les enfants l'évitaient. Marjan, elle, ne le pouvait pas.

— Assure-toi qu'elle soit sur pied aujourd'hui. Pas d'excuses.

— Elle est faible mais je vais voir ce qu'elle peut…

— Faible ? Si elle était si faible, que faisait-elle à déambuler dans la ville, derrière Muneer et son fils ? Et pourquoi l'ai-je trouvée devant la porte du *hakim* ? C'est une menteuse et plus vite on se débarrassera d'elle, mieux ce sera. Pas d'excuses. Elle sera debout et prête aujourd'hui !

Shekiba entendit ces mots et comprit. C'était le jour où le roi Habibullah devait rendre visite à Hafizullah. C'était le jour où elle devait être offerte à d'autres.

Azizullah quitta la maison de bonne heure et Marjan maugréa longuement avant d'aller chercher Shekiba.

— Allez. Il est temps de se laver.

Shekiba fut mise debout par une femme deux fois plus petite qu'elle mais aussi deux fois plus corpulente. Marjan la guida vers la salle de bains et la laissa glisser sur le sol.

— Petite idiote. Tu me donnes encore plus de travail ! Tu ne feras pas long feu au palais si tu leur joues ce genre de tour.

— Je réclamais seulement mon dû. Vous auriez fait la même chose à ma place, dit Shekiba d'une voix éteinte.

— Non, certainement pas ! Tu crois être la seule fille qui aurait dû hériter d'une terre ? Mes frères ont divisé la nôtre et pas un centimètre carré n'a été considéré comme mon héritage. Voilà comment ça se passe ! Soit tu l'acceptes, soit tu meurs. C'est aussi simple que ça.

— Alors je mourrai.

— Peut-être bien, mais pas aujourd'hui. Maintenant, déshabille-toi, tu vas prendre un bain.

Azizullah rentra dans la soirée, de bien meilleure humeur.

— Quelle journée ! Hafizullah s'est surpassé ! Je n'ai jamais vu autant de nourriture. J'ai même croisé quelques-uns des conseillers du roi. Des gens de qualité, et qui ont le bras long. Je crois que cette visite sera une chance pour notre famille et notre ville. Nous nous sommes fait remarquer du roi Habibullah et il se souviendra sûrement de notre hospitalité.

— Tu as aussi parlé au roi ?

— Bien évidemment ! Quelle question ! C'est un homme sage – je l'ai vu tout de suite. Mais ils partent dès l'aube et je crois que la fille devrait lui être remise ce soir, pendant le repas, pour que tout le monde voie quel cadeau nous avons fait au roi ! Nous nous ferons un nom, tout comme Hafizullah. Amène la fille ! Je perds mon temps à parler avec toi. Je veux y retourner avant le dîner.

— La fille est prête, dit Marjan.

Elle alla la chercher. Elle trouva Shekiba accroupie contre le mur froid, les jambes repliées sous sa robe.

— Lève-toi, Shekiba. C'est l'heure.

Elle regarda Marjan d'un air absent. Au bout d'un moment, elle se leva, faisant fi de la douleur qui lui transperçait les côtes. Marjan lui prit le coude et la conduisit au salon. Elle s'arrêta net au milieu du couloir.

— Shekiba, écoute-moi. Tu es une fille, sans mère ni père, sans frères ni oncles pour veiller sur toi. Obéis à la volonté de Dieu et laisse-le s'occuper de toi. Sors la tête des nuages et comprends quelle est ta place dans *ce* monde.

— Je n'ai pas de place dans *ce* monde, Khanum Marjan.

Marjan sentit un frisson lui traverser la colonne. Les mots de Shekiba étaient froids, déterminés. Elle se demanda si cette fille à moitié folle avait en fin de compte totalement perdu la tête. Les mises en garde de Zarmina résonnèrent dans sa mémoire et elle décida de ne plus rien dire. Si Shekiba était encline à piquer des crises de nerfs, mieux valait ne pas la provoquer.

Azizullah se tenait devant la porte ouvrant sur la cour ; il enfilait un gilet vert et bleu par-dessus sa tunique. Son visage était sévère, tout comme le ton de sa voix.

— Si cette fille a un semblant de bon sens, elle ne me causera aucun souci ce soir. Et si elle ose marcher avec le moindre boitement, je lui trancherai les deux jambes.

Voilà qui était dit. Marjan garda le silence et tendit sa burqa à Shekiba. La jeune fille s'en revêtit et suivit son maître d'un pas résigné.

Chaque mouvement réveillait ses blessures et ses bleus. Shekiba maintint sa cadence, trop lasse pour courir le risque d'une nouvelle punition. Au bout de vingt minutes, ils approchèrent d'une maison, gardée par des soldats armés, devant laquelle se trouvaient des chevaux imposants et musclés, balançant nonchalamment leur queue de droite à gauche. Mais ce qui attira l'attention de Shekiba était ce qu'il y avait derrière les bêtes. Pour la première fois de sa vie, son regard se posa sur une voiture. Quatre grandes roues, un siège rembourré et de belles sculptures sur les côtés.

*Le roi*, comprit-elle.

Ils franchirent le portail et traversèrent une cour presque deux fois plus grande que celle d'Azizullah. Shekiba ne put s'empêcher de regarder autour d'elle. Il y avait des bancs et plusieurs massifs de fleurs d'un violet éclatant. De gros rires masculins s'élevèrent dans le salon.

Elle contourna la maison pour entrer par la porte de service et rejoindre les cuisines.

—Reste dehors, à l'arrière. Tiens-toi bien, sinon je demande aux gardes de te régler ton compte.

Azizullah entra dans le salon et se joignit au groupe. Shekiba ferma les yeux et tenta de glaner quelques mots de leur conversation. Le ciel s'assombrit avant qu'elle ne perçoive un échange la concernant personnellement.

—Nous partons au petit matin pour Kaboul. La route sera longue mais nous espérons être rentrés chez nous avant la tombée de la nuit.

—Amir-*sahib*, toi et tes estimés généraux nous avez honorés de votre visite dans notre humble village. Nous espérons qu'il y en aura beaucoup d'autres à l'avenir.

—Grâce aux projets de construction de route, les voyages seront facilités. Nous espérons que votre village s'impliquera davantage dans les projets agricoles qui ont déjà commencé. Nous avons chargé une nouvelle équipe d'ingénieurs d'examiner la situation actuelle.

—Nous sommes prêts à tout pour vous aider, nous sommes là pour vous servir. Je suis né et j'ai grandi dans ce village, comme mon cher frère Azizullah. Nous y sommes respectés et pouvons vous servir de délégués dans toutes vos démarches, en cas de besoin.

—Tu me l'as bien fait comprendre, Hafizullah-*sahib*. Nous apprécions ta sollicitude.

La voix était bourrue et Shekiba y décela une légère exaspération.

— Je l'espère, Général-*sahib*. Et j'espère aussi que tu accepteras le cadeau de mon frère à l'*amir-sahib*. En modeste témoignage de notre reconnaissance.

— Oui, il nous en a parlé. La domestique partira avec notre groupe demain matin pour être conduite au palais.

— Merveilleux. Général-*sahib*, un long voyage vous attend et vous aurez besoin de forces. Je vous en prie, prenez encore quelques douceurs…

La femme de Hafizullah fit son apparition dans la cour et trouva Shekiba avachie sur un banc. C'était une femme menue, au visage marqué par l'inquiétude et la fatigue. À la voir, on devinait qu'elle s'était occupée d'une grande partie des préparatifs pour la visite du roi. Elle fit claquer sa langue de consternation.

— Dieu miséricordieux. Suis-moi, petite. Je vais te montrer où tu dormiras avant de partir demain matin.

Shekiba s'allongea par terre, dans le coin d'une pièce sombre. Elle aperçut deux frêles silhouettes pelotonnées non loin, qui respiraient doucement. C'étaient les filles de Hafizullah, mais Shekiba n'eut pas l'occasion de faire leur connaissance. Dès les premières lueurs de l'aube, la maîtresse de maison vint la réveiller. Shekiba se redressa d'un coup en sentant une main sur son épaule.

— Réveille-toi. Les hommes sont sur le départ.

Shekiba reprit ses esprits. Elle entendit les bruits des chevaux, des hommes discutant dehors.

Elle se leva, s'assura que son exemplaire du Coran était bien caché sous sa robe et sortit pour être conduite vers sa nouvelle demeure.

# Chapitre 21

# Rahima

Notre petite maison était tout juste assez spacieuse pour accueillir la famille d'Abdul Khaliq. Ils avaient l'intention d'effectuer les trois *nikkahs* dans la foulée et amenèrent avec eux la mère du seigneur de guerre, une femme aux cheveux gris, à la bouche sévère et aux yeux plissés. Elle avait besoin d'une canne mais refusait d'en utiliser une, préférant s'appuyer sur le bras de sa belle-fille. Ils amenèrent aussi Haji-*sahib*, un *mullah*. Khala Shaima pouffa en entendant son nom.

— Haji-*sahib*? Si c'est un *haji*, alors je suis une *pari*! s'exclama notre tante.

En effet, personne ne l'aurait décrite comme un ange tombé du ciel. Le titre de *haji* était accordé à ceux qui avaient fait le pèlerinage religieux jusqu'à La Mecque, la maison de Dieu. Haji-*sahib*, nous raconta Khala Shaima, se l'était attribué après avoir visité un sanctuaire au nord de la ville. Mais en tant qu'ami proche d'Abdul Khaliq, personne ne contestait ses références. Les deux hommes bavardaient amicalement dehors.

Shahla garda la tête baissée et supplia notre mère en larmes de ne pas la donner à ces gens. Le corps de Madar-*jan* était agité de soubresauts, sa voix prisonnière d'une gorge nouée. Shahla était plus qu'une fille pour elle. C'était sa meilleure amie. Elles partageaient les tâches domestiques, l'éducation des enfants, et chacune de leurs pensées.

Parwin occupait une place à part dans sa lignée de filles. Madar-*jan* s'était secrètement accrochée à la prédiction de Khala Shaima selon laquelle personne ne voudrait d'elle pour épouse. Parfois, elle trouvait du réconfort dans l'idée qu'elle aurait toujours auprès d'elle sa fille artiste, avec ses chants et ses dessins.

Quant à moi… J'étais l'auxiliaire de Madar-*jan*. Sa téméraire, perturbatrice *bacha posh*. Je savais qu'elle se demandait si elle avait pris la bonne décision. Si j'avais été un peu plus sage, je lui aurais dit que cette initiative avait été merveilleuse pour moi. Je lui aurais dit que j'aurais préféré rester une *bacha posh* éternellement.

La famille était là pour réclamer trois jeunes sœurs comme fiancées. Nous attendions les mots de Khala Shaima.

Haji-*sahib* débuta par une prière. Même Madar-*jan* mit ses mains en coupe et baissa la tête pour s'y joindre. J'étais certaine que chacun priait pour quelque chose de différent. Comment Allah allait-il démêler tout ça ?

— Commençons avec une *dua*, une prière. *Bismillah al-rahman al-raheem…*

L'écho de ses mots résonna dans la pièce. Haji-*sahib*, le *mullah*, poursuivit avec la récitation d'une *sura* tirée du Coran.

— *Yaa Musabbibal Asaabi.*

Au bout d'un moment, Khala Shaima se permit une interruption.

— *Yaa Musabbibal Asbaabi.*

Il y eut une pause. Le silence régnait dans la pièce.

— *Khanum*, aviez-vous une raison d'interrompre Haji-*sahib* ?

— Oui, absolument. Mullah-*sahib* lit la *sura* de façon incorrecte. *Oh maître des causes*, voilà ce qu'on doit lire. Et non pas *maître des doigts*. Je suis sûre qu'il est content d'apprendre qu'il faisait une erreur aussi grossière, n'est-ce pas, Haji-*sahib* ?

Le *mullah* s'éclaircit la gorge et tenta de reprendre là où il s'était arrêté. Il se concentra puis récita les vers exactement de la même façon, en répétant son erreur.

— *Yaa Musabbibal Asaabi.*

Khala Shaima le corrigea de nouveau.

— *Asbaabi*, Mullah-*sahib*.

Le ton de sa voix était celui d'une maîtresse d'école agacée. Cela ne passa pas inaperçu.

Je craignis que Padar-*jan* ne mette sa menace à exécution en tranchant pour de bon la langue de notre tante. J'eus peur pour elle.

— Shaima-*jan*, témoigne un peu de respect envers notre estimé *mullah*, je te prie, intervint Boba-*jan*.

— J'ai le plus grand respect pour lui, dit-elle avec ironie. Et j'ai aussi le plus grand respect pour le Coran, comme vous tous, j'en suis sûre. Nous ne lui faisons pas honneur en récitant cette prière de façon erronée.

Une fois de plus, le *mullah* soupira et s'éclaircit la gorge.

— *Yaa Musabbibal Asbaabi Yaa Mufattihal Abwaabi...*

— C'est mieux, l'interrompit bruyamment Khala Shaima.

Je détectai la satisfaction dans sa voix.

Nous entendîmes les hommes commencer le *nikkah* dans l'autre pièce. Padar-*jan* déclina son nom complet, le nom de son père, puis celui de son grand-père, pour qu'ils soient inscrits dans le contrat de mariage.

Parwin tenta de faire bonne figure, en voyant l'état de Madar-*jan*. Khala Shaima, la seule à défendre notre cause, s'était stratégiquement postée entre mon grand-père et la mère d'Abdul Khaliq. Personne ne savait ce qu'elle tramait. Padar-*jan* maugréa son agacement mais trouva plus sage de ne pas faire de scène devant ses invités.

Madar-*jan* parlait à voix basse. Nous avions formé un cercle serré dans la pièce à côté.

— Mes filles, j'ai prié pour que ce moment n'arrive pas trop tôt, mais le jour est venu et j'ai bien peur que Khala Shaima et moi ne puissions rien faire pour l'empêcher. Je suppose que c'est la volonté de Dieu. J'ai eu peu de temps pour vous préparer, mais vous êtes des jeunes femmes, dit-elle, croyant à peine à ses propres mots. Vos maris auront des attentes. En tant qu'épouses, vous aurez des obligations envers eux. Ce ne sera pas facile au début, mais… avec le temps, vous apprendrez à… à tolérer ces choses qu'Allah a créées pour nous.

Madar-*jan* se mit à pleurer et nous l'imitâmes. Je ne voulais pas savoir à quoi elle faisait allusion. Cela avait l'air terrible.

— S'il vous plaît, ne pleurez pas, mes filles. Ces choses font partie de la vie. Les femmes se marient et appartiennent alors à une autre famille. Ainsi va le monde. C'est comme ça que je suis arrivée dans la maison de votre père.

— Je pourrai revenir de temps en temps, Madar-*jan*? demanda Parwin.

Notre mère expira lentement, la gorge serrée.

— Ton mari te voudra à la maison, mais j'espère que c'est un homme sensible et qu'il t'amènera ici de temps en temps pour que tu puisses rendre visite à ta mère et tes sœurs.

Elle ne pouvait rien nous promettre de plus. Parwin et moi étions assises de part et d'autre de notre mère, qui nous caressait les cheveux. J'avais les mains sur ses genoux. Shahla était agenouillée en face de nous, la tête sur les genoux de

Madar-*jan*. Sitara et Rohila nous observaient nerveusement. L'aînée comprenait que rien ne serait plus comme avant.

— À présent, mes filles, je dois vous dire une dernière chose. Il y aura d'autres épouses. Traitez-les avec respect. J'espère qu'elles seront gentilles avec vous. Les femmes plus âgées ont tendance à se montrer jalouses des plus jeunes, méfiez-vous. Prenez soin de vous. Mangez, lavez-vous, dites vos prières et obéissez à vos maris et à vos belles-mères. Ce sont les gens que vous devrez satisfaire.

Une voix tonna depuis l'autre pièce.

— Amenez l'aînée ! Son mari, Abdul Sharif, l'attend. Que leur route commune en tant que mari et femme soit bénie. Félicitations aux deux familles.

— Shahla ! cria mon père sans cérémonie.

Ma grande sœur essuya ses larmes, puis, courageusement, se couvrit la tête de son tchador. Elle embrassa le visage et les mains de ma mère avant de se tourner vers nous, ses sœurs. Je la serrai dans mes bras et sentis son souffle dans mon oreille.

— Shahla…, dis-je d'une voix faible.

Dans mon trouble, je ne parvins à ajouter un mot.

Vint le tour de Parwin. Ils recommencèrent, un nouveau contrat fut passé. Pour l'amour de la tradition, ils répétèrent les mêmes questions une à une, écrivirent les mêmes noms un à un.

— *Agha-sahib*, interrompit une fois de plus Khala Shaima. Allah a donné à ma nièce une jambe boiteuse et je peux affirmer mieux que quiconque qu'il est difficile de se débrouiller avec un tel handicap. Ce serait dans l'intérêt de cette fille d'avoir un peu plus de temps pour aller à l'école, apprendre à être plus habile physiquement, avant de devenir une épouse.

Le père d'Abdul Khaliq fut abasourdi par cette soudaine objection, tout comme les autres personnes présentes.

— Nous avons déjà discuté de ce problème et je crois que mon neveu a été plus que généreux en acceptant de donner à cette fille la chance d'être la femme d'un homme respecté. L'école ne va pas réparer sa jambe, comme elle n'a pas réparé ton dos bossu. Poursuivons.

Le *nikkah* reprit.

— Amenez la fille ! Qu'Allah bénisse ce *nikkah* et Abdul Khaliq qui a rendu cela possible. Que Dieu te prête une longue vie, Abdul Haidar, pour avoir accepté de prendre une femme dans la tradition de notre prophète adoré, que la paix soit sur lui. Et une femme handicapée, par-dessus le marché, tu es vraiment un grand homme, Abdul Haidar. Quel soulagement ça doit être pour ta famille, Arif-*jan*.

Madar-*jan* embrassa le front de Parwin et se leva lentement, comme si le sol la poussait. Parwin se leva et tendit sa jambe gauche du mieux possible. Madar-*jan* murmura à l'oreille de Parwin des paroles qui lui firent horreur.

— Parwin-*jan*, ma gentille fille, n'oublie pas d'accomplir tes corvées dans ta nouvelle maison. Tu n'auras peut-être pas de temps pour le dessin. Chante à voix basse et seulement pour toi-même. Ils te feront des remarques sur ta jambe, mais tu en as vu d'autres, ma chérie, n'y prête pas attention.

— *Agha-sahib*, tu fais attendre cet homme. Amène-lui sa nouvelle fiancée, s'il te plaît, ordonna le *mullah*.

— Amenez-la ! cria mon père d'une voix froide.

Il essayait d'affirmer son autorité. Le fait que Madar-*jan* les mette en retard le rabaissait devant le *mullah* et la famille d'Abdul Khaliq, comme si le comportement de Khala Shaima n'avait pas suffi.

— S'il te plaît, ma gentille fille. Rappelle-toi ces choses que je t'ai dites. Qu'Allah veille sur toi, gémit-elle en essuyant les larmes de Parwin puis les siennes.

Elle arrangea le tchador de ma sœur et lui indiqua la façon de le tenir, juste sous le menton ; ensuite, elle la conduisit dans le couloir puis dans le salon où elle devint la femme d'un homme qui avait l'âge de notre père.

Je restai assise dans la chambre avec Rohila et Sitara. J'écoutai Parwin qui tentait de masquer sa claudication, de soulever sa jambe gauche pour qu'elle ne traîne pas sur le sol comme d'habitude. Nos cousins la taquinaient toujours, ainsi que les enfants du quartier. Même pendant ces quelques mois où elle allait à l'école, ses camarades s'étaient moqués de sa démarche, et la maîtresse avait douté qu'elle apprenne un jour quoi que ce soit, comme si de la démarche dépendait la faculté d'apprendre à lire. Elle se ferait malmener par sa nouvelle famille, nous le savions. Nos cœurs se fendirent pour elle.

— Rahim, où est allée Parwin ? demanda Sitara.

Je regardai ma plus jeune sœur. Elle m'appelait toujours par mon nom de *bacha posh*.

— C'est Rahima, lui rappela Rohila.

Ses yeux vides restaient rivés à la porte, comme si elle attendait désespérément le retour de Parwin.

— Rahima, où est allée Parwin ? répéta Sitara.

— Elle est… elle est partie vivre dans une nouvelle famille.

Je fus incapable de prononcer les mots « mariage » ou « mari » dans la même phrase que le nom de ma sœur. Ce n'était pas naturel. Comme une petite fille portant les chaussures de sa mère.

Je savais que ma mère surveillait Parwin depuis le seuil. Leurs voix s'évanouirent quand ils passèrent la porte. J'allai à la fenêtre pour voir ma sœur une dernière fois. À cause de sa claudication, elle était plus petite que les autres filles de quatorze ans et deux fois plus frêle que son mari. Je frissonnai en imaginant ce qu'elle ressentirait une fois seule avec lui.

— Quand est-ce qu'elle va revenir ?

Je regardai mes sœurs d'un air absent. Madar-*jan* revint, éreintée. J'étais la suivante. Khala Shaima n'avait pas réussi à sauver mes sœurs des griffes d'Abdul Khaliq et de sa famille. J'avais beau savoir qu'il n'y avait plus d'espoir, je continuais d'espérer.

J'aimerais pouvoir dire que je fis aussi bonne figure que Shahla ou même Parwin, au moins pour l'amour de ma mère. J'aurais voulu pouvoir faire quelque chose. Après tout, j'avais été un garçon pendant des années. Les garçons étaient censés se défendre et protéger leur famille. J'étais plus qu'une simple fille, pensai-je. J'étais une *bacha posh* ! J'avais pratiqué les arts martiaux avec mes petits camarades dans la rue. Je n'avais pas à me soumettre comme mes sœurs.

Mon père dut m'arracher de force aux bras de ma mère tandis que je pleurais, le tchador tombant de ma tête et révélant mes cheveux ridiculement courts. La famille d'Abdul Khaliq observait la scène avec consternation. Cela ne présageait rien de bon. Mon père enfonça les doigts dans mon bras. Plus tard, je constatai qu'il y avait laissé des hématomes.

Je tentai de me libérer de sa prise, me débattis tant bien que mal, me contorsionnai. Mais c'était différent des bagarres avec les garçons. Mon père était plus fort qu'Abdullah.

Tout ce que nous réussîmes à faire, ce fut plonger mon père dans l'embarras. Ma mère sanglotait, les poings serrés, impuissante. Khala Shaima secouait la tête et criait que cette situation était lamentable, que *tout* ça, c'était mal, que c'était un péché. Elle ne cessa de vociférer jusqu'à ce que mon père lui assène une gifle. Elle recula en chancelant. Nos invités assistèrent à la scène avec indifférence, pensant qu'elle avait bien mérité son châtiment. Mon père avait retrouvé grâce à leurs yeux.

Ma lutte ne changea rien. Je rendis seulement les choses plus difficiles pour ma mère. Et pour Khala Shaima.

Mon père me poussa vers mon nouveau mari sous l'œil critique de ma belle-mère. Elle allait avoir du pain sur la planche, si elle voulait me remettre sur le droit chemin.

Et Abdul Khaliq, mon nouveau mari, affichait un sourire suffisant en me voyant me débattre entre les mains de mon père. Comme s'il appréciait le spectacle.

Ce fut mon mariage.

# Chapitre 22

## SHEKIBA

— Tout d'abord, il te faut un bon bain.

Shekiba se tenait devant une femme corpulente aux cheveux noirs coupés court. Elle semblait âgée d'une vingtaine d'années. Elle portait un pantalon bouffant, des bottes et une chemise à col boutonné. Si elle n'avait pas entendu sa voix, Shekiba l'aurait prise pour un homme. En fait, Shekiba était totalement déroutée depuis que Kaboul lui était apparu.

Elle n'aurait jamais pu imaginer un tel endroit. Toutes les maisons et tous les magasins de son village auraient pu tenir dans le ventre de Kaboul. Il y avait des rues bordées de boutiques aux stores rayés, et des hommes marchant dans le dédale urbain. Il y avait des maisons aux portes colorées. Les gens se retournaient et levaient la main en signe de respect pour le cortège du roi. Kaboul était un spectacle !

Lorsque apparut le domaine royal, Shekiba fut abasourdie. Le portail était flanqué de colonnes en pierres, formant une longue enfilade au bout de laquelle se dressait le palais. Devant l'entrée principale, un large chemin encerclait une tour imposante. Shekiba tendit le cou pour avoir une meilleure vue.

*Cette tour s'élève jusqu'au paradis !*

La façade du palais était décorée de sculptures et d'arches étincelantes. Des buissons et de la verdure bordaient tout le chemin, y compris le portique qui perçait la tour. Le palais était une structure impressionnante, comptant davantage de fenêtres qu'elle n'en avait jamais vues et incomparable en taille avec toutes les maisons qu'elle avait connues.

Des soldats étaient postés dans tous les coins. Ce ne fut que lorsqu'ils entrèrent dans le palais que Shekiba vit enfin le roi Habibullah. Sur le chemin vers Kaboul, il avait été en tête de cortège, dans la somptueuse voiture qu'elle avait vue garée devant la maison de Hafizullah. Quand ils descendirent, Shekiba fut guidée dans une direction différente mais elle put l'apercevoir qui franchissait la porte principale.

*Voilà le roi*, pensa-t-elle.

C'était un homme trapu à la barbe épaisse. Il portait un uniforme militaire avec une rangée de médailles épinglées du côté gauche de son torse et des pampilles aux épaules. Une large écharpe jaune courait de son épaule droite à sa hanche gauche et recouvrait certaines des étoiles de sa veste. Une ceinture rayée fermée par un médaillon enserrait son ventre et une haute toque en laine de mouton ajoutait dix centimètres à sa stature. Les soldats étaient au garde-à-vous pour le retour du roi.

Shekiba se demanda si elle le croiserait un jour dans cet immense domaine.

— Suis-moi.

Un soldat la conduisit derrière le palais, où ils empruntèrent un chemin ouvrant sur une cour verdoyante et majestueuse. Shekiba écarquilla les yeux. La cour comptait des petites mares, des massifs de fleurs et des arbres fruitiers. Ils se dirigèrent vers une maison plus petite, en pierre, mais toujours beaucoup plus grande que celle d'Agha Azizullah. Le soldat frappa à la porte et un garde répondit.

— Je te la laisse. Elle sera garde elle aussi. Arrange-la.

Le garde hocha la tête et attendit que le soldat tourne les talons pour ouvrir la porte en grand.

— Entre.

*Une femme !*

Shekiba resta interdite.

— J'ai dit « entre » ! Que fais-tu plantée là ?

Les pieds de Shekiba se dégelèrent et elle suivit la femme-homme dans la pièce. Il y avait trois femmes assises sur des coussins à même le sol, toutes plus âgées que Shekiba mais plus jeunes que les épouses de ses oncles. Elles avaient interrompu leur conversation à son arrivée. Shekiba remarqua quatre autres gardes dans la pièce. S'agissait-il de femmes également ?

— Bien, laisse-nous t'examiner.

Elle souleva la burqa de Shekiba et fit un pas en arrière.

— Eh bien, voilà qui est impressionnant. Je suppose que c'est la raison pour laquelle tu as été envoyée ici. Mesdames, voici notre nouvelle recrue.

La surprise de Shekiba grandit lorsqu'elle découvrit que tous les gardes de cette maison étaient en réalité des femmes déguisées en hommes. Ghafoor était visiblement en charge des cinq gardes. Il se faisait tard et elle lut la fatigue sur le visage de la jeune fille. Ghafoor la laissa donc se reposer pour la nuit et l'informa qu'elle commencerait son travail le lendemain matin. Pour la première fois depuis longtemps, Shekiba dormit à poings fermés, entourée de femmes qui ressemblaient à s'y méprendre à des hommes.

Sa transformation débuta à l'aube. Ghafoor conduisit Shekiba dans le coin dédié à la toilette et coupa son épaisse chevelure emmêlée. On lui ordonna de prendre un bain, puis on lui remit une tenue identique à la sienne. Shekiba regarda avec émerveillement le pantalon et eut peine à croire qu'elle allait devoir se promener ainsi vêtue. Elle y glissa une jambe puis l'autre, attacha les boutons à la taille. On lui donna un sous-vêtement corseté destiné à aplatir sa modeste poitrine. Elle passa les bras dans la chemise et la boutonna. Les bottes lui parurent lourdes. Shekiba se leva et baissa les yeux. Puis elle porta une main à ses cheveux courts.

Elle fit deux pas en avant et se tourna. Ses jambes lui semblaient nues et elle rougit en regardant l'entrejambe de son pantalon. Elle passa les mains sur son derrière et frémit en se rendant compte que le vêtement épousait ses formes. Elle n'avait jamais vu des femmes porter autre chose que des jupes, suffisamment longues pour cacher les moindres courbes et creux de leur corps.

Et pourtant il y avait quelque chose de libérateur dans ces nouveaux habits. Elle leva la jambe droite puis la gauche. Elle pensa à ses frères et à la façon dont ils couraient à travers champs dans leurs pantalons flottants.

Ghafoor devinait ce qu'elle ressentait.

— C'est étrange au début, mais tu t'y feras rapidement. L'uniforme devient confortable avec le temps.

— Que sommes-nous censées garder ?

Ghafoor se mit à rire.

— Ils ne t'ont rien dit ? Nous sommes les gardes des femmes du roi Habibullah.

— De ses épouses ?

— Pas exactement. De ses femmes. Des femmes avec qui il passe du temps, qu'il prend quand l'humeur lui en dit. Les hommes, ajouta-t-elle devant l'expression confuse de Shekiba, ne se contentent pas toujours de leurs épouses, chère petite. Parfois, elles ne leur suffisent pas.

Shekiba ne comprenait toujours pas mais préféra garder le silence.

Ghafoor la regarda d'un air pensif.
— Qu'est-il arrivé à ton visage ? lui demanda-t-elle.
Shekiba baissa la tête instinctivement.
— J'ai été brûlée quand j'étais petite.
— Hum. Et où est ta famille ?
— Mon village se situe à une journée de route d'ici. Mes parents sont morts. Mes frères et ma sœur aussi.
Ghafoor fronça les sourcils.
— Tu n'as pas d'autre famille ?
— Ils m'ont donnée à un homme pour régler une dette. Et cet homme m'a donnée au roi.
— Et maintenant tu es l'une des nôtres. Bienvenue, Shekiba. Mais ici, on t'appellera Shekib, c'est compris ? Bon, laisse-moi te présenter les autres.

Quatre femmes-hommes gardaient le harem du roi. Shekiba se surprit à les dévisager comme tant d'autres l'avaient fait avec elle. Mais elle avait une bonne raison. Ghafoor était en réalité Guljaan. C'était elle qui était à la tête du groupe, pas seulement à cause de sa taille imposante et de sa voix puissante, mais aussi en raison de son ancienneté au palais. C'était celle qui se satisfaisait le plus de son rôle, qui semblait en tirer le plus de fierté. Son visage était lisse, mais un fin duvet au-dessus de sa lèvre supérieure et des sourcils broussailleux lui donnaient l'allure d'un jeune homme, débordant de zèle dans l'accomplissement de sa tâche.

Ghafoor était issue d'une famille modeste vivant dans un village situé non loin du palais, où elle avait été échangée contre une vache. C'était le milieu de l'après-midi et sa mère était occupée avec ses jeunes frères et sœurs. Le père de Ghafoor l'interrompit dans son tricot.

— Nous allons rendre visite à ta grand-mère, lui annonça-t-il.

Ghafoor se demanda pourquoi les autres ne venaient pas mais haussa les épaules et suivit son père sur deux kilomètres avant d'être remise à un homme en tunique et pantalon gris. Son père lui recommanda de suivre les ordres de cet homme et tourna les talons pour refaire sans elle les deux kilomètres en sens inverse. Elle pleura et hurla quand elle se rendit compte qu'elle ne verrait plus jamais sa mère ni ses frères et sœurs.

Ghafoor fut conduite au palais et surveillée pendant qu'un garde apportait une vache à l'homme en gris. C'était une bête de taille considérable, d'aspect plutôt sain et qui avait largement de quoi satisfaire les besoins de sa famille. Elle comprit immédiatement ce que son père avait fait et se demanda si sa mère était au courant de ce plan. Elle le maudit pour cette tromperie et prit peur : qu'allait-il advenir d'elle, une adolescente, entre les mains d'étrangers ?

Il ne fallut pas longtemps à Ghafoor, cependant, pour apprécier le troc de son père. Sa famille lui manquait terriblement, mais la vie au palais – même pour une domestique – était plus facile que la vie à la maison. Elle était moins souvent battue, la nourriture abondait et elle avait acquis une certaine autorité.

Le roi avait besoin de gardes pour surveiller son harem, mais pensait qu'aucun homme n'était à l'abri de la tentation. Durant des mois, il fit les cent pas, réfléchit, en proie à un dilemme aussi compliqué à résoudre que les conflits tribaux de la vallée de Kurram. Lorsqu'un conseiller émit l'idée de déguiser des femmes en gardes mâles, le roi le récompensa pour cet éclair de génie et le chargea du recrutement aussi vite que possible.

Ghafoor appréciait le confort de la vie de palais. Tout ce qu'elle avait à faire, c'était renoncer à sa féminité, une tâche facile. Deux autres filles furent engagées, mais elles ne restèrent que deux ou trois mois. L'une d'entre elles s'était disputée avec une des femmes du harem et Benafsha, la seconde, était si belle que le roi s'attacha immédiatement à elle et décida qu'elle aussi devait être surveillée. On lui demanda de se laisser pousser les cheveux, et elle fut affectée au poste de concubine.

Ensuite vinrent deux sœurs, Karima, qui devint Karim, et Khatol, qui fut rebaptisée Qasim. Cette fois-ci, les représentants du roi choisirent plus judicieusement, recrutant des filles assez grandes pour passer pour des hommes, mais aussi assez quelconques pour ne pas titiller le désir du roi. Karim et Qasim venaient d'une famille de quatre filles. Leur mère sanglota en leur expliquant qu'ils n'avaient pas les moyens de nourrir tout le monde et que leur père s'était arrangé pour les faire entrer au palais du roi où elles seraient bien mieux loties. Obéissantes, les filles avaient accepté, les larmes aux yeux, la décision de leurs parents et quitté la maison main dans la main.

Karim avait deux ans de plus que sa sœur et veillait sur elle. Elle surmonta rapidement sa timidité et se plaça en deuxième position dans la hiérarchie, se disputant souvent avec Ghafoor pour que celle-ci n'abuse pas de son pouvoir. Qasim était plus calme, sa famille lui manquait. Elle dépassait sa sœur de trois centimètres mais se tenait voûtée. Ghafoor lui assenait régulièrement de grandes tapes dans le dos pour lui faire adopter une posture de garde.

Tariq, la dernière venue, était différente des autres. Elle accomplissait sa mission avec sérieux mais rêvait d'être remarquée par le roi et de rejoindre son harem. C'était la plus petite du groupe, elle avait un visage plus rond et des cheveux châtains dont on lui avait dit qu'aucun homme ne pourrait y résister. Elle ne disait pas d'où était venu le compliment mais refusait de laisser l'uniforme masculin gâcher ses chances.

Elle n'hésitait pas à adopter une démarche chaloupée et à battre des cils dès que le roi approchait. De toutes les femmes du harem, c'était Benafsha qu'elle surveillait le plus, car elle espérait connaître le même sort que l'ancien garde qui avait séduit le roi.

Ghafoor et Karim toléraient ses simagrées, se contentant de lever les yeux au ciel quand elles remarquaient son petit manège. Chaque garde avait sa façon de supporter la situation.

Ghafoor présenta Shekiba à quelques-unes des concubines du roi, les femmes chargées de le satisfaire. Benafsha était la plus jeune du groupe. Elle savait pourquoi Tariq la favorisait, mais refusait de révéler le moindre détail concernant le monarque. Chaque fois que Tariq l'interrogeait sur lui, elle secouait la tête et arrangeait sa jupe. Elle avait un teint de porcelaine et des iris noisette mouchetés de vert. Tariq comprenait pourquoi elle avait attiré l'attention du roi. C'était la plus jolie, à présent que le visage de Halima commençait à accuser les années.

Halima, la plus âgée du groupe, avait donné au roi deux filles désormais âgées de deux et quatre ans qui ressemblaient trait pour trait à leur mère. Celle-ci leur caressait les cheveux en soupirant d'un air mélancolique, car le roi faisait de moins en moins appel à elle ; elle se demandait ce qu'il adviendrait d'elle et de ses filles avec le temps. Douce et maternelle, Halima tempérait les chamailleries des autres.

Benazir, la plus brune, avait des yeux couleur ébène et les larmes faciles ces derniers temps. Elle était enceinte et terrifiée. Son ventre commençait tout juste à s'arrondir, mais elle était malade depuis plusieurs semaines, incapable de garder plus que quelques bouchées de riz. Elle passait son temps les yeux rivés au mur et sursautait quand Halima posait une main sur son épaule.

Sakina et Fatima étaient plus fougueuses, mais moins jolies que les autres. Fatima avait porté un fils, ce qui lui donnait un avantage sur le groupe. Contrairement à l'accommodante Halima, sous des dehors sympathiques, elles étaient souvent à l'origine des troubles agitant le harem. Sakina méprisait tout particulièrement Benafsha, ayant pris conscience que sa place dans le harem avait chuté de quelques échelons depuis l'arrivée de la tentatrice. Benafsha, quant à elle, savait comment brandir cette réalité sous les yeux de Sakina lorsqu'elle en avait besoin. Shekiba s'avisa de garder ses distances avec ces deux-là, sachant d'instinct que leurs commentaires seraient impitoyables au sujet de son visage.

On lui dit qu'il y en avait encore d'autres. Elle les verrait le lendemain.

La vie au harem était relativement simple. Shekiba écouta avec stupéfaction la liste de ce que les femmes faisaient. Et surtout, la liste de ce qu'elles ne faisaient pas. Elles ne cuisinaient pas, ne portaient pas de seaux remplis d'eau tirée du puits. Elles ne s'occupaient pas d'animaux et ne passaient pas non plus des heures à éplucher des légumes.

—Qui effectue toutes les tâches domestiques, alors ? demanda Shekiba.

Pendant ce temps, Sakina et Benazir mettaient du rouge sur leurs joues et teintaient leurs lèvres de cerises écrasées.

—Les gens qui en sont chargés. Chacun a une fonction bien spécifique dans le palais. Les gardes, les domestiques, les femmes et nous. Chacun joue son rôle à Arg.

Ghafoor était assise, la cheville droite posée sur le genou gauche. Elle se sentait à son aise en homme.

—Arg ?

— Arg-e-Shahi. Tu ne sais pas ce qu'est Arg ? demanda Ghafoor en riant avec l'autosatisfaction de celle qui jadis fut dans la même ignorance. C'est ça, Arg-e-Shahi, c'est le palais ! Arg, c'est ta nouvelle maison, Shekib-*jan* !

# Chapitre 23

# Rahima

— Enlève ton tchador.

Je gardai le visage tourné vers le mur et repliai les jambes sous ma jupe. La pièce était petite, au point que j'entendais le moindre de ses souffles rauques.

Abdul Khaliq se tenait sur le seuil, les mains sur les hanches. Sous cet angle, il semblait démesurément grand. Il fit deux pas en avant et referma la porte derrière lui.

— J'ai dit, enlève ton tchador.

Je baissai la tête et tentai de respirer plus calmement. Je priai pour qu'il s'agace et tourne les talons, comme il l'avait fait la veille.

— Je ne tolérerai pas l'insolence. Hier, je t'ai laissée tranquille. C'était mon cadeau, pour te montrer que je peux faire preuve de gentillesse. Aujourd'hui, c'est différent. Tu es dans la maison de ton mari, ma maison. Tu dois te comporter en épouse.

Je partageais une maison avec la troisième femme d'Abdul Khaliq. J'étais sa quatrième. Les autres épouses vivaient dans des maisons séparées mais communicantes, à l'intérieur du même domaine. Il faisait presque noir à notre arrivée et je n'y voyais pas grand-chose. Bibi Gulalai, sa mère, avait insisté pour se servir de moi comme d'une canne pour rejoindre la voiture. Elle était âgée et j'étais trop polie pour refuser, même si je ne répondais à ses questions que par un ou deux mots. Elle me jaugeait.

Bibi Gulalai me conduisit dans une petite chambre au bout d'un couloir. Elle m'informa que ce serait ma chambre. Il y avait une salle de bains tout proche, telle que je n'en avais jamais vu auparavant : moderne, avec l'eau courante et des toilettes.

La troisième épouse s'appelait Shahnaz. Je l'aperçus furtivement avant d'être conduite dans ma chambre. Elle me tourna le dos et s'éloigna, n'ayant aucune envie de se prêter au jeu des présentations.

— C'est Shahnaz. Tu feras sa connaissance demain matin quand elle te fera visiter la maison.

Ma chambre était équipée d'un matelas dans le coin, d'un oreiller et d'une petite table.

— Nous te ferons porter un repas ce soir. Demain, tu prendras part à ton nouveau foyer, ajouta Bibi Gulalai d'un air suffisant.

J'en doutais.

J'avais presque hurlé la veille lorsque Abdul Khaliq était entré dans la chambre. J'étais accroupie dans un coin. Il s'essuya la bouche du dos de la main. Il venait de finir de dîner. Mon assiette était pleine.

— Tu n'as pas mangé ? Ma femme n'a pas faim, hein ? dit-il avec un petit éclat de rire.

Je gardai le silence.

Il s'accroupit à côté de moi et me souleva le menton. Sa peau était rugueuse. Je détournai le regard. Il fit glisser mon tchador derrière ma tête et me toucha la nuque.

— Demain, promit-il.

Il sortit alors de la pièce, me laissant tremblante de peur.

La nuit tomba, puis le jour se leva sans que je ferme l'œil. Je me tournai et me retournai sur le matelas, à l'affût de bruits de pas, d'une main sur la poignée, d'un coup à la porte. Je pensai à ma mère, à mes sœurs. Je me demandai si Shahla et Parwin étaient à proximité. Je priai pour que nous soyons toutes dans le même domaine et pour les voir dès le matin, tous les matins. Je m'interrogeai sur ce que Rohila racontait à Sitara, qui chaque jour posait davantage de questions auxquelles nous ne pouvions répondre. J'aurais aimé pouvoir m'allonger aux pieds de Khala Shaima, pour écouter un autre chapitre de l'histoire de Bibi Shekiba.

Plus que tout, je désirais retourner à l'école avec *Moallim-sahib*. Abdullah et moi échangeant des regards ennuyés dès qu'il avait le dos tourné, nous donnant des coups de pied sous le bureau et inclinant nos cahiers pour permettre à l'autre de voir la bonne réponse.

J'aurais voulu être n'importe où ailleurs.

Quand la capacité de ma vessie fut atteinte, j'entrouvris timidement la porte. Je jetai un regard dans le couloir, constatai qu'il était désert, et me rendis à la salle de bains à pas de loup. Shahnaz me surprit à la sortie.

— Bonjour, dit-elle simplement.

Elle avait l'air un peu plus âgée que Shahla, et ses traits étaient aussi ternes que sa voix. Elle était mince et me dépassait de quelques centimètres. Elle berçait un bébé sur sa hanche, âgé de six mois tout au plus.

— *Salaam*, répondis-je prudemment.

Je savais qui elle était et me rappelais les mises en garde de ma mère.

— Tu t'appelles Rahima, c'est ça?

Je fis « oui » de la tête.

—Bien, Rahima. Bibi Gulalai m'a demandé de te faire visiter. Alors, commençons. Tu es restée cachée dans ta chambre assez longtemps.

Shahnaz semblait indifférente à ma personne mais on lui avait assigné une tâche et, comme Madar-*jan* m'en avait informé, faisait ce que sa belle-mère – *notre* belle-mère – lui avait demandé de faire.

—J'habite ici depuis trois ans. On m'avait dit que je ne partagerais la maison avec personne d'autre. Cette pièce est pour mes enfants et moi. Voici la cuisine. Voici le salon. Ce couloir mène aux autres maisons, les plus belles. J'attends de toi que tu accomplisses ta part de cuisine et de ménage. Comme tu peux le voir, j'ai déjà les mains prises.

Elle marqua une pause et me regarda attentivement.

—Tes cheveux. Pourquoi sont-ils si courts ?

—Je suis une *bacha posh*. Je veux dire, *j'étais* une *bacha posh*.

—Je n'en avais jamais vu avant. Pourquoi t'a-t-on transformée en garçon ?

—Ma mère n'a eu que des filles et mon père voulait un fils.

—Alors ils t'ont déguisée en garçon ? Et tu sortais de la maison ainsi ?

Le ton de sa voix traduisait davantage de curiosité que de critique. Cela m'encouragea à poursuivre la conversation. Quelque chose chez elle me rappelait Shahla et je pressentais déjà que j'aurais désespérément besoin d'une alliée dans ce lieu.

—Bien sûr. J'allais à l'école. Je faisais les courses pour ma mère. Et même, je travaillais pour rapporter de l'argent à la maison. J'apprenais à réparer les appareils électroniques, me vantai-je.

Je n'en faisais pas autant pour Agha Barakzai, mais Shahnaz n'y verrait que du feu.

—Eh bien, ne t'attends pas à être traitée comme le fils prodige ici.

En l'entendant prononcer ces mots, je pris conscience que je l'avais secrètement espéré.

—Qui d'autre vit dans le domaine ? demandai-je, priant pour que mon visage ne laisse rien paraître de ma déception.

Le bébé commença à gémir, en agitant ses petites mains sous le visage de sa mère.

Shahnaz me conduisit dans le salon où elle se mit à allaiter sa fille.

—C'est une maison pour trois. Chaque épouse avait son propre foyer. Je veux dire, avant ton arrivée. Sa première femme est Badriya. Elle vit dans la plus grande partie, sa chambre est au deuxième niveau. Sa deuxième femme est Jamila. Elle vit aussi dans la plus grande partie mais au niveau inférieur. La chambre d'Abdul Khaliq s'y trouve aussi. Je pensais que tu l'aurais vue la nuit dernière, mais je suis sûre que tu ne tarderas pas à la visiter.

Je préférai ne pas tenir compte de cette dernière remarque, effrayée par ce qu'elle sous-entendait. Je frissonnai en repensant au contact d'Abdul Khaliq.

—Et où… où vit Bibi Gulalai ?

—Dans le domaine d'à côté, mais elle est souvent dans les parages. Elle garde un œil sur les affaires de son fils aîné. D'autant plus qu'il est souvent absent. Méfie-toi d'elle. Elle règne d'une main de fer.

—Et les autres ?

—Quels autres ?

—Je veux dire, ses cousins, Abdul Sharif et Abdul Haidar ?

Je redoutais sa réponse.

*Pourvu qu'ils vivent juste à côté*, priai-je.

— Oh, j'ai appris ce qui s'était passé. Alors, c'est vrai, hein ? Parfois, Safiya raconte n'importe quoi. Elle m'a dit que deux autres sœurs avaient été mariées en même temps. Et que l'une d'elles est boiteuse, c'est ça ? Difficile d'imaginer comment ils ont conclu ce marché. Eh bien, Abdul Sharif vit de l'autre côté de la colline, à quatre kilomètres d'ici. Abdul Haidar vit de l'autre côté de ce mur. Il est souvent là, étant le bras droit d'Abdul Khaliq.

Parwin était donc à deux pas de là, de l'autre côté du mur. Je me demandai ce qu'elle était en train de faire et si elle savait que je me trouvais à quelques mètres d'elle. Shahla. Shahla avait été emmenée le plus loin.

— Est-ce qu'Abdul Sharif vient parfois ici ?

— Oui, mais pas aussi souvent que son frère. Mais si tu crois que tu verras tes sœurs, ne te fais pas trop d'illusions. Aucun d'entre eux n'amène sa femme pendant ses visites. Les femmes de la famille voyagent peu. Il va falloir que tu te fasses à ces murs, car tu ne connaîtras rien d'autre.

Shahnaz se lassa de moi et alla coucher le bébé. Elle avait deux enfants, un fils de deux ans et cette petite fille de cinq mois.

Quelques semaines plus tard, j'appris qu'Abdul Khaliq l'avait arrachée à son village, dans le sud du pays. Lui et ses hommes s'y étaient rendus et avaient repoussé les Talibans avec succès. Ayant sauvé le village, Abdul Khaliq et ses hommes estimèrent qu'ils avaient gagné le droit de se servir comme ils l'entendaient. Ils pillèrent les maisons, violèrent les femmes. Le village n'avait aucun moyen de se défendre. La plupart des hommes étaient morts au combat. Les guerriers prirent tout ce qui attira leur regard. Dans le cas d'Abdul Khaliq, ce fut Shahnaz. Elle n'avait pas revu sa famille depuis le jour de son *nikkah*.

Cela aurait pu être pire, me confia-t-elle. Au moins, il l'avait prise pour épouse. Contrairement à de nombreuses autres femmes, qui avaient été violées et livrées à elles-mêmes. Il n'y avait rien de pire.

Je pensais souvent au village de Shahnaz, sachant que mon père avait dû prendre part à cette mission. Je me demandai s'il avait participé aux pillages. Je préférais croire que non.

Shahnaz me suggéra de commencer par le ménage. Il fallait qu'elle donne le bain à son fils. Je trouvai le balai et commençai à balayer le sol en imitant les gestes de mes sœurs. Je me sentais gauche et attendis avec impatience qu'on me libère de cette tâche. Shahnaz tardant à revenir, je posai le balai et retournai dans ma chambre pour bouder. Mon ancienne vie me manquait.

Bien plus tard, le soir tomba. Bibi Gulalai vint dîner avec nous, autour de la nappe étalée sur le sol du salon. Shahnaz avait préparé du ragoût et du riz. Je fis attention à replier soigneusement mes jambes sous ma jupe, à m'asseoir comme une dame. Je sentais le regard perçant de ma belle-mère rivé sur moi. J'aidai Shahnaz à débarrasser et à faire la vaisselle avant de retourner dans ma chambre. Bibi Gulalai resta assise dans le salon avec une tasse de thé, regardant son petit-fils jouer avec une cuillère en bois.

Je tendais l'oreille, attendant qu'elle s'en aille, mais elle ne le fit pas. Ma porte s'ouvrit.

— Ton mari te demande. Tu dois aller le voir pour accomplir ton devoir de jeune mariée. Shahnaz va t'y conduire.

Voyant que je ne me levais pas, elle s'approcha et me tira par l'oreille.

— Tu n'as pas entendu ce que j'ai dit ? Veux-tu que je me répète ?

Mon oreille me brûlait sous ses doigts noueux. Je me mis à glapir et me retrouvai debout, titubante. Shahnaz attendait dans le couloir. Elle avait l'air vaguement amusée.

Nous nous dirigeâmes vers la maison principale. Si j'avais été moins nerveuse, j'aurais probablement été davantage attentive à mon environnement. Je me souviens avoir pensé que les couloirs étaient larges, les plafonds hauts. Nous passâmes devant de nombreuses portes. J'ignorais qu'il existait des maisons aussi grandes!

Shahnaz me désigna la porte à laquelle je devais frapper. Sans me laisser le temps de poser la moindre question, elle tourna les talons et se dirigea vers l'escalier. Je courus derrière elle et lui agrippai le bras.

— Shahnaz, s'il te plaît, laisse-moi repartir avec toi!

Elle libéra son bras de ma prise et me regarda avec agacement.

— Lâche-moi, siffla-t-elle. Ton mari a demandé à voir sa nouvelle épouse. Tu commettrais une grave erreur en le faisant attendre. C'est le meilleur conseil que je peux te donner.

— S'il te plaît, Shahnaz-*jan*! J'ai peur!

Je paniquais. Je ne voulais pas me retrouver seule avec lui. Je voulais retourner à ma chambre sombre et à mon petit matelas. Je ne me sentais pas à ma place et détestais porter une robe. Ce n'était pas naturel, mais bizarre. J'étais une *bacha posh*! Tout comme Bibi Shekiba, le garde du palais!

— Es-tu idiote? Entre là-dedans ou tu le regretteras. Ta punition sera pire que tout ce que tu peux imaginer.

Elle s'en alla et me laissa dans le couloir, à chercher désespérément des solutions qui n'existaient pas.

Il avait dû m'entendre. Je cessai de respirer et fis un bond en arrière quand la porte s'ouvrit. Il ne put réprimer un sourire face à ma réaction. Il me fit signe d'entrer. Malgré mes hésitations, je finis par lui obéir, craignant que Shahnaz ait dit vrai.

Lors de mes visites suivantes, je remarquerais que la chambre d'Abdul Khaliq correspondait à l'idée que j'aurais pu me faire d'un palais. Son matelas était posé sur une plate-forme en bois à plus d'un mètre du sol. Un fauteuil somptueux se trouvait dans un coin et un magnifique tapis bordeaux recouvrait le sol. Deux fenêtres donnaient sur la cour, où se tenaient trois hommes armés.

J'avançai, trop terrifiée pour voir quoi que ce soit d'autre qu'Abdul Khaliq. Il s'était déjà mis à l'aise sur son lit. Assis, le dos contre les oreillers.

— Enlève ton tchador, m'ordonna-t-il.

Les yeux rivés au sol, je demeurai immobile. J'avais voulu arracher ce voile de ma tête quand Madar-*jan* me l'avait mis, mais à présent, sous le regard scrutateur d'Abdul Khaliq, je ne pouvais me résoudre à m'en défaire. Je l'observai du coin de l'œil : il était partagé entre l'étonnement et l'exaspération.

— Écoute, commença-t-il en se penchant en avant.

Sans son turban, je vis que ses cheveux étaient poivre et sel comme sa barbe. Il portait une tunique de coton beige et un pantalon assorti. Ses jambes étaient étendues sur le lit. Seule une lampe posée sur la table de chevet éclairait la pièce.

— Peut-être n'as-tu reçu aucune indication sur ce qu'on attend d'une épouse. D'après ce que j'ai vu des femmes de ta famille, je ne suis pas surpris. Laisse-moi t'expliquer comment se passent les choses ici. Je suis ton mari et ceci est ton foyer. Quand j'émets une demande, tu y réponds. En échange, tu reçois le gîte et jouis du privilège d'être la femme d'Abdul Khaliq.

Il me fit de nouveau signe d'approcher. Luttant contre la vague de nausée qui s'emparait de moi, je fis deux pas vers lui. Je me trouvais alors à portée de main. Il était si proche que je pouvais distinguer les rides de son visage, chaque poil de ses sourcils. Je tentai de garder les yeux baissés.

— Tu comprends ce que je dis ?

Je hochai la tête. Je repensai soudain à ses gardes du corps et à leurs revolvers. J'étais terrifiée.

— Bien. Maintenant, fais ce que je te demande et ôte ton tchador.

Il aurait pu s'en charger lui-même. Je me fis cette réflexion plus tard : il aurait pu faire lui-même tout ce qu'il m'obligea à faire mais cela n'aurait pas servi son but. Un par un, il me fit ôter tous les vêtements que je portais. D'abord le tchador, puis mes chaussettes, mon pantalon, ma robe. À chaque vêtement, je tremblai davantage. Lorsque mon pantalon tomba, je me mis à pleurer, ce qui ne le dérouta pas le moins du monde. J'étais humiliée. Je me tenais devant lui, faible et vulnérable, cachant ce que je pouvais avec mes bras.

Il hocha la tête en signe d'approbation, les lèvres humides d'excitation.

— Tu n'es plus une *bacha posh*. Ce soir, je vais te prouver que tu es une femme, pas un petit garçon.

# Chapitre 24

## Rahima

Penser à lui me donnait la nausée. Son contact me dégoûtait. Je détestais son souffle, ses favoris, ses pieds calleux. Mais je n'avais aucune échappatoire. Il me faisait venir au gré de ses caprices. Heureusement, cela durait rarement plus de quelques minutes. J'aurais aimé que Madar-*jan* me dise exactement à quoi m'attendre, mais je crois que si elle l'avait fait, je n'aurais jamais pu aller jusqu'au *nikkah*.

Shahnaz eut l'air d'avoir pitié de moi le lendemain. Elle devait savoir. Mes joues s'embrasaient dès que mon regard croisait le sien.

J'étais tordue de douleur. Les entrailles à vif. En colère. Je faillis pleurer en urinant dans les toilettes à l'occidentale.

Shahnaz me demanda de préparer le déjeuner pour la famille. Elle devait s'occuper des enfants. Je me rendis à la cuisine et regardai les légumes posés sur le plan de travail, presque reconnaissante d'avoir une tâche pour m'occuper l'esprit et ne plus penser à ce que j'avais enduré. Il y avait une boîte de farine et une autre de sucre. Je me mis à penser à ma mère et soupirai. Depuis ma transformation en *bacha posh*, on m'avait dispensée de toutes les corvées culinaires. Si mon père avait vu son « fils » travailler en cuisine, sa colère aurait éclaté et mis notre maison sens dessus dessous. Ainsi, la préparation d'un plat, même le plus basique, n'était pas dans mes cordes.

Je réfléchis à ce que ma mère et Shahla cuisinaient. Parwin aussi était capable de préparer un repas correct, même si elle passait plus de temps à sculpter des formes dans les patates qu'à les cuire.

Je décidai de faire un ragoût de pommes de terre. Je versai le riz dans l'eau, comme j'avais vu ma mère le faire. Malgré mes efforts de concentration, mes yeux ne cessaient de glisser vers la fenêtre donnant sur la cour. Plusieurs garçons jouaient au football. Deux d'entre eux semblaient avoir mon âge. Ils criaient et se chamaillaient. Je sentis les battements de mon cœur s'accélérer, j'aurais voulu les rejoindre, au lieu de rester penchée au-dessus d'une marmite, des épluchures de pommes de terre collées aux doigts.

Je me demandai qui étaient ces garçons. Je constatai qu'ils n'auraient pas été de rudes adversaires sur le terrain. Ils frappaient la balle maladroitement, l'effleuraient à peine.

—Rahima! Que fais-tu assise comme ça? Pour l'amour du ciel, tu n'as pas honte?

La voix de Shahnaz me fit sursauter. Je baissai les yeux et resserrai les jambes en fléchissant les genoux. Je m'étais assise comme un garçon se dorant au soleil. Un éclair de douleur me traversa l'entrecuisse.

—Oh, désolée, j'étais juste…
—Un peu de décence!

Je baissai la tête, les joues de nouveau écarlates. Je me maudis. Dieu merci, ma mère n'avait pas été témoin de cette scène. Elle m'avait maintes et maintes fois prévenue de la nécessité de me tenir comme une vraie jeune fille dans ma nouvelle maison mais j'avais vécu en garçon pendant des années. J'avais beaucoup à désapprendre.

Notre belle-mère se joignit à nous pour le déjeuner. Elle entra en boitillant, la main sur l'épaule d'un jeune garçon, sans doute un de ses petits-fils. Je lui baisai les mains et la saluai à voix basse, suivant Shahnaz qui ouvrait la marche. Sa visite était une surprise pour moi, mais pas pour Shahnaz. Je comptais sur elle pour m'aiguiller. Elle ne m'aida pas beaucoup.

—Elle a fait la même chose avec moi, me murmura-t-elle à l'oreille. Elle veut voir si tu es une bonne épouse. Va donc mettre le couvert et apporte le repas. Ensuite, assieds-toi avec elle.

Elle se rendit dans le salon et parla d'une voix douce à Bibi Gulalai.

—Khala-*jan*, avec votre permission, je vais aller nourrir le bébé. Je suis désolée de ne pouvoir m'asseoir avec vous, mais votre nouvelle belle-fille a préparé le déjeuner pour vous.

J'apportai la nourriture comme l'avait suggéré Shahnaz, me rappelant qu'elle avait allaité son bébé peu de temps avant l'arrivée de notre belle-mère. Mais je cessai rapidement d'y penser en posant les pommes de terre sur le plat de service. Rien ne ressemblait à ce que ma mère cuisinait. Mes mains tremblaient quand je posai mon œuvre sur la nappe. Bibi Gulalai tripotait son chapelet tout en scrutant le moindre de mes gestes. Une fois que j'eus posé le ragoût et le riz, elle se mit à parler.

—Une tasse de thé aurait été un bon début. On dirait que tu veux précipiter le déjeuner.

—Je... Je suis désolée. Je peux vous apporter une tasse de...

—Oui. Apporte du thé d'abord. C'est comme ça que l'on traite une invitée.

Je me levai et retournai à la cuisine pour faire bouillir de l'eau. Je jetai quelques feuilles de thé au fond d'une théière et cherchai frénétiquement une tasse.

—As-tu ajouté de la cardamome ?

Je soupirai.

—Non, Khala-*jan*. Je suis désolée, j'ai oublié la cardamome...

—Du thé sans cardamome ? s'exclama-t-elle en secouant la tête d'un air affligé avant de se pencher en arrière. C'est peut-être ainsi que ta famille boit le thé, mais chez nous...

—Non, ma mère y met toujours de la cardamome.

—Je disais, reprit-elle avec virulence, les yeux plissés, que chez nous, tout le monde aime son thé parfumé à la cardamome. Alors fais attention la prochaine fois.

Je hochai la tête en silence pendant qu'elle versait lentement du thé dans sa tasse, la déception au fond des yeux. Je regardai la vapeur s'échapper du riz.

—Bien. Et si nous goûtions ce repas que tu as préparé ?

Je tendis le bras et déposai une cuillerée de riz dans son assiette. Il formait de gros blocs agglomérés. Les patates semblaient plus correctes. Je priai pour que ses yeux soient assez faibles pour ne pas remarquer ce que j'avais fait du riz. Elle prit deux bouchées et secoua la tête avec mécontentement.

—C'est froid. La nourriture n'est pas bonne quand elle a refroidi. Et nous sommes censés manger des grains de riz, pas des balles. Pendant combien de temps l'as-tu fait cuire ?

—Je... Je ne sais pas.

—Trop longtemps. Trop longtemps. Et les pommes de terre sont trop fermes ! ajouta-t-elle avant de soupirer. Shahnaz ! Shahnaz, viens ici !

Shahnaz arriva au salon, les sourcils froncés par la curiosité.

—Oui, Khala-*jan* ?

—Cette fille ne sait pas cuisiner ! As-tu goûté cette nourriture ? C'est immangeable !

—Non, Khala-*jan*. Je ne l'ai pas goûtée. Elle a insisté pour préparer le repas, alors je l'ai laissée faire. Autrement, j'aurais été ravie de cuisiner pour vous.

Je levai les yeux vers Shahnaz et me rendis compte qu'elle n'était pas aussi bienveillante que je l'avais cru. Elle évita mon regard. Résistant à l'envie de lui assener un coup de poing, je m'efforçai de garder mon sang-froid.

—Ce n'est pas vrai ! C'est elle qui m'a demandé de préparer le déjeuner. Et elle venait de nourrir le bébé ! Tu l'as fait exprès.

—Rahima, ce genre de comportement est exactement ce dont je m'inquiétais. Tu es une enfant sauvage et non une épouse acceptable pour mon fils, mais il t'a choisie et maintenant nous devons défaire ce que tu es. Écoute-moi attentivement. Tu devras te conduire en bonne épouse et apprendre à tenir une maison. Les colères que tu piquais dans celle de ton père ne seront pas tolérées ici. Je m'en vais, mais sache que je t'ai à l'œil.

Elle se leva et se dirigea vers la porte d'un pas vacillant. Sans un mot, elle laissa la porte claquer derrière elle.

Shahnaz rejeta ses cheveux en arrière et regagna sa chambre avec un air suffisant. Elle m'avait piégée.

*Madar*-jan, *tu avais raison. Et les ennuis ne font que commencer.*

Plus tard dans la journée, j'affrontai Shahnaz.

—Pourquoi as-tu fait ça ?

—Fait quoi ?

—Tu aurais pu me prévenir. Et tu lui as menti. Tu voulais que je fasse mauvaise impression.

—De quoi parles-tu ? Je n'ai pas menti !

Un des dictons préférés de Khala Shaima me revint alors en mémoire : « Les menteurs ont la mémoire courte. »

— Inutile de te mettre dans tous tes états, Rahima. Tu apprendras bien assez tôt. Dieu sait que ça a été mon cas.

Shahnaz était un nœud de contradictions. Elle était furieuse de devoir partager son foyer avec moi. D'autant plus qu'on lui avait attribué la plus petite maison à son arrivée. Les autres épouses avaient davantage d'enfants et leurs mariages avaient été arrangés par Bibi Gulalai. Seules Shahnaz et moi avions été choisies par Abdul Khaliq en personne, et sa mère, de toute évidence, n'approuvait pas son choix. Shahnaz pouvait être pleine d'amertume un jour, et le lendemain, s'asseoir avec moi pour discuter comme si nous étions les meilleures amies du monde. Elle se sentait seule, je le voyais bien, et ses sœurs lui manquaient autant que les miennes.

— Sais-tu pourquoi elle ne t'aime pas ? me demanda-t-elle un jour.

— Parce que je suis une mauvaise épouse ?

— Non, dit Shahnaz avec un petit rire. Même si cela n'aide pas. Elle te déteste parce qu'elle voulait qu'Abdul Khaliq prenne la fille de son frère pour quatrième épouse. À la place, c'est toi qu'il a choisie.

— Pourquoi n'a-t-il pas épousé sa cousine ?

— Il allait le faire. C'est ce que les autres m'ont dit, en tout cas. Mais quelque chose a changé il y a quelques semaines et il s'est excusé auprès de la famille de son oncle. Peu de temps après, il avait passé un accord pour un *nikkah* avec une autre – toi, en l'occurrence. Et le frère de Bibi Gulalai était terriblement déçu, vu qu'ils avaient d'abord jeté leur dévolu sur sa fille.

Je savais que Shahnaz n'était pas digne de confiance mais je me sentais seule, moi aussi. La plupart du temps, elle était mon unique compagnie. Son fils, Maroof, se prit rapidement d'amitié pour moi, et je me divertis en lui montrant comment frapper dans un ballon. Shahnaz m'observait avec méfiance, comme si elle attendait un faux pas de ma part.

D'une certaine façon, il semblait que je faisais tout de travers. Je m'asseyais mal, cuisinais mal, nettoyais mal. Je ne voulais qu'une chose : retourner à l'école, dans ma famille, auprès de mes amis. Je me sentais gauche en jupe, avec mes seins qui pointaient sous le soutien-gorge que ma mère m'avait acheté avant mon *nikkah*. J'aurais voulu aplatir ma poitrine comme avant. Souvent, je le faisais. J'enroulais une longue bande de tissu autour de mon buste que je serrais puis retenais avec une épingle, dans l'espoir d'empêcher la féminité de prendre le dessus.

Ma belle-mère nous rendit de nombreuses visites. Lorsque la maison n'était pas assez propre à ses yeux, elle me tirait par l'oreille et m'obligeait à frotter le sol sous sa surveillance. Shahnaz me faisait porter tous les torts et Bibi Gulalai était ravie de prêter foi à ces faux témoignages.

Abdul Khaliq rentra, aussi déterminé que sa mère à faire de moi une épouse convenable. Je détestais sentir son souffle sur mon visage, dans mon cou. Ses dents étaient jaunes et sa barbe drue me piquait les joues. Je tentais parfois de le repousser, me débattant comme les champions de karaté des magazines. Mais plus je luttais, plus il avait recours à la force, un sourire suffisant sur le visage, comme s'il appréciait de me voir me tortiller de la sorte. Je n'aurais pas dû être surprise. C'était un guerrier, après tout.

Chaque fois, je me sentais sale et faible. Je détestais me sentir impuissante sous son poids. J'étais censée être la femme de cet homme et cela changeait tout. Je n'étais pas supposée répliquer. Et l'expression de son visage m'indiquait que toute lutte n'aurait fait qu'aggraver ma situation.

Ainsi, je passais la plupart de mes nuits recroquevillée en chien de fusil, à pleurer en silence, en attendant que le jour se lève et que l'homme ronflant à côté de moi étire ses bras et s'en aille.

# Chapitre 25

# Rahima

— Goûte ça maintenant. Tu vois ? Ça n'a aucun goût. Il faut que tu ajoutes du sel. Tout est meilleur avec un peu de sel. Mmm.

Shahnaz touilla encore le contenu de la casserole, où les tomates fondaient dans l'huile frémissante. Elle m'apprenait quelques plats de base. J'avais quelques difficultés, mais je me rendis compte qu'elle appréciait les flatteries. C'était bien plus agréable pour moi que les affrontements.

—Tu sens la différence ? Maintenant, touche le bord de la pomme de terre. Il doit être tendre. Tu vois ? C'est cuit. Mon Dieu, c'est incroyable que tu en saches si peu. Tu devais être sacrément gâtée à la maison. J'espère que tes sœurs ne cuisinent pas aussi mal que toi !

Je ne me faisais pas de soucis pour ça. Shahla et Parwin cuisinaient presque aussi bien que Madar-*jan*. Toutefois, entendre parler d'elles me serra le cœur. Cela faisait deux semaines que nous avions été arrachées à notre foyer. Je me demandai ce que ma mère était en train de faire. Je pouvais imaginer mon père, endormi dans notre salon, un sourire béat sur le visage, dans un nuage de fumée enivrante, la panse bien tendue.

— Shahnaz, que dois-je faire pour voir mes sœurs ? Elles me manquent tellement ! Parwin est juste à côté. Je peux lui rendre visite ?

— Ce n'est pas à moi que tu dois poser cette question. Demande à ton mari. Ou à ta belle-mère, suggéra-t-elle.

Me prodiguait-elle un bon conseil ou me tendait-elle un nouveau piège ?

Je voyais ma belle-mère presque tous les après-midi. Lors de mon troisième jour dans le domaine, je fus appelée dans la maison principale, mais cette fois-ci par la première épouse de mon mari, Badriya. Il y avait de la lessive à faire. Badriya était aussi la petite cousine de Bibi Gulalai et par conséquent, sa favorite. Abdul Khaliq la traitait avec respect, puisqu'elle l'avait satisfait en tant qu'épouse et qu'un lien familial existait déjà entre eux. Mais à mesure qu'il intégrait de nouvelles femmes à son foyer, des épouses plus jeunes, elle passait de moins en moins de nuits dans son lit. C'était un sujet de discorde, même si je ne comprenais pas pourquoi.

Badriya était loin d'être jolie. Elle avait des bajoues et deux grains de beauté au-dessus de la bouche formant une constellation qui me rappelait la lettre « tay ». Les traits de son visage étaient aussi grossiers que ses hanches étaient larges, mais elle n'avait pas besoin d'être belle. À présent dans la trentaine, elle s'était empâtée, après avoir fièrement porté cinq fils et deux filles pour son mari. Bibi Gulalai adorait les petits-enfants que Badriya lui avait donnés et s'en vantait auprès des autres épouses. Cela nourrissait les tensions entre ces dernières et divertissait leur belle-mère.

— Assure-toi qu'elle travaille bien, Badriya. Cette fille a beaucoup à apprendre. C'était une *bacha posh*, ne l'oublie pas. Peux-tu le croire ? Une *bacha posh* à cet âge ! Pas étonnant qu'elle n'ait aucune idée de la façon dont une femme doit se tenir. Regarde sa démarche, ses cheveux, ses ongles! Sa mère devrait avoir honte.

Badriya en voulait à Abdul Khaliq de m'avoir prise pour quatrième épouse, mais c'était un seigneur de guerre et la pratique était courante, alors elle rongea son frein comme toute bonne épouse se devait de le faire. Badriya n'avait pas de quoi se plaindre de toute façon. Elle habitait la plus belle maison du domaine, celle qui contenait un véritable lit et des canapés dans le salon. Elle disposait d'une cuisinière et d'une bonne pour effectuer toutes les tâches ménagères. C'était l'épouse la plus estimée, celle avec qui Abdul Khaliq discutait de ses affaires, ce qu'elle ne se privait pas de rappeler aux autres.

La vie au domaine suivait un cours régulier, routinier. Les épouses s'occupaient de leurs enfants pendant qu'Abdul Khaliq gérait ses mystérieuses affaires. Il n'y avait pas eu de lutte armée récemment, mais presque chaque jour, ses gardes du corps et lui démarraient à fond de train dans leurs grosses voitures noires, laissant des nuages de poussière sur leur sillage. Son entourage l'encerclait lorsqu'il marchait, hochait la tête quand il prononçait des ordres et se tenait à distance de ses femmes. Les hommes prenaient leurs repas ensemble, servis par les domestiques. Ils mangeaient dans la salle de loisirs d'Abdul Khaliq, une pièce recouverte de tapis, avec des matelas et des coussins disposés en cercle, sur lesquels les hommes s'affalaient, se léchaient les doigts et sirotaient du thé en discutant des affaires du jour. Lorsqu'ils avaient fini, les femmes et les enfants mangeaient les restes. Les domestiques se servaient ensuite, en espérant que toutes ces mains affamées leur aient laissé quelques miettes.

Les femmes ne quittaient jamais le domaine. Les enfants jouaient ensemble et se bagarraient comme des frères et sœurs, mais en sous-groupes. Les demi-frères s'entendaient bien la plupart du temps, mais à l'occasion, une partie de football pouvait dégénérer en rixe, si les fils de la première épouse se liguaient contre ceux de la deuxième. Le même schéma existait chez les filles, capables de se transformer en pestes en un battement de cils.

Badriya n'avait aucun scrupule à me mettre au travail. Ni elle ni les autres, d'ailleurs. Même si elles disposaient d'une aide considérable dans le domaine, les épouses semblaient prendre un plaisir particulier à m'assigner les tâches les plus ingrates, plaisir que ma gaucherie venait décupler. Je faisais de mon mieux pour récurer les sols, laver les couches et nettoyer les cuvettes des W.-C. Mes mains me brûlaient à la fin de la journée et je n'aspirais qu'à reposer ma tête sur un oreiller. La plupart des nuits, c'était impossible. Abdul Khaliq me faisait venir dans sa chambre pour répéter ce qu'il avait déjà fait la nuit précédente. Et celle d'avant également.

Mes entrailles me brûlaient et je marchais avec la sensation qu'un éclat de verre était coincé dans mes sous-vêtements. Parfois, je me réveillais en sursaut, pensant à ce que je venais d'endurer. Il m'était alors impossible de me rendormir. Je serrais les cuisses et me roulais en boule, en priant pour qu'il se lasse de moi. J'aurais voulu que mes saignements menstruels surviennent plus fréquemment, mais ils n'avaient commencé que six mois auparavant et restaient rares. Ma seule échappatoire consistait à exercer mon esprit au vagabondage lorsque j'étais avec lui. Je fermais les yeux ou regardais fixement une tache sur le mur, à la manière d'un enfant cherchant des motifs dans les nuages.

Pendant la journée, j'observais les murs du domaine dans l'espoir d'une apparition, même furtive, de ma sœur. Je priais pour voir Parwin traverser notre cour en clopinant, me surprendre par une visite, un dessin, un sourire. Imaginer à quoi pouvaient ressembler ses journées m'était insupportable. J'espérais que, contrairement à moi, elle ne croulait pas sous le travail. Les jambes de Parwin se mouvaient lentement, maladroitement. Les gens n'aimaient pas ça. Si son entourage était pareil au mien, elle ne pouvait qu'être punie pour son infirmité. J'avais moi-même reçu plus d'une gifle pour mon incompétence.

Savoir ma sœur juste derrière ce mur était intolérable. Je voulais la voir. Je voulais poser mes yeux sur un visage familier, aimant. N'y tenant plus, je trouvai le courage d'en parler à Bibi Gulalai lorsque je l'aperçus marchant dans la cour.

— Khala-*jan*! Khala-*jan*! appelai-je d'une voix haletante, en courant derrière elle.

Ma belle-mère se retourna, déjà mécontente. Quand je l'atteignis, elle ne perdit pas de temps et me gifla.

— Qu'est-ce que tu as, à hurler et courir de cette façon? Mon Dieu! Tu es vraiment incapable de te tenir comme il faut! Tu n'as donc rien appris depuis ton arrivée?

La joue en feu, j'ouvris la bouche pour émettre une excuse, en cherchant une qui n'attiserait pas davantage sa colère.

— Pardonnez-moi, Khala-*jan*, mais je désirais vous parler avant votre départ. Bonjour. Comment allez-vous aujourd'hui? demandai-je, ne me souciant pas de sa réponse mais voulant lui montrer que je connaissais tout de même quelques bonnes manières.

— Tu as traversé la cour comme un chien enragé pour me demander ça?

On ne gagnait jamais contre elle.

— Khala-*jan*, j'aimerais vous demander quelque chose. Mes sœurs me manquent beaucoup. Je n'ai vu ni l'une ni l'autre, ni aucun membre de ma famille depuis des semaines.

Serait-il possible de voir au moins ma sœur Parwin ? Elle habite juste à côté et je…

— Tu n'as pas été amenée ici pour jouer avec ta sœur et la distraire de ses responsabilités par la même occasion. Comme si ça ne suffisait pas que tu sois incapable de faire ce qu'on te demande ici ! C'est ta famille maintenant. Arrête de penser à quoi que ce soit d'autre et va finir tes corvées. Ta sœur n'est pas d'une grande aide avec sa jambe boiteuse. N'aggrave pas la situation.

— Mais… S'il vous plaît, Khala-*jan*. Je voudrais la voir, juste un petit moment. Je promets de terminer tout mon travail. J'ai déjà récuré les sols et secoué les tapis ce matin. Je pourrais même aller l'aider dans ses corvées à elle…

Une autre gifle. Je fis un pas en arrière et sentis mes yeux se brouiller de larmes. La force qui émanait de ses doigts fripés me surprenait chaque fois.

— Tu n'avais qu'à m'écouter.

Elle tourna les talons et quitta la cour en secouant la tête.

Je n'aurais pas dû être étonnée, mais je le fus. Ma sœur n'était qu'à quelques mètres de moi, mais elle aurait pu tout aussi bien se trouver à l'autre bout du pays. Après les affirmations de Bibi Gulalai, je m'inquiétais encore plus pour Parwin, avec sa « jambe boiteuse ». Je priai pour que les autres épouses aient de la compassion pour elle. Qu'elle trouve au moins un visage ami.

Dans le domaine d'Abdul Khaliq, une seule personne était gentille avec moi : sa seconde épouse, Jamila. Badriya et Shahnaz paraissaient sympathiques au premier abord, mais leur vrai visage m'apparut au bout d'une demi-journée. Badriya, avec sa grande maison au deuxième étage, méprisait tout le monde, et en particulier la petite nouvelle que j'étais.

— Badriya s'est conduite de la même façon avec moi, dit Shahnaz quand j'entrai chez nous en pleurant un jour. Ce n'est pas facile d'être la plus vieille des épouses.

— Je ne vois pas pourquoi ! Elle a tout ! La meilleure cuisinière, les meilleures bonnes, les meilleures chambres !

— Cela n'a rien à voir avec ça. Abdul Khaliq ne la *désire* plus. Il ne la demande plus, maintenant qu'il est occupé avec toi. Il a fait la même chose avec moi et elle détestait ça. Elle me détestait pour ça.

— Mais… mais je ne veux pas qu'il me demande. Je serais bien plus heureuse s'il m'oubliait. Qu'est-ce que ça peut bien lui faire qu'il ne la demande plus ?

Shahnaz se mit à rire, des étincelles dans les yeux.

— Attends de vieillir et tu comprendras. Tu as bien vu qu'Abdul Khaliq n'aimait pas les plats qui ont été cuisinés la veille. Les hommes aiment les produits frais, les mets tout juste sortis du four.

Elle pencha la tête de côté et m'adressa un sourire rusé.

Cette nuit-là, je suppliai Allah de me rendre vieille, aussi vieille que Badriya qui avait l'air plus âgée que ma propre mère.

Shahnaz se révéla tout aussi amère avec moi que l'était Badriya. Elle aussi détestait qu'Abdul Khaliq la fasse appeler, mais elle n'était pas ravie non plus de me voir me diriger vers ses quartiers. Elle faisait du bruit avec les casseroles, soufflait quand je lui demandais quelque chose et claquait les portes. Le lendemain, une quantité inhabituelle de corvées m'attendait, en plus du ménage de Badriya que je devais assurer.

Jamila était différente. C'était la seconde épouse d'Abdul Khaliq et, en tant que telle, elle avait droit au deuxième meilleur logement du domaine. Elle vivait un étage au-dessous de Badriya, au bout du couloir. Ses parents l'avaient offerte au seigneur de guerre pour lui témoigner leur reconnaissance. Personne ne savait exactement de quoi ils le remerciaient – on en parlait toujours en termes vagues – mais la jeune femme semblait s'accommoder de cet arrangement. En lui donnant trois fils et deux filles, elle avait rempli sa part du marché.

À trente ans, Jamila était beaucoup plus jolie que Badriya et même Shahnaz, de dix ans sa cadette. Ses yeux pétillaient de bonté et de bonne humeur lorsqu'elle parlait. Les mises en garde de ma mère s'étaient révélées de sages conseils concernant les autres épouses, mais lorsque je fis la connaissance de Jamila, je sus que je pouvais lui faire confiance.

Je l'avais rencontrée en dernier. Elle était tombée sur moi tandis que je sortais de chez Badriya.

— Tu dois être Rahima! Aïe, tu es encore plus jeune que l'avait prédit Badriya.

— Je ne suis pas si jeune! répliquai-je avec virulence.

Exténuée, en nage, j'en avais assez d'entendre des commentaires sur ma personne.

— Qui es-tu, d'ailleurs? ajoutai-je.

— Je vois que nous partons sur de bonnes bases toutes les deux, dit-elle avec un sourire bienveillant qui me plongea dans l'embarras. Je m'appelle Jamila, je vis dans cette partie-ci de la maison avec mes enfants. Mon fils, Kaihan, a probablement le même âge que toi. Ma fille, Laila, également. Les as-tu rencontrés?

Je fis « non » de la tête. Je n'avais encore jamais croisé de personnes de mon âge en ces lieux. Je me demandai si Laila était aussi gentille que sa mère.

— Laila! cria-t-elle. Laila-*jan*, que fais-tu?

— Zarlasht a sali ses vêtements, Madar-*jan*! Je la change!

— Viens ici une seconde, *janem*, et amène Zarlasht avec toi. J'aimerais te présenter quelqu'un.

J'entendis des pas. Laila semblait en effet à peu près du même âge que moi. Elle avait peut-être un ou deux ans de moins, mais le bébé posé sur sa hanche brouillait cet écart. Elle ressemblait à sa mère – des yeux et des cheveux de la couleur de la nuit, d'une intensité dramatique accentuée par le vert émeraude de son foulard vaporeux. Elle me regarda avec curiosité. Zarlasht avait environ un an. En les voyant, je pensai à Shahla et à Sitara. Bébé, Sitara passait autant de temps dans les bras de ma sœur que dans ceux de ma mère.

— Voici Rahima-*jan*, annonça Jamila en prenant l'enfant des bras de sa fille. Tu te souviens du *nikkah* dont on a entendu parler la semaine dernière ? C'est la jeune épouse de ton père.

Laila leva un sourcil.

— Vraiment ?

Je restai de marbre, incapable d'assumer un titre trop lourd pour mes frêles épaules.

— Oui, c'est elle, alors tu la verras souvent dans le coin.

— Pourquoi as-tu les cheveux si courts ? Comme un garçon ?

Je me sentis rougir et détournai le visage, ne sachant ce que je pouvais révéler. Peut-être n'était-ce pas une bonne idée de dire à tout le monde que j'avais été une *bacha posh*.

— C'est… C'est comme ça que je les portais quand j'allais à l'école ! lâchai-je en espérant que cette explication suffirait, mais souhaitant avant tout que Laila sache que j'avais été à l'école.

— À l'école ? s'exclama-t-elle. Tu allais à l'école comme ça ? Madar-*jan*, elle ressemble à Kaihan, tu ne trouves pas ?

— Tu étais une *bacha posh*, n'est-ce pas ? demanda Jamila. C'est ce qu'on m'a dit. Bibi Gulalai en a parlé avant le *nikkah*. Mes enfants n'ont jamais vu de *bacha posh*, mais je me souviens que la cousine de mon voisin en était une.

Jusqu'à ses dix ans, du moins. Ensuite, elle est redevenue une fille.

— Qu'est-ce que c'est, une *bacha posh* ?

— Laila-*jan*, je t'expliquerai plus tard. Je voulais juste que tu fasses la connaissance de Rahima-*jan* pour le moment. Et voici Zarlasht, ma petite dernière.

D'autres pas retentirent dans le couloir, tandis que j'évitais de dévisager Laila, qui me rappelait à quel point mes sœurs me manquaient.

— Kaihan ! Hashmat ! Arrêtez de courir dans la maison ! Vous faites trembler les murs !

Jamila se tourna vers moi et m'expliqua.

— Hashmat a presque le même âge que mon garçon. C'est le fils de Badriya.

Au premier regard que je posai sur Hashmat, un nœud se forma dans mon estomac. Il se tourna vers Jamila puis de nouveau vers moi avant de se fendre d'un grand sourire.

— Qui es-tu au juste ? lança-t-il de but en blanc, faisant glisser sa langue entre ses dents, ce qui donnait à ses mots un zézaiement humide.

Je me rendis compte que j'avais déjà vu ce garçon, déjà entendu sa voix. Nous avions joué au football à plus d'une occasion à quelques rues de notre école. Je restai bouche bée. M'avait-il reconnue lui aussi ?

— C'est Rahima, la jeune épouse de ton père, répéta Jamila.

Je tournai la tête et baissai les yeux, évitant le regard du garçon. Jamila fut surprise par ma soudaine pudeur, après la façon dont je lui avais parlé quelques instants auparavant.

— Ah, ouais. J'ai entendu parler de toi. Tu es... Eh, tu n'es pas... tu es le copain d'Abdullah, c'est ça ?

Je ne sus comment réagir. Je m'agitai nerveusement et levai les yeux vers Jamila. J'avais conscience de la bizarrerie de la situation. Aucune fille de mon âge ne pouvait décemment être décrite comme «le copain d'Abdullah».

Jamila regarda Laila, qui semblait plus confuse encore qu'auparavant.

— Peu importe, Hashmat, dit la jeune femme instinctivement. C'est la jeune épouse de ton père et tu devras respecter cela. Je ne veux plus entendre un seul commentaire sortir de ta bouche.

Je gardai les yeux rivés au sol, à présent que je savais d'où me venait cette impression de familiarité. Je le revis poussant et bousculant les autres pour atteindre le ballon, bouche ouverte, enfonçant ses ongles sales dans les bras de tous ceux qui lui barraient la route. Il avait des amis, mais uniquement parce que les garçons avaient peur de se mettre à dos le fils d'Abdul Khaliq, une leçon qu'ils avaient apprise de leurs parents. Nous mettions un point d'honneur à les éviter, lui et son groupe. Je ne l'avais pas vu depuis un an.

— Tu es une fille? s'exclama-t-il. Tu parles d'une fille! C'est bien toi, hein? C'est pour ça que tu ne réponds pas?

— Hashmat! Veux-tu que je répète à ta mère...

— Regarde-moi ça! Tu as même les cheveux courts et tout! Tu parles d'une épouse! Tu courais dans les rues avec Abdullah et son gang. Pas étonnant que vous ne marquiez aucun but!

Il postillonnait en parlant tant il était excité. Je couvris mon visage de mon voile, pour me protéger de son agression humide.

— Hashmat! Ça suffit! Tu m'entends?

— Peut-être qu'Abdullah aussi est une fille! Peut-être que vous êtes tous des filles! s'esclaffa-t-il.

Plus tard, quand Hashmat ne serait plus devant moi, je trouverais quantité de phrases cinglantes à lui lancer.

Au lieu d'utiliser la moindre de ces répliques sur le moment, je m'enfuis en courant. Je courus, mon chiffon encore à la main, les larmes aux yeux. Je voulais fuir Hashmat, fuir cet enfant qui me connaissait telle que j'aurais voulu être encore – un petit garçon aussi libre que lui. Je maudis le Ciel pour cette coïncidence. Je savais qu'il soulèverait sans cesse le sujet. Il me regarderait toujours en se moquant de la fille qui autrefois était un garçon.

Après avoir claqué la porte de ma chambre, je me demandai si je reverrais Abdullah un jour. En imaginant sa réaction, je sentis mon cœur se briser. Je ne voulais pas qu'il me voie en fille, en épouse d'Abdul Khaliq, en belle-mère de Hashmat.

Je plongeai la tête dans mes mains et éclatai en sanglots.

# Chapitre 26

## Rahima

Penser à Parwin me rendait folle. Plusieurs mois s'étaient écoulés et rien ne m'indiquait que l'on m'autoriserait à la voir. Je savais de quel côté se trouvait le domaine adjacent et tentais d'écouter à travers le mur de séparation, dans l'espoir d'entendre sa voix ou de surprendre une conversation à son propos. Je devais éviter de m'y attarder, sous peine de voir arriver Bibi Gulalai, me courant après pour m'imposer une corvée dont personne d'autre ne voulait s'acquitter. Depuis quelques jours, elle utilisait une canne, un changement motivé tout autant par son désir redoublé de me mater que par sa démarche instable.

J'attendis un mois avant de faire une autre tentative. Il fallait que je prenne mon courage à deux mains et trouve un moyen de sortir du domaine. Tôt le matin, à l'heure où je m'occupais d'ordinaire du linge, je me lançai. Je m'emparai d'une bassine et traversai la cour d'un pas aussi nonchalant que possible. La gorge sèche, je scrutai les environs. Parmi les rares domestiques présents, aucun ne sembla m'accorder la moindre attention. Mon mari était déjà parti et ne serait pas de retour avant plusieurs heures.

Je m'approchai du portail, les mains moites.

*N'hésite pas*, me dis-je.

Puis j'ouvris le portail et sortis. J'attendis un instant ; pas un bruit. Personne n'avait remarqué quoi que ce soit.

Le domaine se trouvait près d'une large route de terre, que je n'avais vue qu'une seule fois, le jour de mon mariage. Tournant la tête à droite, je vis la maison adjacente où Parwin vivait. Je tirai une burqa de ma bassine et la revêtis. J'avançai d'un pas rapide et tentai d'ouvrir leur portail, mais il était verrouillé.

Je frappai quelques coups légers. C'était l'heure de la journée où seuls les domestiques se trouvaient dans la cour et je m'accrochais à cet espoir. Si je pouvais au moins me faire ouvrir la porte, je pourrais ensuite trouver mon chemin jusqu'à ma sœur. J'attendis un moment mais personne ne répondit. J'essayai de nouveau, un peu plus fort cette fois-ci.

À la troisième tentative, tandis que des gouttes de sueur perlaient sur ma nuque, je perçus des bruits de pas et des grognements. Je fis un pas en arrière en voyant le portail s'entrouvrir.

— *As-salaam-ulaikum*, répondit une femme plus âgée d'un ton prudent.

À ses habits usés, je devinai que c'était une des bonnes. Je tentai de regarder derrière elle, vers la cour. Elle plissa les yeux et poussa la porte pour en réduire l'ouverture.

— Pardonnez-moi, je ne vous reconnais pas. Vous venez voir quelqu'un ?

Je m'éclaircis la gorge, espérant que ma voix ne me trahirait pas.

— *Wa-alaikum as-salaam*. Oui. Je suis la sœur de Khanum Parwin. Je suis venue lui rendre visite.

— Ah, Khanum Parwin ! Sa sœur ? Bienvenue, bienvenue, mais… vous êtes seule ? s'enquit-elle avec curiosité.

Elle regarda derrière moi, s'attendant à trouver un chaperon.

— Ma belle-mère, Bibi Gulalai, était censée m'accompagner mais son dos lui fait mal. Elle doit se reposer. Alors elle m'a dit d'y aller sans elle, mentis-je en tentant de garder une voix calme. Est-ce que ma sœur est dans les parages ? J'aimerais la voir juste quelques minutes.

La femme avait l'air perplexe. En effet, il était inhabituel qu'une des épouses d'Abdul Khaliq se présente au portail toute seule, mais qui imaginerait qu'une jeune fille puisse mentir sur une chose pareille ? Elle décida de ne pas faire de tort à la femme du seigneur de guerre et tira la porte pour me laisser entrer.

— Je crois qu'elle est encore dans sa chambre. Je vais vous y conduire, dit-elle.

Le domaine était beaucoup plus petit que celui d'Abdul Khaliq, mais agencé de façon similaire. Je cherchai Parwin du regard. Je n'arrivais pas à croire que j'étais allée aussi loin ! Nous passâmes devant des enfants, âgés de six ou sept ans. Ils me lancèrent à peine un regard, trop occupés par leurs propres jeux pour se soucier de l'inconnue à la burqa.

— Qui est avec toi, Rabia-*jan* ?

Je m'arrêtai comme le fit mon guide, une dénommée Rabia.

— Bonjour, Khanum Lailuma. C'est la sœur de Khanum Parwin. Elle est venue d'à côté pour lui rendre visite.

— Toute seule ? Tu es la jeune épouse d'Abdul Khaliq ? dit Lailuma, les sourcils froncés de mécontentement.

— Oui, dis-je, en faisant attention à prendre un air assuré.

— Est-ce que quelqu'un est au courant de ta présence ici ?

— Bien entendu ! clamai-je. Comme je l'ai dit à Rabia-*jan*, Bibi Gulalai devait m'accompagner, mais elle avait mal au dos. Je voulais juste rendre une brève visite à ma sœur. Cela fait si longtemps qu'on ne s'est pas vues, elle et moi.

— Eh bien… Je ne crois pas que…

— Je suis si contente de te voir ! J'ai beaucoup entendu parler de la famille qui vit à côté de chez nous, mais je n'ai pas eu la chance de rencontrer qui que ce soit. Ce sont tes enfants que j'ai aperçus dans la cour ? Ils sont adorables, que Dieu les bénisse !

Lailuma se trouva désarmée devant mes flatteries, qui pour moi ressemblaient davantage à des phrases que Shahla aurait pu prononcer ; ce n'était pas le genre de propos que je tenais spontanément.

— Oui, ce sont les miens, merci. C'est dommage que nous n'ayons pas été présentées. Eh bien, vas-y mais ne sois pas longue car ta sœur a du pain sur la planche.

— Bien sûr ! Je ne veux pas la retenir, dis-je aussi gentiment que possible.

Rabia soupira et me fit presser le pas, ne voulant pas être retardée davantage dans ses propres corvées. Nous traversâmes un petit couloir et dès que nous bifurquâmes, je l'aperçus.

Parwin nous tournait le dos, mais je pus la voir boiter, un seau d'eau dans une main. L'eau débordait à chacun de ses pas maladroits, formant une traînée humide derrière elle.

— Parwin ! m'écriai-je en courant vers elle.

Ma sœur se retourna, l'air déconcerté. Elle lâcha son seau et la bonne secoua la tête, affligée par la gaucherie de Parwin.

— Rahima ? Rahima ! Que fais-tu ici ? dit-elle, les yeux pleins de larmes quand j'enlaçai son corps frêle.

— Je suis venue te voir ! Tu me manques tellement, Parwin !

Je me tournai et vis que Rabia repartait déjà d'un pas traînant.

— Allons quelque part ! J'aimerais te parler et je n'ai pas beaucoup de temps.

Parwin hocha la tête et me conduisit dans sa chambre, un petit espace rectangulaire sans fenêtre, encore plus exigu que celui où je dormais. Nous fermâmes la porte derrière nous et Parwin s'affala sur son matelas avec un soupir. Elle semblait exténuée.

— Parwin, je demande à te voir depuis longtemps, mais ils refusent de me laisser venir ! Tout ce qu'ils exigent de moi, c'est du travail et encore du travail et je n'en peux plus ! Je frotte les sols et fais la lessive et…

Ma voix s'affaiblit lorsque je pris conscience que la vie de ma sœur n'était sans doute guère différente de la mienne. Je me montrais égoïste en me plaignant.

— Je sais, Rahima. C'est terrible, ici aussi, murmura-t-elle. Je prie chaque jour pour que quelque chose se passe et que je puisse rentrer à la maison. Madar-*jan* me manque, et aussi Shahla et les filles ! Même Padar-*jan* me manque !

Je voulais la contredire, mais bizarrement, notre père me manquait à moi aussi, même si c'était à cause de lui que nous endurions cette vie misérable.

— Comment ça se passe pour toi, Rahima ? Ils t'ont laissée venir ici aujourd'hui ?

— J'ai fait le mur, Parwin. Je n'ai pas arrêté de les supplier mais Bibi Gulalai s'est montrée intraitable. Alors aujourd'hui, j'ai décidé de venir. J'ai dit à la domestique qu'on m'avait accordé la permission.

— Oh non ! Mais ils vont sûrement remarquer ton absence. Que vont-ils te faire ?

J'avais réfléchi à ce point et espérais seulement que mon raisonnement se tenait.

— Je me suis mise dans le pétrin à plusieurs reprises. La dernière fois, Bibi Gulalai m'a menacée de me renvoyer chez mes parents. J'espère qu'elle le fera, si elle apprend que j'ai désobéi. Je veux retourner à la maison. J'ai horreur de la vie que je mène ici!

— Tu crois vraiment qu'ils te renverront?

Parwin semblait en douter. Soudain, je me rendis compte que ma sœur avait changé. Son visage était émacié, sa peau marquée de taches sombres, et ses yeux avaient perdu leur éclat.

— Je ne sais pas s'ils le feront, mais je voulais vraiment te voir. Et je pensais que cela valait le coup d'essayer, ajoutai-je avec un sourire.

— J'aimerais qu'ils me renvoient à la maison, moi aussi, dit-elle d'une voix triste.

— Est-ce que… est-ce que tu es bien traitée ici? Est-ce qu'ils sont gentils avec toi?

— Je préférerais être à la maison. Tu te souviens de ces oiseaux qui volaient au-dessus de notre cour? Tu te rappelles quand Shahla s'est énervée parce que leurs fientes sont tombées sur le linge – deux fois en une journée! C'était tellement drôle!

Elle regardait derrière moi. Elle voyait quelque chose qui n'existait plus.

— Parwin, est-ce que tu continues de dessiner? As-tu fait de nouvelles esquisses? Tes croquis me manquent.

Elle secoua la tête.

— Il y a trop à faire et je ne veux décevoir personne ici. Je dois m'acquitter de mes tâches et ne pas perdre le rythme. De toute façon, je ne suis pas vraiment d'humeur à dessiner.

Ça ne lui ressemblait pas. Je lui pris les mains sans trouver les mots. J'avais des questions, mais les réponses n'auraient fait que nous blesser toutes les deux. Je la regardai fixement tandis qu'elle m'adressa un sourire gêné. Elle parla de Rohila et de Sitara, me raconta des histoires sur nos sœurs comme si elle les avait vues à peine quelques jours auparavant. Je me demandai comment son mari se comportait avec elle. Et s'il lui fallait tolérer les mêmes choses que moi.

— Khala Shaima m'a dit que Rohila irait bientôt à l'école. N'est-ce pas merveilleux ? Elle va adorer ça.

— Khala Shaima ? Tu l'as vue ? Tu lui as parlé ?

Il semblait que Parwin avait complètement perdu la tête.

— Oui, elle est venue ici. Il y a deux semaines. Je l'ai vue devant le portail, seulement quelques minutes, et ensuite elle est repartie. Elle m'a demandé de tes nouvelles, mais je lui ai dit que je ne t'avais pas vue.

— Elle est venue ici ? Pourquoi n'est-elle pas venue me voir moi aussi ?

— Elle a essayé.

Évidemment, ils tenaient ma tante à l'écart. Sans doute par peur que je lui raconte comment ils me traitaient.

— Qu'a-t-elle dit d'autre ?

— Elle a dit que Padar-*jan* n'a pas changé, mais qu'il est plus heureux maintenant qu'il a sa dose régulière de médicaments. Madar-*jan* et les petites vont bien. Nous n'avons pas parlé longtemps. J'aurais aimé qu'elle puisse rester pour me raconter ses histoires. J'aimais l'écouter nous raconter l'histoire de Bibi Shekiba, pas toi ? Je pense souvent à elle.

Moi aussi, je pensais sans cesse à notre ancêtre. Je me demandais ce qu'elle aurait fait à ma place. Ou moi à la sienne. Et s'il y avait vraiment une différence entre nos destinées.

— Parwin, peut-être que nous devrions simplement nous enfuir ! murmurai-je, interrompant son bavardage. Et si nous décampions, tout bonnement ?

Si j'avais su à ce moment-là ce que l'avenir nous réservait, j'aurais sauté le pas sans hésiter. J'aurais fait le mur avec elle le soir même. Au moins, elle aurait eu une chance de s'en sortir.

— Rahima, tu cherches toujours les problèmes. Je vais bien ici. J'ai beaucoup de travail, mais ça va. Madar-*jan* a dit que nous devions obéir aux ordres, et je le fais. Tu vas t'attirer de graves ennuis si tu te rebelles.

Je sentis ma gorge se serrer en l'entendant parler ainsi. Elle n'était plus la même, mais je pris conscience que toute fuite était impossible, surtout pour elle. Avec sa jambe, Parwin ne pourrait pas faire plus de quelques mètres hors du domaine.

Des voix retentirent dans le couloir.

— Où est-elle ? Qui l'a laissée entrer ?

— Elle est venue seule ? Est-ce que Bibi Gulalai est au courant ?

J'entendis des pas et compris que mon heure était venue, plus tôt que je ne l'aurais cru. Je ne pris pas la peine de me retourner pour voir qui venait me chercher. J'embrassai le visage de ma sœur et serrai ses mains dans les miennes quand la porte s'ouvrit brusquement.

— Je suis désolée, Parwin. Je suis désolée pour tout ça, dis-je. Je ne suis pas loin de toi, Parwin, ne l'oublie pas, d'accord ? Je ne suis pas loin de toi !

Je ne la quittai pas des yeux pendant qu'on me relevait de force. Parwin semblait étrangement paisible au milieu des cris.

— Les oiseaux s'envolent, un à un…, dit-elle d'une petite voix, tandis que l'on m'arrachait à elle une fois de plus.

## Chapitre 27

## RAHIMA

Bibi Gulalai bouillonnait de rage.
Quelqu'un m'avait vue sortir du domaine. La nouvelle était parvenue aux oreilles de Badriya, qui dut se faire une joie de la rapporter à ma belle-mère. Cela n'avait pas grande importance. Je les haïssais simplement davantage. Badriya était plus malveillante que je ne l'avais cru au début. Je priai pour avoir un jour l'occasion de lui rendre la monnaie de sa pièce. Pas étonnant que Hashmat soit un tel imbécile.

Toutefois, j'avais provoqué cette rafale de punitions. Je l'avais cherchée. À chaque coup, à chaque insulte de ma belle-mère, j'espérais l'entendre dire qu'elle en avait assez supporté, qu'elle me renvoyait chez ma mère. Je me protégeai la tête avec les bras et attendis qu'elle réitère cette menace. Comme rien ne vint, je pris la parole.

— Si je suis aussi horrible que ça, vous n'avez qu'à me renvoyer chez moi !

Elle s'arrêta. À cet instant, je compris que je ne m'étais pas rendu service. Elle savait que c'était exactement ce que je voulais et refusait de me l'accorder, même si cela nous aurait déshonorées, ma famille et moi, aux yeux de la communauté tout entière. Non, à cet instant, elle décida de corriger elle-même la jeune épouse récalcitrante. Mon plan s'était retourné contre moi, mais au moins, j'avais pu voir Parwin. Ou plutôt ce qu'il en restait. Ma sœur, d'un naturel si singulier et si délicat, avait été transformée par sa nouvelle vie. J'avais conscience de ma part de responsabilité. J'avais été le déclencheur de tout cela, moi, la *bacha posh*, en me disputant avec ma mère. Le reste de la faute reposait sur les épaules de mon drogué de père.

Je pensai à Shahla. Je me demandai si elle m'en voulait encore. Le jour de nos *nikkahs*, elle m'avait pardonné, mais tout avait pu changer depuis. Peut-être que les choses se passaient mieux pour elle que pour Parwin et moi. Shahla savait comment faire plaisir aux gens, comment les faire sourire. J'avais du mal à croire qu'on puisse la traiter avec malveillance.

À présent, mes relations avec Bibi Gulalai étaient à jamais gâtées. Elle ne recula devant rien pour me rendre la vie impossible. Mon mari prenait de moi ce qu'il voulait, me faisait ce qu'il voulait et laissait le reste de mon existence entre les mains de sa mère. Il était trop occupé pour se soucier des détails, ayant conclu des affaires fort lucratives avec des étrangers. Son pouvoir et son influence dans la zone grandissaient, en même temps que sa brutalité et sa domination à la maison. Les trois premières épouses et moi partagions la même terreur, celle de ses poings.

Autre chose me tourmentait ces jours-ci. Depuis deux semaines, je me réveillais chaque matin l'estomac retourné, en proie à des nausées. Cette sensation m'effrayait et je finis par me confier à Jamila, qui me regarda puis soupira.

—Laisse-moi voir ton visage, dit-elle.

Elle prit mes joues entre ses mains. Elle tourna ma tête d'un côté puis de l'autre, examina ma peau et mes yeux. Je lâchai un gémissement lorsqu'elle tâta ma poitrine gonflée.

—Oui, c'est bien ça, on dirait. Tu vas bientôt devenir mère, Rahima-*jan*.

Ses mots pleins de douceur me laissèrent abasourdie. Cette possibilité ne m'avait pas effleurée.

—Quoi ? Comment le sais-tu ?

—Rahima-*jan*, à quand remontent tes dernières règles ?

Je ne m'en souvenais pas. Les saignements survenaient de façon si irrégulière qu'il m'était impossible de tenir un calendrier. Je haussai les épaules.

—Eh bien, il semblerait que tu sois enceinte maintenant. Les nausées passeront, tu verras, mais d'autres choses vont changer pour toi.

Je me sentais étourdie. Jamila me prit par le bras et me fit asseoir sur un tabouret dans la cour.

—Ça va aller, *dokhtar-jan*, me rassura-t-elle. Toutes les femmes passent par là. Nous toutes. Cela va te rendre service, tu verras. Ton mari et ta belle-mère seront ravis. Porter des enfants est le devoir de toute épouse.

Un devoir que Parwin n'avait pas rempli. Peut-être était-ce la raison pour laquelle ils lui menaient la vie si dure. Je me demandai si Bibi Gulalai cesserait de me maltraiter en apprenant la nouvelle.

—Je ne veux pas que les autres le sachent ! murmurai-je.

Je ne voulais pas qu'on me regarde différemment. J'avais honte.

—Ne dis rien à personne. Ce n'est pas approprié, de toute façon. Nous ne parlons pas de ces choses-là. Garde le silence, fais ton travail et laisse Allah s'occuper du reste. Dans neuf mois et neuf jours, tu verras ton enfant, si Allah le veut. Que Dieu te garde en bonne santé, chuchota-t-elle pour conclure.

Je n'avais aucune idée de ce qui m'attendait. Jamila semblait inquiète, alors même qu'elle tentait de me réconforter. Dans sa sagesse, elle me cacha les situations extrêmes auxquelles elle avait assisté avant son mariage. Son oncle avait épousé deux filles de mon âge. Lorsque la première mit son enfant au monde, elle saigna pendant trois jours jusqu'à ce que ses veines s'assèchent et qu'elle n'ait plus une seule goutte à verser. Son bébé, sans personne pour le nourrir, la suivit dix jours plus tard. Sa seconde épouse survécut à l'accouchement mais le bébé avait déchiré son corps immature, au point de la rendre incontinente. Son mari, révulsé par le filet d'urine coulant en permanence sur la jambe de sa femme, déclara qu'elle était « impure » et la renvoya dans sa famille pour qu'elle se cache de honte. Les très jeunes mères s'en sortaient mal, mais Jamila ne voulait pas m'effrayer.

Je suivis ses conseils, mais il ne fallut pas longtemps à Shahnaz pour détecter la façon dont je grimaçais devant la nourriture.

— Tu es enceinte ! s'esclaffa-t-elle avec arrogance. Maintenant, tu vas voir à quel point la vie peut être dure !

Certains jours, je la détestais encore plus que Bibi Gulalai. Elle s'empressa d'annoncer la nouvelle à Badriya, sachant que cette dernière n'en deviendrait que plus méprisante envers moi. Si j'amenais un fils dans le foyer d'Abdul Khaliq, son mari et sa belle-mère ne me traiteraient plus en vulgaire domestique. Personnellement, je doutais que ma situation s'améliore réellement. Bibi Gulalai me regardait comme un chien infesté de puces glapissant à ses pieds.

En réalité, je n'étais pas au bout de mes surprises, et un mois plus tard, on me permit de recevoir de la visite. Je n'étais pas sûre que ma grossesse soit la cause de ce traitement de faveur. Mon étonnement fut total lorsque j'aperçus Khala Shaima dans la cour, promenant un regard méfiant autour d'elle. Derrière elle se tenait Parwin, serrant son tchador sous son menton et gardant les yeux baissés, un modèle de pudeur. Je lâchai le tas de linge que j'avais dans les bras et courus vers elles. C'était si bon de voir leurs visages, même si je priai pour qu'elles ne remarquent pas le changement qui s'était opéré sur le mien. Je ne voulais pas leur faire part de la nouvelle.

Je serrai de toutes mes forces la main de ma sœur. Khala Shaima recula quand je voulus lui baiser la main. Elle me saisit par les épaules et m'examina, évaluant les modifications de ma personne.

Ma tante secoua la tête et soupira en voyant mon visage bouffi et mon ventre arrondi. J'étais à trois mois de grossesse. Elle ne parut pas surprise le moins du monde.

— Tu te sens bien ?

Je hochai la tête, et nous ne nous attardâmes pas davantage sur le sujet. Je lui en fus reconnaissante.

Satisfaite de constater que j'étais bien nourrie, elle m'attira à l'écart pour que nous parlions toutes les trois en privé. J'avais tant de questions à lui poser. Elle était ce qui me liait à ma vie passée.

Notre première rencontre fut douce-amère. Ou plutôt « amère-douce », pour être plus précise. J'étais folle de joie d'avoir leur compagnie, mais savais à quel point leur départ serait douloureux. Parwin et moi avions tant de mal à nous passer de Khala Shaima.

— Comment va Madar-*jan* ? Pourquoi n'est-elle pas venue avec toi ?

— Ta mère va bien. Tu sais comment elle est. Elle gère bien les choses dans la maison mais elle est sous la coupe de votre père depuis si longtemps qu'elle oublie parfois comment se débrouiller toute seule.

— Et Rohila et Sitara ? s'enquit Parwin. Est-ce qu'elles demandent des nouvelles ?

— Bien sûr ! Ce sont vos sœurs. Cela ne va pas changer simplement parce que vous vivez ailleurs ! N'écoutez pas les idioties que les gens disent sur les filles qui appartiennent à d'autres une fois mariées. Ce sont des sornettes ! Les filles appartiennent à leur famille et ce pour toujours. Vous avez une mère et des sœurs et cela ne changera jamais – je me fiche de savoir *qui* vous avez épousé.

Nous hochâmes la tête mais je jetai un regard furtif aux alentours pour vérifier que personne ne nous écoutait. Je connaissais assez bien ma tante pour savoir que ses commentaires enflammés pouvaient me valoir de graves ennuis.

— Mais pourquoi Madar-*jan* n'est-elle pas venue alors ? Elle va bien ? On ne lui manque pas ?

— Bien sûr que vous lui manquez ! Elle est... Bon, autant que vous le sachiez. Elle est bouleversée depuis votre départ. À tel point qu'elle a commencé à prendre les médicaments de votre père.

— Elle a quoi ?

— Ainsi vont les choses parfois. Écoutez, mes petites, quand la vie est dure, les gens cherchent une échappatoire. Une issue de secours. Parfois, c'est difficile de trouver le bon moyen de s'en sortir. Celui de votre père a été cette fichue drogue et maintenant votre mère s'y est mise elle aussi. Cela lui pendait au nez. Elle l'avait sous les yeux tous les jours.

J'étais en colère. Madar-*jan* allait devenir exactement comme notre père. J'imaginai ses yeux vitreux et ses ronflements sur le canapé, tandis que Rohila s'occuperait du bébé.

— Et l'argent ? Que font-ils avec ? demandai-je sur un ton amer.

— Il y a eu un partage. Bien sûr, votre père a pris la plus grosse part, mais il en a donné à ses frères et à votre grand-père. Ils se sont offert des festins bien gras, se sont pavanés dans le village en pensant que les gens allaient les regarder autrement. Dieu seul sait à quoi d'autre il dépense cet argent. Je sais que votre mère n'en a jamais vu la couleur.

— Et Shahla ? Tu as eu des nouvelles d'elle ?

— Non, j'ai interrogé votre père puisque c'est le seul à être en contact avec cette famille, mais il dit simplement qu'elle va bien. Il ne l'a pas vue. La pauvre petite est si loin. Au moins, vous deux pouvez vous soutenir.

— Mais Khala Shaima, je ne peux jamais voir Parwin ! Elle est tout près, mais c'est comme si elle était à l'autre bout du monde.

— Hum. Vraiment ? Alors il faudra que je passe plus souvent pour que nous soyons réunies toutes les trois. Comment vous traitent-ils, à part ça, mes chéries ? Parwin ?

— Je vais bien, Khala-*jan*. Ils me traitent bien, dit-elle d'une voix si douce que personne n'aurait pu la croire.

Khala Shaima plissa les yeux.

— Et ta belle-mère ? Est-ce qu'elle te bat ? As-tu assez à manger ?

— Elle est bonne avec moi, Khala Shaima. Elle me montre comment faire les choses et j'ai beaucoup à manger. La plupart du temps, je n'ai pas faim de toute façon.

Notre tante se tourna vers moi, ne sachant comment interpréter les réponses de ma sœur.

— Je vais bien, Khala-*jan*. Il est arrivé que ma belle-mère, Bibi Gulalai, me frappe, mais j'ai trouvé comment les satisfaire. Et elle ne peut pas frapper très fort, de toute façon, cette vieille sorcière.

Je baissai le ton instinctivement. Bibi Gulalai semblait toujours surgir au moment le moins opportun.

— Tu peux dire « sorcière », chuchota ma tante. Que ces gens aillent au diable, pour avoir enlevé des filles si jeunes à leur famille.

— Khala Shaima, tu nous promets de venir souvent ? Tu me manques tellement ! lâchai-je.

Parwin appuya mes propos d'un hochement de tête.

— Bien sûr. Je viendrai aussi souvent que possible, pour autant que ce fichu dos me le permette. Il faut bien que quelqu'un garde un œil sur vous deux. Abdul Khaliq est peut-être l'homme le plus important du village, mais vous avez une famille bien à vous. Je veux m'assurer que ces gens le savent.

Ses mots, sa présence, étaient un réel soulagement, même s'ils ne changèrent rien à notre quotidien.

— Et peut-être que tu pourrais nous en dire plus sur Bibi Shekiba ? demandai-je.

— Ah oui ! Voilà quelque chose que nous devons reprendre. Il ne faut jamais laisser une histoire en suspens...

Ainsi, de temps à autre, elle alla chercher Parwin et l'amena dans le domaine d'Abdul Khaliq, où nous pouvions nous asseoir toutes les trois pour discuter. Grâce à sa ténacité, elle parvint à se faire entendre. Je remerciai Dieu pour ça. Ce furent les rares occasions où je pus voir ma sœur. Chaque fois, pourtant, j'en ressortais le cœur brisé, regrettant presque de l'avoir vue. Le faible sourire qui s'esquissait sur son visage au teint cireux semblait absurde au-dessus de sa frêle silhouette. Je détestais les autres épouses de son mari pour ce qu'elles lui faisaient subir.

Parwin ne se plaignit jamais. Elle ne nous raconta jamais comment les choses se passaient réellement.

D'une certaine façon, je pense qu'elle était la plus courageuse d'entre nous. Elle, ma douce et timide sœur, fut celle qui prit les choses en main. Ce fut elle qui montra à ceux qui l'entouraient qu'elle en avait assez de leurs mauvais traitements. Comme l'avait dit Khala Shaima, tout le monde a besoin d'une échappatoire.

# Chapitre 28

## SHEKIB

Au cours des semaines qui suivirent, et avec l'aide de Ghafoor, Shekib se familiarisa avec sa nouvelle maison. Arg était un bâtiment majestueux et Ghafoor en avait exploré les moindres recoins. Le palais avait été construit par Amir Abdul Rahman, alors que Shekiba était encore bébé. Des douves entouraient les murs épais et des tours de gué se dressaient aux quatre coins du domaine. Au sommet de chacune d'entre elles, Shekib aperçut un canon pointé vers le lointain. Il y avait des remparts tout autour de la forteresse et des soldats postés partout.

— Ce bâtiment là-bas, du côté est, c'est Salaam Khana. C'est là que le roi reçoit ses visiteurs. Derrière, il y a quelques bâtiments plus petits où il passe du temps avec sa famille ou ses conseillers les plus proches. Là, c'est l'endroit où logent les soldats et ce bâtiment sert à entreposer les armes.

Tandis qu'elles marchaient, les soldats faisaient mine de regarder ailleurs, mais surveillaient étroitement leurs mouvements. Elles traversèrent les somptueux jardins et se dirigèrent vers l'aile ouest du palais.

— Qu'est-ce que c'est là-bas? demanda Shekib en pointant le doigt vers un grand édifice, dont les murs dépassaient en hauteur ceux du palais.

C'était un magnifique bâtiment, imposant, à une courte distance d'Arg.

—Ah, ça! C'est le palais Dilkhosha.

—Ça a l'air incroyable!

—Ça l'est. À l'intérieur, c'est beau à pleurer! Il y a des tableaux, des sculptures, des vases en or. Tu ne peux rien imaginer d'aussi beau!

—Y es-tu déjà allée?

—Eh bien, je n'y suis pas vraiment entrée... mais c'est ce qu'on m'a dit, affirma Ghafoor avec conviction.

—Où vit le roi?

—Oh, eh bien, il voyage beaucoup mais quand il est ici, il loge dans ce bâtiment là-bas avec son épouse.

—Son épouse? Est-ce que les femmes y vont parfois?

—Pour l'amour du ciel, non! Quelle idée farfelue! Les femmes du harem restent dans le harem. C'est là qu'est leur place. Elles peuvent se promener dans leur cour et jouir des bains qu'on met à leur disposition, mais elles n'ont rien à voir avec la femme du roi.

—Le harem?

Shekib prit une profonde inspiration. Si elle voulait survivre dans ce nouvel endroit, elle avait beaucoup à apprendre.

—Oui, ça vient de *haram*. Ça veut dire que les autres hommes n'ont pas le droit d'y entrer. Exception faite du roi, bien sûr. C'est en partie la raison pour laquelle nous sommes chargées de la surveillance de ce lieu à la place des soldats. Le roi sait que les hommes restent des hommes et qu'on ne peut pas leur faire confiance en présence de femmes, pas même quand elles appartiennent au roi.

Shekib avait quitté le harem avec Ghafoor de bon matin. Les femmes dormaient toujours et les autres gardes étaient en train de s'habiller pour commencer leur service.

—Combien de femmes vivent dans le harem?

Ghafoor ne lui en avait désigné que cinq ou six la veille, mais leurs quartiers étaient vastes et comptaient de nombreuses chambres. Shekib se dit qu'il devait y en avoir davantage.

—Combien? Euh... au dernier recensement, elles étaient vingt-neuf.

—Vingt-neuf?

—Exactement. Vingt-neuf. Enfin, si on compte encore Benazir! plaisanta-t-elle. Elle n'attire plus vraiment son attention maintenant que son ventre a commencé à s'arrondir. Il ne s'occupera plus d'elle jusqu'à ce que ce soit fait.

—Que soit fait quoi?

—*Ça*. La naissance du bébé, dit-elle.

—Oh. Et les enfants, ils vivent dans cette maison avec leur mère?

—Bien sûr. Tu n'as pas vu les petits de Halima avec elle?

—Comment a-t-il trouvé toutes ces femmes? Celles du harem, je veux dire.

—De la même façon qu'il m'a trouvée. Et qu'il t'a trouvée. Beaucoup de familles peuvent se passer de leurs filles. Beaucoup de familles sont dans le besoin. De toute façon, c'est le roi. Il prend ce qu'il veut.

—Et les enfants? Est-ce qu'il s'intéresse à eux?

—Évidemment. Tu sais, chuchota Ghafoor, le roi lui-même est issu d'une esclave. Il sait d'expérience que n'importe quel enfant peut s'élever à un très haut niveau, pas seulement les fils des premières épouses.

Une brise se mit à souffler, et Shekib dut se rappeler que son derrière ne risquait pas d'être découvert. Il lui faudrait un certain temps pour s'habituer à ces pantalons. Ghafoor, au contraire, semblait parfaitement à l'aise dans son costume.

—Est-ce que ça fait mal? demanda Ghafoor d'un ton désinvolte.

Shekiba savait à quoi elle faisait allusion mais feignit l'ignorance.

—Quoi donc?

—Ton visage? Est-ce qu'il te fait mal?

—Non.

Shekib continua de regarder droit devant elle. Ce n'était pas par hasard que Ghafoor marchait à sa droite – son bon côté. Sans son foulard, elle n'avait plus de quoi dissimuler sa difformité. Elle voulait que Ghafoor voie son visage tel qu'il aurait dû être.

—Tant mieux.

Shekib fut soulagée que la conversation s'arrête là.

Elles rentrèrent au harem, qui bruissait de bavardages car les femmes s'étaient réveillées. Avec tant de nouveaux visages autour d'elle, Shekiba leva instinctivement la main pour tirer son foulard sur sa joue mais ne trouva rien.

Passé le vestibule, il y avait des femmes partout, assises en groupe de quatre ou cinq. Deux ou trois d'entre elles nourrissaient leurs enfants, une autre allaitait dans un coin. Certains avaient la trentaine et d'autres environ l'âge de Shekib. Certaines étaient minces et d'autres potelées. Seule une poignée d'entre elles prit la peine de lever les yeux. Ghafoor la saisit par le coude et la conduisit dans une vaste pièce au sol en pierre. Au centre se trouvait un grand bassin. Trois femmes y étaient assises, les seins à moitié immergés dans l'eau. Leurs voix résonnaient contre les murs.

—C'est la salle d'eau, annonça Ghafoor, guettant l'étonnement qu'un tel spectacle ne pouvait que susciter.

Shekib entrouvrit la bouche et Ghafoor eut un petit rire. Shekib n'y prêta pas attention. Les murs de pierre se dressaient majestueusement. Au deuxième étage, un balcon donnait sur le bassin.

La pièce était décorée de plantes, une verdure luxuriante se nourrissant de l'humidité du lieu. Les femmes jetèrent un regard furtif à Shekib et Ghafoor mais, ne voyant que la bonne moitié de la nouvelle recrue, retournèrent vite à leur conversation. Les gardes poursuivirent leur chemin.

— Ces pièces sont réservées aux concubines. Certaines doivent cohabiter, mais celles qui ont des enfants possèdent leur propre chambre. Dans une demi-heure environ, le palais va faire porter le déjeuner. Il y a des domestiques femmes qui viennent dans ces quartiers mais parfois, nous les aidons à débarrasser les plats à la fin du repas.

— Quelles autres tâches sommes-nous censées remplir ? demanda Shekib, émerveillée par le dédale de portes.

— Juste garder un œil sur tout. Le plus important, c'est de contrôler les entrées et les sorties. Personne ne doit entrer ni sortir à notre insu et sans notre accord. De temps à autre – et cela arrive surtout chez les nouvelles – elles peuvent vouloir s'aventurer dehors. C'est notre rôle d'empêcher de telles choses. Et parfois, les femmes font appel à nous pour nous demander un petit service. Rien de plus, en fait. Comme je te l'ai dit, chaque personne a son rôle dans le palais. Le nôtre se résume à ça.

Les voix s'élevèrent dans la grande pièce, ce brouhaha traduisait une agitation inhabituelle. Ghafoor dressa l'oreille.

— Allons voir ce qui met les femmes en joie ce matin. Tous ces papotages laissent présager un événement exceptionnel.

Ghafoor ne se trompait pas. Amanullah, le fils du roi, était de retour au palais.

# Chapitre 29

## Shekib

— Pourquoi toute cette excitation pour le fils du roi ?
— Pourquoi ? Tu n'as jamais entendu parler d'Amanullah ? Pauvre petite. Tu as encore tellement à apprendre !

Shekib se dit que Ghafoor était snob, mais à un degré tolérable.

— Alors explique-moi. Pourquoi tout ce raffut ?
— C'est l'élu. Il a toutes les chances de succéder au roi. C'est l'administrateur de Kaboul et il est en charge de l'armée et de la trésorerie.
— Qu'est-ce que la trésorerie ? demanda Shekib, qui n'avait jamais entendu ce mot auparavant.
— Tu sais ! C'est le groupe qui travaille avec l'armée. Ils distribuent la nourriture et les uniformes. Et… et parfois, ils s'occupent des chevaux aussi.

À la façon dont Ghafoor gesticulait, Shekib déduisit que sa réponse n'était guère fiable.

— Mais le plus important le concernant, poursuivit-elle, c'est qu'il est encore célibataire. Amanullah est en âge de se marier et son père est à la recherche de la bonne épouse pour lui. Quelle fille chanceuse ce sera !
— Quand va-t-il se marier ?

— Le roi ne l'a pas encore décidé. Mais Amanullah est très apprécié des femmes du harem. Il est gentil et beau, plus encore que son père. Les servantes du palais observent toujours une conduite exemplaire devant lui, car elles rêvent de devenir ses concubines au lieu de celles de son père.

— A-t-il son propre harem ?

— Non. Parce qu'il n'est pas encore marié. Une fois marié, il en aura probablement un.

Amanullah avait été absent pendant deux mois. Son voyage aux frontières, en plein conflit anglo-afghan, l'avait épuisé, et le faste habituel du palais ne l'intéressait pas. Shekib allait devoir attendre deux jours avant de le voir ; en revanche, elle aperçut son père.

Amanullah avait dû apporter de bonnes nouvelles du front.

Postée dans un coin de la salle d'eau, Shekib piétinait, déplaçant son poids d'une jambe sur l'autre. Combien de temps encore allait-elle vivre dans ce palais ? La vie y était plutôt confortable. Le riz et les légumes abondaient, les gâteaux étaient exquis. Elle avait une couverture pour se tenir chaud la nuit et la compagnie de femmes-hommes qui ne lui voulaient aucun mal. Pourtant, une certaine impatience agitait son esprit. Elle se demanda ce que sa mère et son père penseraient en la voyant vivre dans un lieu comme celui-ci. Pouvaient-ils l'apercevoir, depuis le ciel, travestie en homme ? Son père ne remarquerait sans doute aucune différence. Il ne l'avait jamais considérée comme une fille ou un garçon lorsqu'ils travaillaient au champ tous les deux. La colère s'emparait d'elle dès qu'elle songeait à la terre de son père. *Sa* terre. Voir les fragments de l'acte de propriété jonchant comme des feuilles mortes la cour du *hakim* l'avait davantage blessée que les coups d'Azizullah.

« Sors la tête des nuages et comprends quelle est ta place dans ce monde », lui avait conseillé Khanum Marjan.

« Chaque personne a son rôle dans le palais », lui avait dit Ghafoor.

Quelle était donc sa place dans ce monde ? Son intuition lui disait que ce n'était pas celle d'une employée de maison. Ni d'une petite-fille dont on cherche à se débarrasser. La vie au palais ne pouvait pas non plus être son destin, aussi confortable fût-elle. Au fond d'elle-même, Shekib savait qu'il lui faudrait agir pour découvrir son véritable but dans la vie.

Si la recherche d'une stratégie pour se sortir de sa situation actuelle n'avait pas autant occupé ses pensées, elle aurait remarqué le roi plus tôt. En effet, elle ignorait totalement depuis combien de temps il se tenait sur le balcon. Elle ne s'était même pas rendu compte que les rires bruyants des baigneuses avaient cessé et qu'elles se comportaient avec davantage de pudeur.

— Garde !

La voix masculine la fit sursauter. Shekib leva la tête et reconnut l'homme de la voiture. Son cœur se mit à battre la chamade.

Avait-il vu qu'elle rêvassait ? Elle se mit instinctivement sur la défensive.

— Garde ! Approchez !

Shekib se redressa, inclina la tête et gravit les marches étroites menant au balcon. Le roi était entré par un escalier de service, en toute discrétion. Il portait son uniforme mais sa tête était nue. Penché par-dessus la balustrade, il scrutait les femmes du bassin avec un intérêt désinvolte.

Shekib ne dit rien et garda la tête baissée.

Une éternité s'écoula avant qu'il ne rompe le silence.

— Amenez-moi Sakina.

— Ici ?

Le roi se retourna brusquement. Il n'avait pas l'habitude d'entendre les gardes parler. Ses yeux plissés s'enfoncèrent dans son visage. Par réflexe, la jeune fille se tourna sur le côté.

— Vous êtes nouvelle ? demanda-t-il finalement.

— Oui, monsieur.

— Hum. Dites à Sakina que je la demande. Elle vous montrera le chemin.

Shekib acquiesça d'un signe de tête et descendit l'escalier. Les femmes avaient entendu la voix du roi et attendaient le retour du garde. Elles étaient coutumières de ses manies, comme sa tendance à les observer depuis son perchoir. Shekib avait encore beaucoup à apprendre des usages au palais. Les concubines échangèrent des regards, sans oser lever la tête. Elles chuchotèrent.

Shekib se tint au bord du bassin et regarda Sakina, dont l'épaisse chevelure noire était nouée en tresse dans son dos et dont les épaules blanches perlaient.

— Il te demande, dit doucement le nouveau garde.

Sakina esquissa un sourire en coin, l'air narquois.

— Encore moi ? Grands dieux, je le croyais rassasié.

Elle parla suffisamment fort pour que les autres femmes l'entendent.

Shekib vit des yeux se lever au ciel, des lèvres se pincer. Les yeux verts de Benafsha étaient rivés sur le séant de Sakina.

— Certains jours, les hommes sont avides de *qaimaq*. D'autres jours, ils se contentent de lait tourné.

La voix de Benafsha était froide et calme. Les autres tentèrent d'étouffer leurs gloussements. Benafsha pencha la tête en arrière, laissant ses longues mèches brunes se déployer dans l'eau. Pour le moment, c'était elle, le *qaimaq*, la crème du harem.

Sakina se retourna et lui décocha un regard haineux. Elle sortit de l'eau et prit sa serviette. Elle l'enroula autour de son corps nu et se sécha par tapotements avant de se poster aux côtés de Shekib. Certaines des femmes remarquèrent alors le nouveau garde pour la première fois.

— Allah, aie pitié! Regardez-moi ça! Après Benafsha, ils ont dû veiller à choisir des gardes qui ne risqueront pas de tenter le roi!

— Pitié, Allah, pitié! Je ne peux même pas imaginer…

Sakina la regardait avec impatience, sans prêter attention aux jacasseries derrière elles.

— Il a dit… Il a dit que tu me montrerais le chemin, dit finalement Shekib.

Sakina haussa un sourcil.

— Oui, je connais le chemin.

Shekib entendit la conversation se poursuivre quand elle se retourna.

— On dirait du *haleem*, vous ne trouvez pas?

Shekib soupira. Ce n'était pas la première fois que l'on comparait son visage à cette mixture à base de viande longuement mijotée et de céréales, une bouillie dont on pouvait nourrir les enfants en bas âge.

— Son visage?

— Oh, tu as raison! Quelle horreur!

— Allez au diable, vous savez combien j'adore le *haleem*! Vous venez de gâcher mon petit déjeuner!

Des gloussements se firent entendre tandis que circulait le nouveau surnom de Shekiba, aussitôt adopté par le groupe.

Sakina ouvrit la marche et Shekib la suivit dans un couloir secret menant à un autre escalier. En haut des marches se trouvait une porte en bois massive. Sakina s'arrêta et se tourna vers le garde.

— Maintenant, tu frappes à cette porte et quand tu entends une réponse, tu ouvres. Ensuite tu t'en vas retrouver les autres. Ça s'arrête là pour toi.

Shekib hocha la tête et suivit les instructions de la concubine. Elle entendit la voix du roi crier quelque chose d'inaudible depuis l'intérieur. Elle ouvrit la porte, juste assez pour laisser passer Sakina, qui tenait sa serviette autour d'elle et baissait la tête. Shekib referma la porte et attendit un instant. Elle entendit des murmures. Un rire. Un petit cri. Elle se sentit rougir en se rappelant que Sakina ne portait rien sous sa serviette. Elle descendit l'escalier, craignant soudain d'être surprise en train d'écouter aux portes.

Voilà pour ses premiers pas dans le harem. Elle comprit que le roi venait voir qui il voulait, quand il le voulait. Ses visites étaient fréquentes mais brèves la plupart du temps. Il avait ses préférences parmi ses femmes, en favorisait certaines et en négligeait d'autres, qu'il gardait malgré tout. Les neuf qui lui avaient donné des fils étaient mieux traitées que les autres. Elles recevaient des robes ornées des plus belles broderies, les fruits les plus savoureux, et marchaient la tête haute. Leurs précieux ventres leur avaient assuré une place plus stable. Neelab, dont les trois fils n'avaient pas vécu plus de trois mois, constituait l'exception. Elle avait déçu le roi, davantage encore que celles qui ne lui avaient donné que des filles ; pour cette raison, elle ne recevrait aucun traitement de faveur tant qu'elle ne porterait pas un fils qui vivrait assez longtemps pour apprendre à marcher.

Au fil des mois, Shekib observa et apprit. Elle porta son attention sur le fonctionnement interne du palais, sur la façon dont les femmes se comportaient les unes avec les autres, et sur les habitudes du roi. Elle était plus forte que ses collègues et se mit à accomplir les tâches que les autres trouvaient pénibles. Transporter les lourds seaux d'eau jusqu'au bassin était facile pour elle. Tout comme porter les enfants qui s'étaient endormis dans la cour. Elle n'était une menace pour personne, de par son visage mutilé.

Toutefois, Shekib ne cessait de penser à ce qui la préoccupait. Elle observa les femmes du harem. Au moins, elles appartenaient à quelqu'un. Elles avaient quelqu'un pour se soucier d'elles, pour s'occuper d'elles. Les petites filles regardaient les visages de leur mère, se blottissaient contre leur sein. Quel effet cela devait faire !

Mais qu'allait-il advenir des gardes ?

Shekib avait besoin d'un plan. En attendant, elle s'assura de remplir ses obligations et de donner satisfaction à Ghafoor et au palais. Elle ne voulait pas s'attirer de punition, repensant à sa grand-mère et à Azizullah. Dans les maisons des puissants, la nourriture était peut-être meilleure, mais les châtiments étaient également plus cruels.

Elle se trouvait dans la cour du harem lorsqu'elle le vit. Il marchait d'un pas tranquille en compagnie d'un autre homme, coiffé d'un chapeau de laine et portant une barbe courte. Shekib avait déjà croisé cet individu auparavant. C'était l'ami d'Amanullah, lui avait-on dit. Son nom était Agha Baraan. De quoi pouvaient-ils bien discuter ? C'était la cinquième fois qu'elle voyait le fils du roi et elle comprenait à présent pourquoi son arrivée avait provoqué de tels remous.

Amanullah était stupéfiant. Il était d'une forte carrure, dépassant Shekiba de quelques centimètres. Quand il marchait, ses larges épaules témoignaient de son assurance, même s'il avait l'air aussi jeune que Shekib. Il émanait de lui une audace naturelle, que venait adoucir un regard bon et rationnel.

Shekib s'effaça derrière Shekiba.

La première fois, elle avait instinctivement tenté de cacher son visage et baissé les yeux. Au bout de la troisième fois, cependant, elle changea d'approche en se rendant compte qu'elle pouvait tirer profit de sa « masculinité ». Elle regarda fixement le prince, qui de toute façon ne vit rien de sa fascination béate.

Il lui donnait un nouveau sujet de rêverie, autre que la terre de son père. Ou sa famille disparue.

Les deux hommes se dirigeaient vers les jardins du palais. Shekib toucha son visage et ses cheveux, se demandant à quoi elle ressemblait aux yeux du prince. Elle savait que son visage était à moitié beau. La réaction qu'avaient ceux qui n'étaient confrontés qu'à cette partie le lui prouvait.

Elle avait craint que ses enfants – si elle venait à en avoir un jour – se détournent d'elle, révulsés par son demi-masque. Mais les gamins du harem lui tendaient les bras, lui faisaient confiance, riaient lorsqu'elle les chatouillait. Peut-être que ses propres enfants feraient la même chose. Peut-être qu'ils la verraient comme sa mère l'avait vue, sans défaut et digne d'amour.

Shekib comprit alors de quelle façon elle pouvait infléchir le cours de son destin. Comment ne plus être un cadeau qui passe inlassablement de main en main. Mais pour y arriver, il lui faudrait appartenir à quelqu'un, à un homme. Et si elle avait des fils, alors son destin serait scellé. Quand on donnait vie à des garçons, on n'était pas traitée comme du bétail.

Amanullah s'était arrêté. Son comparse pointait le doigt vers des massifs qui avaient fleuri au cours de la dernière semaine. Le prince se pencha en avant et effleura les feuilles avec une délicatesse surprenante pour un commandant d'armée – et chef de trésorerie, quoi que cela veuille dire.

Elle se tint droite, le bon côté de son visage dirigé vers lui. Elle voulait qu'il se retourne et la regarde, qu'il la voie. Elle s'avança de quelques pas, espérant que son mouvement attirerait l'attention du jeune homme. Il se redressa et, comme mu par la pensée de la jeune fille, pivota dans sa direction.

Shekib sentit son cœur bondir dans sa gorge. Elle s'immobilisa, l'observa du coin de l'œil sans savoir quoi faire. Elle lui adressa un demi-sourire et inclina légèrement la tête, sans se détourner.

Il se mit à parler et se tourna vers son ami, sans changer d'expression. Disait-il quelque chose sur elle ? Que pouvait-il raconter ? Pouvait-il la distinguer des autres gardes à cette distance ? Peut-être que le roi lui avait parlé d'elle, la nouvelle recrue de son armée de gardes androgynes.

Shekib se rendit compte qu'elle souriait et se posta de nouveau face à la maison. Elle ne voulait pas qu'on la surprenne en train d'épier Amanullah et son ami ; par chance, les deux hommes pénétrèrent dans le labyrinthe de buissons et de fleurs. Elle se mordit la lèvre inférieure et rejeta les épaules en arrière. Une idée était en train de germer dans son esprit, mais sa réalisation lui demanderait quelques efforts.

# Chapitre 30

## RAHIMA

Les saisons se succédèrent, deux ans passèrent, et j'eus peur d'oublier à quoi ressemblait ma mère. Je doutais de pouvoir reconnaître mes petites sœurs si je venais à les croiser par hasard. J'avais des nouvelles par Khala Shaima, hélas elles étaient rarement bonnes. Elle modérait ses propos, tout en considérant que nous avions le droit de savoir. Madar-*jan* avait développé la même addiction que notre père. Rohila et Sitara étaient le plus souvent livrées à elles-mêmes, même si ma grand-mère passait parfois pour reprendre la main. En retour, Madar-*jan* effectuait davantage de corvées dans le domaine et ses relations déjà tendues avec sa belle-famille s'étaient détériorées. Dans ses moments de lucidité, Padar-*jan* lui menait la vie dure. Après tout, comme sa mère le lui avait fait remarquer, sa femme n'avait presque plus rien d'une épouse ni d'une mère.

D'une certaine façon, j'étais soulagée de ne pas être avec eux et de ne pas voir ce que ma mère était devenue. En même temps, je me demandais si les choses auraient été différentes si l'on m'avait renvoyée chez moi. Une fois lancée dans ce type de raisonnement, je pouvais enchaîner les scénarios hypothétiques des jours durant. En définitive, ma réflexion débouchait immanquablement sur cette question : nos vies auraient-elles pris un tour différent si je n'avais jamais été *bacha posh*? Ma transformation coïncidait avec le moment où ma famille avait commencé à se déliter. Inévitablement, je me demandais si Shahla et Parwin se posaient les mêmes questions. Et si elles m'en voulaient toujours.

Je m'interrogeais aussi sur les plans de Bibi Shekiba. Les murs autour de moi étaient si étouffants que je n'arrivais pas à imaginer ce qui lui avait donné une lueur d'espoir.

Au fil du temps, j'appris à adopter le rythme du domaine et à m'y faire une place. Les phases de la lune se succédèrent maintes fois avant que je ne trouve les moyens de me rendre la vie plus facile, même si j'étais toujours la même aux yeux de Bibi Gulalai.

Mon fils, Jahangir, était âgé de dix mois à l'époque – un miracle vivant. Le porter en moi pendant neuf mois puis l'expulser de mon corps avait failli me détruire. Je n'avais jamais vu autant de sang. Jamila pratiqua l'accouchement, comme elle l'avait fait avec Shahnaz. Abdul Khaliq n'aimait pas que ses femmes aillent à l'hôpital et il n'y avait pas de sages-femmes dans la zone où nous vivions. L'épouse de mon mari coupa le cordon ombilical pendant que je gisais, exténuée et sidérée. Je ne m'étais jamais sentie aussi faible. Jamila me frotta le ventre et porta d'épais bouillons à base de farine, d'huile, de sucre et de noix à mes lèvres, me forçant à boire. Je me souviens vaguement de ses prières au-dessus de moi, de ses marmonnements dans lesquels elle suppliait Dieu de ne pas me faire subir le même sort qu'aux épouses de son oncle. Je me demande si ce furent ses prières qui me protégèrent.

Jamila et Shahnaz s'occupèrent de mon petit garçon pendant la première semaine de ma convalescence. Même Bibi Gulalai me laissa tranquille quelque temps. Au moins, j'avais porté un fils. Au bout du compte, j'avais fait quelque chose de bien.

Jahangir fut nommé d'après un personnage qu'Abdullah, Ashraf et moi avions créé, un héros né de notre imagination collective. Jahangir était un homme fort et puissant qui ne craignait personne. C'était l'athlète suprême, le combattant le plus doué et la personne la plus intelligente de tout le pays. C'était le conquérant du monde, comme son nom le sous-entendait. Nous voulions tous être Jahangir. Il pouvait tout faire.

C'était devenu une plaisanterie récurrente entre nous. Quand Abdullah se plaignait de ne pas arriver à faire les nouvelles prises de karaté que nous avions vues, nous lui disions que Jahangir n'aurait pas abandonné aussi vite. Quand je ne parvenais pas à marquer un but, je me concentrais sur la façon dont Jahangir aurait frappé le ballon. Ashraf se mit dans la peau de notre héros lorsqu'il s'essaya au marchandage, exultant dès qu'il sentit qu'il avait fait une affaire avec un marchand.

Pendant ma grossesse, je n'y avais pas vraiment pensé, comme si j'avais cru que les bébés naissaient avec un prénom, de la même façon qu'ils étaient dotés de deux bras et deux jambes. J'étais si effrayée par la perspective d'avoir un enfant que le choix du prénom m'importait peu. Mais Jamila me poussa à y réfléchir.

— Tu dois trouver un prénom, et il faut qu'il ait un *sens*, me dit-elle.

Le temps qu'elle finisse de nettoyer le sang de mes cuisses, mon fils avait un prénom.

Il me fallut quelques semaines pour me faire à sa présence. Je serai à jamais reconnaissante à Jamila pour son aide. Même Shahnaz, à dix-neuf ans, était une mère expérimentée, et ne put résister à l'envie de m'apprendre comment nourrir, baigner et tenir cette minuscule personne.

Je tombai en amour devant lui. Jahangir fut mon salut, son visage devint mon issue de secours. Il m'offrit une raison de me lever le matin et d'espérer de meilleurs lendemains.

Khala Shaima n'avait pas donné signe de vie depuis plusieurs mois, ce qui ne lui ressemblait pas. Je craignais qu'elle soit tombée malade, mais n'avais aucun moyen d'entrer en contact avec elle ni de le savoir. Je n'avais d'autre choix que d'attendre une nouvelle visite. Et je n'avais pas vu Parwin depuis un mois. Je voulais leur présenter Jahangir. Il commençait à taper des mains et à tenir debout en s'agrippant aux meubles. Je voulais que sa tante voie les prouesses dont il était capable.

Je m'étais décidée à organiser une visite chez Parwin. On m'accordait un peu plus de liberté depuis que j'avais mis au monde un fils. Abdul Khaliq devait recevoir un étranger à la maison pour parler affaires et d'importants préparatifs s'annonçaient en vue de l'événement. Je savais qu'on me solliciterait pour venir en aide à la cuisinière et aux bonnes. Je décidai donc de remettre ma visite au lendemain.

Après les prières de la mi-journée, je commençai à pétrir la pâte pour confectionner des raviolis quand Bibi Gulalai entra dans la cuisine. J'attendis qu'elle me reproche ma façon de faire. Elle semblait hésitante ; comme si elle avait quelque chose à m'avouer.

—Que fais-tu, ensuite ?

—Je vais étaler la pâte pour l'*aushak*, Khala-*jan*. J'ai fini de nettoyer le salon. Il est prêt pour ce soir.

—Oui, bon, peut-être… Ça devrait aller. Finis ce que tu as commencé.

Son attitude me dérouta.

—Est-ce que tout va bien ?

— Oui, tout va bien. Pourquoi ? Pourquoi demandes-tu cela ?

— Sans raison, c'est juste que... Je posais juste la question, dis-je.

Je reportai alors mon attention sur la pâte. Elle commençait à durcir. Il était temps de la diviser en morceaux de forme ovale et de la farcir de poireaux et d'échalotes.

— Bien, dit Bibi Gulalai avant de quitter la pièce.

Ce fut le premier indice m'indiquant que quelque chose n'allait pas. Je crois que ma belle-mère, aussi cruelle fût-elle, cherchait le courage de m'avouer ce qui se passait. Elle revint deux heures plus tard. Cette fois-ci, Jamila l'accompagnait. Jahangir se promenait à quatre pattes dans la cuisine. J'avais bloqué l'accès au four, me rappelant comment Bibi Shekiba s'était brûlée enfant. Je ne voulais pas que mon fils porte une pareille cicatrice. La vie était difficile pour les défigurés.

Jahangir tirait sur ma jupe en pleurnichant. Il avait faim mais je voulais terminer l'*aushak* avant l'arrivée des invités. Je gardais un œil sur lui, toutefois l'expression de Jamila m'inquiétait.

— Rahima, mon petit-fils veut manger. Je vais demander à Shahnaz de s'en occuper, dit Bibi Gulalai, qui semblait aussi mal à l'aise que moi.

— J'ai terminé, Khala-*jan*. Je vais lui préparer quelque chose, dis-je nerveusement. Jamila, que se passe-t-il ? Qu'y a-t-il ?

— Oh, Rahima-*jan*, quelque chose de terrible est arrivé ! Je ne sais pas comment t'annoncer cette triste nouvelle...

*Madar*-jan.

Elle surgit immédiatement à mon esprit.

— Qu'est-il arrivé, Jamila ? Dis-moi !

— Ta sœur ! Ta sœur Parwin a été conduite à l'hôpital ! Elle est gravement blessée !

*Parwin ?*

— Quel hôpital ? Comment s'est-elle blessée ?

J'avais pris mon fils dans les bras.

— Je sais seulement ce que Bibi Gulalai m'a raconté.

Jamila se tourna vers notre belle-mère qui fronça les sourcils avant de détourner le regard.

— Allez, dites-lui !

— Ils disent qu'elle s'est immolée par le feu ce matin...

Rien de ce que Jamila énonça après ces mots ne fut assimilé dans ma mémoire. Je posai Jahangir par terre tandis que mon cerveau se refermait sur lui-même. Parwin avait tenté de mettre fin à ses jours. Tout ce que je voyais, c'était son sourire de façade, ses mots sans conviction affirmant qu'elle allait bien, que les gens la traitaient bien. Pourquoi n'étais-je pas allée la voir ce matin-là ?

Je recouvrai mes esprits bien plus tard. Jamila m'avait conduite dans la maison pour que je m'allonge. Elle amena Jahangir avec elle et une des filles aînées de la famille le surveilla pendant qu'elle resta avec moi. Je lui redemandai sans cesse de me raconter ce qui s'était passé, et elle me l'expliqua du mieux qu'elle put. Parwin s'était aspergée d'huile dans la matinée, pendant que la plupart des femmes et des enfants prenaient leur petit déjeuner. Son mari, Abdul Haidar, avait déjà quitté la maison.

La deuxième épouse d'Abdul Haidar, Tuba, vint compléter ce récit. Elle leva le voile sur certains éléments, en garda d'autres dans le flou, mais je compris que ma sœur avait été vue ce matin-là le visage marqué d'un nouveau bleu.

Tuba jura qu'ils n'auraient jamais soupçonné Parwin capable d'un tel acte. Il n'y avait eu aucun signal d'alarme, personne n'avait brandi le drapeau rouge. Tuba affirma que ma sœur n'avait parlé de rien, et même qu'elle lui avait souri la veille au soir. Je voulais la traiter de menteuse.

Je connaissais le sourire vide dont elle parlait. Je voulais les traiter d'aveugles et d'idiots, mais mes lèvres étaient scellées par la culpabilité. Si moi, sa propre sœur, je n'avais pas su déceler sa détresse, que pouvais-je attendre de ses coépouses ? Que pouvais-je attendre de son mari ?

Ils avaient entendu les cris. Elle avait frotté l'allumette dans la cour et c'était là qu'ils l'avaient trouvée. Ils avaient essayé de jeter une couverture sur elle pour éteindre les flammes. Elle était tombée par terre. Une grande confusion avait suivi, des cris, des tentatives pour lui venir en aide. Elle s'était évanouie. Ils l'avaient portée dans la maison et avaient tenté de la déshabiller, de nettoyer ses brûlures. Mais c'était trop. Au terme de longues discussions, quelqu'un avait enfin décidé que Parwin devait être conduite à l'hôpital.

L'hôpital le plus proche n'était pas proche du tout. Son mari ne fut pas ravi d'être rappelé à la maison pour gérer la situation.

Je ne sais comment ils en informèrent mes parents. Madar-*jan* devait être folle d'inquiétude. Même Padar-*jan*, qui nous avait échangées contre un sac de billets, avait un faible pour sa fille artiste. La nouvelle avait dû l'ébranler. Khala Shaima était chez eux quand le message leur parvint. Elle était à présent sur le chemin pour venir me voir. Je voulais être avec elle mais craignais sa réaction.

*S'il te plaît, ne rends pas les choses plus difficiles, Khala Shaima.*

Mais Khala Shaima était notre voix. Elle disait ce que les autres n'osaient pas dire. J'avais besoin d'elle. Elle arriva dans la soirée, à bout de souffle, les larmes aux yeux.

— Oh, ma petite. J'ai appris ce qui est arrivé ! C'est épouvantable. Je n'arrive pas à y croire. La pauvre enfant !

Elle me serra fort. Je sentis ses clavicules se presser contre mon visage. Je ne m'étais jamais rendu compte du peu de chair qu'elle avait sur les os.

— Pourquoi a-t-elle fait ça, Khala Shaima ! Je voulais aller la voir aujourd'hui, mais je ne l'ai pas fait. Comment a-t-elle pu faire une chose pareille ?

Je frémis en pensant à la douleur qu'elle avait dû ressentir, à l'abominable douleur.

— Parfois, les femmes sont poussées à bout, elles reçoivent plus de coups qu'elles n'en peuvent supporter, et il n'y a pas d'échappatoire pour elles. Peut-être pensait-elle que c'était sa seule issue. Oh, ma pauvre nièce !

« Nous avons tous besoin d'une échappatoire. »

Khala Shaima avait raison.

— Qu'a dit ma nièce ? demanda Khala Shaima. Dites-moi, est-ce qu'elle parlait quand ils l'ont conduite à l'hôpital ?

Tuba secoua la tête. Le spectacle était épouvantable. L'odeur de peau carbonisée, les gémissements, l'hystérie générale. Elle ne put se résoudre à nous décrire la scène d'horreur.

— Elle ne parlait pas du tout ? Était-elle consciente ?

— Elle était… elle était juste immobile mais elle était éveillée. Je lui parlais, expliqua Tuba. Elle m'écoutait mais ne disait rien.

— Elle devait tellement souffrir ! Qu'Allah la sauve, la pauvre enfant !

— Je suis sûre qu'ils lui donneront des médicaments à l'hôpital, Shaima-*jan*. Allah est grand et je suis sûre qu'il veille sur elle.

Je me retins de lui cracher au visage. Quelle comédie ! Elle faisait comme si les choses n'avaient pas été si terribles. Comme si Parwin n'avait pas souffert le martyre. L'hôpital, qui se trouvait à une demi-journée de voyage et lui-même dans un triste état, la réparerait en deux temps trois mouvements. Allah, qui avait laissé cela arriver, arrangerait tout. Tout ceci n'était qu'une mascarade, tout comme Parwin prétendant que tout allait bien à chacune de nos rencontres. Il n'y avait aucune honnêteté dans nos vies.

Khala Shaima commença à se lamenter. J'aurais voulu qu'elle s'arrête. Ses gémissements me donnaient le tournis.

— C'est vous qui l'avez détruite, cria-t-elle. Si elle meurt, votre famille aura son sang sur les mains. Vous comprenez? Vous aurez le sang de cette jeune fille sur vos mains!

Les femmes restaient silencieuses. Tuba ne dit plus rien et retint ses larmes. Pourrait-elle être honnête avec moi?

Je lui demandai, dans un murmure désespéré, si ma sœur allait survivre.

Des sanglots dans la voix, elle me répondit que Dieu était grand et que toute la famille priait pour Parwin. Celle-ci était en route vers l'hôpital, alors ils avaient beaucoup d'espoir.

Je voulais la croire. Je voulais croire que ma sœur allait s'en sortir.

Les yeux de Tuba me dirent que ce n'était pas son *naseeb*.

# Chapitre 31

# Rahima

Parwin avait cessé de faire semblant.

Après dix jours d'atroce souffrance, la paix tomba enfin sur elle.

On rapatria son corps, qui fut mis en terre dans le cimetière local. Mon père assista à l'enterrement, ainsi que certains de mes oncles et mon grand-père.

À la récitation de la *fatiha*, je pus revoir ma mère. Pour la première fois depuis mon mariage. Si ma vie avait été plus ordinaire, j'aurais eu du mal à croire ce qu'elle était devenue.

— Rahima! Rahima, ma fille, oh mon Dieu! Peux-tu le croire? Allah a pris ma fille, ma précieuse Parwin! Si jeune! Oh, Rahima-*jan*, Dieu merci, elle t'avait à ses côtés, au moins!

Ses cheveux étaient secs et filasse. Elle parlait en zézayant, les lèvres humides. Il lui manquait quelques dents. La peau de son visage était flasque, lui donnant l'air bien plus âgée.

— Madar-*jan*! m'écriai-je avant de la serrer fort dans mes bras, surprise de la trouver aussi frêle que Khala Shaima. Madar-*jan*, tu m'as tellement manqué!

— Tu m'as manqué aussi, ma fille! Vous m'avez toutes manqué! C'est ton fils? Que Dieu bénisse mon petit-fils!

— Il s'appelle Jahangir, Madar-*jan*… J'aurais aimé… J'aurais aimé que tu viennes le voir. C'est un enfant adorable.

Mon fils sourit, exhibant ses deux dents du bas. J'attendis que ma mère tende les bras pour le prendre. Il n'en fut rien. Elle lui caressa la joue d'une main tremblante puis détourna le regard. Jahangir sembla aussi déçu que moi de ce manque d'intérêt.

— Oh, j'ai voulu venir te voir, Rahima-*jan*. Surtout quand j'ai appris la naissance de mon petit-fils, mais ce n'est pas facile pour moi de sortir de la maison, tu le sais bien. Et le domaine de ton mari est loin de chez nous. Avec deux enfants à la maison, ça n'a pas été possible.

Je m'abstins de répliquer, me demandant pourquoi cette distance n'était pas trop grande pour Khala Shaima, sachant que ma mère aurait pu amener mes sœurs ou les laisser chez une des épouses de mes oncles si elle l'avait voulu. Je découvrais chez elle une faiblesse que je n'avais jamais soupçonnée.

Nous, les femmes en deuil, nous assîmes en rang – un mur de chagrin et de larmes. Les habitantes de notre village vinrent nous présenter leurs respects, murmurer les mêmes condoléances à nos oreilles, l'une après l'autre. Certaines pleurèrent. Pourquoi ? La plupart d'entre elles avaient ri en voyant ma sœur courir vainement derrière les autres enfants pour les rattraper, l'avaient surnommée Parwin-*e-lang*, et avaient remercié Dieu à voix haute de ne pas leur avoir donné de petits infirmes. À cause d'elles, ma sœur s'était sentie insignifiante, anormale. À présent, elles faisaient mine de partager notre douleur. Je méprisais leur hypocrisie.

Nous priâmes. Les femmes assises en rang devant nous se balançaient au rythme de la prière, celles aux cheveux gris se mouchaient dans leurs mouchoirs avec de grands gestes de désespoir. Elles pleurèrent pour nous, les cœurs amollis par l'âge, étant les plus proches de la tombe. Au cours des dix derniers jours, mes yeux s'étaient asséchés. Je restai immobile, contemplant les visages d'un œil vide. Madar-*jan* me prit la main.

Rohila et Sitara étaient assises à ma droite. Je secouai la tête. Comme j'avais été bête de croire que je serais incapable de reconnaître mes sœurs ! Elles avaient grandi, semblaient plus mûres, mais leurs traits n'avaient pas changé. Elles s'exprimaient d'une voix douce et j'eus le cœur serré en imaginant leur quotidien à la maison. Rohila m'attrapa et ne me lâcha plus.

— Rahima, est-ce que c'est vrai ? Parwin est vraiment morte ? C'est ce que Madar-*jan* nous a dit mais je n'arrive pas à y croire !

— J'aimerais que ce soit faux, lui répondis-je, ayant compris que les mensonges ne menaient à rien de bon. Comment vas-tu, Rohila ? Comment ça se passe, à la maison ?

— Tu ne pourrais pas revenir, de temps en temps ? C'est tellement vide, depuis que vous êtes toutes parties !

Je la croyais. J'avais ressenti le même vide. J'étais certaine que nous l'avions toutes ressenti, chacune dans son coin du monde, séparées les unes des autres par tant de murs.

— Tu t'occupes de Sitara ?
— Oui, confirma ma sœur.

Je me rendis alors compte qu'elle avait le même âge que moi à mon mariage. Je l'observai, me demandant si j'avais eu l'air aussi jeune. Je remarquai que sa poitrine commençait tout juste à pointer. Ses épaules étaient voûtées, son buste rentré. Je reconnus cette posture. Les changements de son corps l'embarrassaient. Je me demandai si Madar-*jan* lui avait déjà donné un soutien-gorge.

Sitara avait presque neuf ans et s'accrochait à Rohila plus qu'à Madar-*jan*. Elle semblait craintive près de moi, comme si elle n'avait confiance qu'en Rohila.

— Comment va Madar-*jan*, Rohila ? murmurai-je.

Je savais que je risquais d'attirer les regards en parlant, même à voix basse, durant la *fatiha*, mais c'était la seule occasion qui m'était donnée de voir mes sœurs. Et ce que je voyais m'inquiétait.

Rohila haussa les épaules et jeta un regard à notre mère.

— Elle passe le plus clair de son temps allongée, comme Padar-*jan*. Elle pleure beaucoup, surtout quand Khala Shaima nous rend visite. Ce qui met notre tante encore plus en colère.

En entendant son nom, Khala Shaima tourna la tête vers nous. Je m'attendais à un regard réprobateur de sa part, mais il n'en fut rien. Elle se moquait bien des convenances.

— Est-ce que vous allez à l'école ?

— Parfois. Ça dépend de ce qu'a décidé Padar-*jan*. Les jours où Madar-*jan* a pris son médicament, je dois rester à la maison pour faire le ménage, la faire se lever et l'habiller. Si Bibi-*jan* la voit dans cet état, il y a toujours une grosse dispute.

Sitara regardait fixement le sol mais je savais qu'elle écoutait notre conversation. Elle semblait si timide, si différente de la petite fille curieuse que j'avais laissée. Je me tournai pour voir Madar-*jan* essuyer ses larmes, marmonner furieusement et s'agiter sur sa chaise. J'examinai ses pommettes, son regard perdu. Toutes les émotions s'y lisaient, en même temps qu'un grand vide. Elle était aussi intoxiquée que mon père.

*Madar*-jan, *qu'es-tu devenue ?*

Mon estomac se noua lorsque j'imaginai l'avenir de mes sœurs. Je priai pour que Khala Shaima soit toujours présente dans leurs vies. Je rejetai l'idée qu'elles puissent elles aussi tomber dans la drogue.

La situation était pire que j'avais bien voulu le croire, malgré les tristes nouvelles rapportées par ma tante.

— Rahima, pourquoi Shahla n'est-elle pas là ?

Shahla n'avait pas été autorisée à venir. Elle venait de mettre au monde son deuxième enfant et quitter la maison dans son état n'était pas approprié. Je me demandai comment elle avait pris la nouvelle, isolée, si loin de nous.

Les condoléances avaient été présentées. Les prières étaient terminées. Les femmes réitérèrent leur défilé, souhaitant une fois de plus qu'Allah apaise nos souffrances, priant pour que Parwin ait une place parmi les anges et pensant en leur for intérieur qu'elle avait eu raison de mettre fin à son supplice, une vie d'handicapée sans enfant. Je voulais qu'elles disparaissent toutes et me laissent partager ces heures précieuses avec ma mère et mes sœurs.

La *fatiha* passa vite. Je me retrouvai de nouveau au domaine, plus malheureuse que jamais. Madar-*jan* était dans un piteux état. Rohila avait repris le rôle de matriarche. Comment tout ceci avait-il pu nous arriver ? J'étais la seule de ma famille à avoir eu la chance de vivre un semblant d'enfance, et c'était seulement parce que j'avais été une *bacha posh*. Je regardai mon fils et remerciai Dieu de l'avoir fait garçon. Un sourire joyeux se dessina sur son visage ; ses cils étaient si longs qu'ils auraient presque pu s'emmêler. Au moins, lui avait une chance.

J'aurais voulu m'isoler mais c'était quasiment impossible au domaine. La *fatiha* terminée, ma période de deuil toucha également à sa fin. On attendait de moi que je reprenne mes corvées. Bibi Gulalai me traita comme elle l'avait toujours fait, voire avec davantage de mépris. Je crois qu'elle s'était convaincue que le suicide de Parwin avait été une attaque délibérée contre sa famille. Parwin disparue, je payais le prix de la tragédie qu'elle avait introduite dans cette grande famille.

Je ne prêtai attention à rien ni à personne. J'accomplissais mes tâches, souvent avec Jahangir à proximité, jouant ou faisant la sieste. Je l'observais d'un air triste, me promettant d'être une meilleure mère pour lui que ma propre mère l'était pour mes sœurs. Heureusement, Abdul Khaliq n'avait pas de difficulté pour vêtir et nourrir sa famille. Jahangir était son fils, au même titre que les autres garçons de la maison. Il irait à l'école et jouirait des privilèges qui sont ceux d'un fils de seigneur de guerre.

De plus, son père l'adorait d'une façon qui me surprit et me soulagea. Abdul Khaliq gardait ses filles à distance, mais aimait être entouré de ses fils. Les aînés se joignaient même à lui dans certaines de ses réunions. Les plus jeunes se dispersaient nerveusement lorsque leur père rentrait à la maison, craignant d'être réprimandés pour avoir passé trop de temps à jouer. Il avait peu de patience avec les pleurs de bébés, mais il aimait les regarder dormir. Mon fils tenait une place particulière. Souvent, je surprenais mon mari en train de lui caresser tendrement la joue ou de lui murmurer quelque chose à l'oreille. Il lui vouait la même adoration que moi. Il riait quand Jahangir renversait sa boisson et se gonflait de fierté en l'entendant dire « baba », comme si c'était la première fois qu'on le gratifiait d'un tel titre. Le souffle régulier de son fils endormi pouvait apaiser ses humeurs les plus noires. J'étais contente que mon enfant fasse partie de ses préférés, sachant que ce ne serait jamais mon cas. Au moins, mon fils était en sécurité.

Les autres garçons, les frères de mon fils, craignaient et adoraient leur père à la fois. Ils se disputaient son attention et veillaient à le rendre heureux – ou du moins à éviter de le mettre en colère. Ils se tenaient droit pour réciter les *surahs* du Coran, tandis que les plus jeunes lui apportaient ses sandales lorsqu'il les demandait. Il était fier d'avoir des garçons. Ils le faisaient sourire, et c'était déjà beaucoup.

Mon mari passait de plus en plus de temps avec des étrangers ainsi qu'avec ses proches conseillers. Des plans se préparaient. Les femmes étaient sur les nerfs, même si seule Badriya était au courant de ce qui se tramait. Si les choses allaient mal pour Abdul Khaliq, alors les choses iraient mal pour nous. Quand nous interrogeâmes Badriya, elle nous snoba.

— Ne perdez pas de temps à vous inquiéter pour ça. Il est à cran parce qu'il renégocie l'arrangement qu'il a passé avec certaines de ces personnes. C'est trop compliqué à expliquer, disait-elle.

Elle se refusait à partager les secrets qui la distinguaient de nous. En tant que première épouse, il discutait de ces affaires avec elle. C'était la seule interaction qu'ils avaient puisqu'il l'appelait rarement dans son lit. Chacune avait son rôle dans la maison. Tel était le sien.

Cependant, les murs étaient minces et je passais le plus clair de mon temps dans la partie principale de la maison. Je pus ainsi surprendre certains échanges entre Abdul Khaliq et ses hommes lorsqu'ils s'installaient au salon.

— Ils ont ajouté cinq sièges vacants pour la province. Celui de notre région est à prendre. Il y a quelques puissants qui chercheront à entrer dans la course pour te défier, Abdul Khaliq, mais avec une candidate, la victoire est assurée. Une femme obtiendra le siège sans difficulté, maintenant que leurs nouvelles lois stupides sont passées.

— Je n'aime pas cette idée. Pourquoi devrions-nous mettre une femme à un poste d'homme ? Et pire encore, vous me demandez de mettre *ma femme* à ma place ? Depuis quand les femmes font-elles le travail des hommes ?

— Je comprends, *sahib*, sincèrement. Et crois-moi, je n'aime pas plus cette idée que toi, mais ce sont les lois. Je suggère simplement que nous trouvions un moyen de contourner le système pour ne pas perdre totalement le contrôle de la zone. Les élections sont imminentes. Nous devons élaborer un plan.

— Que les auteurs de ces lois honteuses soient maudits ! Nous imposer des femmes pour nous représenter ? Ce n'est pas leur domaine ! Qui va s'occuper des enfants dans ces conditions ?

Ses conseillers gardaient le silence. J'entendis mon mari faire les cent pas, grogner. J'étais surprise par ce que j'entendais. Si j'avais bien compris, ils suggéraient que l'une des femmes d'Abdul Khaliq se présente aux élections parlementaires à venir ! Allait-il vraiment envisager une telle démarche ? Ses épouses quittaient rarement la maison. Comment pourrait-il nous envoyer à l'extérieur pour débattre avec des étrangers ?

Je jetai un coup d'œil à l'horloge. Jahangir dormait depuis quarante minutes. Il ne tarderait pas à se réveiller. Et Khala Shaima avait promis de passer. Le lendemain, cela ferait quarante jours que Parwin était morte.

— J'expose simplement une option, *sahib*. Je sais qu'elle n'est pas plaisante, mais c'est peut-être la seule que nous ayons. Je ne veux pas que tu perdes tes chances d'exercer une influence sur le gouvernement. Tu es déjà en bonne position avec les contrats que tu as obtenus.

De la fumée s'insinua sous la porte, charriant l'odeur âcre et dense de l'opium. Je fus soudain transportée chez moi, revis mon père endormi dans le salon et ma mère en train de coudre nos vêtements.

—C'est vrai, intervint une autre voix. Personne d'autre n'est capable de garantir une telle sécurité – en particulier de l'autre côté du pont. Ces étrangers refusent d'envoyer leurs propres soldats pour surveiller la zone. Ils comptent sur nous. Cet oléoduc n'est pas un projet anodin. Ils en parlent depuis des années et cette fois-ci, on dirait bien qu'il va être mis à exécution pour de bon.

—C'est vrai. Il y a beaucoup d'argent dans ce projet. Et cette zone t'appartient, *sahib*. Ce serait dommage de perdre ne serait-ce qu'une partie de ce contrôle.

La voix était mesurée et prudente.

—Je sais tout ça! tempêta Abdul Khaliq. Vous croyez que je ne le sais pas? Je n'ai pas besoin de vous pour me dire des choses que je sais déjà!

Je préférais ne pas être dans les parages pour ce qui allait suivre inévitablement. Je pris mon fils et me dirigeai vers mes quartiers pour attendre Khala Shaima. J'attendais d'elle qu'elle me change les idées. Qu'elle me raconte le mystérieux plan de Shekiba.

# Chapitre 32

## SHEKIB

Shekib attendit le bon moment. Mahbuba était rarement seule, mais c'était la bonne personne, selon elle. Elle avait donné quatre fils au roi.

La première étape du plan de Shekib consistait à découvrir comment Mahbuba s'y était prise. Comment avait-elle fait pour avoir quatre fils alors que d'autres épouses continuaient de mettre au monde des filles ? Il y avait forcément quelque chose qu'elle avait fait différemment pour que sa progéniture ne compte pas la moindre fille.

Ses garçons avaient entre un et sept ans. Lorsque Shekib tomba sur eux, leur mère donnait le bain au petit dernier. Elle chercha des yeux une serviette, tandis que les plus grands partirent jouer.

— Merci ! Je croyais en avoir une, dit-elle à Shekib qui lui tendait un linge d'une étagère proche.

La taille de Mahbuba s'était épaissie à chacune de ses grossesses. Elle tint la main de Saboor le temps de le sécher.

— De rien, marmonna Shekib.

Elle veillait toujours à se montrer serviable et discrète avec les épouses du roi. Il n'était pas dans sa nature d'engager la conversation, mais elle se força à prononcer le compliment qu'elle avait répété.

— Vos fils sont adorables.

— Merci Allah, ce sont des bénédictions, soupira-t-elle.

Le petit gigotait pour échapper aux mains de sa mère. Il cherchait ses frères du regard.

— Les autres ont des filles. Vous êtes chanceuse.

— Oui, eh bien, certaines d'entre nous reçoivent ce cadeau et d'autres doivent se contenter de filles.

— Vous avez rendu le roi très heureux.

Mahbuba se rendit soudain compte que cette conversation n'était pas banale. Elle se tourna pour voir à qui elle parlait.

— Oh, c'est toi! Quel est ton nom?

— Shekib.

Elle regarda Mahbuba droit dans les yeux. Les femmes du harem ne la gênaient plus depuis quelques semaines. Plongées dans leurs conciliabules, elles ne faisaient plus attention au garde androgyne au visage en charpie. Shekib ne regrettait plus de ne pas avoir de foulard à tirer sur sa joue. Elle trouvait même libérateur de marcher les mains dans les poches, le visage au soleil.

— D'accord, Shekib. Laisse-moi te poser une question. Quel est ton véritable nom, ma chère? Ton nom de fille?

Shekib céda à un accès de nervosité. Mahbuba l'avait prise au dépourvu.

— Je m'appelle Shekiba.

— Malin. Je parie que c'était l'idée de Ghafoor. Est-ce que toi et les autres vous entendez bien avec elle? Elle est parfois si pénible...

— Bien sûr, répondit Shekiba d'une voix distraite.

— C'est tellement ridicule de vous faire porter ces uniformes. Comme si on pouvait oublier que vous n'êtes pas des hommes. Comme si on avait besoin de gardes, d'ailleurs. Ce dont nous avons besoin, c'est de personnel supplémentaire pour nous aider avec les enfants. Mais ce serait offenser l'obsession sécuritaire du roi.

— Certaines personnes l'oublient.

— Oublient que vous êtes des femmes ? Tu le crois vraiment ?

Mahbuba luttait pour habiller son fils. Il lui griffait le visage en signe de protestation. Elle le retourna et le cala entre ses genoux. Il regarda Shekib avec une moue de vaincu.

— Comment avez-vous fait… Comment vous êtes-vous débrouillée pour avoir des fils ?

— Comment ça ?

— J'aimerais savoir ce que vous avez fait pour n'avoir que des fils ? Quel est votre secret ?

Mahbuba eut un rire malicieux.

— Veux-tu que je commence par les bases ? Tu es habillée en homme, mais tu ignores comment ils sont faits, n'est-ce pas ?

Shekib rougit.

— Je veux dire… Non, ce n'est pas ce que je veux dire. Je vous demandais comment vous expliquez que… les autres ont des filles. Comment avez-vous réussi à avoir des garçons ? martela-t-elle.

— Penses-tu être la première à me poser cette question ? La plupart des femmes de cette maison sont venues me voir pour me demander mon secret. J'ai donné au roi plus de fils que n'importe quelle autre épouse !

Mahbuba avait besoin d'une minute pour chanter ses propres louanges. Shekib attendit.

— Je lui ai donné fils après fils et *rien* que des fils ! C'est pour ça qu'il me regarde avec des flammes dans les yeux, avec respect. Tu es une fille-garçon très maligne. Tu cherches la clé pour satisfaire un homme.

Shekib avait le souffle court à cause de l'humidité des bains. Elle se demanda si Mahbuba révélerait un jour son secret. Peut-être avait-elle commis une erreur.

— Mais dis-moi, pourquoi poses-tu une telle question ? Tu es un homme, maintenant, n'est-ce pas ? Vas-tu redevenir femme ? Vas-tu te marier ?

Shekib fit « non » de la tête.

— C'est bien ce que je pensais. Alors pourquoi chercher des réponses à des problèmes qui ne se poseront jamais à toi ? Est-ce que quelqu'un t'a envoyée pour me demander cela ? Qui était-ce ? Était-ce Shokria ? J'ai vu la façon dont elle regarde mes fils. Elle a eu cinq filles. Tu imagines ? Cette sorcière. Je la remettrai en place, la prochaine fois qu'elle posera son regard jaloux sur mes fils !

— Non, personne ne m'a envoyée ! paniqua Shekib.

Elle ne voulait pas causer de troubles parmi les femmes. Si cela se retournait contre elle, ses plans en pâtiraient.

— Alors c'est Farida ? En voilà une autre, avec ses yeux de diablesse… On ne peut pas lui faire confiance. Tu ne devrais pas circuler dans le harem pour accomplir leurs basses besognes !

Son fils avait finalement réussi à se libérer à force de contorsions. Mahbuba soupira. Il lui manquait une chaussette.

— Je vous demande pardon. Personne ne m'a envoyée. C'était… simplement par curiosité personnelle.

— Est-ce qu'un homme te courtise ?

— Est-ce que… Non, je voulais juste…

Shekib décida de clore cette conversation.

— Je te taquine. Je te révélerai quelques astuces si tu promets…, commença Mahbuba avant de s'interrompre pour regarder de droite à gauche de façon théâtrale. Si tu promets, chuchota-t-elle, de ne partager ces secrets avec personne. Tu pourras t'en servir si tu te trouves un jour sous le pouvoir d'un homme et disposée à lui donner un fils.

Shekib s'agenouilla à côté de Mahbuba et ouvrit grand les oreilles.

Dans ce qu'elle entendit, il y eut certaines choses qu'elle n'aurait jamais pu imaginer. Et qu'elle n'aurait jamais été capable de répéter.

Toutefois, elle enregistra ces conseils dans sa mémoire, espérant qu'ils se révéleraient utiles. La forme de la lune, les graines d'une plante aux fleurs jaunes, le jus d'une pomme sans taches brunes. C'étaient là les plus simples. Mais les autres, ceux qui impliquaient l'homme, conduisirent Shekib à s'interroger : Mahbuba cherchait-elle à se moquer d'elle ? Il n'y avait pourtant pas la moindre lueur de malice dans ses yeux. Elle parlait avec décontraction, comme si tous ces détails étaient parfaitement ordinaires. Ils l'étaient pour Mahbuba. Mais certainement pas pour Shekib.

Les femmes permettaient-elles vraiment au roi de leur faire de telles choses ? Elle pensa à Halima et ne put l'imaginer. Puis elle songea à Sakina, à la façon dont elle avait marché, à moitié nue, jusqu'à la chambre du roi et frappé à sa porte avec une fausse pudeur. C'était peut-être vrai, après tout.

Elle ne put s'empêcher de rêver à Amanullah, le gouverneur de Kaboul. Elle pensa à sa démarche, à son pas assuré, à ses doigts effleurant les pétales avec délicatesse. Elle se demanda quel effet cela faisait d'être près de lui, de sentir son souffle sur son visage, humide et chaud comme l'air qui flottait dans les bains du harem. Elle s'imagina traçant du bout des doigts les contours de sa barbe bien taillée et pressant sa poitrine contre les médailles de son uniforme.

Shekib secoua la tête et espéra que son visage ne trahissait pas ses pensées.

La nuit, les gardes dormaient dans une pièce contiguë au logement des concubines. Ils montaient la garde à tour de rôle. Cette nuit-là, c'était le tour de Shekib. L'air de Kaboul était frais mais cela ne la dérangeait pas. Elle serra son manteau autour d'elle et se frotta les mains. Elle repensa à sa première nuit de garde, une nuit qu'elle avait passée sur le qui-vive, terrifiée à l'idée que quelqu'un la trouve endormie ou vienne l'espionner. Au lever du jour, elle avait brandi son arme, une lourde matraque, à peu près une demi-douzaine de fois, n'effrayant que la grenouille qui s'était aventurée trop loin de l'étang. Elle avait failli s'évanouir lorsque Ghafoor était venue lui demander comment sa nuit s'était passée.

— Pourquoi y a-t-il autant de bruits la nuit ? Il y a des grenouilles et des lézards et des soldats qui toussent et font les cent pas ! Tu as dit que je devais simplement rester debout dans la tranquillité de la nuit jusqu'au matin. Mais la nuit n'est pas tranquille du tout !

Ghafoor avait éclaté d'un rire incontrôlable. Deux soldats s'étaient retournés, sourcils froncés, désapprouvant le fait qu'une femme – même une femme travestie en homme – se permette de rire aussi fort.

— Alors comme ça, les grenouilles t'ont fait frémir ? Eh bien, petite fille de la campagne, je ne pensais pas que quelques créatures nocturnes te rendraient si nerveuse !

Shekib s'était sentie un peu gênée.

— Ce n'était pas les grenouilles, c'était surtout les soldats... Ils faisaient du bruit mais je ne pouvais pas les voir. J'ai pensé...

— Ne t'en fais pas. La prochaine nuit se passera mieux. Tu t'habitueras aux bruits nocturnes du palais. Tu pourrais même préférer la nuit au jour.

Ghafoor avait eu raison, bien que Shekib gardât cette révélation pour elle. Au cours des mois qui suivirent, elle apprécia de plus en plus de rester assise dans l'obscurité, à peine troublée par la faible lueur de la résidence principale du roi et par le jeu de lumières produit par les lampes à huile. Shekib sourit devant certaines ombres aux formes animales, et rit devant une autre dont le dessin lui rappela sa grand-mère.

Souffrant d'insomnie, Tariq se joignait parfois à elle durant ces nuits. Le roi était passé devant elle à plusieurs reprises sans la regarder. Elle perdait espoir, craignait de ne jamais être la rose que l'on cueille au jardin, selon son expression. Elle s'agitait, se mordillait les ongles et fronçait les sourcils, mais Shekib n'était pas gênée par sa compagnie.

— Ghafoor ronfle encore.

Shekib hocha la tête.

— C'est comme dormir à côté d'un cheval enrhumé. Je n'en peux plus. Je ne sais pas comment font les autres pour faire abstraction de ses ronflements.

— Elle niera tout demain matin.

Tariq sourit.

— Est-ce qu'il se passe quelque chose dans le palais ?

— Non, rien pour l'instant.

Les jardins étaient calmes, mais le palais avait un côté imprévisible. Des gens allaient et venaient, parfois à des heures indues. Et de temps à autre, le roi Habibullah était saisi d'un désir pressant au milieu de la nuit.

Les gardes étaient silencieux. Tariq soupira. Quelque chose la tracassait.

— Es-tu heureuse ici ? demanda-t-elle.

— Heureuse ? Que veux-tu dire ?

— Je veux dire, es-tu heureuse ? Est-ce que cette vie te satisfait ?

— J'ai connu pire.

— Ta famille ne te manque pas ?

— Ils me manquent autant que je leur manque.

Tariq ne sut comment interpréter la réponse de Shekib. Elle comprit au ton de sa voix que celle-ci n'avait pas l'intention de développer. Elle tira sur sa frange, essayant de la faire toucher ses sourcils.

— Mais combien de temps encore allons-nous vivre ici, à ton avis ?

— Je ne sais pas.

— Je me pose parfois cette question.

— Pourquoi ?

— Je me demande ce que le palais va faire de nous. Combien de temps vont-ils nous garder ici ? Je veux me marier. Je veux avoir des enfants et un foyer. Je veux vivre ailleurs, pas toi ?

Tariq, bien que vêtue en homme, était une femme après tout. Sa voix était presque chevrotante. Shekib se garda d'exprimer son opinion. Son plan devait rester secret.

— Je ne sais pas. Nous avons une vie confortable ici.

Tariq poussa un profond soupir.

— C'est confortable, mais ça ne peut pas être notre vie. Je ne suis pas comme Ghafoor. Ni même Karim. Je n'ai pas envie de porter des pantalons toute ma vie. J'étais heureuse en fille.

Les lamentations de Tariq furent interrompues par un claquement de porte. Les gardes s'immobilisèrent et cherchèrent la source du bruit. Elles scrutèrent la pénombre, essayant de localiser les pas.

— D'où est-ce…

— Chut ! murmura Shekib.

Une ombre sortit à toute vitesse du harem par la porte latérale. La silhouette fila en direction du palais.

— Tu crois que c'était le roi ?

Shekib en doutait. Le roi Habibullah ne sortait jamais par la porte latérale. De plus, il n'avait nul besoin de déjouer la surveillance des gardes.

— Qui va là ? cria-t-elle en saisissant sa matraque.

La silhouette accéléra le pas, passant sous la lueur jaune d'une lanterne. À la carrure de ses épaules et la forme de son pantalon, elles virent que c'était un homme. Un homme dans le harem ?

— C'est bizarre. Reste ici. Je vais jeter un coup d'œil à l'intérieur, dit Shekib.

Mais le harem était paisible. Shekib n'entendit que de légers ronflements. L'homme était pourtant venu de quelque part. Elle attendit, dressa l'oreille, à l'affût du moindre mouvement. Elle traversa le couloir sur la pointe des pieds. Prudemment.

Une fois qu'elle eut exploré les bains et vérifié le couloir du côté opposé, elle rebroussa chemin. Il y eut un bruissement dans l'entrée. Elle scruta l'obscurité quand la silhouette se tourna vers elle.

— Tu as trouvé quelque chose ?

C'était Tariq.

Shekib soupira et fit « non » de la tête. Elles ressortirent dans la fraîcheur de la nuit et examinèrent la cour, les jardins, le palais. Il régnait un calme plat. Shekib se demanda qui cela pouvait être. Une personne avait rendu visite à l'une des concubines. Quel homme pouvait être assez intrépide pour s'introduire en douce dans ce lieu ? Et quelle femme l'avait accueilli dans sa chambre ?

Shekib et Tariq restèrent assises en silence, ruminant la même pensée. Si la nouvelle parvenait au palais, les gardes en seraient tenus responsables.

# Chapitre 33

## SHEKIB

Shekib et Tariq retrouvèrent leur logement au lever du jour. De toute la nuit, elles n'avaient plus rien entendu, plus rien vu d'autre. À présent, les soldats allaient et venaient et les domestiques s'affairaient. De toute évidence, le roi attendait un visiteur.

Ghafoor était réveillée, bras tendus au-dessus de la tête, et bâillait. Les autres se frottaient les yeux.

— Tariq ? Tu es déjà debout ? Tu n'as pas dormi la nuit dernière ? demanda Ghafoor avec étonnement.

— Quelque chose est arrivé cette nuit, dit Shekib à voix basse. Je dois vous mettre au courant.

Ses mots, de par leur rareté, captèrent l'attention de toutes.

— Nous avons vu quelqu'un quitter le harem par la porte latérale, qui aurait dû être verrouillée. Il s'est enfui vers le palais, mais dans le noir, nous n'avons pu distinguer son visage.

— C'était sûrement le roi. Tu sais bien que ses besoins le prennent à des heures improbables.

Tariq secoua la tête.

— Ce n'était pas le roi, crois-moi. Je connais sa silhouette. Cet homme était plus mince, plus grand. Et le roi n'entre pas en douce et ne s'enfuit pas par la porte latérale. Il va et vient à sa guise, même s'il est tard. C'était quelqu'un d'autre.

Ghafoor et Karim se penchèrent en avant : elles venaient de comprendre ce que Shekib et Tariq avaient compris la nuit précédente. Qasim regarda le visage inquiet de sa sœur.

— As-tu entendu quelque chose à l'intérieur ? Quelqu'un qui ne dormait pas ? demanda Karim.

— Rien. J'ai traversé les couloirs et je n'ai rien entendu, ni vu personne. Si quelqu'un est entré, il n'a fait aucun bruit, dit Shekib d'une voix blanche et sérieuse.

— Bien sûr que non, dit Ghafoor. Mais si c'est arrivé une fois, alors cela a dû arriver deux, trois fois, voire plus. Nous avons un sérieux problème, mes amies. Si le roi apprend qu'un individu a déjoué notre surveillance pour faire une visite secrète dans son harem privé, nous pouvons commencer à faire nos prières.

— Devons-nous en référer au palais ? demanda nerveusement Qasim.

— Non, surtout pas ! s'écria Ghafoor. Nous devons enquêter par nos propres moyens et éviter que cela nous explose à la figure.

Karim et Tariq exprimèrent leur accord d'un hochement de tête. Shekib gardait le silence. Ghafoor prenait l'affaire en main à présent.

— Tout d'abord, il faut que nous parlions aux concubines, en privé, et de façon individuelle, pour voir si l'une d'entre elles a des informations à livrer.

— Tu crois que celle qui l'a fait entrer va nous le dire ? demanda Qasim.

— Non, elle ne l'avouera pas, c'est certain. Mais si c'est réellement arrivé, l'une d'elles a dû entendre quelque chose et je suis sûre qu'une *autre* voudra en parler. Vous savez bien comment sont ces femmes entre elles. Elles ne manquent pas une occasion de se mettre en pièces.

— J'ai du mal à croire que nous n'en ayons jamais entendu parler, dit Tariq.

— Ça nous pendait au nez. Ce n'était qu'une question de temps. Il y a trop de femmes dans le harem, voilà tout. Il fallait bien que l'une d'elles cause des problèmes.

Ghafoor parlait avec assurance, comme si elle avait prédit cet événement depuis des mois.

Shekib et Tariq s'allongèrent pour se reposer un peu. Les autres prirent leurs postes, se relayant également pour couvrir Tariq et lui permettre de clore ses yeux rougis pendant quelques heures. La situation avait insufflé un nouvel élan à Ghafoor. Son expression était grave et son ton pressant. Elle donnait des ordres comme un général commandant son armée.

Karim et Qasim échangèrent des regards mais la laissèrent faire.

Shekib ne parvint pas à dormir. Dès l'instant où elle avait aperçu cette ombre fuyante, elle avait eu un sombre pressentiment. Il y aurait des conséquences. Elle se tourna sur le côté, contempla les fissures et les lézardes du mur de pierre. Elle n'était plus dans son village à présent. Elle n'était même plus dans la maison d'Azizullah. Elle se trouvait dans le palais du roi. Des gens plus importants causaient des problèmes plus importants.

Elle sombra finalement dans le sommeil, mais son répit fut de courte durée. Dans l'après-midi, elle se leva et s'habilla. Elle trouva Karim près du bassin. Cinq femmes s'y baignaient. Shekib leva les yeux et constata que le balcon était inoccupé.

— Avez-vous entendu quelque chose ?

Karim fit « non » de la tête.

— Ghafoor dit qu'elle a des soupçons mais personne n'a parlé pour le moment. J'ai demandé à deux des femmes, Parisa et Benazir, si elles avaient entendu quelque chose d'anormal la nuit dernière, mais elles ont répondu que non. Nous n'avons interrogé que celles qui ont des enfants car il est peu probable que les tout petits n'aient pas été réveillés si une personne s'est introduite au milieu de la nuit.

Shekib hocha la tête. Le raisonnement tenait la route.

— Mais il vaut mieux ne pas faire grand bruit de cette affaire car une des femmes pourrait répéter au roi Habibullah que nous leur avons posé cette question, dit Karim avec un lourd soupir. Ça pourrait se retourner contre nous.

— Ça ne date pas d'hier, renchérit Shekib. On veut toujours désigner un coupable.

Elle revoyait le doigt crochu de Bobo Shahgul pointé vers elle, ses yeux perçants empreints de haine.

La semaine suivante n'apporta aucune révélation, aucun indice concernant le mystérieux visiteur du harem. La seule preuve indiquant que Shekib et Tariq n'avaient pas rêvé fut la récidive de l'homme en question. À peine cinq jours après sa première apparition furtive, on le vit de nouveau quitter la maison. Cette fois-ci, Qasim était de garde.

La description qu'elle en fit appuya les propos de Shekib et Tariq.

— Lui as-tu couru après ? As-tu vu son visage ? l'avait pressée Ghafoor.

— Non… J'ai seulement vu…

— Tu es restée immobile ? Nous essayons de savoir de qui il s'agit et tu restes sans rien faire ? Beau travail de *garde* !

Elle leva les bras en l'air en signe d'exaspération.

— Il marchait tellement vite. Je ne pensais pas pouvoir…

— Laisse tomber, intervint Karim d'un ton irrité. Ça va. Ça ne sert à rien de courir après cet homme. Il sait probablement déjà que nous l'avons vu, et de toute évidence, il s'en fiche. Son seul souci est de ne pas se faire prendre au palais. Il sait que nous n'avons aucun pouvoir.

— De quoi parles-tu ? Si Qasim avait eu une once de courage, elle aurait pu…

— Alors tu n'avais qu'à prendre sa place de garde et lui courir après toi-même ! cria Karim.

Elle en avait assez des plaintes de Ghafoor. Cette dernière pinça les lèvres, mais ne trouva rien à répliquer.

Les chamailleries s'étaient infiltrées dans le harem et dans les quartiers des gardes. Leur petit groupe était désormais sous pression, et le lien ténu d'amitié qui les liait commençait à s'effilocher. Semaine après semaine, Shekib fut témoin de ce délitement progressif.

L'homme s'introduisait dans le harem environ une fois par semaine. Selon Ghafoor, il n'apparaissait jamais durant ses nuits de garde, mais les autres doutaient de sa sincérité. Sans doute fermait-elle les yeux, car elle non plus n'avait pas envie de lui courir après au milieu de la nuit. Il valait mieux que la femme concernée révèle elle-même ce scandale afin de mettre un terme à ce manège.

Pendant ce temps, Shekib continua de préparer le terrain en vue de ses projets personnels. Elle approcha quelques femmes, avec deux objectifs en tête. Elle leur demanda d'abord si elles avaient entendu quelque chose, des bruits étranges dans la nuit. Ensuite, elle trouva le moyen de mentionner sa propre famille. Avec maladresse et gêne, elle raconta l'histoire des siens, de la série de garçons que sa mère avait mis au monde, que ses tantes avaient mis au monde, que sa grand-mère avait mis au monde.

« Les femmes de notre famille ont beaucoup de garçons. Je suis la seule fille. »

Regards intrigués. Les femmes ne comprenaient pas pourquoi le garde défiguré partageait de telles informations avec elles, mais elles hochaient la tête poliment avant de passer à autre chose. Ou bien, elles la chassaient en fronçant les sourcils d'un air outré. Mais Shekib persista.

Son instinct lui disait qu'elle n'avait pas beaucoup de temps.

# Chapitre 34

## Rahima

— Elle avait une mine affreuse, Khala-*jan*, dis-je. Je n'aurais jamais cru voir un jour ma mère dans cet état. Shahla en aurait fondu en larmes !

Il me vint alors à l'esprit que ma sœur avait dû changer, elle aussi. Aucune d'entre nous n'était la même que trois ans auparavant. Shahla avait deux enfants à présent. Je pensais à elle quand je regardais Shahnaz. Je me demandais comment sa nouvelle famille la traitait. Je priais pour qu'elle soit mieux lotie que Parwin.

— Rohila est une fille intelligente. J'aimerais seulement qu'ils les envoient à l'école, soupira-t-elle. C'est tout ce que je désirais pour vous toutes. Un peu d'éducation pour vous accompagner tout au long de la vie.

— Qu'est-ce que ça m'a apporté de bon ? demandai-je, la voix empreinte de colère. Je suis allée à l'école pendant quelques années et ça n'a rien changé à ma situation actuelle.

— Tu verras plus tard. Chaque petit effort porte ses fruits. Regarde-moi. J'ai la chance de savoir lire. C'est une bougie dans une pièce sombre. Ce que j'ignore, je peux le découvrir par moi-même. Il est plus facile de duper quelqu'un qui n'a pas cette autonomie.

Je me tus. Je ne voyais toujours pas en quoi cela m'était utile. Khala Shaima avait été la seule de ses sœurs à être scolarisée jusqu'en sixième, puisque aucun homme n'avait demandé sa main. Mis à part la possibilité de lire un journal ou un livre, je ne voyais pas en quoi sa vie s'en était trouvée améliorée. Elle n'avait pas été capable de nous sauver, mes sœurs et moi.

— Ta mère va s'en sortir, dit Khala Shaima devant mon expression sceptique. L'esprit humain... Tu sais ce qu'on dit de l'esprit humain? Il est plus dur qu'une pierre et plus délicat qu'un pétale de fleur.

— Si tu le dis.

— Ta mère se protège. Elle protège son esprit, rend le délicat pétale aussi solide qu'une pierre à l'aide de la drogue que ton père apporte à la maison, car c'est le seul moyen qu'elle connaisse pour survivre. Tu devrais en faire autant, mais de façon différente, évidemment. N'oublie pas que tu es à moitié pétale et à moitié pierre, toi aussi.

Elle soupira.

— Cette fichue drogue. Maintenant qu'Abdul Khaliq est le *damaat* de ton père, il peut s'en procurer autant qu'il veut. Il y en avait tellement que ta mère n'a pu résister.

— Ils s'en sont bien sortis dans cet arrangement, fis-je remarquer avec plus de cynisme que je n'aurais voulu.

Parfois, je voyais ma mère en victime. À d'autres moments, en complice de mon père. Dans les deux cas, la souffrance de mes sœurs me sautait aux yeux. Je regardai Jahangir et me jurai de ne jamais lui faire subir la même chose.

— Tu peux blâmer ta mère, mais cela ne servira à rien. Tu n'as pas idée de ce qu'elle vivait. Dans une colonie de fourmis, on est inondé par la rosée.

—Mais tu l'as dit, toi aussi! C'était toi qui lui disais qu'elle ne devait pas nous donner. Je me souviens de tes disputes avec elle!

Khala Shaima soupira et détourna le regard, en proie à la colère.

—Bien sûr que je lui ai dit toutes ces choses! Et elle a essayé. Elle a essayé de parler à ton père, mais c'est un...

—Je sais ce qu'il est.

Khala Shaima observa un silence. Il était temps de changer de sujet.

—Comment se comporte Abdul Khaliq avec toi ces temps-ci?

—Il est tellement pris par ses affaires qu'il n'est presque jamais à la maison.

—Tant mieux. Quelles affaires?

Je haussai les épaules.

—Je ne sais pas exactement, mais je l'ai entendu parler avec ses conseillers et ses gardes l'autre jour. Ils parlaient de ses soldats, du fait qu'ils font ce que les soldats étrangers ne peuvent pas faire.

—Ou ne *veulent* pas faire. C'est une belle escroquerie. Ces pays viennent ici et lâchent quelques bombes. Les ennemis d'hier sont les amis d'aujourd'hui. Tout le monde retourne sa veste, et soudain, nous voilà alliés des Occidentaux. Tout le monde se fiche de ce qu'a fait Abdul Khaliq ces dernières années.

—Qu'a-t-il fait?

Ma tante pinça les lèvres.

—C'est ton mari, Rahima, je pensais que tu étais au courant depuis le temps. Comment crois-tu qu'il soit devenu si riche et si puissant? En faisant couler le sang de notre peuple, voilà comment. Par les rançons, les vols, les meurtres; et puis on nettoie tout et on met un joli masque pour plaire aux Occidentaux, qui ne se rendent compte de rien, ou alors font semblant de ne pas savoir. Ton mari n'est pas le seul et probablement pas le pire. Tu étais trop jeune à l'époque pour le savoir et personne dans ta maison n'en parlait car ton père combattait sous ses ordres.

Par précaution, Khala Shaima chuchotait.

Je me souvins alors de la façon dont Shahnaz était devenue la femme d'Abdul Khaliq – emportée dans un pillage comme un vulgaire bijou ou un plateau d'argent.

— Il faut que tu saches ces choses, Rahima, puisque tu vis ici. En tant qu'épouse de cet homme, rien de moins. Mais ne parle jamais d'eux, jamais. Même pas avec ses autres femmes. C'est compris ?

J'acquiesçai. Ses mises en garde étaient inutiles. Je savais déjà à quel point les langues étaient déliées dans cette maison.

— Ses hommes lui conseillaient de faire se présenter une de ses femmes aux élections du Parlement, dis-je en pensant à la conversation que j'avais surprise. Ça m'a l'air d'une idée farfelue.

— Le Parlement ! Quelle bande d'escrocs !

— Ils tiennent vraiment à ce qu'il le fasse. Ce serait un grand changement, n'est-ce pas, Khala Shaima ? Imagine, une de ses épouses au Parlement.

— Un grand changement, mon œil ! C'est une mascarade. Il y a une loi voulant qu'un certain nombre de sièges soient occupés par des femmes. Ils ont inclus cette loi dans la constitution car autrement, personne ne prêterait attention aux femmes. Mais s'il fait élire une de ses épouses, il lui dira exactement quoi dire, comment voter, à qui parler. Qu'il occupe le siège lui-même ne ferait aucune différence !

Ses mots étaient amers, elle en appuyait l'importance en crachant certaines syllabes.

Je n'y avais pas pensé sous cet angle, mais Khala Shaima voyait juste. Et cela expliquait pourquoi Abdul Khaliq envisageait cette option. Comme son conseiller l'avait dit, c'était peut-être le seul moyen de garder le contrôle de la région.

— A-t-il dit quelle femme il veut faire se présenter ?
— Non, ils n'ont pas parlé de ça, répondis-je.

Je m'étais moi-même posé cette question.

— Probablement Badriya.
— Pourquoi Badriya ?
— Parce que Jamila est trop jolie. Il ne supporterait pas que d'autres hommes posent les yeux sur elle. Et Shahnaz et toi êtes trop jeunes.

Elle avait raison.

Au cours des semaines suivantes, Badriya fut préparée aux élections. Abdul Khaliq passa plus de temps que d'ordinaire avec elle en privé. Nous ne savions pas de quoi ils parlaient et Badriya ne laissa rien fuiter ; du moins, elle prit des airs conspirateurs.

— Ce sera une élection difficile, dit-elle en tapotant ses lèvres du doigt.

De toute évidence, avoir été choisie pour cette mission lui donnait le sentiment d'être unique au monde.

— Nous avons parlé de diffuser le message, de faire circuler mon nom.

— Que devras-tu faire en tant que membre du Parlement ? demanda Shahnaz.

La chaleur était accablante en cet après-midi et tous les enfants jouaient dans la cour. Abdul Khaliq était parti pour un voyage de deux jours et Bibi Gulalai était au lit, se remettant d'une grippe qui selon elle avait failli la tuer à trois reprises. Plus la respiration de Bibi Gulalai était encombrée, mieux le domaine respirait.

— Ignare ! Tu ne sais même pas à quoi sert le Parlement ? Heureusement que ce n'est pas toi qui te présentes !

Je vis Jamila réprimer un sourire. Nous savions toutes deux que Badriya se donnait le temps de trouver une réponse.

— C'est beaucoup de travail une fois qu'on siège dans la *jirga*. Il y a des choses à voter, des décisions à prendre…

Elle agita la main en l'air, comme pour signifier que c'était trop difficile à expliquer.

Shahnaz haussa les sourcils.

— Mais tu seras couverte, non ?

— Bien sûr ! Je porterai ma burqa.

— Et si tu es admise au Parlement, que se passera-t-il ensuite ? Il y a essentiellement des hommes, non ? Tu devras les côtoyer ?

— Oui, ce sera ma tâche en tant qu'élue.

— Quand les élections auront-elles lieu ?

— Dans deux mois. Il y a beaucoup à faire.

Badriya soupira comme si elle venait de se rendre compte de l'ampleur des tâches qui l'attendaient.

En tant que première épouse, Badriya jouissait d'un certain statut dans le domaine, mais ne supportait pas l'attention que les autres femmes obtenaient à son détriment. Ces nouveaux événements étaient exactement le stimulant dont elle avait besoin pour reconquérir sa place de favorite. Mais toutes les façons de se faire remarquer n'étaient pas bonnes à prendre.

Environ une semaine après notre conversation, je me réveillai le matin, nouai mes cheveux en arrière et enfilai ma robe de travail. Je devais nettoyer le poulailler. L'odeur du lieu me retournant toujours l'estomac, j'emportai une bande de tissu à nouer autour de mon nez et de ma bouche.

Je sortis et me rendis à l'autre bout du domaine. Matinales, les poules se mirent à caqueter frénétiquement à mon arrivée. Leurs plumes volèrent, me faisant tousser. J'ajustai mon masque et pris une profonde inspiration.

Avant même que je puisse saisir mon balai, les caquètements s'intensifièrent, les poules se mirent à aller et venir comme si quelque chose les rendait nerveuses. Je me retournai et vis Badriya qui marchait à l'arrière de la maison. Elle tenait son bras gauche plaqué contre elle et boitait légèrement, une démarche me rappelant Parwin.

Je l'examinai et me rendis compte qu'elle ne m'avait pas vue. Elle s'arrêta devant la corde à linge et tendit le bras pour décrocher un tchador et une robe. Elle dut s'y prendre à trois fois avant d'y parvenir ; à chaque nouvelle tentative, elle s'arrêtait net et retirait brusquement son bras en secouant la tête. Je me demandai ce qui lui était arrivé et fus contente d'avoir une excuse pour retarder ma tâche.

— Badriya-*jan*! *Sobh bakhair*!

Badriya pivota d'un seul coup, son expression de surprise rompue par une grimace de douleur.

— Oh, Rahima! Oui, *sobh bakhair*. Bonjour. Que fais-tu ici ?

Son bras était toujours plaqué contre son corps.

— Je dois nettoyer le poulailler, lui expliquai-je. On dirait que ton bras te fait mal. Que s'est-il passé ?

Badriya fronça les sourcils.

— Ce n'est rien, dit-elle sur un ton peu convaincant.

Lorsqu'elle se tourna de nouveau vers la corde à linge, mes yeux se posèrent sur sa nuque et je remarquai des bleus autour de sa clavicule. Je voulus lui en parler mais me ravisai. Elle s'affaira comme si de rien n'était mais son visage la trahissait.

— Retourne à ton travail, Rahima. Je n'ai pas le temps de bavarder, dit-elle pour me congédier.

Je retournai donc à mes poules, en regardant par-dessus mon épaule pour vérifier sa claudication. Hashmat la retrouva devant la porte de la maison et l'aida à entrer. Il croisa mon regard et secoua la tête. Je gardais mes distances avec lui ces derniers jours. Après tout ce temps, j'avais compris que je ne devais pas m'approcher des garçons de mon âge ou plus âgés, quel que soit notre lien de parenté. Et je ne voulais pas provoquer la moindre discussion à propos d'Abdullah, qui me semblait désormais irréel, tel un personnage issu de mon imagination.

Dans l'après-midi, je retournai chez Jamila. La plupart du temps, mon fils se joignait à moi pendant mes corvées, mais nettoyer le poulailler m'était impossible si je l'avais dans les pattes. Jahangir avait pris l'habitude de rester auprès de Jamila lorsque je m'adonnais aux tâches les plus ingrates. Elle aimait passer du temps avec lui à présent que ses propres enfants avaient grandi et je lui faisais confiance, plus qu'à quiconque. Même si je vivais avec Shahnaz, c'était vers Jamila que je me tournais si j'avais des questions sur la façon de nourrir ou de baigner Jahangir. Elle lui tricota même un pull et un bonnet pour l'hiver.

— Il ne t'a pas trop embêtée, hein ? lui demandai-je en connaissant d'avance sa réponse.

— Oh, il est de plus en plus gentil, Rahima. Demain, nous devrions faire brûler de l'*espand* pour lui, pour éloigner le mauvais œil. Ce sera bientôt une vraie pipelette. Si tu l'avais vu essayer de parler !

— As-tu croisé Badriya aujourd'hui ? demandai-je, souhaitant partager avec elle ce que j'avais vu.

— Non, tu la cherches ?

Tout en parlant, elle nourrissait Jahangir de morceaux de pain trempés dans du thé.

—Je l'ai vue ce matin, derrière la maison. On dirait que son bras est blessé. Et elle ne marche pas normalement.

—Hum. Lui en as-tu parlé ? demanda Jamila en secouant la tête.

—Oui, mais elle m'a envoyée promener.

—Elle en attendait trop, soupira Jamila. Un homme a besoin de sentir qu'il est le chef dans sa maison. Surtout un homme comme Abdul Khaliq Khan.

—De quoi parles-tu ?

—Tu sais, ce n'est pas facile pour lui d'admettre qu'elle va se présenter aux élections. Son nom doit être diffusé dans la région pour que les gens votent pour elle, on va parler d'elle. Et ce sera une vraie révolution : la femme d'Abdul Khaliq, sortie de son foyer, dans la course au Parlement. Ça ne l'enchante pas.

Je me sentis stupide de ne pas l'avoir compris toute seule.

—Je les ai entendus, cette nuit.

—Que s'est-il passé ?

—Il lui a défendu de devenir comme ces femmes qui font beaucoup de bruit, parlent à tout le monde… Il tenait à lui faire comprendre que c'était sa décision de la faire concourir et que ça n'avait rien à voir avec elle. Je crois qu'il l'a surprise en train d'en parler. Ce n'est pas ce qu'il attend de ses épouses. Je ne sais pas exactement ce qu'elle a dit, mais il a été dur avec elle la nuit dernière, poursuivit Jamila d'un air affligé, ponctuant sa phrase d'un claquement de langue. Il était dans tous ses états.

Même si sa suffisance m'avait irritée, j'avais de la peine pour Badriya. Nous connaissions toutes la poigne d'Abdul Khaliq. Peut-être regrettait-elle à présent d'avoir été choisie pour siéger à la *jirga*.

—Est-ce qu'il va quand même aller jusqu'au bout ? Je veux dire, l'envoyer au Parlement ?

— Je crois. Il tient à obtenir ce pouvoir. À travers elle, il aura la main sur une quantité de projets. Il ne va pas y renoncer, même s'il n'a pas envie de voir le nom de sa femme inscrit sur des bulletins et déteste l'idée qu'elle doive passer du temps hors de la maison pour répondre à ses obligations. D'ailleurs, je suis sûre qu'il est en train de réfléchir à un moyen de contourner tout ça.

La leçon d'Abdul Khaliq s'avéra efficace. Badriya ne prononça plus un mot sur les élections à venir. Il s'entretenait avec elle de temps à autre, ainsi qu'avec ses conseillers. Je glanai çà et là des bribes de leurs discussions. Les choses s'annonçaient mal. Ses conseillers n'étaient pas sûrs que Badriya obtienne un siège à la *jirga* mais Abdul Khaliq avait un moyen de les convaincre.

Mon mari avait l'habitude d'obtenir ce qu'il désirait. S'il voulait que Badriya soit élue, elle le serait.

# Chapitre 35

# Rahima

Abdul Khaliq et Badriya firent de nombreux voyages à Kaboul. Il détestait ça. Elle affirmait y prendre du plaisir, mais nous pouvions constater que ce n'était pas le cas. Abdul Khaliq était toujours tendu avant leur départ et encore plus nerveux à leur retour.

Badriya avait gagné l'élection, essentiellement grâce au vote des femmes, d'après les nouvelles locales. Les deux autres épouses et moi avions du mal à imaginer qu'une institution aussi importante que le Parlement puisse autoriser les femmes à voter. Khala Shaima me fit une nouvelle visite. Je lui demandai des nouvelles de ma famille et de me raconter la suite de l'histoire de Shekiba. Elle me questionna sur Badriya et Abdul Khaliq. À ce stade, j'avais perdu ma naïveté. Je savais parfaitement à quel genre d'homme j'étais mariée et avais conscience qu'il avait commis des actes horribles. Jahangir, mon fils, commençait à ressembler à son père, ce qui m'effrayait. Parfois, j'avais peur de cesser de l'aimer pour cette raison. J'avais un mouvement de recul lorsqu'il se mettait en colère, exprimait sa frustration par des cris dont l'hostilité m'était familière. Mais ses humeurs n'étaient rien comparées à celles de son père, et en dehors de ses crises, c'était un gamin très aimant et affectueux, qui tirait mon visage vers le sien et me tapotait la tête comme si j'étais l'enfant et lui le parent.

Khala Shaima respirait plus difficilement ce jour-là. Peut-être était-ce la poussière, sa santé déclinante ou ma propre paranoïa. Elle était la seule famille qui me restait et j'angoissais souvent à l'idée de me retrouver privée de ses visites. Égoïstement, je priais le Ciel de la maintenir en bonne santé.

— Il lui indique précisément comment voter. Elle n'a d'autre choix que d'obéir à ses ordres.

Je confirmai d'un hochement de tête.

— Elle a l'air exténuée chaque fois qu'elle rentre de Kaboul. Si tu la voyais... On dirait qu'elle est complètement vidée.

— Elle devrait quand même avoir un moyen... un moyen de voter par elle-même. Il n'entre pas dans le Parlement, tu sais. Une fois qu'elle est en séance, il n'est pas là pour l'influencer.

— Je suis sûre qu'il se débrouille pour savoir tout ce qui se passe derrière ces portes.

Je dépliai la petite paume de Jahangir et y récupérai la pierre qu'il avait ramassée. Il avait regardé ses demi-frères aînés jouer et voulait à présent les imiter. Ses yeux ronds s'illuminaient dès qu'il les voyait, il se fendait d'un grand sourire et me tirait le visage pour que je regarde moi aussi.

— Oui, *bachem*, je les vois. Tu vas grandir et devenir tout aussi grand et fort. Attends un peu.

Parfois, j'essayais d'imaginer à quoi il ressemblerait dix ans plus tard, mais mon esprit ne pouvait se le figurer autrement que sous les traits du gentil bébé qu'il était. Quand j'essayais de m'imaginer avec dix ans de plus, c'était effrayant. Mes mains étaient déjà calleuses. Mon dos me faisait mal la nuit, non seulement parce que j'avais porté Jahangir pendant neuf mois, mais aussi parce que je passais mes journées penchée en avant à laver du linge et lessiver les sols. Cette maison, cette vie, m'avaient fait vieillir. Peut-être était-ce cela que Parwin avait vu, la vie dans dix ans. Peut-être était-ce une image insoutenable.

« Tout le monde a besoin d'une échappatoire. »

— Peut-être que tu pourrais aller à Kaboul avec elle, suggéra Khala Shaima.

Elle se mit à tousser, une toux sèche qui secoua tout son corps. Je mis ma main sur la sienne et poussai un verre d'eau vers elle.

— Merci, *dokhtar-jan*. Bah! La poussière m'irrite particulièrement aujourd'hui.

J'espérais que c'était la seule cause de sa toux.

— Bon, qu'est-ce que je disais? Ah oui, pourquoi n'essaierais-tu pas d'aller à Kaboul avec elle?

— Et que ferais-je à Kaboul, Khala-*jan*?

— Qui sait? dit-elle vaguement. À Kaboul, tu verrais de nouvelles choses. Ce serait l'occasion de t'instruire. Voir comment les gens vivent là-bas, voir les immeubles et ce que fait le Parlement. C'est une chance à saisir.

L'idée était tentante. Voir à quoi ressemblait la grande ville m'aurait bien plu. Je n'en avais entendu parler qu'à travers l'histoire de Bibi Shekiba, et j'attendais justement que ma tante poursuive son récit. Ce fut comme si elle lisait dans mes pensées.

— Je sais que tu aimes écouter l'histoire de ta *bibi* Shekiba. Elle vivait à Kaboul, tu sais. La vie est tout autre là-bas.

— Mais tu n'y es jamais allée, n'est-ce pas?

— Regarde-moi, Rahima! Je suis déjà contente que mes vieux os me permettent de venir jusqu'ici. Quand j'étais jeune, par contre…, confia-t-elle d'une voix plus douce.

Je rêvais d'aller à Kaboul. Je rêvais qu'une voiture s'arrête devant chez moi, me prenne et me conduise au palais présidentiel, dans les magasins, dans les rues, à l'aéroport. Je voulais voir tous les endroits dont j'avais lu des descriptions.

C'était son échappatoire à elle, je m'en rendais compte à présent. Son esprit se chargeait de l'emmener là où son corps n'allait pas.

— Peut-être que tu pourrais t'y rendre maintenant ? suggérai-je.

Sa voix en exprimait tant l'envie que je souhaitais qu'elle puisse y aller.

— Ma chance est passée. Mais penses-y. Badriya multiplie les allers et retours entre votre maison et la capitale. Ça ne devrait pas être bien compliqué pour elle de t'emmener. Propose-lui de l'aide.

— De l'aide ? La seule aide dont elle ait besoin de ma part, c'est ici, pour laver, récurer, repasser, ou même lui frotter le dos…

La liste était longue.

— Je connais le genre de Badriya. Je parie qu'elle ne sait pas lire. Je me demande comment elle se débrouille au Parlement. Fais-lui savoir que tu sais lire et écrire. Ce serait une façon bien plus intéressante pour toi de l'aider.

C'était vrai. Badriya n'avait jamais appris à lire. Un jour, j'avais vu Hashmat lui lire une lettre qu'elle avait reçue de sa famille. Elle écoutait avidement tandis qu'il déchiffrait les pattes de mouche. Ce n'était pas la seule dans ce cas. La plupart des femmes de notre village étaient analphabètes. Mes sœurs et moi étions instruites uniquement grâce à l'insistance de Khala Shaima. Rohila et Sitara n'auraient peut-être pas la même chance, pensai-je, à présent que Madar-*jan* s'était repliée sur elle-même et que la santé de notre tante déclinait.

— Elle ne sait pas lire, en effet. Ni Shahnaz. Jamila a quelques notions, je crois.

— Eh bien, nous y voilà, dit-elle avant de se pencher en avant et d'expirer lentement, lèvres pincées. Parle-lui, gentiment. Je crois que ce serait bien pour toi de voir les endroits que Bibi Shekiba a vus.

L'idée m'enthousiasma encore plus lorsqu'elle mentionna Bibi Shekiba. J'avais déjà fait l'expérience de sa double vie, en vivant en garçon. J'avais envie de découvrir les endroits où elle était passée. Mais je voulais davantage que ce qu'elle avait eu. Je ne voulais pas être un pion comme elle, passant de main en main. Je voulais me montrer plus intrépide. Être maîtresse de mon *naseeb*, et non en recevoir un tout prêt. Malheureusement, les paroles qu'avait toujours tenues ma mère me plongeaient dans le doute.

— Khala Shaima, crois-tu qu'on puisse changer son *naseeb* ?

Elle haussa un sourcil.

— Dis-moi, comment sais-tu de quoi est fait ton *naseeb* ?

Je n'avais pas la réponse à cette question.

— Je ne sais pas. Madar-*jan* avait dit que c'était mon *naseeb* d'être mariée à Abdul Khaliq. Et celui de Shahla d'être mariée à Abdul Sharif, et celui de Parwin de l'être à Abdul Haidar.

— Et ce matin ? Qu'as-tu mangé au petit déjeuner ?

— Un morceau de pain avec du thé.

— Est-ce que quelqu'un t'a apporté le pain ?

— Non, dis-je en riant à l'idée qu'on puisse me servir quoi que ce soit. Bien sûr que non ! Je l'ai pris moi-même.

— Alors peut-être que ce matin, c'était ton *naseeb* de ne pas avoir de petit déjeuner du tout. Et puis qu'est-il arrivé ?

— Je l'ai changé ?

—Peut-être. Ou alors c'était ton *naseeb* depuis le début d'avoir du pain et du thé. Peut-être que ton *naseeb* est là mais qu'il attend que tu le déclenches.

—Mais les gens ne diraient-ils pas que c'est blasphématoire ? De changer le *naseeb* qu'Allah nous a réservé ?

—Rahima, tu sais à quel point j'aime notre dieu. Tu sais que je prie à genoux cinq fois par jour avec tout mon cœur. Mais dis-moi, ceux qui prétendent une telle chose ont-ils parlé avec Allah pour connaître le véritable *naseeb* ?

Cette nuit-là, je ne pus fermer l'œil, repensant aux paroles de ma tante. Jahangir respirait doucement, blotti contre moi, sa petite main sur mon cou.

Était-ce le *naseeb* de Parwin de mourir de cette façon, la peau réduite en lambeaux calcinés ? Ou bien, avait-elle laissé passer sa chance de changer les choses ? De réaliser son véritable *naseeb* ? Était-ce le *naseeb* de Madar-*jan* de passer ses journées affalée, abrutie par l'opium, pendant que Rohila et Sitara étaient livrées à elles-mêmes ? Pendant qu'elles esquivaient les colères noires de mon père ?

Tout cela me laissa perplexe. Je soupirai puis tirai la couverture sur les épaules de mon fils. Je fis glisser mon doigt sur ses lèvres roses. Son visage tressaillit et sa bouche esquissa un sourire rêveur. Je souris à mon tour.

Je ne savais pas de quoi était fait mon *naseeb*, encore moins celui de mon fils. Mais cette nuit-là, je me promis de faire tout ce qui était en mon pouvoir pour en tirer le meilleur parti. Pour nous deux. Je ne laisserais pas passer ma chance.

D'après le récit de Khala Shaima, Bibi Shekiba avait cherché par tous les moyens à maîtriser son propre *naseeb*. Moi, son arrière-arrière-petite-fille, j'étais capable d'en faire autant.

# Chapitre 36

## SHEKIB

Le cœur de Shekib tambourinait dans sa poitrine, sa bouche était sèche. Amanullah se promenait de nouveau dans les jardins. Shekib se tenait à son poste, seule une rangée d'arbustes à hauteur d'épaule les séparait. Son ami plus âgé l'accompagnait encore. Shekib le reconnut à son chapeau de laine. Les deux hommes s'assirent sur le banc, les mains de Shekib devinrent moites.

*C'est le naseeb qui a voulu qu'ils passent par là, au moment même où je monte la garde.*

— Il y a de nombreuses forces en jeu ici. Ton père devra avancer à pas comptés. Nous sommes des souris au milieu d'un troupeau d'éléphants, mais si nous nous déplaçons intelligemment, nous pourrons éviter de nous faire écraser.

— Le problème, c'est que des conflits font rage dans le pays et aux frontières. Nous ne pouvons pas relâcher notre attention, sous peine d'être affaiblis.

Shekib perçut du respect dans la voix du prince. Il avait confiance en cet homme.

— C'est vrai. Mais les deux sont liés. Un pays sécurisé à l'intérieur de ses frontières sera en mesure d'adopter une position ferme contre ceux qui le convoitent avidement.

Et ceux qui nous convoitent savent que des troubles internes font de nous une proie facile.

— Notre armée est faible comparée à la leur.

— Mais notre volonté est forte, répliqua-t-il avec fermeté.

Amanullah soupira d'un air pensif.

Shekib se raidit au son de son souffle. Elle fit un pas à droite puis deux à gauche, remuant pour faire remarquer sa présence.

— Notre peuple sait si peu de choses des événements qui ont lieu au-delà des frontières. Il est à peine au courant de ce qui se passe à une province de distance, à un village du nôtre.

Shekib retint sa respiration. Elle se demanda si Amanullah l'avait identifiée. Elle donnait le dos aux deux hommes mais gardait la tête légèrement tournée, offrant son profil droit – au cas où ils prendraient la peine de la regarder. Ils se levèrent et reprirent la direction du palais. L'occasion était trop belle ; Shekib jeta un coup d'œil au prince dès qu'elle fut suffisamment proche pour voir la couleur de ses yeux. Elle pivota du buste, puis l'examina discrètement.

Il lui rendit son regard. Signe de tête.

*Il m'a regardée ! Il a hoché la tête ! Il m'a vue !*

Elle sentit sa respiration s'accélérer. Il lui fallut presque une heure avant de prendre conscience qu'Agha Baraan avait lui aussi hoché la tête dans sa direction, lui adressant un salut discret. Elle essuya ses mains moites sur son pantalon. Elle avait établi un contact avec Amanullah. Il l'avait remarquée et lui avait fait un signe de tête. Elle n'avait détecté aucune répulsion dans son expression, pas une once de dégoût. Était-ce possible ? Le prince avait-il pu faire abstraction de sa monstruosité ?

Elle redoubla de zèle dans l'après-midi. Il fallait qu'elle ait davantage d'échanges avec le palais, avec des personnes extérieures au harem. Mais les gardes étaient isolés du reste du domaine, semblait-il. Shekib évalua la situation. Elle jouissait d'une plus grande liberté que les concubines. Elle pouvait circuler sur le terrain du palais comme bon lui semblait. Elle pouvait converser avec les domestiques qui venaient livrer les repas au harem.

Karim vint la libérer de son poste.

— Tu peux aller dîner. Ils ne devraient pas tarder à amener les chariots de nourriture.

— Je n'ai pas faim pour le moment. Je vais plutôt faire une promenade.

— Comme tu voudras. Mais garde l'œil ouvert. Cela fait des semaines et nous ne savons toujours rien.

Les femmes restaient muettes. Chacun des gardes nourrissait ses propres soupçons, mais leurs questions n'avaient reçu qu'une série de réponses inutiles et bizarres.

Shekib traversa les jardins, dépassa les statues, l'étang, puis deux soldats discutant à voix basse, la surveillant de loin. Elle regarda le palais Dilkhosha, impressionnant, interdit d'accès. Elle aurait voulu jeter un coup d'œil à l'intérieur mais n'avait rien à y faire. Elle essaya d'imaginer ce qui s'y trouvait.

Peut-être y avait-il des colombes, de gracieux oiseaux aux ailes blanches qui se nourrissaient du pain chaud du palais et chantaient des prières pour le monarque. Ou peut-être y avait-il des montagnes de nourriture, de mets délicats cuisinés par des chefs pour flatter les papilles du roi et de la reine.

Tout était si différent à Kaboul, au palais. Shekib découvrait tant de choses dont elle n'aurait jamais soupçonné l'existence, des choses dont ses parents ne lui avaient jamais parlé. Elle se demanda si les résidents du palais pensaient aux petits villages ruraux autant qu'aux autres problèmes du pays. Pourquoi se préoccuper autant de ces Russes, lorsque les villageois manquaient d'eau ?

Perdue dans ses pensées, elle n'avait pas remarqué Agha Baraan, assis sur un banc, des feuilles de papier dans les mains.

— *As-salaam-alaikum*, dit-il d'une voix aimable.

Shekib se retourna brusquement. Dès qu'elle comprit ce qui l'avait fait sursauter, elle pivota des épaules pour lui offrir son profil droit.

— *Wa... wa-alaikum as-salaam*, murmura-t-elle.

Il se replongea dans ses papiers, lisant avec un air soucieux.

Shekib s'apprêtait à rebrousser chemin lorsqu'elle prit conscience qu'elle avait là une chance rare. Devant elle se trouvait un lien avec le palais, un homme très proche d'Amanullah. Il n'y avait pas de mur entre eux, aucun obstacle. Elle avait la possibilité de lui parler, à condition que sa voix lui obéisse.

— Je... Je surveille le harem, dit-elle simplement.

Baraan leva la tête ; la surprise se lut dans ses yeux bruns.

— Oui, je me souviens. Nous vous avons aperçue tout à l'heure près de la cour. Vous occupez un poste important ici, au palais.

« Chaque personne a son rôle dans le palais. »

— Oui, et vous aussi, semble-t-il.

Il se mit à rire.

— Cela dépend pour qui.

— Quel est votre rôle ?

— Mon rôle ? Eh bien, disons que je suis conseiller. Je travaille avec l'un des vizirs. Un assistant d'assistant, pour ainsi dire.

*Les gens du palais s'expriment-ils toujours par énigmes ?* s'interrogea Shekib, se remémorant la conversation des deux hommes.

— Êtes-vous dans l'armée ? demanda-t-elle.

Sa voix ne tremblait plus. Le comportement de l'homme, sa voix, ses mots, lui indiquaient qu'il n'était pas une menace.

— Non. Je travaille avec eux, mais je ne suis pas un soldat.

— Je ne sais rien de Kaboul.

— Vous venez d'un village. Ce n'est pas étonnant.

Il y avait du mépris dans sa remarque, mais Shekib décida de ne pas en tenir compte.

— Quel est votre nom ?

Elle attendit un instant avant de répondre.

— Shekib.

— Shekib, je vois. Et le nom que vos parents vous ont donné ?

— Shekiba.

— Shekiba-*jan*. Mon nom est Agha Baraan. Je suis ravi de faire votre connaissance. Votre famille vit-elle dans les environs ?

— Je n'ai pas de famille.

Les mots franchirent ses lèvres sans qu'elle puisse les contrôler. Pourtant, c'était la vérité. Bobo Shahgul et ses oncles ne s'étaient pas privés de le lui faire comprendre.

— Je suis désolé de l'apprendre.

Shekib se rappela soudain son plan. Si elle voulait modifier son *naseeb*, elle ne devait pas gâcher une chance comme celle-là. Elle tenta de rattraper son erreur.

— Je veux dire, j'avais une famille mais maintenant je vis ici. Je ne vois plus ma famille. Mais j'avais de nombreux frères. Je suis la seule fille d'une longue lignée de fils. Toutes mes tantes n'ont eu que des fils. Ma grand-mère aussi.

Agha Baraan pinça légèrement les lèvres. Il regarda ailleurs un moment avant de se tourner de nouveau vers Shekib.

— Leurs maris doivent être très heureux.

— Ils le sont.

Elle remuait nerveusement, la bouche pâteuse, encombrée de mensonges. Il l'observait. Avait-il perçu la malhonnêteté dans sa voix ?

— Vous plaisez-vous ici, au palais ?

— Oui... plutôt, dit Shekib, hésitant à se livrer. C'est un endroit magnifique.

— En effet. Vous êtes à Kaboul, dans le palais du roi, au cœur de l'Afghanistan. C'est ici, entre ces murs, que l'histoire se fait.

*Que de grandes palabres*, pensa-t-elle en s'efforçant de garder une expression neutre.

— Le fils du roi..., commença-t-elle, ne pouvant se résoudre à prononcer son nom. C'est un homme important, n'est-ce pas ?

— Oui et non.

— Ce n'est pas possible.

Baraan haussa un sourcil.

— Comment cela ?

— Parce qu'il est important ou ne l'est pas. Il ne peut pas être les deux à la fois, dit-elle sans ambages.

Il eut de nouveau un petit rire.

— Je vois que vous n'aimez pas les contradictions. Vous voilà mal préparée pour la vie au palais. Ces murs abritent tout ce qui est et n'est pas à la fois.

Deux soldats passèrent par là et leur lancèrent un regard curieux. Shekib vit l'un des deux murmurer à l'oreille de l'autre. Elle pivota brusquement sur les talons et se redressa.

—Je dois retourner au harem, dit-elle à Agha Baraan.

*Elle est gauche et fruste,* songea Baraan, *mais étrangement intéressante.*

Il se demanda d'où lui venait cette cicatrice et quelle part de vérité recélaient ses propos.

# Chapitre 37

# Rahima

Badriya se montra d'abord étonnée.
— C'est juste que tu as l'air de souffrir. Tu t'es tenu le dos toute la journée. Je crois qu'un petit massage te ferait du bien.

— Tu as raison. C'est exactement ce dont j'ai besoin. J'ai de l'huile ici. Laisse-moi m'allonger.

Sans perdre de temps, elle me conduisit vers son lit, où elle s'étendit sur le côté, m'offrant son dos. Elle se tortilla pour relever sa robe jusqu'au cou, après s'être assurée que la porte était close.

Je trempai les doigts dans le pot de graisse animale et commençai à lui pétrir le dos. Des bourrelets de graisse pendouillaient à sa taille.

— Oh, oh, gémit-elle.

Je levai les yeux au ciel. Elle avait tendance à se plaindre de son dos dès qu'une corvée l'appelait dans la maison. Autrement, elle se vantait d'être plus active que Jamila et même Shahnaz, qui étaient toutes deux bien plus jeunes qu'elle. Encore une de ses contradictions.

Elle jouait la comédie à ce moment-là, même si ce n'était pas nécessaire.

—*Aaaah*, tu es jeune. Tu ne connais pas les vraies douleurs et les vraies courbatures. Mets au monde un ou deux enfants de plus et tu verras. Mon dos, mes genoux, même mon cou ! Chaque partie de mon corps me fait mal du matin au soir. Et la route d'ici à Kaboul est longue et cahoteuse. Mes muscles s'engourdissent tellement qu'une fois arrivée à destination, j'arrive à peine à déplier les jambes.

Je pétris plus fort, sachant qu'elle appréciait cette attention. Toutefois, elle avait abordé le sujet de Kaboul, c'était donc pour moi le moment d'évoquer l'idée de Khala Shaima.

—Vas-tu bientôt y retourner ?

—Dans trois semaines environ. Le Parlement doit encore se réunir. Nous allons voter une ou deux lois et discuter de quelques sujets. Des choses que tu ne peux pas comprendre.

Mon massage avait dû la relaxer. Elle retombait dans ses vieux travers et se vantait de sa position. Cette même attitude qui avait conduit Abdul Khaliq à la couvrir de bleus, avant même qu'elle occupe un siège à la *jirga*.

—Tu dois avoir beaucoup de travail là-bas.

—Oh oui. C'est une énorme responsabilité. Et les allers et retours sont éreintants. Ça n'a rien d'une partie de plaisir.

—Tu dois être si fatiguée.

J'avais la bouche pâteuse, me sentais gênée de dire des choses que je ne pensais pas. Badriya ne levait quasiment pas le petit doigt dans la maison et ses enfants étaient grands. Ils l'aidaient aux rares tâches qui lui étaient assignées. Et si son élection au Parlement la rendait si fière, les voyages à Kaboul auraient dû la ravir.

—Oui, je suis éreintée. Appuie plus fort ici, dit-elle, pointant le doigt vers le bas de son dos.

Je me retins de souffler. Mes doigts commençaient à s'engourdir mais j'enfonçai malgré tout les paumes dans la zone qu'elle m'avait indiquée. J'avais besoin de sa coopération pour poursuivre le plan dont Khala Shaima avait planté la graine et qui commençait à germer dans mon esprit.

— Tu sais, je me disais, peut-être que je pourrais t'aider à Kaboul.

— Toi ? M'aider ? s'agaça Badriya.

Je serrai les dents.

— Tu es jeune, tu n'es qu'une fillette ! Tu ne sais rien de la *jirga* ni de ce qui s'y passe. C'est du travail gouvernemental, pas des jeux d'enfants.

Cela faisait une éternité que je n'avais plus de temps pour quelque jeu d'enfants que ce soit. De plus, comme me l'avait expliqué Khala Shaima, Badriya n'avait aucune expérience ni connaissance justifiant sa place au Parlement. Elle y siégeait uniquement parce qu'Abdul Khaliq l'avait voulu.

— Je pensais simplement que je pourrais t'aider dans les petites choses, comme remplir des formulaires ou lire les journaux de Kaboul pour toi.

Badriya suspendit son souffle. Je sentis ses hanches se tendre sous mes doigts.

— Tu… Tu ne verrais pas d'inconvénient à faire ce genre de choses ? Tu sais lire ?

— Bien sûr.

— Et écrire aussi ?

— Oui.

— Et tu le fais bien ? Pas juste quelques lettres ici et là ?

— Oui. J'avais de bonnes notes à l'école en écriture et en lecture. Meilleures que mes camarades, dis-je avant de me rappeler à l'ordre, préférant éviter de trop me pencher sur cette période de ma vie.

— Hmm. Je vais y réfléchir. C'est un travail exigeant et un peu d'aide me serait utile… Mais je ne sais pas comment Abdul Khaliq va réagir. Tu sais qu'il n'aime pas qu'on quitte la maison. Il a fait une exception pour moi, ajouta-t-elle avec une arrogance non contenue.

— Il est différent avec toi. Le mieux, ce serait que tu lui expliques que je serais là pour toi, pour te faciliter la tâche. Parce que, de toute évidence, tu es sa préférée.

Mon raisonnement sembla la satisfaire. L'espace d'un instant, elle oublia à quelle fréquence Abdul Khaliq m'appelait pour passer la nuit avec lui. Et comme si la nuit n'était pas assez pénible, je devais en plus affronter l'amertume de Badriya le lendemain matin. Un jour, elle me frappa avec sa sandale pour avoir brisé une assiette alors qu'elle avait vu son fils me bousculer. Tout fut rapporté à ma belle-mère, dont l'orgueil se gonflait à chaque nouvelle occasion de me punir.

— Et ton fils ? Jahangir est encore petit. Tu le laisserais ? Bibi Gulalai ne va pas aimer cette idée.

Elle envisageait sérieusement ma proposition. Comme je n'avais pas réfléchi à tous les aspects de mon plan, je m'exprimai lentement, trouvant les solutions tout en parlant.

— Je pense que je pourrais l'emmener. Ce n'est pas un enfant difficile, il ne devrait pas déranger. Je pourrais m'occuper de lui à Kaboul et en même temps t'aider.

Je m'arrêtai avant de mentionner Bibi Gulalai. Elle détestait tout ce que je faisais de toute façon.

— Je ne sais pas si Abdul Khaliq sera content que son fils voyage à Kaboul.

Elle paraissait sceptique mais je sentis une ouverture. Je poussai la porte.

— Parles-en avec lui. S'il te plaît. Je crois vraiment que je pourrais t'aider.

— Mais pourquoi ? Pourquoi veux-tu faire ça ?

Les yeux plissés, elle se tourna pour voir mon visage. Je me déplaçai et posai les mains sur ses épaules, essayant de faire diversion.

— Parce que… parce que tu as tant à faire et je pensais… Eh bien, j'ai toujours voulu visiter Kaboul. Je me suis dit que c'était l'occasion. Comme tu l'as dit, Abdul Khaliq fait des exceptions pour toi alors peut-être que si tu en discutes avec lui, si tu lui expliques que je pourrais t'aider… peut-être qu'il serait d'accord ?

Elle ferma les yeux et lâcha un soupir tandis que je lui massai les épaules. L'idée la séduisait. À présent, il nous restait à convaincre notre mari.

J'espérai qu'elle se montrerait aussi persuasive que moi.

Chaque fois que je l'interrogeai à ce sujet, elle me dédaigna. Soit elle n'avait pas eu l'occasion de lui poser la question, soit elle avait oublié, soit il n'était pas d'assez bonne humeur. Son voyage à Kaboul approchait. Deux semaines. Une semaine. Je perdis espoir. Elle n'avait pas le courage de lui en parler, même si l'idée lui plaisait. Quelques jours après ma dernière approche, elle m'avait prié de lui lire quelques textes dans la maison. Sans doute pour me tester. Non pas qu'elle aurait pu vérifier que j'avais juste, mais elle parut rassurée de constater que j'étais réellement capable de déchiffrer des mots.

Deux jours avant leur départ, Badriya aborda enfin Abdul Khaliq. D'après ce qu'elle me rapporta, il ne fut pas enthousiaste, mais à force de flatteries, elle vint à bout de sa résistance. Je l'interrogeai de nouveau lorsque je lui apportai les robes qu'elle m'avait chargée de repasser.

— Ne te méprends pas, il n'était pas partant du tout. Et pour toutes les raisons que j'avais prédites. Malgré ma position privilégiée, je ne pensais vraiment pas pouvoir le convaincre, mais il a accepté. Alors voilà. Ton vœu est exaucé. Nous partons dimanche pour être à l'heure à la session de lundi. Tu as intérêt à te rendre utile sans quoi je regretterai de m'être donné autant de mal pour toi.

— Tu ne le regretteras pas, tu verras ! Merci infiniment ! Je ferais mieux de préparer quelques affaires pour Jahangir et moi !

— Seulement pour toi, dit-elle.

Elle me tourna alors le dos. Elle fourra ses vêtements dans un sac en toile.

— Tu n'as pas besoin d'emporter d'affaires pour Jahangir, ajouta-t-elle.

— Pourquoi ? demandai-je, confuse.

— Il ne vient pas. Abdul Khaliq trouve qu'il est trop jeune pour voyager. Il a dit que Jamila pouvait s'occuper de lui en notre absence.

Je me raidis. Je n'avais jamais été séparée de Jahangir. L'idée de le laisser me fendit le cœur. Devais-je insister ? Rester ?

— Oh, je ne pensais pas… Il a dit ça ? C'est sûr ?

— Si c'est sûr ? Tu crois qu'on peut mettre en doute la parole d'Abdul Khaliq ? C'est toujours sûr avec lui, Rahima. Fais ton sac. Jahangir sera bien avec Jamila. Elle a un faible pour les tout petits.

Je me sentais tiraillée.

— Combien de temps devons-nous nous absenter ?

— Rahima, ça suffit, les questions idiotes. Le Parlement est en séance pendant quatre mois. Je me suis démenée pour tout préparer et nous avons des pauses.

— Des pauses pour quoi faire ?

— Les pauses nous permettent de retourner dans les régions que nous représentons. Pour rencontrer des gens et nous faire une idée des problèmes qui existent chez nous.

— Mais tu n'as jamais rencontré personne.

— Tu crois qu'Abdul Khaliq me laisserait déambuler en ville pour parler à untel et untel ? Honnêtement, ça n'a pas d'importance. Personne ne viendra vérifier et je ne crois pas non plus que les autres retournent vraiment dans leur ville pour discuter avec les électeurs. Qui a besoin de le faire ? Je suis sûre que tout le monde dans cette région connaît les mêmes problèmes que nous.

— Et quels sont ces problèmes ?

Badriya s'agaça.

— Tu n'as pas assez de choses à faire dans la maison, pour perdre ainsi ton temps à me poser des questions idiotes ? Tu ne parleras à personne à Kaboul mais on pourrait te voir, alors prends tes plus jolis vêtements. Pas cette robe bleue miteuse que tu portes tout le temps.

La robe bleue miteuse. Je l'avais tellement portée que le tissu était presque transparent désormais, comme Shahnaz me l'avait fait remarquer en ricanant un jour. Malgré la gêne que j'avais ressentie à ce moment-là, il m'était difficile d'y renoncer. Sa couleur bleu marine me rappelait un jean que j'avais porté avec bonheur pendant quelques mois. Du denim. En denim, j'avais été libre de courir dans le quartier, de marcher avec le bras de mon meilleur ami autour de mon épaule, de frapper dans un ballon pour l'envoyer entre les jambes du gardien de but. Cette robe bleue miteuse était l'étendard de ma liberté, mais j'étais la seule à le savoir.

— Combien de temps serons-nous partis ?

Je fis le calcul. Je savais que Badriya avait fait quelques allers et retours au cours de la dernière séance mais je n'avais jamais prêté attention à leur fréquence.

— Deux semaines, je crois. Puis nous revenons pour une courte pause, avant de repartir pour Kaboul... C'est comme ça que ça marche.

— Deux semaines ? Oh, waouh. Deux semaines... Je suppose que je pourrais...

— Tu *supposes* ? C'est toi qui as soulevé l'idée alors ne fais pas l'idiote maintenant.

*Elle veut que je parte avec elle*, me rendis-je compte avec un demi-sourire. *Elle a besoin de moi.*

J'avais peut-être une carte à jouer.

J'appris plus tard comment les choses fonctionnaient réellement. Badriya, comme tous les autres parlementaires, recevait une bourse pour engager une assistante, un chauffeur et deux agents de sécurité personnels. Jusque-là, Abdul Khaliq avait encaissé sa bourse et son salaire puisqu'il l'envoyait déjà là-bas avec son propre chauffeur et ses gardes. Incapable d'assumer elle-même sa paperasse, Badriya s'était rendue au bureau du directeur général plus souvent que tous les autres membres. Ils en avaient assez de la voir et avaient insisté pour qu'elle se trouve une assistante au plus vite, sous peine de se voir confisquer une partie de sa bourse.

La menace était creuse, mais une assistante rendrait les choses plus faciles pour tout le monde.

À ce moment-là, je n'étais pas encore au fait de ce fonctionnement. J'ignorais totalement qu'Abdul Khaliq et Badriya s'adonnaient aux mêmes manœuvres que de nombreux autres parlementaires. Il semblait que personne à Kaboul ne vérifiait ce qu'il advenait de l'argent. Ou des promesses.

Je ne pensais qu'une seule chose : j'en étais capable. Je faisais confiance à Jamila pour s'occuper de mon fils. Au fond, peut-être que ce voyage nous serait profitable à tous les deux. Tout valait mieux que d'être au service des personnes de cette maison.

— D'accord, acquiesçai-je, en pensant que c'était peut-être là le tournant décisif de ma vie, mon *naseeb*.

# Chapitre 38

## SHEKIB

À ses débuts au palais, Shekib osait à peine croiser les regards, même ceux des femmes. Pendant longtemps en effet, elle avait vécu voilée et travaillé dans des maisons où les gens ne voulaient ni l'entendre ni la voir. Lorsqu'elle tomba sur un soldat, son cœur faillit bondir hors de sa poitrine parce que l'homme lui avait adressé un salut inintelligible. La deuxième fois, ce fut un jardinier. Il lui fallut une heure pour contrôler le tremblement de ses mains et se remettre du regard gênant qu'ils avaient échangé.

Shekib avait du mal à croire qu'elle pouvait regarder un étranger dans les yeux et lui parler. Son instinct lui dictait de fuir. Pourtant, au fil des jours, à mesure que sa démarche en pantalon s'assurait, elle s'accoutuma à ces interactions quotidiennes. Elle se força à parler aux autres gardes et s'autorisa à écouter leurs conversations.

Certains jours, Shekib croisait des personnes qui travaillaient dans le palais même, et non dans ses annexes. Chaque fois, elle avait un peu plus de facilité à engager la discussion. Et immanquablement, elle trouvait le moyen de mentionner la longue lignée de fils de sa famille. Elle n'était pas très habile à ce jeu, mais s'en souciait peu.

Cela faisait un an qu'elle logeait au palais. Elle en parcourait le terrain avec assurance. Elle en savait plus sur chaque concubine qu'elle ne l'aurait cru possible. Elle avait vu leurs enfants – ceux du roi – faire leurs premiers pas, écrire leurs premiers mots. Habibullah semblait être un bon monarque, aux dires des employés du palais. Il avait développé le réseau routier du pays. Il avait fondé une académie militaire et diverses écoles.

Le roi s'absentait plusieurs semaines d'affilée et revenait parfois avec une nouvelle concubine, une fille à peine mature, aux yeux de biche, nerveuse.

« Chaque personne a son rôle dans le palais. »

En voyant les nouvelles recrues, les anciennes pinçaient les lèvres et reconsidéraient leur position. Sakina devint plus fougueuse, prodigua aux débutantes des conseils ridicules et garda le silence pendant plusieurs jours lorsque le roi lui préféra un visage neuf. Benazir avait mis au monde une petite fille. Elle l'avait appelée Mezhgan et avait souligné ses yeux de khôl, sur les conseils de Halima.

Fatima avait le teint pâle depuis quelques semaines. Son fils venait d'avoir un an mais passait la plupart de son temps avec Halima, sa mère n'ayant plus l'énergie requise pour s'occuper de lui. Sans que sa maladie ne soit nommée, elle reçut de fréquentes visites de la doctoresse du harem, la britannique Mrs Brown. Kaboul ne comptait que des médecins hommes, ce qui ne convenait pas au roi, d'une méfiance obsessionnelle. Ainsi, il avait fait venir Mrs Brown de l'étranger. Gentille et ferme à la fois, elle donnait satisfaction au monarque, autant pour ses compétences que son comportement. Elle séjournait au palais et repartait de temps en temps en Angleterre. Mrs Brown (« Khanum Behrowen », comme l'appelaient les femmes) plaçait son stéthoscope sur la poitrine de Fatima puis le retirait, tout en appuyant les mains sur son ventre. Elle soupirait et se tapotait les lèvres de l'index d'un air pensif.

En dépit de ses tensions internes, le harem était une famille. Les concubines les plus âgées servaient de mères aux plus jeunes, tandis que ces dernières rivalisaient entre elles comme des sœurs qui n'auraient qu'un seul jouet à se partager. Le roi leur rendait visite quand bon lui semblait, apparaissant parfois en plein jour et d'autres fois au beau milieu de la nuit. Ses venues se faisaient dans la plus grande discrétion mais n'étaient jamais secrètes. Contrairement à celles de l'autre homme.

Le visiteur, toujours nimbé de mystère, venait rarement. Les gardes commençaient à croire qu'il s'était lassé de sa maîtresse, puis voilà qu'il faisait une nouvelle apparition, toujours à la faveur de la nuit. Il devait savoir que les gardes l'avaient repéré et les croyait sans doute incapables de l'arrêter. Quelle que fût son identité, il trahissait effrontément le roi par ses intrusions honteuses, avant de retourner dormir au palais.

Shekib se demandait quel individu pouvait bien se permettre une telle audace. Et pourquoi il faisait cela.

Amanullah ne s'éloignait pas du palais pendant que son père s'aventurait dehors pour contrôler la construction des routes qu'il avait ordonnée. De temps à autre, le prince venait dans la cour du harem, se penchait vers ses demi-frères pour leur donner une tape dans le dos ou leur ébouriffer les cheveux, ou bien leur renvoyait d'un coup de pied un ballon perdu. Shekib l'observait, le cœur battant à un rythme singulier, à la fois triste et plein d'espoir. Il la saluait d'un léger sourire et d'un signe de tête formel. Comme une poignée de mains secrète, pensa Shekib.

*J'ai probablement l'air un peu plus âgée que lui, mais je ne suis pas encore trop vieille pour le mariage. Je suis encore jeune, robuste et forte. J'espère que les autres lui ont parlé de moi, lui ont raconté comment j'aide les jardiniers à replanter les arbustes, comment je prends les enfants dans mes bras quand ils s'endorment ou apporte les plateaux de nourriture dans les logements des femmes. Mon dos est aussi solide que celui de n'importe quel soldat du palais, mes bras sont fermes et mon esprit rationnel. Pense à moi, Amanullah-jan, je suis certaine que je ne décevrai pas un homme comme toi.*

Shekib n'était pas la seule à songer au *naseeb* d'Amanullah.

Le roi Habibullah pensait lui aussi qu'il était temps pour son fils de trouver une épouse. Il avait quantité de prétendantes en tête – les filles de vizirs ou de ses plus proches conseillers. Shekib avait surpris une conversation alors qu'elle se trouvait derrière la porte de sa suite au harem.

— Je ne peux pas lui forcer la main, avait-il dit mot pour mot. Mon garçon choisira lui-même. Amanullah est différent de ses frères. Il me ressemble davantage. Et en même temps, il est si éloigné de moi par certains aspects. Parfois, je me demande quel aurait été mon sentiment à son égard s'il n'avait pas été mon fils.

Shekib sentait que le temps lui était compté. Amanullah choisirait bientôt une épouse. Elle poursuivit ses modestes efforts bille en tête. Elle trouva une raison de parler à tous ceux qui croisaient son chemin et prit soin chaque fois de préciser que les femmes de sa famille ne mettaient au monde que des garçons, ou presque.

Elle le vit une nouvelle fois en compagnie d'Agha Baraan. Ils traversaient le terrain, au retour d'une réunion au palais de Dilkhosha. Shekib enfonça les mains dans ses poches et regarda autour d'elle. Désormais, elle naviguait aisément entre le masculin et le féminin, consciente de sa poitrine aplatie et de ses courbes cachées uniquement lorsqu'elle se trouvait en présence du prince. Il lui donnait des picotements. Elle aurait aimé qu'il le sache.

Les amis s'arrêtèrent devant un banc. Agha Baraan cueillit une rose rouge, en huma le parfum puis la glissa dans la poche de sa veste. Shekib se trouvait à une certaine distance des deux hommes mais, d'un pas lent et désinvolte, se fraya un chemin dans leur direction, tout en faisant semblant d'inspecter les massifs. Une fois qu'ils furent assis, la verdure leur bloquait la vue ; ainsi, ils ne soupçonnaient pas la présence du garde androgyne, qui épiait leur conversation à deux pas de là tout en nourrissant des fantasmes.

—Alors, as-tu pris ta décision ?

—Je suis prêt, Agha Baraan. Je crois qu'il est temps pour moi de prendre une femme. Je veux constituer mon propre héritage et pour cela, je dois fonder une famille. J'ai besoin à mes côtés d'une femme sensée, qui sera aussi dévouée à Kaboul que moi. Je suis sûr de ma décision. Elle possède une grande force de volonté et a traversé des épreuves, les gens se sont retournés contre elle et malgré cela, elle marche la tête haute. Quand je vois son visage, j'y lis de la douceur et de la compréhension, à cause de ce qu'elle a vécu.

Shekib se figea sur place.

*Son visage ? Est-il possible qu'il parle de mon visage ? Oui, les gens se sont retournés contre moi ! Presque tout le monde s'est retourné contre moi ! Mais je travaillerai si dur pour Kaboul ! Je ferai tout pour lui !*

Elle ne bougeait pas, terrifiée à l'idée de révéler sa présence.

Peut-être Agha Baraan lui avait-il parlé d'elle. Peut-être avait-il partagé avec son ami les bribes de sa vie qu'elle lui avait offertes et peut-être savaient-ils qu'elle les écoutait à cet instant précis ?

— Et que dira ton père ? Je veux dire, étant donné ses origines…

— J'ai conscience de cela, mais c'est mon père et ce palais qui me l'ont fait connaître.

Shekib écarquilla les yeux. En effet, c'était le roi Habibullah qui l'avait introduite dans le palais et par conséquent dans la vie de son fils. Elle redressa les épaules, cherchant la posture qu'une femme de palais adopterait.

— Je lui reparlerai ce soir. J'ai déjà abordé ce sujet avec lui mais il ne m'a pas pris au sérieux.

Baraan prit une profonde inspiration.

Shekib ne dit rien à ses amies gardes mais pendant deux jours, des regards intrigués furent échangés, les autres ayant remarqué un changement chez elle. Ghafoor dut se répéter trois fois avant que Shekib ne se rende compte qu'elle lui parlait. Elle ne touchait presque plus à son assiette, dont Karim et Qasim se partageaient les restes dès qu'elle s'éloignait. Tariq tenta de l'approcher, de lui parler de ses rêves de maternité. Shekib dodelina de la tête d'un air absent – l'autre aurait pu tout aussi bien parler aux pigeons.

Deux jours passèrent donc ainsi. La nuit, Shekib regardait fixement le mur, visualisait le visage d'Amanullah en s'imaginant toutes les façons dont on pourrait venir l'informer de la demande du prince. Où vivrait-elle ? Elle se laisserait pousser les cheveux. Elle se maquillerait, comme le faisaient parfois les femmes du harem. Une Anglaise venue au palais avait apporté du rouge à lèvres et de la poudre, et montré aux femmes comment éclaircir leur teint et rehausser le rose de leurs joues. Shekib se demanda si la poudre pourrait camoufler son demi-masque.

La troisième nuit, Shekib était de garde. Postée dehors, elle contemplait le palais en regrettant que sa mère ne fût pas en vie. Il lui fallut un temps anormalement long pour réagir aux bruits de pas et aux voix s'élevant dans le harem. Halima se trouvait déjà devant l'entrée principale au moment où Shekib commençait à peine à comprendre que quelque chose se passait.

—C'est Fatima! Elle n'est pas bien. Il faut faire venir le docteur!

L'état de Fatima s'était aggravé, et à partir de cet événement, le *naseeb* de Shekib changea de cap.

# Chapitre 39

## Rahima

La route était cahoteuse. Mes flancs souffraient à chaque secousse. Badriya m'observait du coin de l'œil. L'expérimentée première épouse n'était pas surprise. La nuit précédente, Abdul Khaliq m'avait appelée dans sa chambre. J'étais entrée en silence. Bien que n'étant plus une nouvelle, les nuits avec mon mari me répugnaient toujours. Je devais m'évader par l'esprit, penser aux corvées qui m'attendaient, ou à mes jours d'école, quand le *moallim* nous apprenait à mémoriser nos tables de multiplication en chantant.

Une fois remplies mes obligations conjugales, j'attendais les ronflements de mon mari, un signal m'indiquant que je pouvais me rhabiller et retourner dans ma chambre. La nuit précédente fut différente.

Badriya et moi devions partir au matin pour mon premier voyage à Kaboul. J'étais excitée mais nerveuse à l'idée de laisser Jahangir. À la respiration régulière d'Abdul Khaliq, je compris qu'il était détendu mais pas encore endormi. Je saisis ma chance.

—Je voulais vous demander quelque chose…, amorçai-je avec hésitation.

Je cherchai la bonne formulation, les mots qui ne le mettraient pas immédiatement en colère. Il sembla surpris de m'entendre parler. D'un haussement de sourcil, il m'invita à poursuivre.

— Demain… comme je dois partir aider Badriya-*jan*… j'espérais pouvoir prendre Jahangir avec moi pour que…

— Jamila s'occupera de lui.

— Mais je ne veux pas la déranger. Elle doit déjà surveiller ses propres enfants.

— Il sera très bien.

— Et je veux être sûre que Jahangir mange correctement. Parfois, il est tellement difficile…

J'en avais trop dit.

— Alors ne pars pas ! tempêta-t-il. C'était une idée stupide de toute façon ! Maintenant il faut que je t'écoute pleurnicher ! Tu n'es jamais contente !

Il s'était levé, tirant les draps avec lui et laissant mes jambes découvertes.

— Je suis désolée…, commençai-je, dans l'espoir de tempérer sa réaction.

C'était trop tard. Abdul Khaliq passa les trente minutes qui suivirent à me faire regretter d'avoir parlé.

Je me rendis alors compte que mon mari cernait les gens. Il savait exactement comment les conduire à faire ce qu'il voulait, comment les rendre furieux ou tristes ou craintifs. C'était sans doute ainsi qu'il rencontrait le succès dans ses affaires, quelles qu'elles soient.

Le matin arriva et j'embrassai mon fils endormi avant de l'allonger sur un coussin dans la chambre de Jamila. J'effleurai sa joue et vis sa bouche esquisser un léger sourire en plein rêve.

Jamila se mordit la lèvre en voyant mon visage. Ma joue commençait à virer à l'écarlate, un bleu de la forme d'une main y apparaissait.

— Il ira très bien, Rahima-*jan*, me rassura-t-elle d'une voix chaleureuse. Je le ferai dormir juste à côté de moi avec ta couverture. Nous parlerons de toi jusqu'à ton retour. Ça te fera du bien, tu verras.

Je lui étais reconnaissante et savais que Jahangir adorait passer du temps avec elle et ses enfants. Malgré tout, je détestais l'idée de le laisser.

*Deux semaines*, pensai-je. *Nous serons de retour dans deux semaines. Ce n'est pas si long, hein ?*

Je glissai une dernière fois mes doigts dans les mèches noires de mon fils et me penchai en avant pour déposer un baiser sur sa tête. Il se tourna sur le côté, ses lèvres parfaites s'entrouvrant juste assez pour me laisser voir ses petites dents.

— Ça va aller, Rahima-*jan*. Ça va bien se passer pour lui, et pour toi aussi. Tu verras, dit Jamila.

Elle me serra délicatement dans les bras, sachant qu'un bleu en laissait deviner d'autres.

Je portai mon sac jusqu'à la voiture. Bibi Gulalai et Badriya se trouvaient dehors, ainsi que Hashmat. Il me lança un regard, qu'il accompagna d'un sourire narquois.

— Bonjour ! cria-t-il.

— Bonjour, marmonnai-je, l'esprit encore hanté par le doux visage de Jahangir. *Salaam*, Khala-*jan*, dis-je, n'étant pas d'humeur à supporter les moqueries de Hashmat ce jour-là.

Elle ne répondit pas à mon salut.

— Tu es prête pour ton voyage à Kaboul, je vois. Je ne comprends pas comment tu peux laisser ton petit garçon pour aller faire je ne sais quoi là où tu n'as pas ta place. Mon fils est bien gentil de t'autoriser à partir, alors tu as intérêt à te rendre utile à Badriya.

— C'est vrai, confirma cette dernière.

— Je doute que tous les bouleversements qu'elle cause en vaillent la peine, marmonna Bibi Gulalai.

Hashmat se mit à rire.

— C'est vraiment chouette que tu puisses accompagner Madar-*jan* à Kaboul ! Je parie que tous tes copains de classe seraient jaloux s'ils savaient que tu allais visiter la grande ville, dit-il.

Je lui décochai un regard perçant que ni Bibi Gulalai ni Badriya ne remarquèrent. Hashmat ne perdait pas une occasion de mentionner ma période de *bacha posh* et mes camarades de classe. Il n'hésitait pas à le faire devant son père mais son effronterie provoquait parfois des explosions de colère qui emportaient tout sur leur passage. Quelque chose dans mon statut de *bacha posh* avait piqué l'intérêt d'Abdul Khaliq, mais à présent, il ne tolérait pas qu'on lui rappelle le fait que j'aie passé du temps simplement assise à côté de garçons à l'école.

Les gardes d'Abdul Khaliq mirent nos sacs dans le coffre de la voiture. Nous revêtîmes nos burqas et grimpâmes à l'arrière.

« Ne parle pas aux gardes. Ils t'ont à l'œil mais si tu fais quoi que ce soit, crois-moi… tu le regretteras. Et à Kaboul, il y a des gens qui travaillent pour moi. Tous tes faits et gestes me seront rapportés. Si tu fais quoi que ce soit susceptible de m'embarrasser, je te promets que tu regretteras d'avoir posé un jour les pieds dans cette ville. »

Il s'était montré clair. J'étais soulagée que Jahangir soit trop jeune pour causer beaucoup de soucis. Mais les colères d'Abdul Khaliq survenaient rapidement, violemment, et souvent sans prévenir. J'avais demandé à Jamila de s'assurer que Jahangir ne se mette pas en travers de la route de son père. Je ne serais pas là pour le protéger.

Je ressassai inlassablement ces pensées jusqu'à ce que les secousses du véhicule finissent par me bercer et m'endormir. Badriya n'était pas d'humeur à bavarder. Elle appuya la tête contre la vitre et commença à ronfler doucement.

J'ignore combien d'heures passèrent avant que la civilisation n'apparaisse de nouveau. Il y eut des immeubles, des maisons, des chevaux et des voitures. Je me redressai sur mon siège, ouvris grand les yeux. Notre jeep ayant des fenêtres teintées, j'osai regarder dehors pour voir à quoi ressemblaient les habitants de Kaboul. Je pensai immédiatement à Bibi Shekiba et à ses premières impressions de la capitale, telles que Khala Shaima me les avait décrites.

Je réagis comme elle, en écarquillant les yeux, mais mon émerveillement fut différent. Je n'avais jamais vu autant de voitures et de gens réunis dans un seul endroit! On aurait dit que la totalité des habitants de la capitale possédaient un véhicule. Et boutique après boutique, les rues abondaient de marchandises exotiques et de mets en tous genres. Des boulangeries, des tailleurs, et même un salon de beauté! C'était si différent de chez nous. J'aurais aimé que Shahla soit avec moi pour assister à ce spectacle. Ou les garçons, mes anciens compagnons de jeu. Il y avait tant de lieux que nous aurions pu explorer si nous avions grandi là!

—Kaboul est... Kaboul est incroyable! m'exclamai-je.

Badriya sembla s'amuser de ma réaction.

—Et comment! Il s'en passe des choses, ici. Je n'aurais pas le temps de tout te montrer.

Je vis Maroof et Hassan, installés sur les sièges avant, échanger un regard. Il était peu probable que Badriya ait réellement visité Kaboul. Elle s'était plainte à Jamila du fait que les gardes la conduisaient directement de l'hôtel au Parlement et du Parlement à l'hôtel.

— Nous sommes presque arrivés. Nous allons séjourner dans une pension tenue par des Européens.

Au bout d'une rue bordée d'arbres, un immeuble apparut.

Il y avait une grille flanquée de portiques aux colonnes en pierre. Un large chemin traversait l'entrée principale pour mener à une tour imposante qu'il encerclait ; un drapeau flottait à son sommet. Je me tordis le cou pour avoir une meilleure vue.

*Cette tour s'élève jusqu'au ciel!* pensai-je.

La façade était décorée de sculptures et d'arches, ternes et écaillées, mais elle avait dû jadis être majestueuse. Une femme passa devant la grille, son foulard jaune-vert occultant son visage à partir du nez et tombant en cascade sur ses épaules. Tandis que nous la dépassions, elle pivota légèrement et regarda droit vers ma vitre teintée, ses yeux croisant les miens comme si elle me voyait réellement, comme si elle avait conscience de ma présence. Cette première vision d'une habitante de Kaboul fut fascinante pour la petite villageoise que j'étais.

— Quel est ce bâtiment ? demandai-je, connaissant déjà la réponse.

— C'est Arg-e-Shahi, le palais présidentiel.

— Bibi Shekiba…, murmurai-je.

Un frisson me parcourut lorsque j'imaginai ce que mon arrière-arrière-grand-mère avait dû ressentir en voyant ces portes pour la première fois. Qu'avait-elle découvert de l'autre côté ? Comme d'habitude, Khala Shaima avait laissé son récit en suspens. La vie de Bibi Shekiba prenait sans cesse des tours imprévisibles. J'étais curieuse de savoir ce qu'elle était devenue, et tout autant de découvrir ce qui m'attendait.

— Seigneur Dieu, qu'est-ce que tu peux bien marmonner ?

La question de Badriya resta sans réponse. Je contemplai le palais, l'endroit où mon héritage commençait.

*Que t'est-il arrivé ici ?* me demandai-je.

Maroof tourna à gauche, puis à droite et de nouveau à gauche. Il zigzaguait à travers les rues bondées et maudissait chaque voiture sur son passage. Il y avait des tanks et des soldats en treillis coiffés de casques. Ils n'avaient pas l'air afghans. C'étaient les soldats étrangers dont Badriya nous avait parlé. Tout comme les gardes de mon mari, ils portaient de grands pistolets à l'épaule. Des petits garçons se tenaient devant eux, mus par la curiosité. Les soldats riaient et bavardaient avec décontraction.

— Sont-ils américains ? demandai-je à Badriya.

— Ils sont de partout. Certains sont américains, d'autres européens ou je ne sais quoi.

Elle pointa du doigt un bâtiment qui se dressait sur notre gauche.

— Nous y sommes, annonça-t-elle.

— C'est ici que tu as l'habitude de séjourner ?

— Oui, c'est un bel endroit. Tu verras.

Badriya disait vrai. Nous nous arrêtâmes devant un portail métallique, dans une petite rue à l'abri de l'effervescence du marché.

Notre conducteur abaissa sa vitre devant le garde à l'uniforme bleu. Il cita le nom d'Abdul Khaliq. Je crus d'abord que les deux hommes se serreraient la main, mais je compris ensuite que Hassan tenait des billets pliés entre les doigts, que l'autre glissa dans sa poche.

Je regardai Badriya, qui semblait ne pas avoir remarqué l'échange, ou bien n'y attachait aucune importance.

Hassan ouvrit le portail et notre chauffeur, Maroof, s'engagea dans une allée circulaire, pour se garer devant un bâtiment tout en longueur. Il était haut de trois étages, avec des rangées de fenêtres alignées comme une centaine d'yeux. Deux colonnes encadraient une double porte vitrée.

— C'est ici que se déroulent les réunions ?

— Non, idiote. Le *Parlement* se réunit dans les locaux du *Parlement*.

J'étais trop excitée pour me sentir affectée par son mépris.

On nous conduisit dans un hall élégant où se trouvait un bureau de réception. Un homme vêtu d'une chemise à manches longues impeccable et d'un pantalon étroit parlait au téléphone mais il hocha la tête lorsqu'il vit notre chauffeur et l'autre garde. Il reposa le combiné sur son socle et leva les yeux vers les deux hommes. Je me tenais derrière Badriya, craignant d'avoir un geste déplacé. Trois femmes entrèrent, en jean et tunique ajustée. Leurs foulards étaient pudiquement serrés sous leur menton, mais des mèches de cheveux encadraient leur visage et leurs sourcils à l'arc délicat. Leurs chaussures attirèrent particulièrement mon attention. Des escarpins en cuir noir, brisant le silence de la pièce.

En examinant leurs tenues, je fus contente que nos burqas dissimulent nos robes amples au tissu délavé. Soudain, je me sentis fruste et mal à l'aise. Je tentai de cacher mes pieds derrière Badriya. Les femmes, occupées à parler, nous remarquèrent à peine.

La conversation entre les gardes du corps d'Abdul Khaliq et l'homme de la réception se poursuivit jusqu'à se conclure, comme précédemment, par une poignée de mains. Une liasse de billets glissa dans la paume de l'employé avant de rejoindre illico la poche de sa veste. Il accompagna sa manœuvre d'un regard furtif pour s'assurer que personne n'avait remarqué la transaction, non pas que cela aurait intéressé qui que soit.

On nous conduisit au troisième étage, dans une chambre comptant deux lits simples et une salle de bains pourvue de toilettes à l'occidentale. La fenêtre donnait sur une cour à l'arrière de l'hôtel, une petite étendue pavée entourée de pots de fleurs et de buissons. Je vis un pigeon se dandiner à l'ombre d'un arbre.

*Comme dans les jardins du palais où Bibi Shekiba montait la garde*, pensai-je.

—Je n'arrive pas à croire que c'est l'endroit où tu loges à Kaboul ! Pas étonnant que tu aimes autant venir ici !

—Ne t'y habitue pas, dit-elle en ouvrant son sac pour en sortir un pull.

—Pourquoi ?

—Parce que nous serons dans un appartement bientôt. Abdul Khaliq n'utilise cet endroit que temporairement. Il cherche un nouveau logement où nous aurons plus d'intimité, avec seulement ses gardes à l'extérieur.

—A-t-il déjà trouvé un endroit ? demandai-je.

—Qu'est-ce que j'en sais ? répondit-elle.

Elle s'assit sur le lit et ôta ses sandales. Ses plantes de pieds étaient jaunes et calleuses. Elle se les massa et poussa un soupir.

—Écoute, Rahima. Je sais pourquoi tu fais ça. Ne me prends pas pour une idiote.

Je la regardai sans rien dire, trouvant plus sage de la laisser m'expliquer.

—Mais tant que tu m'aides pour la lecture et l'écriture en vue des réunions, ça m'est bien égal. Et ne t'attends pas à visiter Kaboul.

Badriya avait raison. Nos gardes personnels étaient discrets, mais ne se tenaient jamais à moins de cinq cents mètres de nous. La plupart du temps, ils restaient dans le petit salon du troisième étage, à deux portes de notre chambre. Je détestais l'idée qu'Abdul Khaliq garde un œil sur nous à chaque instant, mais Jamila m'avait parlé de menaces contre les membres du Parlement, en particulier les femmes ; ainsi, j'étais plutôt rassurée de savoir que les hommes de confiance d'Abdul Khaliq veillaient sur nous dans cette ville inconnue et grouillante de monde. Je me sentais davantage en sécurité grâce à eux.

Le travail commença le lendemain. Nos gardes nous conduisirent au Parlement dans la matinée. Nous gardâmes nos burqas jusqu'à l'arrivée. Badriya ôta alors la sienne et m'invita à faire de même. Je jetai un coup d'œil aux gardes pour voir leur réaction. Ils s'étaient tournés mais promenaient un regard circulaire pendant que nous entrions dans un imposant bâtiment devant lequel se dressait une rangée de colonnes.

Des gens entraient et sortaient, des hommes et des femmes qui semblaient tous venir de régions différentes. Certains des hommes portaient les caftans amples et les pantalons que l'on voyait dans notre village, des turbans autour de la tête dont un pan dégringolait sur l'épaule. Les femmes, quant à elles, me laissèrent bouche bée. Certaines étaient vêtues comme nous, de simples robes larges à hauteur de mollet d'où dépassaient des pantalons bouffants. D'autres, en revanche, portaient des chemisiers boutonnés et de longues jupes fluides. Certaines étaient même en blazer et pantalon d'homme. Elles portaient leurs foulards colorés avec élégance. Quand nous nous approchâmes, je pus constater que certaines avaient du rouge à lèvres et du fard à joues, tandis que d'autres avaient souligné leurs yeux de khôl. Je me demandai ce que leurs maris pensaient d'elles, marchant tête nue, le visage maquillé.

Nous arrivâmes au contrôle de sécurité. Quatre gardes en uniforme se tenaient dans l'entrée, deux hommes et deux femmes. La foule de gens se scinda lentement en trois files. Badriya me prit par le coude et me fit doubler les autres. Elle s'arrêta un bref instant devant l'employée, vêtue de la même couleur kaki que ses collègues masculins, mais en jupe longue.

*Une garde femme. Exactement comme Bibi Shekiba.*

Je ne pus m'empêcher d'examiner son visage. Ressemblait-elle à la femme dont j'avais tant entendu parler ?

Badriya marmonna quelques politesses rapides et lui fit un signe de la main. La garde hocha la tête et tourna de nouveau son attention vers la femme qui lui faisait face. Elle la tira derrière une cloison.

— Que font-ils ?

— Ils sont ici pour la sécurité. Ils vérifient que les gens ne portent pas d'armes. Cette pièce là-bas, c'est là où les gardes femmes fouillent les femmes. Nous ne devons rien faire entrer dans le bâtiment. Ni rien en faire sortir.

— Nous n'allons pas nous faire fouiller ?

— En fait, normalement oui, mais pas moi. Les gardes me connaissent. Et aucun autre membre du Parlement n'y passe non plus. Nous sommes les élus, après tout ! Ce serait ridicule si nous devions nous faire tripoter à chaque passage ! Je ne pourrais pas le supporter !

Je m'abstins de répliquer, sachant qu'elle le supporterait si on le lui ordonnait.

Badriya sourit poliment à quelques connaissances. Deux femmes, en robe et long foulard, s'approchèrent de nous, arborant des visages lumineux et souriants.

— Badriya-*jan* ! Ça fait plaisir de te revoir ! Comment vas-tu ? Comment va la famille ?

Elles avaient la même taille, la même corpulence, et aussi le même ovale de visage. Mais elles devaient avoir dix ans d'écart, le visage de l'une était plus ridé, ses cheveux plus grisonnants.

Joue contre joue, bises suspendues, un bras autour d'une épaule. Les femmes se saluèrent.

—Sufia-*jan*, *qandem*, *salaam*!

Je fus sidérée d'entendre Badriya prononcer des paroles aussi mielleuses.

—Grâce à Dieu, tout le monde va bien. Et toi, comment te portes-tu, et comment va la famille? Et toi, Hamida-*jan*? Comment vas-tu?

—Bien, merci. Prête pour une nouvelle séance agitée? répliqua Hamida.

Son visage était franc et sérieux, dénué de maquillage.

—Oui, je suis prête. Quand cela doit-il commencer, selon vous?

—Ils disent qu'on devrait démarrer dans une demi-heure, l'informa Sufia en scrutant l'entrée.

C'était la plus âgée des deux. La douceur que je décelai dans ses yeux me mit en confiance.

—Mais à mon avis, nous ne sommes pas assez nombreux pour le moment. Il faudra sûrement attendre une heure. Peut-être deux. Tu sais comment c'est.

Badriya hocha poliment la tête et garda le silence.

*Elle ne sait plus quoi leur dire*, pensai-je.

—Et qui t'accompagne? C'est ta fille?

Hamida et Sufia me regardaient avec curiosité, en souriant. Je me tournai vers Badriya et ressentis un besoin pressant de m'éloigner. Je n'aimais pas l'idée qu'on puisse la prendre pour ma mère. Elle non plus, mais pour des raisons différentes.

—Elle? Oh, non, ce n'est pas ma fille. C'est la femme de mon mari.

—La femme de ton mari? Oh!

Le sourire de Hamida se crispa. Elle désapprouvait.

— L'as-tu amenée pour lui montrer comment fonctionne le Parlement ? demanda Sufia, tentant de faire diversion en voyant la réaction de son amie.

— Oui, euh… Elle voulait voir de ses propres yeux ce que je faisais. Ce que nous faisions. Alors j'ai décidé de l'engager comme assistante.

— Oh, elle va être ton assistante ! Comment t'appelles-tu ?

— Rahima, dis-je. Je suis ravie de faire votre connaissance.

— Et nous sommes ravies de faire ta connaissance également, dit Sufia, visiblement enchantée par mes bonnes manières. Je trouve que c'est une excellente idée de venir assister aux débats du Parlement. Peut-être que tu auras envie de te joindre à ta… euh… à Badriya-*jan* et d'occuper un siège dans la *jirga* toi aussi. Nous avons besoin de femmes au gouvernement.

Badriya acquiesça d'un signe de tête mais paraissait mal à l'aise.

— Pourquoi ne pas venir toutes les deux au centre de documen-tation ce soir ? Après la séance.

Badriya secoua la tête.

— Non, nous ne pouvons pas. Une autre fois.

— Pourquoi pas, Badriya-*jan* ? Il y a des professeurs là-bas qui nous ont beaucoup aidées. Ce soir, nous devons travailler sur les ordinateurs. Ce n'est pas facile. Il faut vraiment y passer du temps pour apprendre à utiliser ces machines. Ce serait bien de se familiariser avec l'informatique.

— Oui, je sais. J'ai déjà vu des ordinateurs. Ce n'est pas bien compliqué, dit-elle en regardant nerveusement autour d'elle.

L'expression de mon visage apporta à Hamida et Sufia la confirmation que Badriya n'y connaissait strictement rien en ordinateurs. Hamida préféra laisser de côté cet évident mensonge.

— Qu'enseignent-ils d'autre là-bas ? demandai-je.

Je n'avais pas fréquenté l'école depuis si longtemps. L'idée de professeurs et de leçons réveilla une partie de moi qu'Abdul Khaliq avait étouffée.

— Ils enseignent des tas de choses, dit Sufia, ravie par ma curiosité. À parler anglais, à faire des recherches, comment fonctionne le Parlement…

— C'est une école ? Tout le monde y a accès ?

Hamida acquiesça de la tête.

— Tu pourrais venir, en tant qu'assistante de Badriya. C'est réservé aux femmes parlementaires. C'est tenu par une organisation étrangère et ouvert après les séances. Peut-être que tu pourrais convaincre Badriya-*jan* de venir. Il y a trop de gens qui ne font rien dans ce bâtiment. Il faudrait que tout le monde soit plus actif.

— Excusez-nous, mesdames. J'aimerais faire visiter le lieu à Rahima-*jan* avant que nous rejoignions nos sièges, dit Badriya en me saisissant fermement le coude.

Elle voulait fuir cette conversation.

Je la suivis, le cœur léger à l'idée de retourner en classe. Dans ce lieu, je commençais à goûter à l'espoir d'un changement.

# Chapitre 40

## SHEKIB

Shekib ne bougeait pas.
— Ne reste pas plantée là! Elle a besoin d'un médecin. Va chercher Khanum Behrowen!

Halima leva les bras au ciel d'exaspération. Shekib hocha la tête et tourna les talons avant de s'arrêter net, se rendant compte qu'elle n'avait aucun moyen d'appeler la doctoresse sans pénétrer dans le palais au milieu de la nuit. Elle revint vers les logements des gardes.

— Ghafoor! Ghafoor, réveille-toi. Il faut aller chercher le docteur pour Fatima. Elle est malade et a besoin d'aide.

Ghafoor, en garde averti, se redressa d'un coup et prit l'affaire en main.

— Elle est malade? Son état s'est aggravé?
— Je suppose. Je ne l'ai pas vue.
— Comment? Tu n'es même pas allée vérifier? À quoi tu… Peu importe! Karim, lève-toi. Va voir comment va Fatima. Emmène Qasim avec toi. Je vais au palais chercher la doctoresse.
— Et moi, qu'est-ce que je fais? demanda Shekib.
— Rien. Tu crois que c'est à ta portée? dit Ghafoor avec agacement.

Elle passa devant elle et se hâta de revêtir son uniforme. Elle attacha sa ceinture en vitesse avant de foudroyer une dernière fois Shekib du regard.

*Toute cette agitation va réveiller les gens du palais. Je ferais mieux de reprendre mon poste*, songea-t-elle.

Elle fit donc demi-tour. Dehors, elle vit Karim et Qasim qui entraient précipitamment dans le harem. Tariq, qui détestait être seule, les suivait dans la nuit fraîche, bras serrés contre la poitrine. En croisant Shekib, elle lui adressa un léger sourire, sans desserrer les lèvres.

Shekib tapa du pied. Elle voyait bien la façon dont les autres la regardaient, cette mise à distance ne lui était pas inconnue. Khanum Marjan avait posé de tels yeux sur elle – on y lisait de la pitié, mais aucun sentiment d'amitié.

*Je suis seule au monde*, se rappela Shekib. *Rien n'a changé.*

Elle se mit à faire les cent pas devant le harem, s'attardant devant l'entrée latérale pour donner l'impression de surveiller activement le bâtiment.

Ghafoor et le docteur Behrowen émergèrent de l'obscurité. Ghafoor portait une lanterne et Khanum Behrowen une sacoche noire. Toutes deux pressaient le pas. Deux hommes marchaient derrière elles, envoyés pour observer et faire leur rapport au palais. Shekib se dirigea vers l'entrée principale quand elle entendit une porte s'ouvrir. Avant qu'elle puisse se retourner, elle fut poussée sur le côté, assez brusquement pour trébucher. Elle atterrit à quatre pattes et leva la tête ; elle ne vit que le dos de l'homme qui s'enfuyait en courant.

Elle s'apprêtait à lui crier après lorsqu'elle se ravisa. Elle regarda en direction de Ghafoor et du petit groupe qui approchait en provenance du palais. Ils n'avaient pas vu l'homme la bousculer, ni disparaître dans les buissons. En silence, elle se releva maladroitement. Elle décida de les retrouver devant l'entrée principale.

— Les autres sont à l'intérieur avec Khanum Fatima, annonça Shekib en les voyant. Je monte la garde ici.

Elle s'assura de parler assez fort pour que les hommes l'entendent. Ils lui donnaient le dos, se frottant les mains et discutant à voix basse tandis que les femmes entraient dans le harem.

— Veux-tu que je vienne avec toi ?

Ghafoor ne s'arrêta pas pour lui répondre.

— Fais comme tu veux, cria-t-elle depuis le vestibule.

Shekib les suivit. Les couloirs étaient éclairés par plusieurs lanternes. Le bruit les guida vers la chambre de Fatima. C'était une petite pièce au bout du bâtiment. Nabila et quelques autres se tenaient dans l'étroit couloir, secouant la tête et échangeant des murmures. Dans la pièce bondée, Shekib aperçut un cercle de femmes. Sakina était assise derrière Fatima, dont elle tenait la tête sur ses genoux. Le visage de la malade semblait pâle, même à la lueur ambrée des lampes.

Le docteur Behrowen s'agenouilla à côté d'elle et ouvrit sa sacoche. Elle posa une main sur le front de Fatima et demanda, dans un dari rudimentaire, qu'on lui apporte des linges humides. Halima se dépêcha d'aller les chercher. La doctoresse prit le poignet de Fatima et y posa deux doigts, le front crispé et les lèvres pincées. Elle sortit son stéthoscope et se pencha au-dessus d'elle, la tête tournée sur le côté, écoutant attentivement. Les bavardages s'étaient intensifiés avec l'arrivée du médecin. Elle leva finalement la tête et pointa un doigt furieux vers la porte.

— Silence ! Sortez si vous voulez papoter !

Sans comprendre l'anglais, tout le monde se tut sur-le-champ.

Des gouttes de sueur perlaient sur le front de Fatima, alignées comme des soldats prêts à partir au combat. Elle gémit doucement et tourna la tête de côté. Son fils se mit à pleurnicher et à lui tirer la manche. Benazir le prit dans les bras et murmura quelque chose à son oreille qui le calma, même si sa lèvre inférieure resta tremblotante.

— Elle a de la fièvre. Il faut lui faire prendre un bain froid. Mesdames ! Aidez-moi à la porter jusqu'aux bains !

Les femmes regardèrent la doctoresse, déconcertées par ses instructions. L'Anglaise avait appris quelques mots de dari avec le temps, mais elle communiquait essentiellement par gestes. Avec un soupir de frustration, elle fit signe à Sakina et Nabila de soulever la malade puis désigna la porte du doigt. Elles hochèrent la tête, puis Karim et Qasim bondirent pour apporter leur aide. Saisissant les bras et les jambes sans forces de Fatima, elles la portèrent dans le couloir. La doctoresse leur désigna les bains.

— *Aab, aab !* cria-t-elle.

— Elle veut qu'on l'amène aux bains ! traduisit Qasim.

Elles traversèrent le couloir en vitesse. Khanum Behrowen désigna un bassin peu rempli et fit signe aux femmes de déposer Fatima dans l'eau.

— Il faut faire baisser sa température, marmonna-t-elle pour elle-même. Elle est brûlante.

Fatima réagit au contact du froid, mais Qasim ne la lâcha pas, les mains sous les aisselles de la malade pour lui maintenir la tête hors de l'eau. Celle-ci sembla peu à peu plus éveillée, plus alerte ; elle tourna la tête vers Khanum Behrowen.

— Je me sens si faible, docteur, dit-elle.

Le docteur Brown lui répondit par un hochement de tête. Voilà un fait qu'elle avait déjà établi.

— Que se passe-t-il ici ?

C'était une voix d'homme venant de l'entrée principale. Les femmes sursautèrent en l'entendant. Ghafoor leva les yeux vers Shekib.

— Va lui dire qu'elle a une forte fièvre et que le docteur Behrowen fait descendre sa température. Vite !

Shekib hocha la tête et courut vers la porte. Les deux hommes allaient et venaient devant l'entrée. L'impatience les gagnait.

— Elle a une forte fièvre. On la baigne, maintenant, pour faire baisser sa température. Elle est faible.

— Est-ce qu'elle va s'en sortir ?

— Je n'en sais pas beaucoup plus. Docteur Behrowen vous expliquera.

Ils maugréèrent ; cette réponse ne leur convenait pas, mais il leur était impossible de s'informer directement.

Shekib retourna aux bains. Ils avaient sorti Fatima de l'eau.

— Il faut l'allonger ! affirma la doctoresse en désignant du doigt la porte la plus proche, à quelques mètres du couloir.

C'était la chambre de Benafsha. La porte était close.

— Khanum Benafsha, ouvre la porte s'il te plaît ! cria Ghafoor.

N'obtenant pas de réponse, elle frappa un second coup, plus fort.

— Khanum Benafsha !

— Par pitié, je dors ! répondit-elle enfin.

Les femmes échangèrent des regards étonnés.

— Khanum Benafsha, c'est une urgence, s'il te plaît. Khanum Fatima est…

— Oh, par pitié. Ouvre la porte ! dit Sakina sur un ton agacé.

Elle poussa la porte. Benafsha prit un air médusé en voyant le groupe étendre une Fatima livide sur le sol de sa chambre. Les joues de Benafsha étaient écarlates ; elle avait enfilé un peignoir sur sa chemise de nuit. Quelqu'un avait eu le bon sens d'apporter des serviettes sèches et une robe propre pour Fatima. Elles commencèrent à lui ôter ses vêtements trempés quand Sakina se tourna vers Benafsha.

— Qu'est-ce qui ne va pas chez toi ? Tu es sourde ? Elle est très mal en point !

Benafsha se mordit la lèvre inférieure et se frotta l'œil.

— Je dormais. Je n'ai rien entendu.

— Tu dois avoir le sommeil bien profond pour ne pas…, commença Sakina avant de s'interrompre. Qu'est-ce que c'est que ça ?

Une douzaine d'yeux suivirent son doigt.

Sur le sol, derrière la porte, reposait un chapeau gris de laine. Un chapeau d'homme.

Benafsha en resta bouché bée. Son visage devint aussi pâle que celui de Fatima.

— C'est un chapeau d'homme !

Elle était sans voix. Les femmes se regardèrent, prenant lentement conscience de ce que cela signifiait. Benafsha tenta de se reprendre.

— C'est à lui, à notre cher roi Habibullah… allez, Sakina, qu'es-tu en train de…

— C'est toi, hein ? Les gardes nous ont interrogées à propos de bruits étranges, de choses bizarres qu'on aurait remarquées. C'était toi en réalité ! Ghafoor ! Karim ! Regardez !

Sakina se précipita vers la porte, ramassa le chapeau et l'agita furieusement en l'air.

— C'est ça que vous cherchez ? Benafsha a osé prendre un amant !

— Sakina, espèce de traînée ! Attention à ce que tu dis ou tu le regretteras ! Je n'ai pas de comptes à te rendre ! Surtout à toi, avec tes... tes...

Elle chercha des yeux une alliée dans la pièce. Malheureusement, depuis son arrivée au harem, l'attitude hautaine de Benafsha l'avait empêchée de se faire de véritables amies. Elle tourna vers Tariq des yeux implorants. Comme en proie à un conflit intérieur, celle-ci évita son regard.

Les tentatives de Benafsha pour riposter échouèrent. Ses yeux se remplirent de larmes et aucun mot ne put sortir de sa bouche. Elle était cernée de regards hostiles. Seul le docteur Behrowen maintenait son attention sur Fatima, à présent revigorée par le bain froid, auquel venait de s'ajouter le scandale récent. Elle s'était redressée sur les coudes et promenait un regard trouble dans la pièce.

Sakina décela la panique dans la voix de Benafsha. Elle bondit sur l'occasion.

— Eh bien, s'il s'agit vraiment du chapeau de Habibullah, nous n'avons qu'à le lui rapporter et lui demander confirmation. C'est aussi simple que ça, dit-elle d'une voix mielleuse.

Elle agita le couvre-chef devant le visage de Benafsha avant de le lancer à Ghafoor. Cette dernière l'examina avec presque autant d'inquiétude que Benafsha. Son esprit était en pleine confusion, elle savait que porter de mauvaises nouvelles au palais ne rendrait service à personne.

Benafsha s'affolait.

— Sakina, mes sœurs, pleura-t-elle en jetant un regard circulaire à la pièce. Vous ne pensez tout de même pas... S'il vous plaît, ne dites pas des choses pareilles sur moi à Habibullah ! Il va s'imaginer... Il va... Par pitié ! Je n'ai jamais été méchante avec vous ! Ne faites rien, réfléchissez avant de vous lancer dans des idées aussi folles !

— Folles ! C'est toi qui parles de folie !
— *Khanum-ha*, s'il vous plaît ! Taisez-vous !

La doctoresse était agacée par ce déchaînement de cris et de larmes. Sa patiente avait encore besoin de soins.

— Je ne sais pas pour quelle raison vous vous chamaillez, mesdames, mais ça peut sûrement attendre, marmonna-t-elle.

— Sakina, calmons-nous, dit Halima d'une voix faussement sereine. Laissons ça pour l'instant et concentrons-nous sur Fatima-*jan*. Nous traiterons ce problème plus tard. Voyons ce dont Khanum Behrowen a besoin pour le moment.

Shekib observait la scène mais avait cessé d'écouter les conversations. Elle voyait des regards nerveux, percevait des murmures enflammés, des claquements de langue. Il y eut des pas, on secoua la tête, porta du thé chaud. Des enfants entrèrent et furent congédiés. Les yeux verts de Benafsha étaient voilés de larmes. Elle se lamentait sur son sort. Elle détestait Sakina.

Shekib remarqua une chose que les autres n'avaient pas vue. Un pétale de rose rouge sur le sol, piétiné à maintes reprises par les pantoufles des concubines.

Shekib savait parfaitement qui Benafsha avait accueilli dans son lit.

# Chapitre 41

## Shekib

Fatima était à présent hors de danger. C'était loin d'être le cas de Benafsha.

La tension régnait au harem. Des nouvelles fraîches étaient données régulièrement aux hommes postés à l'extérieur. On n'avait encore rien révélé à propos de Benafsha mais ce n'était qu'une question de temps. Une question d'heures. Les femmes les plus sensibles s'étaient retirées dans leur chambre, conscientes que le roi ne prendrait pas à la légère les transgressions d'une concubine. Elle avait commis une erreur fatale et les autres ne pouvaient rien pour elle.

Personne n'avait envie d'en référer au palais, car, craignait-on, les représailles seraient lourdes pour quiconque ayant la moindre implication dans cette affaire.

— Ayez pitié. Ayez pitié, pleurnichait Benafsha. Elle suppliait à genoux, en touchant le sol avec sa tête.

Les gardes et quelques-unes des concubines s'étaient réunis à l'extérieur de la chambre. On avait transféré Fatima dans la sienne, où la doctoresse était toujours à ses côtés.

— C'est à un des gardes de s'en charger, décida Sakina. C'est vous qui êtes responsables du bon fonctionnement du harem. C'est votre devoir de rapporter au palais ce qui se passe ici.

— Et si nous ne disions rien ? suggéra faiblement Nabila. Je suis sûre qu'elle mettra fin à ce comportement scandaleux après cette nuit. Elle a l'air d'avoir assez souffert comme ça.

— Tu oserais cacher ça au roi ? Et s'il le découvrait par un autre moyen ? Nous serions toutes punies ! aboya Sakina. Je ne peux pas prendre ce risque.

Certaines hochèrent la tête, partageant le raisonnement de Sakina. Et si les hommes postés dehors avaient en réalité entendu quelque chose ? Et s'ils répétaient tout au roi ? Il fallait que les révélations viennent de l'intérieur pour que les innocentes s'en sortent indemnes.

— Khanum Sakina, peut-être que cela passerait mieux auprès du roi s'il l'entendait de la bouche de quelqu'un qu'il apprécie. Et puisque c'est toi qui as fait cette découverte, je suis sûre qu'il te récompensera pour avoir partagé la vérité avec lui et mis un terme à ce scandale, dit Ghafoor.

*Elle est impressionnante*, songea Shekib. *On dirait que le sang de Bobo Shahgul coule dans ses veines.*

— Tu parles comme si tu étais nouvelle au palais. Tu sais très bien que c'est vous, les gardes, qui êtes chargées de faire des rapports à l'entourage du roi. Nous, les femmes du harem, ne devrions même pas prendre part à cette discussion. Je ne cacherai rien à mon cher Habibullah, mais ce n'est pas mon rôle d'entrer dans ses appartements pour faire ce genre d'annonce.

Ghafoor se mordilla la lèvre et regarda Karim. Celle-ci secoua la tête, ne trouvant rien à ajouter. La nervosité gagna Ghafoor ; en tant que chef de troupe, elle était responsable des communications directes avec le palais. La charge pesait lourdement sur ses épaules. Elle pouvait être récompensée pour ce service ou punie pour avoir apporté au roi des nouvelles aussi désastreuses. Elle inclina légèrement la tête en direction des autres gardes, leur faisant signe de la suivre dans le vestibule. Un regard furtif à l'extérieur lui confirma que les deux hommes traînaient à l'autre bout de la cour, dos au harem.

— Karim, et si Qasim et toi alliez demander à ces hommes la permission de parler directement au roi ? Autant éviter que le message circule par une multitude d'oreilles avant d'atteindre les siennes.

— Avec tout le respect que je te dois, Ghafoor-*jan*, dit Karim d'un air amusé, puisque tu as toujours été la responsable de notre groupe, je crois que ce n'est pas une tâche que tu peux déléguer comme un tour de garde. Aucune de nous deux n'oserait empiéter sur ton territoire.

— Nous non plus, dit Tariq en lançant un regard à Shekib.

Elle aussi sentait le besoin de faire équipe avec quelqu'un.

Ghafoor poussa un soupir.

— Très bien. Très bien ! Bande de lâches. J'irai leur parler moi-même.

Son regard contredisait l'assurance de ses propos. Elle déambula dans le vestibule pendant dix minutes avant de poser la main sur la poignée de la porte.

Karim colla l'oreille à la porte pour écouter, mais les voix de la cour étaient étouffées. Les gardes se regardèrent, firent les cent pas en soupirant. Les yeux étaient rouges de fatigue après tous ces conflits. Lorsque Karim ouvrit la porte dix minutes plus tard, la cour était déserte. Ils avaient conduit Ghafoor au palais.

Une heure interminable passa avant que Ghafoor ne réapparaisse. Qasim et Karim, adossées au mur du vestibule, s'étaient assoupies. Tariq s'était assise près de la porte, comme prête à fuir le plus rapidement possible. Shekib était installée contre l'autre mur, face aux sœurs, et se sentait nauséeuse. Une maison sous tension n'avait jamais rien présagé de bon pour elle. Elle n'avait aucune raison de croire qu'elle sortirait indemne de cette situation.

Ghafoor scruta nerveusement la pièce, prenant note des personnes présentes.

— Comment va Fatima ? demanda-t-elle calmement sans oser poser les yeux sur quiconque en particulier.

— Elle va un peu mieux. On lui a donné du thé sucré et elle a un peu parlé. Elle dort à présent.

— Le docteur Behrowen est parti il y a quelques minutes. Tu as dû la croiser sur le chemin, dit Tariq, d'une voix aussi exténuée que son regard.

— Bien.

— Tu ne vas pas nous dire ce qui s'est passé ? demanda Karim avec impatience.

— J'ai parlé aux hommes qui attendaient dehors, et ils m'ont conduite à Agha Ferooz, le conseiller le plus fiable de notre roi. Ils ne voulaient pas déranger sa majesté en personne. Je leur ai expliqué la situation et bien entendu, ils sont dans tous leurs états. Ils en ont référé au roi.

— Et ensuite ? Que va-t-il arriver maintenant ? demanda Qasim.

— Il est furieux. Il souhaite parler à Shekib.

Shekib n'en fut pas le moins du monde surprise.

— De quoi veulent-ils me parler ?

Son ton était mesuré, calme. Cela rendit Ghafoor nerveuse. Elle regarda les autres tandis que Shekib lisait en elle.

*Elle a fait quelque chose.*

— Comment le saurais-je ? dit-elle, sur la défensive. Ils m'ont demandé qui était de garde cette nuit et je leur ai répondu. Je ferais mieux d'aller prendre des nouvelles de Khanum Fatima. Il y a un soldat qui t'attend dehors, Shekib. Il t'escortera au palais. Je suis sûre que ce n'est rien de grave.

Shekib était certaine du contraire.

Elle s'abstint de tout commentaire et regarda fixement la nuque de Ghafoor qui s'éloignait dans le couloir en dodelinant de la tête, fuyant la scène aussi vite que possible.

Les autres suivirent également leur chef des yeux avant de se tourner vers Shekib. Celle-ci garda le silence et se dirigea vers la porte. Comme Ghafoor l'avait promis, un soldat se tenait à l'extérieur. Une figure de bébé dans un uniforme d'homme. Il lui fit signe de le suivre, se retournant une fois pour jeter un regard à son visage.

Il la conduisit aux portes imposantes du palais, décorées de sculptures compliquées ; elle les trouva étrangement accueillantes malgré les circonstances. Il ouvrit et la fit entrer. Ils longèrent un interminable couloir aux murs ornés de motifs, meublé de guéridons dorés et de fauteuils brodés. Shekib prêta un vague intérêt au lieu.

— Dans cette pièce, annonça-t-il.

Il ouvrit la porte, juste assez pour la laisser passer. Il resta en retrait et eut l'air soulagé que sa mission s'arrête là.

Shekib entra, en prenant soin de redresser le dos et d'adopter un regard franc. La fatigue brouillait ses esprits autant que sa vision.

À l'intérieur, le roi Habibullah faisait les cent pas derrière un magnifique bureau en bois sculpté et tirait sur sa barbe du bout des doigts. À sa gauche, deux hommes aux visages soucieux étaient assis face à face dans des fauteuils. L'un d'eux était petit et trapu, l'autre grand et mince. Si Shekiba avait été moins nerveuse, elle aurait remarqué quel duo ridicule ils formaient. Ils levèrent les yeux vers elle, les lèvres serrées.

— Toi ! l'appela le roi Habibullah.

Il avait brusquement pivoté avant de s'immobiliser, les pans de sa tunique bleue flottant derrière lui.

— *As-salaam-ulaikum*, votre majesté, dit-elle dans un murmure, tête et yeux baissés.

— *As-salaam-ulaikum*, hein ? Comme si de rien n'était ? Connais-tu le sens de ces mots, espèce d'idiote ?

— Je vous demande pardon, votre majesté. Je ne voulais pas vous manquer de respect…

— Ne prends pas ce ton supérieur avec moi, garde ! Tu es ici pour répondre à mes questions, pour rendre compte de tes actes – ou de ton inaction, devrais-je dire ! C'était toi qui étais de garde cette nuit, quand un homme a réussi par je ne sais quel moyen à échapper à ta vigilance et à s'introduire dans *mon* harem !

Une conversation commença à prendre forme dans l'esprit de Shekib. Elle imagina Ghafoor dans cette même pièce, un instant auparavant, peignant le tableau d'un garde paresseux, permettant passivement à un homme de violer le sanctuaire du roi, de se servir dans sa réserve privée de femmes.

— Cher roi, j'étais de garde cette nuit, mais je n'ai vu entrer personne.

— Tu n'as vu entrer personne ? Pourtant quelqu'un est bel et bien entré, non ?

Son visage avait pris la même teinte que les tapis de la pièce. Une veine bleue déchirait son front comme un éclair. Il se laissa tomber dans son fauteuil et lança un regard impatient à ses conseillers.

— Garde, as-tu vu quelqu'un quitter le harem ce soir ? l'interrogea le plus mince des deux en se levant d'un coup.

Shekib eut très peu de temps pour réfléchir à sa réponse.

— Non, monsieur.

— Et tu n'as vu entrer personne ?

— Non, monsieur.

— Voilà le genre de gardes que j'ai engagé dans mon harem ! explosa le roi en frappant violemment du poing sur la table. Autant recruter des ânes !

— Garde, explique à notre roi adoré ce qui s'est passé ce soir. Y avait-il un homme dans le harem ? demanda le grand.

Shekib chercha désespérément la bonne réponse, les mains tremblantes. Elle avait peur de bouger. Ils lui aboyaient leurs questions à tour de rôle.

— Réponds !

— Je… Je n'ai pas vu…

— Ne nous dis pas ce que tu n'as pas vu ! Dis-nous ce qui s'est passé !

— Cette nuit, nous avons trouvé un chapeau dans l'une des chambres.

Shekib ne savait pas vraiment comment formuler une telle découverte. C'était un sujet délicat et un mauvais choix de mots pouvait se révéler dangereux. Ils attendaient qu'elle poursuive.

— Il n'y avait personne, juste un chapeau… Le chapeau laissait penser que quelqu'un… qu'une personne s'était trouvée là. Nous avons demandé, mais…

— Dans quelle chambre étiez-vous ? demanda le roi, les yeux plissés.

Il parlait lentement, en articulant chaque syllabe.

— Nous étions chez Khanum… Khanum Benafsha, répondit-elle, les yeux rivés au sol de marbre.

Benafsha avait fait honte au palais par son imprudence, mais Shekiba répugnait malgré tout à la trahir. Elle revoyait la jeune femme au harem, prostrée, le visage baigné de larmes, désespérée.

*Pourquoi as-tu fait cela ? Pourquoi nous as-tu infligé cela ?*

— Benafsha.

Habibullah se tourna vers la fenêtre. Les lourds rideaux bordeaux encadraient sa silhouette.

— Cette garce.

— Avais-tu vu quelqu'un avant cela ? Entrer et sortir du harem ?

*Que leur as-tu raconté, Ghafoor ?*

— Je... Non.

— C'était la première fois que cela se produisait ?

— Oui, monsieur.

Les trois hommes ruminaient. Shekib entendait leur respiration régulière.

— Je... Oui, je crois.

— Et qui surveillait le harem cette nuit ?

— C'était moi, monsieur.

— Menteuse. On nous a raconté une autre version. Ghafoor nous a avoué que tu avais déjà vu cet homme auparavant ! Et tu as gardé le secret jusqu'à cette nuit ! hurla le petit.

— Avec tout le respect que je vous dois, *agha-sahib*, je n'ai pas vu...

— Menteuse !

*Ghafoor, espèce de traîtresse ! Tu m'as jetée dans la fosse aux lions !*

Tout était clair à présent. C'était sa parole contre celle de Ghafoor, et ils avaient choisi de croire Ghafoor. Shekib n'était pas un simple témoin. Elle était coupable.

— Avais-tu connaissance des activités de Benafsha ? T'a-t-elle demandé de la couvrir ?

— Non, monsieur ! Je n'ai aucun...

— Et l'homme ? Qui est-il ? A-t-il acheté ton silence ?

— Je vous en prie, très cher roi, je n'ai rien à voir avec...

Il entendait à peine ce qu'elle disait. Il se souciait davantage du fait d'avoir été dupé.

— Que ce soit bien clair, garde. Une faute de cette gravité ne reste pas impunie. Mon nom a été sali. Il n'y a qu'à regarder ton visage pour comprendre que tu es maudite ! Faites-la enfermer ! Et Benafsha aussi ! Ces deux-là serviront d'exemple pour dissuader les autres.

# Chapitre 42

## SHEKIB

— Pourquoi as-tu fait cela ?
— Tu ne comprendrais pas.

La pièce était sombre et sentait la viande avariée. La puanteur rappela à Shekib le choléra, le deuil, la solitude.

Le visage de Benafsha avait changé. Shekib fut frappée de cette transformation. À peine huit heures auparavant, c'était la femme la plus stupéfiante du harem. À quelle vitesse son visage avait perdu son éclat ! Ses cheveux étaient secs, ses yeux verts injectés de sang et vaincus.

Une des concubines les plus précieuses du roi. Une vie de luxe, en tous points. Les mets les plus raffinés, les plus beaux vêtements. Qu'est-ce qui l'avait conduite à considérer tout cela pour acquis ?

Une heure s'écoula, en silence. Shekib aurait aimé l'interroger sur Agha Baraan. Elle était certaine que c'était lui. Le chapeau. Le pétale de rose. Mais pourquoi ? C'était l'ami d'Amanullah. Pourquoi un homme tel que lui commettrait pareil acte contre la famille de son ami, dont le père était, de surcroît, l'homme le plus puissant d'Afghanistan ?

— Je suis désolée que tu te retrouves ici.

Shekib leva les yeux.

—Moi aussi.

Elle songea alors à Amanullah. Que penserait-il en apprenant les événements de cette nuit ? Comme il serait déçu d'elle ! Elle était un piètre garde, à en croire le palais. Qu'est-ce qui lui permettait de croire qu'elle ferait une bonne épouse ? Benafsha avait tout gâché. Elle regarda la concubine avec dégoût et pitié. Et il y avait aussi Ghafoor, cette langue de vipère. Elle avait livré Shekib pour sauver sa peau. Qu'elle ait mis les voiles n'avait rien d'étonnant. Une lâche.

La pièce froide et humide ne lui était pas familière, mais le reste de l'expérience l'était. On avait maintes fois pointé des doigts furieux sur Shekiba.

Sur les ordres du roi, on avait emmené Shekib ; on lui avait fait traverser des couloirs, la cuisine, pour la laisser dans la petite pièce où les cuisiniers entreposaient autrefois la viande fumée et les légumes. La pièce sentait la chair et la terre. Shekib ferma les yeux et imagina la maison de son père. Son esprit vagabonda vers ces murs nus, la chemise de son frère jetée sur le dossier d'une chaise comme s'il allait entrer en courant pour la récupérer. L'amulette de sa sœur sur la table. Son père, assis dans le coin, faisant cliqueter les perles de son *tasbeh*, en contemplant par la fenêtre ses champs en jachère, son foyer en jachère.

Shekib se leva et se mit à faire les cent pas. La pièce était exiguë mais de la lumière filtrait, encadrant la porte d'un halo jaune. Le palais disposait de l'électricité, fournie par une compagnie étrangère payée par le roi. Tout l'Afghanistan s'éclairait encore à la lanterne, mais le palais royal étincelait tel un phare pour le reste du pays.

*Le roi se sert comme il l'entend. Quel affront ça doit être pour lui, de savoir qu'un autre s'est servi en prenant sa précieuse Benafsha. Il est vrai qu'elle est jolie. Du moins, si elle ne montre pas ses dents en souriant. Toutes ensemble, ses dents ressemblent à des poules grimpant les unes sur les autres dans un poulailler bondé.*

Benafsha avait la tête baissée, calée entre les genoux. Shekib ne pouvait dire si elle était éveillée ou endormie.

— Que vont-ils faire de nous, à ton avis ? lui demanda-t-elle à voix basse.

Les épaules de Benafsha se soulevèrent puis s'abaissèrent dans un long souffle.

— Combien de temps crois-tu qu'ils nous garderont ici ?

Benafsha lui lança un regard morne dans lequel se lisait la résignation.

— Tu ne le sais vraiment pas ?

Shekib secoua la tête.

— Lorsque le crime commis est l'adultère, la punition, c'est *sangsaar*. Je serai lapidée.

# Chapitre 43

# Rahima

Le grand auditorium, d'une taille que je n'aurais jamais pu imaginer, abritait des centaines de parlementaires. Des rangées de sièges en cuir couraient d'un bout de la pièce à l'autre, derrière une enfilade de bureaux. Chaque membre disposait d'un microphone et d'une bouteille d'eau.

La place de Badriya était située sur le côté. Je reconnus Hamida et Sufia, deux rangs devant nous, vers le centre. Face à l'assemblée se trouvait un homme à la moustache soigneusement taillée et aux cheveux poivre et sel. Il écoutait, hochant la tête de temps en temps.

Les hommes m'intimidaient. Certains d'entre eux avaient l'âge de mon mari, des cheveux gris et des barbes qui touchaient presque leur torse. D'autres étaient plus jeunes, le visage rasé, et vêtus différemment des hommes de mon village. Pantalon, chemise à col boutonné, blazer.

Au cours de cette première semaine, à la pause déjeuner, Hamida m'avait interrogée sur mes impressions jusque-là. J'étais nerveuse à l'idée de lui répondre, craignant de passer pour une idiote. De plus, j'avais peur qu'en me voyant lire et écrire, les autres se rendent compte que mon savoir était rudimentaire.

— D'où viennent-ils ? demandai-je, stupéfaite par les accents que j'entendais.

— Qui donc ? répliqua-t-elle en cherchant ce que je montrais du doigt.

— Je veux dire, je n'ai jamais vu des hommes habillés… comme ça.

D'un mouvement de tête, je lui désignai un homme en pantalon brun, gilet de style militaire et chemise blanche.

— C'est le genre de choses que tu verras à Kaboul, Rahima-*jan*. Dans ce Parlement se réunissent des gens des quatre coins de l'Afghanistan.

— Se réunissent ? railla Sufia. C'est plutôt là que le pays se déchire !

Hamida se mit à rire. Un homme assis un rang devant nous se retourna et la foudroya du regard. Il secoua la tête puis se pencha vers son voisin pour lui murmurer quelques mots à l'oreille et partager avec lui sa désapprobation.

L'assemblée fut rappelée à l'ordre. Rahima tenta de regarder autour d'elle sans se faire remarquer. Badriya se saisit d'un stylo, qu'elle tint au-dessus de la feuille blanche posée devant elle tout en regardant l'orateur. Elle jouait le jeu.

— Mesdames et messieurs, nous allons à présent examiner les candidatures pour le cabinet présidentiel. Sept personnes ont été nommées par le président. C'est à ce Parlement d'approuver ou de rejeter ces nominations.

— Badriya, allons-nous voir le président ? murmurai-je.

J'avais du mal à croire que j'allais me retrouver face à l'homme le plus puissant de notre nation.

— Non, idiote ! C'est le Parlement ici. Le président fait son travail et nous faisons le nôtre ! Pourquoi viendrait-il ici ?

— Nous passerons les candidats en revue l'un après l'autre. Je vous invite à poser toutes les questions nécessaires. Nous devrons décider si ces individus possèdent ou non les compétences requises pour ce travail. Et s'ils sont aptes à mener notre pays dans la bonne direction. Commençons par Ashrafullah Fawzali, candidat au poste de ministre de la Justice.

L'orateur poursuivit en parlant des origines de Fawzali, de sa province natale et de son rôle dans l'entraînement des forces de police.

Une femme était assise à côté de moi. Je l'entendis maugréer, visiblement agacée. Je l'observai du coin de l'œil ; enfoncée dans son fauteuil, elle secouait la tête. Tandis qu'un homme de l'assemblée vantait les vertus du candidat, elle sembla de plus en plus mécontente, s'agitant sur son siège et tapant sa feuille de la pointe de son stylo.

Le candidat suivant fut présenté ; tout aussi affligeant à ses yeux. Elle leva la main pour prendre la parole, mais le directeur n'y prêta pas attention. Elle agita le bras de façon plus théâtrale.

— S'il vous plaît, j'aimerais dire quelque chose sur ce candidat, l'interpella-t-elle en se penchant vers son micro. S'il vous plaît !

— *Khanum*, les discussions sur ce candidat sont closes. Merci à tous, veuillez revenir demain pour le vote. La séance est levée.

— Tu m'étonnes ! Il ne faudrait surtout pas qu'on parle réellement de ces candidats ! s'exclama la femme, exaspérée.

— Qui est-elle ? demandai-je à Badriya.

— Ta voisine ? Oh, c'est Zamarud Barakati. Elle ne cause que des ennuis. Tu as intérêt à garder tes distances avec elle, me répondit Badriya en se penchant vers moi. C'est le genre de personne à qui on ne veut pas être associée.

— Pourquoi ? Qu'est-ce qui ne va pas chez elle ?

— C'est une fauteuse de troubles. Tu as vu ce qu'elle a fait aujourd'hui ? Tout le temps à interrompre. Elle a de la chance de ne pas avoir été condamnée au *sangsaar*.

La lapidation. J'eus un frisson d'effroi et pensai à Bibi Shekiba.

Dans ce que j'avais vu, Zamarud n'avait rien fait de plus que les autres parlementaires ayant participé au débat. Exactement comme les hommes, elle avait levé la main pour demander la parole. Mais visiblement, un certain nombre de personnes de l'assistance n'avaient pas envie de l'entendre. Plusieurs hommes avaient levé les yeux au ciel ou agité la main d'agacement lorsqu'elle avait cherché à s'exprimer.

— Ses idées sont trop extrêmes. Les gens en ont assez de l'écouter.

Nous sortions du contrôle de sécurité. Notre chauffeur nous vit arriver et mit le contact. Notre garde se trouvait déjà avec lui. Zamarud passa devant nous d'un pas furieux, tandis que ses propres gardes du corps essayaient de la rattraper.

Elle me fit penser à Khala Shaima, la seule femme de ma connaissance qui osait tenir tête aux hommes en dehors de sa propre famille. Je me demandai ce que ma tante aurait pensé de Zamarud. Je me plus à les imaginer réunies dans la même pièce et cela me fit sourire. Ensemble, elles auraient pu faire se soulever d'indignation le Parlement tout entier.

Ce à quoi j'assistai en ce premier jour n'était en fait que le début. Le Parlement était un mélange détonnant de personnalités diverses et d'hommes politiques. Les femmes étaient en nombre, mais seule une poignée d'entre elles s'exprimait durant les séances. Et il n'y avait qu'une seule Zamarud.

À mesure que les discussions sur les candidats au cabinet présidentiel se poursuivaient, Zamarud s'agitait davantage. On lui accorda enfin la parole, dont elle s'empara avec fougue, questionnant les intentions et l'honnêteté des candidats. Elle laissa entendre qu'ils n'avaient pas été choisis pour leurs compétences mais pour d'autres raisons ; en effet, l'un d'eux était le beau-frère du président tandis que l'autre était son ami d'enfance. De plus, se plaignit-elle, il n'y avait aucune diversité. Tous appartenaient à un même groupe religieux. L'Afghanistan, insista Zamarud, avait besoin que toutes ses couleurs soient représentées, sous peine de se déliter une fois de plus.

Au cinquième jour, nous prîmes place dans l'assemblée. Mon fils me manquait particulièrement ce jour-là, je voyais ses joues rondes et ses yeux en amande quand je fermais les miens. Je me demandais s'il marchait à présent, en tenant fermement la main de Jamila. Je voulais entendre sa voix, son minuscule « maada », car il était encore incapable de rouler la langue pour produire le correct « madar ».

La voix de Zamarud me ramena à la réalité.

— Il est impératif que nous pensions à l'avenir de ce pays. Nous, Afghans, sommes devenus complaisants, nous laissons n'importe qui prendre le pouvoir et exercer son influence. Réfléchissons soigneusement et décidons ensuite.

— *Khanum*, je crois que vous devriez vous modérer avant de parler. Il y a beaucoup de gens ici et vous ne pensez pas...

— Je ne pense pas ? Mais je ne fais que ça ! C'est vous et les autres qui devriez commencer à penser. Maintenant, je vais parler sans détour.

Badriya me regarda. Une vague de colère agitait la pièce. Les hommes se penchaient en avant et se plaignaient à leurs voisins. Hamida et Sufia lancèrent un regard nerveux à Zamarud.

— D'après ce que j'ai vu, les candidats qui ont été passés en revue jusque-là sont tous acoquinés avec les personnages les plus sinistres de l'histoire récente de notre pays. L'argent qui gonfle leurs poches provient du trafic de drogues, d'alliances avec des seigneurs de guerre et des mercenaires. Ils ont le sang de leurs compatriotes afghans sur les mains. Sans compter les candidats qui sont des membres de la famille présidentielle, et qui jouissent d'un traitement de faveur de la part des hautes autorités.

Il était évident qu'elle faisait allusion au beau-frère du président, qui voyageait entre Kaboul et d'autres villes comme Dubaï, Paris, Londres et Islamabad, important et exportant de la marchandise. Il avait mis au point un commerce prolifique et assurait à sa famille une vie fastueuse. Mais tout le monde savait que ses affaires n'étaient pas la seule source de ses revenus.

— Nous devons faire attention aux personnes à qui nous confions ces postes officiels. Ces gens doivent y être pour les bonnes raisons, pour le développement et la protection de notre cher pays. Nous avons suffisamment souffert aux mains d'autres personnes au cours des dernières décennies. Notre peuple mérite d'être gouverné par des individus sensés. Je me demande, comme tant d'autres, comment certains de nos candidats ont pu amasser une telle fortune alors que le peuple meurt de faim. Comment ils peuvent vivre dans l'opulence grâce à leur seul commerce. Nous connaissons tous la réponse. Nous savons qu'il y a des sources de revenus qui sont passées sous silence. Des pots-de-vin. Du népotisme. Du trafic de drogue. Autant de pratiques qui mettront notre pays à terre.

On se mit à parler dans l'assistance. Zamarud poursuivit, d'une voix plus forte :

— Je ne cautionnerai pas ces pratiques. Je n'approuverai pas l'élection de telles personnes, de frères et de cousins s'appropriant de façon illicite les richesses de notre pays. Allons-nous rester assis là, les bras croisés, et les laisser sucer le sang du peuple afghan ? S'engraisser de l'argent du gouvernement ?

— Ça suffit ! s'écria un homme.

D'autres lui firent écho.

— Faites-la taire.

Zamarud poursuivit, imperturbable, malgré les commentaires. Elle parla plus fort encore pour couvrir les protestations.

— Vous tous dans cette pièce, hommes et femmes qui approuveront ces nominations, ce sera par votre faute que ces bouches avides se gaveront d'argent qui devrait revenir au peuple afghan, au pays. Et pour quoi ? Pour avoir l'occasion de vous en mettre plein les poches ! Vous savez qui vous êtes. Vous venez ici en prétendant représenter vos provinces, alors qu'en réalité, vous ne représentez rien d'autre que vos intérêts !

— Pour qui se prend cette femme ?

— Que cette mégère cesse de jacasser !

Les cris s'intensifièrent. Hamida et Sufia, assises non loin de Zamarud, s'étaient levées pour la calmer. Sufia lui parlait à l'oreille pendant que Hamida posait la main sur le micro. Nous étions assez proches pour l'entendre.

— On ne me fera pas taire ! J'ai supporté assez de leurs balivernes ! Lequel d'entre vous va lever la voix si je ne le fais pas ? Insultez-moi tant que vous voudrez ; vous savez que je dis la vérité et c'est vous qui êtes maudits pour ce que vous faites ! C'est un péché ! Un péché !

Deux hommes se dirigèrent vers elle pour l'affronter directement. Des doigts furent pointés à quelques millimètres de son visage. Je sentis mon corps se raidir devant leur agression. Je voulais éloigner Zamarud mais restai assise, pétrifiée, les yeux écarquillés. Je priais pour qu'elle se taise enfin.

Toute l'assistance était debout. Des bras s'agitaient. Un groupe d'hommes s'était réuni dans un coin de l'auditorium, désignant du doigt la rebelle et secouant la tête. Deux autres femmes avaient rejoint Hamida et Sufia dans leurs tentatives pour contenir la belliqueuse Zamarud. D'autres assistaient à la rixe avec intérêt ou amusement.

J'étais inquiète pour elle, comme l'étaient toutes les autres femmes de l'assistance. Je n'avais jamais vu une femme parler avec autant d'audace, de façon si franche, et dans une pièce remplie d'hommes, de surcroît! Mon expérience de la vie me laissait penser que Zamarud ne pourrait jamais franchir la porte pour quitter l'auditorium.

— C'est mauvais, marmonna Badriya en gardant la tête baissée, ni elle ni moi n'ayant bougé de nos sièges. Il ne faut surtout pas que nous prenions part à tout ça, tu comprends? Reste où tu es. Nous partirons dès que les choses se calmeront.

Je hochai la tête. La dernière chose que nous voulions, c'était qu'Abdul Khaliq apprenne que nous avions été impliquées dans une altercation verbale entre la plus effrontée des parlementaires et le groupe amassé près de la porte. Ces hommes étaient pareils à mon mari, d'âge mûr, craints par leur circonscription. Il s'agissait de seigneurs de guerre.

Hamida se dirigea vers nous une fois le calme revenu.

— Incroyable, dit-elle. Ces gens sont déchaînés!

Badriya hocha poliment la tête, se gardant d'émettre une opinion.

— C'est vrai qu'elle est un peu effrontée, je leur accorde ça. C'est même un bulldozer. Mais elle a raison. Surtout concernant Qayoumi. Il a des amis au ministère de la Défense et ils lui accordent le moindre contrat qui passe par leur bureau. Comme s'il n'avait pas assez d'argent. Vous avez vu sa voiture ? Sa maison ?

— Non, je ne les ai pas vues, dis-je, intriguée.

Badriya était tellement silencieuse en compagnie de ces femmes que je faillis oublier sa présence. Cette attitude ne lui ressemblait pas du tout ; elle se raidit, craignant qu'Abdul Khaliq n'ait vent de quelque bavardage que ce soit.

— Eh bien, cette maison est l'une des plus belles de Kaboul. Il a rasé une vieille bâtisse délabrée à Shahr-e-Naw pour se construire un manoir à deux étages ! Et ce quartier est hors de prix ! Aucun Afghan ne peut s'acheter quoi que ce soit là-bas. Toutes les propriétés coûtent au moins un demi-million de dollars. Au moins !

*Un demi-million de dollars ?*

Cette somme vertigineuse me donna le tournis.

— Un demi-million… ?

— Oui, c'est exact ! Il est prêt à tout pour obtenir ce qu'il veut. À tout. C'était un allié des Talibans il n'y a pas si longtemps, et ils ont pillé une ville, pris aux gens tout ce qu'ils possédaient. Ils ont incendié les maisons, ont mis les hommes en ligne pour les exécuter. Quand ils en ont eu fini avec cette ville, les rares survivants ne possédaient plus que les vêtements qu'ils portaient sur le dos. Une honte !

— Et ils veulent voter pour lui ?

Si ces crimes étaient de notoriété publique, pourquoi les gens ne s'inquiétaient-ils pas davantage de cet individu ?

— Oui, ils le veulent. C'est comme ça que ça se passe. Bon sang, les seigneurs de guerre représentent au moins un tiers du Parlement dorénavant. Ces gens qui ont dirigé les attaques de roquettes, le bain de sang – ils sont tous assis dans cette pièce. Maintenant, ils veulent réparer ce qu'ils ont cassé. C'est presque comique, dit-elle en secouant la tête. Si j'y pense trop, ça me rend folle. Comme Zamarud !

Si j'avais été une autre, j'aurais peut-être été surprise. Mais j'étais la femme d'Abdul Khaliq, un homme qui inspirait la peur aux quatre coins de notre province. Et j'étais certaine d'ignorer les trois-quarts des atrocités qu'il avait commises durant les années de guerre. En fait, je ne savais toujours pas où il allait lorsqu'il quittait la maison avec ses gardes armés jusqu'aux dents. Lui aussi aurait pu être proposé comme candidat à un poste.

— Qu'est-ce qu'on y peut ? Ce genre d'individus pullule en politique. Mais crois-moi, je n'ai pas l'intention d'approuver la nomination de ce boucher corrompu. Sufia a parlé aux autres femmes. Elles vont voter contre, elle aussi.

— Si autant de gens s'opposent à son élection, il n'aura plus aucune chance, n'est-ce pas ?

J'observai Badriya, sa bouche sévère et ses sourcils froncés. Je posais trop de questions.

— Malheureusement, il a quand même de grandes chances de passer. Les seigneurs de guerre signent des accords, font des alliances, pour servir leurs intérêts.

Je me demandai si Hamida savait qui était Abdul Khaliq. J'ignorais jusqu'où son nom était connu. Là d'où nous venions, il détenait un grand pouvoir, et aspirait à l'étendre. L'implication de Badriya au Parlement représentait un pas dans cette direction.

— Hamida-*jan*, nous allons prendre un thé à la cafétéria, si tu veux bien nous excuser, dit Badriya.

La conversation venait de toucher un point sensible. Sa voix était sèche.

— Veux-tu que je te ramène quelque chose ? ajouta-t-elle.

— Non, ça ira, merci. Je vais voir ce que fait Sufia. La séance va probablement reprendre dans une trentaine de minutes.

Dans notre chambre d'hôtel, cette nuit-là, j'interrogeai Badriya sur les allégations de Zamarud.

— Est-ce que c'est vrai ? Il y a autant de gens corrompus dans la politique ?

— Ne t'occupe pas de ce genre de choses. Ce ne sont pas tes affaires.

Sa remarque m'agaça. J'étais presque certaine que Sufia ne l'aurait pas approuvée.

— Mais ce sont les tiennes, non ? Tu vas voter demain. Comptes-tu approuver ces candidats ?

— Bien entendu.

— Pourquoi ?

— Pourquoi ? Parce que je vais voter pour eux, voilà tout ! Tu as fini de remplir ce formulaire ? Le bureau du directeur me l'a réclamé toute la semaine.

— C'est presque terminé, soupirai-je.

Je me demandai comment Badriya s'était débrouillée lors de son précédent séjour à Kaboul. Elle était à peine capable de griffonner sa propre signature.

— Mais comment décides-tu pour qui tu vas voter ?

— Je décide, c'est tout. Je connais les problèmes, et je choisis en conséquence.

Je repensai alors à la séance échauffée de ce jour. Au regard déterminé de Zamarud.

— Est-elle mariée ?

— Qui ? Zamarud ? ricana-t-elle. Il paraît que oui, mais j'imagine quelle mauviette doit être son mari ! Tu te rends compte de son comportement ?

— Elle n'a pas peur d'eux.

— Elle devrait. Zamarud a reçu plus de menaces que n'importe quelle autre femme de l'assemblée. Pas étonnant, vu son attitude. Aucune vergogne, dit-elle en faisant claquer sa langue.

— Et toi, tu n'as reçu aucune menace, n'est-ce pas ? Hamida dit que presque toutes les femmes en reçoivent. Sa famille la supplie de ne plus se présenter au Parlement, mais elle veut le faire quand même.

— Encore une tête de mule, celle-là. Je ne subis aucune menace parce que je sais ce que je fais. Je m'occupe de mes affaires et je fais uniquement ce qui est nécessaire. Je ne suis pas là pour me tourner en ridicule ni mettre mon mari dans l'embarras.

Je frissonnai en imaginant comment Abdul Khaliq aurait remis Zamarud à sa place. Mais je ne croyais pas que Badriya ait la moindre implication au Parlement. Mon instinct me disait que tout cela était lié à notre mari.

— Ce formulaire demande si tu veux te joindre au groupe qui voyage à l'étranger avec les différents Parlements. Pour une expérience instructive, d'après eux. En Europe. C'est écrit : « Le directeur recommande fortement à tous les parlementaires d'aller voir comment fonctionnent les autres assemblées. »

À présent que j'étais à Kaboul, j'entendais parler de lieux plus grandioses et irréels les uns que les autres, comme l'Europe. Je me demandai à quoi pouvait bien ressembler un tel endroit. Nous avions fait tout ce voyage pour venir à Kaboul. Peut-être pouvions-nous également nous rendre en Europe ? Badriya leva la tête, aussi intriguée que moi par ce nom exotique.

— Aller en Europe ? Vraiment ?

Dès qu'elle eut prononcé ces mots, Badriya se rendit compte du ridicule de l'idée.

— Oublie ça. Ce n'est pas intéressant. Et laisse ce fichu papier de côté. Je suis fatiguée. Tu le finiras demain matin. Je vais me coucher.

# Chapitre 44

## Rahima

— Nous allons maintenant prendre les votes pour le candidat Ashrafullah Fawzali. Veuillez lever vos palettes.

Les parlementaires disposaient chacun de deux palettes, une rouge et une verte, qu'ils levaient pour voter pour ou contre. C'était le premier vote et Badriya semblait nerveuse.

— Vas-tu voter pour lui ? murmurai-je.
— Chut ! s'énerva-t-elle.

Elle balaya la pièce du regard. Une multitude de palettes furent brandies. Badriya prit la palette verte et la leva à demi, n'étant toujours pas sûre du choix à faire.

Je suivis son regard, qui se dirigeait vers un homme assis plusieurs rangs devant nous. De nos places, nous pouvions voir son profil. C'était un homme costaud, aux traits grossiers et à la barbe épaisse. Son turban gris reposait en boule sur sa tête comme un serpent. Il brandissait une palette verte.

Je le vis regarder dans notre direction, adresser un discret signe de tête à Badriya. Elle leva sa palette verte tout en gardant les yeux rivés sur les premiers rangs. J'étais perplexe. Je n'avais jamais vu cet homme, mais Badriya semblait le connaître.

—Badriya, que fais-tu ? Qui est-ce ?

—Tais-toi ! Contente-toi de prendre des notes, ou je ne sais quoi.

—Mais il regarde dans notre direction !

—J'ai dit tais-toi !

Je croisai les bras, fermai la bouche et observai. Toute la séance se poursuivit de la même façon. Chaque fois que le directeur appelait le Parlement à voter pour un candidat, Badriya attendait que l'homme au turban gris lève sa palette. Chaque fois, elle calquait son choix sur le sien. Vert, vert, rouge, vert, rouge, rouge. Et chaque fois qu'il regardait vers elle et constatait son vote, un air suffisant et approbateur s'affichait sur son visage.

Les femmes se tournèrent vers Badriya, apparemment confuses. Sufia murmura quelque chose à Hamida, qui haussa les épaules.

Qayoumi. C'était le tour de ce candidat. Je regardai Hamida et Sufia. Elles secouaient la tête tandis que le directeur se préparait à enregistrer les votes. Un murmure étouffé parcourut l'assemblée ; les parlementaires s'apprêtaient à prendre une décision concernant le personnage le plus controversé de Kaboul. Les langues claquèrent en signe de désapprobation avant même que les palettes ne soient levées.

—Mesdames et messieurs, veuillez montrer vos votes. Levez-les bien haut pour que nous puissions les voir !

L'homme vota vert.

Je tournai la tête vers Badriya. J'étais sûre qu'elle sentait mon regard sur elle mais elle l'évita soigneusement.

Elle regarda les deux femmes lever leur palette rouge. Leurs voisins d'assemblée en firent autant. Quelques taches vertes apparurent ici et là, des votes presque exclusivement masculins.

Les murmures s'élevèrent à mesure qu'ils les révélaient.

Badriya garda la tête baissée et saisit une palette. J'ouvris la bouche pour dire quelque chose.

Vert.

— Badriya! Que fais-tu? Tu n'as pas entendu ce que les autres racontent sur lui? Pourquoi votes-tu pour lui?

— S'il te plaît, Rahima, tais-toi!

Hamida et Sufia jetèrent un coup d'œil vers nous, les sourcils froncés. Elles se penchèrent ensuite l'une vers l'autre. Je repensai à notre conversation avec Hamida. Je ne pouvais oublier tout ce qu'elle nous avait raconté.

— Mais Hamida a dit…

— Si tu n'es pas capable de tenir ta langue, alors va-t'en! Sors! gronda-t-elle. Je n'ai pas besoin de toi.

Je la regardai fixement. Je n'avais nulle part où aller. Je restai donc assise à côté d'elle, enrageant intérieurement, tout en sachant que je n'avais pas le droit de me comporter ainsi. Peut-être aurais-je fait la même chose à sa place. Peut-être me serais-je contentée de me calquer sur le vote de cet homme.

*Abdul Khaliq. Il l'a piégée. Cet homme doit avoir un lien avec ce contrat de sécurité qu'il veut décrocher. Tout comme Hamida l'a expliqué.*

Je fus surprise de constater que l'influence de mon mari s'exerçait à une telle distance de chez nous, entre les murs du Parlement de Kaboul. Et là d'où venait cet homme, où que ce fût.

Hamida nous regarda en pinçant les lèvres.

Peut-être n'aurais-je pas été aussi soumise que Badriya si j'avais siégé au Parlement. Peut-être aurais-je été davantage comme Hamida. Ou Sufia. Ou même Zamarud. Peut-être aurais-je pris place dans cette assemblée et exprimé mes propres opinions.

Non, probablement pas. J'aurais eu du mal à rentrer auprès d'Abdul Khaliq après m'être opposée à ses instructions. Surtout dans une affaire aussi importante.

La séance prit fin. Badriya se leva rapidement et saisit son sac. Elle descendit les gradins et traversa l'allée centrale sans se retourner pour vérifier que je la suivais.

Nous tombâmes sur les deux femmes près du poste de contrôle. Pas même un sourire courtois. De toute évidence, elles étaient déçues par le vote de Badriya. Elles devinaient que ses verts et ses rouges étaient dictés par des forces extérieures. Elle faisait partie du problème.

— Je suis ravie que la journée soit enfin terminée, dit Sufia d'une voix neutre.

— Oui, moi aussi, acquiesça discrètement Badriya.

— C'était une journée intéressante, murmura Hamida en ajustant son foulard.

J'observai leur échange, voulant hurler que je n'avais rien à voir avec tout ça. Que je n'aurais jamais voté pour Qayoumi. Même si j'étais presque certaine que je l'aurais fait. Je découvrais que la cosmopolite Kaboul était, du moins dans ce domaine, peu différente de mon village reculé. La plupart de nos décisions n'en étaient pas vraiment. On nous dirigeait tel un troupeau de moutons vers un choix ou un autre – pour le dire gentiment. Je me demandai si les autres femmes de l'assemblée se sentaient réellement libres de se faire leur propre opinion.

Je m'assis dans la voiture et m'appuyai contre le dossier, regrettant de ne pas être à la maison avec Jahangir. Il faisait probablement la sieste à ce moment-là, bouche entrouverte et paupières agitées de rêves innocents. Dieu merci, Jamila était là pour veiller sur lui.

Badriya entra par l'autre côté, se glissa sur la banquette et me gifla si violemment que je fus projetée contre la portière.

— Rahima, si tu remets en question mes actes encore une fois, je te jure que j'irai immédiatement trouver Abdul Khaliq pour lui dire que tu as ouvert ta stupide bouche en pleine séance. On verra bien, après ça, si tu as encore envie de remuer ta langue! Apprends à te contrôler, petite garce.

Maroof jeta un coup d'œil dans le rétroviseur. Son étonnement se transforma en sourire narquois. Tout cela le divertissait. Mon visage me brûlait mais je ne dis rien. La journée n'était pas terminée et je refusais de me donner en spectacle aux gardes du corps.

Le lendemain matin, nous nous frayâmes un chemin parmi les groupes de soldats étrangers pour rejoindre le Parlement. En retard, à cause de Badriya. Il n'y avait aucun vote ce jour-là, seulement des débats. Rien d'important pour elle, mais sa présence restait obligatoire.

Je ne lui adressai pas la parole, me contentant de répondre à ses questions et de garder mes distances. Je commençais à me demander si ce voyage en valait la peine, vu l'attitude de Badriya qu'il me fallait endurer. Désagréable à la maison, elle était encore pire dans cette ville. J'étais sa seule compagnie et l'obligation pesante de suivre le plan de notre mari lui tapait sur les nerfs.

Je pris des notes pour elle, remplis le questionnaire distribué par une organisation internationale dans le but d'améliorer le Parlement, puis nous sortîmes de la salle pour aller déjeuner. Je gravitai autour de Hamida et Sufia. Badriya les suivit à contrecœur avec son plateau.

— Comment allez-vous toutes les deux ? s'enquit Hamida.

Elles nous regardaient différemment à présent. Les événements de la veille avaient changé la donne.

— Bien, merci. Et toi? répondit sèchement Badriya.

— Je n'en reviens toujours pas de ce qui s'est passé hier. Nous espérions bloquer davantage de ces candidats. Mais je suppose que c'était leur *naseeb* de passer.

*Naseeb*. Sufia le pensait-elle vraiment ? Si oui, pourquoi prendre la peine de voter ?

— Peut-être bien, acquiesça Badriya.

Je cherchai quelque chose à dire pour faire comprendre aux deux femmes que j'étais de leur côté, mais sans échauffer les nerfs de Badriya.

— Parfois, les gens vous surprennent, non ? Peut-être que quelque chose de bon en sortira, dis-je.

— Nous avons là une optimiste. On n'en rencontre pas beaucoup.

Rien ne laissait croire que Qayoumi n'était pas l'ordure qu'on prétendait. Rien ne laissait croire que quiconque ferait quoi que ce soit de bien, en fait. Mon « optimisme » n'était fait que de mots, reliés entre eux par l'espoir d'apparaître neutre aux yeux de ces femmes. Je voulais leur exprimer mon amitié. Elles étaient indépendantes et heureuses, des sensations auxquelles j'avais goûté uniquement en tant que petit garçon.

— Sufia et moi allons au centre de documentation ce soir. Veux-tu te joindre à nous ?

— Merci, mais je ne peux pas, répondit Badriya. Je vais chez ma cousine ce soir. Je ne l'ai pas vue depuis deux ans.

Je la regardai, surprise. Disait-elle la vérité ?

Elle haussa la voix en voyant mon expression.

— La cousine de ma mère vit ici, à Kaboul. Je ne les ai pas vues depuis si longtemps et ma tante se fait vieille. Elles ont insisté pour que j'aille leur rendre visite. Elles vivent de l'autre côté du fleuve, près de l'hôpital pour femmes.

— Eh bien, si vous avez des projets ce soir, mesdames, peut-être une autre…

Badriya eut l'air étonnée.

—Nous? Oh non. J'y vais seule. C'est ma cousine, vous comprenez, bafouilla-t-elle, cherchant à faire comprendre que je ne l'accompagnais pas. Et Rahima-*jan* a dit qu'elle n'avait pas envie d'y aller de toute façon.

Les yeux se posèrent sur moi pour obtenir confirmation.

—Eh bien, tu n'as pas arrêté de dire que c'étaient des gens charmants, alors peut-être que je devrais venir après tout, non?

Badriya écarquilla les yeux.

—Vraiment? Tu veux venir? Tu es sûre? dit-elle.

Son regard foudroyant m'indiquait la réponse qu'elle attendait.

—Non, dis-je. En fait, je crois que j'ai changé d'avis. Tu devrais aller voir ta tante et tes cousines toute seule. J'irai peut-être au centre de documentation, tout compte fait. Ça me plairait beaucoup de voir ce qu'ils proposent. Et je pourrais prendre quelques cours par la même occasion.

Les yeux de Hamida s'illuminèrent. Comme si elle me voyait soudain sous un autre jour.

—C'est une excellente idée! Faisons cela. Pendant que Badriya rend visite à sa famille, nous irons au centre. Nous pouvons nous retrouver directement après la séance puis y aller ensemble. Tu seras prête à partir?

J'exprimai mon accord, contente d'être parvenue à mes fins, même si Badriya aussi avait obtenu satisfaction. Nous partîmes chacune de notre côté après la séance, et je suivis Hamida et Sufia. Badriya avait pris Maroof et le garde. Je me retrouvai sans aucune protection, ce dont je tirai un sentiment de liberté plus que de solitude. À la cafétéria, nous avions emballé de quoi grignoter et marchions avec nos sacs en plastique.

— Ces cours ont-ils lieu tout le temps ? Est-ce comme une école ? demandai-je.

J'étais de plus en plus excitée à l'idée de retourner dans une salle de classe. Même si ces cours n'aboutiraient peut-être à rien.

— Il y a plusieurs formateurs. As-tu entendu Sufia parler anglais ? Où crois-tu qu'elle a appris à dire si joliment « Hello, how are you ? », l'imita Hamida en riant.

Je n'avais aucune idée de ce qu'elle venait de dire mais le fait qu'elles apprennent l'anglais m'impressionnait. Plus encore, je voulais apprendre à me servir des ordinateurs que j'avais aperçus dans la médiathèque du Parlement. C'était une petite pièce au sous-sol, comportant trois bibliothèques, dont deux étaient vides. La collection de livres était pauvre mais la responsable était déterminée à l'étoffer avec des ouvrages de politique, de droit et d'histoire. En feuilletant quelques volumes, je m'étais rendu compte de tout ce qu'il y avait à apprendre sur le gouvernement. Ce n'était pas aussi simple que lever des palettes.

Les ordinateurs m'avaient particulièrement intriguée. Il y en avait trois mais d'autres étaient en route, disait-on. Les trois étaient à ce moment-là utilisés par des hommes de l'assemblée. Évitant de regarder par-dessus leurs épaules, j'étais toutefois curieuse de savoir ce qu'ils regardaient sur ces écrans. Du coin de l'œil, je les avais observés en train de pianoter lentement sur le clavier, d'assembler des lettres d'une façon totalement inédite pour moi.

Les femmes me conduisirent dans un petit bâtiment de construction récente, percé de petites fenêtres, et dont l'enseigne sur la façade portait une inscription en anglais et en dari.

« Centre de formation pour femmes », lisait-on.

— C'est réservé exclusivement aux femmes ? demandai-je. Les hommes n'y sont vraiment pas admis ?

— Absolument, comme au hammam, dit Sufia en riant. Dieu merci, quelqu'un a enfin pris notre implication au sérieux. Tu sais, Rahima-*jan*, des organisations internationales envoient des professeurs et des ordinateurs. Tout est à disposition. Nous n'avons plus qu'à en profiter.

— Est-ce que beaucoup de femmes du Parlement viennent ici ?

— Très peu ! déplora Hamida. La plupart n'ont aucune idée de ce qu'elles font. Moi non plus, je n'en avais aucune idée, mais à présent, j'en suis à mon deuxième mandat et je commence enfin à prendre conscience de l'ampleur des connaissances qu'il nous reste à acquérir avant que cette assemblée soit vraiment fonctionnelle. Nous sommes des bébés qui marchons encore à quatre pattes.

J'imaginai alors Jahangir, ses genoux rugueux et noirs à force de ramper, ses paumes tapant joyeusement contre le sol. Mon fils me manquait.

Sufia avait dû lire mon expression.

— Tu as des enfants ?

Je hochai la tête.

— J'ai un fils.

— Depuis combien de temps es-tu mariée ?

— Presque trois ans.

— Hum. Quel âge avais-tu quand tu t'es mariée ?

— Treize ans, répondis-je calmement, l'esprit encore occupé par le visage de mon garçon, dont je me demandais ce qu'il faisait.

— Ton mari doit être beaucoup plus âgé, à en juger par l'âge de Badriya, dit Hamida, s'interrompant avant d'ouvrir la porte du centre.

Je hochai la tête. Elles étaient curieuses mais tentaient de ne pas trop le montrer.

—Ton mari... que fait-il?

Je me trouvai dans une impasse. Je n'étais pas vraiment certaine de ce qu'il faisait et encore moins de la façon dont je pourrais éviter de l'expliquer.

—Je ne sais pas, dis-je simplement.

Leurs regards étonnés me firent rougir.

—Tu ne le sais pas? Comment est-ce possible?

—Je ne le lui ai jamais demandé.

—Jamais demandé? Mais tu vis avec lui! Tu dois bien avoir une petite idée de la nature de ses activités.

Cette interrogation n'était pas aussi innocente qu'elle paraissait. Ce sujet les intriguait – d'autant plus après le vote étrange de Badriya. Mais trop parler me causerait du tort.

—Il a des terres. Et il fournit des moyens de sécurité à des étrangers, des gens qui essaient de construire quelque chose dans notre province. Je ne connais pas les détails. Je reste en dehors de ses affaires.

—Je vois, dit Sufia, sur un ton qui me donna l'impression d'avoir tout dévoilé.

Je devais cesser de parler.

—Est-ce que Badriya parle avec toi des candidats? Des gens pour lesquels elle vote? demanda Hamida d'une voix volontairement désinvolte.

—Non, dis-je en arrivant devant la porte, résolue à mettre un terme à cette conversation. Nous ne discutons pas vraiment des questions du Parlement. Je suis seulement ici pour l'aider avec la paperasse et pour lui lire les documents.

—Elle ne sait pas lire?

Dès le premier jour, j'avais pris ces femmes en sympathie. Sincèrement. Mais à présent, elles me plongeaient dans l'embarras, touchant tous mes points sensibles. J'étais certaine que j'allais payer pour cela plus tard.

— Et si on entrait ? Je suis impatiente de voir ce qu'il y a à l'intérieur.

Elles cédèrent. Je les suivis dans le centre où une Américaine, assise derrière un écran, faisait courir ses doigts sur un clavier. Elle leva la tête et nous adressa un grand sourire ; nous étions ses premiers visiteurs de la semaine.

Elle vint vers nous et nous accueillit par une accolade chaleureuse. Sufia, qui gagnait en assurance, testa son anglais en lui demandant comment elle allait, comment sa famille se portait.

— Pourquoi n'y a-t-il personne d'autre ici ? murmurai-je.

— Ça ne les intéresse pas. Elles font une apparition aux séances et rentrent chez elles. Tout le monde se fiche d'apprendre quoi que ce soit de nouveau. Elles croient savoir ce qu'elles font, même si elles ne l'ont jamais fait avant. Des expertes-nées ! s'amusa Hamida.

Les dames me présentèrent à Miss Franklin et lui expliquèrent que j'étais l'assistante d'une autre parlementaire. Elle sembla ravie de ma présence. J'admirai ses cheveux châtain clair, sa frange soyeuse dépassant de son foulard. Visiblement âgée d'une trentaine d'années, elle affichait un regard lumineux qui laissait penser qu'elle n'avait jamais connu la tristesse.

*Si c'est vrai, quelle chance elle a*, songeai-je.

— *Salaam-alaikum*, Rahima-*jan*, dit-elle avec un accent si prononcé que je ne pus réprimer un petit éclat de rire. *Chotoor asteen ?*

— Je vais bien, merci, répondis-je.

Je regardai alors Hamida. Je n'avais jamais rencontré d'Américain auparavant. J'étais ébahie de l'entendre parler notre langue. Ma réaction ne surprit pas Hamida.

— Son dari est bon, tu ne trouves pas ? dit-elle en riant. Alors, chère professeure, qu'allez-vous nous apprendre aujourd'hui ?

Nous passâmes environ deux heures au centre, au cours desquelles Miss Franklin nous initia avec patience aux bases de l'informatique, nous montra comment faire glisser la souris sur la table pour déplacer un curseur sur l'écran. J'étais aux anges, en proie à une excitation que je n'avais pas ressentie depuis mes jours de *bacha posh*.

Je me pris à rêver. D'apprendre à utiliser cette machine. De travailler comme cette femme, Miss Franklin. D'acquérir un savoir si grand que je pourrais le transmettre aux autres !

Je me sentis privilégiée. Un sentiment nouveau ! Je doutais que même Hashmat ait déjà vu un ordinateur, encore moins qu'il ait eu droit à des cours privés d'informatique. J'aurais adoré voir sa tête en apprenant ce que je faisais à Kaboul.

Mais la nuit allait bientôt tomber, et il était temps de rentrer. Les femmes avaient promis à Badriya que l'une d'elles me raccompagnerait jusqu'à l'hôtel avec son garde et son chauffeur. Je serrai Miss Franklin dans les bras avant de partir, ce qui sembla l'amuser. Ses yeux pétillaient de gentillesse.

— J'aimerais beaucoup revenir ! Je me plais beaucoup ici !

Si seulement notre journée s'était close sur cette impression…

Sufia avait la main sur la poignée de la porte lorsqu'une violente explosion nous fit toutes sursauter. Nous nous plaquâmes au sol pour nous éloigner des fenêtres. Regards nerveux.

— Qu'est-ce que c'était ?

— Je ne sais pas. Ça ne devait pas être très loin. Mais ça ne ressemblait pas au son d'une roquette.

Nous étions un peuple de guerre ; les explosions nous étaient familières. Mais pas à Miss Franklin. Son visage devint blême et elle se mit à trembler. Hamida passa un bras autour de la jeune formatrice, tentant de la rassurer. Sufia serra ma main. Il n'y eut pas d'autre bruit. Sufia se leva prudemment et se dirigea vers la porte. Dans la rue, des gens hurlaient, pointaient leur doigt. Son chauffeur et son garde coururent vers nous. Ils avaient l'air tourmentés. Ils étaient à bout de souffle.

—Qu'est-ce que c'est ? Que se passe-t-il ? demanda-t-elle.

—Une sorte de bombe. Juste à côté du Parlement. Restez ici. Nous allons nous renseigner.

Nous nous étions rassemblées près de la fenêtre, dévisageant les piétons pour tenter de comprendre ce qui se tramait. Hamida cria dans leur direction.

—Que se passe-t-il ? C'était une bombe ?

Le chaos régnait dans la rue. Soit personne ne l'avait entendue, soit nul ne daignait lui répondre.

La curiosité l'emportant, nous fîmes un pas dehors. J'étais nerveuse. Même si mon père et mon mari s'étaient trouvés au cœur des combats, la guerre s'était toujours déroulée à au moins un village de distance du mien. Je me demandai si Badriya était à proximité.

Le chauffeur de Sufia revint, en secouant la tête et en marmonnant quelque chose dans sa barbe. Le garde de Hamida l'interpella pour savoir ce qu'il avait appris.

—Ça s'est passé à deux rues du Parlement. Une bombe dans une voiture. Visiblement, ils ciblaient Zamarud.

Mon estomac se retourna. Je la revis sortant comme un ouragan du bâtiment, me souvins des regards haineux que certains hommes avaient portés sur elle. Il y avait même quelques femmes qui avaient pris un air affligé en la voyant passer. Les gens considéraient qu'elle n'entrait pas dans le rang et la punition que notre société réservait aux gens de son espèce était sévère. Depuis toujours.

—Zamarud ! Je ne suis pas surprise, avec toutes les accusations qu'elle a portées. Elle va bien ?

—Je ne sais pas. Quelqu'un a dit qu'elle a été tuée. Ils l'ont emmenée. Je ne l'ai pas vue là-bas, ni elle ni ses gardes. Nous ferions mieux de filer.

# Chapitre 45

## Rahima

Lorsque Abdul Khaliq eut vent de l'attentat, il ordonna à son chauffeur et à son garde de nous ramener au domaine. L'explosion m'avait terrifiée. Badriya et moi restâmes confinées dans notre chambre d'hôtel, craignant que d'autres parlementaires femmes ne soient visées. L'événement nous fut rapporté – par notre garde ou le personnel de l'hôtel – sous d'innombrables versions.

Zamarud était morte. Elle était en vie mais avait perdu une jambe. Elle était indemne mais trois enfants qui passaient par là avaient été tués. C'étaient les Talibans. C'était un seigneur de guerre. C'étaient les Américains.

J'ignorais laquelle de ces histoires était la plus crédible. Badriya crut aveuglément à chacune, jusqu'à ce qu'une autre vienne s'y substituer. La tête me tournait. Je dis des prières pour Zamarud, trouvant qu'il y avait quelque chose de stimulant dans la façon dont elle avait ébranlé le Parlement tout entier par son irrévérence. Les gardes revinrent, notre chauffeur fumait une cigarette, les yeux rougis par les fumées persistantes de l'explosion. Mu par la curiosité, il était resté dans les parages. Quand il hocha la tête pour nous signifier que la voiture était prête, je lâchai un soupir de soulagement. Je voulais tenir Jahangir dans mes bras.

J'imaginais les cris de joie et les rires de mon petit garçon lorsqu'il me verrait, je le voyais courir vers moi. J'étais impatiente de le serrer fort, espérais qu'il ne m'en voudrait pas de l'avoir laissé. Tout en regrettant de telles pensées, j'espérais ne pas être comme ma mère. Je ne voulais pas l'abandonner et le laisser livré à lui-même. J'ouvris mon sac et vérifiai que le stylo à bille et les quelques feuilles de papier que j'avais pris au Parlement y étaient. Je souris en pensant à l'excitation de Jahangir qui aurait de quoi gribouiller.

Mon fils était le seul rayon de soleil de mon retour au domaine. J'allai directement dans la chambre de Jamila et l'appelai. Il s'immobilisa au son de ma voix et trottina pour m'accueillir à la porte, avec un sourire innocent et des étincelles dans les yeux.

— *Maa-da! Maa-da!*

Mon cœur fondit.

— Joue ballon dehors! *Maa-da!*

Sans perdre de temps, il tenta de m'attirer dans la cour pour jouer avec lui. Je souris, souhaitant pouvoir me joindre à lui pour frapper dans le ballon de son frère. J'étais encore assez proche de l'enfance pour être attirée par ce type de jeu. Mais on venait de tuer un poulet pour le dîner d'Abdul Khaliq et de ses invités, et il me restait peu de temps pour plumer et nettoyer le volatile.

— Pardonne-moi, *bachem*, peut-être plus tard. Pour le moment, j'ai du travail. Peut-être que ton frère peut aller jouer dehors avec toi.

Sans doute avais-je nourri l'espoir secret que mon voyage à Kaboul changerait la façon dont on me traitait au domaine, mais je dus bien vite chasser cette idée de ma tête. Le lendemain, Bibi Gulalai passa pour s'assurer que mon séjour en ville n'avait pas réduit à néant tous ses efforts pour me mater.

—Là-bas, c'était Kaboul, ici, c'est ici. Dans cette maison, rappelle-toi qui je suis. Il n'y a ni réunions ni papiers à remplir ici. Maintenant, va te laver la figure. Tu as l'air sale. C'est une honte.

Je soupirai, hochai la tête et m'éloignai avant que son humeur ne se dégrade davantage par ma faute.

Je restai dans ma chambre. Ma dernière nuit avec mon mari avait été particulièrement désagréable, particulièrement violente, et je n'avais aucune envie de le croiser. Je me demandai s'il nous laisserait retourner à Kaboul après les récents événements. Je ne savais toujours pas si Zamarud était vivante ou morte.

Quelque chose se préparait à la maison. J'ignorais de quoi il s'agissait, mais Jamila semblait nerveuse et distraite. Elle était polie avec Bibi Gulalai mais demandait rapidement à être excusée. Bibi Gulalai semblait surveiller notre foyer d'un œil critique. J'interrogeai Jamila, mais elle sourit et changea de sujet. Shahnaz, pleine d'amertume parce que j'avais été autorisée à aller à Kaboul, était sèche et narquoise avec moi. Tenter une approche n'aurait servi à rien.

Par l'intermédiaire du plus jeune fils de Jamila, j'informai Khala Shaima de mon retour. J'étais impatiente de la revoir. Tandis qu'autrefois j'étais celle qui écoutait, nous pourrions à présent échanger nos histoires. Je voulais lui parler de Zamarud et de l'explosion. De Hamida et Sufia et du centre de documentation. Mais une semaine passa et Khala Shaima ne vint pas. Je demandai à Jamila si elle avait eu des nouvelles de ma tante, mais elle me répondit par la négative. Une deuxième semaine passa et toujours rien.

J'étais inquiète et frustrée mais ne pouvais rien faire. Je ressentais déjà le décalage entre la maison et Kaboul. L'avant-goût d'indépendance, ou de la possibilité d'une indépendance, auquel j'avais eu droit, me donnait très envie d'y retourner.

Trois semaines passèrent. Badriya et moi attendions la décision d'Abdul Khaliq. Il nous laisserait probablement repartir pour achever les trois mois de séance restants. Il n'avait rien dit à Badriya et elle était ma source d'information. Abdul Khaliq ne discutait pas de ces sujets directement avec moi. À cet égard, il me traitait davantage en fille qu'en épouse. Cela m'était égal. Moins j'avais d'échanges avec lui, mieux je me portais.

Badriya se tourna finalement vers Bibi Gulalai pour être éclairée. Adossée au mur du salon, son châle sur les genoux, ma belle-mère se mit à chuchoter. Quand je m'arrêtai sur le pas de la porte, les deux femmes levèrent la tête, agacées.

— Allez, va nettoyer les tapis ! Et applique-toi, cette fois-ci. Qu'ils n'aient pas l'air miteux, aboya Bibi Gulalai.

Je m'éloignai de la porte mais m'attardai dans le couloir.

— Quand est-ce arrivé ? demanda Badriya dès que je fus hors de vue.

— Juste au moment où vous êtes tous partis. Il connaît son frère. J'aurais préféré qu'il n'ait jamais pris cet animal égaré. Je ne sais pas ce qui lui a plu chez Rahima. Une famille d'incapables.

— Je suis d'accord. Pourquoi vouloir une *bacha posh* pour épouse, ça, je ne le comprendrai jamais. Mais Khala-*jan*, pourquoi voudrait-il se débarrasser d'elle, à ton avis ? C'est la plus jeune ici, et il lui trouve un intérêt...

— Il va le faire. Je crois qu'il a compris maintenant que c'était une erreur. Et il veut se rattraper avec celle-là. Il va l'épouser.

— Mais pourquoi ne pas garder Rahima et épouser cette fille ?

—Parce qu'il suit les préceptes du *hadith*! C'est un homme respecté dans ce village, dans cette province! Il doit montrer l'exemple, alors il fait ce que dicte le prophète. Et le prophète, que la paix soit avec lui, dit que l'homme ne peut pas prendre plus de quatre femmes à la fois. Ça n'aurait pas été un problème s'il n'avait pas épousé cette *bacha posh*.

Ma gorge devint sèche. Que tramait donc mon mari? Une cinquième épouse?

—Eh bien, que Dieu le bénisse. C'est admirable de voir un musulman si honnête et si dévoué.

Bibi Gulalai répondit par un bref ronronnement, approuvant cet éloge de son fils.

—Ne dis rien à Rahima. Elle est assez rebelle comme ça. Mieux vaut éviter qu'elle ou sa folle de tante Shaima en fasse toute une histoire. Ce ne sont pas leurs affaires de toute façon.

—Je me tairai, mais elle l'apprendra tôt ou tard…

Les enfants traversaient le couloir. Je m'éloignai furtivement de la porte et mêlai mes pas aux leurs.

Il fallait que je parle à Jamila. Abdul Khaliq avait-il réellement l'intention de se débarrasser de moi? De quelle façon?

—Alors? Qu'as-tu entendu? me demanda Jamila en plissant les yeux.

Je lui rapportai la conversation que j'avais épiée. Elle m'écouta attentivement.

—Je ne suis pas au courant de tout ça. Bibi Gulalai ne parle qu'à Badriya, évidemment, son cher ange. Nous autres, nous sommes mises devant le fait accompli. Mais que Dieu nous aide. S'il va réellement jusque-là, ce sera un désastre.

—Crois-tu vraiment qu'il prendra une cinquième femme? Il veut se débarrasser de moi, Jamila-*jan*. Peut-il faire une chose pareille?

—Il peut..., commença Jamila avant de se raviser. Enfin, je ne sais pas, Rahima-*jan*. Je n'en sais rien.

Nous restâmes dans le non-dit. S'il voulait prendre une nouvelle femme sans dépasser le nombre autorisé, il devait nécessairement écarter l'une d'entre nous, et Bibi Gulalai avait déjà clairement fait savoir que j'étais celle dont on pouvait se passer. J'avais autrefois prié pour que mon mari me renvoie chez mes parents. À présent, cela supposait que je laisse mon fils. Jamila m'avait parlé d'une fille qu'on avait renvoyée chez son père car elle ne satisfaisait pas son mari. La famille de la fille, incapable de supporter l'opprobre, avait refusé de la reprendre. Personne ne savait ce qu'elle était devenue.

Nous étions rentrées depuis quatre semaines. Jahangir arriva dans notre chambre pendant que je reprisais ma robe déchirée, la bleue que Badriya m'avait défendu de porter à Kaboul. Après avoir vu les tenues des autres parlementaires, je comprenais pourquoi. Mais elle était encore dans un état convenable, et j'avais peu de chances de recevoir du linge neuf.

Jahangir m'appela. Je levai la tête, surprise de voir Khala Shaima arriver en boitillant derrière lui. Elle n'était jamais venue dans cette partie de la maison.

—Khala-*jan*! *Salaam*, Khala Shaima-*jan*, tu es venue! J'étais si inquiète pour toi!

Je me levai maladroitement pour l'accueillir.

Khala Shaima posa la main sur l'encadrement de la porte, se penchant en avant et reprenant son souffle.

—*Salaam... ah... salaam dokhtar*-jan. Qu'Abdul Khaliq soit maudit pour avoir construit sa maison si loin de la ville.

Je lui baisai les mains. J'entendais l'air siffler dans ses poumons. Je jetai un regard furtif dans le couloir pour m'assurer que personne ne l'avait entendue maudire mon mari.

— Je suis tellement désolée, Khala Shaima-*jan*. J'aurais aimé pouvoir venir vers toi.

— Ah, ne t'en fais pas. Je marcherai tant que mes pieds me porteront. Maintenant, laisse-moi m'asseoir et reprendre des forces. Tu dois avoir des choses à me raconter de ton voyage. Qu'as-tu donc fait là-bas pendant si longtemps ?

Je lui racontai tout, l'hôtel, les gardes, les immeubles et les soldats étrangers. Ensuite, je lui parlai de l'explosion et de la raison de notre retour.

— J'en ai entendu parler à la radio. Les salauds. Ils ne peuvent pas supporter qu'une femme ouvre la bouche.

— Qui est responsable à ton avis ?

— Quelle importance ? Ils ne trouveront peut-être pas qui a posé la bombe, mais on sait tous pourquoi ce crime a été commis. Parce que c'est une femme. Ils ne veulent pas l'entendre. La dernière chose dont ce pays avait besoin, c'était d'une infirme de plus. Et c'est ce qu'on a gagné.

— Elle n'est pas morte ? Que lui est-il arrivé ?

— Tu ne le sais pas ?

— Nous avons entendu tellement de versions différentes avant de partir. Et ici, tout le monde se fiche de le savoir. Je suis sûre qu'Abdul Khaliq le sait mais…

— Mais tu ne vas pas lui poser la question.

Je secouai la tête.

— Il semblerait que la bombe ait explosé juste à côté de sa voiture. Un de ses gardes a été tué. Mais elle a survécu. Je crois que sa jambe a été brûlée, mais rien de plus.

— Va-t-elle revenir au Parlement ?

— Elle en a en tout cas exprimé le souhait.

Je n'en doutais pas. Zamarud n'était pas le genre de femme à se laisser facilement intimider. J'aurais aimé être davantage comme elle – aussi courageuse et déterminée.

*Et je devrais l'être*, pensai-je.

J'avais tellement d'assurance quand j'étais *bacha posh*. Je me promenais librement avec les garçons, je n'avais peur de rien. S'ils m'avaient mise au défi d'envoyer au tapis un adulte par une prise de karaté, je l'aurais fait. Je me sentais capable de tout.

À présent, voilà que je tremblais devant mon mari, devant ma belle-mère. J'avais changé. J'avais perdu ma confiance en moi. La robe que je portais était un déguisement pour moi, une étoffe dissimulant le garçon sûr de lui et têtu que j'étais au fond de moi. Je me sentais ridicule, une personne se prenant pour ce qu'elle n'était pas. Je méprisais ce que j'étais devenue.

Khala Shaima avait lu dans mes pensées.

— Elle prend des risques et c'est peut-être une folle à lier mais elle fait ce qu'elle veut. Et je parie qu'elle ne le regrette pas. Qu'elle va continuer. Parfois, c'est la seule façon de parvenir à ses fins. Ou d'être ce qu'on veut être.

Khala Shaima était unique au monde. Tous les autres pensaient que Zamarud s'était comportée en idiote en disant toutes ces choses et qu'elle était encore plus inconsciente d'avoir volontairement offensé des hommes.

Prudemment, à voix basse, je parlai à ma tante du projet supposé d'Abdul Khaliq de prendre une nouvelle épouse et de la conversation qu'avaient eue Badriya et Bibi Gulalai à mon propos.

Elle ne dit rien, mais je pus voir que cette nouvelle l'ébranlait. Elle semblait inquiète.

— Ont-elles dit quand ?

Je fis « non » de la tête.

— Grands dieux, Rahima. Ce n'est pas bon.

Ses mots m'angoissèrent davantage.

— Nous devons trouver une solution. Mais garde cela pour toi pour le moment. Souviens-toi, les murs abritent des souris, et les souris ont des oreilles.

Je hochai la tête, chassant mes larmes en un clin d'œil. J'avais espéré que Khala Shaima me réponde autre chose. Que la rumeur était absurde. Que j'étais en sécurité ici en tant qu'épouse d'Abdul Khaliq.

— Les choses ne se passent pas toujours comme prévu. Je parie que tu te demandes ce qu'est devenue Bibi Shekiba. Je reprends où je m'étais arrêtée?

J'écoutai d'une oreille distraite l'histoire de mon arrière-arrière-grand-mère. J'avais l'esprit ailleurs.

Il fallait en effet que je trouve une solution. Et je devais en être capable, non? Quelle différence cela faisait-il que je porte une robe à présent? Que je n'aplatisse plus ma poitrine sous une bande de tissu? Je voulais redevenir celle que j'avais été. Zamarud ne laissait aucun obstacle lui barrer la route. Elle portait une robe et s'était mariée, et elle avait fait campagne pour obtenir un siège à la *jirga*. Un siège qu'elle occupait en tant que véritable parlementaire.

La robe ne la retenait pas comme elle me retenait. Je bouillonnais intérieurement. Comme tout serait plus facile, pensais-je, si je pouvais simplement boutonner ma chemise et sortir dans la rue. Si je pouvais enfiler mes vieux vêtements… Je serais tellement plus apte à agir. Zamarud aurait peut-être été en désaccord sur ce point, mais les vêtements avaient une signification particulière pour moi car j'avais vécu dedans.

La robe, le mari, la belle-mère. J'aurais voulu tout balayer d'un revers de main.

# Chapitre 46

## SHEKIB

Quand Shekib était plus jeune, elle avait entendu parler d'une femme d'un village voisin condamnée à la lapidation. Ce sujet était sur toutes les lèvres, dans son village et dans les environs.

La femme avait été enterrée jusqu'aux épaules et encerclée par une foule de spectateurs. Le moment venu, son père avait lancé la première pierre, la frappant en pleine tempe. Les gens en ligne l'avaient imité jusqu'à ce qu'elle s'écroule, arrivée au bout de son expiation.

Shekiba avait écouté cette histoire, racontée par la femme de son oncle. L'horreur de cette punition l'avait laissée bouche bée, et les grains de riz qu'elle était en train de trier avaient glissé entre ses doigts et manqué le bol. Un monticule de grains s'était retrouvé au sol.

— Qu'avait-elle fait ?

Les femmes de ses oncles s'étaient brusquement retournées et avaient interrompu leur conversation. Elles oubliaient souvent la présence de Shekiba.

Bobo Shahgul avait froncé les sourcils en voyant le riz gaspillé qui jonchait le sol.

— Elle a gâché la vie de son père et n'a apporté que du chagrin à sa famille ! Encore une fille indigne ! lui avait aboyé la vieille dame. Regarde un peu ce que tu fais, tête de linotte !

Shekiba avait baissé les yeux et découvert le résultat de sa maladresse. Elle avait refermé la bouche d'un coup et était retournée à sa tâche. Bobo Shahgul avait frappé le sol de sa canne en guise de mise en garde.

*Sangsaar ?*

Un frisson parcourut les veines de Shekib, qui regarda Benafsha et l'imagina à demi enterrée, tandis qu'on lui lançait des pierres sur la tête.

Elle ne lui posa plus de questions. La pièce était plongée dans le silence, que seuls les gargouillis de deux estomacs vides venaient troubler.

Deux jours passèrent sans nourriture ni eau. La porte ne s'ouvrit pas une seule fois bien que Shekib pût voir des gens passer derrière, s'arrêtant et écoutant, avant de repartir. En scrutant la fente sous la porte, Shekib reconnut les semelles de bottes militaires et sut que deux soldats gardaient leur cellule.

Le troisième jour, la porte s'ouvrit. Un officier de l'armée baissa les yeux sur les deux femmes, recroquevillées par terre. Shekib se leva. Benafsha remua à peine.

— Garde. Khanum Benafsha.

Shekib dépoussiéra son pantalon et redressa le dos.

— Vos offenses envers le roi sont graves et répréhensibles. Vous serez toutes les deux lapidées demain après-midi.

Shekib en eut le souffle coupé. Elle écarquilla les yeux d'incrédulité.

— Mais, monsieur, je…

— Je ne t'ai pas invitée à parler. Tu t'es suffisamment couverte de honte, ne crois-tu pas ?

Tournant brusquement les talons, il claqua la porte derrière lui. Shekib l'entendit ordonner à un soldat de verrouiller la porte. Une chaîne tinta puis on donna un tour de clé, laissant les deux femmes à leur sort.

Benafsha émit un léger gémissement une fois la porte refermée. Elle ne s'était pas trompée.

— Ils vont nous lapider toutes les deux! murmura Shekib, la gorge serrée et n'y croyant toujours pas. Même moi? Je n'ai rien fait!

Benafsha avait la tête appuyée contre son coude. Elle regardait fixement le mur qui lui faisait face. Elle avait su exactement ce qu'elle encourait. Pourquoi avait-elle pris de tels risques?

— C'est ta faute! Ils vont me lapider à cause de toi! se lamenta Shekib en s'agenouillant devant sa codétenue et en la saisissant brutalement par les épaules. À cause de toi!

Benafsha remua mollement entre les mains de Shekib.

— Qu'Allah m'en soit témoin, je suis désolée que tu sois là, dit-elle d'une petite voix éplorée et résignée.

Shekib recula et planta ses yeux dans ceux de Benafsha.

— Mais pourquoi? Tu savais ce qu'ils allaient te faire. Pourquoi as-tu fait ça? Comment as-tu pu faire ça à l'intérieur même du palais du roi?

— Tu ne comprendrais pas, dit-elle pour la deuxième fois.

— Non, je ne comprends pas qu'on puisse commettre un acte aussi stupide!

— C'est impossible à comprendre si l'on n'a jamais connu l'amour, murmura Benafsha.

Elle ferma alors les yeux et se mit à réciter des vers que Shekib n'avait jamais entendus auparavant. Des mots qui s'imprimèrent en elle et se mirent à tournoyer dans sa tête, trouvant chaque fois un écho différent.

*Il y a un baiser que l'on désire de tout son être,*
*La caresse de l'âme sur le corps.*
*L'eau de mer supplie la perle de briser sa coquille.*
*Et le lys, avec quelle passion il réclame quelque fol*
*Amour !*
*La nuit, j'ouvre ma fenêtre et demande à la lune*
*de me rejoindre*
*Et d'appuyer son visage contre le mien.*
*De respirer en moi.*

Ces vers mélancoliques lui fendirent le cœur. Elle ne connaissait rien à ce genre d'amour. Elle ne savait rien non plus des perles ou des coquilles sauf que les unes devaient se libérer des autres. Les deux femmes étaient étrangement calmes. Benafsha, parce qu'elle avait vécu l'amour, et Shekib, parce qu'elle ne l'avait jamais connu.

Les heures s'écoulèrent lentement.

Le jour céda la place à la nuit, puis la nuit au matin. Un dernier matin.

*Peut-être était-ce écrit d'avance. Peut-être est-ce finalement ainsi que je vais être rendue à ma famille et sauvée de cette misérable existence. Peut-être n'y a-t-il rien pour moi dans ce monde.*

Au fil de ces heures, Shekib oscilla furieusement entre colère, panique et résignation. Benafsha murmurait par moments des mots d'excuses mais priait la plupart du temps. Elle se tenait la tête entre les mains et demandait pardon pour ses péchés, disait qu'Allah était seul Dieu.

*Allah akbar*, murmurait-elle en rythme. *Allah akbar*.

On parlait derrière la porte. Shekib saisit quelques bribes en tendant l'oreille.

« Des traînées. Lapidation. Mérité. »

Traînées ? Shekib se rappela une fois de plus qu'elle était une femme. Aussi coupable que celle qui était assise à quelques mètres d'elle.

*J'ai été garçon et j'ai été fille. Je serai exécutée en tant que fille. Une fille qui a échoué en tant que garçon.*

« Lapidation. Aujourd'hui. Annulé. »

Annulé ? Qu'est-ce qui était annulé ?

Shekiba écouta attentivement.

« Roi. Pardon. Cadeau. »

En entendant le mot « cadeau », Shekiba devina qu'on parlait d'elle. Elle se concentra davantage mais ne comprit pas grand-chose à ce qui se disait.

La porte s'ouvrit. Le même soldat gradé apparut, l'air contrarié.

— Khanum Benafsha, ton heure est venue. Toi, dit-il en regardant Shekiba avec dégoût. Tu assisteras à la lapidation puis tu seras punie pour ton crime. Après cela, tu seras donnée en mariage. Tu devrais remercier Allah pour cette clémence que tu ne mérites pas.

La pièce redevint sombre et les chaînes furent de nouveau verrouillées. Le cœur de Shekiba battait la chamade.

*Ils ne vont pas me lapider ! Je serai donnée en mariage ? Comment est-ce possible ?*

Benafsha la regarda, sa bouche se tordant presque pour esquisser un sourire.

— *Allah akbar*, murmura-t-elle, la prière du condamné a reçu une réponse.

Les mains de Shekiba tremblaient. Était-ce Amanullah ? Il avait dû intervenir ! Mais pourquoi la voudrait-il alors qu'on l'accusait d'une telle trahison ? Qu'elle s'était montrée indigne d'être une épouse ?

Tout le monde parlait du caractère noble d'Amanullah. Peut-être avait-il vu clair dans les accusations. Peut-être avait-il détecté, dans leurs brefs échanges, quelque chose lui disant qu'elle était davantage qu'une femme travestie en homme, qu'un garde de harem. N'était-ce pas ce qu'il avait dit à son ami, Agha Baraan ?

Des larmes coulèrent sur la joue droite de Shekiba. Il ne lui restait plus qu'à attendre. Les heures passèrent douloureusement. Il devint pénible de rester assise dans la même pièce que Benafsha. Shekiba regarda ses yeux vitreux et son âme en miettes. Elle se glissa jusqu'à elle et s'accroupit.

— Khanum Benafsha, dit-elle dans un murmure. Je prie pour toi.

Les yeux de Benafsha se posèrent sur Shekiba. Elle semblait vidée, mais reconnaissante.

— Je ne comprends pas pourquoi tu... mais... mais je veux...

— J'ai accompli mon destin, dit calmement Benafsha. C'est tout ce que j'ai fait.

Lorsqu'ils vinrent chercher Benafsha, Shekiba lui tenait les mains. Deux soldats tirèrent la condamnée pour la mettre debout et deux autres soulevèrent Shekiba par les épaules. Les doigts de Shekiba glissèrent lorsqu'ils lièrent les poignets de Benafsha et la couvrirent d'une burqa bleue. Benafsha la regarda et entama une plainte, de longs et lents gémissements qui s'intensifièrent tandis qu'ils traversaient le couloir.

— Ferme-la, traînée ! lança sèchement un soldat.

Il frappa Benafsha derrière la tête après s'être assuré que personne ne les observait. Même si elle était sur le point d'être exécutée, c'était toujours la concubine du roi.

La tête de Benafsha plongea en avant. Elle se mit à prier bruyamment.

— *Allah akbar. Allah akbar. Allah...*

Ils la secouèrent brutalement par les épaules et répétèrent leurs mises en garde. Ses prières se poursuivirent.

Ils traversèrent ainsi le palais, puis pénétrèrent dans la cour où le soleil de l'après-midi aveugla presque les deux accusées. Shekiba regarda le harem et vit les femmes alignées dehors, des foulards masquant leur visage. Halima en silhouette, épaules secouées de sanglots. Sakina y était aussi ; Nabila et elle se tenaient par le bras.

*Tout ça par votre faute*, pensa Shekiba avec amertume.

Ghafoor, Karim, Qasim et Tariq se dressaient devant les concubines, observant avec solennité la condamnée à mort qui s'avançait. Même à une telle distance, Shekiba put distinguer les tremblements de Tariq. Ghafoor évitait la scène, murmurant quelque chose à Karim, la tête tournée vers les concubines.

*Espèce de lâche. Tu n'oses même pas me regarder.*
— *Allah akbar. Allah akbar…*

Il y avait des soldats partout. Le calme régnait, un silence étrange au vu du nombre de personnes réunies. Les prières de Benafsha résonnèrent dans les jardins, ses pieds nus se traînant sur le sol. Les femmes du harem disparurent peu à peu au loin. Shekiba entendit une femme pleurer. On tenta de la faire taire, mais les sanglots persistèrent. Shekiba crut reconnaître Nabila.

— Ne pleure pas pour celles qui se sont damnées ! cria quelqu'un.

Shekiba se retourna pour voir d'où venait la voix. Devant eux se tenait un général. À cette distance, elle ne pouvait pas dire s'il s'agissait d'un des hommes qui étaient venus dans leur cellule de fortune. Six soldats l'encadraient, les dos droits comme des piquets.

Shekiba avait traversé ce terrain des centaines de fois, mais il ne lui avait jamais paru aussi vaste. Ils progressaient lentement.

—*Allah akbar. Allah akbar. Allah…*

Shekiba se mit à formuler ces mots elle aussi. Sa voix était à peine audible, sa gorge si sèche que le seul fait de parler lui provoquait une sensation de brûlure.

Tandis qu'ils approchaient du général, ce dernier adressa un signe de tête aux soldats et ils dépassèrent les fontaines pour se diriger vers l'autre extrémité du palais. Ils marchèrent d'un pas solennel vers une clairière où un groupe de soldats, en demi-cercle, se tenait au garde-à-vous. Shekiba fut saisie d'un haut-le-cœur. Devant les hommes reposaient plusieurs tas de pierres, la plupart de la taille d'un poing. Les piles s'élevaient à hauteur de genoux.

Shekiba se mit à prier en chœur avec Benafsha. Ses mots avaient un goût de larmes. Ils marchèrent jusqu'à la frontière du domaine, où de grands murs les protégeaient des curieux. Le roi Habibullah émergea du palais et se tint à côté du général qu'il avait chargé de l'exécution. Les hommes échangèrent des murmures, les yeux rivés sur la condamnée.

Le général répondit aux instructions du monarque d'un hochement de tête et s'approcha de la jeune femme qu'on amenait au centre du demi-cercle. Une fosse profonde avait été creusée dans cette zone, derrière une rangée d'arbres fruitiers, un endroit où Shekiba ne s'était encore jamais aventurée. Les soldats, à environ cinq mètres de distance, regardaient Benafsha. Shekiba était encore suffisamment proche pour les entendre.

—Dis-moi. Khanum Benafsha, es-tu prête à divulguer le nom de l'homme que tu as accueilli dans ta chambre ?

Benafsha leva les yeux et croisa son regard.

—*Allah akbar.*

— Tu pourrais obtenir la clémence en nous disant qui est cet homme.

— *Allah akbar.*

Le général maugréa et se tourna vers le roi auquel il adressa un signe négatif de la tête. Le monarque lui enjoignit d'un geste de poursuivre ; son visage reflétait un mélange de colère et de déception.

— Très bien ! Khanum Benafsha, tes crimes ont été passés en revue par nos érudits, spécialistes de notre islam adoré, et selon les lois en vigueur sur nos terres, tu dois être lapidée pour les graves délits que tu as commis.

Il se tourna vers les deux gardes et désigna le trou du doigt. Benafsha lâcha un cri lorsqu'ils la soulevèrent par les aisselles pour la descendre dans la fosse. Elle se débattit, ses jambes donnant des coups et sa burqa bleue s'agitant en tous sens comme un poisson rouge qu'on aurait extrait de la fontaine du palais.

Shekiba fit un pas vers elle et sentit deux mains se refermer sur ses bras. Elle jeta un coup d'œil en direction du roi. Il avait les bras croisés, un doigt sur les lèvres, et murmurait quelque chose. Au son de la voix de Benafsha, il secoua la tête, baissa les yeux et s'en alla. Il n'assisterait pas à l'exécution.

Les soldats jetèrent des pelletées de terre autour de Benafsha jusqu'à ce qu'elle soit enterrée à hauteur de buste. Elle continua de se contorsionner mais se trouvait profondément enfoncée, les bras plaqués le long du corps, impuissants. À mesure que la terre s'amoncelait autour d'elle, elle remua de moins en moins mais ses gémissements redoublèrent. Shekiba ferma les yeux et entendit les lamentations se poursuivre : « *Allah akbar. Allah akbar. Allah…* »

Soudain, un petit cri perçant. Shekiba rouvrit les yeux dans un sursaut. Sur la burqa de Benafsha, au-dessus de la fente laissant paraître ses yeux, un fin trait sombre s'était formé. Trois pierres reposaient à côté d'elle.

*Le châtiment a commencé.*

Les soldats se penchèrent en avant, ramassèrent des pierres dans l'arsenal qui se trouvait à leurs pieds et dirent quelque chose avant de les jeter violemment à Benafsha, la femme bleue coupée en deux.

*Qu'Allah ait pitié de toi, Khanum Benafsha!*

Son corps tressauta à chaque projectile qui l'atteignit. Les soldats se relayaient. Ramasser, lancer, revenir au demi-cercle. Dix minutes passèrent, une centaine de pierres. La voix de Benafsha s'affaiblit, elle s'avachit vers l'avant; sa burqa était maculée de taches, de cercles sombres qui suintaient. La terre autour d'elle s'assombrit également, du sang s'y infiltrant. Deux pierres avaient déchiré le tissu bleu par endroits, de la chair entaillée apparaissait à travers les trous.

Shekiba se retourna, incapable d'en supporter davantage. Elle aperçut une rangée de burqas bleues derrière une rangée de soldats spectateurs. Benafsha devait servir d'exemple à la dizaine de femmes qu'on avait fait venir là en témoins. Aussi horrifiées que Shekiba, les capes bleues étaient à demi tournées.

Pierre après pierre, cri après cri, jusqu'à ce qu'enfin Benafsha, immobile, soit réduite au silence. Le général leva la main. L'exécution était terminée.

# Chapitre 47

## SHEKIBA

Le corps sans vie de Benafsha ne cessa d'apparaître à Shekiba pendant qu'on lui infligeait sa propre punition. On l'avait condamnée à cent coups de fouets, qui lui furent dispensés par l'un des soldats, sous la surveillance d'un général. Ses bourreaux postés derrière elle, on l'avait fait s'agenouiller, les poignets liés comme ceux de Benafsha.

Tandis que son visage se tordit de douleur à chaque coup, pas un son ne sortit de sa bouche.

Son dos la piquait, suintant et brûlant. Le soldat avait un livre calé sous le bras, comme la loi l'exigeait, pour adoucir la force de frappe. Ils comptèrent à voix haute et au centième coup, détachèrent les poignets de Shekiba qui s'écroula d'épuisement. Les hommes quittèrent alors la pièce sans un mot.

Son esprit partit à la dérive. Elle sentit de l'eau sur ses lèvres. Des mains lui passèrent de la pommade sur le dos. Une journée entière s'écoula avant que Shekiba comprenne que le docteur Behrowen soignait ses blessures. L'Anglaise faisait claquer sa langue et secouait la tête, presque à la manière d'une Afghane, et marmonnait des paroles inaudibles.

Shekiba ferma les yeux pour ne plus voir l'horreur, mais elle était toujours là ; les images étaient gravées sur l'intérieur de ses paupières. Elle rouvrit les yeux et regarda la doctoresse. Celle-ci essorait un torchon. Elle examina attentivement Shekiba.

—*Dard*? dit-elle.

Son accent anglais émoussait tant les syllabes que le mot était à peine reconnaissable. Au bout de trois répétitions, Shekiba saisit la question : elle lui demandait si elle avait mal.

La jeune femme secoua la tête. La doctoresse haussa les sourcils et retourna à son seau de torchons.

Shekiba baissa les yeux. Elle portait un pantalon léger resserré aux chevilles. Un foulard était étalé sur une chaise au coin de la pièce. Shekiba prit conscience qu'elle se trouvait dans la chambre de Benafsha, au harem. À travers les cloisons, elle entendait les bavardages des femmes. Elle se rappela la façon dont Benafsha les avait suppliées, s'était agenouillée devant elles, implorant la pitié et le pardon de celles qui ne songeaient qu'à sauver leur peau.

La porte s'ouvrit et Halima passa la tête dans l'embrasure.

—Je peux entrer ? demanda-t-elle d'une petite voix en regardant le docteur Behrowen.

La doctoresse dut comprendre, car elle hocha la tête et fit signe à Halima d'entrer.

—Comment te sens-tu ?
—Mieux.

Sa gorge était du papier de verre.

—Je suis contente, dit-elle avant de s'agenouiller à côté de Shekiba. C'était terrible ici ces derniers jours. Nous n'avions jamais connu de tels événements.

Shekiba ne trouva rien à répondre à cela. Halima émit un profond soupir puis, les larmes aux yeux, regarda furtivement la doctoresse.

—Tariq est dehors. Elle aimerait te voir, mais elle est très nerveuse. Est-ce qu'elle peut entrer quelques instants ?

Shekiba hocha la tête. Elle se souvint d'avoir aperçu Tariq au moment où elle s'était détournée pour ne plus voir l'exécution de Benafsha. Tariq se tenait immobile, bouche bée, les yeux écarquillés d'horreur, une petite mare de vomi à ses pieds.

Halima posa une main douce sur le front de Shekiba avant de se lever et de sortir en silence. Shekiba aurait aimé qu'elle revienne, lui caresse les cheveux et lui tienne les mains comme l'aurait fait une mère. Au lieu de quoi, Tariq entra en catastrophe, s'écroula aux pieds de Shekiba, mains et voix tremblantes.

— Oh, Allah, aie pitié! Tu vas bien? Tu es gravement blessée? Qu'est-ce qu'ils t'ont fait?

— Ils m'ont punie.

— De quelle façon?

— Cent coups de fouet.

Tariq examina son corps, les sourcils froncés de colère.

— C'est affreux! Comme c'est affreux! Oh, Shekib! Ont-ils dit pourquoi ils te punissaient?

— Parce que je n'ai pas fait mon travail de garde.

— Oh, Allah, pardonne-nous! Nous étions toutes aussi coupables que toi! ajouta-t-elle dans un murmure, craignant peut-être que le palais l'entende.

— Mais j'étais la seule à être de garde ce soir-là. Ghafoor a pris soin de leur préciser ce détail.

— Elle... Je n'aurais jamais imaginé qu'elle pourrait être aussi... Je veux dire, je sais qu'elle ne pense qu'à elle, mais je n'aurais jamais cru qu'elle ferait une telle...

— C'est ce que font les gens. Elle n'est pas différente des autres.

Il lui vint soudain à l'esprit que Benafsha s'était montrée différente. Le général lui avait proposé la clémence en échange d'un nom. Même si elle avait dû comprendre que cette offre était un mensonge, la simple éventualité d'une grâce ne troubla pas sa détermination. Elle ne divulgua à aucun moment le nom de son amant. Pourquoi avait-elle fait cela ? Pourquoi avait-elle protégé Agha Baraan ?

— Elle a dit qu'ils voulaient simplement te parler. Elle a dit qu'elle ne savait pas qu'ils allaient te punir.

Shekiba se rappela le regard fuyant de Ghafoor cette nuit-là, et le jour de la lapidation.

— Que t'ont-ils dit ? Benafsha... Elle a provoqué un tel scandale dans le palais, mais je n'aurais jamais cru... Je n'arrive pas à croire que c'est arrivé ici ! Je croyais que les choses étaient différentes à Kaboul, dans le palais du roi !

— Aucun homme ne peut tolérer une telle offense. Le roi aurait perdu tout crédit s'il avait consenti à une peine moins lourde.

— Et qu'allons-nous devenir, nous, les gardes ?

— Je n'en ai aucune idée.

— Et toi ? Vont-ils te renvoyer à ta famille ?

Shekiba se rappela qu'ils l'avaient épargnée pour une raison précise – on allait la marier ! Elle se remémora le visage d'Amanullah. Était-ce vraiment possible ? Lui avait-il épargné l'exécution pour qu'elle devienne son épouse ? Ou peut-être sa concubine ? Même recroquevillée sur le sol, le dos à vif et couvert de pommade, Shekiba rêvait d'un nouveau foyer, un foyer qui serait le sien, et avec un enfant. Elle voulait sentir de minuscules mains lui prendre le visage avec un amour inconditionnel.

— Non. Je ne sais pas où ils vont m'envoyer.

Elle décida de ne rien dire du mariage avant d'en savoir plus. Elle ne voulait pas que la nouvelle atteigne Ghafoor, de peur que cette dernière trouve un moyen de tout gâcher.

— Oh, quel horrible désastre ! Je suis tellement désolée, Shekib. Je suis tellement désolée que tu aies payé pour tout le monde. Tout le harem tremble de peur. On craint que d'autres femmes soient punies, juste pour servir d'exemple, ou s'ils découvrent que d'autres étaient impliquées…

La conversation de Tariq l'épuisait. Shekiba lui demanda de la laisser pour pouvoir se reposer. Tariq eut l'air déçue, mais hocha la tête et sortit, comme encombrée par son uniforme. Elle n'avait jamais moins ressemblé à un homme qu'en cet instant.

Shekiba commençait tout juste à s'assoupir lorsque Tariq refit irruption dans la pièce.

— Shekib! dit-elle avec excitation.

— S'il te plaît, Tariq, j'aimerais seulement dormir quelques…

— Je sais et je m'excuse, mais le palais a envoyé un messager. Ils m'ont demandé de te dire… de te dire d'être prête dans deux jours.

Shekiba leva les yeux.

Un sourire nerveux éclairait le visage de Tariq.

— Ils ont dit que tu allais te marier!

# Chapitre 48

# Rahima

C'étaient les vacances de l'Aïd. Cinq semaines après l'attentat contre Zamarud. Badriya avait reçu plusieurs lettres du directeur général. Si elle ne reprenait pas son poste immédiatement, elle serait destituée. Abdul Khaliq avait pris sa décision. Nous repartirions après les vacances.

Jamila m'expliqua de quoi il retournait.

— Il est en affaires avec une compagnie étrangère. Tu sais, ces Occidentaux avec lesquels il a sans cesse rendez-vous. Il veut que ces gens le paient pour qu'il assure leur sécurité. Mais il doit y avoir un vote au Parlement pour décider si oui ou non cette compagnie sera autorisée à construire un oléoduc dans notre province. S'ils n'obtiennent pas l'autorisation de construire, ils n'auront pas besoin des soldats d'Abdul Khaliq.

— C'est pour ça qu'il a mis Badriya au gouvernement ? Pour qu'elle vote en faveur de la construction ?

— Oui. Et aussi pour qu'elle vote pour tous les autres candidats qui ne s'opposeront pas à ses projets.

Les votes de Badriya faisaient sens à présent. Abdul Khaliq avait dû lui ordonner d'être attentive aux signaux de son ami. Elle voulait nous faire croire qu'elle comptait vraiment, mais en réalité, elle n'était qu'un pantin. Elle n'avait rien en commun avec Hamida et Sufia. Il n'était pas étonnant qu'elle paraisse aussi gênée en leur présence.

J'étais contente de repartir, même si j'avais conscience qu'il me serait encore plus difficile de laisser Jahangir cette fois-ci, car je savais exactement à quel point il allait me manquer. Toutefois, je ne pris pas le risque de demander à l'emmener avec moi.

Les trois autres épouses et moi nous rendîmes chez Bibi Gulalai, juste à côté, pour lui présenter nos respects au premier jour de l'Aïd, comme le veut la coutume. Après cela, nous rentrâmes et nous préparâmes à la suite. Pendant trois jours, notre maison reçut visiteur sur visiteur. Je passai tout ce temps dans la cuisine avec la cuisinière et la bonne, à essuyer les plats, remplir des bols de noix et de raisins secs et verser du thé dans des tasses. Je ne fus pas invitée à m'asseoir avec les convives comme Badriya et Jamila. Même Shahnaz sortait de temps en temps pour bavarder avec les femmes qui passaient.

Si mon mari avait l'intention de se remarier, je ne devais pas m'attendre à un meilleur traitement. Je savais que ma famille ne me reprendrait pas. C'était une question d'orgueil. Mes oncles n'auraient jamais accepté de réintégrer dans leur clan une épouse rejetée, une femme déshonorée.

Il était possible qu'il garde toutes ses épouses. Sauf que la maison était trop petite. Nous étions toutes inquiètes des différentes possibilités. Bibi Gulalai et Abdul Khaliq restèrent parfaitement muets sur cette affaire.

—Rahima! Rahima-*jan*! Viens ici! Viens voir qui est venu te rendre visite!

Je m'essuyai les mains sur ma jupe et me précipitai dans le salon, espérant trouver Khala Shaima. Je fus sidérée en découvrant ma grande sœur Shahla, tenant un petit garçon par la main et un bébé qui ne devait pas avoir plus de quatre mois dans les bras.

Shahla se fendit d'un sourire lumineux en me voyant tandis que se prolongeait mon hébétude. Son visage et ses hanches s'étaient arrondis, sa silhouette n'était plus celle de l'adolescence. Elle paraissait guillerette.

— Rahima! Ma sœur adorée!

Elle lâcha la main de son fils et fit un pas vers moi. Je n'arrivais pas à croire qu'elle était devant moi après tout ce temps. Ce fut si bon de sentir ses bras me serrer, ses mains toucher mon visage.

Ses larmes glissèrent contre ma joue, se mêlant aux miennes.

— C'est si bon de te voir, enfin! murmura-t-elle. Pardonne-moi, Rahima. Je n'ai pas pu venir quand… quand tout est arrivé.

Shahla m'avait tellement manqué, et plus que jamais lorsque Parwin avait mis fin à ses jours. Le seul fait de la voir rouvrit ma blessure.

— Je voulais être là. Je voulais venir, mais c'était juste au moment où cette petite devait…, dit-elle en désignant le bébé qu'elle avait aux bras.

Je caressai le visage de la petite fille, dont la peau était aussi douce et soyeuse que celle de Shahla.

— Je sais, Shahla. Moi aussi, j'aurais aimé que tu sois là. C'était… tellement horrible!

— Je veux bien te croire. Qu'Allah lui pardonne. Pauvre Parwin! J'ose à peine imaginer ce qu'elle a dû traverser!

Bibi Gulalai se tenait dans le coin de la pièce, nous surveillant d'un œil méfiant, l'air mécontent. Je vis alors qu'il y avait d'autres invités que je n'avais pas accueillis. J'échangeai des salutations rapides avec la belle-mère de Shahla et deux de ses belles-sœurs. Shahla prit place sur un des coussins, son petit garçon à côté d'elle et sa fille sur les genoux. Je m'assis près d'elle. Bibi Gulalai ne me quittait pas des yeux.

— Oh Shahla, tes enfants ! Comme ils sont beaux ! J'ai un…

— Rahima ! aboya Bibi Gulalai. Tu ne crois pas qu'il serait plus poli d'apporter du thé à nos invitées avant de les ennuyer avec tes pleurnicheries ?

Mes joues s'embrasèrent d'embarras et de colère. Au moins cinq jours de vacances s'étaient écoulés et c'était la première fois en presque trois ans que ma sœur avait la possibilité de me rendre visite. Je ne l'avais pas vue depuis le soir de nos misérables mariages. Je vis la surprise sur le visage de Shahla lorsqu'elle entendit la façon dont Bibi Gulalai s'adressait à moi. Jamila s'interposa.

— Je vais m'en occuper, Khala-*jan*. La sœur adorée de Rahima est ici. Laissons-les passer du temps ensemble.

J'adorais Jamila pour sa compréhension. Et ses interventions. Elle apporta des tasses de thé et fit passer un plat de noix et de mûres séchées. Les dames bavardèrent de façon amicale pendant que Shahla me tenait les mains. Son fils, Shoib, souriait timidement tandis que sa sœur agitait ses petits bras dans tous les sens, les yeux rivés sur le visage de sa mère.

— Shoib, tu as dit *salaam* à ta *khala-jan* ?

— *Salaam*, dit-il rapidement avant de se cacher derrière l'épaule de sa mère.

— Il est très timide, dit Shahla en souriant.

— J'aimerais te présenter mon fils, Shahla.

Je me précipitai dans le couloir et appelai Jahangir. Les autres dames présentes nous trouvaient ridicules. Tout le monde avait des enfants. Elles ne comprenaient pas pourquoi nous en faisions toute une histoire.

J'entendis des pas venant de la chambre de Jamila. Mon fils était très à l'aise avec elle depuis mon voyage à Kaboul. Quand il n'était pas avec moi, je savais exactement où le trouver.

— Viens, *bachem*, viens faire la connaissance de ta *khala-jan*.

Mon fils, l'air curieux, me prit la main et me suivit dans le salon.

— C'est un amour, *nam-e-khoda*! s'écria-t-elle en louant Dieu avant de souffler trois fois pour chasser le mauvais œil. Il a ton visage.

— Tu trouves?

J'étais ravie d'entendre ça.

— Absolument! Et les cheveux de Madar-*jan*. Regarde comme ses bouclettes rebiquent sur la nuque.

Une gêne s'empara alors de nous deux.

— L'as-tu vue? lui demandai-je discrètement.

Shahla secoua la tête. Je regardai mes pieds, noirs de poussière. Pour elle comme pour moi, il s'agissait d'un point sensible, et je ne voulais pas lui raconter tout ce que j'avais appris de la spirale infernale dans laquelle se trouvait notre mère. En présence de toutes ces femmes, j'aurais eu l'impression de trahir ma famille. Mais je voulais lui ouvrir mon cœur, lui parler de nos petites sœurs, livrées à elles-mêmes alors que leurs deux parents étaient à la maison. Je voulais l'entendre me dire qu'elle allait raisonner Madar-*jan*, même si Khala Shaima n'y parvenait pas. Je gardai tout cela pour moi.

— Et ta petite fille; elle est tellement mignonne! Comment s'appelle-t-elle, Shahla?

J'effleurai sa petite main. Ses longs doigts graciles se refermèrent sur mon index et le serrèrent.

Shahla vérifia que personne ne nous prêtait attention avant de me répondre à voix basse.

— Je l'ai appelée Parwin, dit-elle.

Au deuxième regard, je remarquai que la fille de Shahla avait les yeux de biche de notre sœur et la même bouche en cœur. Ma gorge se serra. Shahla m'adressa un faible sourire.

— Parwin ?

— Oui. Ma belle-mère voulait l'appeler Rima, mais j'ai demandé à choisir le nom. Elle m'a laissée faire.

J'examinai le visage de ma nièce. Plus je la regardais, plus je voyais Parwin. Je pensai alors à ma propre belle-mère. Elle avait consenti au nom de mon fils uniquement parce que mon mari avait donné son accord. Il avait dû beaucoup aimer ce nom ; autrement, elle l'aurait très certainement changé.

— Je n'arrive pas à croire qu'elle a accepté.

— Je sais. C'était difficile car elle pensait que ça porterait malheur, tu sais, nommer un enfant d'après une personne boiteuse. Dieu merci, je l'ai nommée avant... Je veux dire, si elle était née après, je n'aurais pu convaincre personne. Ce prénom aurait porté trop de noirceur.

Shahla regarda le visage de sa fille avec tristesse.

— Et puis, après les événements, tout le monde s'est mis à l'appeler Rima. Moi-même, j'ai eu tellement de mal à prononcer son vrai prénom pendant si longtemps que c'était un soulagement de l'appeler ainsi. Mais maintenant, quand nous sommes seules toutes les deux, je l'appelle Parwin. Ça me fait du bien. C'est drôle, non ? Nous entendons le même mot, et là où ils voient l'obscurité, je vois la lumière.

Je savais exactement ce qu'elle voulait dire.

Si nos invitées avaient été n'importe qui d'autre, je serais retournée à la cuisine depuis longtemps. Mais c'était ma sœur et je voulais passer avec elle chaque seconde de répit qui m'était accordée. Jamila nous resservit du thé, fit passer une assiette de biscuits et bavarda avec nous. Elle gardait un œil sur Bibi Gulalai et quand notre belle-mère semblait sur le point de me faire une remarque, Jamila posait une question ou disait quelque chose pour faire diversion. Quand nos regards se croisèrent, je la remerciai en silence. Elle me sourit.

— Shahla, tu as une mine superbe! m'exclamai-je.

Je le pensais. Ma sœur avait l'air plus mûre mais n'avait pas changé. Et elle semblait comblée. Je la vis même sourire une ou deux fois en croisant le regard de sa belle-sœur. Spontanément. Sa belle-mère était une femme à la voix calme et posée, totalement différente de Bibi Gulalai et de son regard cuisant. Elle devait être âgée d'une soixantaine d'années, car des mèches de cheveux gris dépassaient de son foulard. Elle nous écouta parler de la maladie de notre mère avec une compassion sincère.

— Vraiment, Shahla, tout va bien pour toi? murmurai-je quand les autres se mirent à discuter entre elles. Tu es heureuse?

— Tu me manques tellement, Rahima! Tout le monde me manque. J'aimerais tellement pouvoir voir Rohila et Sitara. Voir comme elles ont grandi, savoir ce qu'elles font. Mais oui, je suis heureuse.

Je souris. Je la croyais.

— Et toi?

Jahangir tirait sur la manche de Shoib, l'invitant à venir jouer dans le couloir. Shoib haussa les épaules et suivit son cousin.

— Moi?

Je sentais le regard de Bibi Gulalai me transpercer la nuque. Je hochai la tête. Ma sœur me connaissait trop bien. Son visage s'assombrit.

— Bien, je suis contente de l'entendre, dit-elle d'une façon qui me laissait comprendre le contraire.

—Je vais à Kaboul maintenant. Tu étais au courant ?

—J'en ai entendu parler mais…

Je lui parlai alors du siège de Badriya à la *jirga* et de mon travail d'assistante. Je lui racontai combien la capitale était différente de notre village et me rappelait en tout point les histoires que nous racontait Khala Shaima. Je me sentis fière en voyant ma sœur aussi impressionnée.

Si seulement j'avais pu arrêter le temps. Rester assise auprès de mon aînée, devant le tableau innocent que formaient nos enfants jouant ensemble, nos deux cœurs se soutenant l'un l'autre dans le deuil de notre sœur disparue, de la mère que nous avions connue, et des petites sœurs que nous avions laissées derrière nous.

—Tu vois toujours Khala Shaima, n'est-ce pas ?

Je hochai la tête.

—Elle passe quand elle le peut. Ça devient difficile pour elle, mais elle me manque tellement quand elle ne vient pas…

—Te raconte-t-elle toujours les histoires de Bibi Shekiba ?

Elle se mit à se balancer d'avant en arrière lorsqu'elle se rendit compte que les yeux de sa fille commençaient à se fermer, exactement comme je le faisais avec Jahangir. Avec quelle rapidité les filles assimilaient les instincts maternels !

—Oui. J'adore écouter ces histoires. Ça me fait penser à… Ça me rappelle une autre époque.

Shahla soupira. Ce temps-là lui manquait autant qu'à moi.

—Je sais, Rahima-*jan*. Mais les temps changent. Tout change. Les oiseaux s'envolent, un à un.

# Chapitre 49

## SHEKIBA

Shekiba ne reçut aucune autre précision. Un *nikkah* devait avoir lieu deux jours plus tard. La rumeur se propagea rapidement dans le morne harem et plusieurs femmes vinrent préparer la future épouse.

—Qui est cet homme ? Comme tu es chanceuse ! Tu as été épargnée par notre cher roi pour être mariée ! C'est un grand honneur !

Ces voix-là étaient minoritaires. Shekiba perçut également des chuchotements, pleins de colère et d'incrédulité. Certaines la supposaient complice de Benafsha, et considéraient qu'elle aurait dû être lapidée en même temps que la coupable.

« Tu as vu comme elle est à l'aise dans la chambre de Benafsha ? Comme si ça avait toujours été la sienne ! »

« Je parie qu'elle a aidé Benafsha à cacher son amant. J'en suis persuadée. J'entendais parfois ses pas au milieu de la nuit et je savais—je savais que quelque chose se tramait ! »

« Ils doivent la donner à un aveugle. Qui d'autre pourrait supporter un tel visage ! »

Avec quelle rapidité ces femmes s'étaient retournées contre elle ! Avec quelle rapidité elles avaient oublié ce qu'elle avait fait pour elles : tenir leurs enfants dans ses bras, verser des seaux d'eau chaude dans leurs bains, et même frotter leur dos quand elles le lui demandaient. Tout ce temps, elle n'avait été que Shekiba-*e-haleem* pour ces femmes, échangeant des clins d'œil lorsqu'elle leur servait un bol de ce fameux plat chaud qu'on leur livrait au petit déjeuner.

« Shekiba-*e-haleem*, servant sa spécialité ! »

« Peut-être qu'elle devrait s'en étaler sur l'autre côté du visage – je vous jure, il a exactement la couleur de sa peau aujourd'hui ! Le cuisinier est un génie ! »

Toutefois, il y en avait quelques-unes, notamment Halima et Benazir, qui avaient de la compassion pour Shekiba et savaient qu'elle avait besoin d'aide pour se préparer à son *nikkah*.

— Qui est cet homme ? demanda Halima en répartissant de l'huile sur les cheveux ternes et courts de Shekiba.

— Je ne sais pas, Khanum Halima. Personne ne m'a rien dit.

— C'est peut-être un des domestiques du palais. Peut-être qu'ils vont te faire travailler là-bas maintenant ? suggéra Benazir. Ça te plairait ?

— Je suppose, dit Shekiba, optant pour la retenue.

Ce n'était pas du tout ce qu'elle désirait, mais elle ne pouvait se résoudre à partager son secret avec qui que ce fût. C'était Amanullah qu'elle voulait – pas un domestique du palais !

— C'est tout de même bizarre qu'ils ne t'aient rien dit.

Halima semblait confiante sans trop savoir à quoi s'en tenir. Shekiba avait la malchance inscrite sur le visage et il était difficile d'imaginer qu'elle connaîtrait un jour la sérénité, même par le mariage.

— Tu sais, le mariage implique beaucoup de choses. Tu as vu ce harem et tu sais ce qui se passe entre un homme et une femme. Ton mari attendra de toi que tu remplisses tes devoirs conjugaux. Tu ne devras pas le décevoir, dit gentiment Halima.

Shekiba eut soudain un nœud à l'estomac. Elle n'avait guère réfléchi à ce qui arriverait entre son mari et elle. Elle songea aux petits cris et aux grognements qui lui parvenaient depuis la chambre du roi. Elle songea à ce que Mahbuba lui avait raconté et sentit son entrejambe se contracter d'angoisse.

— Ça fait mal la première fois, poursuivit Halima.
— Très mal ! renchérit Benazir.
— Mais ensuite, ce sera de plus en plus facile. Et peut-être qu'Allah t'offrira un enfant.

Benazir sourit et regarda Mezhgan qui dormait à quelques mètres de là.

— Tu as dit que toutes les femmes de ta famille n'avaient porté que des fils. Si tu fais de même, tu feras de ton mari un homme heureux. Surtout si c'est son premier-né.

— Penses-tu vraiment que ce sera une première épouse ? demanda Benazir.

— Tout est possible, dit Halima en regardant Shekiba et en pensant aux derniers jours qui s'étaient écoulés au palais.

Plus tard cet après-midi-là, une deuxième vague de nouvelles déferla sur le harem. Nabila entra en courant dans la salle d'eau. Shekiba l'entendit à travers la porte.

— Vous êtes au courant ? Il va se fiancer ! Notre cher prince Amanullah va se fiancer ! Il a enfin choisi une épouse !

Personne ne pensa à relier les deux histoires. Personne excepté Shekiba, qui ferma les yeux et pria, le cœur battant.

Comme promis, un soldat se présenta au harem deux jours après que Tariq eut porté la nouvelle à Shekiba. Ghafoor, qui se trouvait dehors, appela la jeune femme. Elles ne s'étaient pas adressé la parole depuis cette sombre nuit.

— Shekiba! cria-t-elle sans cérémonie. Le palais a envoyé quelqu'un te chercher.

Shekiba avait passé sa dernière nuit dans la chambre de Benafsha, à s'interroger sur le lendemain. Le dos encore douloureux, elle avait dormi sur le côté. Les yeux rivés à la porte, elle avait imaginé Agha Baraan entrer pour prendre la concubine du roi en secret. Pourquoi Benafsha n'avait-elle pas révélé le nom de son amant ?

Shekiba se leva lentement et arrangea sa jupe, en essayant de ne pas réveiller Tariq. Elle imagina Amanullah dans son uniforme militaire, son pantalon soigneusement repassé et son chapeau posé sur la tête à la perfection. En examinant ses propres vêtements, elle se sentit gênée. Elle mit son foulard, dont elle croisa les coins sous le menton. Tariq se réveilla, s'étira et bondit sur ses jambes. Elle enlaça Shekiba par le cou et la serra fort. Le geste prit Shekiba par surprise.

— C'est déjà le moment ? Je te souhaite le meilleur, chère sœur ! Qu'Allah te bénisse dans cette nouvelle étape et t'offre une vie de bonheur, dit-elle, les larmes aux yeux. Et n'oublie pas de prier pour moi de temps en temps. Prie pour que j'aie de la chance !

— Je prierai pour que tu en aies plus que moi !

Se sachant attendue au palais, elle n'avait pas le temps d'aller trouver Halima ou Benazir pour leur faire ses adieux. Shekiba tomba sur Ghafoor devant la porte d'entrée.

— Comment vas-tu, Shekiba-*jan* ? J'espère que tu te sens mieux. J'ai entendu dire que ta punition a été sévère.

Elle semblait mal à l'aise, ses yeux passant nerveusement de Shekiba au soldat qui attendait dehors.

— On m'a livrée à eux, après m'avoir désignée comme coupable. Que pouvaient-ils faire d'autre ?

— Ils ont dû croire…

— Ils ont cru ce qu'on leur a dit, affirma froidement Shekiba.

— Je n'ai pas… quoi qu'il en soit, félicitations.

— À toi aussi.

— À moi ?

— Certainement. Ce n'est pas tous les jours qu'une personne échappe avec succès à un incendie.

— Attends une minute ! Je n'ai pas…

Soudain, Shekiba ressentit le besoin de se retourner et de planter ses yeux dans ceux de Ghafoor. Elle en avait assez de tenir sa langue.

— Il y a quelque chose que tu ne sais pas sur moi, lança-t-elle d'un ton hargneux, les yeux plissés. T'es-tu demandé pourquoi ma famille m'avait renvoyée ? Je porte en moi un mauvais sort : tous ceux qui m'entourent finissent dans la tombe bien avant leur heure. Et maintenant, sous ce ciel dégagé et en prenant Satan pour témoin, je te maudis. Puisses-tu souffrir cent fois plus qu'à chaque coup de fouet qui m'a été infligé. Souviens-toi bien de mes paroles, espèce de serpent, tu récolteras ce que tu mérites, conclut-elle d'une voix calme.

Les épaules de Ghafoor se raidirent de colère, mais son visage blêmit. Satisfaite, Shekiba se tourna et se dirigea vers le soldat.

On la conduisit dans une petite pièce située dans l'aile ouest du palais. Les deux hommes qui l'avaient questionnée quelques jours auparavant y étaient assis. Le petit regarda le grand, attendant que ce dernier commence à parler.

*Amanullah va-t-il venir ici ? Est-ce possible que je le rencontre aujourd'hui ? Est-ce possible qu'il y ait vraiment un* nikkah *entre nous ?*

— *Salaam*, dit-elle calmement, la tête baissée.

Elle arrangea nerveusement ses habits, son foulard, tenant à ce que chaque détail soit parfaitement en place. Ils lui firent signe de s'asseoir sur la chaise en face d'eux. Un des deux hommes se mit alors à parler ; l'autre répéta ses mots en acquiesçant de la tête.

— Tu es une fille chanceuse.

— Très chanceuse.

Shekiba ne leva pas les yeux.

— On t'a accordé une clémence que tu ne méritais pas. Tu devrais être reconnaissante.

— Très reconnaissante.

— Quelqu'un a consenti à te prendre pour épouse, un titre qu'on n'aurait jamais imaginé te donner. Mais c'est l'occasion pour toi de te racheter. D'essayer de vivre une vie respectable et de remplir tes devoirs tels qu'ils sont dictés par le saint Coran. Crois-tu en être capable ?

— J'ai été élevée dans l'amour de notre livre saint, monsieur. Il n'y a rien que je désire plus que de vivre une existence honorable.

Il haussa un sourcil. Peut-être s'était-il attendu à une réponse plus insolente.

— Très bien, dans ce cas. Comme tu peux l'imaginer, notre cher roi Habibullah ne veut plus jamais poser les yeux sur toi, après la tragédie qui s'est abattue sur ce palais. Mais il a accordé sa bénédiction pour que tu sois donnée en mariage.

Le cœur de Shekiba tambourinait dans sa poitrine. Ils n'avaient pas encore mentionné le nom de l'homme. Elle attendit, suspendue à chaque mot, impatiente d'entendre ce nom, ce doux nom – Amanullah !

— Ton futur époux est dans la pièce à côté avec le *mullah*. Il est en train de signer l'acte de mariage.

La porte s'ouvrit et un troisième homme apparut. Il adressa un signe de tête aux deux autres, qui se tournèrent de nouveau vers Shekiba.

— Il a donné son accord, réaffirmant ses intentions clairement trois fois de suite. À présent, c'est à ton tour. Nous parlerons en ton nom. Consens-tu à prendre Agha Baraan pour époux ?

Shekiba commença à hocher la tête avant même d'entendre le nom. Elle continua ce mouvement encore quelques secondes une fois qu'il fut prononcé, puis son esprit fut soudain capable de l'assimiler.

— Agha Ba… ?
— Réponds simplement par « oui » ou par « non ». Consens-tu à prendre Agha Baraan pour époux ? Et je devrais peut-être ajouter que tu serais plus idiote encore que nous le pensions si tu osais envisager une réponse autre que « oui ».

Shekiba resta sans voix. Ils la regardaient fixement et avec impatience tandis qu'elle était prise de vertige.

*Que se passe-t-il ? Pourquoi Agha Baraan me voudrait-il ? Agha Baraan ? L'amant secret de Benafsha ? Cela n'a aucun sens.*

Shekiba sentit des picotements dans le visage.

— Oui ou non ? s'agaça l'homme.
— Es-tu stupide ? Dis simplement oui pour que l'on puisse transmettre ta réponse au *mullah* et clore le *nikkah* ! Nous ferions mieux de parler en son nom. Ma patience a des limites.
— Bien, donc c'est d'accord. Elle n'a pas dit non. J'en fais part au *mullah*.

L'homme trapu se leva et sortit.

*Et Amanullah ? Qui va-t-il épouser alors ? Comment ai-je pu croire… ?*

Shekiba repensa à la conversation qu'elle avait surprise dans le jardin. Sa gorge se serra de colère. Peut-être était-elle aussi bête que tout le monde l'affirmait après tout.

On porta un document à Shekiba, qui prit la plume qu'on lui tendit, déjà trempée dans l'encre, et écrivit son nom sur la ligne. Elle se sentait étourdie mais assez lucide pour savoir qu'elle n'avait pas d'autre choix. Elle avait vu la façon dont le palais se débarrassait des indésirables.

Ils la conduisirent dans le couloir où on lui ordonna de mettre sa burqa. Elle obéit et Agha Baraan émergea d'une autre pièce. Il tourna la tête vers elle, l'air plus taciturne que dans son souvenir ; son regard était lourd, sombre et triste.

Il lui adressa un signe de tête et longea le couloir vers la porte de sortie. Elle le suivit, entendant les soupirs de soulagement des deux conseillers du roi, le trapu et l'efflanqué. Elle quittait donc le palais avec Agha Baraan. Son *nikkah* avait été signé, un contrat les liait officiellement. Shekiba était mariée à Agha Baraan.

# Chapitre 50

## Rahima

Le fait d'avoir vu Shahla me rendit son absence encore plus douloureuse. Parwin me manquait tout autant. Tandis que la voiture nous menant à Kaboul cahotait sur le chemin de terre, je pensai à mes sœurs. Shahla m'avait donné l'impression d'être bien traitée. Sa belle-mère semblait plus gentille, plus douce que Bibi Gulalai. La nuit précédente, celle-ci m'avait asséné un coup de canne dans le dos pendant que je balayais le couloir. Puis un second, derrière les genoux, quand j'étais tombée sur le côté. Elle n'aimait pas ma façon de m'accroupir, avait-elle dit. C'était indécent.

Je me tortillai sur mon siège, la ceinture de sécurité touchant un point douloureux sous mon omoplate. Je poussai un lourd soupir. Badriya fit mine de ne pas remarquer mon état, ce dont je lui fus reconnaissante. Je n'avais pas l'intention de pleurer sur son épaule.

Autre chose m'occupait l'esprit depuis la visite de Shahla. Un détail qui s'était insinué dans mon cerveau depuis que mes sœurs et moi avions quitté le foyer paternel. Shahla avait choisi de baptiser sa fille Parwin. J'aimais Parwin de tout mon cœur, mais nommer sa fille d'après une infirme était d'une audace indéniable et risquait de porter malchance. Je me demandais si j'aurais été capable, moi aussi, d'appeler mon enfant Parwin. Ou Shahla. J'espérais que ma tante ne saurait jamais rien de mes réflexions. Une bouffée de honte m'envahit, car je n'aurais choisi aucun des deux prénoms.

Mettre Jahangir au monde avait failli me tuer. J'avais prié pour ne pas retomber enceinte et pour une fois, Allah avait exaucé mes prières. À présent, pourtant, mon corps avait recouvré ses forces et le souvenir de l'accouchement s'était brouillé dans mon esprit. Le désir d'un deuxième enfant commençait à germer en moi. J'ignorais pourquoi ce n'était pas encore arrivé et me dis qu'Allah avait peut-être un projet pour moi. Le mois prochain peut-être. Aussi bête et illogique que cela pût paraître, je priais pour avoir une fille.

Quel prénom choisirais-je? Raisa. Comme ma mère. Certainement pas. Cet aveu-là m'embarrassait moins. Je l'imaginai, les yeux vides et intoxiqués, rougis par la fumée, sous le regard impuissant de Rohila et Sitara. Non, je ne pourrais jamais opter pour le nom de ma mère. Toutefois, il m'était impossible de penser à elle sans un pincement au cœur; elle me manquait, tout comme me manquait la façon dont elle m'avait tenue dans les bras le jour de nos *nikkahs*, le jour qui l'avait brisée.

Zamarud? Peut-être, mais probablement pas. Elle avait trop d'opposants, assez du moins pour être en danger de mort. S'ils avaient essayé une fois de l'atteindre, ils recommenceraient certainement, et peut-être avec succès. Zamarud serait alors le nom d'une parlementaire assassinée. Non, pensai-je. Ça ne conviendrait pas.

Hamida? Ou Sufia? Tout à fait possible. Je les aimais bien toutes les deux. Hamida un peu plus, car elle avait poussé Badriya à me laisser en apprendre plus sur le Parlement, à faire des choses à l'extérieur.

Shekiba. Voilà. Voilà le nom que j'aurais choisi. Celui de la *bibi* de ma *bibi*. La femme qui avait vécu la double vie que j'avais vécue, qui s'était promenée dans des vêtements d'homme, avait travaillé avec la force d'un homme et s'était débrouillée toute seule. Voilà comment j'appellerais ma fille, si je devais en avoir une. Si seulement.

— Ne crois pas que je vais te surveiller à cause de ce qui est arrivé à Zamarud. Tu as intérêt à faire attention à toi, me dit sèchement Badriya.

Les rues bondées de Kaboul commençaient à apparaître. Je me tournai vers elle, ne comprenant pas ce qu'elle sous-entendait.

— Pas de problème. Je n'avais pas l'impression que tu veillais sur moi avant, répliquai-je d'une voix neutre.

Je n'eus pas le temps de me rattraper. Badriya écarquilla les yeux.

— Espèce de petite insolente, de…

Incapable de finir sa phrase, elle me gifla du revers de la main. Les yeux et le nez me piquèrent. J'espérai ne pas saigner sur ma robe fraîchement lavée.

— Je te défends de me parler sur ce ton, espèce de moins que rien. N'oublie pas que tu es ici uniquement grâce à moi et je peux décréter à tout moment que tu ne m'es plus d'aucune aide.

Je me tus et me tournai vers la vitre teintée.

Nous retrouvâmes notre chambre d'hôtel. L'appartement que notre mari avait acheté n'était pas encore habitable. Il avait demandé à son garde et son chauffeur de lui trouver des ouvriers de la région pour remplacer les sols et masquer les fenêtres. Il n'était pas question que des passants ou voisins puissent entrevoir ses femmes.

Badriya défit son sac sans tarder, pendit ses robes dans le placard.

Un détail me stupéfia. Notre chambre était pourvue d'un poste de télévision ! Il ne s'y trouvait pas lors de notre dernier séjour, et Badriya n'y avait pas fait allusion. Je l'allumai et la vis me lancer un regard intéressé.

On frappa à la porte. Je me tournai vers Badriya.

— Ne reste pas plantée là comme une idiote. Va voir qui c'est!

C'était un homme que nous avions aperçu dans le hall à notre arrivée. Notre chauffeur se tenait derrière lui, bras croisés.

— Excusez-moi de vous déranger, *khanum-ha*, mais nous avons oublié quelque chose. Puis-je entrer, s'il vous plaît?

Il lança un regard à Maroof qui hocha la tête.

Je fis un pas en arrière, me tournai sur le côté et tirai mon foulard sur le visage. Je ne tenais pas à ce que Maroof fasse un rapport à mon mari sur mon comportement. L'homme entra dans notre chambre, éteignit la télévision, puis la débrancha. Il la saisit des deux bras et l'emporta hors de la pièce, me laissant dépitée. Je n'avais pu voir qu'une trentaine de secondes d'images : une femme chantant dans un champ, vêtue d'une robe traditionnelle afghane dont les petits miroirs reflétaient le soleil.

La porte se referma. Abdul Khaliq possédait une télévision au domaine. Un gros poste cubique qu'il gardait dans sa chambre, et dont l'antenne était reliée au toit de la maison. Nous n'avions pas le droit de la regarder. Il m'avait surprise un jour en train d'y jeter un coup d'œil et d'en toucher les boutons, me risquant à l'allumer. Il n'aurait pas dû être à la maison à cette heure-là. Il était entré dans la pièce d'un pas furieux et m'avait attrapée violemment par le cou, me coupant la respiration.

— Qu'est-ce que tu comptais faire? Si je te surprends en train de regarder la télévision, je t'arrache les yeux!

Khala Shaima m'avait expliqué sa réaction lorsque je lui avais demandé si elle possédait un poste chez elle.

— Ton mari a beaucoup de défauts, mais il n'est pas idiot. Il sait ce qu'il fait. Il ne veut pas que tu voies ce qui se passe dans le reste du pays, ce que font les autres femmes. Ces chaînes de télévision ont maintenant des tas d'émissions, avec des chanteuses, des présentatrices. On y voit même des hommes plaider en faveur des femmes. Tu imagines un peu ? Tu comprends comment tu te sentirais, en voyant de telles femmes tous les jours ? Il a besoin de te maintenir dans l'ignorance.

Le directeur de l'hôtel avait oublié de retirer le poste de télévision de notre chambre avant notre arrivée. La colère m'envahit quand je pris conscience qu'Abdul Khaliq nous tenait fermement en laisse, même à distance. J'avais l'impression d'avoir été enterrée dans un trou, et de m'y enfoncer de plus en plus au fil du temps, jusqu'à ne plus voir la lumière du jour.

Au moins, les séances de la *jirga* m'offraient un répit. De plus, je me réjouissais de revoir Hamida et Sufia. Elles nous accueillirent par des accolades et prirent des nouvelles de nos enfants. Je ne pus m'empêcher de remarquer, non sans joie, qu'elles étaient plus chaleureuses avec moi qu'avec Badriya. J'étais ravie de leur plaire.

L'attentat contre Zamarud avait effrayé Badriya, ainsi que de nombreuses femmes au Parlement. Hamida me raconta que deux d'entre elles avaient abandonné leur poste, craignant d'être en danger elles aussi. Zamarud était gravement blessée, m'apprit-elle. Ses blessures s'étaient infectées et on avait dû l'hospitaliser. Elle ne survivrait sans doute pas.

La séance s'ouvrit sur une prière. Badriya et moi nous assîmes côte à côte, têtes baissées, mains en coupe. Je passai la journée à remplir pour elle des formulaires et à lui lire des documents. Elle me gifla en me reprochant la lenteur avec laquelle je lisais, mais je ne protestai pas. C'était plus simple ainsi. Après les séances et pendant les pauses, je passais du temps avec Sufia et Hamida, qui eurent la gentillesse de ne pas me demander pourquoi je ne restais pas avec Badriya. Ce n'était qu'à l'intérieur du Parlement que le chauffeur et le garde de mon mari ne me pistaient pas. Entre ses murs, la laisse avait du jeu.

À la fin de la journée, Badriya voulut que Maroof et notre garde la ramènent à l'hôtel. Les cours du centre de documentation pour femmes ne l'intéressaient pas, contrairement à moi. Les hommes d'Abdul Khaliq, se souciant avant tout de surveiller sa première épouse, me regardèrent d'un œil distrait monter dans la voiture de Hamida, me laissant sous la surveillance du garde et du chauffeur de mon amie.

Nous ouvrîmes la porte du centre que nous trouvâmes, comme d'habitude, désert.

— Hello ! s'écria joyeusement Miss Franklin.

Sa joie à toute épreuve m'émerveillait.

Nous alternions les activités. Un jour, elle nous apprenait les bases de l'anglais, le suivant, à utiliser l'ordinateur, à naviguer sur Internet ou à taper des notes. Le fait de redevenir élève me remplissait d'excitation ; je rêvais d'une véritable salle de classe, pleine de garçons de mon âge, avec qui apprendre, plaisanter et jouer au football.

Miss Franklin était fière des progrès que nous faisions. Elle avait parlé de nous à ses parents, nous raconta-t-elle, leur avait dit à quel point notre dévouement l'impressionnait, notre désir de travailler au gouvernement en tant que femmes. Ses louanges me faisaient plaisir. Je n'en avais pas reçu depuis si longtemps.

Ainsi, quand la porte s'ouvrit, trente minutes après le début du cours, notre curiosité fut toute naturelle.

Une femme grande et mince d'une quarantaine d'années entra et promena un regard hésitant autour d'elle.

— Hello ! Entrez ! dit Miss Franklin.

La femme portait une longue veste noire sur une tunique et un pantalon prune. Sa queue-de-cheval était dissimulée sous un foulard de la même couleur.

— *Salaam* ! Vous êtes mademoiselle Franklin ?

Elle s'appelait Fakhria et plongea Miss Franklin dans une situation délicate. Elle travaillait dans un refuge pour femmes à Kaboul et désirait suivre les cours du centre. Miss Franklin parut quelque peu perplexe. Les fonds alloués au centre étaient réservés spécifiquement aux parlementaires. Les cours n'étaient pas ouverts au public car, en théorie, le centre n'avait pas les moyens d'accueillir plus de femmes que celles siégeant à la *jirga*. Toutefois, elles étaient bien peu nombreuses à se présenter.

Les lèvres pincées, Miss Franklin fit signe à la femme d'entrer, tout comme je l'aurais fait. Ce n'était pas le genre de femme que l'on pouvait facilement congédier.

À la fin du cours, Hamida interrogea Fakhria sur le refuge. Sufia et elle en avaient entendu parler mais ne l'avaient jamais visité. J'étais surprise d'apprendre l'existence de cet endroit.

— Ma sœur a été tuée par son mari. J'ai décidé que je devais agir et je suis tombée sur ce refuge. Il a été fondé par une Afghane qui vivait en Amérique. Elle a récolté des fonds et s'est saignée pour construire ce centre dédié aux femmes. Elle voyage beaucoup à présent, mais nous avons quelques personnes qui gèrent le refuge.

— Et ton mari, ça ne le gêne pas que tu passes du temps là-bas ? demanda gentiment Sufia.

— Non, il me soutient beaucoup. Mon mari est un homme bon. Après ce qui est arrivé à ma sœur, il savait que je serais devenue folle en restant simplement assise à pleurer sa mort. Nous avons cinq enfants dont je dois m'occuper à la maison, mais j'avais besoin de faire cela. Je voulais que mes enfants me voient agir.

Fakhria se mit à nous parler du refuge, des filles qui y étaient accueillies. Elle nous parla d'une adolescente prénommée Murwarid. Elle n'avait que quinze ans et était arrivée au refuge deux semaines auparavant, blessée et désespérée. À l'âge de huit ans, on l'avait mariée de force à un homme de soixante, qui vivait à la campagne. Son mari avait abusé d'elle de toutes les manières possibles. Son nez était tordu car il le lui avait cassé à deux reprises. Lorsqu'il s'était lassé d'elle, il avait commencé à la traîner de village en village, à vendre son corps à d'autres hommes. Elle avait tenté de s'enfuir une fois, mais il l'avait rattrapée et lui avait tranché une oreille, la ramenant à la maison par l'autre.

Six mois plus tard, Murwarid était une fois de plus parvenue à la conclusion qu'elle ne survivrait pas en restant avec cet homme. Et cette fois, s'il la tuait, ce serait mieux pour elle. Alors elle s'était enfuie.

Elle était arrivée à Kaboul et avait trouvé le refuge pour femmes, où elle vivait à présent et se remettait peu à peu. Il lui arrivait encore de se réveiller la nuit en hurlant.

Fakhria nous invita à visiter le refuge. Ce serait formidable si le Parlement pouvait soutenir ce centre en proposant par exemple des formations ou des emplois aux résidentes.

Hamida et Sufia firent claquer leurs langues en écoutant les histoires que Fakhria nous raconta.

Je restai pétrifiée sur ma chaise. Tant de choses m'étaient familières dans ses propos.

*Tu as vu ça ? Murwarid a trouvé son échappatoire*, entendais-je me dire Khala Shaima. *Pourquoi n'as-tu pas trouvé la tienne ?*

# Chapitre 51

## RAHIMA

— Lis-moi ça.
Badriya avait déplié sur la table l'hebdomadaire de Kaboul. Elle fit glisser son doigt d'une colonne à une autre. Au bout d'un paragraphe traitant de la sécheresse dans une province du sud, elle m'arrêta.

— Laisse tomber. Qui est-ce que ça intéresse ? Je veux savoir ce qui est arrivé ici. Essaie ça, dit-elle en choisissant une colonne de la page suivante.

Je soupirai et m'apprêtai à lire un article sur l'ouverture d'une nouvelle banque le mois suivant quand je fus interrompue.

On venait de frapper à la porte.

— Il y a un appel pour vous de la maison. Descendez dans le hall.

C'était Hassan, notre garde du corps.

— Maintenant ? maugréa-t-elle. Comme si la journée n'avait pas été assez longue !

Badriya et moi venions de nous faire monter des plateaux-repas de la cuisine de l'hôtel. J'adorais la nourriture qu'on nous y servait. Peut-être parce que je n'avais pas participé à sa préparation et n'étais pas chargée de débarrasser la table. Peut-être à cause des jolis motifs floraux des assiettes. L'odeur du ragoût de pommes de terre parfumé au cumin me fit saliver. Je coupai un morceau de pain quand elle quitta la pièce à contrecœur. Je le trempai dans le ragoût et le portai à mes lèvres. C'était d'une délicieuse onctuosité.

*Inutile que nous soyons deux à manger froid*, pensai-je.

Badriya revint quelques minutes plus tard.

—Le *qorma* est excellent, dis-je.

Je levai les yeux et la découvris blême.

—Tu… tu vas bien?

Elle me regarda, la bouche légèrement entrouverte. Le regard flottant.

—Badriya-*jan*, qu'y a-t-il? Qui t'a appelée?

Elle plaqua une main sur sa bouche. Quelque chose n'allait pas.

—Badriya-*jan*, il y a un problème?

Soudain, son attitude changea. Elle redressa les épaules et serra les lèvres.

—C'était Abdul Khaliq. Il a appelé à propos de Jahangir.

Mon estomac se noua dès qu'elle eut prononcé ces syllabes.

—Il n'est pas bien, dit-elle, choisissant ses mots avec soin. Il n'est pas bien. Il serait même très malade depuis notre départ.

—Depuis notre départ? Pourquoi n'a-t-il pas appelé plus tôt?

—Je ne sais pas, Rahima-*jan*. Je ne… Il va demander à Maroof de nous ramener.

—Je veux rentrer tout de suite!

—C'est ce que nous allons faire. Maroof est en train d'approcher la voiture.

J'aurais voulu déjà y être. Je voulais voir mon fils. La dernière fois qu'il était tombé malade, il avait passé deux jours dans mes bras. En murmurant toutes les prières dont j'arrivais à me souvenir, j'avais passé la main dans ses cheveux pour dégager son front trempé de sueur et regardé ses lèvres cerise trembler jusqu'à ce que la fièvre le quitte. Je savais qu'il avait dû me réclamer en pleurant et je m'en voulais de ne pas être à ses côtés.

Nous fîmes nos sacs en quelques minutes. Badriya s'activa avec une rapidité surprenante. Quarante minutes plus tard, la grosse voiture d'Abdul Khaliq roulait à vive allure sur la route principale, quittant Kaboul, dépassant des tanks et des soldats occidentaux dont les regards curieux étaient dissimulés derrière des lunettes de soleil. Maroof grommela quelque chose à l'intention de Hassan, assis du côté passager.

Il y avait quelque chose d'étrange dans le comportement de Badriya. Jahangir, comme tous les autres enfants du domaine, avait survécu à la maladie et à la fièvre. Je jetai un coup d'œil à la première épouse de mon mari. Elle pliait des papiers avec soin avant de les ranger dans son sac à main. Des documents qu'elle était incapable de lire.

— Qu'a-t-il dit, Badriya ? Comptent-ils l'emmener chez un docteur ? A-t-il mangé ?

— Je ne sais pas, ma petite. Il y avait des parasites sur la ligne et tu connais Abdul Khaliq. Il n'est pas très bavard.

Les heures s'écoulèrent péniblement. Je tentai de m'endormir, espérant ne rouvrir les yeux qu'une fois arrivée devant la porte de la maison, où Jahangir viendrait m'accueillir en courant. Il serait déjà minuit. J'espérais que Jamila lui avait préparé la tisane qu'elle lui avait administrée la fois précédente. J'espérais que les autres enfants ne le perturbaient pas.

Tandis que je commençais tout juste à sombrer, je repensai à ma conversation avec Badriya. Il y avait eu quelque chose d'inhabituel ; en dehors du fait que Jahangir était souffrant.

La façon dont elle m'avait regardée. Que signifiait ce regard ?

De l'inquiétude ? De l'agacement ? De la fatigue ?

De la pitié.

« Je ne sais pas, ma petite. »

Elle ne s'était jamais adressée à moi avec des mots tendres auparavant.

Ma bouche devint sèche. Je me mis à prier.

# Chapitre 52

## Shekiba

Shekiba et Agha Baraan ne s'adressèrent pas la parole sur le chemin. Assise à côté de son nouvel époux, la jeune femme regardait droit devant elle. Agha Baraan guidait le cheval avec dextérité dans les rues animées de Kaboul, grouillantes de piétons et pleines de petites boutiques. Il tourna une seule fois la tête vers elle, mais son visage demeurait inexpressif.

Il s'engagea dans une rue étroite bordée de maisons, toutes si proches les unes des autres qu'un enfant aurait pu lancer une pomme dans la cour de son voisin. Shekiba songea à son village, où les demeures étaient séparées par des kilomètres de champs.

La maison d'Agha Baraan était située au milieu de cette rue. Sa porte bleu roi la distinguait des autres.

Soudain, Shekiba fut prise de panique à l'idée de se retrouver derrière ces murs avec cet homme. Elle envisagea un bref instant de s'enfuir – de disparaître dans le dédale de rues de la capitale. Mais elle se rappela Azizullah, se remémora ce jour où il l'avait retrouvée devant la porte de Hakim-*sahib* pour la ramener de force ; alors elle se ravisa.

Il ouvrit le portail et elle le suivit. La cour était petite, beaucoup plus petite que celles des maisons de son village, mais soigneusement entretenue. Elle contenait des fleurs aux couleurs vives et une cage à oiseaux abritant trois petits canaris. Shekiba franchit la porte de la maison sur les pas de son mari.

Une femme d'une vingtaine d'années leva les yeux de son tricot. Elle ne parut pas surprise.

— Gulnaz, voici Shekiba. Si tu veux bien lui montrer sa chambre ? Elle n'a pas d'affaires, alors il faudra que tu lui donnes une ou deux robes pour commencer.

Gulnaz se leva et regarda la cape bleue qui lui faisait face. Agha Baraan quitta la pièce, se souciant peu de voir ses deux femmes faire connaissance.

— Tu peux ôter ta burqa. Tu as l'air ridicule avec ça à l'intérieur.

Shekiba comprit au son de sa voix que Gulnaz était la première épouse d'Agha Baraan et qu'elle ne se réjouissait pas de sa venue. Shekiba se découvrit mais continua d'offrir son profil droit à Gulnaz.

— Il paraît qu'on te surnomme Shekiba-*e-haleem*. Fais-moi voir ton visage.

Shekiba se tourna et regarda Gulnaz droit dans les yeux. Chacune prit le temps d'étudier l'autre. Gulnaz était une belle femme mais sa beauté n'avait rien d'aussi spectaculaire que celle de Benafsha. Elle avait des yeux en amande et des sourcils joliment dessinés. Sa chevelure soyeuse et dense tombait en boucles lâches sur ses épaules.

— Je vois, dit-elle avec une grimace. Bien, viens par là. Je vais te conduire à ta chambre.

La maison était agencée comme celle de Bobo Shahgul. Derrière le salon se trouvait une petite cuisine. De l'autre côté du couloir principal, il y avait trois autres pièces, que la maîtresse de maison ne fit pas visiter à Shekiba. La nouvelle venue se vit attribuer la dernière chambre, un espace de trois mètres de long sur deux mètres et demi de large, dénué de fenêtre. Un matelas peu épais était rangé contre le mur et une lanterne posée sur une minuscule table ronde.

— Je t'apporterai des vêtements plus tard. Pour le moment, tu peux rester ici. Nous n'allons pas dîner avant un certain temps. J'ai préparé le repas de ce soir. Tu commenceras à aider demain.

— Khanum Gulnaz, je…

— Ne m'appelle pas comme ça. Ce n'est pas approprié. Appelle-moi simplement par mon prénom. Tu es sa femme maintenant, et si quelqu'un t'entend parler ainsi, cela paraîtra étrange.

— Je suis désolée.

— Je te préviens. Ici, c'est chez moi. Je fais les choses à ma façon, alors ne t'attends pas à changer quoi que ce soit. Tu es ici parce qu'il veut que tu y sois, mais ça ne veut pas dire que tu peux agir à ta guise.

— Je n'avais aucune intention…

— Tant mieux. Si les choses sont claires, tu ne devrais pas poser de problème. Je lui ai demandé de t'installer dans une maison séparée, mais nous n'avons pas assez de place pour le moment. Tu devras donc rester ici.

Gulnaz avait beau être à peine plus âgée que Shekiba, elle s'exprimait avec une autorité et un mépris tels que la nouvelle venue eut l'impression de subir les réprimandes d'une de ses tantes. Elle n'avait aucune raison de s'attendre à de la gentillesse de la part de Gulnaz, mais se dit que la première épouse pourrait peut-être l'éclairer sur sa situation.

— Excuse-moi, puis-je te poser une question, Gulnaz-*jan*? Peux-tu me dire pourquoi je suis ici?

— Comment ça? Que veux-tu dire?

— Tu as dit qu'il voulait que je sois ici? Pourquoi me veut-il ici?

—Tu n'en as aucune idée ?
—Non.

Gulnaz secoua la tête et sortit de la pièce, laissant Shekiba avec plus de questions que de réponses.

La première épouse s'adressa de nouveau à elle ce soir-là, lorsqu'elle passa devant sa chambre pour lui dire qu'il restait à manger dans la cuisine si elle avait faim. Shekiba regarda la porte d'un air absent mais ne répondit pas. Elle ne se sentait pas à sa place. De plus, elle était de nouveau femme. Sa robe l'encombrait et lui semblait lourde. Elle avait même oublié comment maintenir son foulard en place. Elle avait laissé son uniforme de garde dans la chambre de Benafsha, mais emporté le corset qu'elle utilisait pour aplatir sa poitrine. Elle ne supportait pas de sentir ses seins ballotter, même si le sous-vêtement frottait contre ses blessures à vif.

Shekiba se demanda à quoi ressemblerait sa vie dans ce nouveau foyer, en tant que seconde épouse de l'amant de Benafsha, l'homme qui avait trahi le roi de la pire des façons. Comment avait-elle pu se trouver impliquée dans un tel scandale ?

Nerveuse, elle tendit l'oreille, à l'affût des pas d'Agha Baraan. Elle savait, pour avoir observé les habitudes du roi, que les hommes rendaient visite à leurs maîtresses à des heures indues. Elle n'était pas prête à partager sa compagnie derrière une porte close. Shekiba s'endormit peu avant l'aube.

—Écoute, il faut que tu te lèves et que tu manges quelque chose. Ça m'est égal, ce que tu fais, mais je ne veux pas qu'on me tienne pour responsable si tu tombes malade. Tu n'as pas l'air en très bonne santé. Tiens, voici une robe. C'est tout ce que tu obtiendras de moi. Il t'achètera du tissu s'il t'en faut une autre.

Shekiba se redressa sur son matelas et se frotta les yeux. Elle vit Gulnaz poser une assiette avec du pain et du beurre à même le sol, ainsi qu'une tasse de thé noir.

— Et si nous devons partager la maison, nous partagerons aussi les corvées. Ne crois pas que tu passeras tes journées à te prélasser.

— Désolée, je ne m'étais pas rendu compte que l'heure…

Gulnaz n'attendit pas son explication, sortant avant qu'elle pût finir sa phrase. Le beurre fondit sur la langue de Shekiba. Elle sortit de sa chambre d'un pas hésitant et trouva la salle de bains. C'était l'été et un peu d'eau froide lui fit du bien, en particulier sur ses blessures. Shekiba se demanda à quel point son dos était abîmé. Elle maudit Ghafoor une fois de plus, mais ce n'était pas la seule fautive. Agha Baraan et Benafsha étaient responsables du désastre, eux aussi. Shekiba avait été emportée dans une cavalcade d'éléphants.

*Je ne suis pas la bienvenue ici. Je suis sa femme, mais seulement à moitié. Il n'y a rien d'entier chez moi. Pourquoi a-t-il fait cela ?*

Shekiba sortit trouver Gulnaz pour se rendre utile. Elle avait l'habitude. C'était le rôle qu'elle avait tenu dans la maison de Marjan et de Bobo Shahgul. Elle trouva la cuisine vide, un tas de pommes de terre posé sur le plan de travail. Shekiba visita les lieux. Agha Baraan possédait une jolie maison. Les murs étaient lisses, sans aspérités, et de délicats tapis tissés à la main recouvraient le sol du salon. Il y avait un canapé rembourré avec des accoudoirs en bois sculpté ainsi qu'un fauteuil que Shekiba n'avait pas remarqué la veille. Aux murs étaient accrochées des œuvres de calligraphie, où le nom d'Allah était écrit en élégantes lettres courbes et inclinées.

Shekiba retourna à la cuisine et regarda autour d'elle. Il y avait des tasses et des assiettes dans les armoires et une pile de casseroles et de poêles sous le plan de travail. Elle trouva un couteau et s'assit pour peler les pommes de terre. C'était un soulagement d'avoir une occupation et quand Gulnaz rentra de la cour, elle fit mine de ne pas remarquer la seconde épouse affairée dans la cuisine, préférant se diriger vers sa chambre.

*Ils n'ont pas d'enfants*, comprit Shekiba.

Voilà la différence majeure dans cette maison. Pas de bruits de pas excités, de voix haut perchées ni de cris. Ils vivaient seuls et à l'écart de la famille d'Agha Baraan.

Elle aurait eu du mal à se perdre dans une demeure aussi petite. Gulnaz ne lui offrit rien de plus que des instructions domestiques. Elle laissa un tas de linge sale et lui dit qu'Aasif – c'était le prénom d'Agha Baraan – avait besoin de ses chemises pour le lendemain matin. Ils ne mangeaient pas tous ensemble. Gulnaz et Agha Baraan partageaient leurs repas quand il était présent pendant que Shekiba s'occupait de ses corvées. Elle n'essaya pas de se joindre à eux. Non pas qu'elle eût été invitée à le faire. Elle emportait ses repas dans sa chambre ou mangeait un morceau dans la cuisine.

Aasif ne lui adressait qu'une poignée de mots par jour, principalement pour la saluer en passant, le regard ailleurs. Shekiba marmonnait alors quelque chose pour conclure l'échange. Aasif se comportait différemment avec Gulnaz. Il bavardait avec elle, lui parlait des gens qu'il avait vus et de ce qui se passait à Kaboul. Gulnaz l'écoutait et lui posait des questions. Parfois, ils riaient même ensemble. Shekiba se demanda à quoi avait ressemblé leur vie conjugale au début. S'était-il montré aussi froid avec sa première épouse qu'il l'était à présent avec elle ? Aurait-elle droit à d'autres paroles de sa part ?

Ce silence était embarrassant, mais Shekiba redoutait d'avoir une conversation avec Aasif. Le jour où elle avait discuté avec lui, dans les jardins du palais, il lui avait semblé gentil et bon. Mais ce qu'elle savait à présent lui fit mettre en doute sa première impression.

Quatre nuits passèrent avant qu'il n'entre dans sa chambre. Shekiba avait commencé à croire qu'il ne l'avait amenée là que pour aider aux tâches domestiques, lorsqu'elle entendit sa porte s'ouvrir. Il était tard et ses paupières commençaient tout juste à s'alourdir. Dans le noir, elle reconnut sa mince silhouette.

Il se tint là un moment, à l'observer. Shekiba garda les yeux clos, simulant le sommeil et priant pour qu'il fasse demi-tour. Son cœur battait si fort qu'elle était persuadée qu'il pouvait l'entendre. Il entra et referma la porte derrière lui. Shekiba cessa presque de respirer.

Il s'assit par terre, à côté de son matelas, lui tournant le dos, la tête basse.

— Les choses ont mal tourné, dit-il à voix basse. Je regrette la façon dont cela s'est passé.

Shekiba garda le silence.

— C'était une femme bien, elle ne méritait pas ce qu'ils lui ont fait subir. Je ne voulais pas… Je ne pensais pas que cela irait aussi loin. Mais dès qu'ils l'ont su, on ne pouvait plus rien faire pour arrêter l'engrenage. C'était idiot de ne pas penser à ce qu'on risquait – et qui a fini par arriver, murmura-t-il, la voix cassée. Elle m'a pourtant mis en garde et je ne l'ai pas écoutée. Je n'ai pas tenu compte de ses avertissements. Et malgré tout, elle m'a quand même épargné. Sinon, je ne serais pas assis ici en ce moment, j'en suis parfaitement conscient.

Les divagations d'une conscience coupable. Il savait que Shekiba était au courant de leur liaison. Peut-être pensait-il que Benafsha lui avait révélé l'identité de son amant ou peut-être supposait-il qu'elle l'avait reconnu, cette nuit où il s'était éclipsé maladroitement. Shekiba ignorait pour quelle raison il lui faisait cet aveu, mais elle l'écouta attentivement.

— Gulnaz n'est pas contente. Les choses seront difficiles au début, mais ça finira par s'arranger.

Puis, sans obtenir un mot de Shekiba, Aasif, son mari, sortit de la pièce et referma la porte derrière lui.

## Chapitre 53

# Rahima

Il faisait nuit noire à notre arrivée au domaine. Jamais je n'avais ressenti un tel soulagement en voyant ce portail. Maroof gara la voiture, regarda Hassan, puis soupira. Badriya avait tellement remué sur son siège pendant la dernière heure écoulée que je crus qu'elle allait sauter de la voiture en marche. Je ne me souciai pas de mettre ma burqa. Notre voiture à peine arrêtée, j'en sortis d'un bond et ouvris le portail. Les lumières étaient allumées.

J'ouvris la porte de la maison et vis Jamila qui se précipitait vers moi. Son visage en disait long.

— Jamila !

— Oh, Rahima-*jan* ! Allah, aide-nous – chère jeune maman !

Sa voix montait et descendait, et mon cœur avec.

— Jamila, où est mon fils ? Où est Jahangir ? Il va bien ?

Je lui saisis les bras et la poussai de côté pour me frayer un chemin vers sa chambre. Shahnaz émergea, serrant son tchador sous le menton. Elle baissait les yeux, évitant mon regard. Je m'arrêtai net en la voyant. Ses lèvres tremblaient.

— Que faites-vous toutes ici ? Qui est auprès de mon fils ? Où est-il ?

Jamila se précipita de nouveau vers moi et m'attrapa avant que je fasse irruption dans sa chambre. Pendant ce temps, Badriya l'avait rejointe.

Jamila m'étreignit et tint ma tête contre sa poitrine.

—Rahima-*jan*, Rahima-*jan*, Dieu a décidé de prendre ton fils ! Il a pris ton petit garçon, chère petite. Que Dieu lui apporte la paix, à ce petit ange !

Je me figeai sur place. Voilà ce que j'avais lu sur le visage de Badriya. Je la regardai à présent, mais comme Shahnaz, elle baissa ses yeux humides.

Quelqu'un pleurait. Quelqu'un gémissait « non, non, non, non ». Le prénom de mon fils.

C'était ma voix.

Ça ne pouvait pas être vrai. Ça ne pouvait pas être réel. Je regardai autour de moi, pensant que tous ceux avec qui je vivais étaient devenus fous.

Abdul Khaliq arriva dans le couloir, les yeux rougis, les lèvres serrées. Il me regarda et secoua la tête. Je vis les épaules de mon mari se soulever. Bibi Gulalai se tenait derrière lui, sanglotant dans un mouchoir.

—Pourquoi ? Pourquoi laisser un enfant malade ? Sa mère aurait dû être ici avec lui ! cria-t-elle.

Je regardai mon mari. Notre premier moment de réelle intimité. Soudain, nous étions seuls au monde.

*C'est vrai… C'est vrai, Rahima. Ce qu'elles disent de Jahangir, notre fils, est vrai ! Notre garçon adoré est parti !*

Abdul Khaliq se couvrit les yeux des deux mains, avant de lever la tête, de prendre une profonde inspiration et d'ordonner en hurlant qu'on lui porte son chapeau de prière. Sa voix se brisa et ma poitrine se creusa ; tout l'air de la maison avait été aspiré.

# Chapitre 54

## RAHIMA

Je ne me souviens pas très bien des événements qui suivirent. Il y eut des murmures, des pleurs, des jurons et des prières. Tout cela en même temps et puis tour à tour. Les voix et les visages se brouillèrent autour de moi.

— Laissez-moi voir mon fils ! hurlai-je. Je veux voir Jahangir.

— Bois un peu d'eau. On dirait que tu vas t'évanouir.

Quelqu'un porta un verre à mes lèvres.

Les autres enfants se trouvaient dans le salon, les aînés surveillant d'un air grave les plus jeunes, essayant de les tenir tranquilles.

Le domaine d'Abdul Khaliq n'avait jamais connu une telle tragédie. Même moi, qui avais perdu mon père, ma mère, mes sœurs et ma propre identité, je n'aurais jamais cru que Dieu aggraverait mon sort de cette façon.

On me conduisit à la chambre de Jamila. Mon petit garçon. Son minuscule visage tout pâle, ses lèvres grises. Je tombai à genoux et posai la tête sur sa petite poitrine. Je caressai ses cheveux châtain, ses joues rondes. Je lui parlai comme s'il n'y avait personne d'autre dans la pièce, personne d'autre au monde. Je voulais le réconforter et réinsuffler la vie dans son petit corps. J'étais sa mère. Je lui avais donné la vie et l'avais soigné lorsqu'il était malade. Pourquoi serait-ce différent à présent ?

J'eus un mouvement brusque en sentant une main me tirer par le coude.

— Laissez-nous seuls ! Il faut que je soigne mon fils. Il se réveille toujours quand je murmure son nom. Bientôt, vous le verrez bâiller, se frotter les yeux et regarder autour de lui d'un air confus. Il va me dire que je lui ai manqué et me demander de ne plus jamais m'en aller.

Il y avait des traditions, des règles à respecter.

Alors une main devint deux mains, ou peut-être quatre. Quand il y en eut suffisamment, elles furent plus fortes que moi et la pièce rétrécit sous mes yeux tandis qu'on m'éloignait. J'étais dans le couloir. J'étais par terre. J'étais à l'extérieur de moi-même. Les bras fondirent et disparurent.

— Ça suffit, murmuraient-ils.

Je les haïssais.

Bibi Gulalai était là. Ses pleurs couvraient ceux des autres.

— Pourquoi ? Cher Allah, quel gentil petit garçon c'était ! Trop jeune, trop jeune pour être emporté ! Son visage, je vois encore son visage devant moi comme s'il était là. Je n'arrive pas à y croire. Je n'arrive pas à y croire ! Oh, mon pauvre fils ! Pourquoi fallait-il que tu vives une telle tragédie, mon fils adoré ! Mon lion parmi les hommes ! Si seulement j'avais su plus tôt ! J'aurais pu faire plus pour lui ! J'aurais pu le soigner !

Je la détestais.

J'étais sidérée. Les jours passèrent. Les rituels furent accomplis. Toutes les bonnes prières furent dites. Toutes les mauvaises personnes vinrent présenter leurs condoléances. J'accordai peu d'attention à tout cela, remarquant surtout l'absence de ma propre famille. Ma mère, mon père. Ils ne firent pas la moindre apparition durant la *fatiha* de leur petit-fils. Mon père ne fut pas là pour porter le corps de mon enfant ni pour jeter des poignées de terre dans sa tombe. Cela me touchait mais j'avais tort. Jahangir ne les avait jamais connus de toute façon.

Khala Shaima passa, ainsi que Shahla. Ma tante et ma sœur, les yeux rougis, s'assirent à côté de moi tandis que je me balançais d'avant en arrière. Quelqu'un interrogea Khala Shaima sur mes parents, lui demanda s'ils viendraient. Shahla se mordit la lèvre et regarda le sol. J'entendis mon mari maudire mon père. Cette absence était pour lui une insulte, pas seulement en tant que gendre, mais aussi en tant qu'ancien chef d'armée. Tout le respect qu'il devait par tradition à son beau-père se trouvait réduit à néant. Et je m'en moquais.

— Oh mon Dieu, Rahima-*jan*, murmura Shahla. Je ne peux pas y croire! Lui qui était si plein de vie!

Je fermai les yeux.

Khala Shaima semblait amaigrie, mais je n'eus pas envie de m'attarder sur ce point. Elle secoua la tête et murmura que la drogue avait eu raison de mes parents. Il était difficile de dire lequel des deux était le plus atteint. Elle exprima sa consternation par un claquement de langue et serra ma main molle.

— Ils arrivent à peine à se lever et à se traîner dans la maison, dit-elle.

— Tu y vas souvent? dis-je d'un air absent.

Elle hocha la tête. Elle s'inquiétait pour Rohila et Sitara. Lors de sa précédente visite, elle avait mentionné des rumeurs à propos de prétendants pour mes jeunes sœurs. Elle voulait s'assurer que les filles ne seraient pas négligemment offertes dans ce climat de stupeur.

Mes tantes et oncles passèrent. Même mes grands-parents. Je leur baisai les mains. Ils versèrent quelques larmes et s'excusèrent platement auprès de mon mari et de ma belle-mère pour l'absence notable de mes parents.

*Vous ne l'avez jamais vu*, voulais-je crier. *Vous ne savez pas à quel point il était gentil.*

Je n'avais jamais attendu grand-chose de la part de mes grands-parents. Ils s'intéressaient peu à mes sœurs et moi depuis que nous étions mariées. Les gens disaient vrai. Une fois mariées, les filles n'appartenaient plus aux familles qui les avaient élevées. Surtout si celles-ci ne les avaient élevées qu'à moitié. Pourtant, Madar-*jan* avait été si différente autrefois.

— Elle va si mal que ça ? demandai-je à Khala Shaima.

— Oui, *dokhtar-jan*, confirma-t-elle. Tes sœurs, Rohila et Sitara, auraient beaucoup aimé venir te voir. Mais ta grand-mère trouvait que ce n'était pas convenable qu'elles viennent sans ta mère. Et bien sûr, il n'était pas question qu'elle les laisse venir avec moi. Rohila a pleuré en l'apprenant. Elle voulait se cacher sous ma burqa et venir en douce. Quant à Sitara, elle est très timide mais c'est une fille forte. Vous seriez très fières de vos sœurs, Shahla et toi.

Je la croyais. Elles survivaient dans une maison sans père ni mère. Elles avaient été abandonnées, exactement comme mon propre fils.

— J'aurais dû l'emmener avec moi, Khala Shaima. J'aurais dû l'emmener à Kaboul avec moi. Il ne serait pas tombé malade avec moi. Et même s'il avait été souffrant, j'aurais pu l'emmener dans un hôpital. Ils ont les meilleurs hôpitaux là-bas. Des tas de médecins. Même des étrangers.

— Ton mari ne l'aurait jamais permis. Il garde ses fils à ses côtés, ma chérie. Tu le sais bien.

— Alors j'aurais dû rester avec lui. Je n'avais pas besoin d'aller à Kaboul.

Khala Shaima observa un silence. Nous savions toutes deux que l'idée était venue d'elle.

Mon fils fut enterré dans le terrain familial, à un demi-kilomètre du domaine. C'était une terre sacrée pour le clan d'Abdul Khaliq.

Mon mari était calme, changé. Je savais qu'il souffrait.

— Il est avec ses ancêtres maintenant. Ils veillent sur lui, tout comme Allah. Son destin est notre destin, me dit-il quand les hommes et lui rentrèrent après la mise en terre.

*Naseeb.*

Était-ce vraiment le destin de Jahangir d'être emporté si jeune ? Était-ce mon *naseeb* de ne jamais voir mon fils grandir assez pour me dépasser, aller à l'école, aider son père dans son travail ?

Abdul Khaliq demanda à Jamila de s'occuper de moi. Je le vis lui dire quelques mots en aparté. Ils veillaient sur moi. Badriya aussi, même si une semaine après l'enterrement de Jahangir, elle demanda timidement à Abdul Khaliq à quel moment elle pourrait repartir à Kaboul. La gifle vola sur son visage à une telle vitesse qu'elle eut à peine le temps de finir sa phrase.

Je fermai les yeux et souhaitai que tout le monde disparaisse, moi la première.

Tous les vendredis, les amis et la famille d'Abdul Khaliq se réunirent chez nous pour un *khatm*. Chacun lut un des trente chapitres du Coran. Des prières furent dites une fois achevée la lecture du livre saint. Je les entendais depuis l'autre bout du couloir et priais avec eux, espérant que cela ferait du bien à Jahangir à défaut de m'apaiser.

Khala Shaima multiplia ses visites, même si le trajet l'exténuait. Elle se faisait du souci pour moi. Je perdais du poids, flottais dans mes vêtements. Lorsque je regardais dans le miroir, je ne reconnaissais plus celle qui me faisait face. J'avais les paupières lourdes et le visage couvert de taches sombres. Je vis Jamila et Khala Shaima échanger des regards inquiets.

Abdul Khaliq me laissa tranquille la plupart du temps. Lui aussi parlait peu. Ses gardes gravitaient autour de lui sans faire de bruit. Ses amis s'exprimaient à voix basse et s'en tenaient à de brefs commentaires. Mon mari, le seigneur de guerre, n'était pas enclin aux grandes démonstrations, mais sa souffrance sautait aux yeux. Il se montrait peu loquace, même avec Bibi Gulalai.

Mon esprit était une pièce vide, plongée dans le noir. Mon ventre était douloureusement creux. Le visage de mon fils et son sourire me manquaient, la façon dont ses petits doigts se refermaient sur les miens. Il était censé être en sécurité. Il avait survécu à ses premiers mois sur terre. Il avait appris à marcher, à parler, à me faire savoir qu'il avait faim ou qu'il était heureux. Jahangir. Son nom me faisait tantôt l'effet d'un baume, tantôt celui d'un poignard.

Quatre semaines passèrent avant que je sois enfin capable de poser les questions restées en suspens.

—Jamila-*jan*.

Jamila se figea, surprise d'entendre ma voix.

—Oui?

—Que lui est-il arrivé?

Jamila resta un moment sans bouger, réfléchissant à ma question. Puis elle s'assit à côté de moi dans le salon, les jambes soigneusement repliées sous sa jupe. Elle posa une main sur la mienne.

—Rahima-*jan*, il est tombé malade. Tout est arrivé très vite. Si vite, répéta-t-elle, se remémorant cette triste journée. Abdul Khaliq a appelé Badriya immédiatement.

—Je veux savoir ce qui lui est arrivé, à *lui*, insistai-je.

Après moi, Jamila était sans doute la personne dont le sentiment de culpabilité était le plus fort. J'avais laissé Jahangir sous sa surveillance et avais trouvé mon fils mort à mon retour. Elle s'en voulait terriblement. Elle hésitait, ne sachant ce qu'elle devait expliquer, ce qu'elle devait passer sous silence. Elle me raconta l'histoire par bribes, à travers un filtre.

Cela débuta par de la fièvre. Son corps était brûlant. « De la tête aux pieds, si brûlant », m'expliqua Jamila. Elle essaya de l'éventer, de faire baisser sa température avec des bains. Il souffrait de diarrhée. Jamila inspecta ses selles à la recherche de vers, mais n'en trouva pas. Quand il commença à se plaindre de mal au ventre, elle en parla à Abdul Khaliq. En voyant le corps frissonnant de Jahangir, il fit appeler Bibi Gulalai sur-le-champ. Celle-ci décida de lui préparer une soupe, pleine d'ail et d'herbes, pour évacuer les microbes de son organisme. Mais au lieu de s'améliorer, son état empira.

Au quatrième jour, le ventre de Jahangir se couvrit de taches rouges. Jamila tenta une nouvelle fois de le rafraîchir en apposant un linge humide sur son front et en le faisant boire. Lorsque l'enfant cessa de pleurer et de se plaindre de douleurs au ventre, elle pensa qu'il allait mieux, qu'il avait simplement besoin de quelques jours de repos et qu'à notre retour, il serait rétabli, aussi vif que je l'avais laissé.

Nous pleurions toutes les deux. Elle interrompit son récit deux ou trois fois, se reprenant et me regardant. Je lui fis signe de poursuivre. J'avais besoin de savoir.

L'après-midi, Jamila se rendit compte que Jahangir délirait. Il ne répondait pas à ses questions mais marmonnait et battait des bras dans le vide comme pour chasser un objet invisible. Elle prononça son nom. Ses yeux étaient vitreux. Elle appela de nouveau Abdul Khaliq, qui venait de rentrer d'un voyage de deux jours avec ses gardes. Elle n'avait jamais vu notre mari si ébranlé, me confia Jamila. Il jeta un seul regard à son fils, puis franchit la porte et appela son chauffeur et ses gardes. Il revint dans la pièce et prit Jahangir dans ses bras tout en hurlant à Jamila d'emballer de l'eau et du pain pour la route jusqu'à l'hôpital. Quelques secondes plus tard, Jamila se tenait devant la porte, regardant le camion noir d'Abdul Khaliq démarrer en trombe dans un crissement de pneus.

Elle ne voulait pas aller plus loin. Je posai ma main sur la sienne. C'était pour elle une torture. Elle soupira et poursuivit, tentant d'évacuer les mots d'un seul trait.

Ils rentrèrent le lendemain, le pas traînant, les visages tristes. Jamila courut vers eux. Abdul Khaliq la regarda et secoua la tête.

— Il pleurait, dit-elle. Je ne l'avais jamais vu dans un état pareil. Je n'aurais jamais cru... Le docteur n'a rien pu faire pour lui. Il était trop faible et ils ont pensé qu'il avait développé une grave infection de l'estomac. C'était catastrophique. Son ventre était dur comme de la pierre quand le docteur a voulu le palper. Il est resté à l'hôpital jusqu'au matin, ils lui ont administré du sérum, mais sans succès. Je suppose... Je suppose que c'était son *naseeb*, dit-elle dans un sanglot. Rahima-*jan*, je suis tellement désolée. Je ne sais pas comment son état a pu s'aggraver aussi vite ! Il avait l'air mieux pendant un moment. Il m'a laissé lui frotter le ventre. Je pensais que ça aidait...

— Pourquoi n'a-t-il pas emmené mon fils chez le médecin plus tôt ?

Je savais qu'elle se sentait coupable. À ce moment-là, je m'en souciais peu. Je voulais savoir s'ils auraient pu faire quelque chose. Je voulais savoir qui était à blâmer.

— Abdul Khaliq ? Il... il le voulait. Avant de partir pour ses rendez-vous.

— Alors pourquoi ne l'a-t-il pas fait ?

Jamila secoua la tête de frustration.

— Rahima-*jan*, ce qui est fait est fait. Cela n'aidera en rien de poser autant de questions. Il vaut mieux que tu penses à ton fils, que tu pries pour qu'il repose en paix.

— J'en ai assez de prier, bon sang. Je veux savoir. Qu'est-il arrivé, Jamila ? insistai-je.

Elle me cachait un élément crucial.

— Abdul Khaliq était sur le point d'emmener Jahangir à l'hôpital mais… mais Bibi Gulalai l'en a empêché.

— *Quoi ?* Qu'est-ce qui lui a pris de faire ça ?

— Elle pensait… elle pensait pouvoir le guérir avec ses tisanes et ses soupes.

Mon cœur se serra. Comme si Bibi Gulalai pouvait le sauver. Je faillis rire. Ses concoctions n'avaient jamais guéri personne du moindre mal. Mon mari voulait aller chez le médecin, et elle s'était mise en travers de sa route.

*Il a essayé*, pensai-je.

— Il a vraiment essayé, répéta Jamila comme si elle lisait dans mes pensées.

Ma haine à l'égard de Bibi Gulalai fut ravivée. C'était elle qui avait retardé le traitement de Jahangir. Elle avait hurlé et déblatéré sur la mère absente et coupable que j'étais. À présent je savais pourquoi. Bibi Gulalai se vantait constamment des vertus de ses remèdes. Elle affirmait pouvoir guérir tous les maux avec ses bouillons puissants qui avaient prétendument fait leurs preuves. Toute la famille la ménageait. Elle voulait avoir le beau rôle, celui de la grand-mère qui était intervenue et avait soigné son petit-fils, pendant que sa mère indigne s'amusait à Kaboul.

J'avais encore une question à poser, celle que je redoutais le plus, à laquelle il n'y avait pas de bonne réponse.

— Jamila-*jan*…, commençai-je, la voix chevrotante.

—Oui, *janem*, dit-elle gentiment.

J'étais au bord d'une falaise.

—Jamila-*jan*… est-ce qu'il… est-ce qu'il m'a appelée ?

Jamila, mère aimante de six enfants, avait aussi donné naissance à deux bébés qu'Allah avait emportés avant qu'elle puisse voir leurs visages. Jamila m'attira dans ses bras et m'embrassa le front. Elle lisait dans mon cœur.

—Ma douce *madar-ak* – *petite maman* –, murmura-t-elle, même si je ne l'étais plus. Quel enfant n'appelle pas sa mère ? Qu'y a-t-il de plus réconfortant que les bras d'une mère ? Dans son sommeil, je suis persuadée que c'était là que se trouvait ton petit garçon, dans tes bras, *janem*.

—Mais je n'étais pas là ! criai-je. Je n'étais pas là pour le serrer, pour sécher ses larmes, pour l'embrasser une dernière fois ! Ce n'était qu'un bébé ! Il a dû avoir tellement peur !

—Je sais, Rahima-*jan*, mais il n'était pas seul. Personne ne peut te remplacer, mais au moins, son père était là, avec lui. Son père l'a tenu dans ses bras. Et tu sais, Abdul Khaliq adorait son petit garçon.

Il fallut des semaines pour que cette conversation m'apporte du réconfort. Dans l'immédiat, j'avais simplement assimilé ses mots, les gardant pour plus tard ; pour le moment où mon cœur aurait assez cicatrisé pour que je puisse croire que mon fils avait réellement senti mes bras autour de lui. Que son père l'avait étreint avec amour durant ses derniers instants. Qu'il ne s'était pas senti aussi seul que moi à présent.

# Chapitre 55

## Shekiba

Shekiba balaya le sol du salon, dépoussiéra intégralement le tapis. Elle avait poussé un profond soupir de soulagement et remercié le Ciel lorsque Aasif avait quitté sa chambre sans l'avoir touchée. Du moins pas encore. Il avait des remords. Et dans sa voix, Shekiba avait perçu quelque chose qu'elle n'avait pas entendu depuis longtemps. Aasif semblait avoir de réels *sentiments* pour Benafsha. Tout compte fait, sa première impression de l'homme n'avait pas été si trompeuse. Elle avait encore beaucoup à apprendre sur lui, mais selon toute vraisemblance, il avait un cœur.

Shekiba avait passé le reste de la nuit à ressasser les mots d'Aasif et à tenter de reconstituer la succession d'événements qui l'avaient conduite à devenir sa femme.

*Il n'a pu empêcher l'exécution de Benafsha, alors il a empêché la mienne. Comment s'y est-il pris pour proposer cet arrangement au roi Habibullah ? Gulnaz est-elle au courant de toute cette histoire ?*

Shekiba se demanda pour quelle raison le roi avait donné son accord. De plus, une autre question restait en suspens : comment Aasif avait-il fait la connaissance de Benafsha ? En tant que concubine, ses activités se limitaient au harem. Elle n'était pas libre de déambuler dans les jardins du palais.

Benafsha avait d'abord été garde, avant d'attirer l'œil de Habibullah ; Aasif avait dû la rencontrer durant cette période.

*Et Benafsha l'a laissé entrer ? Délibérément ?*

« Tu ne comprendrais pas », avait-elle simplement dit à Shekiba. Elle avait eu raison sur ce point.

Les canaris chantaient – trois oiseaux jaunes dans une cage de métal blanche suspendue à une branche d'arbre. Ils chantaient principalement le matin, des notes claires et mélodieuses. Shekiba s'interrompit pour les écouter, pour déchiffrer leurs pépiements.

Deux semaines s'étaient écoulées. Son dos guérissait. Sa peau la démangeait davantage et la brûlait moins, elle en conclut qu'elle se rétablissait. Ces jours meilleurs s'accompagnèrent de nuits meilleures. Elle assimila le rythme de la maisonnée et s'y fit une place discrète. Elle savait d'expérience qu'elle ne devait pas se considérer comme membre à part entière d'un foyer, même celui de son mari.

Aasif lui adressait dorénavant quelques mots de plus, mais leurs échanges restaient brefs et courtois. Il évitait de s'attarder sur son visage et ne croisait son regard que furtivement. Gulnaz observait leurs interactions du coin de l'œil et semblait satisfaite de constater que la seconde femme n'était pas son égale. Elle se mit à la considérer davantage en employée de maison qu'en épouse.

Par la fenêtre, Shekiba vit l'un des canaris donner des coups de bec sur la tête d'un des deux autres. Ceux-ci tentèrent un recul. Pic, pic, pic. Ils voulurent s'envoler jusqu'à l'autre bout de la cage mais trouvèrent juste assez de place pour un unique battement d'ailes. Enfermés. Trois canaris en cage qui chantaient.

Aasif rentra à la maison ce soir-là. Shekiba laissa sa porte ouverte pour épier la conversation des époux.

— Le mariage aura lieu dans trois semaines. Le palais se prépare à une fête monumentale.

— Je me demande combien de personnes ils vont inviter.

— Beaucoup. Il y aura toutes les familles importantes de Kaboul. La famille de sa fiancée est très respectée et jouit d'une grande influence. Ils n'auraient pu mieux choisir pour Amanullah.

— Quel est son prénom ? Je connais sa tante, Aalia Tarzi. Je la croise au marché de temps en temps et c'est une amie de ma cousine, Sohaila. Aalia-*jan* ne tarit pas d'éloges sur sa nièce. Elle allait à l'école quand ils vivaient en Syrie. Je me demande quel genre de reine elle fera.

— C'est une union puissante, Amanullah et Soraya Tarzi, même si je sais que Habibullah n'est pas ravi que son fils épouse la fille d'Agha Tarzi.

— Pourquoi donc ?

— Tarzi écrit tout ce qu'il pense. Et ce que Tarzi pense n'est pas toujours ce que le roi pense. Mais le problème, c'est que Tarzi trouve que Habibullah n'en fait pas assez pour moderniser l'Afghanistan. D'après lui, nous devrions prendre exemple sur l'Europe.

— Mais notre peuple est différent. Nous sommes un pays musulman. Pourquoi devrions-nous prendre exemple sur les Européens ?

— Parce qu'ils se développent et pas nous. Habibullah a certes fait construire des routes mais il n'a pas fait grand-chose à part ça. Tarzi veut développer la science, l'éducation – et pas seulement sur le plan religieux. Amanullah, en revanche, est prêt à écouter les idées de Tarzi.

— Mais, Aasif-*jan*, il n'est pas roi.

— Il va le devenir. Je ne vois pas ses frères prendre le trône. Amanullah a été formé pour cela depuis son plus jeune âge. Il fera un bien meilleur roi que son père, qui passe ses journées à chasser la caille et à se pavaner à cheval à travers la campagne.

Gulnaz soupira. Son mari haïssait le roi et elle craignait que son aversion ne fît jaser. Le cas échéant, il ne pouvait attendre aucune pitié du monarque. Il avait déjà suffisamment compromis la famille royale. Il n'en parlait pas et Gulnaz n'avait pas la certitude que ses soupçons étaient fondés. Des rumeurs lui étaient parvenues. À propos d'une lapidation. Concernant une des concubines du roi. Elle ne lui poserait aucune question sur la fille. Elle ne voulait pas en savoir plus.

Aasif vit sa femme détourner le regard. Il savait qu'il était responsable de ses tourments.

— De toute façon, j'ai assez à faire avec mon propre travail. Je n'ai plus le temps d'être le conseiller d'Amanullah.

Autrement dit, il garderait ses distances avec le palais.

Gulnaz regarda la porte, imagina le couloir et la femme défigurée cachée dans la pièce du fond, l'autre épouse de son mari. Elle se demanda si le plan de ce dernier marcherait, ou s'il n'avait fait qu'amener chez eux une femme stérile de plus.

Shekiba écouta attentivement chaque mot. Amanullah était sur le point d'épouser la fille d'Agha Tarzi. Elle s'émerveilla de sa propre naïveté.

*Pourquoi m'aurait-il regardée ? Je ne suis personne. Je n'ai ni père ni mère, ni nom de famille. Je suis une demi-femme avec un demi-visage. Comme j'ai pu être stupide de croire autre chose !*

Shekiba attendit qu'Aasif fût parti pour aller dans la cuisine se servir à manger. Les épinards et le riz qu'elle avait préparés plus tôt avaient refroidi, mais cela lui était égal. Elle prit un morceau de pain et se retira dans sa chambre. Elle se déplaça si silencieusement que Gulnaz l'entendit à peine depuis le salon.

Dans la nuit, Shekiba se réveilla en sursaut. Aasif était de nouveau dans sa chambre. La porte resta ouverte derrière lui tandis qu'il hésitait à ressortir. Le cœur de Shekiba battait la chamade.

*Pourvu qu'il veuille uniquement se confier*, pria-t-elle.

Elle ne bougea pas.

Il poussa la porte et Shekiba ferma les yeux, espérant l'éloigner par la pensée. Il s'assit à côté d'elle, lui tournant le dos pendant quelques instants. Shekiba sentait sa présence. Elle était tétanisée.

*Que veut-il ?*

Aasif soupira et se tourna vers elle.

— Shekiba, murmura-t-il. Tu es ma femme. Tu as un devoir à remplir.

Shekiba ne répondit pas. Il parlait lentement, d'une voix rauque. Méconnaissable.

Elle agrippa fermement sa couverture des deux mains, consciente qu'elle n'avait pas le droit de résister. Elle était sa femme et avait le devoir de coucher avec lui, même si cela la terrifiait. Sa respiration s'accéléra. Aasif se tourna vers elle et tira sa couverture. Shekiba ne pouvait plus garder les yeux fermés. Elle le vit, le vit scruter sa chemise de nuit, la fine étoffe de coton blanc qui céda sans lutter. Il défit le cordon de son pantalon et leva le vêtement de Shekiba au-dessus de ses hanches. Elle pressa le dos contre le matelas ; elle aurait voulu se fondre dans le plancher. Tandis qu'une vague de panique déferlait en elle, Shekiba referma les yeux, serra les dents, et devint la femme d'Aasif.

# Chapitre 56

## SHEKIBA

D'une certaine façon, c'était un soulagement. À présent, elle savait à quoi s'attendre. Les visites d'Aasif furent rares et brèves ; une fois terminés ses grognements et gémissements, il partait s'asseoir au salon. Parfois, il allait rejoindre Gulnaz. Gênée, Shekiba évitait toujours la première épouse le lendemain matin, ayant l'impression d'avoir commis un délit à son encontre.

Son seul sursis était ses règles. À ce moment seulement, elle pouvait murmurer dans le noir, les joues rouges de honte : « Excusez-moi, je suis malade. »

Il comprenait immédiatement et quittait alors sa chambre, visiblement soulagé. Mais la nuit dernière fut différente. Elle avait commencé à saigner deux jours auparavant.

— Je suis... Je suis malade, dit-elle d'une petite voix, serrant les cuisses.

Il ne partit pas. Au lieu de cela, il s'assit de nouveau, lui donnant le dos. Il mit sa tête dans ses mains.

— Non, ça ne va pas. Pourquoi es-tu encore malade ? Est-ce que tu mens ?

Shekiba fut surprise. Il semblait excédé.

— Non, je ne mentirais pas sur... sur une chose pareille.

— Qu'en est-il de ton beau discours ? Toutes ces palabres sur les femmes de ta famille et la lignée de fils qu'elles ont mis au monde. Tu es là depuis cinq mois et tu as encore tes règles !

Shekiba fit une nouvelle fois l'expérience de sa propre naïveté. C'était la raison pour laquelle Aasif l'avait arrachée au palais. Gulnaz ne lui avait pas donné d'enfant. Il ne voulait pas de Shekiba – il voulait des fils.

— Je… Je… Ce n'étaient pas des palabres. J'ai des frères… Je…

— C'est une blague ! Comment est-ce possible ? Ils étaient sur le point de t'exécuter. Te rends-tu compte de cela ? Sais-tu à quoi tu as échappé ?

Shekiba le savait mieux que quiconque. Elle avait vu le sang s'écouler de la burqa de Benafsha et infiltrer la terre. Elle savait parfaitement à quoi elle avait échappé.

— Oui, je le sais.

— Vraiment ? Pour de bon ? Que vont dire les gens ? Deux épouses et pas un seul fils ! Sais-tu le mal que cela me fait ?

Il était furieux. Gulnaz l'entendait à travers la fine cloison. Elle se tourna sur le côté, consciente que Shekiba récoltait la colère qu'il leur destinait à toutes les deux.

— Un garde de harem ! Aimais-tu être un homme ? C'est peut-être cela ! Tu aimais tellement être un homme qu'à présent tu refuses d'être une femme ! Qu'es-tu en réalité ? Tu n'es pas un homme ! Tu n'es pas une femme ! Tu n'es rien ! As-tu quelque chose à dire pour ta défense ? Où est passée ta vantardise, maintenant, hein ?

— Je… Je…

Shekiba ne savait quoi dire.

— Je te nourris, te fournis des vêtements, et tout cela pour rien ! Tu oses me faire ça ! Je devrais te jeter à la rue !

Je devrais te renvoyer au palais et les laisser te faire ce qu'ils avaient prévu ! Toi et ton visage de damnée ! Va au diable !

Shekiba se prépara à une pluie de coups, mais rien ne vint. Elle se recroquevilla dans un coin du lit. Aasif sortit en trombe et claqua la porte derrière lui. Quelques secondes plus tard, Shekiba entendit un bruit de verre brisé et le fracas métallique du portail. Sa gorge se serra, elle ne put s'empêcher d'être du même avis que son mari furieux.

*Ni un homme, ni une femme. Je ne suis rien.*

Un peu plus tard, Gulnaz se glissa en silence dans la chambre de Shekiba. À travers la porte ouverte, un rayon de lune éclairait le sol du couloir. Les deux femmes le contemplèrent, tandis que résonnait encore dans la maison la tempête d'Aasif. La première épouse prit enfin la parole.

— Nous sommes mariés depuis un an et je n'ai pas été capable de lui donner un enfant. Si tu savais toutes les herbes que j'ai pilonnées selon les instructions de ma mère, tu en aurais le tournis. J'ai prié au temple et fait l'aumône aux pauvres. Rien. Je saigne tous les mois sans exception, comme toi. Il te croyait différente, mais à présent, je soupçonne Allah de lui avoir jeté un mauvais sort en décidant qu'un fils n'était pas dans son *naseeb*, quelle que soit la femme avec qui il couche, et même s'il multiplie les épouses. Et maintenant, ajouta-t-elle, maintenant qu'il a de terribles péchés sur la conscience, il a peut-être empoisonné encore plus son *naseeb*.

C'était la première fois que Gulnaz faisait allusion à l'implication d'Aasif dans le scandale du palais. Que savait-elle au juste ?

— Tu étais garde au harem, d'après ce qu'il m'a dit. Tu vivais comme un homme. Tes cheveux courts, ta démarche, ta façon de cacher ta poitrine. J'ai l'impression que tu te plaisais plus ainsi. Pour être honnête, ça ne me dérangerait pas d'essayer. Je me demande ce que ça ferait de pouvoir marcher dans la rue librement, sans tous les regards braqués sur moi. Est-ce que ça te manque ?

C'était une question à laquelle Shekiba, la femme-homme, avait beaucoup réfléchi.

— C'était agréable. Mais… pantalon ou jupe, cela ne change rien au bout du compte. Pour les choses importantes, j'étais aussi vulnérable que n'importe quelle autre femme…

Shekiba décida de ne rien dire des coups de fouet.

— Et maintenant, je suis ici, conclut-elle.

Gulnaz comprenait ce que Shekiba voulait dire.

— Cela a dû être horrible, ce qu'ils t'ont fait subir.

Shekiba sentit son dos se raidir. Il y avait encore trois cicatrices saillantes qu'elle sentait pendant sa toilette. Elle se demanda combien d'autres cicatrices, invisibles, il lui restait. Gulnaz soupira.

— Il était tellement furieux. Il n'en a pas beaucoup parlé, mais une femme connaît les humeurs de son mari. En fait, il a toujours été en colère, et je ne comprenais pas pourquoi au début, jusqu'à ce que sa sœur me parle d'*elle*. Elle voulait me faire savoir que je n'étais pas le premier choix de mon mari.

*Elle.*

Shekiba observa Gulnaz du coin de l'œil. Son expression était neutre. Elle faisait allusion à Benafsha.

— Il la connaissait avant. Elle n'était personne. Sa famille est très pauvre et avec trois filles, son père n'a vraiment pas eu de chance. C'était une voisine de son oncle. Je ne sais pas comment c'est arrivé, mais ils se sont vus une ou deux fois. Aasif la voulait, mais son père s'y opposait. Ce n'était pas une bonne famille, pas assez respectable pour son fils. Mais il persista. Il s'est éreinté à convaincre son père et il y est presque parvenu quand la fille a été envoyée au palais. Une bouche de moins à nourrir. Aasif était furieux, mais elle était inaccessible derrière les murs du palais, alors il a laissé son père lui choisir une autre famille. Et on nous a mariés.

Shekiba écoutait attentivement. Gulnaz semblait parler dans le vide.

— Les hommes n'aiment pas qu'on leur refuse quelque chose. Même si c'est le roi. Il n'avouera jamais ce qui s'est passé là-bas exactement, mais je sais que quelque chose est arrivé. Cela a dû être terrible car il est rentré à la maison avec les yeux si rouges qu'on aurait dit qu'il allait pleurer du sang. Il n'a pas mangé, ni dormi, ni parlé, pendant des jours.

Shekiba détourna le regard. Elle n'avait pas envie de donner des explications et espérait que Gulnaz ne lui en demanderait pas.

— Et voilà qu'il rentre à la maison un jour, avec l'air d'avoir croisé Shaitan en personne. Son regard était sombre et grave et il est resté assis à contempler le mur, à marmonner des choses sur l'expiation de ses péchés, à demander pardon à Dieu. Il m'a annoncé qu'il ferait venir une seconde épouse à la maison puisque je n'avais pas été capable de lui donner un fils. Je n'ai rien trouvé à redire, surtout quand j'ai vu son expression. Sa famille lui avait mis cette idée en tête des mois auparavant, mais il ne s'était pas montré très intéressé à l'époque. Et j'ai cru… Eh bien, quand il a parlé d'une seconde épouse, je me suis demandé s'il était assez fou pour amener cette femme ici, mais en fait il s'agissait… de toi.

Shekiba garda les yeux baissés. La tête lui tournait. Benafsha ne l'avait pas rejeté. Elle l'avait aimé, assez pour le protéger en sacrifiant sa propre vie. Comment une femme pouvait-elle aimer un homme à ce point ?

Grâce à Benafsha, Aasif lui avait sauvé la vie. Pour cela, Shekiba remerciait le Ciel.

# Chapitre 57

## RAHIMA

Je fus une petite fille, puis je ne le fus plus.
Je fus une *bacha posh*, puis je ne le fus plus.
Je fus la fille de mes parents, puis je ne le fus plus.
Je fus une mère, puis je ne le fus plus.
Dès que je m'adaptais à une situation, elle changeait. Je changeais. Le dernier changement fut le pire.

— Rahima-*jan*, souviens-toi que la vie est faite de cyclones. Ils surviennent sans crier gare et emportent tout sur leur passage. Mais tu dois quand même rester debout, car la prochaine tempête est peut-être au coin de la rue.

Je n'avais pas beaucoup changé depuis la mort de mon fils. Abdul Khaliq s'était replié sur lui-même. Bibi Gulalai était plus présente qu'avant, s'assurant que la famille se comportait de façon appropriée. Nous devions faire notre deuil exactement comme l'exigeait la tradition, sous peine de faire jaser. Ses yeux plissés se posaient sur moi, vérifiant la couleur de mon tchador, la robe que je portais et l'expression de mon visage.

Si mon esprit vagabondait, elle me rappelait à l'ordre et me sommait d'arrêter de regarder dans le vide. Elle me demanda de me remettre au travail. Je ne pouvais tout de même pas traîner sans rien faire éternellement. Il y avait encore des sols à récurer. Des vêtements à laver. Cela me ferait du bien de reprendre ma routine.

Une mère en deuil aurait dû disposer de quarante jours pour pleurer son enfant, pensaient sûrement nos visiteurs. Bibi Gulalai, la mère de l'homme le plus puissant de notre province, savait que leur apparente compassion était mue par la peur, et non par le respect, et cela lui était bien égal.

Khala Shaima trouva la force de poursuivre ses visites. Chaque fois qu'elle repartait, je me demandais si elle survivrait au trajet du retour. J'avais peur qu'elle ne puisse plus revenir. J'avais besoin d'elle. La maison avait beau être pleine de gens, je me sentais totalement seule. Quelque chose me trottait dans la tête, quelque chose que je n'osais m'avouer ou avouer à Jamila. Je ne savais pas comment appréhender cela.

— Khala-*jan*, sais-tu ce que les gens de Kaboul pensent de nous ?

— De quoi parles-tu, Rahima ?

— Kaboul est différente d'ici. Exactement comme le pensait Bibi Shekiba. Toutes ces voitures, toute cette population, toutes ces affiches dans la rue, c'est incroyable. Il y a tellement de bruit là-bas.

— Où veux-tu en venir ?

Khala Shaima craignait sans doute que je ne sois en train de perdre la tête.

— Je me demande ce que ces gens pensent de nous. Ils ont des immeubles, des banques, des taxis, des hôtels. Des gens viennent de partout, des entreprises de construction travaillent sur de nouveaux bâtiments. Des salons de beauté et des restaurants. Des hôpitaux.

— Tu as vu beaucoup de beaux endroits au cours de tes voyages, n'est-ce pas ? J'ai l'impression qu'il te reste des histoires à partager avec moi, je me trompe ?

Elle m'adressa un faible sourire.

—C'est vrai. Et le Parlement... Parfois, j'ai du mal à croire qu'autant de personnes peuvent se réunir dans une seule pièce. Et ils parlent de choses... même les femmes. Parfois, ils soulèvent des sujets que les gens de ce village n'auront pas l'idée d'aborder de toute leur vie.

—Rahima-*jan*, qu'as-tu derrière la tête ? Est-ce que quelque chose est arrivé à Kaboul ?

—Des tas de choses sont arrivées à Kaboul. C'est tellement différent d'ici.

Khala Shaima semblait pensive.

—Est-ce positif ?

Je la regardai. Tout ce qui était différent d'ici était extrêmement positif.

—Mais il y a autre chose, dis-je, le cœur lourd d'inquiétude.

—Ah bon ?

Je hochai la tête.

—Qu'est-ce donc ?

Je détournai le regard, sentant les larmes me monter aux yeux.

—Je vois.

Je savais qu'elle comprenait. Khala Shaima me connaissait mieux que quiconque.

—Eh bien, dans ce cas, il faut y réfléchir, dit-elle avant de pousser un long soupir et de secouer la tête.

J'y avais déjà beaucoup réfléchi. Et je n'osais avouer mes conclusions.

Les gens proches de la mort n'ont pas grand-chose à perdre. Ils peuvent penser, dire ou faire des choses auxquelles d'autres ne se risqueraient pas. Khala Shaima et moi étions toutes deux dans cette situation, elle à cause de sa santé, et moi parce que j'avais perdu l'envie d'ouvrir les yeux le matin. Une conversation commença à prendre forme entre nous. Une conversation faite de silences, de mots déguisés, de regards entendus. Elle et moi avions du mal à formuler nos pensées, mais il y avait là un chemin à explorer.

Car, comme Khala Shaima l'avait si souvent dit, nous avons tous besoin d'une échappatoire.

# Chapitre 58

## SHEKIBA

Shekiba et Gulnaz tenaient la maison ensemble et subissaient les emportements d'Aasif, des crises au cours desquelles il se laissait dépasser par sa colère. Il pestait, grondait, tapait du poing sur la table. Il lançait des objets, brisant deux fois des carreaux de fenêtre. Le coût de remplacement attisait davantage sa colère.

Cette tension rapprocha les deux femmes. Elles partageaient un mari, elles partageaient la faute, elles partageaient la punition. Elles se chamaillaient également. Shekiba détestait l'attitude condescendante de Gulnaz et sa cuisine insipide. Gulnaz trouvait Shekiba terne et ennuyeuse, dénuée de conversation. Mais elles s'accommodaient de la situation, Shekiba en ajoutant des épices aux plats de Gulnaz dès que celle-ci avait le dos tourné et Gulnaz en compensant par ses bavardages les silences assommants de la seconde épouse de son mari.

Il y eut quelques mois de répit fébrile, lorsque le ventre de Gulnaz commença à s'arrondir. Elle en parla à Shekiba quand elle se rendit compte qu'elle n'avait pas saigné depuis deux mois. Elles eurent d'abord quelques doutes, puis Gulnaz se mit à vomir tous les quatre jours. Shekiba confirma que c'étaient là les signes qu'un enfant était en route, comme elle l'avait appris au harem. Elles ne dirent rien à Aasif, puisqu'il était inapproprié de discuter de sujets si délicats avec les hommes, mais lorsqu'il remarqua le ventre proéminent de sa première épouse, il esquissa un sourire satisfait et entra dans la chambre de Shekiba la nuit tombée, animé d'une ardeur nouvelle.

Aasif rentrait désormais à la maison pour partager ses repas avec ses épouses. Ils s'étaient mis à dîner ensemble, tous les trois, temps en temps. Shekiba prit garde à ne pas se joindre à eux trop souvent, pensant que, Gulnaz portant l'enfant d'Aasif, ce dernier verrait sa seconde épouse comme un échec encore plus cuisant.

En réalité, les pensées d'Aasif allaient avant tout vers l'enfant à naître. La nouvelle fit taire sa famille, qui cessa temporairement de chuchoter qu'il devait prendre une troisième épouse. Gulnaz et Shekiba savaient qu'il avait réfléchi à cette idée mais aussi conclu qu'il ne pouvait se permettre un troisième mariage ni une autre bouche à nourrir.

Le ramadan passa. Gulnaz, dispensée de jeûne, irradiait de satisfaction à mesure que son ventre grossissait, que ses joues enflaient et que sa respiration s'alourdissait. Se déplacer du salon à la cuisine suffisait à l'exténuer. Shekiba avait vu beaucoup de femmes enceintes, mais aucune ne lui était apparue autant dans l'embarras que Gulnaz. Il était difficile de ne pas remarquer qu'elle haletait et soupirait uniquement lorsque Shekiba se trouvait à proximité.

Quand les douleurs survinrent, Shekiba courut chercher la sage-femme, à quatre rues de chez eux. Gulnaz se mordit la lèvre et se tordit de douleur ; son sourire triomphant s'était alors effacé. Aasif rentra à la maison et, entendant la sage-femme guider Gulnaz dans son labeur, ressortit. Les heures passèrent.

Le bébé arriva enfin, juste avant qu'Aasif revienne d'un pas nerveux, pour trouver une maison silencieuse. La sage-femme lui sourit poliment et le félicita tout en s'enveloppant dans son châle avant de franchir la porte. Aasif hocha la tête et entra dans la chambre de Gulnaz. Shekiba fit mine de ne pas l'avoir entendu entrer et garda la tête au-dessus du poêle, versant de la farine dans l'huile bouillante et remuant jusqu'à épaississement. Le *litti*, soupe chaude sucrée à base de noix, aiderait le ventre de Gulnaz à guérir et favoriserait la montée du lait. Shekiba attendit.

— Tout ça pour ça ? Une fille ? Comment est-ce possible ?

Gulnaz bafouilla des mots que Shekiba ne put déchiffrer.

— Mon humiliation ne connaît-elle aucune limite ? s'exclama-t-il.

Le bébé se mit à pleurer.

*Même un nouveau-né comprend qu'il n'est pas désiré*, pensa Shekiba.

Aasif entra dans le salon et hurla à sa seconde épouse de lui préparer quelque chose à manger.

— Et ça a intérêt à être chaud, cria-t-il. J'ai eu assez de déception pour aujourd'hui.

Il s'endormit dans le salon, ses ronflements résonnant dans le couloir. Shekiba entra dans la chambre de Gulnaz à pas de loup. Celle-ci était allongée sur le côté, essayant tant bien que mal d'allaiter sa fille. Shekiba la fit se redresser en position assise et lui montra comment caler le bébé sous son sein gonflé. Les petites lèvres roses s'ouvrirent lentement, s'avancèrent, puis se refermèrent sur le téton de Gulnaz.

Shekiba remarqua le regard étonné que lui adressait la première épouse.

— J'ai été garde dans une maison pleine de femmes et d'enfants. Je me suis occupée de nombreux nouveau-nés.

— Eh bien, ce n'est pas mon cas. Si seulement ma mère était en vie. Ce serait différent.

Shekiba soupira.

« Si seulement ma mère était en vie... »

— Comment vas-tu l'appeler ?

— Shabnam.

*Rosée du matin.*

— C'est joli. Je t'ai préparé du *litti*. Tu es une *zacha* maintenant. De la nourriture chaude aidera ton corps à guérir.

Ce que l'on appelait « nourriture chaude » et « nourriture froide » n'avait rien à voir avec la température, mais tenait à de mystérieuses propriétés inhérentes aux aliments. Les noix et les dattes étaient dites « chaudes ». Le vinaigre et les oranges étaient dits « froids ». Les douleurs articulaires et l'accouchement rendaient le corps froid et se traitaient par un régime d'aliments chauds.

Gulnaz accepta volontiers le bol. Les heures d'efforts l'avaient laissée pâle, exténuée et affamée. Elle enfourna une cuillerée de soupe chaude dans sa bouche, s'arrêtant seulement pour adresser un regard de gratitude à la seconde épouse.

— Je suis contente que tu sois là, Shekiba.

Elle se figea sur place. Ce n'était pas dans la nature de Gulnaz de lancer de telles affirmations. Cela la rendit nerveuse. Shekiba prit le bébé dans les bras au lieu de répondre.

— Je pensais que ce serait un garçon. Nous avons attendu pendant si longtemps. Et au bout du compte, Dieu m'a donné une fille.

— Aasif est bouleversé.

— Il dit que c'est ma faute. Il n'a pas voulu la prendre dans ses bras. Il était trop en colère.

— Tu en auras un autre. Tu as eu un enfant. La porte est ouverte à présent. Dieu t'en donnera d'autres.

— Peut-être. Il voulait l'appeler Benafsha.

Shekiba leva des yeux étonnés. Le visage de Gulnaz était calme.

— Tu imagines ? Appeler ma fille Benafsha. Il est fou.

— Qu'as-tu répondu ?

— Je lui ai dit que je ne m'étais jamais disputée avec lui avant, mais qu'il était hors de question de donner ce nom à ma fille.

— Et ?

Gulnaz grimaça de douleur. Shekiba lui posa instinctivement une main sur l'épaule et se pencha vers elle.

— Qu'y a-t-il ?

— Elle m'a prévenue que ce serait douloureux.

— Quoi donc ?

— Mon ventre. La sage-femme a dit que mon ventre se mettrait en colère et chercherait l'enfant qui vivait en lui avant.

— Il est en colère ?

— Sûrement. Je le sens se serrer comme le poing d'Aasif.

Les spasmes cessèrent au bout d'un moment et Gulnaz se remémora sa conversation avec son mari.

— Il n'était pas content. Il est sorti en trombe. Il a dit que Benafsha serait un prénom parfait pour une fille, mais il sait très bien au fond de lui que ce n'est pas approprié.

*Et si la nouvelle arrivait au palais, cela risquerait de faire peser les soupçons sur lui*, songea Shekiba.

Elle sourit en pensant à Aasif dont les vœux n'étaient pas exaucés.

— Je vais la laver encore. Il lui reste du sang dans les cheveux.

Gulnaz lui adressa un faible sourire et ferma les yeux, contente de pouvoir se reposer.

La première année de Shabnam se déroula avec deux mamans. À tour de rôle, Gulnaz et Shekiba la baignaient, la nourrissaient, et la berçaient pour l'endormir. Shekiba lui tint la tête pendant que Gulnaz lui souligna les yeux de khôl et encore une fois, un mois plus tard, quand sa mère lui rasa les cheveux pour qu'ils repoussent plus épais. Shekiba servait le thé et les noix lorsque la famille d'Aasif leur rendait visite, des jours qui rappelaient aux deux épouses combien elles étaient chanceuses de ne pas vivre dans le domaine des Baraan. La mère d'Aasif ne faisait aucun effort pour cacher le dégoût que lui inspirait Shekiba. Elle avait été la première à suggérer que son fils prenne une seconde épouse, puisque la première s'était révélée défectueuse, mais cette créature difforme tout aussi inapte à enfanter n'était pas du tout conforme à ses souhaits.

Elle tint sa petite-fille dans les bras, tout en balayant le salon du regard, à l'affût du moindre détail prouvant que le foyer de son fils n'était pas correctement tenu par ses deux épouses. Elle avait un talent certain pour déguiser les critiques en compliments.

—Les couleurs de votre tapis se voient enfin ! On dirait que quelqu'un a pris le temps de le dépoussiérer, hein ? Cela faisait combien de temps ? J'ai dû laver ma robe après ma dernière visite.

Shekiba et Gulnaz se gardèrent bien de répliquer. Cela n'aurait fait que jeter de l'huile sur le feu.

—Gulnaz-*jan*, ces biscuits que tu as fait envoyer sont délicieux ! C'est formidable que tu te sois enfin mise à la pâtisserie !

—Le mérite revient à Shekiba. C'est elle qui a préparé les biscuits à l'eau de rose et vous les a fait porter, avoua Gulnaz, faisant fi du commentaire narquois.

—Ah oui, je comprends mieux. Il me semblait improbable qu'après tout ce temps, tu saches enfin comment flatter le palais de ton mari. Shekiba-*jan*, ils étaient meilleurs que ceux que prépare Khanum Ferdowz chaque année pour sa famille et ses voisins.

—*Noosh-e-jan*, Khala-*jan*, dit Shekiba à voix basse en resservant du thé à sa belle-mère. Prenez-en un autre, je vous prie.

—Pourquoi pas. Ce n'est pas si souvent que mes *aroos* préparent de si bonnes choses.

Elle secoua sa jupe, faisant tomber une pluie de miettes sur le tapis fraîchement nettoyé.

—Qui sait, Madar-*jan*, peut-être est-ce plutôt que *nous* ne sommes pas souvent invitées à y goûter, dit Parisa en riant.

Parisa était la sœur aînée d'Aasif. Elle accompagnait souvent sa mère pendant ses visites, laissant ses quatre enfants à la maison pour la suivre dans sa tournée mondaine.

La mère d'Aasif sourit au commentaire de sa fille. Les coins de ses lèvres se soulevèrent et le duvet noir au-dessus de sa lèvre supérieure projeta une ombre sur son visage. Shekiba ouvrit la théière et, bien qu'elle fût encore pleine, retourna à la cuisine pour y ajouter de l'eau.

Gulnaz et Shekiba poussèrent un soupir de soulagement lorsque la mère et la sœur d'Aasif prirent enfin congé d'elles. Shekiba secoua le tapis pour en ôter les miettes de biscuits et jeta les plus gros morceaux dans la cage aux canaris. Ils pépièrent et gazouillèrent d'excitation, regardant Shekiba tout en volant d'un bout de la cage à l'autre.

Deux d'entre eux arboraient des zones dégarnies là où le plus agressif du groupe leur avait arraché des plumes à coups de bec. Malgré tout, ils avaient l'air satisfaits. Ils suivirent Shekiba des yeux, faisant de petits sauts occasionnels vers le bord pour mieux l'observer. Elle passa un doigt entre les fils de fer et l'agita. Les trois volatiles reculèrent immédiatement au fond de la cage, terrifiés à l'idée qu'elle ose s'introduire dans leur domaine.

Shekiba ôta son doigt et vit leurs ailes se détendre, l'affolement disparaître de leurs pépiements syncopés.

# Chapitre 59

## SHEKIBA

Shekiba n'eut pas à deviner. Toutefois, elle avait beau en connaître les symptômes, la grossesse n'en fut pas moins un choc pour elle. Elle mâcha un morceau de gingembre cru et tenta d'oublier les remous nauséeux qui agitaient son ventre.

*Je vais être mère. Je vais avoir mon propre bébé. Est-ce possible ?*

Cela signifiait une rupture radicale avec sa vie d'avant. Elle ne pourrait plus flotter entre deux genres. Plus de bandage pour cacher sa poitrine. Elle ne duperait personne.

Elle regarda Shabnam tirer sur la manche de sa mère pour se mettre debout. Elle marchait à quatre pattes depuis un mois à peine et s'en était déjà lassée. Shabnam était une magnifique petite fille. Elle avait des boucles brunes et de longs cils noirs sur un joli visage rond. Sa beauté adoucissait la déception de son père. Mais Aasif ne lui souriait qu'à l'abri des regards. Il la laissait monter sur ses genoux et lui tapoter le visage jusqu'au moment où il entendait des pas.

— Viens chercher ta fille ! Elle me rend fou ! criait-il alors.

— Shabnam, laisse ton père tranquille, disait Gulnaz en prenant le bébé des genoux de son mari.

Shekiba l'avait vu lui caresser la joue, esquisser un sourire en la voyant taper des mains maladroitement. Il riait de sa façon de rouler sur le dos en attrapant ses pieds.

— Mais il lui en voudra toujours, soupira Gulnaz.

— C'est comme ça avec les filles. Une fille n'appartient pas vraiment à ses parents. Une fille appartient à d'autres, expliqua Shekiba.

*Gulnaz est bien placée pour le savoir*, se dit-elle.

Elle tenta de cacher son état à la première épouse, craignant de susciter sa jalousie. Shekiba se retranchait dans la salle de bains et n'en sortait qu'une fois passées les vagues de nausée et son estomac vidé. Elle renversait des bassines pour masquer le bruit de ses tourments. En fait, Gulnaz étant obnubilée par sa fille, Shekiba n'avait guère de souci à se faire.

Aasif non plus ne remarqua rien. Après la naissance de la petite, la déception étouffa temporairement sa rage. Il ouvrait de moins en moins souvent la porte de Shekiba, un répit bienvenu pour elle. Rien dans ses grognements moites ne lui plaisait, et elle détestait la façon dont il lui maintenait le visage sur le côté, comme si sa monstruosité était susceptible de gâcher son ardeur, même dans le noir. Mais au bout de trois mois, sa détermination refit surface. Les saignements menstruels étaient pour Shekiba son seul espoir de se voir épargner son devoir conjugal.

Dans son état nauséeux, les visites d'Aasif la dégoûtaient davantage. Elle lui trouva soudain une odeur qui lui retourna l'estomac. Elle retint sa respiration le plus longtemps possible, expirant profondément entre les pauses, ce que son mari prit pour du plaisir. Il s'arrêta et la regarda d'un air surpris.

— Alors, tu aimes ça, hein ? Quelle comédie tu faisais ! dit-il avec un sourire idiot.

Cela faisait déjà six mois qu'elle n'avait plus ses règles lorsqu'il remarqua enfin son ventre arrondi. Un soir après dîner, il la regarda attentivement tandis qu'elle s'appuyait contre le mur pour se reposer. Gulnaz était en train de tricoter et Shabnam dormait à côté d'elle. Par réflexe, Shekiba tira sa robe sur ses rondeurs. Les yeux d'Aasif s'écarquillèrent en se posant sur son ventre.

— Peut-être qu'il y a de l'espoir dans cette maison tout compte fait.

Shekiba rougit. Gulnaz serra les lèvres, juste assez pour que Shekiba détecte la tension sur son visage. Deux mois auparavant, la première épouse avait remarqué la façon dont la seconde empêchait Shabnam de lui donner des coups de pied dans le ventre.

Quand Shekiba avait hoché la tête, l'autre avait souri, mais avec hésitation. Elle savait ce que cela impliquerait si Shekiba donnait à Aasif le fils tant attendu.

Aasif éclata de rire, un son étrange dans une pièce où l'air était si dense.

— Nous allons voir de quoi Shekiba est capable.

Gulnaz s'adressa à Shekiba en chuchotant pendant que cette dernière nettoyait les casseroles.

— Il a tellement changé en deux ans. Tu te rends compte qu'il aimait faire des promenades avec moi le soir ? Ce même homme ! Les deux dernières années l'ont rendu aigri. Je ne sais pas comment il va tourner s'il a une deuxième fille. Il n'y a rien que tu puisses faire maintenant, n'est-ce pas ?

Shekiba passa la nuit à réfléchir à cette question. Elle repensa à tous les mécanismes que Mahbuba lui avait décrits mais il était trop tard pour tenter ce type d'astuces. Quelqu'un lui avait parlé du pouvoir du foie de poulet ; se rappelant cela, elle courut au marché dès le lendemain pour en acheter le plus possible. Elle ne négligea aucune prière et murmura, les yeux au plafond, les paumes ouvertes, soudain désespérée :

— S'il te plaît, Allah miséricordieux, je te supplie de donner à Aasif le fils qu'il désire tant. Exauce son vœu pour que nous puissions vivre en paix avec cet homme amer.

Fut-ce grâce aux foies de poulet, aux prières, ou simplement à la volonté de Dieu ? Toujours est-il que Shekiba donna naissance à un fils.

Aasif marchait la tête haute, un sourire satisfait collé au visage, quand sa famille vint leur rendre visite. Shekiba fit tout juste attention à lui. Elle était fascinée par les dix doigts, les lèvres roses parfaitement dessinées et le minuscule menton qui se blottissait contre son sein. Elle l'avait inspecté de la tête aux pieds mais ne lui avait trouvé aucun défaut – rien chez lui n'était abîmé ni mutilé.

— Nous l'appellerons Shah ! Mon fils, un roi parmi les hommes ! Et un authentique ! Pas comme le lâche devant lequel nous nous inclinons aujourd'hui !

Aasif avait donc choisi un prénom. Shekiba sentait le dépit dans ce choix. Sa mâchoire se serrait dès qu'il mentionnait Habibullah, elle en avait froid dans le dos. Elle s'inquiétait tout en remuant le *litti*. Gulnaz avait tenté d'en préparer mais n'était parvenue qu'à emplir la maison d'une épaisse fumée. De la suie grise collait au plafond autrefois blanc.

Shekiba n'était pas contente du prénom de son fils. En secret, elle avait espéré l'appeler Ismail, comme son père, mais avait su d'avance qu'elle ne gagnerait pas cette bataille contrairement à Gulnaz. Alors son nom fut Shah et au sixième jour, ils fêtèrent sa naissance avec une prière et du *halva*.

Les jours passant, une peur panique s'empara de Shekiba. Il y avait trop de tapes dans le dos, d'accolades chaleureuses et de félicitations, trop de paniers de sucreries envoyés. Elle s'inquiéta du *nazar*, craignit qu'une âme jalouse ne jetât le mauvais œil sur leur bonheur. Son roi paisiblement endormi, elle brûla des graines d'*espand* et dirigea vers l'enfant la fumée au pouvoir protecteur.

Le *nazar* n'était pas le seul danger. Shekiba se souvint de ce qu'avait fait le docteur Behrowen dans le palais et fit bouillir tout ce qui entrait en contact avec le bébé. Elle fit bouillir tous les vêtements du petit, et même l'œil qu'elle avait épinglé à sa minuscule couverture. Elle se nettoyait furieusement les seins avant de l'allaiter. Ses peurs s'intensifièrent lorsque Aasif rentra à la maison en secouant la tête.

—Qu'y a-t-il ? demanda-t-elle. Il est arrivé quelque chose ?

Aasif se montrait cordial ces derniers temps, conversant même avec elle pendant que sa première épouse écoutait avec amertume depuis sa chambre.

—C'est encore cette maudite maladie, elle se répand dans les villages. Même à Kaboul.

—Quelle maladie ? demanda Shekiba, soudain affolée.

Shah n'avait que trois semaines. D'instinct, elle serra contre elle son bébé emmailloté.

—Le choléra. Peut-être n'en as-tu jamais entendu parler. C'est une maladie puissante. Que Dieu vienne en aide à ceux qu'elle frappe. Il paraît qu'au moins vingt familles de Kaboul l'ont attrapée. Les médecins n'y peuvent rien.

Shekiba savait mieux que quiconque à quel point le choléra pouvait être puissant. Son dos se raidit.

—Nous devons empêcher le bébé de tomber malade, dit-elle d'une voix tremblante.

La panique la gagnait.

— Allons, tu crois que je ne m'en soucie pas aussi ? Occupe-toi bien de lui et garde-le à la maison. Tu es sa mère, alors c'est à toi d'empêcher qu'il tombe malade !

Shekiba songea à son village, elle revit ses frères et sœur dépérir dans un coin de leur maison, alors envahie d'une odeur fétide. Repensant à sa mère, dévastée par le spectacle de ses enfants morts, Shekiba fit bouillir, lava et pria avec acharnement.

*S'il vous plaît, mon Dieu, faites que rien n'arrive à mon petit garçon. C'est la chose la plus parfaite que j'aie jamais eue. Je vous en supplie, ne le prenez pas !*

Et quand la vague de choléra passa, Shekiba se mit à penser à d'autres dangers. Elle évitait de laisser le bébé près de la cuisine et l'éloignait de tout objet en verre. Elle l'entourait de coussins et ne le quittait pas des yeux. Il était clair qu'elle n'avait pas confiance en Gulnaz pour le surveiller. Et s'il se cassait la jambe et se mettait à boiter ? Et s'il recevait un projectile et perdait un œil ? Shekiba imaginait les surnoms, les moqueries, son petit garçon découragé. Elle avait de grands projets pour lui.

— Tu sais, j'ai réussi à m'occuper de Shabnam plutôt bien cette dernière année. Je crois être tout à fait capable de tenir un bébé ! Qu'est-ce qui ne va pas chez toi ? Que vais-je faire, à ton avis ? Le lâcher par la fenêtre ?

— Je suis… Je suis juste nerveuse. Ne le prends pas mal, s'il te plaît.

Shekiba se retourna pour ne pas voir l'air fâché de Gulnaz.

La présence de Shah dans la maison en modifia toute la dynamique, même pour sa demi-sœur. Lorsque Shabnam trottinait vers Shekiba, Gulnaz s'empressait de l'éloigner, et si elle surprenait sa fille en train de manger quelque chose que Shekiba avait préparé, elle tendait une main devant la bouche hésitante de la petite et la forçait à cracher. Mais seulement quand Shekiba regardait.

Shekiba souffrait de voir Shabnam tenue à distance. Elle aimait cette petite fille autant qu'elle pouvait aimer un enfant qui n'était pas le sien. Et Shabnam, qui avait grandi avec deux mères, ne comprenait pas pourquoi l'une d'elles lui était soudain interdite d'accès. Elle regardait Shah avec méfiance, comme si elle savait qu'il avait perturbé son tranquille foyer.

Aasif fit empirer la situation. Gulnaz ne se joignait plus à eux pour le dîner, prétextant sans cesse devoir nourrir ou coucher sa fille. Aasif, venant tout juste de fêter fièrement le quarantième jour de son fils, remarqua à peine que sa première épouse se retranchait dans sa chambre depuis une semaine. Les rares mots qu'il lui adressait ne firent qu'accentuer son ressentiment vis-à-vis de Shekiba.

— Une longue attente, mais cela en valait la peine. Regarde mon fils ! Regarde la belle couleur de ses joues ! C'est un lion, mon fils !

Gulnaz, écoutant depuis sa chambre, rongeait son frein, ravie que sa fille soit encore trop petite pour se rendre compte de la préférence de son père.

— *Nam-e-khoda*. Que le mauvais œil reste loin.

Shekiba murmurait nerveusement tout en regardant ses ongles, une autre des superstitions qu'elle avait héritées d'une des femmes de ses oncles, sans savoir de laquelle il s'agissait.

Gulnaz faillit rire. Le mauvais œil aurait du mal à se frayer un chemin jusqu'à Shah, avec tous les talismans et toutes les prières et tout l'*espand* dont Shekiba usait dans la maison. Elle songea alors que Shekiba avait peur d'elle. Elle y réfléchit un moment et se rendit compte que cela faisait sens. Voilà pourquoi elle voulait la tenir à distance de son précieux petit garçon !

Alors Gulnaz riposta. Elle abreuva Shah de compliments, en omettant à dessein d'invoquer le nom de Dieu.

« Comme ses joues sont rondes ! Comme il a appris vite à rouler sur lui-même ! Il ne va pas tarder à marcher, Shekiba-*jan* ! »

« Comme il tète bien ! Il deviendra plus grand et plus fort que son père ! Et regarde comme il est éveillé et comme son regard est vif ! »

Shekiba se déchaîna. Elle toucha du bois, brûla de l'*espand* et pria davantage. Elle tenta de minimiser les compliments aussi vite qu'ils étaient prononcés.

« Oh, c'est juste aujourd'hui. Hier, il n'a presque pas tété. Je ne crois pas qu'il ait pris du poids ces deux dernières semaines. Il est encore léger comme une plume. »

« Tu ne vois pas comme ses jambes sont maigres ? À ce rythme, il va sûrement finir court sur pattes et avec des jambes arquées. »

L'animosité de Shekiba se mit à bouillonner à mesure qu'elle vit plus clair dans le jeu de Gulnaz. Agacée, elle décida de tourner ce manège à son avantage. Elles se trouvaient dans la cour. Les enfants profitaient du soleil pendant que Shekiba accrochait le linge à la corde et que Gulnaz arrosait les fleurs.

— Regarde marcher Shabnam ! On dirait qu'elle a fait ça toute sa vie ! Je parie qu'elle pourrait traverser tout Kaboul avec des jambes aussi puissantes !

Shekiba vit la bouche de Gulnaz s'entrouvrir et ses yeux s'élargir. Elle bafouilla une réponse inintelligible.

— Cui-cui ! Cui-cui ! cria Shabnam, son mot pour désigner les canaris.

— Oui, ma chérie, le cui-cui est là, dit Gulnaz sans se retourner.

— Cui-cui ! Cui-cui !

Les deux mères se retournèrent alors et ne virent que deux oiseaux jaunes voleter dans la cage. Gulnaz s'avança en penchant la tête.

—Où est l'autre ? Comment a-t-il pu…

Sa voix devint traînante tandis qu'elle s'approchait de la cage.

—Oh non !

—Qu'y a-t-il ? demanda Shekiba en la rejoignant.

Les yeux de Gulnaz étaient écarquillés.

—Il est mort.

L'un des oiseaux gisait sans vie au fond de la cage, tandis que ses acolytes se blottissaient l'un contre l'autre et gazouillaient doucement. Les deux femmes se turent. Le présage ne manqua pas de leur échapper.

*Nous sommes exactement comme la mère d'Aasif*, soupira Shekiba. *Nous usons des mots comme de poignards.*

# Chapitre 60

## Shekiba

Une certaine froideur s'était installée entre Shekiba et Gulnaz, à présent qu'Aasif se montrait plus chaleureux avec sa seconde épouse défigurée. Shekiba pria pour que Gulnaz mît au monde un deuxième bébé, un garçon, pour qu'elles fussent à égalité, mais les mois puis les années passèrent et Gulnaz n'eut pas d'autre enfant. Elles apprirent à se montrer courtoises l'une envers l'autre et firent tourner leur maisonnée comme à l'arrivée de Shekiba – deux épouses rivalisant d'amertume.

L'entente entre Shah et Shabnam vint compenser les tensions qui animaient leurs mères. À l'âge d'un an, Shah courait après sa grande sœur, qui gloussait et l'observait avec une curiosité tout enfantine. Shabnam était beaucoup plus jolie que sa mère, avec ses boucles parfaites nouées en queue-de-cheval et sa frange qui ombrait son front. Ses joues étaient pleines et roses, ses yeux noisette en amande. Elle avait hérité des qualités physiques de ses parents, et faisait montre d'un caractère joyeux étranger à leur foyer.

Shah, comme Gulnaz l'avait si facétieusement prédit, grandit vite, au point de dépasser en taille et en force les garçons de son âge. Il avait des cheveux châtain légèrement ondulés, et un sourire à faire chavirer les cœurs. Les deux enfants formaient une parfaite fratrie, en dépit de la rancœur qui persistait entre leurs mères.

En février 1919, Shabnam avait cinq ans et Shah quatre ans. La température dépassait à peine zéro degré. À des centaines de kilomètres de Kaboul, quelqu'un mit le pays à genoux. Gulnaz et Shekiba s'occupaient des corvées domestiques quand elles remarquèrent que les rues étaient bruyantes et agitées. Des gens parlaient fort, des portes claquaient. Shekiba pria les enfants, qui jouaient dans la cour, de rentrer dans la maison, et ouvrit le portail. Des hommes descendaient la rue en courant, les visages consternés, et criaient en agitant les bras.

— Non, c'est vrai! Mon frère est dans l'armée! Ils n'ont aucune idée de qui ça peut être!

— Que va-t-il arriver?

— Je ne sais pas, mais il vaut mieux rentrer chez nous et y rester jusqu'à ce qu'on en sache plus.

Shekiba ferma le portail et s'y adossa, le dos frissonnant contre le métal glacial. Que pouvait-il bien être arrivé?

Gulnaz la retrouva à l'intérieur. Les deux canaris, que l'on avait rentrés pour les mois d'hiver, pépiaient bruyamment, encouragés par l'effervescence de la rue.

— Qu'y a-t-il? Que se passe-t-il?

— Je ne sais pas. J'ai juste entendu quelqu'un dire qu'il vaut mieux rester chez soi. Quelque chose est en train de se passer.

— Où est Aasif?

— Dieu seul le sait.

Quatre heures plus tard, leur mari arriva. Les femmes avaient verrouillé les portes et fermé les fenêtres, animées d'une peur dont elles ignoraient l'objet. L'inquiétude se lisait sur son visage, et malgré le froid, la sueur perlait sur son front.

— Aasif ! Qu'y a-t-il ? Que se passe-t-il ? l'interrogea Gulnaz en le rejoignant à la porte.

— C'est le roi. Quelqu'un a tué Habibullah ! annonça-t-il à voix basse, le souffle court.

Il ôta son chapeau et son écharpe.

— Allah ! s'écria-t-elle, une main sur la bouche.

— C'est la panique en ville. J'étais au ministère des Affaires étrangères quand la nouvelle est tombée. Pendant un moment, ils ont essayé de passer cela sous silence, mais les histoires ont commencé à se répandre. Ce genre de secret ne se garde pas très longtemps ! Nous avons d'abord pensé à des rumeurs – vous savez comme les bruits se propagent vite à Kaboul – mais c'est avéré. L'armée est sur le qui-vive et ils sont allés chercher Amanullah. Heureusement, il est déjà à Kaboul.

— Le shah est…, commença Shekiba, incrédule.

Elle ne pouvait se résoudre à prononcer le nom de son fils et le mot « mort » dans le même souffle.

— Tu n'as pas entendu ce que je viens de dire ? Oui, Habibullah est mort ! Il a été assassiné, ce salaud.

Les deux femmes tressaillirent. Quels que fussent les sentiments d'Aasif à l'égard du roi, il était imprudent d'insulter les morts.

— Comment cela a-t-il pu arriver ? Était-ce ici ? Dans le palais ?

— Non, il était à Jalalabad. Cela doit dater d'au moins deux jours, si la nouvelle nous parvient maintenant. Je n'arrive pas à croire que quelqu'un l'ait tué.

— Que va-t-il se passer maintenant ? demanda Gulnaz pendant que Shekiba posait une main sur la tête de son fils.

Shah venait d'entrer dans la pièce et regardait son père avec inquiétude. Il ignorait le sens du mot « mort » mais sentait que quelque chose n'allait pas.

— Je ne sais pas. À mon avis, Amanullah va succéder à son père. Et il aurait raison de le faire. Mais c'est impossible à dire. Si son meurtre est un coup d'État, alors l'assassin va devoir se frotter à l'armée. Ils ont juré allégeance à Amanullah.

— Allah, aie pitié de nous. Ça pourrait être un désastre pour Kaboul !

— Restons tranquilles et attendons. Ne faites pas sortir les enfants et ne parlez pas. Ce n'est pas le moment de bavarder avec les voisins. Prenez garde.

Shekiba tourna la tête pour qu'Aasif ne la voie pas lever les yeux au ciel. De la bouche d'un homme qui s'était servi dans le harem du roi et avait condamné Benafsha à une mort atroce, de telles paroles de sagesse étaient difficiles à admettre. Qu'avait-il fait de sa prudence à ce moment-là ?

Mais elles lui obéirent et Aasif reprit fébrilement son poste au ministère de l'Agriculture dès le lendemain matin. Les rues étaient désertes, la panique se propageait dans la capitale. Aasif constitua des stocks de nourriture par précaution. L'assassin n'avait toujours pas été identifié et personne n'avait osé s'aventurer au palais, mais l'armée était plus que jamais sur le qui-vive.

Aasif n'avait pas vu Amanullah depuis presque un an, mais à présent, il était impératif qu'il renoue avec son ami. Il fallait qu'il lui présente ses condoléances et s'assure d'être en bons termes avec l'homme qui allait très probablement prendre la place de Habibullah à la tête du pays.

Amanullah était dévasté et furieux, raconta Aasif à ses femmes. Le frère de son père, Nasrullah, avait accompagné le roi dans sa partie de chasse. Une rumeur arriva de Jalalabad, selon laquelle Nasrullah avait été proclamé successeur de son frère, ce qui plongea Amanullah dans une colère noire.

Son grand frère, Inayatullah, semblait soutenir son oncle, comme la plupart des fils de Habibullah.

Amanullah, fils de l'épouse principale du roi, savait que son père l'aurait choisi pour lui succéder au trône. Et en tant que commandant des armées et de la trésorerie, Amanullah était en position de prendre les rênes du pays et de se proclamer nouveau roi depuis son poste à Kaboul.

Shekiba l'imaginait, le cœur lourd de chagrin, son noble visage empreint de gravité et de tristesse. Ce serait un roi juste et sage, elle en était convaincue. Elle rougit en pensant à sa propre stupidité cinq ans auparavant ; comment avait-elle pu croire qu'un tel homme pouvait vouloir d'elle ?

*Je n'ai aucune raison de me plaindre, pourtant. Je suis mariée à un homme qui jouit d'un poste respectable au ministère de l'Agriculture. Il nous nourrit et nous permet de nous vêtir, nous logeons dans un beau quartier de Kaboul. Il subvient aux besoins de ses enfants et ne me bat pas. Qu'aurais-je pu demander de plus à Allah ?*

Aasif travailla soigneusement son rapprochement avec Amanullah, et le nouveau roi accueillit volontiers les conseils de son ami dans une période si difficile. Il voulait venger la mort de son père et les suspects étaient nombreux ; son propre oncle Nasrullah en faisait partie ; on prétendait qu'il n'avait pas versé la moindre larme au décès de son frère. Amanullah fit une annonce. Il trouverait l'assassin et apporterait du changement en Afghanistan. Des réformes étaient à prévoir. Il interdirait l'esclavage. Il jura aussi d'augmenter les salaires de l'armée. Et l'Afghanistan maintiendrait ses relations amicales avec l'Inde.

*Il n'est pas comme son père. C'est un homme meilleur*, songea Shekiba en entendant ses déclarations. *Que Dieu soit avec toi, roi Amanullah.*

Jusqu'au mois d'avril, un comité d'enquête se pencha sur le meurtre de Habibullah. Amanullah fit enfermer son oncle Nasrullah et une dizaine d'autres individus dans les cachots du palais. Aasif resta aux côtés de son ami tandis que le palais s'apprêtait à faire couler le sang.

Amanullah nomma un grand nombre de nouveaux ministres et Kaboul se prépara aux changements annoncés par leur nouveau chef. Shekiba et Gulnaz se sentirent davantage en sécurité quand il devint clair que l'arrivée au trône d'Amanullah ne provoquerait pas de bain de sang. La transition se fit dans une relative sérénité, les habitants de Kaboul étant impatients de voir leur audacieux jeune monarque tenir ses promesses. Shekiba sourit, en ébouriffant les cheveux de son fils, pressentant qu'Amanullah rendrait l'Afghanistan meilleur pour son Shah.

Leur lien avec le palais ravivé, la famille Baraan accueillit quelques-uns des autres conseillers d'Amanullah. Gulnaz leur servit du thé et des fruits secs que Shekiba préparait depuis la sécurité de la cuisine. Elles épiaient les conversations, conscientes de leur privilège – avoir la primeur sur les affaires politiques de Kaboul. Comparées aux autres épouses du quartier, elles étaient bien plus informées, et Gulnaz, la plus sociable des deux, se plaisait à converser avec leurs voisines. Elle s'assurait que ses auditrices soient au courant des relations haut placées qu'entretenait son foyer. Dans une ville comme Kaboul, les relations jouaient un rôle primordial. Ainsi, elle ne se plaignait pas du travail supplémentaire que lui demandaient les invités d'Aasif.

Gulnaz et Shekiba auraient aimé que les conversations des hommes portent davantage sur la femme d'Amanullah, Soraya. Ce qu'elles entendirent à son sujet les émerveilla. Elle était instruite et très belle. Elle était née en Syrie et parlait plusieurs langues. Amanullah l'emmenait partout et la consultait sur tout. Elles voulaient en apprendre plus sur leur mystérieuse reine, mais les discussions tournaient essentiellement autour d'Amanullah et de sa stratégie – il avait promis de grands changements en devenant roi.

— Combien des réformes de Tarzi va-t-il accepter, à votre avis ?

— Il les acceptera toutes, croyez-moi ! dit Aasif. Il ne tarit pas d'éloges sur son beau-père, il l'admire sans doute plus encore que son propre père, que son âme repose en paix.

Gulnaz lança un regard surpris à Shekiba. Aasif était donc capable de parler avec respect de Habibullah lorsque c'était nécessaire.

— Tu es aussi fou que Tarzi lui-même. C'est l'Afghanistan, pas l'Europe. Nous ne sommes pas comme ces gens, ce serait une erreur d'essayer de leur ressembler. Concentrons-nous sur notre propre pays et arrêtons de lorgner les autres.

— Qu'y a-t-il de mal à apprendre des autres ? demanda quelqu'un.

— Tout dépend de ce qu'on apprend d'eux.

— Qu'est-il arrivé à son frère Inayatullah ?

— Lui et d'autres frères ont promis allégeance à Amanullah. Il va les libérer du cachot demain. Son oncle restera en prison. Trop de soupçons pèsent sur lui. Il va rester enchaîné pour le moment.

— Les gens sont en colère à ce sujet. Ils trouvent que c'est injuste.

— Ils oublieront tout ça dès qu'ils verront de quoi notre roi est capable. Bientôt, le nom de Nasrullah s'effacera de leur mémoire.

En mai, Amanullah fit ce qu'Aasif avait suggéré des années auparavant lorsque Shekib, le garde, avait épié la conversation des deux hommes dans les jardins du palais. Le jeune roi fit étalage de sa force, en envoyant des soldats dans l'Inde du Nord. Il voulait mettre fin à la domination britannique et suivit les enseignements de son beau-père.

— *Ya marg ya istiqlal*! criaient les manifestants dans la rue – la mort ou la liberté.

Gulnaz et Shekiba écoutèrent nerveusement, espérant que la foule ne prendrait personne pour cible.

Amanullah avait entraîné le pays dans la troisième guerre anglo-afghane. Kaboul était sous tension. Tout le monde parlait des combats. L'armée était petite mais puissante. La famille Baraan attendait la suite avec appréhension. Si les Afghans perdaient, il y aurait sûrement un autre changement de régime et il était impossible d'en prédire les conséquences.

— C'est fini, annonça Aasif trois mois plus tard en rentrant chez lui.

— C'est fini? répéta Shekiba, une manie qui rendait fou son mari.

Elle prit conscience de son erreur dès que les mots eurent franchi ses lèvres, mais c'était trop tard. Shah arriva dans le salon en courant pour accueillir son père.

— Oui, c'est ce que j'ai dit! Laisse-moi voir mon fils! Shah, bonne nouvelle! C'en est fini de l'Angleterre, nous avons gagné notre indépendance!

## Chapitre 61

## Rahima

Quarante jours après que Jahangir eut rendu son dernier souffle, le calme régnait dans la maison. C'était le dernier jour de deuil.

— Les quarante jours prennent fin aujourd'hui, nous rappela Bibi Gulalai. Il se peut que des gens viennent réciter des prières avec nous ou avec Abdul Khaliq. Alors surveillez votre langage.

Shahnaz ne dit rien et alla baigner ses enfants. Elle gardait ses distances avec moi et s'assurait surtout que sa progéniture ne m'approche pas. En tant que mère d'un enfant mort, je la rendais nerveuse. Peut-être étais-je maudite. Ou peut-être serais-je jalouse que ses petits soient en vie alors que le mien ne l'était plus.

Quarante jours. Qu'y avait-il de si magique dans le nombre quarante ? Je m'interrogeais. Étais-je censée me sentir différente, ce jour-là, de la veille ? Étais-je censée oublier ce qui était arrivé six semaines auparavant ?

Nous, les Afghans, marquions à la fois la vie et la mort d'une période de quarante jours, comme si nous avions besoin de cette durée pour confirmer la réalité de l'une ou l'autre. Nous avions célébré la naissance de Jahangir quarante jours après qu'il eut quitté mon ventre, n'étant pas sûrs que cet enfant survivrait. Et à présent, sa mort. Quarante jours de prière, individuelle ou collective, quarante jours de coutumes à respecter.

—Cela fait quarante jours, Rahima, me rappela Badriya.

—Et demain, cela fera quarante et un, répliquai-je.

Rien n'allait changer.

Pourtant, quelque chose changea. Pendant quarante jours, Abdul Khaliq s'était replié sur lui-même, assis avec les nombreux hommes qui venaient présenter leurs condoléances et prier avec lui. Il ne me regardait pas beaucoup. Si nous avions été un couple différent, je l'aurais peut-être approché. J'aurais pu l'interroger sur les derniers instants de notre fils, sur ses sentiments. Je lui étais reconnaissante d'avoir fait ce qu'il fallait à la fin, mais c'était tout. À présent, plus que jamais, je ne voulais plus avoir affaire à lui.

Au quarante et unième jour, toute la maisonnée poussa un soupir de soulagement. Badriya et ses enfants ne parlaient plus à voix basse. Jahangir avait eu sa période d'hommages réglementaire.

Abdul Khaliq me fit appeler ce soir-là. D'un pas lourd, je me dirigeai vers sa chambre. Il se tenait près de la fenêtre, me tournant le dos. Je savais que j'aurais dû fermer la porte derrière moi, mais je ne le fis pas. J'espérai ne pas devoir rester longtemps.

—Ferme la porte, dit-il sans se retourner.

Sa voix était ferme, une mise en garde se cachait dans son intonation.

J'obéis.

—Approche.

J'eus envie de crier. J'eus envie de partir en courant, loin de lui, de l'odeur de sa barbe, de ses mains calleuses, de son regard dédaigneux.

*N'ai-je pas assez souffert ?* voulais-je hurler.

Il se retourna et me regarda, lisant le dégoût sur mon visage. Il fit un pas vers moi, j'étais à présent à portée de main. Je soupirai et détournai la tête, les yeux au sol.

Une gifle claqua contre ma joue. Mes genoux vacillèrent.

—Aucune de mes femmes ne me regarde de cette façon ! Comment oses-tu ?

La douleur me fit larmoyer. Il était encore en colère. Il me saisit le bras et serra si fort que je crus que mes os allaient craquer.

—Je n'ai pas… Je suis désolée. Je ne voulais pas…

Il me jeta au sol. Mon genou droit cogna le plancher en premier.

—Bonne à rien ! Tu n'as servi à rien depuis ton arrivée ! Quel gâchis. Un gaspillage d'argent, de temps. Regarde-toi ! Quelle grave erreur de t'avoir prise à mon service. J'aurais dû écouter les autres, mais j'ai eu pitié de ton père. Il m'a saigné, ce rat ! Me faire croire que ses filles feraient de bonnes épouses. Regarde où on en est ! Pas une pour rattraper l'autre.

Il était enragé. Rien qu'il n'ait déjà dit ou fait, mais sa hargne s'était ravivée. Il m'assena une nouvelle volée quand je m'agrippai au bord du lit pour me lever.

—Une *bacha posh*. J'aurais dû m'en douter. Tu ne sais toujours pas ce que c'est que d'être une femme.

Je sentis un filet de sang couler de ma lèvre et me rendis compte que j'aurais dû prévoir cet accès de violence. Je m'armai pour la suite évidente. Le coup qui allait me mettre à terre. Vérité ou mensonge, je ne voulais pas l'entendre.

—Qui aurait cru que tu serais encore pire en mère qu'en épouse ! Mon fils méritait mieux ! Il serait en vie s'il avait eu une meilleure mère que toi !

Je fermai les yeux, terrassée par une vague de douleur. Ce coup-là fut le pire. Je m'écroulai au sol, les mains sur la tête. J'étais courbée en avant, comme en position de prière.

Il marmonnait quelque chose d'inintelligible. Mes sanglots couvraient ses mots.

—As-tu envie d'être un garçon ? C'est peut-être ça que tu veux ! C'est ça que tu veux ?

Je ne vis pas d'où cela venait. Peut-être de sous l'oreiller. Ou peut-être de la poche de sa veste. En un éclair, Abdul Khaliq me saisit par les cheveux et souleva ma tête du sol. Ma tête glissa en avant. Il serra plus fort et la tira vers le haut. Mon crâne était en feu. Quand je vis des mèches de cheveux autour de moi, je compris ce qu'il était en train de faire. Je tentai un recul, le suppliai d'arrêter, mais il était comme possédé. Il essayait de me défaire, de désassembler des morceaux qui déjà tenaient à peine ensemble.

D'autres mèches tombèrent au sol. Je tentai de partir en rampant mais sa prise était ferme. Je me mis à hurler en sentant mon cuir chevelu se décoller de mon crâne.

—S'il te plaît, suppliai-je. S'il te plaît, arrête ! Tu ne sais pas !

Il avait approché un couteau de mes cheveux, une arme que je l'avais déjà vu glisser sous sa ceinture avant de sortir avec ses gardes pour ses rendez-vous. La lame était émoussée et il dut s'y prendre à plusieurs reprises, en tirant violemment sur mes pointes.

—Un seul enfant ! Tu ne m'as donné qu'un seul enfant et tu n'as même pas été capable de t'en occuper !

Mon estomac se serra.

*Un enfant. Un seul enfant.*

Je voulais le laisser mettre fin à mon malheur, m'infliger la punition qu'au fond de mon cœur je croyais mériter ; telles étaient les pensées sombres, noires, qui hantaient mes jours et mes nuits. J'aurais voulu qu'il m'en libère. Peut-être même l'aurais-je nargué, si…

Il était assis au bord du lit, le souffle court. Mon mari n'avait pas la résistance nécessaire pour achever la punition qu'il avait en tête.

Je restai immobile, recroquevillée sur le côté au pied du lit. J'attendis son signal.

— Sors d'ici, cracha-t-il. Ta vue m'est insupportable.

Je rampai alors vers la porte, puis me levai en m'appuyant sur la chaise. J'entendis des bruits de pas détalant dans le couloir au moment où je sortis. Je posai une main sur mon ventre endolori et l'autre contre le mur pour stabiliser ma démarche lente.

*Un seul enfant.*

Dans ma chambre, j'attendis. La douleur n'était pas aussi forte qu'elle aurait dû l'être, peut-être parce que mon esprit était ailleurs. Dans la lumière blafarde du matin, j'attendis le déluge. Je savais qu'il viendrait.

De nouvelles larmes pour une nouvelle perte.

J'avais peut-être tué l'un des enfants d'Abdul Khaliq. Mais lui venait d'en tuer un autre.

# Chapitre 62

## RAHIMA

— Tu veux y aller ou pas ?

Je soupirai et regardai mes pieds. Mes voûtes plantaires me faisaient mal mais je n'avais pas la force de les masser.

— C'est à toi de voir. Je peux me trouver une autre assistante si tu n'as plus envie de le faire. Je suis sûre que le bureau du directeur pourra m'aider. Ton travail peut être fait par quelqu'un d'autre.

C'était là sa façon de se montrer attentionnée.

— Écoute, ça m'est égal…

C'était faux et nous le savions toutes les deux.

— Je te le dis, c'est tout, mais décide-toi vite parce que je repars à Kaboul dans trois jours et si tu dois repartir avec moi, il faut prévenir Abdul Khaliq.

Badriya s'était accoutumée à mon aide. Avec moi, les séances du Parlement étaient plus faciles à suivre. Je lui lisais tous les dossiers. Je remplissais et soumettais tous ses documents. Elle m'écoutait lui lire les articles de journaux qui lui donneraient une base pour les discussions de la *jirga*. Au bout du compte, elle avait le sentiment de participer au processus, d'être une femme que notre province se devait d'admirer pour son rôle au gouvernement. Comme si elle servait réellement sa circonscription.

Elle oubliait le fait qu'un autre décidait pour elle lorsqu'elle levait la palette rouge ou la palette verte au moment de voter.

Badriya la parlementaire : elle croyait à ce mensonge, et c'était tout ce qui comptait pour elle.

J'avais beau avoir envie qu'elle se taise et s'en aille, j'étais obligée de prendre une décision.

*Une échappatoire. Il faut que je trouve une échappatoire.*

Je ne me rendis au cimetière où Jahangir avait été enterré qu'une seule fois, deux mois après être rentrée de Kaboul pour trouver mon fils froid et blême. Abdul Khaliq m'autorisa finalement à y aller en compagnie de Bibi Gulalai et de son chauffeur. D'après une superstition, les morts sont capables de voir les gens nus, voilà pourquoi il ne trouvait pas approprié que sa femme mette les pieds dans un cimetière. Je n'y croyais pas, et de toute façon, je m'en moquais. Je voulais voir l'endroit où reposait mon fils. Je priai Jamila d'aborder ce sujet avec mon mari et elle le fit. J'avais conscience de profiter de sa compassion en lui demandant cette faveur, mais j'étais désespérée. J'ignore quels mots magiques elle utilisa mais notre époux finit par céder.

Ma belle-mère et moi nous tenions devant la pierre tombale de Jahangir. Ses hurlements résonnaient dans le vide, les mêmes cris éplorés qu'elle avait eus deux mois auparavant. Je gardai le silence pendant quelques minutes. Je pensais ma réserve de larmes épuisée.

— Pauvre petit enfant innocent ! Je n'arrive pas à croire que c'était ton heure, ton *naseeb*. Dieu bien-aimé, mon pauvre petit-fils était trop jeune pour nous être arraché !

Je restais là, incrédule. Était-ce possible que ce monticule soit mon fils ? Était-ce possible que cela soit tout ce qui demeurait de mon enfant souriant et curieux ?

Hélas, oui. Et plus j'y pensais, plus les hurlements de Bibi Gulalai me déchiraient le cœur. J'avais envie de creuser la terre, d'y plonger les mains et de toucher la menotte de mon fils, de sentir ses doigts se refermer sur les miens comme autrefois. J'avais envie de me blottir contre lui, de lui tenir chaud et de lui murmurer à l'oreille qu'il n'était pas seul, qu'il ne devait pas avoir peur.

— Que va devenir notre famille ? Qu'avons-nous fait pour mériter une telle tragédie ? Son visage souriant, oh, je le vois danser sous mes yeux, il me transperce le cœur !

Je me mis alors à pleurer. D'abord en silence, puis de plus en plus fort, jusqu'à troubler les lamentations de Bibi Gulalai.

Elle se tourna vers moi et me lança un regard glacial.

— Combien de fois t'ai-je dit de surveiller ton comportement ? Veux-tu faire honte à ta famille ?

Je ravalai mes sanglots, sentant ma poitrine se tendre en essayant de tous les retenir.

— C'est un péché ! C'est un péché d'essayer d'attirer autant l'attention. Ne nous fais pas une scène ici. Ce n'est pas respectueux pour les morts et les gens nous regardent !

Personne ne nous regardait. Nous étions seules. Maroof se tenait à l'écart, adossé à la voiture et attendant que nous ayons fini. Je contins mon chagrin et levai les yeux vers le ciel. Trois pinsons gris-brun à la gorge rouge volaient au-dessus de nos têtes. Ils décrivirent trois cercles, fondirent vers nous puis repartirent vers un arbre à une dizaine de mètres de nous. Ils roucoulèrent, gloussèrent, et inclinèrent la tête d'un air si résolu que je crus presque qu'ils s'adressaient à moi.

Bibi Gulalai tira une poignée de miettes de pain de la poche de sa robe et les jeta devant la tombe de Jahangir. Elle en jeta une autre poignée sur la tombe de gauche, en évita une puis en jeta encore sur la droite.

— Shehr-Agha-*jan*, dit-elle dans un soupir. Que le ciel soit ta demeure pour l'éternité.

Je reconnus ce nom, c'était celui du grand-père d'Abdul Khaliq. J'avais entendu tant d'histoires sur cet homme, ce grand guerrier, que j'avais l'impression de l'avoir connu. Il était pourtant mort depuis plus de dix ans.

Les pinsons repérèrent les miettes et quittèrent leur branche, descendant avec grâce et picorant ici et là cette offrande inopinée. Bibi Gulalai répandit le reste de son butin sur les autres tombes. Encore une fois, elle évita soigneusement celle qui se trouvait à la droite immédiate de celle de Jahangir.

— Mangez, mangez, dit-elle tristement. Mangez et priez pour mon petit-fils. Et pour mon beau-père adoré. Que son âme repose en paix et qu'Allah veille sur lui pour l'éternité.

Je l'observai. Les pinsons dodelinèrent de la tête, picorant les miettes et pépiant leur gratitude. Ils donnaient réellement l'impression de prier, avec leurs petites têtes se balançant de haut en bas. Cela m'apporta un peu de réconfort.

Je regardai la pierre tombale à côté de celle du grand-père d'Abdul Khaliq, Shehr-Agha. Dans cette zone étaient enterrés les membres de la famille de mon mari. Je me demandai pourquoi Bibi Gulalai avait choisi d'éviter cette tombe en particulier.

— Qui est enterré ici ? demandai-je.

La plupart du temps, j'évitais d'engager la conversation avec ma belle-mère mais à ce moment-là, la solitude me pesait. Au moins, elle avait attiré auprès de mon fils les pinsons en prière. Jahangir aurait adoré observer les oiseaux, leur minuscule bec. Je pouvais même l'imaginer, imitant leur démarche délicate, leur battement d'ailes et leur poitrail rouge gonflé de fierté.

— Là ? pointa-t-elle d'un doigt haineux. C'est la grand-mère d'Abdul Khaliq, la femme de Shehr-Agha. Ma belle-mère.

Elle pinça les lèvres.

— Vous n'avez jeté aucune graine ici.

Bibi Gulalai regardait le sol avec colère. Elle reprit la parole après un instant de réflexion.

— La grand-mère d'Abdul Khaliq et moi n'étions pas en bons termes. C'était une femme horrible. Personne ne l'aimait, expliqua-t-elle sans me regarder. Je la respectais tant qu'elle était sur terre mais je n'ai pas envie de perdre mon temps à prier pour son âme maintenant.

C'était la première fois que j'entendais Bibi Gulalai me parler de sa belle-mère. Et c'était la première fois que je l'entendais dire du mal de sa belle-famille. Je fus étonnée par sa rancune. Je n'aurais pas dû l'être.

— Quand est-elle morte ?

— Il y a dix ans.

Elle signifia alors à Maroof que nous étions prêtes à partir. Il ouvrit la portière arrière et reprit place derrière le volant.

— C'était une femme méchante, la pire qui soit. Elle racontait à son mari des choses terribles sur moi. Rien n'était vrai, crois-moi, elle voulait juste le monter contre moi.

Je fermai les yeux, m'agenouillai devant la tombe de mon fils et récitai une dernière prière, si rapidement que je bredouillai les mots arabes, craignant d'être tirée vers la voiture avant d'avoir pu finir. Mais Bibi Gulalai s'arrêta – comme si elle m'attendait.

Je baissai la tête et embrassai la terre, les pinsons gazouillant avec compassion et me regardant depuis la sécurité de leur perchoir.

— Je suis désolée, Jahangir, murmurai-je, la joue refroidie par les quelques centimètres de terre me séparant de mon fils. Je suis désolée de ne pas m'être mieux occupée de toi. Qu'Allah veille sur toi pour l'éternité.

Je me redressai et pris une profonde inspiration, les larmes aux yeux. Nous entrâmes dans la voiture et je me rendis compte que Bibi Gulalai songeait encore, sans affection aucune, à sa belle-mère.

— Elle m'a rendu la vie impossible, conclut-elle finalement. J'ai tout fait pour cette femme. La cuisine, le ménage, je me suis occupée de son fils comme aucune autre ne l'aurait fait. J'ai cuisiné pour toute leur famille, chaque fois qu'elle avait des invités, et dès qu'une envie quelconque la prenait. Rien ne trouvait jamais grâce à ses yeux. Elle me rabaissait chaque fois qu'elle en avait l'occasion.

J'écoutais attentivement, découvrant une nouvelle facette de ma belle-mère. Je sentais pour la première fois qu'elle et moi avions quelque chose en commun. Ironie du sort.

— Que lui est-il arrivé ?

— Que lui est-il arrivé ? Ce qui arrive à tout le monde ! Elle est morte.

Son ton était sarcastique et agacé.

— Un soir, elle ne se sentait pas bien. Elle m'a demandé de lui masser les jambes, alors je l'ai fait. J'ai passé de la crème sur ses pieds secs et les ai massés si longuement que je ne sentais plus mes paumes. Le lendemain, elle est venue contrôler la soupe que je préparais. Shehr-Agha-*jan*, que son âme repose en paix, avait invité trente personnes à déjeuner. Elle se tenait là, penchée par-dessus mon épaule comme un geôlier surveillant ses détenus, se plaignant de ma lenteur ou de je ne sais quoi. Mais elle avait l'air bizarre. Je m'en souviens comme si c'était hier. Son visage était jaune pâle et son front suait. J'ai trouvé ça étrange car nous étions en plein hiver. Avant que je puisse dire quoi que ce soit, elle m'a saisi le bras et son cou s'est tordu d'un côté. Elle est tombée par terre et a renversé un bol d'oignons que je venais d'éplucher pour le ragoût.

Je l'observai me raconter son histoire. Elle regardait par la fenêtre, les pneus des voitures soulevant des volutes de poussière qui obscurcissaient la vue. J'avais l'impression qu'elle ne s'adressait pas vraiment à moi, mais se contentait de revivre ce souvenir.

— J'ai dû faire venir tout le monde, informer tout le monde. Quelle journée ! Mais c'est comme ça qu'elle est morte : ingrate jusqu'à son dernier souffle. Voilà le genre de femme au cœur de pierre qu'elle était.

En d'autres circonstances, j'aurais pu dire à Bibi Gulalai que je la comprenais, que je compatissais.

— Tu ne sais pas la chance que tu as, dit-elle, se rappelant soudain ma présence.

Ce fut ma seule visite à la tombe de mon fils. Je savais qu'Abdul Khaliq s'y opposait. À dire vrai, je n'étais même pas sûre d'être assez forte pour y retourner. Ce n'était pas facile. Je ne pus fermer l'œil cette nuit-là, ni la suivante ; je me demandais si Jahangir se sentait suffoquer là-dessous. Shahnaz perçut mes pleurs à travers la fine cloison et grogna d'agacement. J'étais hantée par mon petit garçon.

Quand Badriya revint me voir pour me demander si je voulais repartir à Kaboul, j'y réfléchis et pris une décision, en pensant que Khala Shaima l'aurait approuvée. Je fis mon sac, le cœur lourd, me sentant coupable d'abandonner une fois de plus mon enfant.

Je repensai au cimetière, aux rangées de pierres tombales, simples, taillées à la main. Certaines étaient anciennes, d'autres récentes. Les pinsons nous avaient observées jusqu'à notre départ. Je les avais vus échanger des gazouillis tandis que notre voiture s'éloignait ; ensuite, l'un après l'autre, les oiseaux s'étaient envolés.

# Chapitre 63

## Rahima

J'avais du mal à rester concentrée sur le travail désormais. Au beau milieu du discours d'un parlementaire, je me rendais compte que j'ignorais totalement de quoi il parlait. Mon esprit était parti à la dérive, je repensais au dernier bain que j'avais donné à mon fils. Au dernier *halva*, son mets favori, que je lui avais servi.

Badriya le remarqua, mais sa compassion vint tempérer son exaspération. La plupart du temps du moins. Elle-même n'était pas très attentive. Elle passait le plus clair des séances à faire semblant de consulter ses documents, mais je voyais bien qu'elle observait en fait les gens qui peuplaient l'assemblée. Pour une femme qui avait passé la majeure partie de sa vie confinée entre les murs du domaine conjugal, chacune de ces réunions était un spectacle.

Me concernant, elle se montra encore plus laxiste qu'auparavant, ce qui ne signifiait pas grand-chose, hormis que je passais plus de temps en compagnie de Hamida et Sufia et moins avec elle ou nos garde et chauffeur. Les deux femmes étaient gentilles avec moi. Lorsque Badriya était retournée seule à Kaboul, elles lui avaient demandé de mes nouvelles à plusieurs reprises. Badriya avait commencé par leur fournir de vagues excuses, avant de se décider à leur parler de Jahangir.

Les bras de Sufia furent pour moi plus réconfortants que je ne l'aurais imaginé. Hamida, consternée, me parla de son fils de trois ans qui avait succombé à une infection. À cette époque-là, son mari et elle n'avaient pas les moyens de se procurer les médicaments nécessaires.

Je m'efforçai de sourire et hochai la tête, appréciant leur chaleur mais ne voulant pas m'étendre sur ce drame. C'était trop lourd à porter et je me sentais encore coupable de laisser derrière moi mon fils disparu.

La maison qu'Abdul Khaliq faisait rénover n'étant pas encore prête, nous séjournions toujours à l'hôtel. Je traversais ma routine quotidienne tel un fantôme, dans un état de tristesse permanente, m'interrogeant de temps en temps sur l'utilité de tout cela. Je crois que j'avais surtout peur de mon mari. Je ne savais que faire.

Badriya semait ici et là des indices sur les projets de notre époux. Elle avait beau ne pas aimer me parler, j'étais son seul auditoire et il y avait des choses qu'elle ne pouvait garder pour elle.

— Je ne suis pas censée le répéter. Je suis au courant parce que, bien sûr, il trouvait normal de me faire part de cette information, étant donné que je suis la première épouse, dit-elle avec une main sur le cœur, se donnant de l'importance. La fille s'appelle Khatol. Elle est très belle, paraît-il. Et Abdul Khaliq connaît son frère depuis longtemps. C'est un homme très respecté. Il a combattu à ses côtés mais maintenant, il doit beaucoup d'argent à notre mari. Abdul Khaliq s'est montré très généreux envers lui et sa famille. Il leur a fait envoyer de la nourriture quand il a entendu dire qu'ils n'avaient même pas de quoi acheter du pain.

— Mais que va-t-il arriver à... aux autres épouses ?

Je ne voulais pas que Badriya sache que j'avais surpris sa conversation avec Bibi Gulalai.

— Nous autres ? Rien ! Pourquoi est-ce que quelque chose devrait nous arriver ? demanda-t-elle en reportant son attention sur sa robe qu'elle frottait pour enlever une tache de gras. Tu ne vas pas à ce groupe d'étude avec tes amies ?

Elle n'en dirait pas plus, ne révélerait rien de plus des plans de mon mari pour respecter le *hadith*. Ce n'était pas dans son intérêt de m'alerter.

Je ne comprenais pas pourquoi mon mari trouvait soudain si important de suivre ces préceptes. Ce n'était pas le genre d'hommes à se conformer à des règles qui s'opposaient à ses projets. S'il voulait avoir cinq épouses, ou même vingt-cinq, il ne s'en priverait pas.

Une épaisse fumée d'usine, sortant d'un million de tuyaux épuisés, noircissait l'air de Kaboul. Badriya était secouée par de violentes quintes de toux. Je lui proposais, uniquement parce qu'elle aborderait le sujet plus tard si je ne le faisais pas, de se joindre à nous au centre de documentation. Chaque fois, elle déclinait l'offre d'un revers de main.

— Je ne perds pas mon temps avec ces fouineuses.

Maroof et notre garde du corps restaient avec elle parce que c'était l'épouse la plus importante et qu'elle réaffirmait sans cesse son intention de rendre visite à sa cousine en ville. À ma connaissance, elle ne quittait jamais notre chambre. Elle s'en gardait bien. Elle savait que ses faits et gestes seraient rapportés à notre mari. L'instinct de survie de Badriya était puissant.

Je passai donc mes soirées au centre sous la tutelle de Miss Franklin. Je naviguais de plus en plus aisément dans les programmes informatiques. En guise d'entraînement, je tapais des lettres à mes sœurs, Shahla, Rohila et Sitara — des lettres qui ne furent jamais envoyées. Fakhria, la femme du refuge, venait de temps en temps, avec des histoires de filles ayant fui leur foyer, avides d'une nouvelle chance. Les fonds destinés au refuge étaient récoltés aux États-Unis, et il devenait évident qu'elle essayait de gagner la sympathie de Hamida et Sufia, dans l'espoir d'obtenir quelque financement du Parlement. J'aurais voulu lui dire qu'elle perdait son temps. Même moi, la modeste assistante d'une parlementaire, je savais qu'elle n'avait aucune chance d'obtenir de la *jirga* une levée de fonds pour un centre dédié aux femmes ayant fui leur mari. En fait, j'avais entendu plusieurs personnes affirmer que les refuges n'étaient rien d'autre que des bordels. Je ne croyais pas à ces rumeurs, mais d'autres les prenaient au sérieux.

Il restait quatre semaines avant les vacances d'hiver du Parlement. Encore quatre semaines durant lesquelles je pourrais assister aux cours du centre de documentation, durant lesquelles Miss Franklin me féliciterait d'une tape sur l'épaule, quatre semaines à passer en compagnie de Hamida et Sufia, au lieu de cuisiner et de faire le ménage.

Je me demandai comment se portait Khala Shaima. À chaque nouvelle visite, je l'avais trouvée plus affaiblie. Pourtant, elle avait survécu à Parwin et à Jahangir. Leur disparition m'avait appris que tout était possible, et que la mort était plus proche que je ne voulais bien le croire.

— Je suis une vieille femme, m'avait dit ma tante avant mon départ pour Kaboul. J'ai trompé l'ange Azraël plus d'une fois, mais il ne devrait pas tarder à réclamer mon dernier souffle.

— Khala-*jan*, ne dis pas des choses pareilles, protestai-je.

— Bah. Pour être honnête, j'ai tenu à rester dans les parages uniquement pour veiller sur vous, mes nièces. Rien d'autre n'a vraiment d'importance. Mais je ne pourrai pas lui glisser entre les doigts encore longtemps. C'est comme l'histoire de cet homme… Je vous l'ai racontée, celle-là ?

— Non, Khala-*jan*. Tu nous as raconté uniquement celle de Bibi Shekiba.

— Ah, et j'espère que tu en as appris quelque chose. Tu es son héritière, après tout. Souviens-toi, ton arrière-arrière-grand-mère était Bibi Shekiba, garde au harem du roi. *Dokhtar-em*, ma chérie, je ne vais pas bien. Tu n'es plus une jeune fille naïve. Je partirai en paix si tu me dis que toutes mes histoires, tous les *mattals* que j'ai partagés avec toi, t'ont apporté de la sagesse et du courage. Rappelle-toi d'où tu viens. Bibi Shekiba n'est pas un personnage de conte de fées. C'est ton arrière-arrière-grand-mère. Son sang coule dans tes veines et renforce ton âme. Marche toujours la tête haute. Tu es la descendante de *quelqu'un*, pas de n'importe qui.

Elle laissa échapper un profond soupir, qui se transforma en une longue quinte de toux exaspérée. Elle reprit son souffle pendant une minute avant de poursuivre.

— J'ai essayé de dire la même chose à Rohila et Sitara. Mais Rohila va bientôt se marier, et je crois qu'elle sera mieux lotie. Sa future famille semble acceptable. Sitara va se retrouver seule avec tes parents, livrée à elle-même. Je ne peux pas faire grand-chose de plus pour elle. J'aimerais pouvoir te dire de faire attention à elle, mais ce serait moins difficile pour toi de l'aider si une montagne se dressait entre vous deux. Ces murs te retiennent avec force. Occupe-toi de ta propre personne. Tout ce que tu as enduré dans la vie a dû t'enseigner des leçons, te donner soif de quelque chose. Souviens-toi, Allah a dit : « Commencez à bouger, pour que je puisse commencer à bénir. »

Je cherchai les mots pour rassurer Khala Shaima, pour lui dire que je la comprenais et que j'étais fière d'être une descendante de Bibi Shekiba, la femme qui avait surveillé le harem du roi et franchi les portes du palais. J'avais peut-être vécu ma vie entière dans un petit village, mais j'avais un lien avec l'aristocratie afghane.

Malheureusement, je fus incapable d'exprimer clairement ma pensée. Assise devant elle, j'étais bien obligée d'admettre que ma tante déclinait. Elle n'était plus celle de mon souvenir. Elle avait passé toute sa vie d'adulte à tenter de nous guider, de veiller sur mes sœurs et moi.

Et elle avait raison. Même si j'avais une profonde envie d'aider mes sœurs, les murs d'Abdul Khaliq étaient infranchissables et la laisse avec laquelle il me tenait était courte. Je ne pouvais que prier pour elles.

Badriya était allongée sur le lit. Elle avait passé la journée à ronchonner sur le temps qu'il fallait aux hommes d'Abdul Khaliq pour finir la maison qu'il avait achetée à Kaboul. Elle en avait assez de séjourner à l'hôtel, de subir les regards curieux des hommes de l'accueil, surveillant les moindres de nos allées et venues. J'eus alors envie de prendre l'air, de ne plus entendre ses plaintes.

J'ajustai mon foulard et ouvris la porte. Badriya leva les yeux, secoua la tête et se tourna vers le mur. Je compris qu'elle ne voulait pas que je sorte, car cela la priverait de son unique auditrice, mais j'avais la sensation que les murs se resserraient autour de moi. Je mis un pied hors de la chambre.

À ma droite se trouvait un escalier menant au hall. J'entendais Maroof et Hassan à ma gauche, à deux mètres au bout du couloir, qui discutaient. Je reconnus le dos de Maroof, assis sur une chaise. J'aurais voulu sortir dans la rue au plus vite, mais savais que je paierais cher le fait de quitter la chambre sans surveillance et sans prévenir.

Je pus distinguer leurs voix en approchant.

— Tu lui as dit ça ?

—Absolument. Qu'est-ce que je pouvais dire d'autre? lança Hassan.

—Que Dieu lui vienne en aide. Et qu'est-ce qu'il a répondu?

—Tu sais comment il réagit. Il s'est déchaîné. Je ne sais pas ce qu'il va lui faire, mais je n'avais pas le choix. Et c'est ta faute, de toute façon, Maroof. C'est toi qui lui as dit qu'elle passait tout son temps avec ces deux sorcières. Tu n'as pas pensé qu'il deviendrait fou de rage en apprenant qu'on ne la surveillait pas? Tu crois peut-être que ce n'est pas ton problème, parce que tu es le chauffeur, mais moi, je suis leur *garde*. Ça t'a échappé?

—Qu'est-ce que j'étais censé lui dire? Il a appelé juste au moment où elle était absente. Il voulait parler à Badriya aussi. Si je ne lui avais pas dit qu'elle était sortie, l'autre s'en serait chargée. Il m'aurait brisé la nuque, c'est sûr, s'il avait pensé que je lui cachais des choses.

—Ouais, ouais. Bon, j'espère au moins qu'il a compris qu'elle était sortie à notre insu. Je n'ai pas envie de découvrir en rentrant qu'il est furieux contre nous.

—Tu n'as qu'à t'en tenir à ce qu'on a dit: elle s'est éclipsée sans prévenir pour aller traîner avec ces femmes perdues. Il le croira. Comme tu le sais, il n'a pas beaucoup de respect pour elle de toute façon. Tu as entendu parler de ses projets. Elle ne l'intéresse plus. Elle ne l'excite plus autant qu'au début. Tu te souviens du jour où il l'a vue au marché?

Hassan éclata de rire.

—On aurait dit qu'il allait la cueillir, là, tout de suite. Et puis envoyer une note et quelques billets à ses parents!

—C'est peut-être ce qu'il aurait dû faire. Quelle bande de boulets, cette famille. À jouer toute une comédie comme s'ils avaient du sang royal ou je ne sais quoi.

— Je me rappelle la tête que tu as faite quand il nous a demandé de nous arrêter pour pouvoir la regarder… et toi qui la prenais pour un vrai petit garçon, quel idiot !

— Toi aussi ! se défendit Maroof. Elle avait vraiment l'air d'un garçon. Comment j'aurais pu savoir qu'il y avait quelque chose de plus intéressant caché sous ces vêtements ?

— Elle te plaisait sûrement plus avec son ancien look ! ricana Hassan. Qu'est-ce que tu penses de sa nouvelle coupe, hein ? Ça réveille ton appétit ?

Je reculai lentement, sans faire de bruit, l'esprit en ébullition.

Ils m'avaient vendue à mon mari. Je tremblai en les écoutant parler de moi de la sorte.

Mes pensées se bousculèrent, puis je compris enfin le sens caché de ce que je venais d'entendre.

Je n'étais pas en sécurité.

Je tournai la poignée, en vérifiant que les hommes dans le couloir n'avaient pas remarqué ma présence. Je fus rassurée. Je fermai la porte derrière moi et allai directement à la salle de bains. Je n'avais pas envie de croiser le regard de Badriya, sachant qu'elle ne me serait d'aucune aide. Elle semblait s'être endormie de toute façon.

Mon mari était un homme violent et j'avais conscience de n'avoir vu qu'un dixième de ce dont il était capable. C'était un homme de guerre, d'armes, de pouvoir. Il exigeait de son entourage respect et obéissance, et les gardes venaient de lui dire que j'étais incontrôlable. Il avait dû exploser de rage.

Je repensai à son projet d'ajouter une nouvelle épouse à son foyer et au fait qu'en arrivant au chiffre cinq, cela en ferait une de trop. Je savais ce que cela signifiait pour moi.

Je songeai alors à la fille du refuge. Elle avait désobéi et son mari lui avait tranché l'oreille. Je ne doutais pas qu'Abdul Khaliq puisse se montrer aussi vicieux. Je m'appuyai contre le mur, le cœur battant de terreur. Il fallait que je réfléchisse, et vite.

Nous devions rentrer à la maison trois jours plus tard.

# Chapitre 64

## SHEKIBA

Les pieds de Shah martelaient le chemin de terre. Ce n'était pas parce qu'il était censé escorter sa sœur au retour de l'école qu'il ne pouvait pas faire la course avec elle. Haletant, il se retourna et vit Shabnam qui marchait d'un pas vif pour le rattraper. Elle avait l'air énervée.

— Pourquoi es-tu toujours aussi pressé ? Tu crois que c'est facile de courir en jupe ? Et de toute façon, Madar-*jan* se fâchera si elle me voit te courir après dans la rue !

— Ce n'est pas ma faute si je suis plus rapide que toi. Je serais arrivé depuis longtemps si je n'étais pas obligé de t'attendre !

C'était tous les jours la même dispute. Ils se chamaillaient mais s'adoraient, étrangers à l'animosité qui opposait leurs mères. Shabnam avait depuis longtemps choisi d'oublier les efforts de sa mère pour la tenir à l'écart, et s'asseyait à côté de Shekiba pendant que celle-ci faisait la lessive, lui posant une multitude de questions sur une multitude de sujets, allant des chevaux à la cuisson du pain. Et Shah, qui jouissait d'une liberté sans limites grâce à son père, adorait tourmenter Gulnaz en tirant sur ses pelotes de laine avant de s'enfuir, les rires du garçon atténuant alors la colère de la jeune femme devant son ouvrage défait.

Aasif espérait avoir d'autres enfants, mais Gulnaz et Shekiba semblaient alterner; quand l'une avait ses règles, celles de l'autre se terminaient. Il se demanda si le mauvais sort lui avait seulement accordé deux années de répit. À moins que ses femmes aient fait quelque chose… Toutefois, il en avait assez de se mettre en colère. Sa mère, elle, n'avait pas abandonné la partie. Une semaine avant sa mort, elle rappelait encore à son fils qu'Allah voulait que les hommes prennent plus de deux épouses.

— Et où mettrais-je une troisième femme, Madar-*jan*? Notre maison est trop petite et j'ai déjà du mal à nourrir tout le monde.

— Marie-toi et Allah trouvera une solution, lui avait dit sa mère, les yeux mi-clos d'épuisement.

Ce conseil lui trotta dans la tête tandis qu'il se rendait au ministère des Affaires étrangères et sur le chemin du retour. Il avait quitté le ministère de l'Agriculture deux ans auparavant pour occuper un poste auprès d'un vizir haut placé, grâce à ses relations avec Amanullah.

Lorsque Agha Khalil se présenta chez eux avec sa femme, ce fut Shah qui les accueillit à la porte. Ses genoux étaient couverts de poussière car il avait tenté d'escalader l'arbre de la cour au-delà de la deuxième branche, ce qui fit sourire le visiteur et son épouse, qui pensèrent à leur propre fils resté à la maison.

— Bonsoir, cher enfant! Ton père est-il à la maison? J'aimerais lui parler.

— Oui, il est là. Entrez! Ma mère est en train de préparer le dîner. Pourquoi ne pas vous joindre à nous? dit-il avec un grand sourire, singeant l'hospitalité de son père.

La femme d'Agha Khalil ne put s'empêcher de rire.

— Comme c'est gentil de ta part ! Mais nous ne voulons pas la déranger, mon ami, dit-il au moment où Aasif entrait dans la cour.

— Agha Khalil, quel plaisir de vous voir !

— Pareillement, Agha Baraan. Pardonnez-moi de passer à cette heure-ci, mais je voulais vous apporter ces documents, étant donné que je ne serai pas à mon bureau demain.

— Je vous en prie, entrez, dit Aasif en désignant la porte de la maison.

— Votre fils nous a merveilleusement bien accueillis et nous a déjà invités mais ma femme et moi ne faisions que passer après une visite à de la famille. Nous ne voulons pas déranger.

Aasif insista et Shekiba se hâta de préparer un plateau avec des tasses de thé et des mûres séchées. Gulnaz s'était retirée dans sa chambre à cause d'une migraine, ce qui força Shekiba à se joindre à son mari et ses invités. Shekiba et l'épouse d'Agha Khaliq, Mahnaz, furent présentées l'une à l'autre, avant de s'installer dans un coin du salon pendant que les hommes bavardaient de l'autre côté. Shekiba présenta son bon profil à son hôte, comme elle le faisait toujours lorsqu'elle rencontrait une nouvelle personne.

— Ton fils est vraiment un amour, *nam-e-khoda* ! dit Mahnaz.

Shekiba baissa la tête et sourit en décelant la gentillesse dans la voix de cette femme. Mahnaz portait une robe taupe qui lui arrivait aux chevilles, à manches bouffantes boutonnées aux poignets. Elle avait l'élégance qui convenait pour être reçue au palais.

— Qu'Allah t'apporte la bonne santé, merci, répondit Shekiba, ne voulant pas inviter le *nazar* en parlant davantage de son petit roi.

— As-tu beaucoup de famille à Kaboul ?

—Non, je viens d'un petit village en dehors de la ville.

—Moi aussi. La ville a été une grande nouveauté pour moi! C'est tellement différent de l'endroit où j'ai grandi.

Mahnaz était jeune, elle ne devait pas avoir plus de vingt-quatre ans. Son visage était lumineux et joyeux.

—Où se trouve ton village?

—Il s'appelle Qala-e-Bulbul. Je doute que tu en aies déjà entendu parler, dit Shekiba.

À l'âge de trente-six ans, elle n'avait plus songé à son village, nommé ainsi à cause des centaines d'oiseaux chanteurs qui y vivaient depuis une éternité. Et son village la fit penser à sa petite sœur, l'oiseau chanteur. La voix haut perchée d'Aqela, ses fossettes, lui revinrent soudain en mémoire d'une façon brumeuse et nette à la fois – ainsi vont les souvenirs.

Mahnaz en resta bouche bée. Elle posa la main sur celle de Shekiba.

—Qala-e-Bulbul? Tu viens vraiment de là-bas? Mais c'est aussi mon village!

Une vague de panique submergea alors Shekiba. Elle ne regrettait pas le moins du monde de n'avoir aucun contact avec sa famille. Elle jeta un coup d'œil à Aasif et vit que les hommes étaient absorbés dans leur conversation. Il n'avait jamais pris la peine de l'interroger sur sa famille et elle ne voyait aucune raison pour qu'il apprenne quoi que ce soit à présent.

—Je suis partie quand j'étais toute jeune et je ne me souviens de presque personne…, dit calmement Shekiba.

—Quelle merveilleuse coïncidence! Quel est ton nom de famille?

—Bardari.

—Bardari? La ferme au nord de la colline du berger? Oh mon Dieu! Mon oncle était voisin des Bardari. J'ai passé tellement de temps dans sa maison que je les connais bien. Nous ne vivions pas très loin. Quel est ton lien de parenté avec Khanum Zarmina ou Khanum Samina? Leurs filles et moi, nous nous amusions à nous brosser les cheveux et à chanter près de la rivière qui coulait derrière le terrain de mon oncle.

— Vraiment ? Ce sont les épouses de mes oncles.

— Oh mon Dieu ! Alors c'était avec tes cousines que je jouais dans mon enfance ! Leur écris-tu souvent ? Les lettres que j'envoie à ma famille mettent une éternité à leur parvenir. As-tu les mêmes ennuis ?

— Je… Je ne suis plus en contact avec ma famille depuis que je vis à Kaboul. Cela fait longtemps, dit vaguement Shekiba.

— Ah oui ? Je comprends. J'y étais il y a deux ans, figure-toi. Pour le mariage de mon frère. Le village n'a pas changé du tout. Mais as-tu… Shekiba-*jan*, as-tu appris pour ta grand-mère ?

Les yeux de Mahnaz s'adoucirent et sa voix se fit murmure.

— Ma grand-mère ? Qu'y a-t-il ?

Mahnaz se mordit la lèvre et baissa le regard un bref instant. Elle secoua la tête et prit les deux mains de Shekiba dans les siennes.

— Elle est décédée deux jours après le mariage. C'était tellement triste. Je ne la connaissais pas personnellement, mais j'avais entendu dire que c'était une femme très forte. Tout le village s'émerveillait de sa chance d'avoir vécu une si longue vie !

Shekiba fut abasourdie. D'une certaine façon, elle s'était imaginé que sa grand-mère ne rendrait jamais l'âme, conservée pour l'éternité dans sa saumure acide. Elle se rendit vite compte que son hôte attendait d'elle une réaction.

— Oh. Je l'ignorais. Qu'elle repose en paix, murmura-t-elle en baissant la tête.

— Je suis vraiment désolée de t'apporter une si triste nouvelle, surtout à notre première rencontre. C'est vraiment impardonnable !

— Non, je t'en prie. Ma grand-mère, comme tu l'as dit, a connu une longévité exceptionnelle. Ainsi va la vie et la même fin nous attend tous, dit-elle, s'efforçant d'avoir l'air polie.

— Oui, oui, que Dieu la bénisse. Elle devait avoir une belle âme pour avoir vécu tant d'années.

*Tu ne la connaissais pas*, pensa Shekiba.

— Mahnaz-*jan*, dit-elle avec hésitation, ne sachant comment poser la seule question qui l'intéressait réellement. Sais-tu par hasard ce qu'est devenue la ferme ? La terre de mon père… La terre de mon père était tellement fertile autrefois. Je me demande souvent…

— Où était-elle située ?

— Derrière la maison de ma grand-mère, séparée par une rangée de grands arbres…

— Oh, mais bien sûr ! Eh bien, commença-t-elle, visiblement gênée par ce sujet. D'après ce que j'ai entendu, il y a eu des… des dissensions à propos de cette terre. Quand j'étais là-bas, Freidun-*jan* et Zarmina-*jan* y vivaient, mais ils étaient sur le point de la diviser.

Shekiba déchiffra ce que Mahnaz était trop délicate pour lui avouer. Ses oncles s'étaient disputé le terrain. Elle imaginait très bien Kaka Freidun proclamant son droit en tant qu'aîné et la hautaine Khala Zarmina écartant les autres pour avoir sa propre maison. L'avidité avait déchiré la famille et la terre.

—Mais leur récolte n'était pas bonne quand j'étais au village. J'ai vu leur fille, ta cousine, au mariage, et elle m'a dit qu'ils pensaient que la terre était maudite.

Shekiba sourit. Mahnaz la trouvait bizarre. Shekiba s'en rendait compte mais elle ne pouvait empêcher cela. Elle entendait la voix caquetante de sa grand-mère, disant à ses fils que c'était Shekiba qui avait jeté un mauvais sort à la terre et condamné les récoltes.

—Comment s'est passé le mariage ? Félicitations à ta famille, dit Shekiba.

Elle n'avait pas envie d'en apprendre plus sur les siens.

Mahnaz se détendit et sourit.

—C'était merveilleux ! Les danses, la musique, la nourriture ! C'était si joyeux et cela faisait tellement longtemps que je n'avais pas vu ma famille. Je n'aurais pu passer un meilleur moment !

—Formidable ! Je souhaite aux jeunes époux une vie pleine de bonheur.

—Ils ont failli annuler la fête, à dire vrai.

—Comment cela ?

—Eh bien, la famille de la mariée avait exigé une dot très élevée, mais mon père ne pouvait l'accepter, surtout depuis que le roi Amanullah a interdit la pratique de la dot. Le père de la jeune fille a pensé qu'on lui manquait de respect, alors ils se sont mis d'accord sur une somme plus petite. Mais je comprends, au fond. Pas d'argent du tout ? Je veux dire, une mariée vaut bien quelque chose, non ? Je sais que c'était mon cas ! dit-elle en riant.

Shekiba esquissa un léger sourire et détourna le regard.

—Tu as raison. Les lois d'Amanullah semblent bien étrangères dans un village comme le nôtre. Kaboul est tellement différente. Tu imagines, si les habitants de

Qala-e-Bulbul apprenaient l'existence des lycées anglais et allemands que nous avons ici.

—Mais oui, Shekiba-*jan*! Très peu de filles allaient à l'école dans notre village. Sais-tu que la reine Soraya doit faire un discours dans deux jours?

—Non, je ne le savais pas.

—Oh, ce sera incroyable. J'ai hâte d'entendre ce qu'elle a à nous dire. Même si je m'inquiète pour elle. Un bouleversement aussi grand et aussi rapide va être difficile à accepter pour beaucoup de gens. Pourquoi ne viendrais-tu pas avec moi? Nous pourrions écouter son discours ensemble!

Shekiba fut prise au dépourvu. La reine Soraya? Elle qui s'était posé tant de questions sur cette femme hors du commun, se réjouit à l'idée de la voir en chair et en os. Mais Shekiba n'avait pas l'habitude d'assister à des événements publics.

—Oh, je ne sais pas... Je veux dire, j'ai du travail...

—Viens, ça ne te prendra qu'une journée. Ce sera formidable, tu verras! s'exclama-t-elle avec enthousiasme.

Elle se tourna ensuite vers les deux hommes. Ils étaient tellement plongés dans leur conversation qu'ils n'avaient pas encore touché à leur thé.

—Excusez-moi, cher Agha Baraan!

Aasif pivota vers elle. Il semblait surpris.

—Oui, *Khanum*?

—Puis-je vous enlever votre femme demain?

*Enlever votre femme. Je me demande comment cela sonne pour lui*, pensa Shekiba.

Parler d'Amanullah et de Soraya lui rappelait le palais. Et Benafsha.

—M'enlever ma...

— Oui, j'aimerais beaucoup aller écouter le discours et je cherchais quelqu'un pour m'accompagner. Nous ne serons pas absentes longtemps. Nous pouvons même emmener l'adorable Shah-*jan* avec nous!

— Ce sera un discours capital. Je suis certain que le peuple afghan sera impressionné par la reine Soraya en faisant mieux sa connaissance, dit Agha Khalil.

— Y serez-vous? lui demanda Aasif.

Shekiba voyait son après-midi planifié pour elle.

— Certainement.

— Eh bien, dans ce cas...

— Merveilleux! J'espère que cela ne vous dérange pas qu'elle s'échappe un peu! dit Mahnaz avec satisfaction.

Aasif s'efforça de dissimuler son mécontentement.

# Chapitre 65

## SHEKIBA

— Ils ont dit que ce serait vers 13 heures. Ça ne devrait pas tarder à commencer. Regarde un peu cette foule ! Tous ces gens venus voir notre reine Soraya !

Shekiba tenait fermement la main de Shah, tout en scrutant la scène dans l'espoir d'apercevoir Amanullah. Elle se demandait à quoi il ressemblait à présent. Elle ne l'avait pas vu depuis des années.

*Idiote*, se dit-elle. *Regarde cette foule. Comment as-tu pu penser que tu étais faite pour ça, que tu étais digne de monter sur cette scène, d'apparaître devant tous ces gens !*

Shekiba ajusta son voile et se pencha vers Shah pour lui donner une poignée de noix à grignoter. Elle n'avalait presque rien depuis quelques semaines, et même l'odeur boisée des amandes grillées, qui ne l'avait jamais dérangée auparavant, lui retournait désormais l'estomac.

Le petit Shah se délectait de cette multitude de visages, le vendeur de légumes avec sa carriole en bois, les enfants tenant la main de leur mère. Ils piétinaient depuis plus d'une heure, mais il s'en moquait, de même qu'il ne fit pas attention aux nombreux regards que le visage de sa mère attirait. Shekiba garda son voile tiré sur le côté gauche de son visage et détourna la tête au moindre coup d'œil curieux.

À sept ans, Shah était assez mûr pour détecter les regards insistants et les murmures. Elle ne voulait pas que son fils soit gêné à cause d'elle.

Gulnaz et Shabnam étaient restées à la maison. La première épouse n'appréciait pas le fait que Shekiba ait été invitée à une sortie par la femme d'Agha Khalil, et ne lui avait adressé que quelques mots depuis qu'elle l'avait appris. Toutefois, elle se consolait en se disant qu'Aasif préférait que sa femme reste à la maison au lieu d'errer effrontément dans Kaboul au milieu de la foule.

Alignés tout autour de la scène, des soldats formaient un périmètre de sécurité pour empêcher les spectateurs de trop s'approcher. Au centre de l'estrade se dressait un pupitre drapé dans une étoffe de velours bleu décorée de glands dorés et de broderies représentant deux épées croisées. Shekiba observa les soldats et pensa à Arg, aux gardes, au harem. Elle avait l'impression qu'une éternité s'était écoulée depuis l'époque où elle marchait dans les jardins du palais, en pantalon, les cheveux courts. Elle regarda son fils, qui bientôt serait un jeune homme, et se demanda ce qu'il aurait pensé en voyant sa mère ainsi vêtue.

Il ne comprendrait pas. Seule une fille pouvait savoir ce que cela signifiait de franchir cette limite, de ressentir cette liberté réservée au sexe opposé. Elle effleura son ventre. Elle se tourna vers Shah et sut que celui-là serait différent. Elle le sentait.

Mahnaz mit sa main en visière pour se protéger du soleil.
— L'as-tu déjà vue ? demanda-t-elle.
Shekiba secoua la tête.
— Elle a l'allure d'une reine. Je ne trouve pas d'autres mots pour la décrire. Si tu voyais les vêtements qu'elle porte ! Elle les fait venir d'Europe ! Mon mari m'a dit que même ses enfants portaient des tenues européennes !

—Ton mari travaille avec eux ?

—Oui, il fait de la calligraphie pour le roi et sert de conseiller à la reine quand son époux est en voyage. Il va voyager avec eux bientôt.

—Il s'absente souvent, n'est-ce pas ?

Mahnaz acquiesça d'un signe de tête, la déception se lisait sur son visage.

—Oui, mais au moins, ma belle-mère et sa famille ne sont pas loin. Je serais tellement seule autrement...

—Comment ton mariage a-t-il été arrangé ? Sa famille est de Kaboul, n'est-ce pas ?

—Oui. Sa famille et lui sont passés par notre village pour se rendre à Jalalabad une année. À ce moment-là, son père et le mien ont fait connaissance et ils se sont mis d'accord pour nous marier. Je ne l'avais aperçu qu'une seule fois, en coup de vent. C'était tellement inattendu !

—Et tu vis à Kaboul depuis ton mariage ?

—La plupart du temps, dit-elle avant de se pencher vers moi pour me parler plus discrètement. Mon mari connaît quelques divergences, pour ainsi dire, avec certains membres du gouvernement. Nous avons traversé des périodes difficiles. Ils nous ont tout pris. Nos meubles, notre maison, nos bijoux. Nous nous sommes installés à la campagne pendant un an et demi jusqu'à ce qu'on nous fasse savoir que nous pouvions revenir. Les enfants étaient malheureux là-bas. Nous étions si contents de rentrer !

—Cela a dû être terrible, compatit Shekiba.

*Mais vous auriez pu subir un sort bien pire*, songea-t-elle.

—Oui. C'est comme ça. Quand on n'est pas d'accord avec les puissants, il faut se préparer à tout perdre. J'espère que nous n'aurons pas à retraverser une pareille épreuve, soupira-t-elle. Mais c'est difficile à dire, car la tolérance des hommes est aussi changeante que les phases de la lune.

Shekiba hocha la tête.

—Les voilà !

Mahnaz venait de repérer Amanullah et Soraya, que l'on escortait sur la scène. Des soldats encadraient le couple avec solennité et des généraux se tenaient à leurs côtés. Ils souriaient et saluaient de la main des gens qu'ils reconnaissaient parmi un groupe de dignitaires installés au premier rang.

Un homme en costume se plaça derrière le pupitre et prit la parole. Il se présenta et parla du récent voyage en Europe du roi Amanullah. L'Afghanistan amorçait une période de renaissance, déclara-t-il, et prendrait son essor sous la direction d'un monarque aussi volontaire et visionnaire. Il poursuivit son discours jusqu'à ce qu'un des généraux s'impatiente et lui murmure quelque chose à l'oreille, le forçant de façon plutôt brusque à conclure.

—Notre noble roi Amanullah ! annonça-t-il alors.

Il s'éloigna du pupitre, les bras tendus de façon théâtrale pour accueillir le dirigeant du pays sur la scène.

—*As-salaam-alaikum* et merci ! Je suis ravi d'être ici pour parler avec vous !

Shekiba esquissa un demi-sourire à peine perceptible. Il avait l'air plus noble encore que dans son souvenir, vêtu d'une veste militaire brun olivâtre décorée de médailles et d'étoiles, la taille sanglée dans une ceinture en cuir. Il ôta son chapeau et le posa sur le pupitre en face de lui. Il se dégageait de sa posture une assurance, une confiance en soi qui se propagea à travers la foule. Shekiba observa les auditeurs autour d'elle, tous ces regards tournés vers la scène, ces visages impatients.

*Nous sommes entre de bonnes mains*, semblaient penser ces gens.

Shekiba tenta de se concentrer sur le discours, mais son esprit vagabonda. Elle garda les yeux rivés sur Amanullah, se demanda s'il se souviendrait d'elle, le garde du harem au visage mutilé. Elle aurait aimé que ses yeux pleins de bonté se posent sur elle. Elle sentit des vibrations dans son ventre et ne fut pas surprise que même la plus petite âme fût touchée par la présence d'Amanullah.

Mahnaz lui jetait un coup d'œil de temps à autre, hochant la tête d'un air entendu. Shekiba comprit que le roi avait dû dire quelque chose de remarquable. Shah lui tirait la main, elle sortit machinalement des raisins secs de son sac. Il les mangea un par un, assommé par le discours.

La reine Soraya rejoignit son mari derrière le pupitre. Elle portait un foulard au tissu léger, couleur prune, assorti à sa tenue. Elle était vêtue d'une veste ajustée ornée d'une broche qui reflétait la lumière du soleil, sur une jupe crayon s'arrêtant à mi-mollet. Ses chaussures étaient élégantes – des Mary Jane noires au talon discret.

*Voici sa femme, celle dont il parlait comme d'un être sensé et dévoué, à la détermination sans faille. En effet, elle marche la tête haute. Pourquoi ne le ferait-elle pas? C'est la reine de notre bien-aimé Amanullah.*

Soudain, la reine Soraya regarda son mari et ôta son foulard! Shekiba en fut abasourdie. Elle observa le roi et s'étonna de le voir sourire et applaudir. Mahnaz saisit l'avant-bras de Shekiba et son visage s'illumina. Un mélange de cris de surprise et d'applaudissements agita la foule.

—N'est-ce pas incroyable? dit-elle d'une voix enjouée.

—Que vient-il d'arriver? Pourquoi a-t-elle fait cela?

—Tu n'as pas écouté? Il vient de dire que le tchador n'est pas imposé par l'islam! La reine se débarrasse de son foulard!

—Mais... comment peut-elle...

— C'est une nouvelle ère qui commence à Kaboul. Tu n'es pas contente d'avoir pu assister à ça ? dit-elle en donnant des coups de coude à Shekiba.

Amanullah conclut son discours avec Soraya à ses côtés. Il la déclara, elle, sa femme, ministre de l'Éducation et reine du peuple afghan. Il lui laissa ensuite le pupitre. Shekiba se tourna vers Shah avant de reporter son attention sur la scène. Cette journée était bien plus exaltante que prévu.

La reine Soraya s'exprima avec éloquence et une assurance qui vint compléter celle de son mari. Shekiba l'écouta humblement parler de l'importance de l'indépendance.

— Pensez-vous, cependant, que notre nation n'ait besoin que d'hommes pour la servir ? Les femmes aussi ont un rôle à jouer, comme elles l'ont fait dans les toutes premières années de notre pays et de l'Islam. Ces femmes nous apprennent que c'est tous ensemble que nous devons contribuer au développement de notre nation et que cela ne peut être réalisé sans l'instruction. Alors nous devons toutes tenter d'acquérir le plus de connaissances possible, dans le but de servir notre société, comme l'ont fait les femmes aux premières heures de l'Islam.

— Tu imagines… Tu imagines un peu, être capable de parler comme elle devant une foule de cette taille ? C'est une femme remarquable. Les habitants de Qala-e-Bulbul s'évanouiraient devant ce spectacle, tu ne crois pas ? lança Mahnaz en riant.

Shekiba songea alors à ses oncles. Nul doute qu'ils auraient ricané et seraient partis en entendant un tel discours. Une femme ? Recommandant à leurs épouses d'acquérir du savoir ?

C'était une journée enivrante. Shekiba avait l'intuition que ce jour changerait quelque chose, sans savoir quoi exactement.

*Quelle sagesse*, pensa-t-elle. *Une femme comme cela m'aurait accordé la terre de mon père. Elle aurait dit à ma grand-mère de m'envoyer à l'école plutôt que dans les champs.*

La détermination durcit le sourire de Shekiba.

Elle savait pourtant que les changements dont parlait la reine Soraya ne s'appliqueraient pas à elle.

*Mon histoire se termine ici*, pensa-t-elle.

Désormais, elle avait une vie meilleure qu'elle n'aurait pu l'imaginer. D'une certaine façon, elle avait réussi à échapper à un bien pire *naseeb*.

Quelque chose en elle s'éveilla malgré tout. Elle vit une lueur d'espoir, eut le sentiment que les choses pourraient s'améliorer avec cette femme qu'Amanullah lui avait préféré. Elle rougit en se rendant compte qu'elle y pensait toujours en ces termes, même si c'était parfaitement ridicule.

Elle repensa aux coups qu'elle avait reçus le jour où elle avait apporté l'acte de propriété à Hakim-*sahib*. Elle repensa à Benafsha succombant sous le poids des pierres.

*Mais parfois, il faut s'écarter du droit chemin, je suppose. Parfois, il faut prendre des risques si l'on désire quelque chose très fort.*

Shekiba ne se faisait pas de souci pour Shah. C'était un garçon, et son père, avec ses relations, s'assurerait que toutes les portes lui soient ouvertes dans la vie. Elle remercia Dieu pour cela.

*Et qu'Allah donne à mes filles, si j'ai le bonheur d'en avoir, une chance de faire ce que la reine Soraya semble croire possible. Qu'Allah leur donne du courage quand on leur dira qu'elles s'écartent du droit chemin. Et qu'Allah les protège quand elles chercheront quelque chose de meilleur, qu'il leur donne l'occasion de prouver qu'elles méritent mieux.*

*La vie est difficile ici-bas. Nous perdons nos pères, nos frères, nos mères, nos oiseaux chanteurs, et des fragments de nous-mêmes. Les fouets s'abattent sur les innocents, les honneurs vont aux coupables, et il y a trop de solitude. Je serais idiote de prier pour que mes enfants échappent à tout cela. Trop demander peut faire empirer les choses. Mais je peux prier pour de petites choses, comme les champs fertiles, l'amour d'une mère, le sourire d'un enfant – une vie plus douce qu'amère.*

# Chapitre 66

# Rahima

Je tentai de toutes mes forces de rester concentrée, de garder mon calme. Personne ne devait savoir ce que j'avais entendu. En outre, j'ignorais quoi faire et vers qui me tourner. Pour être honnête, je ne pensais pas pouvoir me tourner vers qui que ce soit.

Le lendemain, je m'assis à côté de Badriya au Parlement, n'écoutant pas le débat sur le financement d'un projet de routes dont tout le monde savait que la décision ne revenait qu'au Président. Et qu'elle avait déjà été prise.

Ce soir-là, Miss Franklin devait nous faire travailler davantage sur Internet. C'était aussi important que l'apprentissage de la lecture et de l'écriture, disait-elle. Internet était notre porte ouverte sur le monde.

J'aurais bien eu besoin d'une issue de secours.

Tandis que les débats sans conséquence se poursuivaient autour de moi, un autre, plus important, faisait rage dans ma tête : devais-je aller au centre de documentation avec Hamida et Sufia ou devais-je rester avec Badriya et les gardes ?

J'avais les mains moites et les épaules contractées. Je redoutais la fin de la séance, sachant qu'il me faudrait prendre une décision.

*Quelle importance ? Il pense déjà que j'ai échappé à la surveillance des gardes. En quoi cela pourrait-il être pire ?*

Mais j'avais peur. Peut-être me croirait-il, admettrait-il le fait que les gardes m'avaient laissée partir. Que Badriya avait donné son accord. Que je ne faisais rien d'inapproprié ni de scandaleux au centre de documentation.

Impossible.

Nous voilà dehors. Je regardai les trois soldats occidentaux de l'autre côté de la rue. Adossés à un mur, ils bavardaient avec un groupe de petits garçons.

*Jahangir aurait été l'un d'entre eux,* songeai-je, *si j'avais été autorisée à l'amener avec moi.*

Je me demandai ce que les soldats feraient si je courais vers eux. Ils étaient là pour nous aider, non ?

Nous venions de dépasser le contrôle de sécurité quand Hamida m'appela. Mon cœur s'emballa. Que me conseillerait Khala Shaima ?

— Tu ne viens pas avec nous ? Miss Franklin t'attend !

Je me tournai vers Badriya. Elle leva les sourcils, ne comprenant pas pourquoi son avis m'importait. Elle se dirigea vers la voiture, garée à quelques mètres. Je vis Maroof marmonner quelque chose à Hassan, qui hocha la tête et grommela en retour.

Me supposant condamnée de toute façon, je choisis de suivre Hamida. Je ne savais pas ce que j'attendais de cette décision.

— Je vais… Je vais aller avec elles. Je demanderai à leur chauffeur de me déposer avant de les ramener à leur appartement. D'accord ?

Badriya haussa les épaules sans prendre la peine de se retourner. Je savais qu'elle ne voulait pas me donner de réponse formelle, une réponse qu'elle serait obligée de justifier auprès de notre mari. Elle entra dans la voiture et ils démarrèrent, pour se fondre dans le trafic dense de Kaboul. Je me sentais à la fois soulagée et pétrifiée.

Pendant que nous marchions, Hamida parlait et je pensais à mon mari. À deux reprises, je crus que j'allais vomir sur le trottoir. Sufia nous rejoignit à deux rues du Parlement. Les gardes marchaient quelques mètres derrière nous tandis que les conducteurs restèrent dans leurs véhicules. Vu la circulation, nous aurions mis plus de temps pour nous rendre au centre en voiture.

— Rahima-*jan*, que se passe-t-il ? Tu es très silencieuse aujourd'hui. Tout va bien ? demanda Sufia.

Je n'avais jamais eu l'intention de raconter mon histoire. Les mots s'écoulèrent tout seuls. Comme l'eau qui autrefois glissait sur les cailloux dans la rivière de Kaboul. Je leur parlai de mon mari, de Bibi Gulalai, de Jahangir.

Nous marchions lentement, ne voulant pas attirer l'attention des agents de sécurité qui nous suivaient. Ce n'était pas une histoire à partager avec eux.

Je répondis à leurs questions avant qu'elles les formulent. Je leur parlai de mes parents et de la façon dont ils nous avaient données, mes sœurs et moi, avant de se perdre dans des nuages d'opium. Je leur racontai comment Parwin avait échappé à son enfer dans un éclair de flammes, leur confiai que, Rohila étant sur le point de se marier, Sitara se retrouverait bientôt seule à la maison, pleine d'appréhension, tapie dans un coin en attendant de connaître son sort – celui que mon père choisirait pour elle. Je leur parlai aussi de Khala Shaima, la seule famille que j'avais conservée au fil des ans, de son dos déformé qui aspirait peu à peu sa vitalité.

Et de mon fils. Le sujet le plus douloureux pour moi. Je le mentionnai puis n'y touchai plus. La plaie était encore à vif. Plus insupportable encore que ma fausse couche.

Tout en essayant de contrôler le tremblement de ma voix, je leur parlai de la conversation que j'avais surprise. De la femme que mon mari voulait épouser sans violer les lois qu'il lui tenait soudain à cœur de suivre. Je n'eus pas besoin de leur dire ce que je craignais qu'il me fasse. Elles le savaient.

Elles m'écoutèrent, nullement surprises. Je ne faisais que confirmer ce qu'elles avaient déjà soupçonné : j'étais l'une de ces histoires. Rien d'inédit.

J'étais brisée et cabossée et ne me souciais plus de ce que je pouvais ou non révéler, de ce qu'elles pensaient, ou même de la réaction d'Abdul Khaliq s'il l'apprenait. J'en avais assez enduré. Je pensais sans cesse au visage de Khala Shaima, à son expression amère, à sa déception en voyant ce qu'il était advenu de ses nièces. Et puis, il y avait Bibi Shekiba, la fille-garçon dont l'histoire s'était entrelacée avec la mienne.

— Dieu du ciel, dans quel bourbier tu es, Rahima-*jan* ! Je ne sais pas quoi dire…, réagit Hamida.

Nous étions devant la porte du centre de documentation. Miss Franklin nous salua d'un geste de la main et d'un sourire.

— Il doit y avoir une solution… Il y a forcément un moyen…, dit Hamida sans conviction.

— Ne restons pas dehors trop longtemps, murmura Sufia avec sérieux. Nous pourrons en discuter à l'intérieur. Venez, mesdames.

Je laissai Sufia me guider, une main sur mon dos, pensant à quelque chose que Khala Shaima avait dit quand je lui avais raconté l'histoire de la fille du refuge, celle qui avait fui son mari avant d'être retrouvée puis battue, punie pour avoir fugué.

« Pauvre fille. Elle a quitté un toit qui fuyait pour se retrouver assise sous la pluie. »

# Chapitre 67

# Rahima

— Je ne me sens pas bien du tout, dis-je en espérant avoir l'air crédible.

Badriya maugréa et prit une pose théâtrale, mains sur les hanches.

— Qu'est-ce que tu as maintenant ? Tu veux que j'aille à la séance toute seule ? Et qui va remplir les bulletins de vote qui sont prévus aujourd'hui, tu peux me le dire ?

— Je suis désolée, mais c'est mon estomac. Ça doit être quelque chose que j'ai mangé hier soir. J'ai affreusement mal, insistai-je en me tenant le ventre des deux bras, pliée en deux. Je risque de te déranger en étant assise à côté de toi. Si je devais courir aux…

— Oh, ça suffit ! Je ne veux pas en entendre davantage. Tu parles d'une assistante ! Une bonne à rien, oui ! s'exclama-t-elle en faisant de grands gestes.

Elle s'empara de son sac à main et sortit en trombe. Dès que j'entendis ses pas s'éloigner, je me dirigeai sans bruit vers la porte et y collai l'oreille. Elle s'adressait à Hassan et Maroof, dont les voix graves résonnaient dans le couloir.

— Elle n'y va pas ?

— Non, elle dit qu'elle est malade. On n'a qu'à la laisser ici. Ne comptez pas sur moi pour la surveiller. Le directeur va me passer un savon si je manque encore une séance.

— Ah. Cette fille n'apporte que des ennuis, déplora Maroof.

— Tu n'as qu'à emmener Badriya. Je vais rester avec l'autre, proposa Hassan à contrecœur. Il ne manquerait plus qu'Abdul Khaliq apprenne qu'on l'a laissée seule à l'hôtel.

— Très bien.

J'entendis le métal de la chaise gratter le sol. Il comptait donc se tenir à son poste au bout du couloir. Mon cœur tambourinait d'appréhension.

Je pris une profonde inspiration et retournai vers le lit, tirant mon sac en toile caché dessous. Je plongeai les mains au milieu des robes jusqu'à trouver ce que je cherchais. Dieu merci, j'avais pensé à le prendre avec moi, même si je n'avais pas eu l'intention de le porter. Je me changeai rapidement, parcourue d'un léger frisson. J'ouvris ensuite le sac de Badriya et fouillai à l'intérieur ; j'y trouvai la paire de ciseaux qu'elle rangeait avec son matériel de couture. Retour à la salle de bains, où j'examinai mon reflet, pour achever le travail que mon mari avait commencé. Clic, clic, clic. C'était irrégulier, mais toujours mieux que l'œuvre d'Abdul Khaliq.

J'enfilai mes sandales et regardai mon sac pendant quelques secondes. De dos, il pourrait me trahir. Je décidai de le laisser et m'assis pour reprendre mon souffle.

Il me fallut cinq minutes d'écoute attentive à la porte pour être convaincue que personne n'approchait, en particulier Hassan. Ni son pas lourd, ni son sifflement, ni sa respiration rauque. Il était sans doute sorti fumer une cigarette.

Mes doigts touchèrent la poignée et se refermèrent lentement dessus. Je la tournai, l'oreille toujours dressée.

Je jetai un coup d'œil par l'embrasure, entrouvris la porte une fois certaine de n'avoir vu personne. Et encore un peu plus quand je trouvai enfin le courage de traverser le couloir. Je tendis le cou pour apercevoir la chaise à son emplacement habituel.

Le dos de Hassan. J'inspirai profondément et pris à droite, en direction de l'escalier. Je refermai la porte derrière moi le plus silencieusement possible. Je posai un pied devant l'autre, passai devant les quatre portes me séparant du bout du couloir. J'étais tellement à l'affût du moindre son qu'aurait pu produire Hassan en bougeant que ma sandale gauche se prit dans le tapis ; je trébuchai et me rattrapai à la poignée de porte de la chambre suivante.

Je retins ma respiration lorsque j'entendis le raclement métallique de la chaise.

— Eh !

Je me figeai sur place, tournant toujours le dos à Hassan. J'étais certaine qu'il pouvait me voir trembler, même de loin.

— Fais attention où tu mets les pieds, petit empoté !

Je hochai la tête et grognai quelque chose d'une voix volontairement grave mais à peine audible.

— Laisser des gosses courir dans un hôtel…, l'entendis-je marmonner.

Je repris mon expédition vers l'escalier. À chaque pas, j'attendis, j'attendis le moment où il se rendrait compte que l'enfant qu'il avait vu était en réalité une fille dans les vêtements neufs de Hashmat, dont l'ourlet de pantalon n'était même pas encore cousu.

Je fus et puis je ne fus plus. Je fus Rahima. Et puis je ne le fus plus.

Je traversai le hall, tête baissée. L'homme de la réception ne s'y trouvait pas. Je me dépêchai. J'ouvris la porte et la lumière du soleil m'aveugla. Je levai une main et clignai des yeux. Quand mes sandales touchèrent le trottoir, je balayai la rue du regard pour m'assurer que personne n'était susceptible de me reconnaître. Mes yeux tombèrent sur un moineau, volant agilement d'une branche d'arbre à l'autre et pépiant avec la même ardeur que les pinsons au-dessus de la tombe de Jahangir.

*Priez pour moi également*, pensai-je.

Rahim serpenta entre les rues, s'éloignant de plus en plus de l'hôtel et prenant la direction opposée au Parlement. Rahim, la *bacha posh*, tendait l'oreille, à l'affût de quelque cri derrière lui, d'un signe lui faisant savoir qu'il avait été repéré, qu'il allait être ramené de force au domaine d'Abdul Khaliq et puni.

Rahim, tremblant tellement qu'il crut que ses jambes allaient se dérober sous lui, avait besoin d'une cachette.

# Chapitre 68

# Rahima

Les taxis klaxonnaient. L'un d'eux glissa devant moi, m'effleurant tandis que je tentais d'esquiver les voitures à une intersection particulièrement fréquentée. Je me maudis d'avoir choisi de traverser à cet endroit, au vu de tant d'automobilistes. J'avais l'impression qu'un million d'yeux étaient dirigés vers moi, des yeux susceptibles de remarquer que quelque chose n'était pas normal chez cet adolescent. N'avais-je pas l'air effrayée – l'air de fuir quelque chose ? Voyaient-ils que ma poitrine était arrondie comme celle d'une fille ?

J'avais tenté au mieux de bander mes seins avec un foulard, mais l'entreprise était moins simple qu'autrefois. La naissance de Jahangir m'avait donné des courbes qui se révélèrent plus difficiles à dissimuler.

— Eh, *bacha* ! Regarde devant toi ! hurla un chauffeur de taxi à travers sa vitre, une cigarette entre les doigts, agitant la main vers moi avec rage.

Sans m'arrêter, je m'excusai d'un signe de la main, remerciant le Ciel que mon déguisement soit crédible. Avec quelle facilité je m'étais glissée dans ce vieux costume, comme je m'y sentais à l'aise, même si mes nerfs étaient à vif !

Mes sandales claquaient contre la route poussiéreuse, mes jambes bougeaient librement dans mon pantalon, une tunique ample cachait mes fesses rebondies.

J'avais quitté l'hôtel peu avant 11 heures. Cela me semblait déjà si loin, alors que vingt ou trente minutes à peine avaient dû s'écouler. Un bus s'avança, ralentit devant une foule de gens et klaxonna une étrange mélodie. Peut-être était-ce le bon. Je cherchai des signes, tournai la tête et sentis soudain mes jambes faiblir.

Une grosse voiture noire ralentit en approchant, à une demi-rue de là.

Je me sentis exposée, même dans la rue bondée, me demandant si l'on m'avait repérée. Le cas contraire, me mettre brusquement à courir risquait malgré tout d'attirer l'attention sur moi.

Le conducteur abaissa lentement sa vitre teintée et je lâchai un petit gémissement de panique.

Mais ce n'était pas un visage connu. Ce n'était pas la voiture d'Abdul Khaliq.

Je me ressaisis rapidement, puis me frayai un chemin jusqu'au groupe de gens qui montaient dans le bus bleu et blanc en vociférant.

— Est-ce le bus pour Wazir Akbar Khan ?

Personne ne se retourna.

— Agha, est-ce le bus pour Wazir Akbar Khan ? demandai-je une nouvelle fois, plus fort.

Je tentai de prendre une voix grave, de cacher ma tonalité féminine.

Un homme se retourna, agacé. Il portait une chemise à col boutonné et un pantalon de costume, et tenait une mallette à la main.

— Oui, c'est ça ! Dépêche-toi de monter si c'est là que tu vas, dit-il.

Lui et un autre homme essayèrent de se glisser dans le véhicule en même temps, espérant chacun obtenir un espace suffisant pour se tenir debout.

La tête baissée, je réussis à me faufiler à l'intérieur, entre deux passagers. J'attendis que le conducteur le remarque et se mette à crier, mais il n'en fut rien. Je me frayai un passage vers l'arrière du bus, le plus loin possible de lui. Je regardai autour de moi, ne vis pas la moindre femme parmi les passagers. Je me sentis rougir, entourée de tous ces hommes, dans une telle promiscuité. Les coudes collés à ma poitrine, j'eus un mouvement de recul lorsqu'une secousse poussa un corps contre le mien. Je tendis le cou pour regarder entre les torses et les bras. J'espérai reconnaître mon arrêt.

« Le bus va s'arrêter sur une route bordée de magasins. Cherche un salon de beauté entre un magasin de matériel électronique et une épicerie. D'ordinaire, il y a un homme avec une longue barbe et un bras à demi amputé qui est posté là et demande l'aumône. »

Le chemin semblait interminable jusqu'à Wazir Akbar Khan. La sueur perlait le long de ma nuque. Mes nerfs s'apaisaient à mesure que s'allongeait la distance me séparant de l'hôtel – et des gardes d'Abdul Khaliq.

J'étais censée être là-bas à midi. J'avais prévu de quitter l'hôtel plus tôt, mais Badriya avait pris son temps ce matin-là, compromettant tout mon plan.

Wazir Akbar Khan était un quartier situé au nord de la ville, une banlieue regroupant de nombreuses ambassades et où habitaient un grand nombre de travailleurs étrangers. Les rues étaient plus larges que dans la partie de Kaboul que je connaissais. Des immeubles à deux étages bordaient la route. Je m'efforçai de ne pas avoir l'air aussi nerveuse et perdue que je l'étais au fond de moi.

Le bus ralentit. « Pharmacie de Wazir Akbar Khan », indiquait l'enseigne d'un bâtiment.

*Nous y voilà*, pensai-je.

Je me faufilai alors à travers la foule pour sortir du bus avant qu'il ne redémarre.

Je ne reconnus personne et ne croisai aucun regard méfiant. Je concentrai mon attention sur les boutiques, cherchant les repères que l'on m'avait indiqués. Devant l'une des devantures se trouvaient des caisses, des boîtes de détergents, des produits ménagers. Il y avait aussi une boucherie. Tout sauf ce que je cherchais.

Je pris une autre rue mais n'y vis que des maisons. De magnifiques demeures à côté desquelles la propriété d'Abdul Khaliq aurait eu l'air ridicule. C'étaient des constructions récentes, aux façades modernes que je n'eus pas le temps d'admirer en détail. Les minutes s'écoulaient et je risquais de manquer ma chance.

Je pris mon courage à deux mains pour interroger un passant, en baissant ma voix d'une octave.

— *Agha-sahib* ? *Agha...*

— Pour l'amour du ciel, petit, je n'ai pas d'argent à te donner ! s'énerva l'homme, qui reprit son chemin.

Je cherchai quelqu'un d'autre.

Une femme passa. Je voulus l'approcher, mais ma gorge se serra quand je vis le petit garçon, sans doute âgé de trois ou quatre ans, qui lui tenait fermement la main. Il pointa le doigt vers une voiture et leva les yeux vers sa mère pour la prendre à témoin. Elle hocha la tête et lui dit quelque chose qui le fit glousser de plaisir.

*Jahangir*, pensai-je, le cœur serré.

La femme était partie avant que je ne reprenne mes esprits. Je continuai de longer la rue, clignant des yeux pour chasser mes larmes. Je m'arrêtai devant une vitrine, où une horloge attira mon regard et me fit paniquer.

Treize heures. Mon pouls s'accéléra. Si j'étais en retard, tout pourrait tomber à l'eau. J'aurais tout risqué pour rien. Qu'allais-je devenir alors ?

Mes yeux glissèrent de l'horloge à une publicité accrochée à la devanture.

« Venez découvrir le salon de beauté Shekiba, Sarai Shahzada. Mariages et occasions diverses. »

*Ça doit être ça !* pensai-je.

*Shekiba.*

Je fermai les yeux, redynamisée par le nom du magasin. C'était comme si une main tenait la mienne, me guidait. Je relus le prospectus.

« Sarai Shahzada. »

Certaine d'avoir vu une enseigne avec ce nom de rue, je rebroussai chemin ; la deuxième à gauche et m'y revoilà, des trottoirs de béton et des arbres donnant à la rue un aspect propre et accueillant. Quelques minutes plus tard, j'avais trouvé le salon de beauté, entre un magasin de matériel électronique et un marchand de fruits et légumes.

« Salon de beauté Shekiba. »

Comme on me l'avait indiqué, je regardai directement en face et repérai un salon de thé.

*Faites que je ne sois pas en retard.*

J'esquivai une fois de plus des voitures et traversai la rue, en essayant de voir à travers la vitre du café. La poignée de la porte émit un cliquetis entre mes doigts. Je pris une profonde inspiration, espérant ne pas faire peur à voir.

Je la repérai immédiatement, sa frange soyeuse dépassant de son foulard gris et prune. Ses yeux étaient dirigés vers la porte et exprimaient la même nervosité que les miens.

Lorsqu'elle me reconnut, elle leva une main puis la plaqua contre sa bouche. Elle se leva.

Je zigzaguai entre les tables, où des Afghans parlaient anglais, où des étrangers sirotaient du thé vert à la cardamome.

—Tu as réussi! murmura-t-elle quand je m'approchai de sa table.

—Oui, mademoiselle Franklin, dis-je, avant de m'écrouler sur une chaise.

## Chapitre 69

## Rahima

Neuf jours s'écoulèrent avant que je ne revoie Hamida et Sufia. Elles s'étaient tenues à distance, craignant de conduire quelqu'un à moi par mégarde. Hamida éclata en sanglots en me voyant. Sufia lâcha un petit cri de victoire, avec un entrain que je ne l'avais jamais vue manifester au cours des séances parlementaires.

Miss Franklin et moi avions quitté le salon de thé pour nous rendre directement dans un refuge pour femmes qu'elle avait repéré. Ce n'était pas celui dont nous avions entendu parler. Elle en avait choisi un autre, beaucoup plus éloigné du Parlement et dans la banlieue ouest de la capitale.

Le centre était triste, mais il permettait de reprendre courage. Il abritait des histoires, des histoires à faire frémir, des plaies qui ne se refermeraient jamais.

Je fis la connaissance d'une femme qui vivait là avec ses trois enfants. Quand sa belle-famille apprit la mort de son mari, ils l'accusèrent de l'avoir tué. Sur le point d'être emprisonnée, elle décida de fuir plutôt que de prendre le risque de perdre ses deux filles et son fils.

Une autre des pensionnaires avait échappé à son mari violent, qui entretenait une liaison avec sa jeune sœur. Une nuit, pendant qu'il ronflait à côté d'elle, elle s'éclipsa à pas de loup et marcha deux jours et deux nuits avant d'atteindre un poste de police.

Et il y avait une jeune fille. Elle avait mon âge et son histoire me fit prendre conscience que je n'étais pas seule. À douze ans, on l'avait mariée de force à un homme de cinq fois son âge. Sa famille lui avait mis une robe blanche et l'avait conduite à une fête. À la fin de la soirée, ils étaient repartis sans elle. Quatre ans plus tard, elle s'était enfuie, échappant à sa belle-famille qui la traitait en esclave.

Je n'étais pas encore prête à partager mon histoire avec elles. Même dans ce lieu, dans cette pièce sans verrou au sol recouvert de tapis afghans et où flottait l'odeur du cumin, je ne me sentais pas hors d'atteinte. Si mon mari savait où chercher, il ne lui faudrait qu'un ou deux jours pour me retrouver. Cette pensée m'angoissait tant que je pus à peine me nourrir.

Hamida et Sufia ne vinrent qu'une seule fois. Elles me manquaient mais je ne pouvais rien espérer de plus, sachant que la route était longue et qu'elles avaient des obligations familiales. En se rendant dans un refuge, elles risquaient d'attirer l'attention et de mettre en danger toutes les personnes impliquées. Je penserais toujours à elle avec chaleur et une immense gratitude, n'oublierais jamais la façon dont Miss Franklin et elles avaient élaboré un plan me permettant d'échapper au *naseeb* qui m'attendait chez mon mari. Mon plan, cependant, ne tenait pas compte du sort éventuel de Badriya. Hamida et Sufia l'avaient croisée le lendemain de ma fugue. Elle semblait furieuse et méfiante, mais les avait crues sincèrement étonnées d'apprendre ma disparition. J'étais persuadée qu'Abdul Khaliq ne la laisserait jamais retourner à Kaboul et je frémis en imaginant ce qu'il lui avait fait subir à son retour au domaine. Même si elle n'avait pas été gentille avec moi, je ne souhaitais à personne d'être la cible de son courroux.

J'eus du temps pour moi au refuge, le temps de m'asseoir et de me remémorer le fil des événements. Je me sentis honteuse en me rappelant le jour où je m'étais disputée avec Khala Shaima, où je lui avais lancé sèchement que toute l'instruction qu'elle m'avait poussée à acquérir ne m'avait servi à rien.

Ce n'était pas vrai.

C'était uniquement parce que je savais lire et écrire que j'avais eu la possibilité d'accompagner Badriya à Kaboul. C'était uniquement parce que j'étais capable de tenir un stylo et de m'en servir à bon escient que j'étais devenue son assistante et avais pu me joindre à Hamida et Sufia au centre de documentation sans me sentir à la traîne. C'étaient mes quelques années d'école qui m'avaient permis de lire le prospectus du salon de beauté dans la vitrine, de repérer la rue où Miss Franklin m'attendait nerveusement pour m'aider dans ma fuite.

*Je suis désolée, Khala-jan. Je suis désolée de ne jamais t'avoir remerciée de t'être battue pour moi, pour tout ce que tu m'as appris, pour les histoires que tu m'as racontées, pour l'échappatoire que tu m'as offerte.*

Mon seul regret était de ne pas pouvoir envoyer un mot à Khala Shaima pour lui faire savoir que j'y étais arrivée et que j'étais désormais en sécurité. J'espérais qu'elle ne soupçonnait pas Abdul Khaliq de m'avoir tuée. Je priais pour qu'elle ne tente pas de me rendre visite au domaine, sachant qu'elle se heurterait à la rage de mon mari. Mais je tenais à lui adresser un message, d'une façon ou d'une autre. Il fallait que j'essaie malgré tout, que je me saisisse d'une plume et d'une feuille, pour écrire à ma tante adorée une missive, quelques mots, pour qu'elle prenne la mesure de ce que j'avais réussi à accomplir grâce à elle.

Je parvins finalement à convaincre Miss Franklin de lui poster une lettre.

La lettre, adressée à Khala Shaima, était signée de sa cousine au second degré et ne parlait de rien d'autre que des parfums de la nature, des délicieuses mélodies des oiseaux, et de l'espoir que la famille puisse bientôt lui rendre visite.

Je n'avais aucun moyen de savoir si la lettre lui était parvenue, je ne pus que l'espérer. Ce ne fut que de nombreuses années plus tard, une vie entière en fait, que j'appris que la missive avait été découverte dans la main de ma tante par sa sœur aînée, ma *khala* Zeba. Khala Zeba fut incapable de la déchiffrer, n'étant jamais allée à l'école. De toute façon, elle fut si désemparée de trouver sa petite sœur froide et sans vie qu'elle n'y accorda aucune attention sur le moment. Deux semaines plus tard, cependant, quand la vie eut repris son cours et que les oiseaux eurent fini de prier au-dessus de la tombe de Khala Shaima, elle demanda à son mari de lui lire cette lettre, dont le contenu la laissa perplexe. Quelle cousine pouvait bien écrire à sa sœur infirme à propos de choses aussi dérisoires que les oiseaux et le temps qu'il faisait ?

La lettre était signée Bibi Shekiba.

# À découvrir du même auteur :

« Un roman d'une actualité brûlante qui rappelle le sort des millions de déplacés à travers le monde. »
*Washington Post*

« Une histoire magnifique, des personnages plus vrais que nature, avec pour toile de fond un monde devenu fou. »
*Bookreporter*

## L'épopée bouleversante d'une mère héroïque qui mène sa famille sur les chemins de l'exil

Kaboul est entre les mains des talibans. Depuis que son mari, considéré comme un ennemi du régime, a été assassiné, Fereiba est livrée à elle-même. Si elle ne veut pas connaître le même sort que son mari, elle doit fuir.
Après avoir vendu le peu qu'elle possède, elle entreprend un voyage périlleux avec ses trois enfants, dans l'espoir de trouver refuge chez sa sœur, à Londres. Comme des milliers d'autres, elle traverse l'Iran, la Turquie, la Grèce, l'Italie et la France. Hélas, les routes de l'exil sont semées d'embûches : que devra-t-elle sacrifier pour de meilleurs lendemains ?

---

**Nadia Hashimi** – *Si la lune éclaire nos pas*
Disponible en librairie et numérique le 21 octobre 2016

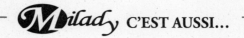 **C'EST AUSSI...**

## ... LES RÉSEAUX SOCIAUX

Toute notre actualité en temps réel :
annonces exclusives, dédicaces des auteurs, bons plans...
facebook.com/MiladyFR

Pour suivre le quotidien de la maison d'édition
et trouver des réponses à vos questions !
twitter.com/MiladyFR

Les bandes-annonces et interviews vidéo sont ici !
youtube.com/MiladyFR

## ... LA NEWSLETTER

Pour être averti tous les mois par e-mail de la sortie de nos romans.
www.bragelonne.fr/abonnements

## ... ET LE MAGAZINE NEVERLAND

Chaque trimestre, une revue de 48 pages sur nos livres
et nos auteurs vous est envoyée gratuitement !

Pour vous abonner au magazine, rendez-vous sur :
www.neverland.fr

Milady est un label des éditions Bragelonne.

Achevé d'imprimer en août 2016
Par CPI France
N° d'impression : 3018909
Dépôt légal : août 2016
Imprimé en France
81121726-3